HEYNE

Das Buch

Happy Ends sind Darrells Spezialität. Als Autorin von Liebesromanen hat sie immerhin schon acht davon geschrieben und eines selbst erlebt, als sie ihren Mann Tom heiratete. Darrell weiß, dass mit dem Happy End der spannendste Teil eigentlich erst beginnt. Aber was macht man, wenn es danach nicht weitergeht, sondern tragisch endet, so wie in ihrem Fall? Fünfzehn Monate nach dem Tod ihres Mannes hat Darrell die Nase voll davon, sich Happy Ends auszudenken. Sie beschließt, sich noch einmal auf die Suche zu machen und geht nach London, in die unromantischste Stadt der Welt. Hier mietet sie sich ein kleines Gartenhaus und verbringt von nun an ihre Tage in dem kleinen Café an der Ecke, wo sie schnell eine Ersatzfamilie findet.

Doch genau hier, wo sie es nicht erwartet, lockt plötzlich die Versuchung in Gestalt von Markus. Er scheint einem ihrer Bücher entsprungen zu sein und ist zu schön, um wahr zu sein ist. Darrell weiß, dass ihr Leben kein Roman ist. Aber es kann ja auch nichts schaden, eine Weile so zu tun, als sei es das doch.

Die Autorin

Catherine Robertson wurde 1966 in Wellington geboren und studierte englische Literatur. Nach Stationen in San Francisco und London lebt sie nun mit ihrem Mann und ihren beiden Söhnen wieder in Neuseeland. *Wo bleibt denn nun mein Happy End?* ist ihr erster Roman. www.catherinerobertson.net

Catherine Robertson

# Wo bleibt denn nun mein Happy End?

Roman

Aus dem Englischen
von Bettina Seifried

WILHELM HEYNE VERLAG
MÜNCHEN

Die Originalausgabe THE SWEET SECOND LIFE OF DARRELL KINCAID
erschien 2011 bei Random House New Zealand Ltd.

FSC
www.fsc.org
MIX
Papier aus verantwortungsvollen Quellen
FSC® C014496

Verlagsgruppe Random House FSC-DEU-0100
Das für dieses Buch verwendete
FSC®-zertifizierte Papier *Holmen Book Cream*
liefert Holmen Paper, Hallstavik, Schweden.

Vollständige deutsche Erstausgabe 04/2012


www.heyne.de
Printed in Germany 2012
Umschlaggestaltung: Eisele Grafik Design, München
Satz: Buch-Werkstatt GmbH, Bad Aibling
Druck und Bindung: GGP Media GmbH, Pößneck

ISBN: 978-3-453-58049-7

# 1

Ich habe Happy Ends immer geliebt – bis etwa eineinhalb Minuten nachdem ich mein neuntes geschrieben hatte. Als ich den Schlusspunkt gesetzt hatte und den üblichen Anflug von Traurigkeit erwartete, der mich stets überkam, wenn ich die Welt meiner Figuren endgültig verlassen musste, änderte sich plötzlich alles. Denn diesmal folgte kein Abschiedsschmerz, sondern ich fing an, vor Wut zu beben – mindestens Stärke zehn auf der nach oben offenen Richterskala.

Die Heftigkeit raubte mir fast den Atem, und wie benommen starrte ich auf die letzte Seite. Sonst fühlte ich mich am Ende meiner Geschichten meistens so, als müsste ich liebgewonnenen Freunden, die an einem anderen Fleck der Welt ein neues Leben beginnen, Lebewohl sagen. Das soll jetzt nicht melodramatisch klingen, aber bisher war es immer so. Die Figuren wuchsen mir ans Herz, ich lebte mit ihnen in den Fantasiewelten der steinreichen Männer mit Privatjets und Bindungsproblemen und der jungen Frauen mit untadeligem Lebenswandel und perfekten Beinen.

Um es gleich zu sagen: Die Frauenbewegung hat im Bereich der Liebesromane keine nachhaltigen Spuren hinterlassen. Wir bevorzugen männliche Alphatiere und gefügige Frauen – denen allerdings stets eine gewisse Widerspenstigkeit im Vorfeld zugestanden wird. So ist das eben in meinem Kosmos, ich werde mich dafür nicht entschuldigen.

Im Grunde führten meine Fantasiegeschöpfe ein Eigenleben, doch ich muss gestehen, beim Aussehen hatte ich immer das letzte Wort. Die Männer waren um die vierzig, weltgewandt und häufig von einem schweren Schicksalsschlag in der Vergangenheit gezeichnet. Manchmal waren sie erst Mitte dreißig, dann umgab sie ein Hauch von Gefahr. Die Frauen waren ausnahmslos Mitte zwanzig, hatten braunes Haar und große Rehaugen. In meinem neunten Roman (*Für die Privatsammlung des Milliardärs,* falls Sie der Titel interessiert) war sie der Typ Natalie Portman, und er hatte starke Ähnlichkeit mit Pierce Brosnan; in dem Roman davor: er = Clive Owen, sie = Anne Hathaway (*Die ersteigerte Geliebte des Smaragdmagnaten*). Über blonde Frauen habe ich bisher aus irgendeinem Grund nie geschrieben. Wahrscheinlich aus Abneigung.

Die Figuren führten auch dauernd Gespräche in meinem Kopf, und zu Toms großem Verdruss weckten sie mich dadurch nachts oft auf. Neben meinem Bett lagen stets Notizblock und Stift griffbereit, denn die Erfahrung hatte mich gelehrt, sofort alles aufzuschreiben, sonst wusste ich am nächsten Morgen nur noch, dass ihre Brust heftig wogte, und mal ehrlich: Wann war das nicht der Fall? Dann erwachte ich morgens mit dem quälenden Gefühl, meinen bislang besten Romandialog – vielleicht den genialsten aller Zeiten – erdacht zu haben, an den ich mich nun allerdings leider nicht mehr erinnern konnte. Nach solchen Nächten war ich tagelang unausstehlich. Manchmal hatte ich Glück, und in der nächsten Nacht um drei Uhr in der Früh war plötzlich alles wieder da. Kerzengerade fuhr ich dann im Bett hoch, knipste das Licht an und schrieb alles emsig auf, um dann mit gereckter Faust »Jawoll!« zu rufen und mich wieder schlafen zu legen.

Der letzte – laute – Teil führte immer dazu, dass Tom ebenfalls hochschreckte und rief: »Um Himmels willen! Sorg endlich dafür, dass deine imaginäre Sippschaft in unsere Zeitzone umzieht!«

Beim Lesen am nächsten Tag war der Dialog dann doch nie so begnadet, wie ich mir eingebildet hatte, als ich mich an nichts erinnern konnte. Doch meistens überwog die Freude, dass er mir wieder eingefallen war, und es war mir schnuppe.

Pompös angelegte Schauplätze und Kulissen waren mein Spezialgebiet. Ich liebte es, mir die luxuriösen Häuser, teuren Autos und glamourösen Kleider vorzustellen, die für kleine Landpomeranzen wie mich unerreichbar blieben. Sollte ich eines Tages aufhören zu schreiben, wird das Zeitschriftenimperium von Condé Nast wahrscheinlich Pleite gehen. Für jeden Roman besorgte ich mir ein neues Skizzenbuch, am liebsten aus hochwertigem Papier mit kunstvollem Einband. Ich gebe jedoch zu, ich habe auch schon eines mit der Sesamstraße auf dem Einband gekauft, wenn der Schreibwarenladen gerade kein anderes vorrätig hatte. In dieses Skizzenbuch klebte ich alles hinein, was ich in den Modemagazinen fand: Hochglanzbilder von kalkweißen Villen auf griechischen Inseln unter azurblauem Himmel, gestochen scharfe Aufnahmen von minimalistischen Penthouses über den Dächern von New York, schick verblassende Belle-Epoque-Räume in altehrwürdigen Pariser Wohnungen, herrschaftliche Anwesen mit Rasenflächen so groß wie eine ganze Grafschaft in England, rote Ferraris, silberne Bentleys und Yachten mit cremefarbenen Ledergarnituren und edel glänzender Holzverkleidung. Auch Bilder von Luxusuhren von Patek Philippe oder Smaragdohrringe von Cartier fanden ihren Weg in meine Sammlung; nicht zu vergessen all die Fotostrecken über Filmstars aus der *Vanity Fair,* deren Gesichter, Frisuren, Kleidungsstile und Make-up ich für meine Figuren schamlos abkupferte. Um etwaigen Plagiatsvorwürfen zu entgehen, veränderte ich vorsorglich ein charakteristisches Merkmal der lebenden Vorbilder, zum Beispiel Augen- oder Haarfarbe. (Allerdings ist mir aufgefallen, wie schnell aus Clive Owen Daniel Craig wird, wenn man Clive blaue Augen und blonde Haare andichtet. Die Methode ist also nicht ganz wasserdicht.) Die Gefahr, von einer berühmten Persönlichkeit wegen Nachahmung belangt zu werden, halte ich allerdings für ziemlich gering. Als Star möchte man sich von Paparazzi schließlich lieber mit *Eine kurze Geschichte der Zeit* in der Hand als mit dem Roman *Die widerspenstige Jungfrau des sizilianischen Herzogs* erwischen lassen.

Ich freute mich immer, wenn ich meinen Namen auf einem Buchumschlag las. Meine Eltern gaben mir den Vornamen Darrell, der, soweit ich weiß, kein Mädchenname ist. Bereits im Sandkasten musste ich ihn sehr energisch verteidigen, allein deshalb bin ich ihm innig verbunden. Mein angeheirateter Name ist Kincaid, und das hatte zur Folge, dass ich – im Unterschied zu den meisten Kolleginnen in der Liebesroman schreibenden Zunft – nie ein Pseudonym erfinden musste. Sie tun das nicht, weil sie sich für den eigenen Namen schämen, sondern weil es ernüchternd ist, für all die erlauchten Lord Valentin Ripleys, Lady Aletheas und Duchess of Boscastles am Ende mit einem profanen Susan Miller als Autorin zu zeichnen. Susannah Milland und Suzanne Mullholland oder phonetisch und orthografisch ähnlich anspruchsvolle Varianten machen einfach mehr her. Darrell Kincaid hat jedoch schon einen gewissen Schwung und Rhythmus. Außerdem stößt ein nach Mann klingender Autor in der frauenlastigen Welt der Liebesromane auf großes Interesse.

Nun zurück zu dem Teil, den ich wirklich am schönsten finde – besser gesagt, *fand*. Wenn alles gut wird, weil Held und Heldin schließlich begreifen, dass sie füreinander bestimmt sind. Das Happy End.

Doch dieses Mal war alles anders. Als ich den Schlusspunkt gesetzt hatte und die letzten Seiten noch einmal überflog, packte mich die Wut. Am liebsten wäre ich auf die Straße gerannt, um einen arglosen Passanten zu einer Beleidigung zu provozieren, damit ich einen Vorwand hatte, ihm an die Gurgel zu gehen.

Zuerst dachte ich: Wahnsinn! Du bist bestimmt vollkommen übermüdet. Und das stimmte auch, ich war damals ziemlich erschöpft… Aber als ich die Passage noch einmal las, in der sich der milliardenschwere Pierce endlich eingestehen konnte, dass kein impressionistisches Meisterwerk je an die Schönheit seiner Nathalie heranreichen würde, und dass Monet allein sein Leben nicht weiterbrachte, wurde mir klar: Es war nicht Müdigkeit. Ich loderte vor Zorn! Es war ein Wunder, dass mein Laptop nicht sofort in Flammen aufging, einen Krater in meinen Schreibtisch sengte und schmauchend mit einem nur als »wummpfff« zu umschreibenden Geräusch in der eingebrannten Mulde versank.

Wie konnten meine Figuren es wagen, glücklich zu werden? Was erlaubten sie sich? Wieso durfte in der Welt der

Liebesromane alles gut werden? Das ging so offenkundig, so schlicht und ergreifend vollständig an der Wirklichkeit vorbei! Anders gefragt: Warum durften die Protagonisten haben, was mir in meinem Leben versagt blieb?

Ich brauchte eine Pause. In der Küche setzte ich Tee auf und bestrich ein paar Vollkornkekse mit Butter. Fast hätte ich noch ein Stückchen Käse draufgelegt, entschied mich dann aber dagegen. Das war eine Sache, in der Tom und ich uns nie einig wurden. Salzgebäck mit Butter und Käse. Ich hielt es für stärkendes Nervenfutter, so wie Moosbeeren oder Weizengras, nur eben genießbar.

Tom meinte, lieber würde er Erbrochenes essen. »Das kann nicht gut sein«, sagte er immer. »Es ist ekelhaft! Geh und iss das Zeug in einem anderen Zimmer. Oder noch besser: in einem anderen Land!«

*Weitere Dinge, über die wir uns nie einig wurden:*

*Kate Bush:* Tom war der festen Überzeugung, dass Kate von einer obskuren Vereinigung erdacht worden war, in der Absicht, kleine Kinder in Furcht und Schrecken zu versetzen. Als Beweis führte er ihre wirre, hexenhafte Haartracht an und ihr furchterregendes Geheul am Anfang des Songs *Wuthering Heights,* das bekanntlich Tote wieder zum Leben erweckte. Ich fand die Kritik übertrieben, zumal sie von einem Mann kam, der auf eine schottische Piraten-Power-Metal-Band stand mit einem tätowierten Zwerg am Bass namens Alestorm. (Die Piratenband heißt so, nicht der Zwergbassist.) Aber vielleicht hatte er Recht. Trotzdem gab es Momente, in denen ich bei Kate Trost fand.

*Laufen:* Oh Gott, wie anstrengend. Danach tut mir alles weh. Außerdem bin ich überzeugt, dass es nicht gut ist für die weibliche Brust. Deshalb rennen vernünftige Frauen nicht wie die Irren durch die Gegend. Sie haben nämlich keine Lust, dass ihr Busen irgendwann so windschief daherkommt wie das berüchtigte Layout der Doppelseiten des *National Geographic*. Tom (der, das will ich klarstellen, *kein*en Busen hatte) rannte jeden Tag kilometerweit. Er fand das wunderbar...

*Lesen:* Ohne ein Buch in der Hand fühle ich mich nackt. Ich lese immer und überall, sogar beim Kochen und manchmal auch am Steuer. Sollte es irgendwann einmal technisch möglich sein, unter der Dusche zu lesen, werde ich mein persönliches Nirwana erreichen. Tom las Läuferzeitschriften und gelegentlich die Fernsehzeitung. Trotzdem war er kein geistloser Banause, wie man daraus vielleicht schließen könnte. Er wusste wirklich eine Menge. Keine Ahnung, woher. Manchmal hätte ich gern eine gepflegte Unterhaltung über Kunst oder einen Film mit ihm geführt – immerhin habe ich Literaturwissenschaft studiert, aber was heißt das schon! Wir schafften es immerhin, einmal gemeinsam den Film *Wiedersehen in Brideshead* anzusehen, und Tom rief plötzlich: »Hey, der Typ hat doch den Bösewicht in *König der Löwen* gesprochen!«

Er hatte Recht. Aber warum speichert das menschliche Hirn solche Banalitäten ab?

Tom ist tot. Es hat keinen Sinn, diese traurige Tatsache in schonendere Wort zu verpacken. Er starb vor über einem Jahr – vor neunzehn Monaten und fünfzehn Tagen, um schonungslos genau zu sein. Er fiel einfach tot um. Buchstäblich. Nach einem Halbmarathon, der als Spaßlauf angekündigt war. (Kein Kommentar. Die ganze Geschichte trieft vor Ironie des Schicksals.) Tom lief über die Ziellinie

(Merken Sie was?), schaute auf seine Stoppuhr und brach zusammen. Erste Hilfe war umgehend zur Stelle, und unverzüglich wurde er mit einem Rettungswagen ins Hospital gefahren, wo er dann sofort für tot erklärt wurde. Mein durchtrainierter, gesunder, junger Ehemann war gerade einundzwanzig Kilometer in seiner persönlichen Bestzeit von einer Stunde und zweiundzwanzig Minuten gelaufen. Und er brauchte nur knapp zehn Minuten zum Sterben.

Der medizinische Fachausdruck lautet »Plötzlicher Herztod«. Es war kein Infarkt, er hatte eine Herzfunktionsstörung. Bei älteren Menschen wird das häufig diagnostiziert, weil sich über viele Jahrzehnte hinweg Fette und andere gefährliche Dinge, vor denen uns die Fernsehköche immer warnen, um den Herzkranz anlagern. Bei jüngeren Menschen spielen nicht erkannte funktionale Anomalien eine ursächliche Rolle – Herzrhythmusstörungen oder Herzklappenschwäche. »Nicht erkannt« heißt, dass die ersten Anzeichen einer Störung einen konkreten Auslöser benötigen, zum Beispiel starke Adrenalinausschüttungen bei hoher körperlicher Belastung. Dann ist es so, als würde einfach ein Schalter umgelegt werden – das Herz wird ausgeknipst. Manchmal kann man es wieder anknipsen, aber bei Tom ging das nicht mehr. Sein Herz war vor die Hunde gegangen, und niemand hatte es bemerkt. Keiner hatte auch nur die geringste Ahnung gehabt.

Und ich war damals nicht dabei, an der Ziellinie …

Als Tom und ich uns kennenlernten, war ich dreiundzwanzig und er vierundzwanzig. Ein Jahr später fand die Hochzeit statt, und als er starb, waren wir seit über zehn Jahren verheiratet.

Das ist der springende Punkt. In der euphorischen Anfangsphase quälte man sich noch begeistert gemeinsam in aller Herrgottsfrühe aus dem Bett, um dem Liebsten inmitten einer verbissenen, schwitzenden Menschenmeute stundenlang beim Traben zuzusehen und direkt an der Ziellinie um den Hals zu fallen. Ganz gleich, ob der Schweiß in Strömen floss und man das unter normalen Umständen eigentlich unappetitlich fand. Aber nach zehn Jahren blieb man lieber zu Hause, las ein gutes Buch und fiel ihm erst um den Hals, wenn er frisch geduscht und umgezogen war. Ich war also nicht bei ihm, als er starb. Ich war zu Hause und las Barbara Pym.

Mit dem Buch in der Hand lief ich zur Tür, um zwei blutjungen, unglücklich dreinschauenden Polizisten zu öffnen. Ich weiß nicht mehr, was sie sagten. Während sie mich ins Wohnzimmer führten und behutsam auf einen Sessel setzten, um mir die schlimme Nachricht zu eröffnen, dachte ich nur, wie schwer dieser Moment doch für sie sein musste. Der eine sprach, und der andere nahm andauernd seine Mütze ab, senkte den Kopf und fuhr sich nervös durchs Haar. Der arme Kerl, dachte ich. Wie furchtbar, diese Aufgabe zu erledigen. Danach fuhren sie mich ins Krankenhaus, aber ich habe kaum eine Erinnerung daran. Ich weiß nur noch, dass Toms Gesicht überhaupt nicht friedlich wirkte. Er sah einfach nur tot aus, zusammengefallen, grau und merkwürdig ausdruckslos. Wie die Hülle eines Alien. Nicht wie mein Tom.

Auf der Beerdigung hielt ich die Trauerrede, und alle bewunderten, wie tapfer und gefasst ich das alles durchstand. Ich weinte zu keinem Zeitpunkt, so viel weiß ich noch. Ich wollte es auch nicht, denn meine Trauer und meinen Schmerz wollte ich nur mit dem Menschen teilen, dem sie galt. Mit Tom. Soweit das noch möglich war. Angeblich war die Rede ziemlich bewegend. Ich habe keine Erinnerung daran …

Man könnte nun annehmen, mein Leben hätte sich von da an dramatisch verändert. Doch so befremdlich es klingen mag: Mein Leben ging ganz normal weiter. Ich schrieb Romane und wohnte weiterhin in unserem gemeinsamen Haus. Die Beziehungen zu Freunden und Familie verliefen in gewohnten Bahnen. Das einzig Außergewöhnliche war, dass ich auf einmal um einige hunderttausend neuseeländische Dollar reicher war wegen Toms Lebensversicherung. Allerdings lag das Geld unangetastet auf der Bank, weil ich es nicht übers Herz brachte, auch nur einen Cent davon abzuheben. Meine Autorenhonorare reichten für die Hypothek und den Lebensunterhalt aus.

Toms Tod hat mein Leben natürlich trotzdem verändert; es wäre absurd, das zu leugnen. Talentiertere Schriftsteller als ich haben über den Verlust einer geliebten Person ganze Bücher geschrieben, über all die seltsamen Dinge, die man dann tut, die von außen betrachtet wie Borderline-Symptome erscheinen, doch im Grunde nur Auswüchse bitterer Trauer sind. Wie zum Beispiel, dass man das Gesicht in ein ungewaschenes T-Shirt mit der Aufschrift *Motörhead – No Sleep til Hammersmith* vergrub, um den vertrauten Geruch zu riechen. Oder dass man sich immer wieder alte Videoaufnahmen anschaute oder seine Stimme auf dem Anrufbeantworter abhörte, weil man sich nach dem innigen Gefühl der Verbundenheit sehnte und fürchtete, sich bald weder an seine Stimme noch an sein Aussehen erinnern zu können. Oder dass man sich weigerte, seine Sachen wegzuwerfen, obwohl man genau wusste, dass in der alten Sporttasche seit Wochen eine ranzige braune Banane vor sich hin rottete. Oder dass man den Kaffee am Morgen immer noch auf zwei Tassen verteilte und die letzten Tropfen unbedingt in seine Tasse gab, weil er den starken, abgestandenen Rest als besonderen Kick in den Tag brauchte. Und dass man den London-Marathon aufnahm, obwohl er nie mehr erfahren würde, wer ihn gewonnen hatte.

Aber – wie soll ich das sagen? – die Lücke, die Tom in meinem Alltag hinterließ, war eigentlich nicht das Schlimmste. Viel schlimmer war, dass mir Tom nun in Zukunft und bis ans Ende meiner Tage fehlen würde. Dieser Gedanke machte mich fertig. Und das war der Grund, warum ich bei dem Ende meines Romans plötzlich so wütend wurde.

Denn ein Happy End ist nie das Ende, sondern erst der Beginn vom Rest eines vollkommenen, glücklichen Lebens. Wir Leseratten wissen das. Vor unserem geistigen Auge entwickelt sich die Liebesgeschichte nach dem Happy End lebhaft weiter. Dafür brauchen wir keinen Nachfolgeroman. Das wirklich Entscheidende ist nämlich nicht, dass sie nun glücklich sind, sondern dass sie es *bis ans Ende ihrer Tage* bleiben.

Ich vermisste Tom mit jeder Faser meines Körpers, doch seine Abwesenheit hatte kaum Auswirkungen auf mein Alltagsleben. Die wirklich dramatischen Veränderungen betrafen die Vorstellungen und Ideen für unsere Zukunft, all das Schöne, das erst noch kommen sollte.

Verstehen Sie mich nicht falsch. Wir verfolgten nicht stur einen zuvor ausgefeilten, aktiv gestalteten Lebensplan. Die Details unserer gemeinsamen Zukunft waren noch nicht ausgereift. Doch wir hatten ein bestimmtes Gefühl, diffuse Vorstellungen, einen süßen *Vorgeschmack* auf unser restliches glückliches Leben zu zweit. Wir wussten, wie sich unsere Zukunft *anfühlen* würde und was wir füreinander empfinden würden. Wir würden zusammen ein erfülltes Leben führen und stillvergnügt miteinander alt werden.

Vieles hatten wir schon gemeinsam erreicht. Mit Toms Hilfe fand ich einen Verlag, der meine Romane veröffentlichte. Als ich Tom kennenlernte, existierten die Geschichten nur in meinem Kopf, und bei jeder noch so unpassenden Gelegenheit verlor ich mich darin und vergaß alles um mich herum. Diese famose Eigenschaft trug erheblich dazu bei, dass ich stets Verabredungen versäumte und mich selten daran erinnern konnte, worüber gerade gesprochen wurde oder wer die Leute waren, die bei mir am Tisch saßen. Tom überredete mich, endlich alles niederzuschreiben, und er war es, der mein erstes Manuskript an eine Frauenzeitschrift schickte. Zu meiner großen Verwunderung nahmen sie es tatsächlich an und überwiesen mir sogar Geld. Ich weiß noch, wie Tom eines Tages den riesigen Stapel Zeitschriften durchblätterte, den ich wieder einmal für das Skizzenbuch angeschleppt hatte.

»Okay«, sagte er etwas irritiert, »sehe ich das richtig? Zuerst kommen Unmengen von Schlankheitskuren und im Anschluss daran massenhaft Kuchenrezepte, dann der neueste Tratsch aus der Gerüchteküche der Stars und Promis mit ihren wechselnden Bettgeschichten und am Ende eine Häkelanleitung für Topflappen.« Fassungslos schüttelte er den Kopf. »Warum kürzen sie die Sache nicht einfach ab und bringen eine ausführliche Anleitung für einen selbst gestrickten Brad Pitt, der am liebsten nudeldicke Bräute flachlegt?«

Aber er ermunterte mich zum Weiterschreiben und baute mich wieder auf, als ich für meinen ersten Roman zunächst reihenweise Absagen bekam.

»Das wird schon«, sagte er damals, »nicht alle Verlage beschäftigen nur Vollidioten.«

Er sollte Recht behalten. Als ich meinen ersten Vertrag unter Dach und Fach hatte, verprassten wir abends einen nicht unerheblichen Teil unserer Ersparnisse im edelsten Restaurant der Stadt. Tom machte sich einen Spaß daraus, den Oberkellner mit »guter Mann« anzureden, und um ein Haar wären wir hinausgeflogen, weil wir uns vor Lachen bogen, als der Sommelier einen Grauburgunder mit dem Wort »verwegen« anpries.

Unser Konto füllte sich rasch wieder, als Tom beruflich einen Volltreffer landete und Marketingchef der staatlichen Behörde für Massensportveranstaltungen wurde, die Marathons und Volksläufe organisierte. Kurz darauf kauften wir ein Haus in unserer zwischen Strand und Stadtwald gelegenen Lieblingsgegend. Schon morgens wehte uns Kiefernduft und eine Meeresbrise um die Nase. Die neue Umgebung war gediegen und ruhig, eine Wohltat für Körper und Geist, ideal zum Laufen und zum Schreiben – kurzum: der perfekte Ort für uns beide.

Wir waren glücklich mit dem Haus und mit uns. Tom und ich waren meist ein Herz und eine Seele. Klar hatten wir gelegentlich Streit, aber nie ging es um grundsätzliche Dinge, und wenn wir eine Nacht darüber geschlafen hatten, erschien uns jeder Zwist albern. Wir fühlten uns wohl in der Gesellschaft des anderen, redeten viel und freuten uns unseres Lebens, das wir Stück um Stück gemeinsam aufbauten.

Tom gab einem das Gefühl, dass wirklich alles möglich

war, was daran lag, dass er selbst fest daran glaubte. Ohne Toms unerschütterliches Selbstvertrauen und seine Zielstrebigkeit wäre ich nie Schriftstellerin geworden, das weiß ich heute. Ich würde mich nach wie vor in meine Fantasiewelten flüchten und verzweifelt versuchen, mich an den Namen meines Tischnachbarn zu erinnern.

Auf den nächsten Lebensabschnitt freuten wir uns besonders. Wir wollten in den nächsten Jahren auf eine Weltreise sparen und dann mindestens sechs Monate freinehmen. Das Haus sollte vermietet werden. Danach wollten wir zurück in den Beruf, später Kinder kriegen – mindestens zwei. Wir wären dann zwar Spätzünder – ich siebenunddreißig, Tom achtunddreißig –, doch wir kannten eine Menge Leute, die sich mit dem Kinderkriegen Zeit ließen. Manche frischgebackenen Eltern in unserem Bekanntenkreis waren noch älter. Das schaffen wir schon, dachten wir. Auch einen Hund wollten wir uns zulegen, allerdings konnten wir uns nicht auf die Rasse einigen. Ich träumte von einem großen beigefarbenen Retriever mit dickem, kuscheligem Fell, Tom wollte einen Chihuahua. Von einem Mann, der Luftgitarrespielen zum Standardrepertoire eines echten Kerls zählte, erwartete man das nicht unbedingt. Aber Tom beharrte darauf, dass Chihuahuas absolut cool seien. Sie zeigten Haltung und hätten innere Werte, behauptete er. So wie ganzkörpertätowierte Zwergbassisten, nur eben in der Welt der Hunde, und im Vergleich zu Chihuahuas wären Golden Retriever bloß das armselige Pendant zu Barry Manilow.

Wenn wir die Kinder- und Hundefrage einvernehmlich geklärt hatten, wollte ich endlich eine »richtige« Schriftstellerin werden. Tom war begeistert und meinte, wenn ich es dann auf die Bestsellerliste geschafft hätte und die entsprechenden Honorare hereinkämen, würde er noch einmal studieren, um Sportlehrer zu werden. Sein Traum war, noch möglichst vielen Menschen das Laufen beizubringen …

Verstehen Sie, was ich meine? Unsere gemeinsame Zukunft lag vor uns ausgebreitet, und wir mussten sie eigentlich nur noch antreten. Unser restliches Leben zu zweit war für mich ein Teil der Wirklichkeit. Oft glaubte ich, die Zukunft bereits riechen und mit den Händen greifen zu können.

Und plötzlich war alles vorbei. Mein vollkommenes Leben nach dem Happy End hatte mit Toms Tod ein abruptes Ende gefunden. Als wäre der Geist zurück in die Flasche gerauscht, gereizt, weil man zu lange brauchte, um die Wünsche zu äußern. Benommen und verwundert starrte man auf den Korken, bevor man begriff: Der Geist kam nicht mehr heraus, die Wünsche verhallten ungehört, die Chance war verpasst. Der Kummer danach stieg ins Unermessliche.

Ich machte weiter wie bisher, blieb in unserem Haus wohnen, schrieb an meinem Roman und mied Besuche bei meinen Eltern – alles wie immer. Doch ich begann, mich im Kreis zu drehen. Mein Halbbruder Simon schickte mir das Buch eines Typen, der auf dem Foto aussah wie die Kröten, die auf Australiens Straßen massenweise platt gefahren wurden, der anscheinend aber ein Guru war und mahnte, das Leben im Hier und Jetzt zu leben. Simon hatte es gut gemeint, ich weiß, er wollte mir helfen. Aber ohne Zukunft gab es kein erfülltes Hier und Jetzt, meine Tage waren hohl und leer. Als Toms Herz aufhörte zu schlagen, wurde auch meine Lebensader gekappt, und alles, was mein Leben lebenswert gemacht hatte – Freude, Liebe, gemeinsames Lachen und unsere Verbundenheit –, war abgeschnitten und regelrecht aus mir herauskatapultiert worden. Mein Lebensmotor – die Hoffnungen, Träume, die langsame, liebevolle Planung einer gemeinsamen Zukunft – war jäh ausgebremst worden und soff auf halber Strecke jämmerlich ab.

Eines Nachts saß ich wieder gegen drei Uhr früh kerzengerade im Bett. Doch diesmal reckte ich nicht siegesgewiss die Faust in die Luft. Im Gegenteil. Ich hatte große Mühe, überhaupt Luft zu bekommen, und mein Herz raste, als wäre ein Güterzug um Haaresbreite an mir vorbeigerauscht. Statt die Dialoge meiner Figuren einzufangen, musste ich verzweifelt alle Kraft aufwenden, um die Bruchstücke meines eigenen, realen Lebens zusammenzuhalten, das mir zu entgleiten drohte.

Langsam begriff ich: Ich lief nicht im Kreis, ohne Ziel entwickelte ich mich rückwärts! Unaufhaltsam schlitterte ich in die Vergangenheit und verfiel in Zustände wie vor meiner Heirat mit Tom. Ich ließ mich von den Umständen treiben, war ständig mit meinen Gedanken woanders und fühlte mich für mein Leben nicht mehr zuständig. Dann bekam ich Angst. Ich stellte mir vor, wie ich mit neunundsiebzig plötzlich merkte, dass außer mir nur noch ein alter Kater namens Mr Tiddles übrig war, mit dem ich mein Leben und die Sardinen aus der Büchse teilte.

Ich musste dringend etwas unternehmen, musste fort von hier, ein neues Leben anfangen, bevor es zu spät war. Das Dumme war nur, ich hatte nicht die leiseste Ahnung, wo ich anfangen sollte.

# 2

**LADY MO:** Bloß nicht! Hab volle sechs Monate bei Catchpole in London gesessen und um Versetzung nach Charlotte gefleht. London ist grau und abgetakelt wie die Dauerwelle meiner Mutter. Such dir einen romantischeren Flecken! Paris zum Beispiel, Fabrices Heimatstadt ist immer eine Reise wert.

**DARRELL:** Die einzigen Brocken Französisch, die ich kenne, stammen aus dem Song *Lady Marmalade*. Will nicht mit Innereien auf dem Teller enden, obwohl ich Brot bestellt hab. London ist fabelhaft! Dreißigerjahre-Flair! Debütantinnenbälle! Herrenclubs (altehrwürdiger White's Club, nicht Stringfellows)! Tee im Ritz! In den Miss-Marple-Büchern fahren sie immer gemeinsam nach London in die Stadt, um Gläsertücher zu kaufen und danach gepflegt in einem Lyons Corner House Feinkost zu schnabulieren. Auch Fabrice war immer wieder gern zu Besuch in London, wie du weißt. Zwar nicht, um Gläsertücher kaufen, aber trotzdem …

**LADY MO:** Die Teehausimperien »Lyons Corner House« gehörten früher der Familie von Nigella Lawson, wusstest du das?

**DARRELL:** Nigella wie in TV-Erfolgskochtussi?

**LADY MO:** Genau. Hast du ihr Hüftgold bemerkt in letzter Zeit? *Comme le Massif Central!* Was für Monoglotte wie dich so viel heißt wie: zentralfranzösische Gebirgsmassen.

**DARRELL:** Wüsst' ich, was ein Monoglott ist, wäre ich beleidigt. Nigella ist trotz massivem Hüftgold absolut gefragt. Zurück nach London – wo hast du damals gewohnt?

**LADY MO:** Walthamstow (schauder). Windige Gegend. Die Wohnung kaum größer als eine Sardinenbüchse, roch nach Gummistiefeln, die fluchtartig von einem bäuerlichen Schweißfuß desertiert sind. Es gibt Schöneres auf der Welt. Wie wär's mit Prag? Sieht in den Sendungen auf Living Channel aus wie aus dem Märchenbuch.

**DARRELL:** Prag? Warte, ich google es eben… Oha! Sieht fantastisch aus, Kompliment. Aber laut Wetterstatistik ist es da saukalt! Google zeigt auch einen gewissen Vaclav Havel, der sieht aus wie ein sterbender Gaul. Wenn die Männer dort alle so gequält dreinblicken, dann nein danke.

**LADY MO:** Muss ein Mann zwingend in deinem neuen Leben vorkommen?

**DARRELL:** Unbedingt. Kinder auch. Große Karriere als Bestsellerautorin auch, und: Golden Retriever.

**LADY MO:** Entspann dich, hol erst mal Luft.

**DARRELL:** Darf man nicht mehr ein bisschen träumen? (Dezenter Hinweis: Eine echte Freundin bringt Seifenblasen nicht zum Platzen.)

**LADY MO:** Aber Engländer sind nicht aus dem Stoff, aus dem Träume gemacht sind. Eher unterentwickelte Rumpelstilzchen mit Schreckensgebissen wie diese Vampirzähne aus Plastik zu Halloween.

**DARRELL:** Seit du mit dem fabelhaften Chad in perfekter Ehe lebst, hast du gut lästern! In seinem Orbit kreisen sicher tausend kleine Planetensysteme um ihn.

**LADY MO:** Wohl wahr. Doch auch Chad ist nicht vollkommen.

**DARRELL:** ???!!!

**LADY MO:** Harry ist mein Herzensmann. Chad ist Vize. Ich hab eine Idee: Du kommst hierher! Charlotte ist eine tolle Stadt, nicht so rückständig wie der Rest der Südstaaten.

**DARRELL:** Du hast den Hauptgewinn gezogen, schon klar. Aber mit meinem Glück ziehe ich bestimmt nur Männer an, die keine Zähne im Mund haben, dafür aber Banjo-Shantys dudeln und ein Unterhemd tragen, auf dem steht: »Wenn ich tot bin, begrabt mich mit dem Kopf nach unten, damit die ganze Welt mich am Arsch lecken kann«. Oder solariumgebräunte Typen in blauen Matrosenblazern mit großen Goldknöpfen und einem unnatürlichen Strahlen im Gesicht.

**LADY MO:** Chad hat auch einen blauen Blazer. Zieht ihn aber nur an, wenn seine Mutter es verlangt. Wie wär's mit New York? Nur Kurzstrecke zu mir und meinem kleinen perfekten Leben.

**DARRELL:** Wenn es Sarah Jessica Parker dort nicht schafft, ihren Traummann zu finden, wie soll es mir gelingen?

**LADY MO:** Dir ist schon klar, dass *Sex and the City* nicht real ist?

**DARRELL:** Die Grenzen sind fließend.

**LADY MO:** Und auch Fabrice wartet nur im Land der Träume am Bahnhof auf dich!

**DARRELL:** Wie gesagt, die Grenzen verschwimmen …

**LADY MO:** Seufz. Also gut. Halt mich auf dem Laufenden. Und mach' um Himmels willen einen großen Bogen um Walthamstow!

Michelle Lawrence, geborene Horton, war schon meine beste Freundin, als ich noch zur Schule ging. Vor drei Jahren hatte sie den amerikanischen Investmentbanker Chad geheiratet und nun lebten sie in Charlotte, North Carolina, mit ihrem ersten Kind. Harry war der süßeste und blondeste Achtzehnmonatsbrummer, den ich in meinem Leben je gesehen hatte. Bevor Michelle in Erziehungszeit ging, erklomm sie unaufhaltsam die Karriereleiter in einer angesehenen Rechtsanwaltskanzlei namens Catchpole, Laycock und Lobb, was sowohl leicht unanständig und doch durch und durch britisch klang, obwohl es sich in Wahrheit um eine Truppe lärmender, kleinwüchsiger, jüdischer New Yorker handelte. Trotz ihres beruflichen Ehrgeizes vermisste Michelle ihre Arbeit nicht. Sie ging in ihrer Mutterrolle auf, verbrachte aber, wie mir schien, unangemessen viel Zeit begeistert vor der Glotze, besonders wenn Dr. Phils Talkshow lief.

Sie glaubte, ihr Leben war nun vollkommen, und warum sollte ich das bezweifeln? Sie hatte in alten US-amerikanischen Geldadel eingeheiratet und besaß nun ein Scarlett-O'Hara-verdächtiges Anwesen in Charlotte, eine Ferienresidenz in Maine und eine Schwiegermutter, deren Halsschlagadern bei der geringsten Abweichung von der gesellschaftlichen Etikette bedrohlich anschwollen.

Michelle war online zu Lady Mo mutiert, um Mrs Lawrence senior zu ärgern. Diese war nämlich der Ansicht, dass alles, was auf ›o‹ endete, vulgär und nach Rappern klinge. Und Rapper standen bei ihr ganz unten in der sozialen Rangordnung, sie waren das Vorletzte, noch schlimmer als Feministinnen, allerdings nicht ganz so schlimm wie die Wähler der demokratischen Partei. Michelles kompletter E-Mail-Name lautete sogar LadyMoShoSugar, das ergab zwar keinen Sinn, aber es ärgerte Mrs Lawrence doppelt und dreifach. Michelle konnte es kaum erwarten, bis die enge Perlenkette an dem Hals der Schwiegermutter endlich platzte und die Einzelteile sich fröhlich hüpfend in alle vier Ecken des marmornen Vestibüls verabschiedeten.

Trotz der schrecklichen Familie und eines Namens wie aus einer Sitcom schien Chad ein ganz passabler Bursche zu sein. Allerdings muss ich einräumen, dass sich meine Bekanntschaft mit ihm auf Michelles Ausführungen in E-Mails und ein paar ziemlich unscharfe Fotos im Anhang beschränkte. Jedenfalls hatte er keine Affären, begegnete Michelles Neigung zu Dr. Phil mit Nachsicht und war vernarrt in ihr gemeinsames Kind. Er sah aus, wie man es von einem Typ namens Chad erwarten durfte: blonde Haare, Quadratschädel, viele weiße Zähne – Sie wissen schon.

Ihre Wahl hatte mich damals überrascht, weil unser romantisches Begehren früher stark in Richtung untersetzter, dunkelhaariger Franzose tendierte. Als wir uns mit vierzehn zum ersten Mal begegneten, saß ich gerade im Klassenzimmer und las *Englische Liebschaften* von Nancy Mitford. Michelle stürmte auf mich zu und rief: »Fabrice!«

Meine Güte, ja, Fabrice, Duc de Sauveterre! Der vollkommenste Mann der Weltliteratur.

Die Figur basierte auf der wahren Person von Nancy Mitfords großer Liebe, die sie ziemlich schonungslos porträtierte und auch die unangenehme Kehrseite wie Untreue und Verrat nicht verschwieg. Genau deshalb, fürchte ich, erschien Fabrice so vollkommen. Obwohl er einerseits den Idealtypus des Helden einer Liebesgeschichte repräsentierte (adlig, reich, kunstfertiger Verführer), war er zugleich klein und korpulent. Er hatte Humor, neigte jedoch zur Prahlerei, und er war mutig, aber gleichzeitig furchtbar eitel. Wenn Nancy ihn nicht so lebensecht beschrieben hätte, wäre er bei jungen Frauen wie Michelle und mir schon nach der Pubertät auf dem Friedhof der Fantasiegeschöpfe gelandet. Wir hätten die Vorstellung, er könnte uns einst an einem Bahnhof in Paris begegnen, wenn wir nur aus dem richtigen Zug stiegen, fortan lächerlich gefunden …

*Andere fiktive Phänomene, von denen Michelle und ich insgeheim wünschten, sie wären wahr:*

*Zauberkräfte:* Mit vierzehn ersehnte ich mir aus exakt zwei Gründen magische Kräfte. Erstens: zur sofortigen Verschönerung meines Aussehens, und zweitens zwecks Vergeltungsmaßnahmen gegen fiese, eingebildete Mitschülerinnen. Zauberkräfte im heroischen Kampf für das Gute in der Welt einzusetzen, hätte mich nicht gereizt, selbst wenn ich damals auf diese Idee gekommen wäre. Zwanzig Jahre später fühlte ich mich endlich schlank – oder sagen wir besser: Ich war einigermaßen groß und Fettleibigkeit lag nicht in meiner Familie, daher hatte ich einen akzeptablen Body-Mass-Index. Ich fand mich sogar ein wenig hübsch: braune Locken, große graublaue Augen und ein ebenmäßiger Teint. Natürlich war ich nicht mehr ganz so strahlend wie damals, als ich Tom kennenlernte, aber ich musste morgens nicht kreischend die Hände vors Gesicht schlagen, wenn ich in den Spiegel sah. Wofür würde ich heute meine Zauberkräfte einsetzen? Vielleicht um eine große Bestsellerautorin zu werden. Doch wahrscheinlich würde ich am Ende noch den Zauberspruch vermasseln und dann als Barbara Cartland langsam unter der Last von vierzig Jahren dick aufgetragenem türkisblauem Lidschatten zusammenbrechen. Seufz.

*Zeitreisen:* Für mich gibt es nur einen Ort, an den ich zurückversetzt werden will: England in den Dreißigerjahren. Das England, das Nancy Mitford in *Noblesse Oblige* beschrieb, versteht sich, nicht das aus Evelyn Waughs *Eine Handvoll Staub* oder *Wiedersehen in Brideshead.* (Ich kam nie über die Enttäuschung hinweg, dass die leidenschaftlich fiebrige Liebesszene zwischen Charles und Julia am Ende der TV-Serie überhaupt nicht im Buch stand!) England in den Dreißigern, das bedeutete: hinreißende Kleider, entzückende Hüte und elegante Handschuhe, junge Männer, die Teddy hießen, »Wie belieben?« sagten und in offenen Bugattis durch die englische Landschaft düsten. Tennis, rauschende Gartenfeste, kultivierte Vergnügungen auf dem Landsitz, gelegentliche Ausflüge nach Burma oder Bagdad. Aber wohin wollte ich mich in *meiner* Vergangenheit zurückversetzen lassen? Gab es einen Zeitpunkt, an dem ich hätte eingreifen und das Schicksal wenden können? Lohnte es sich überhaupt, darüber nachzudenken? Ich war mir nicht sicher. Weder in der einen noch in der anderen Hinsicht.

*Exzentrische, warmherzige Großfamilien:* Meine innige Freundschaft mit Michelle fußte zum einen auf unserer gemeinsamen Liebe zu Fabrice, zum anderen auf der frappierenden Eintönigkeit, die in unseren Elternhäusern herrschte. Michelles Eltern ließen sich scheiden, als sie zwölf Jahre alt war. Ihr Vater zog gleich nach Kanada, ihre Mutter jammerte ständig über ihre bemitleidenswerte Situation, unternahm jedoch nichts, um Trost zu finden (zum Beispiel in Gin-Exzessen oder bei hübschen minderjährigen Liebhabern). Sie lebten in relativer Eintracht in einem Haus in einer guten Gegend und erhielten regelmäßig finanzielle Zuwendungen aus Yukon oder wo auch immer Mr Horton letztlich gelandet war. Meine Eltern hatten erst mit über vierzig geheiratet und von mir war zunächst keine

Rede mehr. Für meinen Vater war es die erste Ehe, meine Mutter war damals verwitwet mit einem Kind, meinem Halbbruder Simon, der bereits neunzehn war, als ich auf die Welt kam. Bald nach meiner Geburt zog er weg. Michelle und ich waren also beide gewissermaßen Einzelkinder, weshalb unsere Lieblingsfantasie sich auch stets darum drehte, Teil einer wundervollen Großfamilie zu sein, wie sie nur in Romanen vorkamen. Wir liebten die Radletts, die uns Nancy Mitford nach dem kaum verhohlenen Vorbild ihrer eigenen chaotischen, abenteuerlich wilden und ach so vornehmen Großfamilie geschenkt hatte. Wir wären gern adoptiert worden von den Honeychurches aus Forsters *Zimmer mit Aussicht* und hätten Lucy und Freddy als Geschwister gehabt, wären von ihrer reizenden Mutter umsorgt worden und hätten jeden Tag mit den vielen temperamentvollen, ausgelassenen, warmherzigen Freunden und Verwandten, die beständig ein und aus gingen, verbracht.

Verstehen Sie mich nicht falsch. Meine Eltern waren auch herzensgute, freundliche und kluge Menschen. Aber sie waren weder gesellig noch temperamentvoll oder besonders zärtlich. Mein Vater wäre nie auf die Idee gekommen, seine Tochter ins Moor zu schicken und ihr eine Meute geifernder Bluthunde hinterherzuhetzen, wie Nancys Dad. Als Zahnarzt im Ruhestand hatte er viel Zeit, sich mit erhöhter Wachsamkeit den allgegenwärtigen Verbrechen gegen die Grammatik zu widmen, die sein Sprachempfinden störten. Das Temperament meiner Mutter wiederum geriet nur in Wallung, wenn es um Strickjacken der schottischen Traditionsfirma Pringle ging oder um die richtige Methode, einen Johannisbeerstrauch zurückzuschneiden. Jede Form von Exzentrik war meinen Eltern suspekt, denn sie sahen darin ein Warnsignal für das unaufhaltsame soziale Abgleiten, das am Ende zu unsittlichem Entblößen vor jungen Mädchen im Park führte, oder dazu, dass man ohne Grund vorbeifahrende Autos auf dem Weg nach Hause beschimpfte, wo dreiundfünfzig hungrige Katzen warteten. Meine Eltern waren vorsichtige Menschen, die sich in ihrem unspektakulären Leben eingerichtet und abgesichert hatten und keine Störungen wünschten. Toms Tod stellte natürlich einen Bruch in ihrer eingespielten Routine dar, aber sie begegneten dem Vorfall mit Nachsicht. Auch Mutters erster Mann war gestorben – er war langsam und elend an Bauchspeicheldrüsenkrebs verendet. Auf Toms Beerdigung hätte sie mir deshalb sicher gern mehr als nur die obligatorische Umarmung mit den sprachlichen Begleitfloskeln des Bedauerns geschenkt. Aber sie konnte einfach nicht aus ihrer Haut. Ich fand das nicht tragisch – manchmal reichte es, zu wissen, was ungesagt blieb …

Nun zurück zu meinem großen Schritt. Auf die Idee kam ich – Sie ahnen es – eines Morgens um drei Uhr in der Früh. Bei grellem Tageslicht betrachtet, bekam ich zwar entsetzliche Angst, aber nach einer dramatischen Auseinandersetzung mit mir selbst in meiner inneren Welt, bei der ich mich im Stile eines Dreißigerjahrehelden, der eine hysterische Frau zur Räson bringen muss, mehrmals selbst ohrfeigte, beschloss ich, es zu wagen. Warum auch nicht? Außer Erinnerungen, die mich regelmäßig in tiefste Schwermut stürzten, hielt mich in Neuseeland nichts. Wenn ich noch einmal ganz von vorne anfangen wollte, warum nicht gleich an einem anderen Ort mit anderen Menschen? London kam mir natürlich als Erstes in den

Sinn, mit zahllosen Bildern im imaginären Schlepptau, deren Haltbarkeitsdatum zwar schon vor mehr als achtzig Jahren abgelaufen war, die aber dennoch einen anhaltend verführerischen Sog auf mich ausübten.

Die Wirklichkeit sah nicht so berauschend aus. Ich kannte keinen Menschen in London, hatte keine Ahnung, wo ich wohnen, ja noch nicht einmal, wo ich mit der Suche beginnen sollte. Ohne Toms Rückendeckung hätte ich mich dieser kolossalen Aufgabe normalerweise nicht gewachsen gefühlt. Aber zu meinem eigenen Erstaunen nahm ich die Herausforderung an. Noch am selben Abend mailte ich an Freunde im Ausland und bat sie um Rat.

Nicht Michelle antwortete als Erste, sondern Adam, mit dem zusammen ich früher Literaturwissenschaft studiert hatte. Er leitete das Drehbuchlektorat eines großen, auf Horrorfilme spezialisierten Filmstudios in Los Angeles. Meistens erschienen die Filme zwar nur auf DVD, doch das konnte ihm schnuppe sein, denn an seinem hervorragenden Gehalt änderte sich dadurch nichts. Eigenen Angaben zufolge führte er ein prächtiges Leben, da er von früh bis spät von aufstrebenden, halbnackten schwulen Nachwuchsstars mit goldbraun glänzenden Körpern belagert wurde. Mit ihnen gemeinsam hatte er eigentlich nur die Homosexualität. Aber trotz seiner rappeldürren Gestalt und dem leicht teigigen Aussehen war Adam in der Szene heiß begehrt, weil er im Big Business war.

Er schrieb von einer Bekannten in London, die erst neulich einen »sagenhaft reichen Kerl« geehelicht habe. Sie wolle aber ein gewisses Maß an Unabhängigkeit und damit vorsorglich ihre Wohnung im Nordlondoner Stadtteil Islington behalten. Anscheinend war sie bereit, mein lächerlich geringes Mietgebot zu akzeptieren, unter der Bedingung, dass gleichzeitig mit meinem Einzug ein paar Renovierungsarbeiten stattfinden konnten.

*Clare meint* – so Adam weiter –, *wenn du einverstanden bist, dass eine Truppe Jungs bei dir mal eben ein paar Rohre verlegt (verzeih die Anzüglichkeit, aber Schlüpfrigkeiten sind schließlich mein Beruf), kannst du die Wohnung gerne haben. Ihr ist es recht, wenn das Haus bewohnt wird, sie hängt sehr daran und erträgt es nicht, wenn es verwahrlost, weil sich keiner drum kümmert. Nein, sie ist nicht meschugge, nur eine wandelnde Hormonschleuder, weil sie im fünften Monat schwanger ist. Wenn es dich anspricht, dann sind hier die Kontaktdaten …*

Ich muss gestehen, angesprochen hat es mich eigentlich nicht. Hämmernde Handwerker und deren staubige Hintern waren mir zu weit entfernt von Teddy und Tennis. Ich wartete bis nach dem Mittagessen und hoffte auf weitere E-Mails, doch meine Mailbox blieb verwaist. Entmutigt schrieb ich an meinen Halbbruder Simon, der viel in der Welt herumreiste, wenn auch eher in den Hochgebirgsregionen. Mittlerweile war er dreiundfünfzig und von Beruf Meeresforscher. Das klang schlimmer, als es war, obwohl er schon zu der Sorte Mann gehörte, die stets wilde Gesichtsbehaarung mit Birkenstockschuhen kombinierte. Er fuhr oft nach Patagonien und in ähnlich abgelegene Gegenden, um unwirtliche, kahle Gipfel zu bezwingen. Er konnte sich einhändig an eine Felswand klammern und wusste, wie man ein Lawinenunglück überlebte. Sollte in den nächsten Jahren eine globale Klimakatastrophe drohen, werde ich Zuflucht bei Simon und seinen Gesundheitslatschen suchen.

*Kennst du jemand in London?*, fragte ich in meiner E-Mail.

Er schrieb umgehend zurück: *Ich kenne die Queen, zählt das auch? Bin mir aber nicht sicher, ob sie schon von mir gehört hat. Darf ich fragen, warum dich das interessiert?*

Nein, durfte er nicht. Denn dann müsste ich auch meiner Mutter von den Plänen erzählen. Obwohl wir uns nicht sonderlich nahestanden, ging ich doch davon aus, dass es ihre Nerven schonte, wenn ich in der Nähe blieb. Oft genug jammerte sie über Simons Ausflüge nach Kathmandu, Machu Picchu oder wohin auch immer. Nein, jammern war nicht der richtige Ausdruck, sie beklagte sich nie offen, sondern verbarg ihre Besorgnis hinter Äußerungen wie »Ich hoffe nur, dass er seine Impfungen erneuert hat« oder »Nur gut, dass er nicht verheiratet ist«.

Genau genommen stimmte es auch nicht, dass ich *ihre* Nerven schonen wollte. Ich wollte ihr nichts sagen, weil *ich* meine Idee ziemlich beängstigend fand und, offen gesagt, selbst kurz vor dem Nervenzusammenbruch stand.

Und dann auch noch das viele Geld, das man für den Vorstoß auf einen anderen Kontinent brauchte! Die Heldinnen meiner Romane hatten es einfacher. Sie mussten nur als persönliche Assistentin bei irgendeinem Milliardär anheuern, und schon ging die Reise los. Leider schien es im Augenblick keine offenen Stellen zu geben. (Ja, ich gebe zu, ich habe tatsächlich recherchiert und ein bisschen gehofft.) Also musste ich selbst tätig werden und Folgendes erledigen:

- Bei Verlag anfragen, ob Honorar in gleicher Höhe auch ins Ausland transferiert wird. Antwort: ja, in neuseeländischen Dollar, wie vertraglich vereinbart.

- Durchschnittliche Miete einer halbwegs akzeptablen Zweizimmerwohnung in einer halbwegs akzeptablen Gegend in London recherchieren (Akzeptanz ergibt sich aus den Google-Street-View-Ansichten und entsprechenden Querverweisen zu Agatha Christie)
- Herausfinden, zu welchem Preis Haus in Neuseeland zu vermieten ist. Anruf bei Vermietungsagenturen ergibt relativ enttäuschenden Betrag wegen mangelnder Nachfrage auf dem Mietmarkt
- Aktuellen Wechselkurs Britisches Pfund – Neuseelanddollar erfragen
- Ansprüche herunterschrauben auf Einzimmerwohnung oder kleine Atelierwohnung
- Preise für Flüge nach Großbritannien checken (kurz überlegt, ob ich an die frische Luft gehen soll, um ein bisschen zu weinen)
- Anfrage bei Bank, ob die Festgeldanlage von Toms Lebensversicherung kurzfristig aufzulösen ist (Bauchschmerzen während des gesamten Gesprächs). Antwort: ja, mit Abzügen
- Nachfrage, auf welche Höhe sich diese Abzüge belaufen
- Ansprüche ein weiteres Mal herunterschrauben auf kleines Zimmer über einer Imbissbude oder im Rotlichtviertel
- Rausgehen und weinen
- Erneut Posteingang checken, ob möglicherweise reizvolleres Angebot eingetroffen ist
- Um halb acht abends vor Erschöpfung ins Bett fallen

Natürlich schreckte ich um drei Uhr in der Früh wieder hoch und war überzeugt, dass meine Entscheidung unmöglich richtig sein konnte. Ich würde verarmen, aus meinem Haus vertrieben und mittellos und ohne Freunde auf der Straße enden und erfrieren. Oder ein drogensüchtiger Penner würde mich erstechen, weil ich mich auf meiner verzweifelten Suche nach etwas Nahrung und Wärme in dessen notdürftiges Lager geschlichen hatte …

Das Geflüster der fiesen kleinen Gremlins in mir hielt mich eine Weile in Atem, bevor mir klar wurde, wovor ich wirklich Angst hatte. Diese Erkenntnis war schrecklicher als jede Vorstellung von Mord und Hungertod. Denn im Grunde hatte ich Angst, dass sich das, was Tom und ich zusammen erlebt hatten, nicht wiederholen ließ. Dass es im Leben nur einen Menschen gab, der für einen geschaffen war, und dieser eine Mensch war Tom gewesen. Einen anderen gab es nicht. Ich hatte Angst, Michelle könnte Recht behalten, und ein neuer Traummann erwartete mich wirklich nur in meiner Fantasie an irgendeinem Bahnhof.

Ich frühstückte in der Küche. Tom und ich hatten sie einst an einem Wochenende spontan in einer neuen Farbe gestrichen. Ich war damals für ein helles Grün, doch Tom hielt einen weicheren Farbton für wirkungsvoller, und er hatte Recht gehabt. Durch die Fenstertür blickte ich nun auf den kleinen Garten unseres Hauses. Es war Herbst, bald würden alle Blumen verblüht sein. Doch im nächsten Frühling würden sie wiederkommen, wie jedes Jahr, seit Tom und ich dieses Haus gekauft hatten.

Die Abläufe meines Lebens hier waren so vertraut. Es wäre leichter gewesen, nichts zu unternehmen und einfach zu bleiben. Hier hatte ich keine Geldsorgen, musste mich nicht um neue Bekannte kümmern und lief auch nicht Gefahr, zu entdecken, dass es keinen anderen Traummann gab. Dass ich in meinem Leben eben Tom schon gehabt hatte ...

Ich stand vor der Entscheidung: gehen und all die grauenvollen Unwägbarkeiten einer Veränderung in Kauf nehmen oder bleiben – und dann? Langsam in ein Leben mit Mr Tiddles und Sardinenbüchsen abgleiten?

Erneut las ich Adams E-Mail und schrieb daraufhin einer wildfremden Frau, ich würde gern ihr kleines Haus in Nordlondon anmieten, ohne zu wissen, ob ich es mir wirklich leisten konnte.

# 3

Das Flugzeug landete um halb sechs morgens. Die Zollabfertigung war keineswegs der Albtraum, der mir von Simon prophezeit wurde, dessen eindrucksvolles Stoppelfeld im Gesicht Beamte in aller Welt auch ohne ausreichende Verdachtsmomente reflexartig nach den Gummihandschuhen greifen ließ. Ich schob mich durch die Massen am Gate, die auf Freunde und Geliebte, allerdings nicht auf mich warteten, und stand nun im Flughafengebäude. Es war sechs Uhr fünfundzwanzig, der Heathrow-Express brauchte eine Viertelstunde bis Paddington, danach musste ich weitere zwanzig Minuten per Taxi nach Islington fahren. Mit der Vermieterin war ich um neun Uhr verabredet, also musste ich, wenn ich mit meinem vom Jetlag geplagten Hirn richtig rechnete, noch über zwei Stunden Zeit totschlagen.

Sollte ich einfach am Flughafen bleiben? Doch der Ort schien so konzipiert, dass die Ströme der Ankommenden unverzüglich zu den Ausgängen geleitet wurden. Außerdem stand haufenweise Militär mit Maschinengewehren in der Halle herum. Ich hatte noch nie ein echtes Maschinengewehr gesehen, wurde nervös und fühlte mich sofort schuldig, obwohl ich in meinem quietschorangen Rollkoffer wirklich nur Kleidung und einen Waschbeutel mitführte. Im Rucksack befanden sich ein Nackenkissen in Form einer polnischen Wurst, was ähnlich bequem war, und die vierbändige Ausgabe von Anthony Powells *Tanz zur Zeitmusik,* die sich in mehr als einer Hinsicht als schwere Belastung herausstellte. Ich beschloss, gleich nach Paddington zu fahren und zu schauen, was dort zu dieser Stunde geboten war.

Als Erstes bot sich mir der traumhafte Anblick eines wundervollen Glasgewölbes in der Haupthalle, als Nächstes sah ich eine Reihe dröger Schnellrestaurants, von denen mich keines zu einem zweistündigen Aufenthalt locken konnte. Bahnhöfe und Flughäfen sind seltsame Zwischenzonen, weder Ausgangsort noch ersehntes Ziel, und dennoch unumgänglich. Ich stieg in ein Taxi und bat den Fahrer, mich in die Nähe meines neuen Wohnorts zu einem Café zu fahren, das um diese Zeit schon geöffnet hatte.

Als das Taxi in Islington hielt, verlor ich allen Mut. Gerade waren wir noch auf einer belebten Hauptstraße mit zahlreichen Geschäften und Restaurants entlanggefahren, und die emsigen Pendlerströme des angehenden Arbeitstags bevölkerten die Gehwege und drängten in die Busse. Doch dann bog das Taxi ab in eine Seitenstraße, in der es auf einmal nichts anderes mehr gab als graue Wohnblocks, verwahrlost wirkende Reihenhäuser und ein ziemlich abschreckendes Schulgebäude. Die Schule in meinem Heimatort lag am Ende meiner Straße, war von einem hübschen weißen Gartenzaun umgrenzt und hatte eine weite, einladende Auffahrt mit hektarweise grünem Rasen drum herum. Die Schule hier hatte einen asphaltierten Schulhof mit Schlaglöchern und Gitterstäbe an den Fenstern.

An der Schule bog der Fahrer links ab und hielt kurz darauf an. Wir waren in einer Sackgasse parallel zur Hauptstraße gelandet, vor uns lag ein Stück Brachland, links und rechts waren ein paar schmuddelig wirkende Läden und am Ende befand sich ein winziges Café. Über allem thronte ein riesiger Sozialwohnungskomplex, der noch mehr farblose Reihenhäuschen überragte. Nur eine kleine Kirche stand anmutig und verloren in all der Tristesse auf einer winzigen Insel inmitten von Grünpflanzen und Bäumen. Wenn der Taxifahrer alles richtig gemacht hatte, sollte das hier also mein neues Viertel werden. Ich fragte mich plötzlich, ob *ich* alles richtig gemacht hatte.

»Ihr Haus is' da runter«, rief der Fahrer.

Ich hatte pflichtschuldig ein wenig Konversation gemacht und dabei meine neue Adresse verraten. Er zeigte auf eine weitere Nebenstraße, die auf einer Seite von Reihenhäuschen gesäumt war, auf der anderen von einer massiven Hochhaussiedlung. Die Reihenhäuser wirkten einigermaßen gepflegt, der Block mit Sozialwohnungen eigentlich auch. Das machte mir Hoffnung.

»Der Wohnblock war mal 'n ziemlich übles Drecksloch«, sagte mein Fahrer in feinstem Cockney-Englisch, das ihm eine lukrative Nebenrolle in *Eastenders* eingebracht hätte. »Is' aber wieder eins a, wurde ordentlich ausgemistet. Un' da drüben is' 'n Café«, fügte er mit einer Kopfbewegung nach links hinzu. »Das sind Italiener, verstehen aber was vom Kaffeebrüh'n.«

»Sie kennen sich gut aus, wohnen Sie auch hier in der Gegend?«, fragte ich.

Er drehte sich zu mir um, und nun konnte ich sein Gesicht sehen. Er war Anfang fünfzig, hatte eine schüttere graue Tolle voller Pomade und gegerbte Haut, die von Jahrzehnten beharrlichen Rauchens gelb und fahl geworden war.

»Meine Wenigkeit wär' gleich mit ausgemistet wor'n«, erwiderte er grinsend. »Aber is' schon in Ordnung. Soll ich Ihn'n zur Hand geh'n?«

Ich zögerte eine Sekunde zu lang mit der Antwort, er grinste wieder und sagte: »Alles halb so wild, Miss. Sie wer'n schon keine Scherereien krieg'n.«

Doch als ich dem Taxi nachblickte, sah ich im Rückspiegel, wie sich sein Grinsen in schallendes Gelächter verwandelte. Aus diesem Grund begegnete ich seinem Vorschlag, bei italienischem Kaffeegebräu auf meine Vermieterin zu warten, zunächst mit großem Misstrauen. Der Eingang des Cafés lag unter einer dicken Plastikplane, die als zeltartiger Vorbau vermutlich zum Zweck der Außengastronomie die Fassade verschandelte. Im Sommer wurde sie hoffentlich abgenommen. Aber wer weiß? Die Sommer in England waren ja bekanntermaßen unterirdisch. Heute, Anfang Mai, wurden dreizehn Grad Höchsttemperatur vorausgesagt, doch bis dahin war es noch ein ziemlich langer Weg die Thermometerskala aufwärts. Ich merkte, wie durchgefroren und hungrig ich war.

Neuseeland war London zwölf Stunden voraus, dort war es nun Zeit fürs Abendessen! Und in drei Stunden würde man ins Bett gehen. Nach über dreißig Stunden Anreise hätte ich mich am liebsten sofort hingelegt, doch ich musste noch zwei Stunden bis zur Schlüsselübergabe warten. So steuerte ich meinen orangefarbenen Rollkoffer in das Café und bestellte am Tresen einen doppelten Espresso und ein Croissant mit Schinken und Käse.

Ich sah mich nach einem freien Platz um, doch die wenigen kleinen Tische waren alle bereits mit ein oder zwei Personen belegt. Nur hinten bei den Toiletten gab es einen Vierertisch, an dem nur ein einzelner Mann in klassischer Männerpose saß: breitbeinig, ausladend und die Zeitung direkt vor dem Gesicht. Ich fackelte nicht lange – dafür war ich viel zu erledigt –, sondern ging direkt auf ihn zu und zog mir einen der freien Stühle hervor. Eine kleine Ecke der Zeitung senkte sich, und unter einer schwarzen Braue blickte mich ein dunkelbraunes Auge streng an.

»Kann ich mich dazusetzen?«

»Klar.« Seine Stimme war tief und rau, sein Ton auf eine »Mir doch schnurzegal«-Art neutral.

Die Zeitung ging wieder hoch, ich setzte mich hin. Dann kam mein Espresso, der mir mit einem Lächeln und einem *»Buon Giorno«* von einem der, wie ich vermutete, Italiener serviert wurde. Er war Ende vierzig, hatte eine nette Glatze (im Unterschied zu einer traurigen, derer man sich schämte) und war auch sonst recht attraktiv. Ich beschloss sofort, ihn nett zu finden.

Auch der Kaffee war ganz ausgezeichnet. Etwas entspannter schaute ich mich um und stellte fest, dass dies eigentlich gar kein richtiges Café war, sondern ein italienischer Delikatessenladen mit angeschlossenem Bistro. Überall standen Regale, in denen sich Pasta, Oliven, Dosentomaten, Panettone, Balsamico, Olivenöl und Wein bis zur Decke hinauf stapelten. Es gab auch eine Tiefkühltruhe mit italienischem *Gelato* und eine Vitrine mit lecker aussehenden Backwaren, Salaten und Pastagerichten. In mir keimte neue Hoffnung, denn inmitten von grauer Ödnis war ich offenbar in einer Oase zivilisierter Esskultur gelandet.

Mein Croissant kam. Es war kross aufgebacken, und der geschmolzene Käse troff verlockend an den Seiten heraus. Mein Heißhunger ließ mich zivilisatorische Errungenschaften wie Messer und Gabel vergessen, und ich nahm es einfach in die Hand. Es schmeckte himmlisch. Wahrscheinlich gab ich kleine Schmatzlaute des Entzückens von mir, denn plötzlich raschelte es mir gegenüber, und die Zeitung senkte sich erneut. Diesmal blickte ich in ein komplettes Paar brauner Augen unter düster zusammengekniffenen Brauen.

Schnell wischte ich mir einige Krümel aus dem Gesicht und murmelte: »Verzeihung, bin am Verhungern.«

Doch mein Tischnachbar sah nicht mich an, sondern starrte unverhohlen auf mein Croissant und nuschelte etwas, von dem ich heute noch schwören würde, es klang wie »Echt fies«.

»Wie bitte?«

Er sah mich mit gerunzelter Stirn an. »Speck?«, verlangte er zu wissen.

Ich schaute nach. »Nein, Schinken. Definitiv.«

»Pfffhhh …«

Dann ging die Zeitung erneut hoch, um das Ende dessen anzuzeigen, was nur sehr bedingt Unterhaltung genannt werden konnte. Ich hielt Ausschau nach einem anderen Tisch, aber es war nichts frei. Immer mehr Kunden strömten herein. Vermutlich legten viele Pendler noch schnell einen kleinen Zwischenstopp vor Arbeitsbeginn ein, oder sie ließen sich Kaffee oder Sandwiches zum Mitnehmen in braune Tüten packen, wenn sie früher bei der Arbeit sein mussten oder sowieso schon zu spät dran waren. Vermutlich ging es hier gegen halb neun ruhiger zu. Wer würde zu der Zeit wohl an diesen Tischen sitzen? Für Mütter mit Babys war es dann noch zu früh, die saßen – sofern mich meine Freundinnen mit Kind richtig informiert hatten – eher gegen zehn oder halb elf in den Cafés. Aber wer kam zwischen halb neun und halb elf?

Ich aß das Croissant auf, versuchte die letzten Krümel mit den Fingerspitzen aufzunehmen und schaute verstohlen auf die Uhr. Mist. Nicht einmal halb acht, noch eineinhalb Stunden bis zu meiner Verabredung. Die Läden auf der High Street waren noch geschlossen, und nach der kurzen Unterhaltung mit dem Taxifahrer verspürte ich wenig Lust, meinen bunten Rollkoffer durch diese Gegend zu bugsieren. Ich hätte zwar jeden Angreifer mit den Wackersteinen in meinem Rucksack in die Flucht geschlagen (vermutlich die einzige Freude, die mir dieser vierteilige literarische Wälzer je bereiten würde), doch ich wollte es lieber nicht darauf ankommen lassen.

Ich dachte an den letzten Besuch bei meinen Eltern. Sie hatten sich nach meiner Hochzeit ein kleineres Haus gekauft, in dem alles sehr gepflegt, blitzsauber und farblich penibel aufeinander abgestimmt war – inklusive meiner Eltern. Ein Zimmer blieb unbewohnt, aber Gästezimmer konnte man es nicht nennen. Meine Eltern hatten nie Besuch. Trotzdem legte meine Mutter im Bad Gästeseife aus, die jahrzehntelang unbenutzt blieb, aber jeden Tag liebevoll abgestaubt wurde.

Aber ich schweife ab. Die Nachricht von meiner Auswanderung nahmen meine Eltern einigermaßen gelassen hin. Es blieb ihnen auch nichts anderes übrig, immerhin war ich mittlerweile vierunddreißig, keine siebzehn mehr. Doch begeistert waren sie nicht.

»Ich gehe davon aus, dass die Sicherheitsmaßnahmen in London seit den Bombenanschlägen verstärkt wurden«, sagte meine Mutter, und mein Vater meinte: »Der neuseeländische Dollar wird gegenüber dem Pfund noch weiter an Wert verlieren. Aber du hast hoffentlich finanziell vorgesorgt.« Dann boten sie mir ein Glas trockenen Sherry an, das ich, wie Sie sich denken können, dankend annahm. Ich glaube, ich habe es sogar in einem Zug geleert.

Erneut blickte ich auf die Uhr. Es war wie verhext, erst sieben Uhr dreiunddreißig. Unabsichtlich starrte ich auf die Titelseite der Zeitung, die mir mein Tischnachbar vor die Nase hielt. Eigentlich finde ich es unhöflich, die Zeitung anderer Leute mitzulesen, aber er hatte zwischen uns die Große *Guardian*-Mauer errichtet und merkte es nicht. Es war niederschmetternd. Ich kannte keinen der Namen aus den Überschriften. Keinen einzigen. Nicht genug, dass ich mein Leben noch einmal von vorn beginnen musste, nein, auch die Welt der britischen Öffentlichkeit, Namen aus Politik, Medien und die ganze B- und C-Prominenz des Landes musste ich mir neu erarbeiten! Die Schlagzeilen des *Guardian,* die mir ins Gesicht sprangen, waren in einer Geheimsprache verfasst, die ich erst mühsam lernen musste, bevor ich mich heimisch fühlen konnte. Am liebsten hätte ich meinen Kopf auf die Tischplatte gelegt und geweint. Zum Glück reichte der Platz nicht.

Auf einmal wurde die Zeitung energisch zusammengefaltet und auf den Tisch geknallt. Mein Gegenüber entpuppte sich als Mittvierziger mit breiten Schultern, sehr kurz geschnittenen schwarzen Haaren und ausdrucksvollem Gesicht mit olivfarbenem Teint – nicht gut aussehend im klassischen Sinn, aber aufgrund seiner selbstbewussten Art äußerst attraktiv. Er trug einen eleganten schwarzen Anzug und ein weißes Hemd mit blau gestreifter Krawatte und strahlte zu ungefähr gleichen Teilen Wohlstand und temperamentvolle Ruhelosigkeit aus. Schwer zu sagen, was er beruflich machte. Eigentlich sah er aus wie einer dieser undurchsichtigen Unterwelttypen, deren Leben später mit Robert De Niro in der Hauptrolle verfilmt wurde. Oder mit Ian McShane, wenn das Budget knapper ausfiel. Aber auf jeden Fall inklusive totem Pizzaboten und wenigstens einer schlimmen Schlitzerszene (mindestens von Ohr zu Ohr).

Auch der Gangsterboss sah auf seine Uhr. Dann, als wäre seine Erwartung ziemlich enttäuscht worden, stieß er einen Seufzer aus und blickte mir direkt in die Augen.

»Ich könnte jetzt auch nach Hause gehen«, sagte er. »Aber dann müsste ich noch einmal wiederkommen, und das wäre verdammt noch mal reinste Zeitverschwendung.« Gleicher Akzent wie mein Taxifahrer – auch ein Kandidat für die TV-Serie *Eastenders*. Ian McShane hatte die Rolle des Unterweltbosses soeben an Ross Kemp verloren.

»Aha«, sagte ich.

»Noch einen Kaffee vertragen meine Nerven nicht, und ich darf auch nichts Ordentliches essen, weil sonst die Arterien verkalken. Wie hoch ist Ihr Cholesterin?«

»Ich … hab keine Ahnung.«

Er drohte mir ironisch mit dem Zeigefinger. »Sie sollten sich unbedingt darum kümmern. Es ist immer dasselbe: Man ist jung, glaubt, man wäre unsterblich und dann – zack. Auf einmal ist man vierzig und gearscht. Vorsorge zahlt sich aus, es verhindert böse Überraschungen. Der

Tod zum Beispiel, Gottes ultimatives Ich-hab-dich-verdammt-nochmal-gewarnt-du-Idi…«

Er verstummte, als er mein Gesicht sah. Ich wusste nicht, wie ich in diesem Moment aussah, denn ich war zu sehr darauf konzentriert, überhaupt Luft zu bekommen. Aus seiner Reaktion und der unzähliger anderer vor ihm folgerte ich jedoch, dass ich plötzlich sehr blass wurde und sich Schweißperlen auf meiner Stirn zeigten. Ich spürte meine feuchten Hände.

»Meine Güte, was ist denn passiert?« Er kniff die Augen zusammen und beugte sich vor. »Sie sind doch nicht etwa schwanger?«

Vor Überraschung musste ich lachen, dadurch bekam ich wieder Luft.

»Nein!«

»Meine Frau ist nämlich schwanger, im fünften Monat. Sie ist etwas unausgeglichen – nein, das beschreibt ihren Zustand nicht annähernd. Sie erinnert mich an eine Ninja-Meuchelmörderin, die mich jederzeit anfallen kann. Gerade saß man noch arglos in der Sonne und ließ die Seele baumeln, und plötzlich rettet dich nur noch ein Hechtsprung in den nächsten Schützengraben. Sie fängt dauernd grundlos an zu weinen, die Nachrichten musste ich ihr ganz verbieten. Zur Babyparty bekam sie *Der Hase mit der roten Nase* geschenkt. Sie hörte nicht mehr auf zu heulen wegen des Hasenbilds auf dem Einband! Ich musste das Buch sofort außer Reichweite schaffen. Unvorstellbar, was passiert wäre, wenn sie es gelesen hätte.«

»Herzlichen Glückwunsch«, sagte ich. »Zum Baby, meine ich.«

»Danke«, erwiderte er und errötete überraschend, aber

ziemlich charmant. Dann legte er wieder die Stirn in Falten und fragte: »Was hat Sie eben so aus der Fassung gebracht?«

»Ach«, sagte ich, und nun glühten meine Wangen, daher mied ich seinen Blick, »mir steckt der Jetlag noch in den Knochen.«

Ich suchte Halt an meiner Kaffeetasse, aber sie fiel mir prompt aus der zitternden Hand. Es war nicht mehr viel drin, doch es reichte, um die Serviette, die ich mit flatteriger Hand auf die Pfütze tupfte, sofort aufzuweichen und in einen nassen, tropfenden Klumpen zu verwandeln. Obwohl es vollkommen nutzlos war, tupfte ich damit einfach weiter auf dem Tisch herum. Schweigend förderte er ein blütenweißes Taschentuch zutage und reichte es mir.

Es war bald nicht mehr weiß. Ich starrte auf das braun gefleckte Baumwollknäuel in meiner Hand und biss mir auf die Lippen.

Mit einer unwirschen Geste wehrte er meinen Versuch ab, es zurückzugeben. »Behalten Sie es.«

Nach einer kurzen Pause sagte er: »Am Jetlag kann es nicht liegen. Sie sind ja völlig aufgewühlt. Was ist wirklich los?«

Herrje. Ich war unentschieden, ob ich seine direkte Art nervig oder sympathisch finden sollte. Klar war jedoch, ohne eine befriedigende Antwort würde er keine Ruhe geben. Also bekam er sie.

»Mein Mann ist gestorben.«

Erstaunt ließ er sich in seinen Stuhl zurückfallen. »Ein Unfall?«

»Sein Herz war im Eimer, aber niemand hat es gewusst.«

»Wie lange ist das her?«

»Schon eine Weile. Aber es gehen noch häufig genug ...« Mir wurde schon wieder heiß und kalt. »Keine Ahnung, wie ich es nennen soll ... Es gehen kleine Kummergranaten in mir hoch.«

Er starrte mich fassungslos an. »Das tut mir leid, tut mir unendlich leid für Sie. Ist ja furchtbar.«

Der unvermeidliche Moment des unbeholfenen Schweigens setzte ein. Er kam so sicher wie das Amen in der Kirche. Wenn die andere Person fieberhaft überlegte, wie sie entweder die Unterhaltung in eine andere Richtung oder sich selbst zur nächsten Tür hinausmanövrieren konnte.

Doch dann sagte er: »Wenn Clare sterben würde, müsste ich auswandern. So weit weg wie möglich, am besten in eine Berghöhle nach Aserbaidschan, wo ich dann in Trauer und Yakpisse versinken würde.«

»Gibt es denn Höhlen in Aserbaidschan?«

Er zwinkerte. »Keinen blassen Schimmer«, sagte er grinsend.

Dann gestikulierte er in Richtung leere Tasse und fragte: »Wollen Sie auch noch einen? Meine Nerven sagen zwar Nein, aber ich sage: Scheiß drauf!«

Ich spürte meinen eigenen Nerven nach und fand, sie hatten sich stabilisiert. Im Grunde fühlte ich mich sogar wieder recht munter. Nicht unerheblichen Anteil daran hatten die Offenheit und Direktheit dieses bemerkenswerten Mannes. Die meisten Menschen waren peinlich berührt und hätten sich eher ins Knie geschossen, als über den Tod zu reden. Doch ich ahnte, dass mein Gegenüber nicht nur in dieser Hinsicht anders als die meisten Menschen war.

Dankbar lächelte ich ihn an. »Ich nehme gern noch einen.«

Als er sich erhob, sah ich erst, wie groß er war: geschätzt eins neunzig. In seinem eleganten dunklen Anzug wirkte er respekteinflößend, aber der Italiener hinter dem Tresen fing sofort an, überschwänglich mit ihm zu plaudern. Offenbar war er ein Stammgast und leider (so musste ich etwas enttäuscht feststellen) doch kein Unterweltboss. Sonst hätte es bestimmt mehr Gesten der Unterwürfigkeit und Beflissenheit beim Tresenpersonal gegeben, und außerdem einen dicken Goldring am kleinen Finger des Gangsters.

In meiner Fantasie wurde er sofort zu einer Figur aus meinen Büchern. Eine schlechte Angewohnheit von mir, die ich dringend besser in den Griff bekommen musste. Ich machte das nur bei Menschen, die ich eigentlich kaum kannte, und es war auch besser, wenn sie Unbekannte blieben. Denn es kam schon vor, dass ich bei einem erneuten Treffen Menschen wegen einer Geschichte ansprach, die nur in meiner Vorstellung stattgefunden hatte. Sie wussten überhaupt nicht, worauf ich hinauswollte. Solche Situationen waren ziemlich peinlich und nicht zur Nachahmung zu empfehlen.

Doch ganz lassen konnte ich es nicht – das Herumfantasieren, meine ich. Als mein Tischnachbar zurückkam, war er bereits zu einem hochgewachsenen Clive Owen mutiert, und ich hatte ihm eine geheimnisvolle dunkle Vergangenheit angedichtet. Wie hätte er denn sonst zu sagenhaftem Reichtum kommen sollen? Der Grund für seine emotional blockierte Seelenlage, so ging meine Geschichte weiter, war die Verleugnung seiner großen Liebe, einer tugendhaft schönen Grundschullehrerin (Anne Hathaway mit Brille und Dutt). Ich überlegte gerade, wie sie heißen sollte, fand Clare zwar nicht schlecht, tendierte jedoch eher zu

Margaret, weil es altmodischer und vor allem intellektueller klang …

Er musste etwas gesagt haben, denn auf einmal sah er mich erwartungsvoll von der Seite an. Tief versunken in meine eigene Welt hatte ich wieder nichts gehört und wunderte mich nur, dass er Clive Owen überhaupt nicht ähnlich sah.

»Tut mir leid, was haben Sie gesagt?«

»Ich sagte, meine Frau habe mich gebeten, hier heute Morgen einen Typen zu treffen, weil sie überraschend zur Arbeit musste. Ich könnte schwören, sie sagte um acht, aber sie behauptet, sie hätte klar und unmissverständlich neun Uhr gesagt. Und ich werde den Teufel tun, mit ihr darüber zu diskutieren, mein Leben ist mir heilig. Aber ohne die Aussicht auf mehr Kaffee oder leckeren Frühstücksspeck ist es echt übel, hier herumzuhängen. Was für ein verdammtes Pech.«

Von Ferne klingelte ein silberhelles Glöckchen. »Moment mal. Sie sagten, Ihre Frau heiße Clare?«

»Ja, wieso?«

»Ich glaube, ich bin der Typ, auf den Sie warten.«

Er starrte mich einen Augenblick ungläubig an. »Das kann ich mir nicht vorstellen …«

Ich streckte ihm die Hand hin und sagte: »Ich bin Darrell. Etwas ungewöhnlich, ich weiß. Es gibt keine rationale Erklärung für die Namenswahl meiner Eltern. Aber so ist es nun mal.«

Er gab mir die Hand. »Ich heiße Patrick. Meine Eltern sind Iren. Die Begründung lässt sich in meinem Fall also ganz ohne Einstein herleiten.«

Ich zählte noch einmal schwarzes Haar, dunkle Augen

und Olivteint zusammen und sagte: »Sie wirken aber nicht besonders irisch.«

Eine Sekunde zögerte er mit der Antwort. »Irische Zigeuner.«

»Wirklich? Wie romantisch!«

»Nun, wenn Sie bettelarm und sozial ausgegrenzt romantisch nennen wollen, bitte sehr.«

Ich hätte mich ohrfeigen können. Manchmal benahm ich mich wie ein Volltrottel.

Er rettete die Situation, indem er einfach das Thema wechselte. »Sie wollen also wirklich während der Renovierungsarbeiten im Haus wohnen?« Es klang, als zweifelte er an meinem Verstand.

»Ich kann es mir nicht leisten, das Angebot abzulehnen.«

Er nickte. Trotz der Aura von Wohlstand und Gediegenheit schien auch er Lebensumstände zu kennen, in denen man jeden Penny mehrmals umdrehen musste, um festzustellen, dass es trotzdem nicht reichte.

»Sind Sie fertig mit Ihrem Kaffee?«, fragte er.

Und weil er seinen in einem Zug geleert und sich bereits erhoben hatte, sagte ich hastig: »Selbstverständlich.«

»Gut, gehen wir hinüber zum Haus.«

Er ergriff den Rollkoffer mit einer Hand, als würde er nicht mehr als seine Zeitung wiegen, und ging Richtung Ausgang. Ich stolperte hinterher und versuchte, mit ihm Schritt zu halten.

Der freundliche Italiener am Tresen rief uns nach: »*Ciao*, bis morgen dann.«

Ich war sicher, er meinte eigentlich den Mann, dem ich hinterherlief, doch als ich mich umwandte und noch einmal meinen Blick durchs Café schweifen ließ, überlegte ich gespannt, wen ich hier noch alles treffen würde, sollte ich tatsächlich morgen wiederkommen…

Dann wurde mir bewusst, dass ein großer, dunkler Fremder soeben meinen Koffer an sich genommen hatte und ich beide kaum je wiedersehen würde, wenn ich nicht endlich meinen lahmen Hintern in Bewegung setzte.

# 4

**LADY MO:** Das Haus ist entzückend, die kleinen viktorianischen Erker sind allerliebst. Anzahl der Zimmer?

**DARRELL:** Zwei Schlafzimmer und ein Bad oben, Wohnzimmer und Küche unten. In meinem Zimmer steht ein großes weißes Bett mit einer bequemen Matratze, auf der ich schlafe wie die kleine Prinzessin – natürlich bevor sie in die Mansarde verbannt wurde.

**LADY MO:** Hübsche Farbe an den Wänden, vor allem das weiche Blaugrün im Wohnzimmer. Chads Mutter besteht darauf, solche Räume Salon zu nennen, deshalb sage ich immer Aufenthaltsraum dazu. Ihre Halsschlagadern platzen dann jedes Mal fast, aber sie kann mir nichts tun. Ich bin die Mutter des Kronprinzen …

**DARRELL:** Meine Mutter nennt es Gesellschaftszimmer, aber ich kann mich kaum an Gesellschaft erinnern. Tatsächlich hat sich höchstens zweimal Besuch darin aufgehalten, seit ich denken kann. Nicht einmal Staub leistet den Möbeln Gesellschaft, weil jedes Staubkorn, das bei Sinnen ist, einen großen Bogen um das Haus meiner Mutter macht.

**LADY MO:** Gott und Germaine Greer sei dank, dass wir uns dem Putzwahn besser entziehen können. Obwohl die Breikruste auf meinem Küchentisch eine bedenkliche Härte aufweist. Da muss ich wohl mit dem Schneidbrenner ran. Apropos: Wann wird dein hübsches Häuschen abgerissen?

**DARRELL:** Es wird nicht abgerissen, nur renoviert. Und auch nur Küche und Badezimmer.

**LADY MO:** Badezimmer im Singular? Was machst du, wenn dort Baustelle ist? Im Fitnessstudio duschen?

**DARRELL:** Hah! (Hohngelächter) Kann mir die Jahresgebühr für die Bibliothek kaum leisten, geschweige denn eine Mitgliedschaft im Fitnessclub.

**LADY MO:** Was also dann? Willst du ein Dixi-Klo mieten? Oder ein Plumpsklo im Garten anlegen?

**DARRELL:** Warum findest du Toiletten plötzlich so spannend?

**LADY MO:** Harry wird gerade ans Töpfchen gewöhnt, das ist unheimlich aufregend!

**DARRELL:** Für dich vielleicht …

**LADY MO:** Danke für deine schonungslose Offenheit, habe verstanden. Themenwechsel: Ich nehme an, du hast deinen neuen Vermieter gegoogelt?

**DARRELL:** Natürlich! Adam hat Recht, er ist steinreich. Macht in Immobilien.

**LADY MO:** Mir zeigt Google gerade einen furchterregend großen, dunklen Mann. Immobilien in Anführungszeichen? Wie »illegale Müllkippe« oder »Sexgewerbe«?

**DARRELL:** Ich gebe zu, sein Äußeres könnte zu solchen Spekulationen verleiten. Aber er ist einfach viel zu wunderbar.

**LADY MO:** Plötzlich entbrennst du für unheimliche Riesen?

**DARRELL:** Nein, aber er hat eine sehr charmante Art. Flucht wie ein Bierkutscher und bringt mich zum Lachen. Ich glaube, man kann mit ihm über alles reden.

**LADY MO:** Ach herrje, hast du dich etwa in ihn verguckt?

**DARRELL:** Zum Glück nicht, es wäre zum Scheitern verurteilt. Er scheint TOTAL vernarrt in sein schwangeres Frauchen zu sein. Nein, nein (seufz). Mein Anfall von Zuneigung kommt aus einer anderen Richtung. Vergleichbar mit den Gefühlen eines Mauerblümchens auf dem Schulball, das kurz vor Torschluss doch noch von einem Jungen zum Tanz aufgefordert wird und ihm danach aus Dankbarkeit mit treuem Dackelblick hinterherläuft und ihn in den Wahnsinn treibt.

**LADY MO:** So etwas habe ich nie gemacht. Klingt traurig. Willst du mein Mitleid?

**DARRELL:** Nein! Wollte nur andeuten, dass ich mich aus Verzweiflung mittlerweile an jeden hefte, der ein wenig nett zu mir ist. Die Italiener vom Café sind nett. Bestelle aus Dankbarkeit immer mehr, als ich mir leisten kann. Wenn ich länger bleibe, sind sie länger nett zu mir. Bin auch schon fast in Rührung ausgebrochen, als ein windiger Typ aus der Nachbarschaft zum zweiten Mal auf dem Fahrrad an mir vorbeigerauscht ist und mir Obszönitäten hinterhergebrüllt hat.

**LADY MO:** Was sind das für seltsame Gefühlsduseleien? Bitte um Erklärung.

**DARRELL:** Fühle mich so wenigstens beachtet! Habe oft das Gefühl, unsichtbar zu sein. Von der Großstadt verschluckt.

**LADY MO:** Warum suchst du dir nicht ein hübsches Häuschen auf dem malerischen englischen Lande? Mit einer lustigen Adresse wie »The Tits Nest, Upper Todger« und Miss Marple als Nachbarin?

**DARRELL:** Hast du dir mal die Mietpreise für Landhäuser angeschaut??? Höchstens bezahlbar in idyllischen Dörfern am äußersten Rand von Nordschottland, wo du entweder von mutierten Mückenarten oder Frostbeulen dahingerafft wirst.

**LADY MO:** Dann sage ich jetzt mal im »Kein Mitleid«-Tonfall von Dr. Phil: Erhebe deinen Arsch vom Sofa und geh' unter die Leute!

**DARRELL:** Würde ich ja, wenn's da nicht ein kleines Problem gäbe. Meine Feigheit.

**LADY MO:** Du hast auch Tom irgendwie kennengelernt. Er war damals ebenfalls ein unbekanntes Wesen.

**DARRELL:** Der Zufall wollte es so, ich musste gar nichts tun. Es ist einfach passiert.

**LADY MO:** Als ich Chad kennenlernte, wurde er von hirnlosen Blondchen und Tussen umschwärmt. Ich bin über sie hinweggerauscht wie ein Bulldozer und habe sie alle plattgemacht. Sie hatten keine Chance. Chad übrigens auch nicht.

**DARRELL:** Und wenn ich jemanden anspreche und denjenigen dann todlangweilig finde und mir lieber die Pulsadern aufschneiden möchte, als den Abend weiterhin mit ihm zu verbringen? Was dann?

**LADY MO:** Du wirst es nicht herausfinden, wenn du's nicht versuchst. Ha ha ha!

**DARRELL:** Wow. Du bist die beste Freundin der Welt.

**LADY MO:** Und wenn du so weitermachst, bald auch deine einzige, du kleiner Feigling.

**DARRELL:** Danke für die bittere Wahrheit, habe verstanden. Seufz. Also schön, ich werde mutig meinen Hintern erheben.

**LADY MO:** Braves Mädchen! Wenn Dr. Phil von dir wüsste, er wäre stolz auf dich. Lass dir sagen: Es bringt nichts, die Unterhosen zu verknoten, davon wird's nicht besser, und du gewöhnst dir bloß einen ganz komischen Gang an. Stand neulich im Internet, muss also wahr sein.

Sie stellen sich vermutlich vor, Liebesromane zu schreiben wäre eine faszinierende, ja sogar glanzvolle Beschäftigung. In meiner Fantasie ist es das auch. In Wirklichkeit ist es allerdings ein Beruf wie jeder andere, verbunden mit viel Arbeit, zumindest für all jene, bei denen kein Bestseller-Siegel auf dem Buchdeckel prangt. Also praktisch für fast alle. Ich stelle ein Produkt her, das andere Leute kaufen sollen, habe regelmäßige Arbeitszeiten und muss Abgabetermine einhalten. Mein Gehalt ist angemessen, aber nicht gerade üppig, und wenn ich mich besser verkaufen könnte, würde ich vielleicht mehr Geld bekommen. Mehr verdienen würde ich auch, wenn ich Einzeltitel statt Spartenliteratur schreiben würde oder wenn meine Sparte wenigstens extrem nachgefragt wäre, wie zum Beispiel aktuell das »Romantisch-Übersinnliche«.

Okay, sorry, ich sollte wohl erst ein paar Details klären. Liebesliteratur wird grundsätzlich in zwei Arten unterteilt: Spartenliteratur oder Einzeltitel. Spartenromane werden nach Gattung oder Thematik in verschiedene Sparten unterteilt. Früher gab es nur die eine: Boy meets Girl. Heute gibt es viele unterschiedliche Möglichkeiten, wie dieses Aufeinandertreffen vonstatten geht, zum Beispiel in der Variante »zeitgenössisch« (also Sex und eine gute Portion Realismus) oder als »romantischer Thriller« (Sex und Spannung), »historische Romanze« (Sex mit Schamkapsel und Korsett), »übersinnliche Liebesgeschichte« (Sex und mythische Kreaturen), und in den Sparten »jugendfrei« (Sex in Gedanken) oder »traditionell« (ohne Sex, denn der würde die schöne Geschichte nur ruinieren).

Spartenromane erscheinen häufig als Reihe mit einander ähnelnden Titeln, die zudem gern auch ein wenig andeuten, wie verrucht die Sexszenen sind. Da in regelmäßigen Abständen ein neues Buch herauskommt, ist dessen Verweildauer im Regal der Buchhandlungen entsprechend kurz.

Meine Romane fallen in die Sparte »zeitgenössisch« und erscheinen in der Reihe »Liebesmagnaten« (ja, schlimmer Titel, aber nicht auf meinem Mist gewachsen). Außer mir schreiben in diesem Genre etwa tausend professionelle Autorinnen weltweit, und die meisten sind mit ihrer Aufgabe sehr zufrieden. Nur manche – so wie ich, obwohl ich bisher noch nichts dahingehend unternommen habe – würden lieber auf Einzeltitel umsatteln.

Warum? Weil Einzeltitel so lange im Regal der Buchhandlungen bleiben, wie sie sich verkaufen. Wer sich also einen Namen machen und mehr verdienen möchte, sollte Einzeltitel schreiben. Der entscheidende Unterschied ist, dass man mit denen – statt auf dem Ramschtisch – durchaus auch auf der Bestsellerliste der *New York Times* landen kann.

Wie wird man Einzeltitel-Autorin? Am besten, man wird vom Verlag dazu ermuntert. Nach einem vielversprechenden Anfang als Reihenschreiberin erfolgt manchmal eine verlagsinterne Hochstufung. Mir wurde diese Ehre bislang jedoch nicht zuteil.

Ich könnte Hipster dafür verantwortlich machen. Sie ist die für mich zuständige Verlagslektorin, und ihr richtiger Name lautet – ich schwöre, auch das habe ich mir nicht ausgedacht! – Hippolyte McManus. Sie kommt aus Queens, N.Y., und wir telefonieren ungefähr zweimal im Jahr miteinander. Sie beendet die Gespräche gern mit »Das war ja total echt!«, und die restliche Zeit über korrespondieren wir per E-Mail. Nur sie selbst nennt sich Hipster. Bisher ist ihr nicht aufgefallen, dass ich sie nie so nenne, was viel über ihre Persönlichkeit aussagt.

Laut Vertrag muss ich pro Jahr drei Bücher vorlegen, was dramatisch klingt, aber machbar ist. Die Recherchearbeit hält sich, bis auf meine Raubzüge durchs Condé-Nast-Imperium, in Grenzen. Bilder ausschneiden und einkleben kann ich abends gemütlich bei einem Glas Wein. Meine Sätze müssen nicht poetisch, nur einigermaßen plausibel klingen, und innerhalb von fünf Wochen habe ich in der Regel meinen ersten Entwurf fertiggestellt. Dann sitze ich noch eine Woche daran, um alles erneut zu überprüfen. Danach schicke ich es Hippolyte. Sie antwortet meist umgehend per E-Mail mit einem Fragenkatalog, zum Beispiel warum Pierce auf Seite elf überhaupt ans Telefon geht, wenn seine Exfrau anruft, oder warum Nathalie so freundlich bleibt, obwohl er sich auf Seite siebenundfünfzig wie ein Dreckskerl aufführt. Oder: Was soll denn dieses komische Diadem, wo doch kein Mensch mehr auf die Idee kommt, so ein Ding zu tragen, seit Lady Di das Zeitliche gesegnet hat? Normalerweise versuche ich, alles in Ruhe zu erklären, und wenn das nicht hilft, schreibe ich es um, bis Hippolyte zufrieden ist. Dann erhalte ich irgendwann ein paar Vorabexemplare und etwas später das Honorar.

Diesmal wurde ich schon etwas unruhig. Vor meiner Abreise hatte ich ihr meinen neunten Roman, *Für die Privat-*

*sammlung des Milliardärs,* geschickt, und eigentlich hätte der Fragenkatalog längst bei mir eintreffen müssen. Hipster war eine Frau der Tat. Aber vielleicht ertrank sie gerade in Manuskripten? Oder sie war verreist.

Irgendeine vernünftige Erklärung für ihr Schweigen gab es bestimmt, und, offen gesagt, brachte mich im Augenblick ohnehin alles, was über das reine Atmen hinausging, schnell aus der Fassung.

Das hieß leider auch, dass ich trotz Michelles aufmunternder Worte nicht den Mumm aufbrachte, um mich den anderen Gästen im italienischen Café vorzustellen. Ich war fast jeden Tag dort und konnte mittlerweile zwischen Stammgästen und Laufkundschaft unterscheiden, aber ich hatte nicht einmal den Mut, Blickkontakt aufzunehmen. Stattdessen verschanzte ich mich hinter meinen Büchern.

Wie ein Feigling.

Ein schüchternes Huhn.

*Buch, Buch, Buch ...*

Mein Verhalten war schon deshalb absurd, weil meine Wenigkeit die Zahl der Stammgäste von drei auf glatte vier hochschnellen ließ. Nur drei andere außer mir! Das musste doch machbar sein. Aber meinen Sie, ich hätte es geschafft, drei Leute morgens freundlich zu grüßen? Tja, da irren Sie sich gewaltig.

Doch selbst wenn man mir meine Feigheit nachsehen wollte, bliebe vermutlich eine Frage offen: Warum verbrachte sie denn so viel Zeit in einem Café, obwohl sie in einer der tollsten Metropolen der Welt lebte und es dort wirklich mehr als genug zu sehen und zu erkunden gab?

Eine sehr berechtigte Frage, für die ich keine gute Erklärung hatte. Nur eine ziemlich schlechte, nämlich dieselbe, wie eben schon: Feigheit. Ängstlich klammerte ich mich an diesen Ort und allein der Gedanke, einen Ausflug ins benachbarte Highbury zu machen, erschien mir schon gewagt. Im Café wurde ich immerhin wiedererkannt – die Italiener sprachen mich mit Namen an –, und die Frauen aus der Drogerie nebenan sagten Hi, das wollte ich nicht aufs Spiel setzen. Ich befürchtete, schon die geringste Abwesenheit könnte dazu führen, wieder in Vergessenheit zu geraten. Ich musste mir erst einen Ort sichern, an dem es Leute gab, die mich wenigstens zur Kenntnis nahmen, bevor ich hinaus in die Welt ziehen und die Stadt touristisch erobern konnte. Auch wenn sie mich hier nicht persönlich kannten, gaben sie mir doch das Gefühl, vorhanden zu sein und nicht als unsichtbares, namenloses Gespenst in der Fremde herumzuirren.

Deshalb war ich auch kaum je entspannt im Café, sondern beobachtete aufmerksam meine Umgebung. Keiner entging meinem wachsamen Blick, und langsam wusste ich schon, wer in den nahe gelegenen Geschäften und Büros arbeitete. Zum Beispiel die Schwatztante, die in der Arztpraxis des staatlichen Gesundheitsdienstes neben der Drogerie beschäftigt war und immer ein Sahnetörtchen kaufte für »Dr. Graham – er *liiiebt* diese kleinen Törtchen«. (Nein, auch das habe ich nicht erfunden, man muss nur ein bisschen warten, dann fällt so ein Satz von alleine.) Oder der Typ, der wie ein Architekt aussah (schwarzes Polohemd, schwarzes Brillengestell, blasierter Gesichtsausdruck) und immer einen entkoffeinierten Caffè Latte mit Sojamilch bestellte. Und der ältere Herr, vermutlich der

Pastor der kleinen Kirche weiter oben, der sich jeden Morgen ein Schinken-Käse-Croissant und ein Rosinenbrötchen einpacken ließ. Ich musste immer an Patricks Warnung denken. Entweder, spekulierte ich, waren seine Blutwerte ausgezeichnet, oder er ging davon aus, ohnehin bald das Zeitliche zu segnen.

Meinen Vermieter traf ich nie, denn er kam immer sehr viel früher – wenn überhaupt! Das jedenfalls hatte mir seine Frau Clare, meine Vermieterin, verkündet, die ich mittlerweile kennengelernt hatte. Sie erwähnte es ganz beiläufig, als sie kurz nach meiner Ankunft auf eine Stippvisite vorbeischaute. Der Grund ihres Besuchs war allerdings nicht, ihrer Untermieterin Hallo zu sagen, sondern herauszufinden, ob ich es auf ihren Mann abgesehen hatte, in welchem Falle sie leider keine andere Wahl gehabt hätte, als mir ein Messer in die Brust zu rammen.

Sie erschien gleich am zweiten Tag. Ich hatte das Haus möbliert gemietet, also war mein Einzug schnell erledigt. Meine Habseligkeiten aus dem orangenen Koffer waren ordentlich in den Schränken verstaut, der Laptop stand einsatzbereit auf dem Tisch und das vierbändige Werk von Anthony Powell einsam in einem leeren Bücherregal. In einem Anfall von Buchtrennungsangst hatte ich vor meiner Abreise noch überlegt, ob ich alle meine Bücher in Kisten verpacken und nach London verschiffen lassen sollte. Dann überfiel mich Gegenpanik, denn ich fürchtete, sie könnten bei hohem Seegang über Bord gehen und in Abu Dhabi landen. Ich tröstete mich mit dem Gedanken, auch in London Bücher kaufen oder in der Bibliothek leihen zu können, falls das Geld nicht reichte. Trotzdem versetzte mir das gähnend leere Regal am ersten Tag einen heftigen

Stich. Selbst die vier Bände *Tanz zur Zeitmusik* hatten ein solch deprimierendes Umfeld nicht verdient.

Dann hatte ich ein Mobiltelefon besorgt, um einen Festnetzanschluss in Auftrag geben zu können. Alles klappte reibungslos, was mich sehr überraschte. Bis dahin war ich der festen Überzeugung, dass die Bürokratie in Großbritannien der reinste Horror und Tote schneller zum Handeln zu bewegen waren als britische Verwaltungsbeamte. Doch auch die Umstellung von Strom und Gas auf meinen Namen verlief unproblematisch, und ich fühlte mich schon fast heimisch. Nun fehlte noch die Eröffnung eines Kontos, die Beantragung einer Sozialversicherungsnummer und die Anmeldung beim Finanzamt als selbstständige Unternehmerin, dann war ich ein mustergültiges, den nationalen Wohlstand mehrendes Mitglied der britischen Gesellschaft.

An dieser Stelle sollte ich vielleicht erwähnen, dass beileibe nicht jedes dahergelaufene neuseeländische Schaf einfach im schönen England leben und arbeiten darf. Das geht nur bis zum Alter von siebenundzwanzig, dann klopft die Einwanderungsbehörde an die Tür der Studentenbude in Earl's Court – oder wohin auch sonst es die neuseeländische Diaspora heutzutage verschlägt – und fordert uns auf, unsere Sachen zu packen. Denn von da an ist ein britischer oder ein EU-Pass erforderlich, um sich in Großbritannien aufzuhalten. Glücklicherweise war ich im Besitz eines solchen, da mein Vater im südenglischen Guildford geboren wurde. Dad, ich danke dir! Ohne ihn hätten sich meine Auswanderungsmöglichkeiten auf die australischen Strände, drei kleine Atolle im Pazifik oder Scott Base auf einer antarktischen Eisscholle beschränkt.

Zurück zum Auftritt meiner Vermieterin. Sie klopfte morgens gegen Viertel vor acht an der Tür, und es war nur meinem Jetlag zu verdanken, dass ich schon wach und vollständig angekleidet war. Seit dem Tag, als die blutjungen Polizisten wegen Tom vor meiner Tür standen, werde ich bei frühmorgendlichem Klopfen übermäßig nervös. Ich war also ziemlich angespannt, als ich öffnete. Mein Unbehagen verzehnfachte sich, als ich von einer bildschönen Frau mit glänzenden kastanienbraunen Haaren und den Worten »Wissen Sie, ich bin eigentlich davon ausgegangen, dass Sie ein Mann sind!« vorwurfsvoll angeblafft wurde.

Ohne sich vorzustellen oder eine Aufforderung abzuwarten, trat sie ein. »Klar, Adam hat tatsächlich irgendwas von ›sie‹ gemurmelt, aber ich dachte, er meinte einen seiner schwulen Freunde. Er drückt sich manchmal recht tuntig aus.«

Sie blieb vor dem fast leeren Bücherregal stehen und runzelte die Stirn, als sie Powells gesammelte Werke sah. »Sind die etwa von mir?«

»Nein, die gehören ...«

Und schon war sie in der Küche, lupfte den Deckel des Wasserkochers, um den Wasserstand zu prüfen, öffnete einen Schrank und wollte sich gerade eine Tasse greifen, als sie mitten in der Bewegung innehielt, sich langsam umdrehte und sagte: »Das ist ja gar nicht mehr meine Wohnung.«

»Nun ...«

Theatralisch fasste sie sich mit beiden Händen an den Kopf und wiegte ihn hin und her.

»Oh mein Gott ...«, sagte sie mit tränenerstickter Stimme.

Dann ließ sie die Hände sinken und lächelte halb verlegen, halb verärgert, als wäre alles meine Schuld.

»Mein Hirn ist ganz matschig, und ich habe keine Ahnung, ob sich das je wieder normalisieren wird. Wer weiß, welche mentale Verfallsstufe ich noch erreiche. Freunde haben mich vorgewarnt, anscheinend wird der Höhepunkt erst während der Stillzeit erreicht. Sobald die vorbei ist, soll man aber wieder in den Vollbesitz seiner geistigen Fähigkeiten gelangen.«

»Das beste Argument für Flaschennahrung, finde ich.«

Sie lächelte, diesmal etwas weniger frostig, und reichte mir die Hand. »Fangen wir noch mal von vorne an. Ich bin Clare King, und ich würde gern versprechen, nie wieder einfach so hereinzuplatzen, aber das ist derzeit leider unmöglich.«

Versöhnlich erwiderte ich ihren Händedruck. »Ich bin Darrell Kincaid, und es tut mir leid, dass ich kein Mann bin.«

»Darrell ist ein ungewöhnlicher Frauenname. Ist das eine dieser Geschichten, bei denen ein bestimmter Name in der Familie unbedingt weitervererbt werden muss und im Zweifel auf Mädchen übertragen wird, wenn sich partout kein männlicher Nachwuchs einstellt? So wie bei der Schriftstellerin Richmal Crompton?«

»Ich glaube nicht, aber ich habe meine Eltern nie gefragt. Ich wollte nicht den Anschein erwecken, dass ich meinen Namen nicht mag. Sie hätten sich sonst Sorgen gemacht.«

»Aber sie wurden doch bestimmt von anderen Leuten darauf angesprochen?«

»Nein, meine Eltern gehören nicht zu der Sorte Mensch, denen man persönliche Fragen stellt. Falls Sie wissen, was ich meine.«

»Könnte sein. Verteilen sie Häkeldeckchen auf den Möbeln?«

»Ja, und Sofaschoner gibt es bei ihnen zu Hause auch.«

Sie machte große Augen und eilte zum Kaminsims, auf dem ein paar mitgebrachte Fotos standen, unter anderem eins von Tom und mir. Aber sie griff nach einem anderen Bild.

»Oh mein Gott, ist das ein hübsches Baby! Wie alt ist es?«

»Das ist Harry, ich glaube, er war damals neun Monate alt. Er ist …«

Weiter kam ich nicht, denn sie presste das Foto an die Brust, und ihre Augen füllten sich mit Tränen.

»Er ist einfach … *bildschön.*«

»Ja, er ist …«

»Unfassbar, wie wundervoll Babys sein können«, flüsterte sie. »So vollkommen, so *winzig,* so *schutzlos* …«

Ihre Stimme versagte, während sie Harrys Foto herzte und ihr die Tränen stumm die Wangen hinabflossen. Ich checkte schon mal sicherheitshalber den Abstand zur Ausgangstür, sagte dann aber: »Wie wär's mit einer Tasse Tee?«

Der Trick funktionierte. Sie holte tief Luft, sah an sich hinab, bemerkte, dass sie Harrys Foto im Würgegriff hielt, und stellte es rasch zurück auf den Kaminsims. Mit dem Zeigefinger wischte sie sich die Tränen unter den Augen weg und fing an, nervös in ihrer Manteltasche zu kramen.

»Mist, ich habe kein Taschentuch.«

Meine Tasche lag auf dem Tisch neben uns. Ich zog das Stofftaschentuch heraus und reichte es ihr.

»Das sind nur Kaffeeflecken«, sagte ich entschuldigend. »Aber die eine Ecke hier ist noch sauber.«

Sie nahm es mit einem matten, aber dankbaren Lächeln an. Doch als sie es zum Gesicht führen wollte, versteinerte ihre Miene.

»Das gehört ja Patrick!«, rief sie vorwurfsvoll.

»Das stimmt. Er hat es mir gestern geliehen. Tut mir leid, ich wollte es …«

»Warum sollte er sein Taschentuch verleihen?«

»Na ja, ich hatte meinen Kaffee verschüttet. Daher die Flecken.« Ich versuchte, ein gewinnendes Lächeln auf mein Gesicht zu zaubern. »Ich wollte es ihm nach dem Waschen zurückgeben.«

»Wann und wo?«

Du lieber Himmel. Ich zuckte mit den Schultern. »Im Café nebenan?«

»Da ist er fast nie«, sagte sie hastig. »Und wenn, dann nur sehr früh am Morgen. Machen Sie sich also keine Hoffnungen. Er wäre um diese Uhrzeit schon längst wieder weg«, stellte sie unmissverständlich klar.

»Okay.«

Eisern umklammerte ihre Faust das fleckige Knäuel. »*Ich* werde es ihm zurückgeben.«

»Okay.«

Während sie es in der Manteltasche verstaute, senkte sie den Blick, hielt jedoch erneut mitten in der Bewegung inne. Ganz langsam hob sie den Kopf wieder und sah mich misstrauisch an.

»Sie werden es kaum glauben, aber vor meiner Schwangerschaft war ich ein netter Mensch. Sympathisch, gelassen und völlig bei Verstand. Ich war umgänglich und hatte sogar Humor.«

»Das ist normal. Meine Freundin Michelle war während

ihrer Schwangerschaft auch ein bisschen meschugge. Sie verdächtigte damals den Postboten, im Auftrag eines kriminellen Babyhändlerrings zu arbeiten.«

»Ich habe neulich den Fernsehtechniker beschuldigt, in unserem Haus versteckte Kameras für einen Pädophilenring installieren zu wollen. Ich hab's nicht wirklich geglaubt, aber es war eine Wohltat, als die hormonell bedingten inneren Spannungen nachließen, während er winselnd versuchte, sich zu verteidigen.«

Wir grinsten uns an.

»Eine Tasse Tee?«, fragte ich.

»Warum nicht?«, erwiderte sie. »Dann kann ich schnell noch erklären, wie und wo das Haus demnächst in seine Einzelteile zerlegt wird.«

# 5

*Cafébekanntschaften, die ich mir herbeifantasierte:*

*Eine Frau, die in einem großen alten Haus mit viel Gerümpel, Trockenblumen, Hunden und anderen Leuten lebt.* Ihr Name: Hattie. Sie stammt aus der Oberschicht und ist auf reizende Art stets ein wenig geistesabwesend. Hattie nennt mich immer »Darrell-Darling« und lädt mich zu sämtlichen Festen ihrer verrückten Familie ein, Weihnachten eingeschlossen. Sie versucht, mich mit ihrem charmanten, aber nichtsnutzigen jüngeren Bruder Jago zu verkuppeln, eher um seinetwillen als um mir etwas Gutes zu tun. Wir haben tatsächlich eine kurze, heftige Affäre (bin noch unentschlossen, ob der Sex intensiv und irrsinnig leidenschaftlich, oder eher entspannt und locker abläuft), doch Jagos selbstzerstörerisches Temperament treibt ihn weg von mir, und er landet entweder direkt in einem türkischen Gefängnis, oder er hat einen tragischen Motorradunfall in der mongolischen Wüste.

*Ein älterer Herr mit hervorragenden Kontakten zur Verlagswelt.* Er ist stets tadellos gekleidet und findet mich ungemein charmant und geistreich, aber ohne sexuelle Hintergedanken. Er möchte unbedingt alle meine Bücher lesen, und eines Tages kommt er strahlend ins Café und berichtet, wie angetan er von meinem absolut einzigartigen literarischen Stil, meinem Scharfsinn, Esprit und Humor sei. Er arrangiert ein Treffen mit einem befreundeten Literaturagenten, der mein Talent ebenfalls sofort erkennt und der mir einen Vertrag für drei neue Bücher bei dem renommierten Verlag *Black Swan* verschafft. Meine Cafébekanntschaft führt mich von da an regelmäßig ins Claridge's Hotel in Mayfair aus, wo wir nachmittags zwischen dreißig verschiedenen Torten und Kuchen wählen können. Wahrscheinlich verstirbt er bald darauf, und ich erbe ein von John Nash persönlich entworfenes Regencyhaus und eine beachtliche Sammlung kleinformatiger impressionistischer Gemälde.

*Fabrice, Duc de Sauveterre.* Keine weitere Erklärung nötig.

Meine mittlerweile hinlänglich bekannte Feigheit verhinderte jedoch, über die realen Gäste im Café irgendetwas herauszufinden, und so wusste ich nur, dass sie tatsächlich regelmäßig hier verkehrten. Jeder hatte seinen eigenen Tisch und seine eigenen kleinen morgendlichen Rituale. Ich kam stets mit einem Buch und nippte so lange wie möglich an einem doppelten Espresso. Big Man (nachdem mir die richtigen Namen aufgrund oben genannter Eigenschaft unbekannt blieben, erfand ich Spitznamen) saß meistens draußen unter der Plastikplane, rauchte und starrte ins Leere. Er war, wie der Name schon andeutete, riesig, aber bulliger und korpulenter als Patrick, der attraktive Mann meiner Vermieterin. Ich schätzte Big Man auf Anfang fünfzig. In seiner Jugend mochte er vielleicht gut ausgesehen haben, doch die Zeit, ausdauerndes Rauchen und möglicherweise schwierige Lebensumstände (er sah nicht so wohlsituiert aus) hatten das kantige Kinn und die markanten Kieferknochen zu aufgedunsenen Hängebacken verschmolzen und Falten in die Haut unter den Augen gefräst. Er war nicht dick, doch sein massiger Körper war aus dem Leim gegangen, und er wuchtete einige Kilo zu viel durch die Gegend. Seine Frisur erinnerte an einen Armeekurzhaarschnitt, und jeden Tag erschien er in derselben grauenvollen Bomberjacke aus Polyester, die vermutlich jahrelang keine Waschmaschine mehr von innen gesehen hatte. Er las nie, auch keine Zeitung, sondern starrte draußen durch die Plane ins Nichts. Als er einmal nicht da war, habe ich es ausprobiert. Man sieht wirklich nichts. Durch das dicke Plastikmaterial verschwimmt die Welt draußen wie Kreide auf dem Gehweg nach einem Regenguss. Was starrte er an? Seine Miene gab nichts preis, er wirkte weder traurig noch nachdenklich. Seinen Gesichtsausdruck neutral zu nennen, war allerdings auch unmöglich, denn unterschwellig strahlte er unablässig »Lass mich in Ruhe«-Schwingungen aus. (Er selbst würde es vermutlich prägnanter ausdrücken.) Beim Bestellen hatte ich ihn manchmal sprechen gehört. Er klang ruppig und kurz angebunden. Die redseligen Italiener (deren Namen ich mühelos erfahren hatte: Mario und Vincente) hatten anscheinend ein gutes Gespür für einsilbige Kunden, denn sie verstummten in seiner Gegenwart. Er wurde höflich, aber wortlos und eilig bedient. So viel konnte ich jetzt schon sagen: Sollte ich irgendwann doch eine Kontaktaufnahme zu jemandem wagen, dann nicht zu Big Man.

Allerdings wirkte Mr Perfect kaum weniger einschüchternd. Zum einen sprach er extrem förmliches Englisch wie Prince Charles, aber mit der rauen Stimme von Dorothy Cotton aus *Eastenders*. Zum anderen war er die vermutlich gepflegteste Erscheinung, der ich je begegnet war. So gelackt und blitzblank sahen sonst nur präparierte Käfer in Kunstharz aus. Mr Perfect – eine andere Bezeichnung kam für ihn nicht infrage – war etwa Mitte vierzig und sah aus wie die Männer in den Werbeanzeigen für Patek Philippe oder Armani. Er entsprach nicht dem klassischen männlichen Schönheitsideal (obwohl ich fand, dass er nicht schlecht aussah), aber er erweckte den Anschein, in jeder Hinsicht etwas Besseres zu sein, und trug, wie mein Vermieter Patrick, stets edle, maßgeschneiderte Anzüge. Anders als Patrick schien er jedoch in seinem Leben nur Wohlstand und Luxus gekannt zu haben. Vermutlich ging er auch keiner geregelten Arbeit nach, und ich sah ihn nie mit einem Mobiltelefon. Ich musste also davon ausgehen, dass er ein steinreicher Privatier war. Das würde auch seine abnorme Reinlichkeit erklären. Er trug immer frisch gewaschene Hemden, die penibel aufgebügelt waren. Die Falten an Manschetten und Kragen waren steif und exakt in Form. Tadellose Windsorknoten hielten seine Krawatten zusammen, und von seinen polierten Schuhen hätte man essen können. Er wischte zwar den Sitz nicht vorher mit einem blütenweißen Taschentuch ab, doch man konnte sich des Eindrucks nicht erwehren, er hätte es gerne getan. Einmal beobachtete ich, wie er absolut krümelfrei ein Croissant aß (eine Meisterleistung, die von einer noch zu gründenden Jury irgendwo auf der Welt durchaus gewürdigt werden sollte), und mir wurde klar: Auch er war garantiert kein Kandidat für eine zwanglose Kontaktaufnahme.

Stammgast Nummer drei war eine Frau, der ich den Decknamen Miss Schrullig gab. Sie trank stets Kräutertee und las Selbsthilfebücher mit Titeln, bei denen man sich am liebsten übergeben würde. Sie war um die vierzig, und mit ihren schönen langen blonden Haaren, den großen blauen Augen und der porzellanweißen, ebenmäßigen Haut einer Renaissance-Madonna hätte man sie fast hübsch nennen können. Aber nur fast, denn sie wirkte unattraktiv, was vor allem an ihren unsäglich altbackenen Kleidern lag. Sie trug grauenvolle beige- oder cremefarbene Blusen mit hochgeschlossenen Krägen und Rüschen und dazu Röcke bis zu den Fesseln, die aussahen, als wären sie aus ausgemusterten Decken genäht, die selbst ein engagierter Kirchenverein nicht mehr in die Dritte Welt schicken mochte. Sie komplettierte ihr Outfit immer mit einer von zwei sackartigen, langen Strickjacken in welkem Braun mit alten Lederknöpfen oder in scheußlichem Rotbraun mit einem groben Strickgürtel. Vom Hals an aufwärts war sie wirklich hübsch, doch in der Gesamterscheinung wirkte sie schrullig und skurril.

Doch hatte ich nun das Recht, enttäuscht zu sein? Was hatte ich erwartet? Auf Menschen zu treffen, die sämtliche Kriterien meines Katalogs erfüllten und perfekt zu mir passten? Dass ich mit jemandem sofort eine tiefe Verbindung verspürte, sobald sich unsere Blicke im Raum trafen? Wie damals mit Tom? Okay, damals war es kein Raum im engeren Sinn des Wortes, sondern eine Bushaltestelle. Aber immerhin entstand sofort eine Verbindung zwischen uns. Mir fiel das Wechselgeld aus der Hand, Tom bückte sich, um es aufzuheben, und rumms, war's geschehen. Der sprichwörtliche Blitz (der *coup de foudre,* wie Maurice sagen würde) hatte zwar nicht eingeschlagen, aber wir spürten so etwas wie einen Ruck des gegenseitigen Erkennens.

Staunend nahmen wir uns zur Kenntnis und spürten, dass wir gut zueinanderpassten.

Ehrlich gesagt, so etwas Ähnliches hatte ich schon erwartet. Zumindest erhofft.

Doch mit diesen Leuten hier im Café würde das sicher nichts werden. Meine Hoffnungen wurden so gnadenlos zermalmt wie die Kippen unter Big Mans potthässlichen Plastikschuhen.

Und nun? Sollte ich trotzdem versuchen, in Kontakt zu treten? Ich hatte, so viel war klar, wenig andere Möglichkeiten, Leute kennenzulernen. Der einzige Mensch, der mich in letzter Zeit angesprochen hatte, stank wie ein Biber. Darüber hätte ich vielleicht noch hinwegsehen können, aber es stellte sich heraus, dass er mir eigentlich nur die neueste Ausgabe der Obdachlosenzeitung andrehen wollte.

Es ging einfach nicht. Das lag nicht nur an meinem Mangel an Mut – obwohl das schon ein entscheidender Faktor war. Doch das andere Problem war, dass jeder von uns so … *für sich* war. Wir saßen alle einzeln an unseren Tischen, jeweils getrennt durch nicht besetzte Tische zwischen uns. Big Man saß allein in der Raucherzone, Miss Schrullig in der hintersten Ecke bei den Panettoni, Mr Perfect allein in der Mitte und ich ganz allein bei der Eingangstür. Mario und Vincente begrüßten uns einzeln mit italienischer Herzlichkeit, aber unter uns, in der Gruppe der Stammgäste, geschah einfach nichts. Kein Gruß, kein Zeichen des Wiedererkennens, nicht einmal ein kurzes Nicken. Wahrscheinlich wollte jeder dieses menschenarme Zeitfenster nutzen, um möglichst ungestört zu lesen, zu rauchen und vor sich hinzustarren. Jeder Einzelne für sich allein.

Ich fing an, Katastrophen herbeizufantasieren. Es schien mir der letzte Ausweg, um endlich miteinander ins Gespräch zu kommen. Ein schrecklicher Autounfall direkt vor dem Café. Oder die Drogerie ging in Flammen auf. Am Ende hatte ich ein drehbuchreifes *Stirb-langsam*-Skript entwickelt, in dem ein Auto in einen landenden Hubschrauber geschleudert wird, der dann in die Drogerie kracht und den ganzen Straßenzug in ein loderndes Flammenmeer verwandelte. Jippiejajeeh!

Ich hätte an die Worte meiner Mutter denken sollen: Hüte dich vor deinen Wünschen, sie könnten in Erfüllung gehen.

Dieses Mal war ich darauf vorbereitet. Vermieterin Clare hatte am Vorabend angerufen, um mitzuteilen, sie käme am nächsten Morgen um halb acht mit einem Handwerker vorbei. Meine Stimmung sank in den Keller. Ich wohnte nun schon seit über drei Wochen im Haus und es war keine Rede mehr gewesen von aufgerissenen Küchenwänden und Badezimmerbaustellen. Insgeheim hatte ich gehofft, ihr hormonell nur bedingt funktionierendes Hirn hätte das Projekt aus der Erinnerung gelöscht. Leider erwies sich das als Trugschluss …

Clare stand mit einem Mann vor der Tür, der praktisch die kleinere, hübschere und schlankere Ausgabe ihres Gatten war. Er hatte den gleichen olivfarbenen Teint, die gleichen dunklen Augen und fast die gleiche Frisur wie Patrick. Nur war er um einiges jünger – vermutlich mein Alter –, und er sah tatsächlich umwerfend aus. Patrick wirkte vor allem deshalb attraktiv, weil er Selbstbewusstsein und Energie ausstrahlte, er war sehr ansehnlich, aber nicht schön im klassischen Sinn. Dieser Handwerker hatte all die anziehenden Merkmale von Patrick, aber darüber hinaus sehr viel feinere Züge. Ein Ohr schmückte eine kleine goldene Creole.

»Das ist Anselo, Patricks Cousin«, sagte Clare.

»Hallo«, sagte ich erfreut und reichte ihm die Hand.

Anselo drückte sie flüchtig und verzog keine Miene.

Holla. Entweder stand er nicht auf Frauen, oder ich gefiel ihm nicht. Vielleicht hatte er auch einfach keine Lust, in meiner Gegenwart arbeiten zu müssen. Es kann störend wirken, wenn einem jemand bei der Arbeit zusieht. Man müsste ja tatsächlich etwas schaffen.

»Anselo und ich wollen heute Morgen den allgemeinen Plan besprechen, einverstanden?«

»Wenn es nicht stört, dass ich nebenher noch frühstücke«, sagte ich mit einer einladenden Geste. »Wie wär's mit einem Tee?«

»O ja, *sehr* gern«, sagte Clare.

Anselo schüttelte kurz angebunden den Kopf.

Das konnte ja heiter werden. Neben meinen finanziellen Sorgen und der beunruhigenden Frage, warum sich mein Verlag nicht meldete, musste ich nun auch noch einen Typen im Haus ertragen, der höchst uncharmant und einsilbig war. Wäre ich aus härterem Holz geschnitzt gewesen, hätte ich das als klaren Fingerzeig interpretiert, mich an den Computer zu setzen und das nächste Buch zu schreiben, in der Hoffnung, Hippolytes Schweigen hätte mit mir nichts zu tun. Doch leider kann man die härteren Anteile bei mir mit der Lupe suchen, deshalb nahm ich es als willkommenen Vorwand, um mich davonzustehlen. Ins Café.

Und dort ging es zu wie im Zirkus – überall Menschen, die wild gestikulierend durcheinanderredeten.

»Was ist los, Vincente? Gibt es heute etwas umsonst?«

»Feueralarm in Gebäude nebenan. Alle Leute von Drogerie und Doktor müsse raus und warte, bis Feuerwehr kommt.«

»Ein Übungsalarm? Oder echtes Feuer?«

Vincente, der Jüngere, zuckte mit den Schultern. »Jemand drücke Alarmknopf. Vielleichte Verrückte suche nach Droge.«

»Passiert das öfter?«

»Nichte *so* ofte.«

Wie beruhigend.

Ich bestellte wie üblich einen doppelten Espresso und sah mich nach einem Sitzplatz um. Schon hatte ich mit dem Gedanken gespielt, mich zu Mr Perfect zu setzen, aber nein! Ich entdeckte einen Mann bei ihm, Mitte vierzig mit braunen Wuschelhaaren, denen ein ordentlicher Schnitt gutgetan hätte. Er trug einen Shetland-Pullunder, der in den Vierzigerjahren vielleicht modern gewesen war, und hatte eine Drahtgestellbrille aus Dickens Zeiten auf der Nase. Durch die blinzelte er unentwegt wie ein unsanft aus dem Winterschlaf gerissenes Murmeltier. Ich war überrascht, dass Mr Perfect mit einem solch nachlässig gekleideten Zeitgenossen tatsächlich redete. Eigentlich war ich überrascht, dass Mr Perfect überhaupt bereit war, mit anderen Menschen zu reden.

Nirgends war ein Platz frei. Selbst Miss Schrullig war umringt von den Damen aus der Drogerie. Vielleicht holte sie dort immer ihre Antidepressiva? Ich ging jedenfalls davon aus, dass sie irgendetwas schluckte.

Mit dem unbehaglichen Gefühl, beobachtet zu werden, verzog ich mich rasch nach draußen unter die Raucherplane. Auch dort war kein Stuhl frei. Na, super, jetzt musste ich noch mal zurück ins Café, um den Espresso zum Mitnehmen in einen Pappbecher umfüllen zu lassen. Oder sollte ich einfach die Tasse mit nach Hause nehmen?

Dann sah ich doch einen freien Platz. An Big Mans Tisch am äußersten Rand des Raucherzelts an der Mauer. Wenn ich diesen Platz haben wollte, musste ich Big Man bitten, sich kurz zu erheben, damit ich mich in die Ecke hineinquetschen konnte. Mir wurde sofort klar, warum das bisher niemand versucht hatte. Seine ganze Haltung, die verknoteten Arme vor der Brust, die hochgezogenen Schultern, sein abweisender Blick sandten alle ein und dieselbe Botschaft aus: Verpisst euch!

Ich schaute auf meinen Espresso und sah die *Crema* langsam schwinden. Das hieß, er wurde kalt. In den letzten Wochen hatte ich ein Gespür für die Preise in London entwickelt und wusste nun genauer, was Lebensmittel, Telefon und Nahverkehr kosteten. Dadurch hatten meine finanziellen Ängste zwar etwas nachgelassen, dennoch gab es wenig Spielraum. Ein doppelter italienischer Espresso pro Tag im Café – mehr war nicht drin. Ich wurde stinksauer. Wer wagte es, während meiner morgendlichen Espressozeit einfach Alarm auszulösen? Wieso kamen alle dann sofort hierher ins Café gerannt, die High Street war doch nur um die Ecke! Laufen war gesund, das wusste jedes Kind! Und wie kam Big Man dazu, sich so unverschämt grob und abweisend zu benehmen?

Von meiner eigenen Empörung angetrieben, lief ich direkt auf ihn zu, deutete mit dem Kopf auf den leeren Stuhl und sagte: »Kann ich da mal hin?«

Zunächst runzelte er irritiert die Stirn, dann setzte er

schnell wieder seine neutrale (also feindselige) Miene auf, musterte mich von unten bis oben und blies den Rauch seiner Zigarette langsam aus dem heruntergezogenen Mundwinkel.

»Wie Sie wollen.«

»Dazu müssten Sie kurz aufstehen«, sagte ich.

Meine Kampfeslust hatte bereits stark nachgelassen, denn von Nahem wirkte der Mann furchtbar einschüchternd. Das lag vor allem an seiner Unnahbarkeit. Es war unmöglich einzuschätzen, was in ihm vorging, man musste auf alles gefasst sein. Vielleicht geschah überhaupt nichts, vielleicht hob er doch seine Pranke und schlug zu. Ein äußerst unangenehmes Gefühl.

Wortlos erhob er sich und schob den Tisch ein paar Zentimeter zur Seite, damit ich mich in die freie Ecke schieben konnte. Dann sank er zurück auf seinen Stuhl, drehte mir die Schulter zu und ignorierte mich wieder. Für einen kurzen Moment packte mich die Wut erneut. War es denn wirklich so schwierig, ein Mindestmaß an Höflichkeit zu wahren?

»Haben Sie recht vielen Dank«, sagte ich nachdrücklich.

Er warf mir einen kurzen Blick von der Seite zu, dann schnippte er die Zigarette am Campari-Aschenbecher ab und führte sie wieder zum Mund.

Dann eben nicht. Ich packte mein Buch aus und begann zu lesen. In den letzten Wochen hatte ich sämtliche in der Bibliothek verfügbaren Agatha-Christie-Romane noch einmal gelesen, nun war ich bei den Krimis von Margery Allingham aus den Dreißigerjahren angelangt. Der Ermittler nannte sich Albert Campion, aber das war natürlich ein Pseudonym. Er wollte seinen richtigen Namen nicht preisgeben, weil er der Spross einer schrecklich vornehmen Familie war, mit der er sich überworfen hatte. Sein Vater war vermutlich ein Viscount. Großartig! Ich war total angefixt …

Tom hatte es rasend gemacht, wie mühelos ich mich in den Kosmos einer Geschichte versenken und alles andere ausblenden konnte.

»Ich rede seit geschlagenen zehn Minuten mit dir«, hatte er oft gerufen, »und du hörst einfach nichts!«

»Wenn ich gerade ein Buch lese, musst du meine Aufmerksamkeit sichern, *bevor* du sprichst. Das weißt du doch. Also: Was hast du gesagt?«

Bockig hatte er dann die Arme verschränkt und gesagt: »Nein, jetzt ist es zu spät. Vergiss es. Verschwinde wieder zurück in deine blöde Bücherwelt.«

Woraufhin ich das Buch zur Seite gelegt und geduldig gewartet hatte, bis die fünf Minuten Grummeln vorüber waren. Dann war alles wieder gut gewesen.

Unser Zusammenleben war so leicht und unkompliziert gewesen, dachte ich plötzlich. Eine Sturm-und-Drang-Beziehung, in der die Türen knallten und die Fetzen flogen oder zur Strafe tagelang geschwiegen wurde, konnte ich mir nicht vorstellen. Also gut, vorstellen konnte ich sie mir schon, immerhin beschrieb ich Ähnliches oft in meinen Geschichten. Meistens aus der Perspektive der Heldin, der ich gern ein kurzes, heftiges Aufbäumen zugestehe, bevor sie sich der Tatkraft und Entschlossenheit des Mannes ergibt. Im wirklichen Leben stellte ich mir das furchtbar anstrengend vor. Aber vielleicht war Tom der einzige Mann auf der Welt gewesen, der so gelassen und pflegeleicht war? Oder der mich innig genug geliebt hatte, um mich stets gut zu behandeln …

Tief in die Lektüre versunken, hatte ich zuerst gar nicht bemerkt, dass mich mein Gegenüber nicht mehr aktiv ignorierte und dass er auch nicht mehr rauchte, sondern plötzlich zusammengesunken mit dem Oberkörper auf der Tischplatte lag und röchelnd Schmerzenslaute von sich gab.

»Alles in Ordnung?«, fragte ich vorsichtig.

Er schüttelte matt den Kopf, und es blieb unklar, ob es »Nein« bedeutete oder ein Ausdruck seiner Fassungslosigkeit über eine solch dämliche Frage war.

Panik ergriff mich, und ich sah mich hektisch um. Die Raucherzone war mittlerweile wieder völlig ruhig und menschenleer. Ich sprang auf, quetschte mich aus meiner Ecke und stieß mir die Hüfte an. Aufgeregt rannte ich ins Café, um Hilfe zu holen. Mario und Vincente waren in der Küche, Mr Perfect befand sich immer noch im Gespräch mit dem Wuschelkopf an seinem Tisch, und Miss Schrullig saß in trauter Runde mit den Damen aus der Drogerie.

Ich rief: »Wir brauchen einen Arzt! Schnell!«

Die Damenriege einschließlich Miss Schrullig starrte mich mit weit aufgerissenen Augen an. Der Mann an Mr Perfects Tisch erhob sich und sagte: »Ich bin Arzt, was ist denn geschehen?«

»Der Mann da draußen! Vor dem Café!«

Ich griff nach seinem Arm und zog ihn Richtung Tür. Er leistete zum Glück keinen Widerstand. Als er den zusammengeklappten Mann auf der Tischplatte liegen sah, schaltete er sofort auf Notfallmodus um. Er brauchte keine zehn Sekunden, um eine vorläufige Diagnose zu stellen.

»Rufen Sie einen Krankenwagen«, wies er mich an. »Der Mann hat einen Herzinfarkt.«

Zu meiner Schande muss ich gestehen, dass ich mich

nicht rühren konnte. Das Wort »Herzinfarkt« hatte eine Schockstarre bewirkt. Hätte er »Schlaganfall« oder »Lungenembolie« gerufen, wäre alles in Ordnung gewesen, aber »Herzinfarkt« katapultierte mich augenblicklich zurück zu dem Moment, als es eines Morgens an der Tür klopfte und zwei blutjunge Polizisten mich hinterher auf eine endlos lange Fahrt ins Krankenhaus mitnahmen und …

»Ich übernehme das.«

Ich drehte mich um. Hinter mir stand Mr Perfect. Keine Ahnung, was für ein Gesicht ich gemacht hatte, jedenfalls wurden seine Augen größer, und er berührte sogar meinen Arm, während er gleichzeitig ruhig ins Telefon sprach.

Dann nahm er sein Handy vom Ohr. »Sie werden in fünf Minuten hier sein, Alastair«, sagte er zu seinem Bekannten.

»Gut, räumt die Tische beiseite!«

Als hätten sie nur auf ihren Auftritt gewartet, erschienen nun Mario und Vincente auf der Bildfläche. Routiniert und schnell klappten sie Stühle und Tische zusammen und verstauten sie in einer Ecke. Der Doktor hatte sich neben Big Man gesetzt, dessen Kopf auf seinen verschränkten Armen ruhte. Er hatte offenbar große Schmerzen und ballte die Fäuste, während er heftig nach Luft rang.

Als die Raucherzone geräumt war, fragte Mr Perfect: »Können wir sonst noch irgendwie helfen, Alastair?«

»Nein«, erwiderte der Doktor. »Haltet Zaungäste fern, alles andere müssen die Sanitäter erledigen.« Er betrachtete den Mann nachdenklich. »Es scheint nur ein relativ leichter Infarkt zu sein, in ein paar Tagen wird er wieder fit sein.« Sein Blick fiel auf den Aschenbecher. »Ob er das bleiben wird, hängt allerdings ganz von ihm ab.«

»Und wie geht es *Ihnen?*«, hörte ich jemand fragen.

Mr Perfect schaute mich freundlich, aber besorgt an.

Ich konnte nicht sprechen, nur matt nicken.

»Sie sollten sich vielleicht lieber ...«

Ich spürte seine Berührung an meiner Hand, die die ganze Zeit über eisern an einem Türpfosten Halt gesucht hatte. Vorsichtig versuchte er, mich loszueisen. Ich spürte die Wärme seiner Hand, allerdings fühlte sie sich rauer an, als ich es bei einem Mann erwartet hätte, der immer so aus dem Ei gepellt erschien. Einen kurzen Moment lang standen wir Hand in Hand da, dann ließ er los.

»Es tut mir leid«, sagte ich, und da mein Hirn im Augenblick nicht einwandfrei funktionierte, fügte ich unsinnigerweise hinzu: »Ich hätte nicht gedacht, dass Sie ein Handy besitzen.«

Der zusammenhanglose Satz schien ihn nicht aus der Fassung zu bringen. Wahrscheinlich war er einfach zu gut erzogen. Er lächelte etwas gequält.

»Ich versuche, so zu tun, als hätte ich keines. Ich verstecke es tief in meiner Jackentasche und hole es nur heraus, wenn der Börsenmakler anruft. Und in Notfällen wie diesem natürlich, dann ist es unerlässlich.«

»Danke, dass Sie den Krankenwagen gerufen haben. Ich ...« Mir wurde plötzlich heiß und kalt, so peinlich war mir mein wirrer Auftritt.

»Sie müssen sich nicht entschuldigen« sagte er freundlich lächelnd. »Wäre hier Blut geflossen, müssten Sie jetzt über meinen ohnmächtigen Körper steigen.«

»Ich will ja Ihre angeregte kleine Unterhaltung nicht stören«, sagte jemand hinter uns. »Aber kümmert sich hier verdammt noch mal einer um diesen Mann? Er hat doch wahnsinnige Schmerzen.«

Miss Schrullig war zu uns gestoßen, und ihr Tonfall überraschte mich ebenso wie der Akzent. Sie war offenbar Amerikanerin (was ich anhand ihrer Lektüre eigentlich schon hätte ahnen können), und in krassem Widerspruch zu ihrer braven blonden Erscheinung sprach sie eine ausgesprochen deutliche Sprache. Ihr Ton war schneidend und gebieterisch. Man sollte sich wirklich nie vom Äußeren leiten lassen.

Mr Perfect wandte sich ihr zu und erwiderte mit sanfter Stimme: »Selbstverständlich wird sich um ihn gekümmert. Allein meine mangelnden Kenntnisse in medizinischer Hinsicht verbieten mir jede weitere Einmischung.« Dann rief er zum Doktor hinüber: »Alastair! Hier wird starker Unmut über das Ausbleiben schmerzlindernder Maßnahmen bekundet. Können wir in der Angelegenheit etwas unternehmen?«

Der Arzt hob den Kopf, doch in dem Moment hörten wir die Sirenen der Feuerwehr. Wahrscheinlich wäre mittlerweile nicht mehr viel zu retten gewesen, hätte das Nachbarhaus tatsächlich in Flammen gestanden. Gleich dahinter kam der Krankenwagen. Das Martinshorn verstummte abrupt, als der Wagen scharf bremste und drei Männer aus dem Fahrzeug sprangen. Es entstand ein lärmendes Durcheinander, während beide Mannschaften versuchten, ihren jeweiligen Einsatzort zu finden, doch die Lage klärte sich schnell, und drei entschlossen dreinblickende Sanitäter spurteten auf uns zu.

Der Arzt erhob sich. »Okay, Sie alle – rein ins Café, machen Sie den Weg frei.«

Wir gehorchten. Mr Perfect, Miss Schrullig und ich standen im Türrahmen, die Damen aus der Drogerie hinter uns, und aus der letzten Reihe versuchten Mario und Vincente einen Blick auf das Geschehen zu erhaschen. Die beiden murmelten auf Italienisch, und ich vermutete, es waren Gebete, vielleicht waren es aber auch Flüche, denn wer weiß, welche Umsatzverluste ihnen dieser Vorfall bescherte.

Die Sanitäter gingen routiniert vor. Binnen weniger Minuten lag Big Man angeschnallt auf einer Bahre und wurde auf den Gehweg geschoben, der Doktor dicht auf seinen Fersen. Unwillkürlich setzte sich auch unsere Truppe in Bewegung, um die weiteren Entwicklungen live zu verfolgen. Big Man wurde nun in den Krankenwagen hineinbugsiert und an verschiedene laut piepende Geräte angeschlossen, während der Doktor von draußen Anweisungen gab, um sicherzustellen, dass auch ohne ihn alles medizinisch einwandfrei lief.

Dann wurden die Flügeltüren geschlossen, und der Wagen fuhr los. Der Doktor wandte sich mit gerunzelter Stirn uns Gaffern zu. »Kennt jemand den Mann näher? Ist er aus der Gegend? Hat er Familie?«

»Ist er denn kein Patient von dir?«, fragte Mr Perfect erstaunt.

»Nein, bei mir ist er nicht.« Der Doktor verzog das Gesicht. »Wahrscheinlich geht er zu gar keinem Arzt, wenn ich mir seinen schlechten Allgemeinzustand so anschaue«, fügte er sarkastisch hinzu.

Eine Drogeriedame meldete sich zu Wort: »Er heißt Hogan.«

»Hogan und weiter?«, fragte der Doktor.

»Mr Hogan«, ergänzte die Frau hilfsbereit.

»Dass es sich nicht um *Flottenadmiral* Hogan handelt,

habe ich schon vermutet. Aber hat er auch einen Vornamen?«

Sie schüttelte den Kopf. »Er kauft seine Kippen immer im Zeitungsladen nebenan, und einmal stand ich zufällig daneben, als die Verkäuferin ihn mit ›Mr Hogan‹ ansprach.«

»Na ja«, seufzte der Arzt, »wenigstens ein Anfang. Kennt jemand seine Adresse?«

»Ich glaube, da drüben!« Mario deutete auf das Hochhaus mit den Sozialwohnungen. »Ist auf jede Fall schon aus Tür dort gekomme.«

»Sie werden es im Krankenhaus herausfinden. Spätestens morgen wird er in der Lage sein, es ihnen selbst zu sagen.«

Dann wandte er sich unvermittelt an Mr Perfect: »Also, wir sehen uns dann am Freitag.«

»Unbedingt.«

Der Doktor war schon im Aufbruch begriffen, als Miss Schrullig schneidend fragte: »Und das war's dann von Ihrer Seite? Ist das alles, was Sie für den Mann tun wollen?«

Der Doktor blieb stehen. »Was soll ich denn nach Ihrer Meinung noch für ihn tun?«

»Sie hätten bei ihm bleiben müssen! Wie konnten Sie ihn in einer solch traumatischen Situation alleine lassen!«

Kurz verschlug es ihm die Sprache. Er schaute auf seine Armbanduhr, dann sagte er ruhig: »Meine Sprechstunde heute Morgen ist voll bis auf den letzten Termin. Ich bin nach diesem Vorfall nun eine Stunde im Verzug, werde aber dennoch dafür sorgen, dass alle Wartenden heute noch drankommen und keinen meiner Patienten nach Hause schicken. Da Mr Hogan kein Patient von mir ist, sind meine Verpflichtungen ihm gegenüber begrenzt. Im St. Regus Krankenhaus ist er gut aufgehoben. Sollten Sie sich jedoch allzu sehr um ihn sorgen, schlage ich vor, Sie besuchen ihn dort.« Dann nickte er uns förmlich zu. »Ihnen allen vielen Dank, dass Sie sich nicht eingemischt oder im Weg gestanden haben. Angenehmen Tag noch.«

Ohne sich noch einmal umzublicken, entfernte er sich eiligen Schrittes.

»Also, ich weiß nicht, wie ihr das seht, aber mir kommt der Kerl sehr grob und herzlos vor«, sagte Miss Schrullig.

Mr Perfect war die Liebenswürdigkeit in Person. Lächelnd erwiderte er: »Wie Alastair schon sagte, steht es Ihnen vollkommen frei, den Mann im Krankenhaus zu besuchen. Darf ich Sie hinfahren? Mein Wagen steht gleich dort um die Ecke.«

Könnten Blicke töten, wäre Mr Perfect nun nicht mehr unter uns. Trotzdem antwortete Miss Schrullig kühl. »Danke für das Angebot, aber es geht nicht. Mein Terminkalender diese Woche ist randvoll.«

»Wie schade.«

Ich musste ein Lachen unterdrücken. Miss Schrulligs Mundwinkel zuckten vor Missfallen. Mit einem knappen Nicken schritt sie davon und reckte den blonden Schopf in die Höhe.

Mario und Vincente wuselten schon wieder geschäftig hinter der Theke herum, die Feuerwehr war abgezogen, und die Drogeriedamen schlurften widerwillig zurück an ihren Arbeitsplatz. Mr Perfect und ich waren plötzlich allein.

»Mein Name ist Claude«, sagte er und reichte mir die Hand.

Natürlich, wie hätte er auch sonst heißen sollen! Spontan schämte ich mich für meinen seltsamen Namen, aber ich kam nicht drum herum, ihn zu nennen. Ich versuchte, wenigstens keine roten Ohren zu bekommen.

»Ich heiße Darrell.« Wir schüttelten uns die Hände. Er ließ sich nichts anmerken, nicht das kleinste erstaunte Zucken einer Braue. Der Mann war wirklich wohlerzogen.

»Die beflissene Leserin«, sagte er freundlich.

Er hatte mich also wahrgenommen! Die ganze Zeit über! Weil mir nichts Gescheites einfiel, grinste ich blöd und stand nun mit rotem Kopf stumm vor ihm.

»Also dann«, sagte er in das Schweigen hinein, »auf Wiedersehen. Ich muss mich verabschieden, obwohl ich diese Woche keinen randvollen Terminkalender habe.« Er mimte dabei einen amerikanischen Akzent. »Genau genommen habe ich nur den einen Termin jetzt, doch wenn ich mich nicht spute, dann schaffe ich es tatsächlich, den zu verpassen.«

»Ich muss mich auch beeilen«, log ich. »Aber es war nett, Sie kennenzulernen.«

Innerlich wand ich mich. So drückte man sich in vornehmen Kreisen sicher nicht aus, ich hatte doch meine Nancy gelesen! »Nett, Sie kennenzulernen« war eindeutig allerunterste Mittelklasse, aufstrebende Unterschicht.

»Ja, das finde ich auch«, sagte er und fügte zu meiner Überraschung hinzu: »Dann also bis morgen!«

Ich wartete ab, in welche Richtung er aufbrach. Nichts ist peinlicher, als sich erst zu verabschieden und dann denselben Weg zu haben.

Als ich an der Hochhaussiedlung vorüberging, verlangsamte ich mein Tempo. Wegen des überaus gelungenen

Abschieds von Mr Perfect – ab jetzt Mr Claude Perfect – war ich aufgekratzt und sah schon rosa Wölkchen am Horizont aufziehen. Doch am Eingangstor zum Wohnblock musste ich unwillkürlich an Big Man denken. Die rosa Wölkchen bekamen plötzlich dicke graue Ränder.

Miss Schrullig hatte Recht, auch wenn der vorwurfsvolle Ton ihrer Bemerkung ziemlich unangebracht gewesen war. Mr Hogan lag allein im Hospital, wurde vor Schmerzen vielleicht fast wahnsinnig, und keinen interessierte es, wie es ihm ging oder ob er sich vor einer möglichen Operation fürchtete. Erneut fragte ich mich, ob er wohl eine Familie hatte, kam aber zu dem Schluss, dass er alleinstehend war. Hätte er Frau und Kinder, würde er bestimmt noch vor dem Abtransport darum gebeten haben, sie zu verständigen. Und welche Ehefrau ließe schon zu, dass er jeden Tag in dieser verbotenen blauen Bomberjacke herumlief?

Ich erinnerte mich an meine unrühmliche Reaktion, als ich zur Salzsäule erstarrte, anstatt den Rettungswagen zu rufen. Big Man hatte es vermutlich nicht mitbekommen, aber trotzdem …

Ich dachte an den Tag, als Tom gestorben war. Damals war ich auch nicht für ihn da gewesen. Ich hätte ihm ohnehin nicht helfen können, sagten alle. Aber stimmte das wirklich? Ich werde es nie erfahren.

Nun stand ich vor dem großen, rostigen, stets offen stehenden Eingangstor des Wohnblocks und traf eine Entscheidung. Zu mir nach Hause wären es nur noch ein paar Schritte gewesen, doch ich machte auf dem Absatz kehrt und lief zurück ins Café. Dort ließ ich mir von Mario und Vincente den Weg zum St.-Regus-Krankenhaus beschreiben.

# 6

»Er sagte, er habe keine Angehörigen.«

»Keine unmittelbaren Angehörigen, ich bin eine Cousine zweiten Grades.«

Die Schwester am Empfang, eine glamourös gestylte Schwarze, schaute mich prüfend an. »Sie kommen deswegen extra aus Australien?«

»Aus Neuseeland. Ich gehöre zum entfernteren Zweig der Familie.«

»Und woher wussten Sie, dass er hier liegt?«

»Seine Nachbarn sagten es, ich wollte ihn heute eigentlich zu Hause besuchen.«

Die Frau sah mich noch etwas eindringlicher an. »Sie können jetzt nicht zu ihm.«

Ich erschrak. »Um Himmels willen, warum nicht? Ist er …?«

Sie musste meine Bestürzung bemerkt haben, denn nun sagte sie mit freundlicher Stimme: »Keine Sorge, er wird gerade operiert, das ist der Grund. Aber die nächsten zwei Tage wird er niemanden empfangen können. Lassen Sie mir Ihre Telefonnummer da, und kommen Sie übermorgen wieder. Ich werde einen Vermerk machen, dass seine Cousine hier war.«

Ups. Eigentlich wollte ich nicht, dass meine Notlüge auch noch schriftlich dokumentiert wurde. Andererseits wäre es dann vielleicht nicht richtig gelogen. Das meiste traf ja *fast* zu.

Im Grunde beschäftigte mich eine andere Frage mehr: Würde ich wirklich den Mut aufbringen, übermorgen wiederzukommen? Was wollte ich ihm denn sagen? Was würde er tun, wenn er mich sah?

Ich beschloss, die Entscheidung auf morgen zu verschieben. Falls ich am Ende doch kneifen sollte, würde es außer mir keiner merken, redete ich mir ein. Besonders beruhigte es mich allerdings nicht.

Als ich in die Wohnung zurückkam, war alles still. Keine Vermieterin und kein Handwerker weit und breit. Wahrscheinlich kamen sie am nächsten Tag wieder, aber für den Moment genoss ich die Ungestörtheit, den Frieden und die Abwesenheit von mürrischen Gesichtern.

In meinem E-Mail-Postfach waren drei neue Nachrichten. Eine von Michelle mit der Betreffzeile »NEUIGKEITEN!!!«, eine von Simon (Betreffzeile: »Wie läuft's in Good Old England?«) und eine von H. McManus (kein Betreff).

Zuerst öffnete ich die E-Mail, die am wenigstens Beunruhigungspotenzial barg. So bin ich eben.

Simon wollte wissen, ob ich schon im Hafen von Greenwich bei der Cutty Sark gewesen sei, und ob ich ihm ein oder zwei Nächte Asyl auf meinem Sofa gewähren könne, falls er seinen Chef dazu brachte, ihn nächsten Monat auf eine internationale Wellenforscherkonferenz auf die Färöer zu schicken. Und wie es mir denn überhaupt gehe? Kein Wort über unsere Eltern, wofür ich ihm sehr dankbar war. Alles bestens, schrieb ich, Greenwich nehme auf meiner Liste der keinen Aufschub duldenden Ausflugsziele einen mittleren Rang ein und wenn ihm ein Dixi-Klo nicht zuwider sei, dürfe er auf seinem Weg zu den Färöern gern vorbeischauen. Dann klickte ich auf »Senden« und öffnete als Nächstes Michelles E-Mail.

In der Betreffzeile standen nur ein Wort in Großbuchstaben und ungefähr fünfzigtausend Ausrufezeichen. In der E-Mail stand mehr. Sie war erneut schwanger und erwartete ein Mädchen. Einen Moment lang war ich unsicher, ob ich mich wirklich für sie freuen sollte. Doch nachdem ich mich innerlich einmal kräftig geohrfeigt hatte, beschloss ich, die Nachricht positiv zu sehen. Um ihr Alltagsleben beneidete ich Michelle nicht. Aber ich beneidete sie um das Glück, das ihr, zusammen mit einem kleinen Vermögen, so mühelos zugeflogen war wie mir damals Tom. Wie ungerecht! Sie war immer noch glücklich, während ich – stopp! Solche Gedanken hatte ich in letzter Zeit mehr oder weniger erfolgreich zu verdrängen versucht. Es gab keinen vernünftigen Grund, ermahnte ich mich, warum nicht auch ich wieder glücklich werden sollte. Ich hatte ja nichts getan, um den Zorn der Götter herauszufordern. Auch ich hatte ein schönes Leben verdient.

Ich freute mich also für Michelle und schickte ihr eine E-Mail, in der ich das gebührend mit fünfzigtausend und einem Ausrufezeichen zum Ausdruck brachte.

Dann holte ich tief Luft und öffnete Hippolytes E-Mail. Ich las sie, dann las ich sie noch mal, dann prüfte ich, ob sie wirklich an mich adressiert war, und stellte fest, dass sie sowohl an mich als auch an unzählige andere Menschen gerichtet war, deren Namen ich zum Teil aus der Autorenszene kannte.

Sie schrieb, sie habe gekündigt, um eine leitende Stelle in einem renommierten New Yorker Verlag anzutreten, und ab jetzt seien andere Kolleginnen im Haus für uns zuständig, die sich in den nächsten Wochen bei uns melden wollten. Möglicherweise würde das zu Verzögerungen bei aktuellen Bearbeitungen von Manuskripten führen, und für eventuelle Unannehmlichkeiten entschuldige sie sich schon mal im Voraus. Dann versicherte sie noch, wie toll und total echt alles gewesen sei, und wünschte uns alles Gute.

Scheiße.

Scheißescheißescheißescheiße.

Ausrufezeichen.

Am nächsten Morgen klopfte er nicht an die Tür. Er kam einfach rein. Er und ein anderer Typ.

Ich stand gerade in der Küche und machte mir Tee und Toast. Mir war mittlerweile klar, warum Clare hier umbauen ließ. Die Küche war so winzig, dass man sich zu zweit auf den Füßen stand, und bei geöffneter Schranktür kam man weder in die Küche hinein noch hinaus.

Clare wollte den kleinen Hof hinter der Küche überdachen lassen, um eine größere Kücheneinheit zu schaffen, mit Oberlicht und viel Luft zum Atmen. Die neu gestaltete Küche sollte dann offen in den Wohn- und Essbereich übergehen. Bislang lag die alte ziemlich isoliert am Ende des Flurs, von dem aus die Treppen zum ersten Stock hochführten. Wer zur Eingangstür hereinkam, sah direkt in die Küche hinein. Die beiden Handwerker hatten eben die Tür hinter sich geschlossen. Sie konnten mich also gar nicht übersehen.

Rein technisch gesehen war ich bekleidet. Falls man ein

altes T-Shirt und graue Shorties als Bekleidung bezeichnen wollte. Das T-Shirt hatte einst Tom gehört, und der Aufdruck zeigte einen Comic-Blitz und darunter die Worte »Captain Awesome«. Die Unterhose war meine. Ich bin eine große Freundin von praktischer Unterwäsche. Bequemer Sitz ist mir prinzipiell wichtiger als ein verführerischer Look. In der aktuellen Situation begann ich allerdings, dieses Prinzip infrage zu stellen. Die einst leuchtend blaue Farbe der Hose war mit den Jahren zu einem scheußlichen Spülwassergrau ausgebleicht, und die ausgeleierten Gummis und Ränder ließen sie unförmig wirken. Offen gestanden war das nicht der Look, in dem ich unbedingt gesehen werden wollte. Andererseits war ich froh über die schlabberige Hülle. Mein Hintern war im Augenblick nicht bikinitauglich, falls Sie wissen, was ich meine. Auch nicht im diffusen Licht der Morgendämmerung.

Doch selbst wenn ich splitternackt in der Küche gestanden hätte, es hätte kein Entrinnen mehr gegeben. Denn der einzige Weg zum Schlafzimmer führte die Treppe hinauf, direkt an den Handwerkern vorbei, die nun im Flur standen. Ich versuchte, die Fassung zu wahren und vollkommen ungezwungen zu tun, als ob ich jeden Morgen ohne Make-up und halbnackt vor fremden Männern stünde. Total unverkrampft, als wäre ich mindestens zur Hälfte Schwedin oder so.

Anselo wuchtete gerade einen Werkzeugkasten herein, lächelte wieder nicht, nickte mir aber kurz zu, was aus seiner Sicht vermutlich ein kleines Entgegenkommen war, ein winziger Schritt in Richtung Höflichkeit. Hinter ihm stand ein junger Kerl von vielleicht achtzehn Jahren mit kupferroten Haaren, hellbraunen Sommersprossen überall im Gesicht und an den Armen und kaffeebraunen Augen. Auch er stand auf Creolen, zumindest trug er einige davon an beiden Ohren.

Er lief sofort ins Wohnzimmer, um einen Stuhl zu holen, dessen Lehne er unter die Klinke der Eingangstür klemmte, damit sie geöffnet blieb. Mir gefiel das alles gar nicht. Zwar war es nicht mein Haus, aber immerhin galt ich im Augenblick als ordnungsgemäße Besitzerin der Wohnung. Die Möbel und ich hatten ein Recht auf eine weniger rücksichtslose Behandlung.

Ich war hin- und hergerissen. Wenn ich nun aufbegehrte, würde ich die Aufmerksamkeit auf mich in meiner lumpigen Altherrenunterwäsche lenken. Wenn ich nichts sagte, könnte es zum Präzedenzfall werden und vielleicht jeden Morgen so laufen. Ich musste jetzt Grenzen setzen, sonst war es zu spät.

»Wie wär's mit Anklopfen beim nächsten Mal?«, rief ich aus sicherem Abstand aus der Küche. »Und der Stuhl da ist zwar kein Chippendale-Modell, aber ich schätze mal, Clare möchte ihn gern in unbeschädigtem Zustand zurückhaben.«

Anselo sah mich kurz an, dann murmelte er dem Jungen etwas zu, worauf dieser verschwand und gleich darauf mit einem alten Handtuch wiederkehrte. Er hängte es über die Lehne, damit keine Schrammen entstanden. Dann gingen beide zurück zum Transporter, um weiteres Gerät zu entladen.

Hastig rannte ich zur Treppe, um es noch vor ihnen hoch ins Schlafzimmer zu schaffen, aber bereits auf der untersten Stufe wurde ich durch ihre Rückkehr ausgebremst. Ich drehte mich langsam um und sah sie an.

»Guten Morgen«, sagte ich. Einer musste doch etwas sagen.

Anselos Gesicht verriet, dass er bereits die Sekunden zählte, bis ich endlich verschwand und sie in Ruhe mit der Arbeit beginnen konnten. Der Rothaarige sah mich ausdruckslos an. Wäre ich blond, vollbusig und sechzehn gewesen, hätte er vielleicht anders geschaut. Andererseits – wer weiß?

»Das ist Tyso«, sagte Anselo.

Willkommen im Club der seltsamen Namen.

Mit einer kleinen Handbewegung erwiderte ich: »Ich bin Darrell.«

Anselo schnaubte leise, als betrachtete er jede Unterhaltung mit mir als reine Zeitverschwendung. »Wir bringen ein paar Sachen und stellen sie draußen in den Hof.«

Wie auf Kommando ging Tyso zurück zum Wagen, und ich bemerkte, dass er außer den vielen Goldringen an den Ohren auch ein kleines grünes Halstuch trug. Mir fiel auf, dass ich eigentlich gar nichts über Zigeuner wusste. Außer der Sache mit den Silbermünzen und der Sache mit den Igeln, die man zwischen Backsteinen röstet. Roma spielten in Liebesromanen kaum eine Rolle. Sie tauchten höchstens in Liedern auf, in denen es um »Wein, Weib und Gesang« im Refrain ging und die von Männern mit starker Gesichtsbehaarung begleitet von Frauen mit starker Beinbehaarung zum Besten gegeben wurden.

Patrick hatte ihren Roma-Hintergrund erwähnt, aber mir war nicht klar, wie viele Generationen das schon her war. Meinten sie das mit den Ohrringen und den verknoteten Halstüchern noch ernst, oder war das einfach ein traditionelles Relikt, ein Hinweis auf ein längst verlorenes Erbe? Vergleichbar mit irischstämmigen Amerikanern, die in Irish Pubs nur durch einen gezielten Schlag auf den Hinterkopf vom Singen der Traditionshymne *Danny Boy* abgehalten werden konnten? Ich konnte mir kaum vorstellen, dass diese beiden hier je eigenhändig einen Igel nach dem Rösten zwischen Ziegelsteinen aus der rußigen Schale gepellt hatten.

»Auch ein Cousin?«, fragte ich Anselo.

Überrascht zog er erst die Augenbrauen hoch, dann sagte er finster: »Den Job habe ich bekommen, weil ich etwas kann, nicht wegen meiner Familienbande.«

Du lieber Himmel, für solche Spielchen war es mir eindeutig noch zu früh. »Reagieren Sie immer so empfindlich?«

Er blinzelte verblüfft, aber bevor er etwas sagen konnte, stolperte sein Gehilfe mit einer Ladung Holz- und Metallteile herein und zwang uns, zur Seite zu treten. In dem Moment sah ich mein Bild im Flurspiegel und verkniff mir jede weitere Bemerkung. Der Altherren-Look war gar nicht das Schlimmste. Ich sah aus, als hätte ich einen völlig misslungenen Versuch unternommen, mir die Haare selbst zu schneiden, außerdem war meine Wimperntusche von gestern total verschmiert. Da ich davon ausgehen musste, dass die fröhlichen Zigeunerjungs nun jeden Morgen um diese Zeit hereinspaziert kamen, schwor ich mir auf der Stelle, von nun an besser vorbereitet zu sein. Heute blieb mir nur die Flucht, und zwar nach oben in die sicheren vier Wände des Schlafzimmers.

Als ich mich halbwegs repräsentabel wieder nach unten traute, war die Eingangstür geschlossen, der Stuhl stand im Wohnzimmer, und auf dem Flurboden lagen Plastikplanen. Leise drang blecherne Musik an mein Ohr. Die beiden Männer waren draußen im Hinterhof, wo mittlerweile mindestens eine halbe Tonne Baumaterial lag. Aus einem tragbaren CD-Spieler plärrte mir unbekannte Radiorockmusik entgegen. Der Sänger klang, als hätte er beim Hochziehen des Reißverschlusses besser aufpassen sollen.

Anselo blickte auf, als ich näher herantrat. Eigentlich war ich nur zum Spionieren heruntergekommen und gab vor, ein Glas Wasser zu holen. Die Tür zum Hof stand offen, und ich stellte mich in den Türrahmen.

»Von mir aus könnt ihr den Wasserkocher benutzen für Tee oder Kaffee«, sagte ich.

Anselo nickte – wahrscheinlich seine Art, Danke zu sagen.

Ich hätte gern gewusst, wie die weitere Planung war, wann die großen Arbeiten stattfanden, und ab wann ich in einer Imbissbude essen oder den Frühstückstoast über dem offenen Feuer rösten musste, weil die Küche in Trümmern lag. Anselo deutete mein Erscheinen in der Tür jedoch anders und fragte: »Sollen wir die Musik leiser stellen?«

»Nein, überhaupt nicht!«, sagte ich. »Was läuft da denn?«

»Tyso, was ist das für eine Scheißband?«, fragte Anselo über die Schulter nach hinten.

»Nickelback.«

Anselo und ich sahen uns an, und zu meiner Überraschung fing er an zu grinsen. Ich weiß, es ist eine furchtbare Plattitüde, zu sagen, ein Lächeln würde Menschen verändern, aber Anselos Lächeln war wie ein plötzlicher Wetterumschwung. Und auf die Gefahr hin, ihn zu beschreiben wie einen Gaul, muss ich auch sagen: Er hatte ein wunderschönes Gebiss – ebenmäßige Zähne, blendend weiß und kräftig. Seine Augen funkelten lebhaft, der missmutige Ausdruck war wie weggeblasen – kurzum: Es war ein Unterschied wie Tag und Nacht. Ich war völlig perplex. Für mich entscheidet die Persönlichkeit, ob ich einen Menschen attraktiv finde, nicht sein Aussehen. Tom zum Beispiel war ein fröhlicher Mensch, er lachte viel, versprühte Lebensfreude, und seine Freude war ansteckend. Das sprach mich an.

»Wir wechseln uns ab«, sagte Anselo. »Wenn ich die ganze Zeit Tysos Musik hören müsste, würde ich spätestens um zwei mit dem Kantholz um mich werfen.«

Tyso richtete sich auf. »Und wenn ich deine Scheißmucke dauernd hören müsste, würde ich mir mit einer Nagelpistole in den Kopf schießen. Echt.«

»Lass die verdammten Kraftausdrücke, bitte«, sagte Anselo.

Tyso zwinkerte mir zu. Er war wohl ebenfalls eine Frohnatur. Worüber sollte er sich auch Sorgen machen? Er war jung und hatte einen guten Job.

»Und was hört der Chef so den ganzen Tag?«, fragte ich.

»Altes, stinklangweiliges Zeug.«

Ich schaute den Chef an. »Stimmt das?«

Er hatte in der Zwischenzeit leider wieder aufgehört zu lächeln und zuckte mit den Schultern. »Kann schon sein«, sagte er einsilbig und wandte sich seiner Werkzeugkiste zu.

Ich hätte es persönlich nehmen können, doch in seinem Blick sah ich ein leichtes Unbehagen. Als wollte er rasch wieder Distanz aufbauen, weil ihm die Vertraulichkeit schon zu weit ging. Wahrscheinlich war es nicht gegen mich gerichtet. Vermutlich war er emotional allgemein ziemlich zugeknöpft.

Das Haus mit wortkargen Handwerkern teilen zu müssen, war im Augenblick allerdings mein geringstes Problem. Es war Zeit für meinen morgendlichen Besuch im Café, und ich war aufgeregt, denn gleich würde ich den unnahbaren Mr Perfect wiedersehen. Würde ich es wagen, ihn Claude zu nennen? Meine ganze Sorge galt unserem neuen, noch ungeklärten Kommunikationsprotokoll. Welche Regeln galten jetzt? Durfte ich ihn an meinen Tisch bitten, wenn er kam? Oder sollte ich mich einfach zu ihm setzen? Eventuell nur aus der Ferne lächeln und winken? (Dann aber mit mehr Haltung und Selbstbewusstsein, nicht mit roten Ohren.)

Letzteres erschien mir die sicherste Lösung. Auf der anderen Seite hätte ich ihm gerne erzählt, wie ich mich von meiner Lektorin im Stich gelassen fühlte. Um drei Uhr in der Früh war ich wieder panisch hochgeschreckt. Mein Verstand sagte mir zwar, dass ich vertraglich abgesichert war. Auch wenn es nun zu Verzögerungen kam, konnten sie mir die Zusammenarbeit nicht einfach kündigen. Doch die fiesen kleinen Gremlins in meinem Kopf stellten immer wieder die gemeine Frage, ob im Verlag wirklich jemals einer den Vertrag gelesen hatte. Vielleicht enthielt er im Kleingedruckten eine versteckte Kündigungsklausel? Wie lange durften sie die Bearbeitung hinauszögern? Endlos? Und was würde geschehen, wenn das Geld nicht rechtzeitig überwiesen wurde?

Die Antwort kannte ich schon jetzt. Sie lautete: Sachen packen und zurück nach Neuseeland. Vor ein paar Wochen hätte ich damit noch leben können. Doch nun war tatsächlich der Fall eingetreten, den ich schon nicht mehr für möglich gehalten hatte. Ich hatte jemanden kennengelernt! Noch dazu einen attraktiven, älteren (aber apart, Pierce-Brosnan-mäßig, kein Perversling!), sehr distinguierten und vermutlich sagenhaft reichen Mann.

Wenn ich die Geschichte selbst weiterspinnen könnte, ginge sie so: Mr Perfect stellt sich als Spross einer aristokratischen Familie heraus, der er sich jedoch völlig entfremdet hat. Gefühlsmäßig steht er an einem Wendepunkt in seinem Leben, weil er Tiefgang und Verbindlichkeit sucht und es leid ist, dauernd zwischen seinem Schloss in Monaco und dem Penthouse in Manhattan hin und her zu jetten, nur um noch mehr Geld anzuhäufen. Gelangweilt von der gewohnten Gesellschaft behüteter, wohlerzogener junger Adelstöchter, zieht es ihn auf unerklärliche Weise hin zu einer vor Lebendigkeit sprühenden Brünetten in den besten Jahren, die auf höchst bezaubernde Weise erfrischende Natürlichkeit mit dem Charme der einstigen Kronkoloniebewohner in sich vereint.

Im Idealfall wäre sie noch Jungfrau und außerdem gertenschlank. Aber mit ein paar Enttäuschungen müssen wir nun mal alle leben.

# 7

**LADY MO:** Entweder du veräppelst mich mit Birnen, oder es muss am Titel liegen – Duke wie in »Duke« Ellington oder in der Fernsehserie »Ein Duke kommt selten allein«?

**DARRELL:** Ja! Ein richtiger Herzog! So wie in »Herzog von Windsor«.

**LADY MO:** Und wie in Duc de Sauveterre, wie kannst du ihn nur vergessen! Aber nicht mit ›-k‹, sonst wohnt er am Ende in Entenhausen.

**DARRELL:** Hab neulich von einem Treffen mit Fabrice in London geträumt. Obwohl ich weiß, dass er frei erfunden ist. Größtenteils. Irgendwie unheimlich, findest du nicht?

**LADY MO:** Hört sich nach einer haarsträubenden Figur aus deinen Schundromanen an. Ein solariumgebräunter Fabrice mit Diamant-Rolex?

**DARRELL:** Meine Helden sind stets natürlich gebräunt und tragen Patek-Philippe-Uhren. Das solltest du längst wissen.

**LADY MO:** Chad ist auch natürlich gebräunt. Musste allerdings auf James-Bond-Omega umsteigen. Welches Modell trägt der Herzog?

**DARRELL:** Seine Manschetten sind so erstklassig maßgeschneidert, konnte bislang weder Gelenk noch Uhr entdecken. Außerdem muss ich eine Kleinigkeit richtigstellen. Momentan ist der Herzog kein Herzog. Sein Vater, der alte Duke, hat in den Sechzigerjahren auf seinen Titel verzichtet.

**LADY MO:** Daddy wollte kein Herzog mehr sein? War Daddy denn verrückt?

**DARRELL:** Schon möglich. Wollte in die große Politik, ins britische Unterhaus. Früher galt das Gesetz, dass Adlige sich nicht ins Parlament wählen lassen durften. Es wurde später abgeschafft, wahrscheinlich von anderen Adligen. Damals war das aber bindend.

**LADY MO:** Zu blöd! Kann dein Bekannter den väterlichen Titel nicht wieder für sich beanspruchen? Ist das Herzogtum nun für immer verloren?

**DARRELL:** Keine Ahnung. Der Mann ist sehr verschlossen, gibt wenig preis in puncto Privatsphäre. Die Brocken, die er mir hinwarf, erlauben mir aber folgende Mutmaßungen: Die politische Karriere des Vaters war ein Reinfall, Vater tot, Familiensitz verkauft, um die horrenden Erbschaftssteuern zu begleichen. Mutter lebt an der Themse (vermutlich *nicht* auf einem Hausboot), jüngere Schwester arbeitet in einer Kunstgalerie in Mailand, jüngerer Bruder lebt in L.A. und verdient sein Brot beim Film. Mein neuer Freund lebt hier in London und geht, soweit ich das überblicken kann, keiner geregelten Arbeit nach. Beschäftigt jedoch einen Anlageberater, also vermute ich ordentliche Investitionsrenditen, von denen er leben kann.

**LADY MO:** Als ältester Adelsspross bekam er wahrscheinlich die ganze Asche zugesprochen.

**DARRELL:** Ungerecht gegenüber dem zweiten, oder? Ganz zu schweigen von der Schwester.

**LADY MO:** Die feinen Leute scheren sich nicht um so einen sentimentalen Quatsch. Die sind doch alle bekloppt.

**DARRELL:** Was regst du dich so auf? Du warst früher *vernarrt* in alles Vornehme und Hochwohlgeborene. Was ist geschehen?

**LADY MO:** Habe die Nase voll von der feinen Gesellschaft, habe sie in letzter Zeit live erlebt. Sie sind eine schlimme Plage und meistens ziemlich gaga. Die erwarten, dass du alle ihre Bekannten kennst, und haben Doppelnamen, die bizarr ausgesprochen werden und mit der Schreibweise nicht das Geringste zu tun haben. Und sie geben sich Babykosenamen wie Bitsy und Onky.

**DARRELL:** Niemand lässt sich freiwillig Onky nennen!

**LADY MO:** Doch, doch! Glaub es mir ruhig. Mein früherer Kollege Maurice hat auch in alten Geldadel eingeheiratet. Seine Frau heißt eigentlich Monica, doch sie besteht auf Onky, weil ihre durch Inzest verblödete Familie sie so nennt.

**DARRELL:** Und wie nennt sie ihn?

**LADY MO:** Moo-Moo. Ihre Unterhaltungen klangen immer wie der Refrain von »Old MacDonald had a farm« – ein Moo-Moo hier und ein Oink-Oink da … Die haben alle einen an der Klatsche, glaub's mir.

**DARRELL:** Wo wir gerade bei Namen sind … Wie soll dein Baby heißen?

**LADY MO:** Das haben wir noch nicht entschieden. Chad will sie Matheson nennen. Im Moment lasse ich ihn noch in dem Glauben, aber damit kommt er nicht durch.

**DARRELL:** Bei dem Thema bin ich die falsche Ansprechperson … Wenigstens soll's keine Britney werden.

**LADY MO:** Keine Sorge. Dann würde Chad sofort enterbt werden, denn seine Mutter verabscheut alle Namen, die auf »-ey« enden. Aus irgendeinem Grund aber auch Joanne.

**DARRELL:** Verständlich. Namen sind ja fürs wahre Leben gemacht, nicht nur zur besseren Identifizierung von Gepäckstücken auf dem Förderband am Flughafen …

Eine halbe Stunde lang trieb ich mich vor dem Krankenhaus herum und versuchte, mich mental auf die Begegnung mit Big Man einzustimmen. Genau genommen benötigten die seelischen Vorbereitungen zehn Minuten, den Rest der Zeit verbrachte ich damit, von Mr Perfect zu träumen.

Meine Güte, der Mann war ein Herzog! Jedenfalls fast. Danach kam nur noch der König. Und er war *überhaupt* nicht so, wie Michelle geunkt hatte. All die Sorgen, wie wir miteinander umgehen sollten, hätte ich mir wirklich sparen können. Im Café winkte er mich gleich zu sich an den Tisch und bezahlte sogar den Kaffee. Er war sehr galant und unterhaltsam und erwartete nicht von mir, Menschen mit Namen wie Binky oder Bertie zu kennen. Er schien sehr interessiert an dem, was ich ihm erzählte, doch meistens versuchte ich, das Gespräch auf seine Person zu lenken. Er trug es mit Würde und Fassung, war jedoch nicht geneigt, viel von sich preiszugeben.

Seine Gnaden! So müsste ich ihn als Herzog eigentlich anreden. Doch er bestand auf dem Du und Claude, und da es ja sein Vorname war, erschien mir das auch nicht allzu unverschämt. Seinen Nachnamen hatte er mir noch nicht verraten, doch sicher würde sich die Gelegenheit ergeben, den zu erfahren.

Was mich zur nächsten Frage brachte: Was nun? Er schien meine Gesellschaft zu schätzen, aber hieß das, er war an mir interessiert? Und war ich an ihm interessiert? Er war ledig (Häkchen), attraktiv (Häkchen), sehr gepflegt und hatte formvollendete Manieren (Häkchen, obwohl ich bei Tom nie vermisste, dass er sich nicht herausputzte oder keine tadellosen Manieren hatte), außerdem war er der Sohn eines einstigen Herzogs (ich will ehrlich sein:

Mega-Häkchen). Okay, es hatten sich noch keine erotischen Schwingungen eingestellt, aber er war wahrscheinlich zu zurückhaltend für solche Avancen. Es kam ihm bestimmt furchtbar… unhöflich vor.

Eigentlich gab es nur eine Hürde. Wenn ich ihn wirklich gut finde, was um alles in der Welt sollte ich dann nur tun? Wochenlang hatte ich es fertiggebracht, die anderen drei morgendlichen Stammgäste *nicht* zu grüßen. Die Idee, mich nun mit Claude, *the Duke,* zu einem Date zu verabreden, war daher ungefähr so abwegig wie die Vorstellung, den Mount Everest zu besteigen, obwohl mir auf dem Fitnesslaufband bereits nach drei Minuten die Puste ausging. Mit Tom war alles ganz unproblematisch gelaufen: Wir trafen uns, verliebten uns und heirateten. Es war kinderleicht und das Selbstverständlichste auf der Welt gewesen.

Ich erinnerte mich plötzlich an den eigentlichen Grund, weshalb ich vor dem Krankenhaus herumstand, und überlegte erneut, ob Big Man wohl verheiratet war. Peinlich genug, meine Anwesenheit ihm gegenüber zu rechtfertigen, aber wie wollte ich sie einer Mrs Big Man erklären? Ich hatte mir eine Geschichte zurechtgelegt, die einigermaßen plausibel klang: Doktor Alastair Graham hatte mich beauftragt, mich nach seinem Befinden zu erkundigen und zu fragen, ob er etwas brauchte. Warum der Arzt ausgerechnet mich geschickt hatte, konnte ich ihm zwar nicht erklären, doch mit etwas Glück würde Big Man diese Frage gar nicht stellen.

Um erneut erschreckend ehrlich zu Ihnen zu sein, muss ich zugeben, dass es einen weiteren Grund gab, warum ich mich so lange vor dem Krankenhaus herumdrückte. Ich habe eine schreckliche Abneigung gegen Krankenhäuser.

Ich hasse sie. Sie erzeugen bei mir Schweißausbrüche und zittrige Knie, und sobald ich drin bin, suche ich panisch nach dem erstbesten Grund, um wieder rauszukommen. Seit Toms Tod war ich genau zweimal in einem Krankenhaus (den Besuch am Empfang vorgestern nicht mitgerechnet): einmal, als meine Mutter ihre Krampfadern entfernen ließ, und das andere Mal, als Simon auf dem Fahrrad von einem Auto angefahren wurde. Beide waren in guter Verfassung, als ich sie besuchte, Simon hatte sich bloß das Schlüsselbein gebrochen, und meine Mutter sah, bis auf die unansehnlichen Thrombosestrümpfe, völlig normal aus. Doch allein der Geruch, die Farbe der Wände, der Anblick von Metallbetten und Infusionströpfen lösen schreckliche Erinnerungen aus an den Raum, in dem Tom damals lag. Der völlig überzuckerte Tee, den mir eine Schwester brachte, war ekelhaft und tat mir an den Zähnen weh. Seither kann ich süßen Tee nicht mehr ausstehen.

Unentschlossen ging ich weitere fünf Minuten vor dem Eingang auf und ab, dann fasste ich mir ein Herz. Ich würde hineingehen. Insgeheim hoffte ich, die Schwester hätte vorgestern notiert: »Achtung Hochstaplerin! Sofort rausschmeißen.« Doch als ich am Empfang erschien, saß eine andere Frau dort und sagte freundlich: »Ah ja, er liegt auf Station zwölf. Gehen Sie einfach hoch.«

Auf der Station zwölf lagen lauter Menschen – Männer, um genau zu sein – in unterschiedlichen Bewusstseinszuständen. Manche schienen zu schlafen, einer sah aus, als würde er nie mehr aufwachen, ein anderer war noch ganz jung, kaum dem Teenageralter entwachsen. Neben ihm saß seine Mutter. Da auf Station zwölf alle Herzpatienten waren, nahm ich an, der Junge hatte einen angeborenen

Herzfehler. Absurderweise bekam ich feuchte Augen vor lauter Dankbarkeit, dass er sicher, wohlbehalten und vor allem noch lebendig hier auf der Station lag.

»Kann ich Ihnen helfen?«

Ein schwarzhaariger Mann mit Meckifrisur stand vor mir und sah mich leicht schielend an. Er mochte Ende dreißig sein und hatte einen irischen Akzent. Gekleidet war er in hellbraune Cordhosen und ein zerschlissenes Tweedjackett, darunter trug er einen grauen Strickpullover. Er sah weder nach Arzt noch nach Pfleger aus. Außerdem wirkten seine Bewegungen fahrig und unkoordiniert.

Er schielte mich noch intensiver an und runzelte die Stirn. Er hatte meine feuchten Augen bemerkt. »Alles in Ordnung?«

»Ja, natürlich!«, rief ich eine Spur zu laut und, um davon abzulenken, fügte ich rasch hinzu: »Ich möchte zu Bi… ähm, Mr Hogan.«

»Ach, tatsächlich?«

Ich konnte den merkwürdigen Tonfall nicht deuten. Glaubte er mir nicht?

»Sind Sie mit ihm verwandt?«

Ich wollte nicht weiter lügen. »Nein, bin ich nicht«, seufzte ich. »Aber ich war dabei, als er den Herzinfarkt hatte, und mache mir Sorgen. Ich glaube, er hat sonst niemanden und …«

Mir ging die Puste aus, und ich erwartete jede Sekunde, von Mr Silberblick zum unverzüglichen Verlassen der Station aufgefordert zu werden.

»Sie wissen also auch nichts Genaues über ihn?« Er wirkte eher neugierig als verstimmt.

»Na ja, er raucht. Er wohnt wahrscheinlich in einer

Hochhaussiedlung bei mir in der Straße und sitzt jeden Morgen im selben Café wie ich. Er ist immer allein – kein besonders geselliger Typ vermutlich. Außerdem trägt er immer dieselbe erbärmliche blaue Bomberjacke ...«

Silberblick sagte lange nichts, was mir irgendwie unangenehm war. Dann nickte er bedächtig, als ginge ihm etwas durch den Kopf.

»Kennt er Sie? Ich meine, würde er Sie wiedererkennen?«

»Ja, ziemlich sicher.«

»Sehr gut. Kommen Sie mit.« Er zog mich am Arm.

Ein paar Betten weiter sagte er schließlich: »Mein Name ist übrigens Gabriel Flynn.«

»Angenehm, Darrell Kincaid. Sind Sie ... Arzt?«

»Ich habe den zweifelnden Tonfall registriert. Ja, ich bin Arzt. Psychiater.«

»Wozu braucht er denn einen Psychiater?«

Doktor Flynn hielt unerwartet inne, und ich wäre fast in ihn hineingestolpert. Sein Tweedjackett roch nach Zigarrenqualm, was ich komischerweise sehr beruhigend fand.

Wir standen vor Big Man. Er hing am Tropf und war an eine Maschine angeschlossen, die seine Herz- und Lungenfunktionen aufzeichnete. Die Laken waren so straff über seine Brust gespannt, als hätte eine Schwester beim Bettenmachen übersehen, dass darunter noch ein Patient lag. Die Arme lagen schlaff und kraftlos auf dem Laken. Er schien uns nicht zu bemerken. Sein Blick war starr zur Decke gerichtet, unwillkürlich schaute auch ich hin. Es war nur eine kahle, schmucklose Decke, weiße Platten mit ein bisschen Struktur. Nichts, was eine längere Betrachtung rechtfertigen würde.

»Da bin ich wieder«, rief Doktor Flynn gut gelaunt und eine Spur zu laut. Seine Stimme klang so aufgesetzt fröhlich wie die eines Vorschullehrers, der unbedingt befördert werden wollte.

»Ich habe jemanden mitgebracht! Besu-huch!« Als keine Reaktion kam, sagte er: »Das ist Darrell, sie hat sich Sorgen um Sie gemacht. Möchte mal wissen, warum, wo's Ihnen doch so prächtig geht!«

Big Man erwiderte nichts auf diese kleine Stichelei. Möglicherweise hatte er es gar nicht gehört. Er lag einfach reglos da und starrte zur Decke.

Ich sah Doktor Flynn fragend an. Eigentlich hatte ich erwartet, dass er mich nun dezent zur Seite nehmen würde, um mir eine Diagnose zuzuraunen. Aber Doktor Flynn sprach laut und ungehemmt weiter. Entweder war das Psychologentaktik, oder Diskretion war einfach nicht sein Ding.

»Ja, unser Mr Hogan liegt da und stiert zur Decke, seit er erfahren hat, dass alles gut verlaufen ist. Er will nicht sprechen und nicht essen.« Dann redete er ihn direkt an: »Die Schwestern werden langsam sauer, Michael. An Ihrer Stelle würde ich mich gut mit denen stellen. Sie haben ja keine Ahnung, was für schauderhafte Instrumente sie sonst auspacken werden!« An mich gewandt sagte er: »Eine verzweifelte, depressive Grundstimmung ist besonders bei Männern nach einer Herzoperation sehr verbreitet. Der Hauch des Todes, die Drohung von Potenzverlust und so weiter, das macht sie völlig fertig. Aber Michaels Reaktion erinnert an Symptome einer schweren postpartalen Depression. Aus wissenschaftlicher Sicht sehr interessant, aber in der Praxis nervtötend. Denn wenn es nicht besser wird …« Er zuckte kurz mit den Schultern und stieß einen resignierten Seufzer aus.

»Was dann?«, fragte ich beunruhigt. »Was, wenn es nicht besser wird?«

»Dann gibt es einen fröhlichen Mix an Behandlungsmöglichkeiten. Erste Station dürfte die Irrenanstalt sein. Dann wird ihm eine Nahrungssonde gelegt, weil wir in der ärztlichen Pflicht stehen, eine Zwangsernährung anzuordnen. Außerdem diverse Katheder und das ganze Brimborium, um die Nahrung, die wir ihm aufzwingen, auch wieder aus ihm herauszubekommen. Wenn er sich dann immer noch weigert, sich selbst zu helfen, wird man wohl auf EKT gehen.«

»EKT? Sie meinen, Elektroschocktherapie?«

»Genau das meine ich.«

Mir wurde angst und bang. »Ich dachte, das wäre längst verboten.«

Doktor Flynn sah mich überrascht an. »Nein, das wird immer noch gern angewendet. Sehr effektive Methode, offen gesagt. Nicht besonders angenehm, wohl wahr. Aber heutzutage wird der Patient vorher betäubt. Die Nebenwirkungen sind minimal, abgesehen vom möglichen Verlust einiger entscheidender Erinnerungsbrocken.«

Ich starrte Big Man an. Außer einem gelegentlichen Blinzeln hatte er sich während unseres Gesprächs nicht geregt. Falls bei der Operation nicht doch etwas furchtbar schiefgelaufen war, musste er jedes Wort gehört haben. Wenn *mir* eine solch ernüchternde Prognose gestellt worden wäre, ich hätte die Beine in die Hand genommen und mit flatterndem OP-Hemd den Ort des Schreckens verlassen.

»Sie sagten, wenn es nicht bald besser wird – an wie bald dachten Sie?«

»Bald kann schon morgen sein«, sagte Doktor Flynn. »Wir können ihn nicht länger hierbehalten, die anderen Patienten sind ohne diesen Riesenzombie vom Planeten der Verdammnis im Nachbarbett schon verstört genug.«

Wäre ich nicht so entsetzt gewesen, hätte ich vielleicht darüber gelacht.

»Wie kann man ihm denn helfen?«, rief ich.

Ich hatte die hilflose Frage eher rhetorisch in den Raum gestellt, ohne konkreten Adressaten, doch Doktor Flynn erwiderte: »Gut, dass Sie mich fragen. Ich schlage vor, Sie bleiben bei ihm und reden mit ihm.«

»Worüber soll ich mit ihm reden?«

»Ganz egal, was Ihnen gerade einfällt. Was machen Sie denn beruflich?«

»Ich schreibe Liebesromane«, sagte ich etwas widerwillig.

Doktor Flynn lachte erfreut. »Tatsächlich? Mein Gott, und ich dachte immer, das wären übergewichtige Frauen, die ihr Bett mit Puppen dekorieren. Haben Sie Puppen im Bett?«

»Nein.«

»Teddybären?«

»Nein!«

Er kicherte. »Das ist großartig! Dann haben Sie ja endlos Gesprächsstoff.«

Und dann wollte er weggehen und mich mit Big Man alleine lassen. Ich griff nach seinem Arm. »Meinen Sie das wirklich ernst? Ich soll hier sitzen bleiben und auf ihn einreden?«

Er hielt inne. Sein Lächeln war verschwunden. »Ich würde ihn gern der Welt erhalten, und alleine schaffe ich das nicht.«

Ich ließ seinen Arm los. »Wie lange soll ich bleiben?«

»Solange Sie Zeit haben«, sagte er. »Solange es geht …«

Er nickte mir zu, vergrub die Hände in seinen ausgeleierten Taschen und trollte sich.

Ich sah mich nach möglichen Zeugen für unser Gespräch um, denn ich war mir nicht mehr sicher, ob ich bereits Wahnvorstellungen hatte. Keiner nahm meine Anwesenheit zur Kenntnis. Ich betrachtete Big Man. Auch er schien mich nicht zu bemerken, doch ich wusste, er tat nur so.

Ich musterte ihn mit gemischten Gefühlen. Einerseits bewunderte ich ihn für seine außergewöhnliche Dickköpfigkeit, auf der anderen Seite machte er mich furchtbar wütend – aus genau demselben Grund. Was wollte er mit seiner Sturheit bezwecken? Warum verhielt er sich überhaupt so?

*Ich würde ihn gern der Welt erhalten.* Was für eine merkwürdige Ausdrucksweise. Doktor Flynn schien allgemein sehr unkonventionell zu sein. Mit Vertretern der Psychologenzunft war ich bisher kaum in Berührung gekommen. Nach Toms Tod wurde mir Trauerbegleitung angeboten, und einmal bin ich zu einem Termin gegangen. Eine wohlmeinende, sehr intensiv mitfühlende Frau wollte mich damals unbedingt zum Weinen bringen. Ich wiederum hatte eigentlich gehofft, man würde mich aufmuntern, und gedacht, es wäre der Sinn von Trauerbegleitung, dass man sich hinterher besser fühlte, nicht schlechter. Die Frau war der Ansicht, Weinen hätte eine befreiende Wirkung und würde mir guttun. Ich war der Meinung, Tränen wären das am wenigsten geeignete Mittel zur Bewältigung von Toms tragischem Tod.

*Ihn der Welt erhalten ...*? Vielleicht dachte Doktor Flynn, Big Man müsste an die Welt da draußen erinnert werden? Und ich sollte ihn auf dem Laufenden halten. Die Idee war nicht ganz abwegig, denn es ist schlechterdings unmöglich, weiter den eigenen trüben Gedanken nachzuhängen, wenn eine Quasselstrippe neben einem sitzt und unablässig quakt. An der Wand stand ein Stuhl. Den zog ich heran, nahm Platz und fing an zu erzählen.

Ich redete über alles. Eigentlich hatte ich das gar nicht vor, aber nachdem ich mich warmgeplappert hatte, konnte ich nicht mehr aufhören. Zuerst sprach ich von den schönen Dingen in meinem Leben, erzählte Geschichten von meinen Eltern, vom persönlichen Feldzug meines Vaters gegen die Apostrophenschinder (»Man kann doch wohl erwarten, dass der Unterschied zwischen Plural und Possessiv im Englischen bekannt ist, wenn man nicht völlig begriffsstutzig ist.«) oder von der Reaktion meiner Mutter, als die Traditionsmarke Pringle sich ein neues Image verpasste und plötzlich modern wurde (»Ich bin wirklich froh, dass ich meine Strickjacken bereits zu einer Zeit gekauft habe, als die Firma noch königliche Kundschaft hatte.«). Ich erzählte von Simon: Wie er sich einst für das *Guinnessbuch der Rekorde* vorschlagen lassen wollte, weil er der Meinung war, an keinem Menschen der Welt wären von den internationalen Zollbehörden so viele Leibesvisitationen (einschließlich Körperöffnungen) vorgenommen worden wie an ihm. Und auch Geschichten über meinen Namen: Zum Beispiel, wie ich als junges Mädchen eine Liste mit klangvollen Alternativnamen erstellt hatte. (Mein Lieblingsname war Fifi Honey-Belle, und das war Jahre *vor* Bob Geldorf Töchter in die Welt gesetzt hatte!) Schließlich packte ich sogar Geschichten von mir und Michelle aus: Wie wir uns ein Buch über Liebeszauber ausgeliehen und die weniger ekelhaften (für die richtig ekelhaften benötigte man Menstruationsblut) Tricks ausprobiert hatten. Zum Beispiel haben wir obskure Sprechgesänge gesungen, wobei wir Zitronenschalen in unseren BHs trugen. Es hatte nie funktioniert. Es sei denn, ein uns unbekanntes männliches Wesen irgendwo auf der Welt wurde zeitgleich von einer unerklärlichen Lust auf zwei jugendliche Teenager gepeinigt, als er sich einen Gin-Tonic mixte.

Von meiner Arbeit zu reden, fiel mir nicht so leicht. Denn bis jetzt wusste ich immer noch nicht, ob mir mein Verlag eine neue Lektorin zugeteilt hatte, und mich beschlich leise Panik, wenn ich nur daran dachte.

Stattdessen erzählte ich ihm lieber, was mich nach London verschlagen hatte, welche Überwindung es mich gekostet hatte, von zu Hause wegzugehen. Ich berichtete von meinen finanziellen Ängsten und dass meine Wohnung von griesgrämigen Handwerkern heimgesucht wurde. Und langsam, wie in einem rückwärts laufenden Film, arbeitete ich mich vor zu dem kritischen Punkt in meinem Leben, der das alles ausgelöst hatte.

Allerdings rückte ich nicht gleich mit der Sprache raus. Es ging einfach nicht. Stumm rutschte ich auf meinem Stuhl hin und her. Seit einer Stunde hatte ich unablässig geredet, und die plötzliche Stille dröhnte in meinen Ohren. Deshalb erschrak ich heftig, als ich im Bett neben mir eine Bewegung registrierte. Ich hatte meinen Blick gesenkt und unwillkürlich den Finger massiert, an dem ich früher den Ehering getragen hatte. Als ich nun aufsah, waren Big Mans Augen auf mich gerichtet.

Mit offenem Mund starrte ich zurück. Dann sprudelten die Worte aus mir heraus, ich konnte sie nicht aufhalten.

»Er ist gestorben. Mein Mann ist gestorben. Tom. Mein Ehemann. Er ist tot.«

Mein Mund schnappte zu. Ich spürte, wie ich vor Verlegenheit rot anlief, weil es so plötzlich aus mir herausgebrochen war – und wegen Big Mans starr auf mich gerichtetem Blick. Seine Miene war unbeweglich, aber Feindseligkeit funkelte aus seinen Augen.

Dann erschrak ich erneut. Denn Big Man hatte gesprochen. Langsam, aber klar und unmissverständlich sagte er: »Der hat's gut!«

Verehrte Leser, ich musste ihm eine scheuern.

Oh Gott! Ich sprang auf und ohrfeigte einen Mann, der sich gerade erst von einer Herzoperation erholte.

Entsetzt starrte ich auf meine Hand, die noch über seiner Wange schwebte und deren Abdruck sich nun rot abzeichnete.

Dann drehte ich mich um und rannte, so schnell ich konnte.

Geistesgegenwärtig verlangsamte ich meine Schritte in den Gängen der U-Bahn, um nicht den Verdacht zu erwecken, ich hätte gerade eine Handtasche geklaut. Aber vom Krankenhaus bis zur Haltestelle und von der letzten Station bis zu meinem Haus rannte ich, als wäre der Teufel hinter mir her. Zuhause riss ich die Tür auf, schlug sie hinter mir zu und polterte die Treppen hoch ins Schlafzimmer. Dort sackten mir die Knie weg, ich sank zu Boden und rollte mich zusammen. Ich atmete heftig und unregelmäßig, bekam kaum noch Luft.

Bis eben war ich wirklich der Meinung gewesen, Toms Tod halbwegs verkraftet zu haben. Die wichtigsten Phasen des Trauerprozesses – Schock, Verdrängung, Wut und dann Traurigkeit – waren durchlaufen, und trotz des Kummers, der mich immer wieder befiel, hatte ich geglaubt, bereit für einen Neuanfang zu sein. Was für ein Trugschluss! Die ganze Zeit hatte es in mir rumort. Ein Wesen, ein *Ding*, das mir fremd und unbekannt war, drängte ans Licht. Ein rasendes, wütendes Monster. Nie zuvor im Leben hatte ich jemand geschlagen. Ich hatte keine Geschwister, und auf dem Schulhof war ich Prügeleien stets aus dem Weg gegangen. In meinen Beziehungen gab es keine gewalttätigen Auseinandersetzungen, ich konnte mir das noch nicht mal *vorstellen* …

Die Schlafzimmertür knarrte. Erst als jemand fragte: »Alles in Ordnung?«, hob ich den Kopf.

In meiner panischen Flucht vor den Höllenhunden in mir hatte ich überhaupt nicht mehr an die Handwerker im Haus gedacht. Die beiden waren wahrscheinlich völlig entsetzt über meine dramatische Rückkehr, nun wollte der Chef persönlich nach dem Rechten sehen.

Anselo hatte Sorgenfalten auf der Stirn. Dennoch schien er auf der Hut, jederzeit fluchtbereit. Jedem noch so unsensiblen Menschen musste klar sein, dass nichts in Ordnung war. Doch um ihm – und ehrlich gesagt, auch mir – weitere Erklärungen zu ersparen, sagte ich: »Es geht gleich wieder.«

Ich hatte erwartet, dass er nicken und dann schnell das Weite suchen würde. Doch seine Falten wurden noch tiefer, als er mich am Boden liegen sah. »Sind Sie wirklich unverletzt? Oder hat einer versucht Sie zu …?«

Fast hätte ich gelacht. Wie sollte er auch wissen, dass ihm hier die Favoritin für den Preis der blindwütigsten Backpfeife des Tages zu Füßen lag.

»Nein, ich bin nicht verletzt. Nur etwas durcheinander.«

Nun nickte er zwar, blieb jedoch im Türrahmen stehen. »Soll ich … einen Tee machen?«

Das Letzte, was ich jetzt wollte, war Tee. Meine Kehle war zugeschnürt, an Trinken oder Essen war nicht zu denken. Ich schüttelte matt den Kopf.

Warum ging er nicht endlich, damit ich meine Ruhe hatte? Er schien es zu spüren, nickte noch einmal, dann zog er leise die Tür hinter sich zu.

Nach einiger Zeit wurde es mir auf dem Boden zu unbequem, ich hievte mich aufs Bett, lag auf dem Rücken und starrte an die Decke, bis der Himmel draußen stockdunkel war. Als ich später in die Küche hinunterging, um ein Glas Wasser zu holen, war niemand mehr da.

# 8

»Außen mager und innen fett, das kann passieren! Ein schlanker Mensch kann schwindelerregende Cholesterolwerte haben und verkalkte Arterien, schlimmer als eine alte Waschmaschine!«

»Ist ja großartig. Gibt es sonst noch irgendwelche wichtigen Mitteilungen, die Sie dringend loswerden müssen?«

»Von der Darmhygiene will ich lieber nicht anfangen.«

»Wenn das ein ernst gemeintes Angebot ist, würde ich es sehr gern annehmen.«

»Haben Sie eine Ahnung, wie viel halb verdautes rotes Fleisch sich im Augenblick in Ihrem Dickdarm staut?«

Mr Perfect sank erschöpft in seinen Stuhl zurück und sah mich verzweifelt an. »Wie sind wir nur auf dieses Thema gekommen?«

Es war reizend von ihm, so zu tun, als träfe mich keine Schuld. Doch im Grunde lag es nur an mir, dass wir gerade die Vorgänge in seinem Darm diskutierten. Es war meine Schuld, weil ich weder geschlafen noch gefrühstückt hatte und seit sechs Uhr früh ziellos durch die Gegend gewandert war, um Anselo nicht zu begegnen. Ich hatte keine Lust, ihm vorzumachen, es ginge mir prächtig. Die Wahrscheinlichkeit, von ihm morgens nach meinem Befinden gefragt zu werden, war zwar denkbar gering, trotzdem wollte ich nichts riskieren.

Ich war erst am Kanal entlanggelaufen, dann hoch bis zu den Highbury Fields und wieder zurück ins Café. Nach zwei Stunden Laufen taten mir zwar die Füße höllisch weh, aber ich war der Meinung, es ginge mir jetzt besser. Allerdings rief Claude, als er mich sah: »Ist alles in Ordnung mit dir?«

Ich zögerte kurz. »Mache ich einen anderen Eindruck?«

»Ich muss gestehen, du wirkst ein wenig angeschlagen.«

Er war aufgestanden und wartete nun, bis ich mich auf den von ihm zurechtgerückten Stuhl gesetzt hatte. Einen Moment lang verdächtigte ich ihn, nur aus Höflichkeit mit mir Konversation zu machen. Da wir uns jetzt schon ein paarmal unterhalten hatten, führte er nun pflichtschuldig fort, was er begonnen hatte. Doch dann dachte ich, dass es mir völlig egal war! Außerdem würden mir die Beine abfallen, wenn ich mich nicht gleich irgendwo setzen konnte.

»Ist es spät geworden gestern?«, wagte er eine persönliche Frage, während er ebenfalls wieder Platz nahm. »Oder hast du Sorgen?«

*Fast* hätte ich ihm alles gebeichtet. Doch während die Geschichte, die ich erzählen wollte, in meinen Gedanken langsam Gestalt annahm, wurde mir klar, welch schlechtes Licht sie auf mich warf. Und ich wollte unsere zart keimende Beziehung nicht durch merkwürdige Geschichten aufs Spiel setzen, noch bevor sie richtig begonnen hatte. Aus vielen Romanen wusste ich, dass die Vornehmen die weniger Vornehmen nur dann heirateten, wenn sie als Finanzspritze taugten, oder um einen Ausgleich für missratenes Genmaterial zu schaffen. Mir ging es nicht darum, ihn vor den Altar zu zerren, verstehen Sie mich richtig. So bekloppt war ich nicht. Doch ich an seiner Stelle hätte mich aus der Liste der möglichen Heiratskandidatinnen gestrichen, nachdem ich die Geschichte gehört hätte. Und man weiß ja nie, was noch kommt. Sicher ist sicher, sagte meine Mutter immer.

Mario rettete die Situation, als er mir lächelnd den Espresso servierte. Dankbar lächelte ich zurück, dann sagte ich zu Claude: »Es gibt keine Sorge, die dieser wunderbare Espresso nicht sofort vertreiben würde.«

Neben uns sagte jemand: »Es könnte auch an zu niedrigen Zinkwerten liegen.«

Mr Perfect und ich blickten uns erst erschrocken an, dann drehte sich Claude mitsamt des Stuhls so, dass auch er die Sprecherin sehen konnte. Neben uns saß Miss Schrullig vor ihrem Pott Kräutertee, aus dem es medizinisch-streng herausdünstete, mit einem Buch vor sich, das die Worte »authentisch leben« im Titel hatte. Den Rest konnte ich nicht entziffern.

»Zinkmangel wird meist unterschätzt, wenn es um Schlafstörungen geht. Auch bei Appetitlosigkeit und Blutarmut spielt er häufig eine Rolle. Wie sehen denn Ihre Fingernägel aus?«

»Meine Fingernägel?«, wiederholte ich.

»Haben sie kleine weiße Rillen?«

Ich sah nach. »Nein.«

»Das ist normalerweise ein verlässlicher Indikator, aber nicht der einzige. In der Apothekenabteilung der Drogerie nebenan kann man einen Zinktest machen lassen.«

»Wird da Blut abgenommen?« Plötzlich fiel mir Mr Perfects Blutphobie wieder ein. Ich warf ihm einen entschuldigenden Blick zu.

»Ist schon in Ordnung«, sagte er. »Davon zu reden, macht mir nichts aus. Ich darf nur nicht hinsehen.«

»Der Zinktest ist ganz einfach. Man muss sich nur ein in Zinksulfat getränktes Plättchen auf die Zunge legen, und wenn man nach ein paar Sekunden einen Metallgeschmack spürt, leidet man unter Zinkmangel.«

»Und dann?«

»Nahrungsergänzungsmittel. Zusätzlich zu den Multivitaminpräparaten, die eigentlich jeder nehmen sollte. Unsere tägliche Kost ist ernährungstechnisch absolut unausgewogen, dazu kommt die Umweltverschmutzung, die unser Immunsystem angreift, die gentechnisch veränderten Lebensmittel, der Dauerstress und vieles mehr. Schon Folsäuremangel kann schnell zu Gefäßkrankheiten führen, ganz zu schweigen von Brust- oder Magenkrebs ...«

»Sehr gute Idee«, unterbrach Mr Perfect ihren Redefluss, »wir wollen vom Rest am besten schweigen. Wie wäre es mit einem Themenwechsel?«

Miss Schrullig sah ihn kampfeslustig an. »Ja, Männer mögen es nicht, wenn man über Krankheiten redet. Sie bekommen gleich Angst.«

Mr Perfect spreizte seine Hände leicht affektiert und sagte: »Ich bin mit meinem Gesundheitszustand vollauf zufrieden.«

»Tatsächlich? Wann waren Sie das letzte Mal beim Arzt?«

»Mit ungefähr zehn Jahren. Damals mussten die Mandeln herausoperiert werden. Ich freue mich aber, Ihnen mitteilen zu können, dass meine Genesung völlig störungsfrei verlief.«

»Um Himmels willen! Die Mandeln haben eine wichtige Funktion bei der Abwehr infektiöser Keime!«, rief Miss Schrullig. »Zum Glück sind die Generationen nach uns von dieser viktorianischen Barbarei, dauernd alles entfernen zu müssen, verschont geblieben.«

»Ich war seither keinen Tag krank.«

»Woher wollen Sie das wissen? Wie hoch ist Ihr Blutdruck? Welche Cholesterinwerte haben Sie? Und was macht die Prostata?«

»Ich könnte jetzt aus dem Stand problemlos zehn Kilometer laufen.« Noch hatte Mr Perfect einen unbeschwerten Ton, aber ich merkte, wie er bereits steifer wurde. »Natürlich nur in angemessener Bekleidung.«

Miss Schrullig sah ihn grimmig grinsend an. »Das heißt noch lange nichts. Muskelkraft, Ausdauer und Aerobickunststückchen sagen nichts aus über den Gesundheitszustand. Außen mager und innen fett, das kann passieren!«

Und so waren wir also zum roten Fleisch-Rückstau in Mr Perfects Dickdarm gelangt. Ich interpretierte seine Frage, wie wir auf das Thema gekommen waren, als versteckten Hilfeschrei.

»Mein Vermieter ist ungefähr im gleichen Alter, und seine Cholesterinwerte sind anscheinend alarmierend. Aber ich fürchte, er hält Speck und Salz für unverzichtbare Bestandteile jeden Essens«, sagte ich.

»Stimmt das nicht auch?«

»Frag doch mal den Arzt von nebenan«, schlug ich vor. Es war lustig zu beobachten, wie der sonst so weltmännisch wirkende Claude langsam aus der Fassung geriet. »Er ist bestimmt gerne zu einem gründlichen Check-up bereit.«

»Schon möglich, aber ich fürchte, das würde unsere Freundschaft unnötig belasten. Vor allem der Teil, wenn ich mich vor Alastair vornüberbeugen muss.«

»Prostatakrebs kann heute durch eine einfache Blutprobe ermittelt werden«, erklärte Miss Schrullig.

»Tatsächlich? Faszinierend …«

Mr Perfect war aufgestanden und nahm seine Jacke von der Stuhllehne. »Die Zeit vergeht ja wie im *Fluge!* Ich muss leider aufbrechen. Einen angenehmen Tag den Damen noch.« Dann eilte er zum Ausgang.

»Der Penisirrtum«, konstatierte Miss Schrullig.

»Ach, ja?«

»Männer denken immer, so lange *der* noch funktioniert, ist alles in bester Ordnung. Als sei ihr Schniedel ein unbestechliches Gesundheitsbarometer. Und wenn er versagt, kümmern sie sich ausschließlich um seine Wiederbelebung. Sie könnten die Blutfettwerte einer Schmierölfabrik haben oder Altersdiabetes oder Gicht, das ist ihnen völlig gleichgültig. Mit der rautenförmigen blauen Pille fühlen sie sich gleich wieder unverwundbar.«

Ich suchte vergeblich nach Worten. Zu diesem exotischen Gesprächsthema hatte ich wenig beizusteuern. Außerdem erinnerte mich das Gerede über Gesundheit sofort an Big Man. Und meine Schuldgefühle. Es erinnerte mich daran, was ich getan hatte. Und vor allem daran, was ich nicht getan hatte: noch einmal ins Krankenhaus gehen, um mich bei ihm zu entschuldigen.

Auf meine Armbanduhr blickend mimte ich daher großes Erstaunen und rief: »Herrje, ich muss auch los!«

Dann erhob ich mich und schulterte meine Tasche. »Dann also auf Wiedersehen.«

Miss Schrullig musterte mich kurz, zog eine resignierte oder angewiderte Flunsch – keine Ahnung, was sie ausdrücken wollte –, nahm ihr Buch und las weiter.

Na schön, dachte ich, das nächste Mal werde ich mich nicht von ihr verabschieden.

Draußen vor der Tür holte ich tief Luft. Außer Sauerstoff musste ich auch ein bisschen Mut tanken. Und dann wollte ich zur U-Bahn-Station gehen. Früher oder später würde ich Big Man sowieso wieder über den Weg laufen. Und wenn ich mich nicht entschuldigte, würde er mich vielleicht verfolgen. Im Geiste hörte ich schon das schreckliche Krachen beim Aufprall seiner gewaltigen Faust auf meiner Nase.

Doch dann sah ich ihn. Mr Perfect. Claude. Ihn. Er stand unweit des Cafés vor der kleinen Kirche im Schatten eines Baums. Seine Jacke hatte er elegant an einen Finger gehakt und über die Schulter geworfen. In dieser Pose wirkte er wirklich wie ein Typ aus der Armani-Werbung.

Was tun? Einfach zu ihm hingehen und weiterplaudern? Wenn das Schicksal mir schon eine so tolle Gelegenheit servierte, um unsere Bekanntschaft einen Schritt weiterzubringen! Er sah nicht aus, als würde er auf jemanden warten oder als hätte er Dringendes vor. Das einzige Problem war, dass mein Rückgrat sich plötzlich in Wackelpudding verwandelt hatte.

Aber wann, wenn nicht jetzt?! Während ich auf ihn zuging, hörte ich wie aus weiter Ferne immer noch ein leichtes Knacken, wie von Fingerknöcheln. Ich schob den Gedanken beiseite und konzentrierte mich nur noch auf die Frage, wie ich das Gespräch beginnen sollte.

Er sah mich erst, als ich die Straße überquerte, um zu dem kleinen Garten zu gelangen, der die Kirche umgab. Ich war bereits nahe genug, um zu sehen, dass mein Anblick eine Reaktion auslöste, leider jedoch zu weit weg, um genau zu erkennen, welche. Was auch immer in ihm vorgegangen war, spielte keine Rolle, denn als ich dann neben ihm stand, lächelte er und zitierte eine Zeile aus Thomas Greys »Elegy written in a Country Churchyard«. Er freute sich, weil ich das Loblied vom Kirchlein auf dem Lande kannte.

»Obwohl der Ort, an dem wir stehen, kaum mehr ländlich genannt werden kann«, fügte er hinzu. »Doch wer weiß, vielleicht verlief hier in Islington im achtzehnten Jahrhundert einst die Stadtgrenze?«

Ich war verblüfft. Diesen Auftakt hatte ich nicht erwartet. Andererseits war ich bei meiner Gesprächsplanung auch nicht weiter als bis zum »Hallo« gekommen. Danach wollte ich sehen, in welche Richtung es sich entwickelte. Trotzdem war ich überrascht, in ein Gespräch über klassizistische Lyrik und Stadtgeschichte verwickelt zu werden. Meine Vorstellungen tendierten bisher mehr in Richtung Tee und Sandwiches.

»Nun«, sagte er in die Gesprächspause hinein, »ich sollte wohl besser aufhören, in alten Kirchhöfen herumzulungern und Loblieder darauf zu singen. Wenngleich mich sonst nicht sehr viel Produktiveres erwartet, aber …«

Das war der Moment. Jetzt oder nie. »Wollen wir was gemeinsam unternehmen?«, platzte ich heraus.

Er blinzelte begriffsstutzig. »Etwas … *unternehmen?*« Das Wort wurde ausgesondert wie ein toter Käfer aus dem Salat.

Ich spürte, wie ich rot anlief. »Ach, ich dachte nur … vielleicht … könnten wir … ach, ist ja egal …«

Er sah mich verwundert an, und ich wusste nicht weiter. Mutlos geworden dachte ich, ich hätte alles verpatzt, und bereitete mich innerlich schon darauf vor – Wurm, der ich war – nun schamerfüllt nach Hause zu kriechen.

Doch dann sagte er: »Es gibt tatsächlich etwas, was ich schon lange einmal unternehmen wollte.«

Zwischen Argwohn und Hoffnung schwankend sah ich ihn an. Seine Miene war schwer zu beschreiben. Hätte mich jemand dazu gezwungen, ihr einen Namen zu geben, hätte ich wohl den Ausdruck »milde Neugier« gewählt. Und das war auf jeden Fall besser als »verächtlich« oder »abweisend«. Mein Herz machte einen erleichterten Hüpfer.

»Was denn?«

Ich muss gestehen, bei mir hatte innerlich bereits ein Quantensprung stattgefunden. Mit Lichtgeschwindigkeit hatten sich meine Vorstellungen von Tee und Sandwiches entfernt und hin zu Privatjets und silbernen Tabletts mit exotischen Früchten in einem Urlaubsressort auf den Malediven entwickelt. Ich, im Spitzenkleid ohne Unterwäsche wie Rene Russo in dem Film *Die Thomas Crown Affäre,* und Mr Perfect im Smoking, seine Krawatte lässig gelockert am Hals, das Hemd oben offen, um seine maskuline Brust besser zur Geltung zu bringen …

»Ich glaube, London Bridge ist die nächstgelegene Station«, hörte ich ihn nun sagen.

Er lächelte. »Und von dort ist's nur noch ein kleiner Spaziergang – das macht dir doch nichts aus?«

Im Nachhinein muss ich sagen, dass ich die Situation hervorragend meisterte. Euphorisch hatte ich genickt, als ich von Ferne das Schild »London Dungeon« erkannte, und gelächelt, als die Frau an der Kasse uns »einen schrecklichen Aufenthalt« wünschte. Weder hatte ich Panik im Spiegelkabinett bekommen, noch wurde ich hysterisch, wenn uns etwas ansprang oder Dinge auf uns herabfielen (wie die nervenschwache Amerikanerin, die zur gleichen Zeit mit uns drin war). Ich warf sogar einen ganz mutigen Blick auf die Fotos von ausgeweideten Prostituierten in der Jack-the-Ripper-Abteilung. Erst am Schluss, als wir müde in die Stühle im Frisiersalon des Killer-Barbiers Sweeney Todd sanken, stellte ich die Frage: »Ist das alles nicht ein bisschen … unter deinem Niveau?«

Er sah mich verwundert an. »Unter meinem Niveau?«

»Na ja, du kommst doch aus sehr vornehmen Kreisen.«

»Und genau darum kann ich ja auch tun und lassen, was mir gefällt.«

»Und das hier gefällt dir?«

»Ich finde das Spektakel großartig.«

»Und du würdest nicht etwas kultiviertere Veranstaltungen vorziehen?«

»Nein. Und jetzt sei bitte mal leise, ich möchte hören, was der Mann mit der Rasierklinge sagt.«

Im Souvenirladen kaufte er einen blutroten Briefbeschwerer aus Plastik in Form eines Totenschädels. Er wollte auch mir einen kaufen, doch ich lehnte dankend ab. Draußen auf der Straße gewöhnten sich unsere Augen erst langsam wieder an das grelle Tageslicht.

Ein paar Minuten standen wir einfach schweigend herum. Die Tüte mit den Gruselsouvenirs wechselte in Mr Perfects Händen von links nach rechts und wieder zurück. Er schien ein wenig verlegen.

Wahrscheinlich ist er kein sehr zielstrebiger Mensch, dachte ich plötzlich, der die Dinge gern in die Hand nimmt. Was vielleicht zum Problem werden könnte, denn das war ich auch nicht. Das war immer Toms Part gewesen. Wenn ich einmal in Fahrt war, konnte ich durchaus energisch sein. Aber häufig brauchte ich einen Tritt in den Hintern, um erst mal loszulegen.

»Ich glaube, wir sollten uns langsam auf den Rückweg machen«, sagte er.

Ich spürte einen Stich der Enttäuschung. Doch im Grunde hatte ich auch nichts Besseres vorzuschlagen. Was hatte ich denn erwartet? Einen nahtlosen Übergang zu Drinks und gemeinsamem Abendessen? Das hätte ich mir vielleicht *gewünscht,* doch selbst ein Blick durch eine stark rosa eingefärbte Brille hätte nicht darüber hinwegtäuschen können, dass unser Ausflug bisher in rein platonischen Bahnen verlaufen war. Unsere einzige Berührung fand statt, als wir gleichzeitig in einem Korb mit falschen Giftringen wühlten.

Trotzdem war es ein Anfang. Es soll ja Leute geben, die nichts überstürzen wollen …

Apropos überstürzen – ich sah auf die Uhr: Es war drei. Eigentlich hätte ich längst im St.-Regus-Krankenhaus sein sollen, aber das musste nun warten. Ich verschob es auf morgen. Oder übermorgen. Oder auf den Sanktnimmerleinstag. Ja, am besten auf den.

»Wie spät ist es jetzt?«, fragte Claude. »Ich trage keine Uhr.«

»Kurz nach drei. Warum? Hast du noch etwas anderes vor?«

»Ich? Nein.«

Er schaute intensiv die Straße entlang in die Ferne. Aus meiner Sicht gab es da nicht viel zu sehen, außer Mauern und eine Menge Asphalt. Ich nutzte die Gelegenheit, um ihn genauer zu betrachten. Er trug einen dunkelgrauen Anzug und ein helles Hemd mit blauen oder grauen Streifen wie ein Banker aus der City, was einige erstaunte Blicke im London Dungeon provoziert hatte. Seine Hände waren wieder sauber manikürt. Nicht übertrieben, aber die regelmäßige Pflege war offensichtlich. Am rechten Mittelfinger trug er einen Ring aus Platin. Mir kam er vor wie der Ehering einer Frau – vielleicht von seiner Mutter? Am Morgen von Toms Beerdigung hatte ich meinen Ehering abgelegt, doch es dauerte Wochen, bis der Abdruck verschwunden war.

Ich betrachtete sein Profil. Obwohl er sehr attraktiv wirkte, hatte sein Gesicht keinerlei markante Züge, sondern war, ehrlich gesagt, ziemlich konturlos. In einem Gerichtsverfahren hätten Zeugen wahrscheinlich Mühe, ihn genau zu beschreiben. Er würde den perfekten Geheimagenten abgeben. Mit seiner unpersönlichen Höflichkeit und den formvollendeten Manieren könnte er sich geschmeidig in jeden Kontext fügen, nur seine teuren Anzüge fielen sicher manchmal auf. Ansonsten wäre er völlig unauffällig.

Ich bildete mir schon ein, die Titelmelodie der Agentenserie *Smileys Leute* von John le Carré zu hören. Bis ich merkte, dass das Orchester nicht in meinem Kopf spielte, sondern im Sakko meines Begleiters.

»Ich glaube, dein Handy klingelt.«

Er drehte den Kopf wieder zu mir. »Ich weiß. Ich bemühe mich, es zu ignorieren.«

Nun hörte es einen Moment lang auf. Doch gleich darauf fing es erneut an zu dudeln. Seufzend griff er in seine Innentasche und zog ein schlichtes Nokia-Modell heraus. Er sah aufs Display und zog eine Braue hoch, weniger erstaunt denn schicksalsergeben, wie mir schien.

Dann drückte er die Annahmetaste. »Ja, was gibt's?«

Ich hörte ein blechernes Kläffen durch den Hörer, konnte jedoch nicht sagen, ob es die Stimme eines Mannes oder einer Frau war.

»Ich bin nicht immer zu Hause. Manchmal bin ich auch auswärts«, sagte Claude gereizt. Mehr Gekläffe, dann seine Erwiderung: »Mindestens eine Stunde.« Dann: »Mach doch, was du willst.«

Er beendete das Gespräch und steckte das Telefon wieder ins Sakko. Als sich unsere Blicke trafen, lächelte er entschuldigend. »Das war mein Bruder. Er steht vor meiner Tür und war recht ungehalten, weil ich nicht aufmache.«

»Lebt er nicht in Los Angeles?«

»Doch. Leider nicht immer.«

»Kommt ihr nicht gut miteinander aus?«, wagte ich eine persönliche Frage.

Ich bereute es sofort. Seine Miene wurde frostig. »Wir pflegen ein ausreichend freundschaftliches Verhältnis.« Dann holte er tief Luft, als würde er einer inneren Anspannung nachgeben, und fügte hinzu: »Marcus und ich – und unsere Schwester – kamen alle mit acht Jahren ins Internat. Mein Bruder und ich waren allerdings an unterschiedlichen Schulen, da mein Vater der Meinung war, Marcus brauche klare Regeln und eine feste Hand. Jahrelang haben wir uns nur in den Ferien gesehen, und auch die verbrachte Marcus lieber im Haus von anderen Freunden als bei uns. Ich werfe ihm das nicht vor, denn unser Vater war wirklich kein besonders … glücklicher Mensch.«

Kurz war ich versucht, ihm von meinem Bruder zu erzählen, den ich auch nur selten gesehen hatte. Doch unsere Geschichten waren so weit voneinander entfernt, es erschien mir sinnlos, Gemeinsamkeiten zu erzwingen.

Ich sah ihn an und stellte erleichtert fest, dass er lächelte. »Machen wir uns auf den Heimweg«, sagte er.

Schon an der Haustür stellte ich erleichtert fest, dass die Handwerker nicht da waren. Das war gut so, denn mir war nach Ruhe und Frieden zumute, um den Tag Revue passieren zu lassen – um herauszufinden, ob er etwas bedeutete. Ich hoffte sehr, dass er etwas bedeutete. Oder dass er wenigstens ein Anfang von etwas Bedeutsamem war.

Von der U-Bahn kommend, waren wir gemeinsam ein Stück die High Street entlanggelaufen bis zu der Ecke, an der sich unsere Wege trennten. Zu meiner freudigen Überraschung neigte er sich zu mir hinunter und hauchte mir einen feinen, aber deutlich wahrnehmbaren Abschiedskuss auf die Wange. Auf die andere auch.

»Ich fand unseren Ausflug wunderbar«, sagte ich und hätte mich schon wieder ohrfeigen können für meinen Übereifer.

»Ja«, sagte er, als hörte er diese Worte zum ersten Mal. »Wir sollten das unbedingt wiederholen. Legoland soll auch sehr amüsant sein.«

Legoland. Nun ja, wie gesagt: ein Anfang.

Ich ging in die Küche, um mir Tee zu machen. Jemand hatte Wiesenblumen gebracht und in ein Wasserglas auf die Arbeitsplatte gestellt. Wahrscheinlich meine Vermieterin Clare, die den Fortgang der Arbeiten überprüfen wollte. Die Blumen hingen bereits schlaff über den Rand und würden die Nacht kaum überstehen. Da ich den Anblick verwelkter Blumen zum Frühstück nicht ertragen konnte, warf ich sie lieber gleich in die Abfalltonne.

# 9

In aller Frühe verließ ich das Haus in der Hoffnung, mein Anfall von Mut würde den Weg ins Krankenhaus überdauern und so lange anhalten, bis ich mich bei Big Man entschuldigt hatte. Doch fünf Meter vor dem Ziel verließ er mich, und nun lungerte ich schon seit zwanzig Minuten vor dem Eingangsportal des Krankenhauses herum. Immer wenn ich gerade so weit war, durch die Tür zu gehen, stiegen erneut Beklemmungen in mir hoch, und ich kehrte wieder um. Hätte mich jemand beobachtet und daraufhin einen Wagen in die Irrenanstalt bestellt, ich hätte es verstanden.

»Hallo, das ist ja fein!«

Oje, wenn man von Irren sprach … Der irische Seelenklempner lief freudig auf mich zu. Am liebsten wäre ich einfach weggelaufen. Bestimmt wusste er mittlerweile, was ich getan hatte. Wahrscheinlich lag er schon seit Tagen auf der Lauer, um mich abzufangen, und das freundliche Lächeln war nur ein Trick, um mich in Sicherheit zu wiegen, damit er mich zu fassen bekam und dann die Polizei rufen konnte.

Zu spät. Er stand bereits neben mir. Wie bei unserem ersten Treffen neulich trug er ein zotteliges Tweedjackett, Cordhosen und einen Strickpulli, der in Farbe und Textur an Haferbrei erinnerte. Anders als neulich roch er diesmal stark nach Zigarrenqualm. Für seine Patienten war das sicher eine Qual, weil die Ärmsten wahrscheinlich in einem Radius von zehn Kilometern ums Krankenhaus herum nicht rauchen durften.

»Ich bin so froh, Sie zu treffen, Miss Kincaid«, sagte er beschwingt. »Was in aller Welt haben Sie denn mit unserem Freund Hogan angestellt?«

Ich wurde blass um die Nase, öffnete den Mund, um etwas zu sagen, brachte jedoch kein Wort heraus – wie ein Goldfisch, der nach Luft schnappte.

»Ich bin noch am selben Abend bei ihm vorbeigegangen«, redete er weiter, ohne mein Unbehagen zu bemerken, »und was macht er? Schiebt sich eine Scheibe Braten mit Gemüse zwischen die Kiemen.« Er hielt inne. »Ich denke doch, es war Braten, aber wer weiß. Wie auch immer ... welche Wunderworte aus Ihrem Mund haben diese radikale Veränderung bewirkt?«

Ich stand noch immer mit offenem Mund vor ihm, jetzt allerdings aus einem anderen Grund.

»Er hat wirklich *gegessen?«*, brachte ich mühsam heraus.

»Er kaute pausenlos.«

»Und er hat Ihnen nichts erzählt? Ich meine, über mich oder so?«

»Kein Wort. Deshalb interessiere ich mich ja für Ihre Sicht der Dinge.«

Mein Hirn arbeitete fieberhaft. Wenn Big Man dichtgehalten hatte, warum sollte ich dann erzählen, was geschehen war? Für den Bruchteil einer Sekunde geriet ich aus moralischen Gründen ins Wanken, doch dann kniff ich. Meine Mutter sagte immer, Vorsicht ist besser als Nachsicht und Zurückhaltung besser als Tapferkeit. Warum sollte ich ausgerechnet jetzt an ihren Worten zweifeln?

»Keine Ahnung, ich habe einfach nur vor mich hingeplaudert, so wie Sie es vorgeschlagen hatten.«

»Worüber haben Sie geredet?«

»Familie, Freunde, Kindheit, nichts Aufregendes«, sagte ich mit einem entschuldigenden Lächeln. »Ich hatte eigentlich befürchtet, den armen Mann zu Tode zu langweilen.«

All diese Halbwahrheiten waren mir zuwider. Am liebsten wäre ich im Boden versunken.

Doktor Flynn wirkte etwas enttäuscht. »Sie haben ihn also nicht mit einer heißen Geschichte aus einem Ihrer Romane in Schwung gebracht? Kein schlüpfriger Dialog aus Ihrem Standardrepertoire?«

»Ganz bestimmt nicht.«

»Hmm. Vielleicht ging da meine Fantasie mit mir durch.« Er zuckte mit den Schultern. »Oder sein Hunger war letztlich stärker als sein Wille – wer weiß.«

»Hat er denn *überhaupt nichts* gesagt?«

»Doch. Er nuschelte manchmal Ja und Nein oder knurrte etwas in der Art. Ich bin nicht weiter in ihn gedrungen, weil er immer dieses abweisende Gesicht macht. Erinnert mich stark an meine Großmutter Nanny O'Brien. Sie hätte mit ihrem abschreckenden Blick heranrauschende Güterzüge dazu bringen können, auf den Feldweg zu wechseln.« Er gestikulierte in Richtung Eingang und sagte: »Wollen wir doch mal sehen, was wir beiden Hübschen heute aus ihm herausbringen. Ich gehe doch davon aus, dass Sie ihn besuchen wollten?«

»Oh, ähm … ja.«

Ich konnte schlecht so tun, als wäre ich nur zufällig hier.

Außerdem schuldete ich Big Man zweifellos eine Entschuldigung, zumal ich gerade extrem dankbar und erleichtert war, weil er mich nicht verpfiffen hatte. Doch selbst wenn er Doktor Flynn gegenüber die Ohrfeige nicht erwähnt hatte, war ich nicht sicher, ob er der Täterin gegenüber ähnlich zurückhaltend sein würde.

Ich straffte die Schultern. »Ja, zu ihm wollte ich. Liegt er immer noch auf Station zwölf?«

Er lag immer noch dort. Doktor Flynn ging voran, ich folgte zögernd. Als wir an Big Mans Bett ankamen, versteckte ich mich – ich gestehe es kleinlaut – hinter der zotteligen Tweedjacke des Psychiaters.

»Guten Morgen, Michael!«, rief dieser fröhlich. »Wie ich sehe, sind Sie gerade mit dem Frühstück fertig. Nichts Frittiertes, das ist gut, nur ein bisschen mehrfach ungesättigten Brotaufstrich auf dem Toast – na ja, vielleicht kein großer Genuss, aber trotzdem gut, dass Sie wieder essen wollen.«

Ich konnte Big Mans Reaktion nicht sehen, weil ich mich noch im Tweedschatten von Doktor Flynn versteckt hielt. Aber ich hörte nicht einmal eine gebrummte Antwort, also schien Big Man nicht vor neu gefundener Lebensfreude zu sprühen.

»Sehen Sie, wen ich mitgebracht habe!«

Doktor Flynn drehte sich zu mir um und trat einen Schritt zur Seite. Am liebsten hätte ich mir die Hände vors Gesicht geschlagen, in der kindlichen Hoffnung, das Prinzip »Ich seh dich nicht, du siehst mich nicht« funktionierte noch. Doch unsere Blicke trafen sich unmittelbar. Kurz weiteten sich seine Augen, dann verfiel er wieder in seine natürliche, abweisende Mimik. Er sagte kein Wort, und auch mir fiel nichts ein, denn all meine Gehirnkapazität, die gewöhnlich für Sprechhandlungen aktiviert werden musste, wurde beansprucht, um mir nicht in die Hose zu machen.

»Zu schade, dass ich heute nicht bleiben kann«, sagte der Arzt. »Ich habe einen aufregenden Tag vor mir, voller Termine mit waschechten Irren, im Unterschied zu den Heerscharen, die unser psychiatrisches Können einfach nur ein wenig auf die Probe stellen wollen.«

Big Man warf dem fröhlichen Iren einen kurzen, unheilvollen Blick zu. Noch immer kein Wort, nicht einmal ein Knurren. Ich bewunderte seine Selbstbeherrschung und hoffte, sie hielt wenigstens so lange an, bis ich meinen Spruch aufgesagt und den sofortigen Rückzug angetreten hatte, um möglichen Schuldzuweisungen zu entgehen. Ich mochte mich im Augenblick selbst nicht leiden. Bisher hielt ich mich immer für ein anständiges Wesen, und auch wenn ich nicht die Rechtschaffenheit in Person war, so konnte ich doch klar zwischen Richtig und Falsch unterscheiden. Doch gerade benahm ich mich in einer Art und Weise, die nur mit dem Wort »charakterlos« zu beschreiben war.

Doktor Flynn war mittlerweile gegangen, und ich starrte auf die Wand hinter dem Patientenbett. Plötzlich wurde mir bewusst, was das hieß. Ich stand alleine vor ihm! Ich riss mich zusammen und sah ihn an.

Er starrte unverblümt zurück, und ich musste mich sehr beherrschen, um nicht laut zu winseln. Ich holte den Besucherstuhl heran und sank nieder. Er folgte mir mit den Augen. Ich fühlte mich wie ein kleines Tierchen in der weiten Steppe, über der ein schrecklicher Greifvogel Beute heischend seine Kreise zog. Es gab kein Entrinnen.

Falls tatsächlich noch ein Gespräch zustande kommen sollte, musste ich anfangen, so viel war klar. Mindestens hundert gesprächseinleitende Phrasen gingen mir durch den Kopf – allesamt nutzlos, weil sie unaufrichtig, banal oder erbärmlich klangen. Aber *irgendetwas* musste ich sagen …

»Tut mir leid …« Meine Stimme versagte, und ich musste mich räuspern. »Tut mir leid wegen der Ohrfeige neulich.«

Eine unendlich lange Pause setzte ein, während der er mich unverwandt anstarrte. Dann – endlich! – sprach er. Seine Stimme war tief, sein Ton schroff, und der Akzent eindeutig aus Nordlondon. »Hat ziemlich wehgetan.«

Ich senkte den Kopf. »Oh Gott«, murmelte ich dumpf. Dann holte ich tief Luft und richtete mich wieder auf. »Es tut mir sehr leid.«

»Ist natürlich relativ«, fügte er gedehnt hinzu, »wenn man's vergleicht mit den Schmerzen, nachdem sie mir den Brustkorb aufgeschlitzt und wieder zugenäht und hinterher die ganzen Schläuche nachgeschoben haben. Alles relativ.«

Ich konnte ihm nicht länger in die Augen sehen, so sehr schämte ich mich. Am liebsten hätte ich mich unter seinem Bett verkrochen.

Das Blut in meinen Schläfen pochte so laut, dass ich das Geräusch zunächst nicht einordnen konnte. Es klang wie ein heiseres Keuchen, und ich suchte nach dem Notfallknopf, weil ich dachte, Big Man würde ersticken. Bestürzt sprang ich auf und wollte nach der Schwester rufen.

Doch die war gar nicht nötig. Er brauchte keine Hilfe. Er lachte. Laut und heiser.

Als ich von meinem Stuhl hochschoss, hielt er einen Moment inne. Dann sah er mein entsetztes Gesicht und fing von Neuem an.

Ich wusste nicht, was ich sagen sollte. Ehrlich gesagt, hätte ich ihn am liebsten schon wieder geohrfeigt.

Er riss sich zusammen und sagte glucksend: »Große Güte, was ziehen Sie für ein Gesicht!«

Ich ließ mich auf den Stuhl zurückplumpsen und schaute ihn finster an. »Das ist nicht komisch! Ich dachte, Sie haben es ernst gemeint.«

»Ich hab es ernst gemeint! Sie haben einen ziemlichen Schlag!«

»Ich war völlig aufgelöst danach, so etwas Furchtbares habe ich noch nie getan. Nie im Leben!«

Er lachte nicht mehr. »Ich hab' das anders gemeint, als Sie denken«, sagte er ruhig.

»Was anders gemeint?«

»Was ich neulich gesagt habe. Der Grund, warum Sie mir eine verpasst haben.«

»Ach so.« Wieder spürte ich, wie meine Wangen heiß wurden. »Aber was haben Sie dann gemeint?« Ich war verwirrt.

Er sah mich einen Moment schweigend an. »Warum sind Sie gekommen?«

Sein Gesichtsausdruck drohte wieder ins Feindselige zu kippen. Ich hatte keine Ahnung, auf was das hier hinauslief.

»Ich bin gekommen, um mich zu entschuldigen. Und um zu sehen, wie es Ihnen geht.«

»Warum denn? Sie kennen mich doch gar nicht.«

Ich musste mich wegen seines fiesen Tons sehr zurückhalten. »Sie sind ja kein *völlig* Fremder für mich, und Sie hatten vor meinen Augen, an meinem Tisch, einen Herzinfarkt! Es wäre doch komisch, wenn ich mir da *keine* Gedanken machen würde, oder?«

Er lehnte sich in seine Kissen zurück. »Also: Pflicht getan, Fall erledigt. Mir geht's gut, Entschuldigung angenommen. Verschwinden Sie jetzt endlich.«

Ich gab erneut den Goldfisch, wurde dann aber von einer Welle des Zorns überrollt. Wie konnte er nur so unglaublich grob und unverschämt sein? Womit hatte ich das verdient? Überhaupt nicht! Er war ein echter Scheißkerl, ein eingebildeter, sturer Scheißkerl.

Mit zitternden Händen griff ich nach meiner Tasche und presste sie an mich. Dann holte ich tief Luft und erhob mich auf die würdevollste Art, die mein derzeitiger Zustand erlaubte.

»Das werde ich auch!«, blaffte ich zurück. »Ich will nämlich keinesfalls den nicht abreißenden Strom Ihrer Besucher stören und Sie gern all Ihren Freunden und der Familie überlassen, die da draußen schon Schlange stehen.«

Meine Güte, wie er mich nun ansah! Aus seinen Augen schossen die reinsten Giftpfeile. Ich wich zurück.

Er schloss die Augen, drehte sich weg und vergrub sich tief in seine Kissen.

Ich stand da wie angewurzelt, während mein Zorn verebbte und sich mein Gewissen meldete. Ich schämte mich für meine Worte und war entsetzt, wie wütend er mich machen konnte – und das bereits zum zweiten Mal. Er mochte zwar ein Grobian sein, dennoch war er gerade erst dem Tod von der Schippe gesprungen. Ich musste doch nachsichtig sein, anstatt ihm an die Gurgel zu springen!

Unschlüssig stand ich da, doch er verharrte mit geschlossenen Augen in seiner Position. Für ihn war ich längst gegangen.

Kurz überlegte ich, ob ich wenigstens noch ein »Tut mir leid« murmeln sollte. Doch dann drehte ich mich wortlos um und ging.

Gegen ein Uhr mittags war ich wieder zu Hause. Ich wusste, dass die Handwerker da sein würden. Leise öffnete ich die Tür und schaute den Flur entlang, um gegebenenfalls ein möglichst lässig klingendes Hallo zu rufen. Obwohl ich geschäftiges Rumoren im Hof hörte, steckte keiner den Kopf durch die Tür, um mich zu begrüßen. Die Sorge hätte ich mir sparen können.

Oben im Schlafzimmer fuhr ich den Computer hoch und sah in mein E-Mail-Postfach. Keine neuen Nachrichten, nicht einmal Michelle hielt es für nötig, mich über die Fortschritte beim Töpfchentraining auf dem Laufenden zu halten. Das hätte mich durchaus interessiert. In meiner derzeitigen Verfassung hätte ich mich auch über ein paar Fotos im Anhang gefreut.

Ich überlegte, ob ich an meinen Verlag schreiben sollte, entschied mich jedoch dagegen. Ich wollte nicht verzweifelt erscheinen. Schon der kleinste Hauch von Bedürftigkeit wirkte armselig und abschreckend, und das nicht nur in Liebesromanen. Außer mit Hippolyte hatte ich ohnehin mit niemand regelmäßig Kontakt, und seit ihrem Weggang flüsterten mir kleine fiese Gremlins unablässig ins Ohr, im Verlag würde mich sonst keiner kennen. Da meine Bücher keine Verkaufsschlager waren, hatte ich nie das Interesse der Abteilungsleiter geweckt. Auch mich selbst hatte ich nie gut verkauft. Manche Autoren hatten eigene Webseiten, Newsletter und sogar personalisierte Werbeartikel, zum Beispiel Lesezeichen, Wandkalender und ähnlichen Schnickschnack. Ich hatte nichts dergleichen, und selbst auf Facebook postete ich nur wenig über meine Arbeit. Deshalb war ich jetzt in einer blöden Situation. Da ich nie genug Wind um mich gemacht hatte, wurde ich nun einfach übersehen.

Ich saß auf dem Bett und versuchte, eine Überlebensstrategie zu entwickeln. Zurück nach Neuseeland wollte ich nicht. Doch wenn mein Verlag meinen Vertrag löste oder so schnell keine neue Lektorin für mich fand, was blieb mir dann anderes übrig?

Normalerweise wäre ich schon längst mit meinem nächsten Buch fertig gewesen. Doch mein Selbstvertrauen hatte gelitten, weil ich mich im Stich gelassen fühlte, und mehr als ein paar unfertige Erzählstränge, knapp umrissene Charaktere und genau eine Dialogzeile, die ich noch nicht einmal besonders gelungen fand, hatte ich in den letzten Wochen nicht zustande gebracht. Meine inneren Stimmen hatten vor langer Zeit einfach aufgehört, in meinem Kopf zu reden, und es fiel mir plötzlich schwer, knackige, sexy Dialoge zwischen Männern und Frauen zu entwickeln. Ich wusste kaum mehr, wo die Tasten für die Satzzeichen waren. Ich konnte mich einfach nicht auf die Arbeit konzentrieren, was ziemlich paradox war, denn sehr viel mehr hatte ich im Grunde nicht zu tun. Aber vielleicht war es das? Vielleicht hatte ich einfach zu viel Zeit?

Andererseits erschien mir das als Entschuldigung ziemlich jämmerlich. Ich konnte doch die Zeit sinnvoller nutzen, als ständig nur ein paar Brocken drittklassige Prosa zu produzieren und davon zu träumen, mit einem Herzog rumzumachen.

Plötzlich kam mir der Gedanke, endlich einen »richtigen« Roman anzufangen. Das war *die* Gelegenheit! Doch ach, allein die Idee machte mich nervös. Ein richtiger Roman sollte mindestens hunderttausend Wörter haben. Meine kleinen Schundromane waren höchstens halb so lang, und bisher hatte ich dafür immer nur ein paar Wochen gebraucht. Ein »richtiger« Roman würde viel mehr Einsatz und Fleiß erfordern. Die Motive, das Handlungsgerüst, die Neben-Plots, die Dialoge, die möglichst knackig und zeitgemäß sein mussten, die Glaubwürdigkeit der Figuren, die charakterliche Ausstattung der Sympathieträger – all das musste wohlüberlegt sein und danach sorgfältig niedergeschrieben werden. Das brauchte Zeit, wahrscheinlich mehr als ein Jahr! Wie sollte ich mich so lange finanziell über Wasser halten? Und wenn es dann trotz der vielen Mühe ein Reinfall wurde? Hatte ich überhaupt das Zeug zu einer richtigen Schriftstellerin?

Ich strich gedankenverloren über die aufgeraute Oberfläche der weißen Damasttagesdecke. Bisher hatte ich nie darüber nachgedacht, dass ich ja in Clares altem Bett schlief. Eine Sekunde lang stellte ich mir vor, wie sie und Patrick … Doch dann verbannte ich den Gedanken ganz schnell. Ich fand ihn abstoßend, und außerdem machte er mich traurig.

Durch die Dielen drang das fiese Kreischen einer Säge herauf. Wenigstens einer, der wusste, was er zu tun hatte, und sich an die Arbeit machte.

Ich beschloss, nach unten zu gehen und mir Tee zu kochen. Und mir zur Abwechslung ein paar Vollkornkekse mit Butter und Käse zu gönnen.

Anselo war über eine Säge gebeugt und schnitt Holz zu. Da er Ohrenschützer trug, hörte er mich nicht, auch Tyso stand mit dem Rücken zu mir und maß etwas aus. Ich huschte in die Küche und schaltete den Wasserkocher an. Als ich mich gerade bückte, um einen sauberen Becher aus der Spülmaschine zu holen, sagte eine Stimme hinter mir: »Mit Milch und zwei Löffeln Zucker, danke.«

Tyso stand breit grinsend in der Tür.

»Pass bloß auf, dass es nicht zwei Löffel Blausäure werden«, drohte ich scherzhaft.

»Fingerhut ist effizienter. Man fällt gleich tot um, und alle glauben, es war ein Herzanfall.«

»Alte Zigeunerweisheit?«, fragte ich und hob skeptisch eine Braue.

»Nee, hab' ich aus *Inspektor Barnaby* im Fernsehen.«

»Na dann.«

Ich schaute an ihm vorbei in den Hof. Sein Chef hatte mittlerweile aufgehört zu sägen und stapelte mit geübten Handgriffen den Zuschnitt. Dieser Mann wusste, was er tat, er hatte ein Ziel. Und einen Plan, wie es zu erreichen war. Er fackelte nicht lange, sondern packte an, dafür bewunderte ich ihn. Allerdings ärgerte es mich auch ein bisschen. Warum kriegte einer wie er alles gebacken und ich nicht?

Tyso folgte meinem Blick. Zum Glück konnte er nicht auch meinen Gedanken folgen. »Er nimmt ihn schwarz und ohne Zucker«, sagte er. »Beutel drinlassen.«

»Echt?« Ich verzog das Gesicht.

»Ja. Er steht nicht auf Süßes.«

Darauf wäre ich nie gekommen.

Als er wieder draußen war, überreichte Tyso Anselo den

Becher mit einer Kopfbewegung, die meine Anwesenheit in der Küche anzeigen sollte. Zu meiner Überraschung nahm Anselo die Ohrenschützer ab, wandte sich um und kam zur Tür. Allem Anschein nach wollte er gerade etwas sagen, als ein markerschütterndes Gitarrenriff erklang. Er sah über seine Schulter nach hinten.

»Wenn das schon wieder My Fucking Chemical Romance ist, schmeiß ich dir meinen Teebecher an den Kopf!«, rief er.

»Also gut, wo sind denn deine blöden CDs?«, raunzte Tyso zurück.

»Im Auto. Da, wo sie immer sind.«

Murrend schlurfte Tyso Richtung Haustür.

Unsere Blicke trafen sich, und ich musste grinsen. »Na, wer sagt denn, dass unsere Jugend den Hintern nicht mehr hochkriegt.«

Anselo schenkte mir ein flüchtiges Lächeln. »Ein gelegentlicher Tritt in den Hintern fördert die innere Einstellung, hab' ich mir sagen lassen.«

Während ich Butter auf die Kekse strich, fühlte ich seinen Blick auf mir. »Auch einen?«, bot ich an. »Mit Käse schmecken sie erst richtig lecker.«

Er schüttelte angewidert den Kopf, als hätte ich ihm einen Liebestrank aus Menstruationsblut angeboten. Ob er wohl alte Zigeunerzauber kannte? Vielleicht würde mir das mit Claude weiterhelfen ...

Mit einem Keks in der Hand deutete ich auf den Hof. »Und, geht's voran?«

Er schaute wieder nach hinten über die Schulter, als würde ihm die Arbeit da draußen erst jetzt wieder einfallen. »Ja, ja. Geht schon.«

»Alles noch im Zeitplan?«

Er rümpfte die Nase. »Na ja. Ihre Ladyschaft pflegt alle fünf Minuten ihre Meinung zu ändern. Das macht's nicht einfacher.«

»Sie ist schwanger, da werden alle ein bisschen ... meschugge.«

Die Haustür wurde zugeknallt. Tyso stampfte den Flur entlang und warf Anselo drei CDs hin.

»Such dir eine aus, mir egal. Sind eh alle Schrott.«

Anselo zeigte auf eine CD und sagte: »Das hier ist ein Klassiker, sollte man gehört haben, bevor man stirbt. Wird jedenfalls behauptet.«

Tyso nahm sie und senkte den Kopf in gespielter Demut. »Genau. Weil man sich danach nämlich am liebsten umbringen möchte.«

Trotzdem legte er die CD ein. Die einsam wimmernde Gitarre am Anfang von Dire Straits' *Down the Waterline* erklang. Als Mark Knopfler dann mit den einsetzenden Beats zu singen begann, verzog Tyso das Gesicht.

»Na, na. Es könnte schlimmer sein«, sagte ich. »Wenn ich erst mal meine alten Platten auspacke ...«

Tyso schaute mich ungläubig an. »Schlimmer geht's nimmer.«

»Wie wär's mit Kate Bush?«

Er kniff die Augen zusammen. »Wer?«

»Mein älterer Bruder hat mir in meiner Jugend ein Poster von ihr vermacht«, sagte Anselo und schaute fast ein bisschen wehmütig. »Sie trug einen pinkfarbenen Body.«

»Und ich habe einen pinkfarbenen Body mit ihrem Porträt vorne drauf«, rief ich erfreut. »Seit ich sie in einer Fernsehsendung mit den größten Hits der Achtzigerjahre gesehen habe, bin ich ein Riesenfan. *Wuthering Heights* war großartig. Sie hat meine Welt auf den Kopf gestellt. Ich habe seither jedes neue Album von ihr gekauft und keines je bereut.«

»Keine Ahnung, wer das sein soll«, rief Tyso verwirrt. In seiner Welt war es normalerweise anders herum, da wussten die Alten nicht, was die Jungen hörten. »Ich werde das auf Youtube checken«, murmelte er in seinen Tee.

»Kate Bush, ich fasse es nicht. Dass die heute auch noch jemand hört!«, sagte ich zu Anselo. »Sie ist nicht gerade berühmt für ihre Gitarrensoli.«

Er schaute mich ruhig über den Becherrand an. »Ich habe sie nie gern gehört, aber mir gefiel ihr rosa Trikot.«

Ich musste lachen. Und auch er grinste diesmal. Ein richtig tolles Strahlen, so wie neulich.

»Ist da jemand an der Eingangstür?«, fragte Tyso plötzlich.

Wir horchten. Tatsächlich, es klopfte.

Tatenlos standen wir herum, die Männer schauten mich erwartungsvoll an, bis ich schaltete. »Ja, richtig!«, sagte ich und lief zur Eingangstür des Hauses, das im Augenblick ja das meine war.

Draußen stand ein Mann in einer verschwitzten Botenuniform. Er hielt mir einen Blumenstrauß entgegen. Gelbe Rosen.

»Für Darrell«, sagte er.

»Die bin ich«, erwiderte ich.

Er taxierte mich. »Ach ja?«

Lächelnd sagte ich: »Ja, meine Mutter hat sich einen Jungen gewünscht. Und sie hielt sich für Johanna von Orleans.«

»Na, dann.« Ihm war es letztlich schnurzegal.

Er drückte mir die Blumen in die Hand und lief zurück zu seinem Lieferwagen. Mit einem quietschenden U-Turn manövrierte er ihn aus der zweiten Reihe in die Gegenrichtung und verschwand im Verkehrsgetümmel.

Ich brachte die Blumen in die Küche. Tyso stieß einen anerkennenden Pfiff aus. »Sieh an, ein Verehrer.«

»Wahrscheinlich eine Verwechslung«, sagte ich. Wer in aller Welt sollte mir Blumen schicken?

Tyso streckte seinen Kopf über den gut eingewickelten Strauß. »Da ist eine Karte.«

Er war drauf und dran, sie herauszuziehen. Ich riss den Strauß an mich und rief: »Nichts da!«

»Tyso!«

Der Chef war wieder im Hof, sein Ton war unmissverständlich. Tyso zog eine Grimasse, gehorchte jedoch und trollte sich zurück an die Arbeit.

Ich zog die Karte heraus. »Danke« stand da. Kein Name, nur ein Buchstabe, der vielleicht ein C hätte sein können.

Claude! Oh Gott, wie aufregend.

Ich suchte im Küchenschrank nach einer Vase, fand aber nur einen alten Messbecher. Als ich Blumen und Becher ins vordere Zimmer tragen wollte, sah ich, wie Anselo mich beobachtete. Ich lächelte, doch er senkte sofort den Kopf und ließ die Kreissäge wieder an. Er hatte zu tun. Musste arbeiten. Termine einhalten.

Ich stellte die Blumen auf den Wohnzimmertisch. Sie waren wunderschön, die gelbe Farbe wirkte wie Sonnenlicht vor Clares grünblauen Wänden. Wie geschmackvoll alles aufeinander abgestimmt war! Plötzlich war ich richtig froh, in ihrem Haus zu wohnen. Nicht einmal das Kreischen der Säge nervte mehr. Auch die Sache mit Big Man kümmerte mich nicht weiter, ich hatte mich ordnungsgemäß entschuldigt, und er hatte mich zum Teufel gejagt. Das war dann wohl abgehakt.

In meinem beschwingten Zustand kritzelte ich die nächsten Stunden wild entschlossen in mein Notizbuch und sammelte großartige Ideen für meinen ersten richtigen Roman. Vielleicht würde es zu nichts führen, aber ich wusste genau: Wenn ich jetzt nicht anfing, würde er garantiert *nie* Form annehmen.

Zum ersten Mal seit Wochen schlief ich die ganze Nacht durch.

# 10

Ich schlief so tief und fest, dass ich den Wecker nicht hörte. Durch lautes Klopfen an der Tür wurde ich aus dem Schlaf gerissen. Ich fluchte. Die Handwerker waren da. Und ich war nicht vorzeigbar.

Schnell rannte ich ins Bad, um mich zu duschen. Normalerweise wickelte ich mich danach in ein Handtuch und ging zum Ankleiden ins Schlafzimmer. Doch heute wollte ich kein Risiko eingehen. Meine Beine waren zwar nicht unförmig, aber ich haderte mit meinen Knien. Sie sahen aus wie Kartoffelsäcke. Scheußliche Knubbelknie.

Tom hatte immer mit den Augen gerollt, wenn ich wieder davon anfing.

»Meine Güte, es sind doch bloß Knie«, sagte er. »Sie müssen funktionieren, nicht schön sein. Nenn mir einen Dichter, der sie besungen hätte! Siehst du!«

»Du findest sie also auch hässlich«, sagte ich schmollend.

»Nein«, sagte er gedehnt. »Ich finde nur, dass du dich albern aufführst.«

Meinem Versuch, ihn in die Rippen zu boxen, wich er geschickt aus. Eines Tages – wir waren vielleicht seit drei Jahren verheiratet – fand ich eine Karte auf meinem Kopfkissen. Vorne war eine Zeichnung mit zwei riesigen nackten Brüsten drauf und innen stand:

*Daran denken Dichter, wenn sie dichten.*
*Du wolltest es ja wissen …*

*Ode an die Knie:*
*Ich lieb' deine Knie*
*Schön're gesehen hab ich nie*
*Verehren in Ewigkeit will ich sie*
*Daran zu fummeln macht Spaß – und wie!*
*(Das heißt nicht, dass sie zu dick sind, oder so … )*

*In Liebe, Tom*

Trotzdem wollte ich meinen Handwerkern keine zweite Chance geben, sie zu begutachten. Einmal war genug. Daher nahm ich meine Kleider mit ins Bad und zog mich dort an. Mit meiner noch feuchten Haut hatte ich große Schwierigkeiten, die Jeans hochzuziehen, und als ich im Flur am Spiegel vorbeikam und mein hochrotes Gesicht und die verwuschelten Haare sah, war ich alles andere als erfreut. Aber egal. Es war ja nur Anselo.

Es war nur Tyso, wie sich herausstellte.

»Hallo, wo ist denn der Chef?«

Tyso schaute säuerlich und deutete mit seinem Daumen über die Schulter. »Hängt am Telefon draußen.«

»Ärger im Betrieb?«

»Ärger mit der arroganten Freundin.«

Ich war überrascht. Aus irgendeinem Grund war ich davon ausgegangen, er hätte keine Freundin. Aber warum eigentlich nicht? Er sah gut aus und hatte einen ordentlichen Job. Natürlich war er kein besonders gesprächiger Mensch, aber viele Frauen bevorzugten ja den kantigen, eher wortkargen Typ Mann.

Ich steckte zwei Scheiben Brot in den Toaster und versuchte mir vorzustellen, welcher Typ Frau wohl auf Anselo stand. Es wollte mir nicht gelingen. Ich musste die Infos aus Tyso herauslocken.

»Du magst sie also nicht?«

»Sie ist eine dumme Pute.«

»Eine fette Pute oder eine selbstgefällige Pute? Eine hysterische? Oder eine richtige Pute, vielleicht ein Auerhuhn?«

»Eine eingebildete Pute.«

»Wie sieht sie aus?«

»Keine Ahnung. Blond. Spindeldürr.«

Für beides hasste ich sie spontan. Auch Tyso ging mir zunehmend auf die Nerven. War er wirklich unfähig, brauchbare Informationen zu vermitteln?

»Welchem Star oder Promi sieht sie denn ähnlich?«

Tyso kniff die Augen zusammen, so intensiv dachte er nach. »Der Alten da, die jetzt tot ist.«

Mein Toast war fertig, und ich musste mich sehr zurückhalten, um ihn Tyso nicht an den Kopf zu werfen.

»Die Prinzessin da«, fügte er nun hinzu. »Die bei einem Autounfall ums Leben kam.«

»Prinzessin *Diana?«*

»Nee, nee. Älter. Die aus den alten Filmen.«

Ich wühlte angestrengt in meinem Hirn. »Patricia von Monaco? Grace Kelly?«

»Genau!« Tyso schnippte mit den Fingern. »So sieht sie aus.«

»Na dann ...«, murmelte ich und strich gedankenverloren Butter auf meinen Toast. »Ist sie etwa auch noch reich?«

»Sie ist Architektin. Wohnt irgendwo in der Nobelgegend St. John's Wood.«

Ich nahm an, das war Tysos Art, meine Frage mit Ja zu beantworten. Anselos Freundin war also eine betuchte Architektin, die aussah wie Grace Kelly. Je länger ich darüber nachdachte, desto weniger Sinn ergab das Ganze.

Ich machte zwei Tassen Tee und reichte Tyso eine. »Er wollte wohl keine temperamentvolle Zigeunerbraut?«

Wieder zog Tyso ein Gesicht. »Wir sind doch schon lange keine richtigen Zigeuner mehr. Mein Opa erzählt zwar noch Geschichten aus den Sechzigerjahren, als wir nichts als Scherereien hatten. Ständig wurde man von den Lagerplätzen vertrieben und übel beschimpft. Meine Familie hatte die Schnauze voll. Wir sind jetzt *Didikoi.*«

Tyos grinste breit.

»Diddy-was?«

»*Didikoi,* Sesshafte. Roma, die kein Wanderleben mehr führen. *Didikoi* nennt man aber auch die, die nicht innerhalb der Gruppe heiraten.«

»So wie Patrick, Anselos Cousin?«

Tyso lächelte vielsagend. »Patrick war schon vorher ein *Didikoi.* Seine Mutter ist eine Romni, aber väterlicherseits sind sie irische Landfahrer. Traveller.«

»Wo ist der Unterschied?«

Tyso riss die Augen auf. »Das ist ein Riesenunterschied! Irische Traveller haben einen ganz anderen Ursprung. Es sind verarmte Bauern, Hausierer und Wanderhandwerker, Nomaden, die eigentlich aus Irland stammten, aber innerhalb der irischen Bevölkerung eine eigene Gruppe gebildet haben. Sie haben sogar eine eigene ganz komische Sprache entwickelt.« Wieder ein vielsagendes Grinsen. »Wir Hernes sind richtige Zigeuner. Patrick Kings Familie ist dagegen bloß eine stinkende Horde Kesselflicker.«

»Das klingt jetzt aber sehr wichtigtuerisch!«, sagte ich tadelnd. »Ist Anselos Nachname auch Herne?«

Tyso nickte. »Sein Vater und meiner sind Cousins. Patricks Mutter ist Anselos Tante.«

»Ihr haltet also trotzdem zusammen, auch als Sesshafte?«

»Natürlich! Wie Pech und Schwefel!« Tyso grinste verschmitzt.

Mir fiel auf, wie weit ich von meinem eigentlichen Thema abgekommen war.

»Und warum kannst du Anselos Freundin nicht leiden?«, fragte ich deshalb schnell.

Tyso zuckte mit den Schultern. »Wie gesagt. Blöde Pute. Kauft ihm piekfeine Klamotten und zerrt ihn an komische Orte.«

Die Bilder, die gerade an meinem geistigen Auge vorbeizogen, waren mehr als beunruhigend. Doch noch bevor ich fragen konnte, ob es sich dabei um Opernfestivals oder doch mehr um Veranstaltungen handelte, die in dem Film *Eyes Wide Shut* vorkamen, hörte ich die Eingangstür zuschlagen. Der von Grace Kelly Eingekleidete war nun auch da.

Tyso stellte den Teebecher ab, rannte fluchtartig in den Hof und griff sich einen Hammer. Schnell wurde klar, weshalb. Anselos Gesicht war so verkniffen wie das des Trainers von Manchester United nach einer Niederlage. Da riskierte einer das ganz und gar nicht zufällige Zusammentreffen eines Hinterteils mit einer Stiefelkappe.

Ich überrumpelte Anselo mit einem freundlichen Lächeln. Einfach nur, um zu sehen, was passierte. »Eine Tasse Tee?«, fragte ich strahlend.

Er schaute düster drein, schüttelte den Kopf und wollte sich gerade an mir vorbeischieben. Doch dann blieb er plötzlich stehen und bemühte sich, mir in die Augen zu sehen.

»Nein«, sagte er. Und einen Moment später fügte er hinzu: »Danke.«

»Dann vielleicht einen Whisky Sour? Wodka? Gern auch serviert von einer Bardame oben ohne?«

Am äußersten Rand seiner Mundwinkel zuckte ein winzig kleines Lächeln. »Nein. Aber keine schlechte Idee.«

»Vielleicht später?«

Nachdenklich sah er mich an und versuchte, mein Gesicht zu lesen.

»Ja. Okay, später.«

Ich konnte seine Unsicherheit gut verstehen. Ich meine, was in aller Welt tat ich da gerade? Ich wollte doch nicht mit Anselo ausgehen. Was war nur in mich gefahren?

Wahrscheinlich reine Nervensache. Und vor allem Michelles Schuld. Ich hatte ihr von Claude und den Blumen berichtet und eine begeisterte Reaktion erwartet. Doch ihre Antwort fiel ernüchternd aus.

Feine Leute hätten meist feine Manieren, schrieb sie, aber das hieße noch lange nicht, dass sie dich mögen. Gutes Benehmen sei in ihren Kreisen sogar häufig ein Ersatz für echte Gefühle.

Und wie finde ich dann heraus, ob einer bloß höflich ist?, fragte ich zurück.

Geh direkt auf ihn zu und mache ein neues Date mit ihm aus. Es muss ihm aber klar sein, dass es ein *richtiges* Date ist, nicht bloß eine zufällige Verabredung wie beim letzten Mal.

Das war die Erklärung. Meine Nerven hatten mir einen Streich gespielt, und nun steckte ich im Schlamassel. Anselo würde es doch hoffentlich nicht ernst nehmen, wenn *ich* so etwas sagte! Außerdem hatte er eine Freundin. Eine reiche und schöne obendrein …

Anselos Mobiltelefon klingelte. Er hielt es noch in der Hand. Nachdem er aufs Display geschaut hatte, hob er kurz den Kopf ohne mich direkt anzusehen und sagte: »Ich muss früher gehen. Heute Abend.«

»Verstehe.« Ich war erleichtert. Andererseits …

Nein! Ich wollte wirklich nicht mit Anselo ausgehen, verflixt noch mal.

Ich suchte nach einem Vorwand, um mich zu verdrücken, aber Anselo war schneller. Er kehrte mir den Rücken zu und ging hinaus in den Hof. Währenddessen klingelte sein Telefon erneut. Diesmal sah er nicht aufs Display, sondern verstaute es rasch in der Seitentasche seines Werkzeugkoffers.

Ich griff nach meinem Mantel und lief zur Tür. Da es keinen Grund gab, mich zu verabschieden, ließ ich es sein.

Als ich das Café betreten wollte, sah ich aus den Augenwinkeln einen Mann in der Raucherecke sitzen und erschrak. Doch es war nicht Big Man. Das war auch schlecht möglich, er lag bestimmt noch im Krankenhaus. Und dieser Typ war viel zu gut gekleidet. Er trug einen extrem geschmackvollen halb langen Wollmantel mit Fischgrätmuster in Grau. Seine Hose war eine Nuance dunkler, und seinen linken Fuß, der in einem eleganten, auf Hochglanz polierten schwarzen Herrenhalbschuh steckte, hatte er lässig und irgendwie arrogant auf dem Stuhl des Nachbartisches abgestellt. Er saß am äußersten Rand mit dem

Rücken zu mir, eine Zigarette in der einen und ein Mobiltelefon in der anderen Hand. Die dunklen Haare setzten ein wenig am Kragen auf. Sein Gesicht konnte ich nicht sehen.

Big Man zufällig in die Arme zu laufen, wäre heute früh allerdings mein geringstes Problem gewesen. Denn wieder einmal wusste ich nicht, wie ich Claude begegnen sollte. Ob ich ihm wirklich ein weiteres Date vorschlagen sollte? Oder überließ ich doch lieber ihm den nächsten Schritt? Das wäre auf jeden Fall einfacher für mich. Die Wahrscheinlichkeit, mich lächerlich zu machen, wäre um einiges geringer.

Claude hatte mein Kommen bemerkt, war aufgestanden und rückte mir einen Stuhl zurecht. Ich betrachtete prüfend sein Gesicht. Freute er sich, mich zu sehen? Außer seiner üblichen nichtssagend-verbindlichen Galanterie war keine Regung zu erkennen. Vielleicht war das seine normale Art, mit Frauen umzugehen. Oder war es schon das Äußerste, was er an Gefühlen zeigen konnte?

Plötzlich sah ich Tom vor mir und überlegte, wie er in einer solchen Situation reagiert hätte. Zum einen hätte er garantiert keinen Stuhl für mich zurechtgerückt. Nicht weil er ein Rüpel war, sondern weil er uns immer als gleichberechtigt ansah. Wenn es etwas zu schleppen gab, teilten wir uns die Last. Wer als Erster durch eine Tür ging, hielt sie dem anderen auf. Nein, Tom hätte mir keinen Stuhl angeboten, aber er wäre sofort aufgestanden. Allerdings nur, um mich in den Arm zu nehmen und zu küssen, ganz egal, an welchem Ort und vor welchem Publikum.

Claude hingegen berührte nicht mich, sondern die Stuhllehne. Doch er lächelte mich freundlich an. Das war ja schon mal ein Anfang.

Während ich mich setzte, fiel mein Blick auf Miss Schrullig am Tisch weiter hinten. Heute war sie tief über eine Zeitschrift gebeugt, deren Cover Gesundheitstipps aus der Natur versprach. Eine Überschrift wollte uns weismachen, wie heilsam es sei, das eigene Pipi zu trinken. Ich schaute Claude an, dessen Blick ebenfalls auf Miss Schrulligs Zeitschrift gerichtet war. Sie tat, als merkte sie es nicht, aber unwillkürlich korrigierte sie ihre Haltung, was verriet, dass ihr Claudes Blick sehr wohl bewusst war.

Dann merkte Claude, dass ich sah, wie er sie ansah, und drehte sich mit einem kleinen Lächeln wieder zu mir.

»Also dann«, sagte er und hob seine Kaffeetasse wie zum Gruß. »Ein weiterer wichtiger Moment im steten Fluss unserer Tage. Wollen wir ihn in vollen Zügen genießen.«

Ich muss gestehen, dass mir dazu auf die Schnelle nichts einfiel. Doch zum Glück redete er weiter. »Danke für den schönen Nachmittag. Es war wunderbar.«

»Ich danke *dir«,* erwiderte ich eilig. »Ich hätte mich schon längst bedanken müssen, aber ich war ... sehr beschäftigt.«

»Ich bitte dich, das macht doch nichts.« Er lächelte freundlich. »Wir sollten das unbedingt wiederholen.«

Gespannt wartete ich einen Augenblick. Doch es folgte kein konkreter Vorschlag. Michelles mahnende Worte zu unverbindlichen Höflichkeitsritualen in feinen Kreisen kamen mir dummerweise in den Sinn, und ich fürchtete plötzlich, sie könnte Recht behalten. Wenn *ich* nicht deutlich wurde und um eine Verabredung mit ihm bat, würde es auch keine geben. Ich bliebe zurück mit dem unbestimmten Gefühl, wahnsinnig zuvorkommend behandelt und dann wie ein begossener Pudel im Regen stehen gelassen worden zu sein.

Gerade wollte ich mich für meine schwere Aufgabe rüsten, als mich eine Stimme hinter mir zusammenzucken ließ. »Störe ich? Oder erhoffe ich mir da zu viel?«

Neben mir wurde ein Stuhl vorgezogen, auf den sich lässig ein Typ fallen ließ. Zuerst nahm ich Fischgrätmuster und Nikotingeruch wahr. Dann sah ich in sein Gesicht.

Fassungslos starrte ich ihn an und vernahm erst wieder Claudes Stimme, als er gerade sagte: »… Darrell kennenlernen.« Pause.

Claude hatte mich offenbar vorgestellt, und ich hatte nichts mitbekommen. Das war nicht gut.

Der Typ grinste mich an, als wüsste er genau, wie chaotisch es gerade in meinem Hirn zuging. »Hallo«, sagte er.

Sein Ton klang träge, seine Augen funkelten amüsiert. Er machte sich über mich lustig.

Das geschah mir recht. Ich glaube, ich war noch nie im Leben so verblüfft gewesen wie in diesem Augenblick. Obwohl ich kein Wort herausbrachte, gelang es mir nicht, meinen Mund wieder zu schließen. Ich glich wahrscheinlich weniger einem japsenden Goldfisch als vielmehr einem Pantomime-Clown in einer Einkaufspassage, der mit weit offenem Mund den Kopf ganz langsam von einer Seite zur anderen dreht. Es war eine Katastrophe.

Zu meiner Verteidigung sei jedoch gesagt: Sie waren nicht dabei und haben ihn nicht mit eigenen Augen gesehen! Mir kam es vor, als hätten sich alle meine Romanhelden – genau: alle beide – entschlossen, die Welt der Buchstaben zu verlassen, um in der Wirklichkeit zu meinem ultimativen Traummann zu verschmelzen. Pierce Owen,

Clive Brosnan, Owen Piersman, Brice … schon gut, ich glaube, Sie haben verstanden. Er war Mitte dreißig, hatte helle Haut und haselnussbraune Augen – der klassisch schöne Mann, dessen Attraktivität durch die feine Andeutung einer kleinen Boxernase nur noch verstärkt wurde. Man konnte ihn sich sofort als Modell für die griechischen Vasenmaler der Antike vorstellen, mit nichts am Leib als Sandalen und einem toten Löwen im Arm. Doch was mich in tiefe emotionale Turbulenzen stürzte, war gar nicht sein Aussehen, sondern seine unglaublich erotische Ausstrahlung. Der Sexappeal troff ihm förmlich aus den Poren, und er hatte diese körperliche Präsenz, die Schauspieler erst zu Leinwandhelden machte, weil sie die Massen hypnotisierte. Man *musste* ihn einfach unablässig anstarren. Und genau das tat ich gerade. Würdelos, ohne jeden Takt und Anstand.

*»Prego,* Ihr Espresso, *Signor.«* Mario stellte die Tasse vor ihm ab.

»Mario! Das ist mein Bruder Marcus«, sagte Claude.

»Ah!« Mario breitete strahlend die Arme aus. *»Fratello!* Willkommen! Wenn Sie etwas brauche, frage Sie bei mir.«

Dann wandte er sich erneut seiner Arbeit an der Theke zu.

Marcus grinste seinen Bruder an. »Besorgt er mir auch eine Nase voll Koks und einen Auftragskiller?«

»Sei nicht so geschmacklos.«

»Sei du nicht so humorlos.«

Ich beobachtete, wie er hintereinander drei Päckchen Zucker aufriss und den Inhalt in den Espresso schüttete. Der kurze Schlagabtausch hatte genügt, um in meinem verquirlten Hirn wieder etwas Ordnung zu schaffen und die Informationen wenigstens ansatzweise in bestimmte Schubladen einzusortieren.

Das war Claudes Bruder Marcus. So hatte ich ihn mir nicht vorgestellt. Sie waren sich *so vollkommen* unähnlich in ihren Gesichtszügen, in der Hautfarbe und vor allem in der Ausstrahlung. Verglichen mit Marcus brachte es Claude höchstens auf die Wattleistung einer Kühlschrankleuchte. Allerdings war es unfair, sie in der Hinsicht überhaupt zu vergleichen. Denn wenn sexuelle Energie technisch nutzbar wäre, hätte Mr Perfect junior locker ein mittelgroßes europäisches Land mit Strom versorgen können.

Oh Gott, er sah mich immer noch an. Und lachte dabei.

»So, so. Dein Name ist also Darrell. War das eine Verwechslung bei der Geburt im Krankenhaus? Haben deine Eltern versehentlich das falsche Kind bekommen und versucht, das Beste draus zu machen?«

Ich musste etwas antworten, was blieb mir übrig? Natürlich hätte ich ihn weiter mit großen Kuhaugen anglotzen können, aber das erschien mir nicht die optimale Lösung – vielleicht die einfachste, aber bestimmt nicht die eleganteste. Während ich zu einer Erwiderung ansetzte, hoffte ich inständig, meine Stimme möge sich nicht überschlagen.

»Keine Ahnung, warum mich meine Eltern Darrell getauft haben. Aber es hätte schlimmer kommen können. Stell dir vor, ich würde jetzt Nigel heißen!«

Er prustete los! Innerlich hüpfte ich vor Freude und Erleichterung wild hin und her. Ich hatte es nicht nur geschafft, *nicht* schrill zu klingen, nein, es war mir auch gelungen, einen kleinen Witz zu reißen! Nicht schlecht, Miss Kincaid.

Marcus warf seinem Bruder einen kurzen Blick zu. »Ich

bin meinem Vater heute noch dankbar, dass er mir nicht aus einer Laune heraus einen so hochtrabenden Namen verpasst hat wie unserem armen Claudius.«

Ich staunte. »Heißt du wirklich Claudius?«

Claude lächelte gefasst. »Unser Vater hielt sich für einen verhinderten Altertumsforscher. Aber ich glaube, es hätte noch schlimmer kommen können. Denk nur an Horatio.«

»Oder Pontius«, ergänzte Marcus.

»Oder Tiberius«, fügte ich noch hinzu.

»Unsere Schwester heißt Augusta.« Marcus schlürfte geräuschvoll seinen Espresso und stellte die Tasse mit Schwung zurück. »Kein Wunder, dass sie lesbisch wurde.«

»Marcus!«

Claudes Ton klang drohend, aber mir war nicht recht klar, warum. Fand er »lesbisch« auch zu vulgär? Wäre »eine Tochter Sapphos« mehr nach seinem Geschmack?

Marcus drehte sich zu mir und rollte mit den Augen. »Claudie kriegt immer gleich Schaum vor dem Mund, wenn ich unsere Familiengerippe in der Öffentlichkeit klappern lasse.«

»Das ist ja wohl verständlich«, erwiderte Claude gereizt.

»Mal abgesehen davon – wer auf diesem Planeten schert sich schon um unsere Familie?«

»Darum geht es nicht, Marcus.«

»Ach, nein?«

»Nein. Es geht um mein Recht auf Privatsphäre, und wenn ich davon Gebrauch machen will, solltest du das respektieren.«

Marcus runzelte die Stirn. »Und wenn ich das Gegenteil will und meinen persönlichen Lebensbereich mit der Welt teilen möchte? Habe ich dann kein Recht dazu?«

Claude schnalzte genervt mit der Zunge. »Du willst immer genau das Gegenteil. Ich kann sagen, was ich will, du wirst garantiert die entgegengesetzte Ansicht vertreten.«

»Mach' ich nicht!«, rief Marcus. Nach einer kleinen Kunstpause lachte er schallend.

Sein Bruder blieb stumm.

Als Marcus seine säuerliche Miene bemerkte, setzte er nach: »Ach, komm schon, Claudie! Entspann dich, Herrgott noch mal! Das war ein Witz – und nicht einmal ein schlechter.«

Er wandte sich an mich. »Aber du hast gelacht. Ich hab's gesehen.«

Schuldbewusst sah ich zu Claude hinüber. »Ich …«

»Nur keine Panik«, sagte Marcus grinsend. »Ich werde dich nicht zwingen, die Seiten zu wechseln. Du darfst gern in Claudies Team bleiben. Ist bestimmt die sicherste Lösung.«

Erneut schaute ich zu Claude, doch er wich meinem Blick aus. Auf einmal ärgerte ich mich über Marcus. In seiner Gegenwart konnte ich mit Claude nicht normal reden, geschweige denn eine so persönliche Frage stellen wie »Willst du mit mir ausgehen?«. Auch Marcus' Anspielung auf die »sicherste Lösung« missfiel mir. Daran war doch nichts Verwerfliches! Ich fand, dass Mr Perfect junior wirklich ein ziemlich arrogantes Arschloch war.

Der Mistkerl lehnte sich lässig im Stuhl zurück und ließ den Blick durchs Café schweifen. Bei Miss Schrullig blieb er hängen. Während er sie beobachtete, wechselte sein Gesichtsausdruck von interessiert zu abschätzig.

»Grundgütiger!«, rief er ohne seine Stimme zu senken.

»Wie kann eine so gut aussehende Frau nur so entsetzliche Klamotten tragen!«

Miss Schrullig verzog keine Miene und hielt den Blick stur auf ihre Zeitschrift gerichtet. Mit eisiger Stimme sagte sie jedoch: »Die Bemerkung habe ich gehört.«

Claude drehte seinen Stuhl in ihre Richtung. »Ich muss mich für meinen Bruder entsch…«, hob er an.

Doch Marcus schnitt ihm das Wort ab: »Ja, schon gut. Tut mir leid. Ich bin ein furchtbarer Rüpel. Aber seine Schönheit unter so entsetzlichen Lumpen zu verstecken, ist – ich sag's ganz offen – ein Verbrechen. Haben Sie religiöse Gründe als Entschuldigung?«

Absichtlich langsam und mit kühlem Blick schlug Miss Schrullig die Zeitschrift zu, griff nach ihrer Tasche, erhob sich und ging in Richtung Ausgang. An unserem Tisch blieb sie stehen und sah Marcus in die Augen. Nach einer quälend langen Pause, in der sie keine Miene verzog, sagte sie: »Ich wähle meine Kleidung nicht, um Typen wie Ihnen zu gefallen.«

Ohne eine Sekunde zu zögern, konterte Marcus: »Das trifft sich gut, denn mir wäre es sowieso lieber, wenn Sie sich für mich *aus*ziehen würden.«

Miss Schrullig warf den Kopf in den Nacken. »Nehmen Sie diese widerliche Kreatur in Zukunft bitte an die kurze Leine«, fauchte sie nun überraschenderweise Claude an. »Oder halten Sie sie in einer Höhle und schieben Sie einen großen Felsblock davor. Damit sie nicht mehr rauskriechen kann.«

Claude sprang auf. »Es tut mir wahnsinnig …«

Doch sie war schon weitergegangen, zur Tür hinaus, begleitet vom Rascheln ihres Bettlakenrocks.

Claude stand da und sah ihr nach. Seine sonst so kerzengerade Haltung hatte durch diese Erschütterungen einen Knick bekommen. Nach einer gefühlten Ewigkeit sah er auf seinen Bruder hinab, der die ganze Szene mit einem selbstgefälligen Grinsen beobachtet hatte.

»Du Scheißkerl«, sagte Claude. »Du verachtenswerte, jämmerliche Kreatur!«

Marcus entfuhr ein überraschtes Lachen. »Claudie! Du hast eben ›Scheißkerl‹ gesagt!«

Mit einem knappen Nicken in meine Richtung nahm Claude seine Jacke und ging ohne Umschweife zur Tür hinaus.

Auch ich erhob mich, aber Marcus machte eine beschwichtigende Geste. »Mach dir nichts draus. Er wird sich wieder einkriegen. Er nimmt solche Situationen gern zum Anlass, sich alleine zu verdrücken. Dazu ist ihm jeder Vorwand recht.« Er wies mit einer Kopfbewegung auf meinen Stuhl. »Setz dich. Lass uns reden.«

Ich mochte seinen Befehlston nicht, muss aber gestehen, dass ich nicht abgeneigt war, zu bleiben. Er hatte zwar definitiv große Ähnlichkeit mit einem arroganten Arschloch, aber leider auch mit Pierce und Clive. Pierce Arschnan. Mir fiel es schwer, ihm zu widerstehen. Wie in Zeitlupe setzte ich mich wieder. »Worüber sollen wir reden?«

Er schürzte die Lippen und überlegte. »Keine Ahnung, über irgendwas. Vögelst du meinen Bruder?«

Goldfischmund und Luftschnappen. »Wie bitte?«

»Vögeln wie Bumsen.« Er betonte jede Silbe einzeln, als redete er mit einer Debilen.

»Nein!« Ich fühlte, wie ich rot anlief. Hol' ihn der Teufel. »Ich kenne ihn doch kaum.«

»Ich persönlich finde, das ist kein Hinderungsgrund.«

Ich hob eine Augenbraue. »Sollte ich gerade tatsächlich Zeugin deiner Anmachkünste geworden sein, ist mir schleierhaft, wie du überhaupt eine abbekommst.«

»Du würdest dich wundern, wie oft die beherzte, direkte Methode Erfolg hat.«

»Das war weder beherzt noch direkt, sondern einfach nur gemein und beleidigend.«

»Aber ich habe ihr doch nur gesagt, wie schön sie ist!«

»Und du hast ihre Art, sich zu kleiden, kritisiert. Keine Frau ist scharf auf solche Kommentare. Manchmal ahnen wir, dass uns etwas nicht steht, aber wir wollen nicht, dass man es uns sagt.«

»Trotzdem stimmt es. Ich hab' schon exhumierte Leichen gesehen, die besser angezogen waren.«

Er lächelte mir verschwörerisch zu, und ich erlag seinem unfassbaren Charme in Millisekunden. Meine Fußsohlen kribbelten. Um mich zur Räson zu bringen, gab ich mir innerlich eine doppelte Ohrfeige. Er und ich, das waren zwei völlig verschiedene Spielklassen. In meiner Liga wurden zur Halbzeit Stullen und Apfelschnitze aus der Vorratsdose gegessen.

Zum Glück lief ich schon wieder rot an, was mir einen Vorwand gab, ihn sofort wieder furchtbar zu finden. Er verstärkte meinen Eindruck noch, indem er erneut auf Claude zu sprechen kam. »Ich bin übrigens gar nicht davon ausgegangen, dass du etwas mit Claude hast. Claudes kleiner Freund dürfte schätzungsweise seit dem letzten Windelwechsel kein Tageslicht mehr gesehen haben.«

»Warum hackst du so auf ihm herum?«

Er zögerte. »Er gibt mir permanent das Gefühl, unzulänglich zu sein. Aus seiner Sicht bin ich nicht mehr Wert als eine ranzige Fünfpfundnote.«

»Wenn du dich anders verhalten würdest, würde er vielleicht auch anders über dich denken.«

Er wich zurück in gespieltem Entsetzen. »Um Himmels willen, du klingst ja wie meine Mutter!«

Ich schnitt eine Grimasse. »Nein. Ich klinge wie *meine* Mutter. Vielleicht sind die beiden ja verwandt?«

Obwohl es ein Scherz war, wurde mir plötzlich bewusst, wie unvorstellbar eine solche Verbindung in Wahrheit war. Wenn Claude der Sohn eines einstigen Herzogs war, dann war Marcus das natürlich auch. Der einzige halbwegs namhafte Vorfahr, den *ich* aufzubieten hatte, war ein Pfarrer aus Norfolk, der Mitte des neunzehnten Jahrhunderts eine neue Methode zur Verpackung von Käse entwickelt hatte …

»Wieso das denn jetzt?«

Marcus sprach mit mir. Keine Ahnung, wie viel ich schon wieder verpasst hatte.

»Wie bitte?«

»Warum ziehst du die Mundwinkel herunter? Hätte ich Claudes kleinen Freund nicht erwähnen dürfen? Ich wollte keineswegs ausschließen, dass sich vielleicht noch eine Gelegenheit ergibt, mit ihm Bekanntschaft zu schließen.«

»Da bin ich aber froh.« Ich warf ihm einen eisigen Blick zu.

Er zeigte keine Reue und lachte vergnügt vor sich hin. Wahrscheinlich war das bei ihm ein Dauerzustand.

»Die Wahrscheinlichkeit ist zwar äußerst gering. So gering, dass sie eigentlich schon wieder unwahrscheinlich wird. Aber man soll ja die Hoffnung nie aufgeben.«

»Du bist widerlich.«

»Wunderbar, wir sollten unbedingt miteinander ausgehen.«

»Wie bitte?« Ich schaute ihn ungläubig an.

»Ausgehen. Heute Abend. Du und ich.«

Ich konnte es nicht fassen. »Warum? Wozu?«

Er hob unschuldig die Hände, seine Handflächen zum Himmel gerichtet. »Warum wohl? Damit ich dich betrunken machen kann und wir dann im Bett landen. Wir machen betrunken Hass-Liebe. Das ist grandios.«

Diesmal errötete ich nicht. Denn Erröten bezieht sich in der Regel nur auf Gesicht und Hals. Ich aber lief am ganzen Körper rot an, bis in die Haarspitzen.

»Soll das deine sagenhafte direkte Methode sein?«, brachte ich gerade noch heraus.

»Genau. Woher weißt du das?«

Er lachte schon wieder über mich. Meine Abneigung gegen ihn stieg ins Unermessliche.

Abrupt schob ich meinen Stuhl zurück und erhob mich. »Du bist, mit Verlaub, ein Arschloch. Du machst dich nur lustig über andere.«

Doch bevor ich mich umdrehen konnte, hatte er meinen Arm ergriffen, um mich zurückzuhalten. Jetzt lachte er nicht mehr. »Du hast Recht. Es tut mir leid. Claudie bringt tatsächlich immer meine schlechten Seiten zum Vorschein. Allerdings könnte ich sie auch schneller wieder unter Kontrolle bringen, wenn ich es genau überlege. Tut mir wirklich leid. Können wir noch einmal von vorne anfangen?«

»Wozu?« Ich war skeptisch.

»Weil ich nicht möchte, dass du mich als Scheißkerl in Erinnerung behältst. Weil ich dich witzig und süß finde. Und weil ich wirklich gerne mit dir ausgehen würde.«

Die Worte »witzig« und »süß« drehten sich in meinem Hirn im Kreis und winkten wie kleine Kinder, die auf einem Jahrmarktskarussell beachtet werden wollten. Dennoch wurde ich das Gefühl nicht los, dass er sich über mich lustig machte.

»Ich weiß nicht recht ...«

»Okay, machen wir's doch so: Wir drei gehen gemeinsam aus. Du, Claudie und ich.«

»Wirklich?«

Er breitete seine Arme aus. »Warum denn nicht?« Sein süffisantes Grinsen war zurückgekehrt. »Ich könnte dir dabei helfen, ihn betrunken zu machen und dann in die Kiste zu kriegen. Wäre möglicherweise das Beste, was ihm je widerfahren wird.«

»Du fängst schon wieder an«, warnte ich ihn. »Ich traue dir nicht über den Weg.«

»Das solltest du aber. Man kann mir wirklich vieles vorwerfen, aber nicht, dass ich ein Heuchler bin. Ich wüsste auch gar nicht, was das bringen soll.«

Zu meiner Überraschung glaubte ich ihm das aufs Wort. Er war ein taktloser, unsensibler, aber kein *verlogener* Rüpel. Vielleicht gab es Situationen, in denen er manchmal weniger direkt war, aber ein Lügner war er bestimmt nicht.

Welche Ironie des Schicksals! Ich war heute ins Café gekommen, um Claude nach langem Kampf mit mir selbst um eine Verabredung zu bitten. Nun saß ich hier mit seinem Bruder und musste entscheiden, ob ich mit ihm ausgehen wollte. Was darauf hinauslaufen würde, gleichzeitig auch mit Claude auszugehen. Irgendwie schon. Gewissermaßen.

Ach, was soll's.

»Und was schlägst du vor?«

# 11

**LADY MO:** Zwei Männer und ein Date! Klingt wie drei Männer und ein Baby! Na, das Baby fehlte noch. Kann dir versichern, es würde dem Abend eine ganz andere Richtung geben.

**DARRELL:** Klingt eher nach drei Mann in einem Boot – und ich fühl' mich jetzt schon seekrank.

**LADY MO:** *Mais pourquoi?* Ist französisch und heißt: Was zur Hölle? Du darfst mit einem offenbar recht appetitlichen herzoglichen Duo ausgehen! Bisher hast du nur als stille Beobachterin einer unterhaltsamen Parodie deiner eigenen seltsamen Schundromane zugesehen. Und plötzlich bist du die Hauptfigur! Das Leben imitiert die Kunst, sage ich immer. Allerdings bezweifle ich, ob deine Bücher wirklich Kunst sind.

**DARRELL:** Herzlichen Dank auch!

**LADY MO:** Ich will dich wegen deiner amourösen Unternehmungen nicht aufziehen, auch wenn das ebenfalls Spaß machen würde. Will nur sagen: Ich an deiner Stelle würde nicht so halbherzig an die Sache rangehen! Ich würde innerlich verglühen vor Aufregung, wie damals bei meiner ersten Verabredung mit Chad. Ich musste mir Eiswürfel aufs Gesicht legen, um die Hitzewallungen in Schach zu halten.

**DARRELL:** Chad ist wenigstens gut erzogen, was man von dem jüngeren Herzog nicht behaupten kann.

**LADY MO:** Oha! Nun wird der Jüngere schon vor dem Älteren erwähnt. Fand eine Verschiebung des Objekts deiner Liebesmüh' statt?

**DARRELL:** Ich darf daran erinnern, dass er mich süß *und* witzig findet.

**LADY MO:** Klingt wie die Beschreibung eines kleinen Plüschtiers, und überhaupt – darf ich *dich* daran erinnern, dass du vor gefühlten drei Sekunden noch vorhattest, Snob eins zu poppen, nicht Snob zwei?

**DARRELL:** Bin nicht sicher, ob Snob eins mich zurückpoppen will. Oder überhaupt irgendwen.

**LADY MO:** Wird wohl 'ne ziemlich sonderbare Verabredung. Ist bei Snobs aber nicht anders zu erwarten. Immerhin springt für dich ein feines, teures Essen heraus.

**DARRELL:** Snob zwei hat schon verkündet, dass er mich poppen will. Allerdings poppt er wahrscheinlich alles, was bei drei nicht auf den Bäumen ist.

**LADY MO:** Hallo? Meinst du das ernst? Willst du es wirklich mit Snob Nummer zwei tun? Oder bist du gerade auf dem fliegenden Teppich ins Wunderland entschwunden? Sag die Wahrheit! Denn trotz meiner zynischen Kommentare zu deinen romantischen Vorstellungen sehe ich mit Freude die Möglichkeit heraufziehen, an heißen sexuellen Eskapaden teilzuhaben. Ich will nichts verpassen. Und wehe, sie sind nicht prickelnd, dann werde ich dich jagen und umbringen!

**DARRELL:** Keine Ahnung (seufz). Bin doch gar nicht sein Typ. Die Kombi passt irgendwie nicht – wie knalliges Pink mit mattem Gelb.

**LADY MO:** Ich hab einen teuren Hermès-Schal in diesen Farben. Sieht eigentlich ganz schick aus.

**DARRELL:** Okay, dann eben Kastanienbraun und Petrol.

**LADY MO:** Verstehe. Das ist tatsächlich eine üble Kombi. Meine Mutter trägt gern braune Stretchhosen mit blaugrünen Pullis. Und dunkelblaue Jacken farblich passend zu den Applikationen an ihren Schuhen. Werde dieser Farbkombination daher garantiert nie etwas abgewinnen können – auch nicht, wenn ich älter bin. Dann trage ich nur noch Silber, wie Helen Mirren.

**DARRELL:** Aahhhhh … Stirn-gegen-die-Tischplatte-Schlag! Daran hab ich noch gar nicht gedacht! Brauche ja auch eine passende Garderobe. WAS SOLL ICH BLOSS ANZIEHEN?

**LADY MO:** Was hängt denn Hübsches im Kleiderschrank?

**DARRELL:** Rein gar nichts. Nur ein ziemlich auffälliges rotes rückenfreies Neckholderkleid. Hatte es zur Party am zehnten Hochzeitstag an.

**LADY MO:** Ich erinnere mich! Sehr hübsches Kleid, aber ich fürchte, du signalisierst den Herren damit deine Bereitschaft zum Oralverkehr. Wenn das in deinem Sinne ist …

**DARRELL:** Was denkst du denn von mir?

**LADY MO:** Dann rate ich zu etwas Klassischem. Schlicht mit einem Hauch von Unnahbarkeit. Also keine aufreizend funkelnden Pailletten oder transparenten Stellen, die zeigen, dass du keine Unterwäsche trägst. Schwarz ist immer gut.

**DARRELL:** Ich dachte kleines Schwarzes = sexy?

**LADY MO:** Absolut sexy, aber eben weil es von Stil, Geschmack und Zurückhaltung zeugt. Ein kleines Schwarzes bedeutet: Sex ist schön und gut – aber würden Sie mir nun endlich Feuer geben?

**DARRELL:** Verstehe – sogar als Nichtraucherin. Schwarz verspricht nichts, schließt aber auch nichts aus. Es gibt nur ein Problem: Ich habe kein schwarzes Kleid im Schrank! Und kein Geld in der Tasche.

**LADY MO:** Schwarzes Kleid oder Knieschützer – du hast die Wahl. Sorry, muss jetzt los, Harry ist aufgewacht. Kann leider nicht gleichzeitig tippen und Harry füttern. Apfelmus krieg ich aus der Tastatur nicht mehr raus, es sei denn durch Sprengung. Und denk dran: Nach heißem Sex erwarte ich umgehend Berichterstattung, und zwar noch bevor der Schweiß getrocknet ist. Bis ins letzte Detail – auch wenn du das rote Kleid tragen solltest.

**DARRELL:** Bis dahin bin ich vermutlich vor Scham gestorben.

**LADY MO:** Viel Vergnügen. Und meld dich sofort. Bye!

Als ich sechzehn war, verblüffte mich mein Vater mit dem Spruch: »Es gibt immer mehr als eine Möglichkeit, sich zu entscheiden.« Es war weniger der philosophische Überbau, der mich so überraschte, als vielmehr die Haltung, die hinter dieser Äußerung steckte. Mein Vater hatte mir gegenüber bis dahin immer eher handfeste Aussagen verkündet, wie etwa: »Wer Barbecue mit ›q‹ schreibt, hat sein Recht verwirkt, als ernst zu nehmendes Mitglied der Gesellschaft behandelt zu werden.«

War das mit den vielen Möglichkeiten wirklich sein Ernst? Soweit ich das überblicken konnte, gab es für meinen Vater immer nur eine Seite – nämlich die sichere. Karriere, Ehefrau, Vorstadthäuschen. Alles war abgesichert. Auto: Volvo, Investitionen: Pfandbriefe. Sicherheit, Seriosität und keine Erklärungsbedürftigkeit, das waren die Kriterien, nach denen mein Vater seine Entscheidungen traf. Hätte man ihm im Laden außer einem dunkelblauen

Pullover noch einen in einer anderen Farbe gezeigt, er hätte weder auf den Preis noch auf die Größe geachtet, sondern ihn einfach ignoriert. Im Nachhinein denke ich, meine Eltern haben für sich stets die richtigen Entscheidungen getroffen. Sie waren damit zufrieden. Aber mit sechzehn war mir der Gedanke zuwider, immer nur die langweiligen, faden, verlässlichen Alternativen zu wählen. Mit sechzehn erwartet man wirklich mehr vom Leben.

Auf meiner Suche nach einem geeigneten Kleid merkte ich allerdings, wie viel ich von ihrem Sicherheitsdenken übernommen hatte. In einigen Läden hatte ich durchaus akzeptable schwarze Kleider zu annehmbaren Preisen gesehen. Doch letztlich wirkten alle billig. Sie hatten kein Futter, die Nähte rieben auf der Haut, der Saum war schlecht verarbeitet, die Steppnähte traten zu deutlich hervor, und sie hatten keinen guten Schnitt. Wäre ich mit Freunden verabredet gewesen, hätte das alles keine Rolle gespielt. Ein paar schicke Schuhe, eine schöne auffällige Kette, vielleicht noch ein Gürtel – das hätte die Kleider aufgepeppt. Aber ich ging nicht mit Freunden aus und auch nicht ins London Dungeon. Ich war mit zwei Männern verabredet, die in einer ganz anderen Liga spielten und Minimalstandards erwarten durften. Aus demselben Grund, aus dem Julia Roberts auf dem Wiltshire Boulevard einkaufen und Eliza Doolittle ein Bad nehmen musste, konnte ich nicht in einem Kaufhauskleid zu der Verabredung erscheinen – ich würde unangenehm auffallen. Claude und Marcus wären düpiert. Deshalb brauchte ich ein Kleid wie dieses hier an dem Ständer vor mir in der vornehmsten und teuersten Boutique auf der ganzen High Street. Ich war direkt darauf zugelaufen, und es war traumhaft schlicht und klassisch geschnitten im Vierzigerjahre-Stil bis kurz übers Knie, mit Dreiviertelarm und einem betont zurückhaltenden, daher umso aufreizender wirkenden Ausschnitt. Das Material fühlte sich leicht und samtig an, und ich wusste sofort, ich würde darin umwerfend und verführerisch aussehen. Das perfekte Kleid für den Anlass – und leider zweihundertfünfzig Pfund teuer.

Im Prinzip hätte ich das Geld gehabt. Es lag sicher auf der Bank. Doch während meiner schlimmen Panikphase vor der Abreise hatte ich kalkuliert, wie lange mein Vermögen reichen würde, und ernüchtert festgestellt, wie schnell es aufgebraucht sein könnte, wenn ich nicht aufpasste. *Im Prinzip* könnte ich einmal prassen, aber nur, wenn das Geld für mein letztes Buch wirklich kam. Und das stand im Augenblick noch in den Sternen. Ich wollte nichts riskieren.

Daher verließ ich den Laden ohne Kleid. Auf einer Bank in Islington Green, einem kleinen Park in der Nähe, verfluchte ich Michelle für ihre Assoziationen zu meinem roten Kleid, das ich nun deswegen nicht tragen konnte. Ich verfluchte auch mich, weil ich die Tochter meines Vaters war. Und ich verfluchte die Tatsache, dass ich nun in einem Kleid auftauchen würde, in dem ich zur falschen Zeit an den falschen Stellen schwitzen und beim Gehen permanent den verrutschten Rocksaum hinunterziehen würde.

»Haben die Bauarbeiter Sie aus dem Haus gejagt?«

Clare, meine schwangere Vermieterin, lief auf mich zu und ließ sich mit leicht gequältem Gesichtsausdruck neben mir auf der Bank nieder. Erleichtert seufzte sie, als sie Platz genommen hatte.

»Früher war ich richtig fit, man möchte es kaum glauben! Kräftige Muskulatur, super Durchhaltevermögen beim Aerobic. Aber es hat mich geschafft.« Sie deutete auf ihren Bauch. »Hat alle Energie und Kraft aus mir rausgesaugt. Wie kann das sein, wo es doch selbst kaum drei Kilo wiegt?«

»Von meiner Freundin weiß ich, das kommt alles wieder in Ordnung nach der Geburt.«

»Wirklich?« Sie schaute mir fest in die Augen. »Ich will die ganze Wahrheit wissen. Werde ich danach wie eine fettleibige Seekuh aussehen, der nach der Abmagerungskur meterweise Hautlappen wie nasse Laken bis zu den Waden hinunterhängen?«

»Das wird nicht der Fall sein, da bin ich mir ziemlich sicher.«

»Ha! Aber nur *ziemlich* sicher.« Sie sah einer Taube nach. »Eigentlich sollte ich jetzt bei der Arbeit sein. Aber nach dem Aufstehen hatte ich furchtbares Sodbrennen, als ob ein fieser Zwerg in meinem Magen versuchen würde, mir löffelweise extrascharfe Currypaste zurück in den Hals zu pressen.«

»Auch das geht vorüber. Und der Atombusen und die dicken Fesseln verschwinden auch.«

»Wie schade«, sagte Clare enttäuscht. »Eigentlich finde ich den großen Busen nicht schlecht.«

»Aber bestimmt nicht die randvoll mit Muttermilch gefüllten Zapfstellen, diese beiden vor den Brustkorb geschnallten Zeppeline voller Flüssiggas! So ähnlich hat es meine Freundin damals beschreiben.«

»Patrick gefällt das«, murmelte sie düster. »Es wäre ihm völlig gleichgültig, wenn ich wie eine monströs aufgeblähte Kuh daherkäme, solange ich nur schöne fette Brüste habe.«

Wieder schaute sie mir fest in die Augen. »Haben die Blumen einen hübschen Platz bekommen?«

»Welche Blumen?« Mein Herz pochte.

»Na die Rosen«, rief sie ungeduldig. »Ich habe mir früher selbst jede Woche gelbe Rosen gekauft. Sie passen so gut zur Farbe der Wände. Ich dachte, ich schicke mal welche vorbei.«

Also keine Blumen von Claude!

Ich war am Boden zerstört, brachte aber noch heraus: »Natürlich haben sie mir gefallen, vielen Dank! Das war eine tolle Überraschung und wirklich sehr großzügig.«

»Sie kümmern sich immerhin ums Haus«, sagte sie rasch, als hätte ich sie in Verlegenheit gebracht. »Und die blöden Hormone verleiten mich zu großspurigen Gesten. Das ist sonst nicht meine Art.« Mit leicht vorwurfsvoller Stimme fügte sie hinzu: »Aber meine Frage haben Sie noch nicht beantwortet. Sind Sie auf der Flucht vor den Handwerkern?«

Ich verkniff mir den Hinweis, dass sie mir keine Chance für eine Antwort gelassen hatte. »Überhaupt nicht. Ich drücke mich hier nur herum, um mich vor dem Kauf eines teuren Kleids zu drücken.«

Sie bekam nur die Kurzversion zu hören. Ich war einigermaßen ehrlich, was meine finanzielle Lage anging, verschwieg jedoch Michelles Vorhersage, was geschehen würde, sollte ich das rückenfreie rote Kleid anziehen.

»Ich sitze also hier«, beendete ich meine Ausführungen, »und hoffe auf einen vorbeifahrenden Laster, von dem ein Chanel-Kleid in Größe 36 fällt. Oder dass mir jemand mitleidig den passenden Betrag für das Kleid in meine bedürftig ausgestreckte Hand drückt.«

»Wo hängt es denn?«

»Bei Susy Harper.«

»Ohhhh.« Clare hauchte es so sehnsüchtig, ich war fast ein wenig beunruhigt. »Ich *liebe* diesen Laden«, flüsterte sie. »Mein Lieblingsgeschäft. Leider kann ich dort seit einer *Ewigkeit* nicht mehr shoppen.«

Mit zusammengekniffenen Brauen blickte sie mich an, als wäre das allein meine Schuld. Dann sagte sie: »Wo geht's denn heute Abend hin? Wo sind Sie verabredet?«

»Im Anderson. Ein Hotel ...«

»Ja, ist mir bekannt.« Ein Seitenblick streifte mich. »Ziemlich exklusiver Laden. Dort gilt das Motto ›Sehen und Gesehen-Werden‹.«

»Bei gedämpftem Licht in Jazzclubatmosphäre?«, fragte ich hoffnungsvoll.

»Das widerspräche ja der Logik des Gesehen-Werdens, nicht wahr? Das Restaurant ist dezent beleuchtet, aber die Bar ist in gleißendes Licht getaucht mit weißen Wänden und irrem Lichtdesign. Der Raum ähnelt diesen hippen Eiswürfeln, die in den Cocktailgläsern nachleuchten.«

Ich war verzweifelt. Das war's dann. Ich würde vor Scham über mein Kleid im Boden versinken.

Clare schaute mich von oben bis unten an, ein wenig zu prüfend für meinen Geschmack. »Ich glaube, wir haben dieselbe Größe. Natürlich nicht *jetzt* im Moment. Aber ich hätte da ein paar hübsche Modelle im Kleiderschrank, die könnten passen. Interessiert?«

Hatte eine Ertrinkende Interesse daran, nicht als Fischfutter zu enden?

»Das wäre wirklich *unglaublich* nett.«

»Nun, ich kann sie sowieso nicht mehr tragen, sehen Sie mich an.«

Ich hatte mir bisher nie Gedanken gemacht, wie das Haus eines reichen Londoner Bauunternehmers aussehen könnte, aber so hatte ich es mir jedenfalls nicht vorgestellt. Ich hatte eine Konstruktion aus Glas und schwarzem Stein mit viel chromblitzendem Inventar und einem Blick vom Wohnzimmer auf die Themse erwartet. Oder die Imitation eines alten Herrenhauses mit falschen griechischen Säulen, aber modernster Sicherheitstechnik. Doch Patricks und Clares Haus sah eigentlich aus wie die größere Version des Hauses, in dem ich in Islington wohnte. Natürlich fehlten die Hochhaussiedlung und der garstig fluchende Radfahrer. Die Straße war ruhig und von schönen alten Bäumen gesäumt. Extrem viele Audis und Mercedesmodelle standen in den Parkbuchten, vornehmlich in Schwarz. Braune Fords und rostige Opel gab es kaum. Doch die beiden Häuser waren sich wirklich sehr ähnlich.

Clare kramte in ihrer Tasche nach dem Schlüssel.

»Es mag komisch erscheinen, dass unser gemeinsames Haus bloß zehn Minuten von meiner alten Wohnung entfernt liegt. Aber keine Angst, wir sind nicht Mitglied in einem Nachbarschafts-Swingerclub, die auch die Häuser untereinander tauschen ...«

Auf die Idee wäre ich nicht im Entferntesten gekommen, aber eine Antwort blieb mir erspart, denn Clare redete bereits weiter.

»Wir haben uns in dem italienischen Café kennengelernt, waren beide immer frühmorgens da, Stammgäste quasi.« Sie öffnete ihre Tasche noch weiter, um tiefer graben zu können. »Wo sind denn bloß die blöden Schlüssel?«

Plötzlich wurde die Tür von innen aufgerissen, und ein sehr großer Mann tauchte im Türrahmen auf. Ich hielt die Luft an, aber natürlich war es niemand anderes als Patrick.

»Was zum Teufel machst *du* denn hier?«, rief sein liebendes Weib.

»Eine Möwe, die entweder starken Durchfall hatte oder von der Konkurrenz bestochen wurde, hat auf meinen Anzug geschissen.« Er ließ uns ein und schloss die Tür hinter uns. »Ich musste ein anderes Jackett holen.«

»Hast du keine Lakaien, die das erledigen können?«, fragte Clare.

»Was? Mich vollscheißen? Doch, manchmal kommt mir das schon so vor.« Patrick grinste über das ganze Gesicht, beugte sich zu Clare hinunter und gab ihr einen Kuss auf die Wange. »Wie geht es dir? Besser?«

Sie sah ihn finster an. »Frag' nicht, du hast echt keine Ahnung.«

Patrick strahlte mich unbekümmert an. »Ich habe echt keine Ahnung«, teilte er mir mit. »Und wie geht's, Darrell? Oder sollte ich lieber auch nicht fragen?«

»Darrell«, sagte Clare, noch bevor ich den Mund öffnen konnte, »will sich ein Kleid von mir leihen. Eines, in das ich *früher* mal gepasst habe. Eines, in dem ich früher schön, sexy und begehrenswert aussah. Ein Kleid, das ich in die Altkleidersammlung geben werde, wenn die Sache hier endlich mal erledigt ist, weil ich es wegen der verbliebenen Hautlappen und Fettwülste sowieso nie mehr werde tragen können.«

Ich sah, wie Patrick zusammenzuckte, als sie von »der

Sache« sprach. Doch er bemühte sich, herzlich zu klingen, und sprach beruhigend auf sie ein. »Du wirst in Windeseile zu deiner alten Form zurückfinden. Du bist jung, schön und dein Körper ist topfit.«

Clares Blick hätte einen weniger selbstbewussten Mann als Patrick sofort in ein kümmerliches Häuflein Asche verwandelt.

»Aha, ich muss also rasch wieder in Form kommen, weil du kein fettes Weib an deiner Seite willst, stimmt's? Ich soll mich wohl Tag für Tag *stundenlang* dir zuliebe in einem Fitnessstudio quälen, nicht wahr? Und das Training nur unterbrechen, wenn ich dem Baby die Brust geben muss, nach einem minutiösen Zeitplan, denn – Gott sei uns gnädig – so etwas Unnatürliches, Unmütterliches wie Flaschennahrung kommt nicht infrage. Und wenn ich damit fertig bin, dürfen meine wohlgeformten Arme und Hände dann auch noch eben ein Drei-Gänge-Menü zaubern, das ich dir beim Heimkommen in einem sexy Kleid servieren kann, das selbstredend weder von Babyspeichel noch auslaufender Muttermilch befleckt ist, denn das gehört sich nicht für eine *richtige* Frau, oder?«

»Du hast ein paar wichtige Details vergessen«, erwiderte Patrick. »Wenn ich nach Hause komme, möchte ich selbstverständlich auch kein Staubkorn in irgendeiner Ecke finden, und im Kühlschrank muss immer genügend Bier kalt stehen.«

Dann lachte er laut los, zog seine Frau an sich und küsste sie zärtlich auf die Stirn.

»Oh, wie ich dich hasse!«, murmelte Clare undeutlich in sein Hemd hinein.

»Ja klar, weiß ich doch.«

Er küsste sie noch einmal, und in dem Moment dachte ich, ich müsste sterben, buchstäblich zu Staub zerfallen, so heftig fühlte ich den Schmerz. Wahrscheinlich konnte ich noch froh sein, dass es erst die zweite Kummergranate war, die in Patricks Gegenwart in mir hochging. Genau wie damals im Café gefror ich äußerlich zu Eis. Diese Kummergranaten entluden sich nie in Tränen, nicht einmal diese kleine Erlösung wurde mir zuteil. Wenn sie hochgingen, fühlte sich mein Körper an, als wäre alle Wärme, alle Hoffnung und alles Leben auf einen Schlag aus ihm gewichen, und übrig blieb nur ein kaltes Beben unter einer dünnen Hauthülle, die mich vor nichts mehr schützen konnte.

Clare und Patrick waren zwar anders als Tom und ich, doch ihre Liebe schien genauso innig wie unsere zu sein. Und sie fehlte mir so schrecklich, diese Liebe. Ich konnte es kaum ertragen.

Patrick gab seine Frau wieder frei, und sie drehte sich mit einem zufrieden lächelnden, glücklichen Gesicht zu mir um. »Also, was ist? Wollen wir nun meinen Schrank inspizieren?«

Im Radio hatte ich einmal eine Persiflage auf England gehört, in der ein britischer Journalist in der Antarktis penetrant wiederholte, wie froh er über seine feine Tweedjacke aus Schottland sei. So ähnlich fühlte ich mich jetzt, als ich in der Bar des Anderson Hotels saß, die um diese Uhrzeit noch recht spärlich besucht war. Ich war so froh über Clares schickes Cocktailkleid aus feiner Kreppseide, das wahrscheinlich mehr als zweihundertfünfzig Pfund gekostet hatte. Michelle wäre stolz auf mich gewesen. Es war nicht einfarbig schwarz, sondern hatte einen leicht fedrig wirkenden Aufdruck in einem sehr fein gezeichneten Muster, das auf dem glamourösen Stoff wie ein zarter regenbogenfarbener Ölfilm auf dem Wasser schimmerte. Hochgeschlossen und mit Stehkragen wirkte es einerseits streng, es wurde aber durch geriffelte kurze Ärmel wieder aufgelockert. Clare hatte mir auch einen schönen breiten Ledergürtel geliehen, der meine Taille betonte. Der Saum endete kurz über dem Knie, was mich zunächst abschreckte. Doch Clare zerstreute meine Befürchtungen in Sachen Knubbelknien mit dem Rat, eine blickdichte schwarze Strumpfhose und hochhackige Schuhe zu tragen. »Sie werden sehen, Ihre Beine hören plötzlich gar nicht mehr auf!«

Das war leider nicht ganz richtig, wie ich mit einem kurzen Blick in den Spiegel feststellen musste. Aber an dem Rest meiner Aufmachung war nichts auszusetzen. Menschen mit mehr Gespür für Mode als ich hätten sicher genau sagen können, warum der Stoff durch den hervorragenden Schnitt so wunderbar die Figur umschmeichelte und dass der Gesamteindruck definitiv »topmodisch«, aber trotzdem klassisch zeitlos war, blablabla. Ich für meinen Teil war einfach nur froh, hier in diesem schicken Cocktailkleid zu sitzen.

Trotzdem wäre es mir lieber gewesen, wenn Claude und Marcus mich zu Hause abgeholt hätten, statt mich direkt in der Bar zu treffen. Clare hatte Recht – es war ein äußerst angesagter Ort voller glamourös gestylter, selbstbewusst auftretender schöner Menschen. Die Wände waren von einem gleißend hellen Gazestoff überzogen und die lange weiße Bar leuchtete tatsächlich von innen wie radioaktives Material. Die hohen Barstühle waren silbern und weiß mit einem großen aufgemalten Auge auf der dezenten kleinen Rückenlehne. Als würde die Bar selbst einen wachsamen Blick auf ihre Besucher werfen und ihre Garderobe taxieren. Was würde wohl geschehen, wenn man bei der Bewertung durchfiel? Schlossen die Stühle dann langsam und gequält ihre gemalten Augen auf der Rückenlehne?

In der Hoffnung, die beiden Brüder würden schon auf mich warten, war ich kurz nach acht eingetroffen. Taten sie aber nicht. So würdevoll wie möglich versuchte ich einen der Hochstühle an der Bar zu besteigen und bemühte mich, dem Auge auszuweichen. Zum Glück hatte ich dieses Kleid gewählt, denn das andere wäre zu eng gewesen, um es auf den Stuhl zu schaffen. Dezent kam sofort ein Barkeeper angewieselt und schob mir die Cocktailkarte hin. Ich hoffte inständig, dass keiner meine aufgerissenen Augen bemerkte, als ich die Preise sah. Nichts unter elf Pfund! Das Kleid, das ich im Kaufhaus gekauft hätte, wenn ich Clare nicht begegnet wäre, hätte nur vierzig Pfund mehr gekostet! Und das hätte ich immerhin mit nach Hause nehmen und behalten dürfen.

Da ich mich verpflichtet fühlte, etwas zu bestellen, entschied ich mich für einen Lady Killer für zwölf Pfund. Ich wollte nicht den Eindruck erwecken, mir nur das Billigste auf der Karte leisten zu können. Bezahlen musste ich allerdings mit meiner normalen Kreditkarte, die der Barmann auch ohne mit der Wimper zu zucken entgegennahm. Heimlich hatte ich schon befürchtet, alle außer der goldenen oder schwarzen Kreditkarte würden wie eine tote Maus mit spitzen Fingern zur Kasse getragen.

Während ich auf meinen Drink wartete, bemühte ich mich, total entspannt zu wirken, als wäre es eine meiner Lieblingsbeschäftigungen, alleine an Bars herumzusitzen.

Das implizierte, dass ich die anderen Gäste keines Blickes würdigen durfte und cool und unnahbar wirken musste. Dabei hätte ich liebend gern ausgiebig gegafft und mir alle genau angesehen. So konnte ich die Atmosphäre nur schemenhaft aufnehmen. Man schien miteinander vertraut, die Unterhaltungen klangen lebhaft, und die Körpersprache der Gäste zeugte von großer Selbstsicherheit. Die Parfüms rochen teuer, gekleidet war man dezent, es gab keine knalligen Farben, alle wirkten extrem kultiviert und modebewusst. Keiner schien auch nur die geringste Notiz von mir zu nehmen, was entweder ein sehr gutes Zeichen war – dann passte ich ins Bild – oder ein sehr schlechtes, dann erschien ich ihnen nicht attraktiv oder interessant genug, um ihres Blickes würdig zu sein.

Mit jeder Minute fiel es mir schwerer, die Unnahbarkeitsmasche durchzuhalten. Mein Glas war auch schon fast leer, obwohl ich nur ab und zu ein wenig daran genippt hatte. Verstohlen schaute ich auf meine Uhr. Es war zwanzig nach acht. Sie waren nicht mehr nur unpünktlich, sondern definitiv zu spät dran. Ich bin noch nie versetzt worden. Manchmal kam es zu kleineren Verzögerungen, oder man hatte sich hinsichtlich des Treffpunkts missverstanden, aber das waren echte Versehen. Absichtlich versetzt wurde ich bei einer Verabredung noch nie. Mein Herz fing an zu rasen. Der ganze Aufwand, die viele Aufregung heute und dann noch die beschämende Aktion, von einer fremden Frau ein geeignetes Kleid borgen zu müssen – umsonst! Ganz zu schweigen von dem Cocktail für satte zwölf Pfund, den ich eigentlich gar nicht haben wollte.

Das war sicher Marcus' Schuld. Claude wäre nie unpünktlich gewesen, ebenso wenig wie er je eine ungebügelte Hose getragen hätte. Ich beschloss, ihnen noch fünf Minuten zu geben, dann würde ich aufstehen und gehen – um mich danach mehr über mich selbst als über Marcus zu ärgern. Was konnte man von einem Arschloch auch anderes erwarten? Ich hätte es besser wissen müssen …

»Du siehst ganz hinreißend aus!«

Er kam von hinten und flüsterte mir über meine Schulter ins Ohr. Bevor ich etwas erwidern konnte, hatte er mich schon halb auf den Mund geküsst, und für einen Augenblick wurde mir schummrig. Bis ich merkte, dass er allein gekommen war.

»Wo ist Claude?«

»Ahhh …«

»Was soll das heißen? ›Ahhh‹ bedeutet meistens nichts Gutes.«

»Auch nicht beim Arzt?«

»Da schon gar nicht.«

»Mhmm …«

»Und ›mhmm‹ ist noch schlimmer.«

Meine Abneigung gegen Marcus steigerte sich rasant, während ich ihm zusah, wie er lässig und elegant auf den Stuhl neben mir glitt. Nicht wie ich, die ihn mühsam erklimmen musste. Er sah mich mit treuem Hundeblick an. »Claude konnte leider nicht mitkommen.«

»Warum nicht? Hast du ihn überhaupt gefragt? Und findest du nicht, dass es schon ziemlich spät ist?«

»Welche Frage soll ich zuerst beantworten?«

Der Barkeeper kam erneut angewieselt, um Marcus' Wünsche entgegenzunehmen. »Peroni«, bestellte er. Und der Barmann verschwand.

»Aber das ist ein Bier!«, rief ich. »Das steht überhaupt nicht auf der Karte.«

Marcus zuckte mit den Achseln. »Ich bin eben ein Biertyp.«

»Aber es steht nicht auf der Karte«, wiederholte ich.

Er schaute auf mein Cocktailglas. »Willst du auch lieber Bier?«

Mein Glas war zwar leer, doch ich war zu stolz, um noch etwas zu bestellen. Und zu pleite natürlich auch, was die Sache mit dem Stolz noch unterstützte.

»Nein«, erwiderte ich, »aber ich wusste nicht, dass ich die Wahl gehabt hätte.«

Seine Mundwinkel zuckten belustigt. »Du siehst hinreißend aus«, sagte er noch einmal. »Das Kleid ist großartig.«

»Schleimer.«

Er strahlte. »Erwischt. Aber ich meine es ernst.«

Er sah allerdings auch umwerfend aus, musste ich widerwillig gestehen, in seinem grauen Nadelstreifenjackett und dem ein paar Nuancen helleren grauen Hemd mit der dunklen Krawatte. Die Hose war dunkelgrau und schmal geschnitten, doch trotz der vielen Grautöne wirkte er keineswegs farblos, im Gegenteil, eher verwegen wie ein Schuljunge aus dem Nobelinternat, der höchstens wegen seiner unkonventionellen Haarlänge eine Züchtigung mit dem Rohrstock riskierte.

Aber eher hätte ich noch einmal zwölf Pfund für einen Cocktail ausgegeben, als das Kompliment zu erwidern. »Warum ist Claude nicht gekommen? Du hast ihm von der Verabredung nichts gesagt, nicht wahr?«

Sein Lächeln verschwand. »Doch, ich habe ihn gefragt. Aber …«

In dem Augenblick kam sein Bier. Der Ober stellte ihm ein Glas dazu, das er jedoch ignorierte, und er trank direkt aus der Flasche.

»Sorry, ich war am Verdursten.« Dann runzelte er die Stirn. »Ich weiß, es geht mich nichts an, aber ich würde trotzdem gern wissen, ob du ernsthaft an meinem Bruder interessiert bist oder ob das nur Geplänkel war heute Morgen zwischen uns. Manchmal weiß ich das selbst nicht so genau.«

Schon wieder fühlte ich, wie meine Wangen heiß wurden. Wie ärgerlich, in seiner Gegenwart! Gelbe Rosen kamen mir in den Sinn, was die Situation auch nicht besser machte. Ich war nicht enttäuscht, aber langsam wurde mir das alles ziemlich peinlich. Im Grunde hatte ich geahnt, dass die Blumen nicht von Claude sein konnten. Und dass er heute Abend nicht mitgekommen war, überraschte mich eigentlich auch nicht. Ich mied Marcus' Blick, antwortete jedoch wahrheitsgemäß.

»Nein, richtig ernsthaft ist das nicht ...«

»Das ist gut, denn Claude ist furchtbar verschlossen, wie eine Auster. Das wird sich auch nicht mehr ändern. Er will sich nicht öffnen.«

»Woher willst du das wissen?«

Er seufzte leise. »Mein Bruder signalisiert das mit jeder Faser seines Daseins. Ich weiß zwar nicht, ob er damit glücklich ist, aber ...«

»Seit wann interessierst du dich für das Glück deines Bruders?« Ich fühlte mich vom Schicksal ungerecht behandelt und reagierte deshalb eine Spur zu gehässig. »Du bringst ihn doch ständig auf die Palme!«

»Weil ich mich in seiner Nähe einfach völlig unzulänglich fühle und mich dann zum Trotz danebenbenehme.« Er seufzte noch einmal leise. »Das war schon immer so …«

»Ist Claude vielleicht …?«

»Du meinst ein verkappter Schwuler?« Marcus sah mich mit durchdringendem Blick an.

Oje, dieser Abend würde als Festival der Schamesröte in die Geschichte eingehen.

»Nein, das ist er bestimmt nicht, glaub mir. Ich ziehe Homosexuelle magisch an und kenne den Unterschied zwischen ihnen und Claude ziemlich genau.«

Ich glaubte ihm aufs Wort. Schon weil ein Blinder mit dem Krückstock gesehen hätte, wie empfänglich er für erotische Avancen *jeglicher* Art war – und wenn schon nicht gesehen, dann wahrscheinlich gerochen. Marcus' Blick schweifte prüfend durch den Raum. Ihm entging nichts. Sicher hatte er bereits jede Frau gecheckt, ihre Begleiter kategorisiert und das Interesse eingeschätzt, das sie ihm während eines noch so kurzen Blickkontakts signalisiert hatten. Ich hatte wirklich keine Ahnung, warum er sich heute ausgerechnet mit mir zum Essen verabredet hatte.

Ich wusste, dass ich ihm diese Frage heute noch stellen würde. Das überraschte mich allerdings selbst, denn unverblümte Direktheit gehört eigentlich nicht zu meinem Standardrepertoire. Normalerweise vermied ich geradlinige Fragen oder schob sie auf die lange Bank. So wie bei Claude. Wenn Tom damals im Bus nicht die Initiative ergriffen hätte, wären wir nie zusammengekommen. Warum fielen mir offene Worte bei Marcus auf einmal nicht schwer? Vielleicht weil auch er immer ungeniert drauflos redete.

Ich beugte mich zu ihm hinüber und raunte: »Die Blonde da drüben in dem blauen Wildlederkleid würde ihren dicken, glatzköpfigen Begleiter doch sofort stehen lassen, wenn du ihr ein entsprechendes Zeichen geben würdest, oder?«

Er lachte schallend. »Nein. Denn der ist wirklich steinreich. Ich wäre für sie nur ein kleiner Pupser mit einem durchschnittlichen Jahresgehalt.«

»Woher willst du das wissen?« Ich runzelte die Stirn. »Für mich sieht er einfach nur dick und kahlköpfig aus.«

»Er ist mit mir hier eingetroffen. Mit dem kleinen Unterschied, dass ich aus dem Taxi stieg und er sich von seinem Chauffeur aus einem fetten Maybach helfen ließ.«

»Maybachs fahren doch nur Filmproduzenten.«

»Siehst du.«

Ich betrachtete ihn aufmerksam. »Und du? Was ist mit deinem Vermögen? Hast du nichts geerbt?«

Er verzog das Gesicht. »Doch, zufällig habe ich das. Aber ich komme an das Geld nicht ran. Erst wenn ich fünfundsechzig bin.«

»Fünfundsechzig?«

»Unser Vater war der Ansicht, ich würde sonst nie einer anständigen Arbeit nachgehen.« Er leerte seine Flasche in einem Zug. »Natürlich hatte er vollkommen Recht.«

»Claude hat seinen Anteil aber bekommen?«

Er schaute mir ruhig in die Augen. »Er ist ja auch der Erstgeborene. Über bestimmte Erbrechte kann sich niemand hinwegsetzen.«

Ich wagte eine persönliche Bemerkung. »Claude hat mir erzählt, dass euer Vater kein besonders glücklicher Mensch war.«

Marcus hob erstaunt die Brauen. »Tatsächlich? Für Claudes Verhältnisse ist das ja fast schon ein Seelenstriptease. Er muss dich wirklich sehr gern haben.«

Ich errötete erneut. »Na, so gern scheint er mich dann ja doch nicht zu haben …«

Marcus tippte mir freundschaftlich mit dem Finger an die Nase. Wenn das jemand anderes gemacht hätte, wäre ich ausgeflippt, weil ich diese Geste affig fand. Aber nun fühlte ich mich plötzlich wunderbar, als wäre ich seine beste Freundin und Verbündete.

»Er *muss* dich gern haben, wenn er so offen mit dir redet.«

Ich wusste nicht, ob das stimmte. Ich wusste auch nicht, ob es mir wirklich etwas ausmachte, das Projekt Claude endgültig zu begraben. Ich schämte mich, weil ich mich zum Narren gemacht hatte, das schon. Aber war ich nun enttäuscht?

Marcus berührte meinen Arm. Er war einer dieser Menschen, die keine Gelegenheit ausließen, ihr Gegenüber anzufassen. »Ich bin am Verhungern. Mal sehen, ob unser Tisch schon frei ist.«

Er wollte gerade vom Barhocker steigen, als ich ihn zurückhielt. »Warum hast du dich mit mir verabredet?«

Er zog erstaunt die Brauen hoch. »Warum denn nicht?«

»Weil«, fing ich an und zog dabei die Nase kraus, »du auch etwas Besseres vorhaben könntest.«

Ernst blickte er mich an und neigte den Kopf etwas zur Seite. »Natürlich, du hast Recht. Ich könnte auch die Blondine im Wildlederkleid haben. Oder die da in dem durchsichtigen Silbertop. Und dort drüben lauert ein sehr attraktiver junger Mann, der mir schon die ganze Zeit über unmissverständlich Interesse signalisiert.« Er stieß einen Seufzer aus und neigte sich zu mir hinüber. »Ich könnte sie alle haben! Aber ich habe mich eben entschieden. Für dich.«

Meine Fußsohlen kribbelten schon wieder. »Und wofür genau hast du mich auserkoren?«

»Um mich mit dir zu amüsieren und zu entspannen. Um mit dir Spaß zu haben und Blödsinn zu reden. Um sich gemeinsam zu betrinken und einen lustigen Abend zu haben. Ohne Druck, ohne Erwartungen und Ansprüche. Na, wie gefällt dir das?«

»Und das ist … alles?«

»Natürlich nicht.« Wieder grinste er über beide Backen. »Willst du mir ein Angebot machen?«

»Natürlich nicht!«

»Habe ich da einen klitzekleinen Zweifel herausgehört?«

Ich musste mich schwer zügeln. »Du hörst immer nur das heraus, was du hören willst.«

»Oh ja, das tue ich gern«, gab er lächelnd zu. »Aber ich höre das nur, weil es die Leute wirklich sagen.«

»Gibt es auch Momente, in denen du mal *nicht* tust, wozu du Lust hast?«

»Nur wenn es wirklich nicht anders geht. Ich kann schon mal einen Tag lang hart arbeiten, aber sonst mache ich lieber, was ich will. Warum auch nicht?«

Das war eine gute Frage. Und für eine wie mich, die dazu erzogen wurde, Entscheidungsspielräume mit Blick auf Pflicht und Sicherheit einzugrenzen, war es dazu noch eine äußerst schwierige Frage. Selbst Tom, der im Grunde auch am liebsten das machte, was ihm Freude bereitete, konnte zurückstecken, abwarten, sich Dinge langsam erarbeiten. Für Marcus waren das bestimmt Fremdwörter. Welche Entscheidung sollte ich nun im Hinblick auf Marcus treffen? Die sichere Schiene fahren? Oder meinen Wünschen nachgeben? Kannte ich den Unterschied überhaupt?

Ich sah mich um. Wenigstens eines wusste ich ganz genau: Ich passte definitiv nicht an diesen Ort.

»Könnten wir woanders essen gehen?«

»Wo auch immer du willst«, erwiderte er galant.

»Ich kenne nichts.«

Er ließ sich elegant vom Stuhl gleiten und reichte mir seine Hand, um mir behilflich zu sein.

»In dem Fall kommt für uns nur ein einziger Ort infrage.«

# 12

Wir landeten in einem kleinen Pub in Holborn, in dem es turbulent zuging. Während des Essens saßen wir Schulter an Schulter mit unseren Nachbarn am Nebentisch, doch das machte mir überhaupt nichts aus. Ich war bester Laune, und das Essen schmeckte wunderbar. Ich hatte mich für eine Wildpastete entschieden, dazu ein Glas Rotwein. Es war eine Riesenportion, doch ich konnte ja Clares Gürtel jederzeit weiter schnallen. Marcus aß hausgemachte Fritten und Steak, das er, sehr zu meiner Belustigung, gut durch bestellte.

»Da spuckt der Koch doch drauf, oder?«, fragte ich lachend. »Blutig zeichnet den Kenner aus.«

»Aber der blutige Saft weicht mir die Fritten auf. Und das kann ich nicht zulassen, vor allem wenn sie so lecker schmecken wie hier.« Er nahm drei auf einmal mit den Fingern und schob sie sich genüsslich in den Mund. »Wer weiß, wann ich wieder welche kriege!«

»Warum das? Ärztliche Anordnung?«

»Ganz im Gegenteil, ich erfreue mich prächtiger Gesundheit. Wenn ich sterbe, dann nur durch die Hand eines eifersüchtigen Ehemanns oder bei einer Geiselnahme. Nein, daran liegt es nicht. Aber ich verkehre meistens mit Leuten, die nichts essen, und da will ich nicht aus dem Rahmen fallen.«

»So schlimm?«

Er schaute mich ernst an. »In ganz Hollywood isst kein Mensch mehr irgendwas. Niemand würde sich in der Öffentlichkeit auch nur einen Happen von irgendetwas Essbarem über die Lippen kommen lassen. Warum Kalifornien trotzdem die viertgrößte Agrarindustrie der Welt hat, ist mir ein Rätsel. Alle ernähren sich von Kokain oder kaufen heimlich Chips im Drugstore um die Ecke, der rund um die Uhr geöffnet ist.«

Plötzlich fühlte ich mich etwas unwohl in meiner Haut. Kokain und Menschen, die nichts aßen, waren mir so fremd wie die Straßen von Daressalam. Einmal in meinem Leben hatte ich einen Joint geraucht, und danach war ich furchtbar hungrig geworden. Marcus spielte also nicht nur als Liebesobjekt in einer anderen Liga, sondern er lebte offenbar auch in einer Welt, die von meiner so weit entfernt war wie die Mondbasis Alpha.

»Da, schon wieder!«

»Was denn?«

»Die Mundwinkel! Sie hängen schon wieder ziemlich tief. Hast du die Mimik von einer Comicfigur abgeschaut?«

Ich wollte nicht darüber sprechen. »Liegt wahrscheinlich daran, dass ich es mir nicht vorstellen kann, nichts zu essen, falls du durch diese doppelte Verneinung noch durchblickst …«

Er hob die Brauen. »Wie schade! Ich hatte gehofft, ich könnte den Rest deiner Pastete haben.«

»Aber bitte sehr, hier, nimm alles!« Ich schob ihm meinen Teller zu.

»Wie bist du ausgerechnet beim Film gelandet?«, fragte

ich, während er meine Pastete aß. »Wolltest du schon als Kind Schauspieler werden?«

Eine kleine Staubwolke mit Krümeln vom Pastetenteig fiel ihm aus dem Mund. »Um Himmels willen, nein! Als Schauspieler langweilt man sich zu Tode. Man steht die ganze Zeit herum und wartet. Deshalb nehmen die meisten ja Drogen, um diese furchtbare Langeweile zu ertragen.«

Er griff nach seiner Bierflasche – auch diesmal kein Glas – und nahm einen tiefen Schluck. »Nein, ich bin wegen einer Frau nach L.A. gegangen und landete beim Film, weil man es da alleine aufgrund der Fähigkeit zur maßlosen Selbstdarstellung zu etwas bringen kann. Mehr braucht man nicht. Diese Voraussetzung habe ich mehr als erfüllt, wie du dir denken kannst, außerdem sehe ich gut aus, habe Charme und einen affektierten englischen Akzent. Ich wurde mit offenen Armen empfangen, und es stört mich nicht, dass sie mich ständig Hugh nennen.« Er grinste breit.

Nachdenklich schaute ich ihn an. »Aber irgendeine Qualifikation musstest du doch sicher vorweisen? Immerhin ist die Filmbranche ein milliardenschweres Business.«

»In Hollywood gibt es Menschen in den höchsten Positionen, die an allen anderen Orten der Welt keine Arbeit finden würden, weil sie nicht in der Lage sind, den Satz ›Darf's für Sie eine extragroße Portion Pommes sein?‹ fehlerfrei nachzusprechen.«

»Warum bleibst du, wenn's so schlimm ist?«

»Weil es dort gutes Geld, gutes Wetter und jede Menge tolle Frauen mit großen Brüsten gibt.« Er hob die Handflächen zur Decke und breitete seine Arme aus. »Was soll ich machen? Ich bin nun mal ein oberflächlicher, genusssüchtiger Mensch.«

Ich schnitt eine Grimasse. »Für mich wäre Hollywood nichts. Ich hätte schon mal keine Lust, dauernd zur Wachsenthaarung zu rennen.«

Marcus lachte und lehnte sich zu mir hinüber. »Wusstest du, dass Ruskin – du weißt schon, der Maler und Schriftsteller …?«

»Ja, ich bin kein kompletter Idiot!«

»Also, Ruskin war entsetzt, als er in der Hochzeitsnacht die Schambehaarung seiner Frau erblickte. Er weigerte sich, die Ehe zu vollziehen. Er war davon ausgegangen, sie wäre da unten glatt wie eine griechische Marmorstatue! Was für ein verdammter Idiot.«

»Jilly Cooper – die kennst du doch bestimmt, oder?«

Sein Grinsen wurde noch breiter. »Meine Mutter hat viel von ihr gelesen, und mit dreizehn schlug ich einen der herumliegenden Romane zufällig an einer Stelle auf, an der beschrieben wurde, wie der Held seine Boxershorts erst herunterließ, mit einem Fuß durch die Luft wirbelte und sie dann mit seinem steifen Schwanz auffing. Ich hab das jahrelang geübt, aber nie hinbekommen. Egal – wo waren wir stehen geblieben?«

»Sie sind von oben bis unten haarlos, die Frauen in Jilly Coopers Romanen. Ich dachte eine Weile, ich müsste das auch sein und kaufte in meiner Verzweiflung eine Ausgabe der *Cosmopolitan*, die eine Sonderbeilage zum Thema Brazilian Waxing hatte. Man konnte zwischen vier Schablonen wählen: Pfeil, Herz, Dreieck und vertikales Rechteck.«

»Besser bekannt als Landebahn«, sagte Marcus ungerührt. »Meine Mutter hat eine.«

Ich blinzelte nervös. Michelle hatte mich ja schon gewarnt, dass reiche Leute durchgeknallt waren, aber das war bestimmt …

Er sah meinen Gesichtsausdruck. »Aber nein! Wo denkst du hin! Es ist natürlich eine echte Landebahn. Für Kleinflugzeuge.« Er verzog das Gesicht. »Diese Edelzicke.«

Mir entfuhr ein kleines Schnauben, so erschrocken war ich. Das war eine ziemlich böse Bemerkung. Marcus hatte es gehört und machte ein betretenes, aber auch trotziges Gesicht.

»Sie ist nicht meine leibliche Mutter, ich muss sie nicht mögen.«

»Deine Stiefmutter also?«

»Nein, meine Adoptivmutter.«

Seine gute Laune war dahin. Zweifellos wollte er nicht darüber reden. Doch ich war fasziniert und wollte es genau wissen.

»Wurdest du adoptiert?«

»Ja«, seufzte er resigniert. »Du darfst ab jetzt Heathcliff zu mir sagen. Claude ist eher die kleine Waise Annie, wie im Comic, aber ohne deren Temperament.«

»Claude wurde auch adoptiert?« Das würde jedenfalls ihre frappierende Unähnlichkeit erklären.

»Und Gus, unsere Schwester.«

»Dann konnten deine Eltern also keine eigenen Kinder bekommen?«

»Können vielleicht schon, wenn meine Mutter meinen Vater rangelassen hätte.«

Zum Glück tauchte in dem Moment die Bedienung an unserem Tisch auf. Sie hatte sich geschickt einen Weg durch die Menge gebahnt und wollte unsere Teller abräumen. »Möchten Sie noch etwas zu trinken?«

Marcus' schlechte Laune war sofort wie weggeblasen. Es brauchte offenbar nicht viel, um ihn aufzuheitern. Er war einfach eine Frohnatur. Fragend hob er eine Braue: »Auch noch einen?«

Ich zögerte. »Eigentlich nicht …«

»Für die Dame noch ein Glas Rotwein, nein – am besten eine Flasche, und noch ein Glas extra für mich. Ich mag kein Bier mehr.«

»Ich werde nichts mehr trinken«, sagte ich, als die Bedienung weg war. Ich war sauer.

»Und warum nicht? Hast du Angst, du könntest meinem Charme erliegen und dich mir an den Hals werfen? Ich will ehrlich sein. Genau so stelle ich mir den weiteren Verlauf des Abends vor.« Er strahlte mich an.

»Es ist dir hoffentlich klar, dass dein Gerede von Oberflächlichkeit und Genusssucht nicht sehr anziehend wirkt. Dir ist doch völlig gleich, mit wem du ausgehst. Im Zweifel auch mit einer Kuh oder einer Ziege, da scheinst du nicht wählerisch zu sein.«

»Mhmm, stimmt«, sagte er. »Und wenn ich versuchen würde, dir das Gefühl zu geben, du wärst etwas ganz Besonderes? Würdest du dann mit mir ins Bett gehen?«

»Nein.«

Er sah mich kurz an ohne etwas zu sagen.

»Aber es ist doch schön, wenn jemand mehr in dir sieht als ein Lustobjekt und nicht nur auf genitale Reibung und den Austausch von Körperflüssigkeiten aus ist?«

»Nun …«

Er verschränkte die Arme auf dem Tisch und beugte sich zu mir hinüber. »Ich will ehrlich sein. Ich wollte mit dir ausgehen und eventuell in die Kiste, weil du ein Auge auf

Claude geworfen hast und ich ständig den ungesunden Zwang verspüre, mit ihm zu konkurrieren. Selbst dann, wenn er keine Ahnung davon hat oder sich einen Teufel drum schert. Aber ich bin auch hier, weil du mir gefällst. Ich mag deine Art und finde dich sehr attraktiv. Kann sein, dass es mein anderes Motiv nicht aufwiegt, aber es ist die Wahrheit. Mehr kann ich nicht bieten.«

Die Bedienung kam zurück mit einer Flasche Wein und dem bestellten Glas. Sie schenkte uns ein, und Marcus lächelte sie gewinnend an. Doch sie blieb ungerührt.

Ich war ihr sehr dankbar.

»Eine Lesbe«, behauptete Marcus, als sie wieder weg war.

»Müssen alle Frauen, die nicht auf dich anspringen, automatisch lesbisch sein?«

»Gut möglich.«

Er hob sein Glas. »Auf dein Wohl.«

»Schleimer.«

»Das ist eine Tugend, kein Makel. Also trink schon.«

»Ich werde dich nicht hereinbitten.«

Marcus lehnte am Türpfosten und beobachtete, wie ich nach den Hausschlüsseln kramte.

»Aber ich weiß doch nicht, wo ich sonst schlafen soll. Claudie lässt mich um die Uhrzeit nicht mehr rein.«

»Dann nimm dir ein Hotelzimmer.«

Er schaute über die Straße auf die Sozialsiedlung. »Wenn ich hier durch die finsteren Gassen torkle, um ein Taxi zu suchen, werde ich garantiert überfallen, und morgen früh findet mich dann ein armer, argloser Spaziergänger blutüberströmt und geschunden im Rinnstein.« Er breitete theatralisch die Arme aus. »Wenn du das mit deinem Gewissen vereinbaren kannst, bitte sehr …«

»Ich rufe dir ein Taxi.« Endlich hatte ich den Schlüssel und konnte aufschließen.

»Sehr gut.« Er schob die Tür auf und trat gemeinsam mit mir ein. »Ich warte hier drin.« Schnurstracks ging er ins Wohnzimmer und fläzte sich der Länge nach aufs Sofa.

»Du wirst nicht hierbleiben.« Ich ging zum Telefon und nahm den Hörer ab. »Siehst du! Ich stehe hier und wähle gerade den Taxiruf.«

Er sah auf die Uhr. »Darling, es ist ein Uhr morgens. Bis ich bei einem Hotel ankomme, ist es zwei. Schenk mir die eine Stunde Extraschlaf und lass mich hier übernachten.«

»Ich trau dir nicht über den Weg.«

»Aus gutem Grund. Aber weißt du, ich muss morgen Vormittag zu einer wichtigen Sitzung und vorher bei Claude vorbei, um die Klamotten zu wechseln.«

»Ja dann, sei's drum. Ich bin zu müde für weitere Diskussionen.« Ich wies mit dem Finger zur Decke. »Das Gästezimmer ist oben gleich rechts. Das Bad ist beim Treppenabsatz, Handtücher sind im Schrank *vor* meinem Schlafzimmer, das während deines gesamten Aufenthalts hier verbotene Zone bleibt. *Comprende?*«

Er hob die rechte Hand wie zum militärischen Gruß an die Stirn. »Selbstverständlich.«

»Mir gefällt dein Grinsen nicht.«

»Aus gutem Grund.«

Ich stand am Treppenabsatz mit der Hand am Geländer und einem Fuß auf der ersten Stufe. »Ich bin wirklich müde und werde mich jetzt hinlegen. Bis Morgen dann. Oder auch nicht.«

Als ich im Schlafzimmer war, hätte ich gern zugesperrt, aber die Tür besaß kein Schloss. Für den Bruchteil einer Sekunde überlegte ich, ob ich die Kommode vor die Tür schieben sollte, doch ich war zu müde. Ich ließ mich aufs Bett sinken, streifte die Schuhe ab und zog mich aus.

Ich weiß nicht, ob andere ein ähnliches Problem beim An- und Ausziehen haben, aber ich stelle mich dabei immer furchtbar ungeschickt an. Ich stecke den Arm in den falschen Ärmel, manchmal aber auch den Kopf ins Armloch und kann dann sekundenlang nichts mehr sehen. Beim Hineinzwängen in meine Jeans habe ich mehr als einmal das Gleichgewicht verloren und bin gestürzt, und bei Oberteilen kann ich noch so oft nachsehen, wo das Schildchen sitzt, beim Überziehen breche ich dennoch alle physikalischen Gesetzmäßigkeiten und habe es hinterher falsch rum an. Ich kann keinen Reißverschluss hochziehen, ohne etwas einzuklemmen, und meine schlimmsten Momente erlebe ich regelmäßig in den Umkleidekabinen von Modegeschäften, wenn beim Ausziehen eines Kleids der engere Mittelteil unter meinem Busen hängen bleibt und plötzlich nichts mehr geht. Dann stehe ich da in Unterhosen mit zum Himmel gereckten Armen und einem umgekehrten Rocksaum über dem Gesicht und kann nur beten, dass ich noch etwas länger die Luft anhalten und den Bauch einziehen kann, um das Teil endlich über den Brustkorb zu kriegen und mich selbst aus der unwürdigen Lage zu befreien. Sonst müsste ich das Personal rufen und mich herausschneiden lassen. Grausamer stelle ich mir nur den Moment der Panik vor, wenn man in einem Sarg aufwacht und merkt, dass man gar nicht tot ist …

Ich war also sehr erleichtert, dass ich das teure Cocktailkleid problemlos über den Kopf bekam. Unvorstellbar, was Clare mit mir gemacht hätte, wenn es gerissen wäre. Wahrscheinlich hätte sie mich gekillt. Sorgfältig hängte ich es über die Stuhllehne und wollte schon meinen BH ausziehen, als ich Dielen knarren hörte. Ich hielt die Luft an und verharrte in meiner Bewegung, um zu lauschen. Noch ein Knarren, dann wurde eine Schranktür geöffnet, dann geschlossen. Dem Himmel sei dank, er holte nur ein Handtuch.

Warum er um halb zwei morgens ein Handtuch brauchte, war mir zwar schleierhaft, aber ich war zu müde, um darüber nachzudenken. Als vor meiner Tür noch einmal eine Diele knarrte, erstarrte ich erneut, doch dann hörte ich, wie sich eine andere Tür schloss, und wusste, dass er ins Gästezimmer zurückgekehrt war. Mit dem Handtuch. Ich konnte aufatmen.

Als ich BH und Slip ausgezogen hatte, holte ich Toms geliebtes »Captain Awesome«-Shirt unter dem Kissen vor und streifte es über. Plötzlich fühlte ich eine Art Bedauern. Es war schon sehr lange her, dass mich jemand in den Arm genommen und geküsst hatte. Ich vermisste die zärtliche Berührung der Haut eines geliebten Menschen. Weil die Sehnsucht danach übermächtig wurde, schlang ich die Arme zum Trost um mich selbst.

Nebenan lag jemand, der mich ohne zu zögern in sein Bett lassen würde. Es wäre alles ganz einfach, an keine Bedingungen geknüpft, keine Verpflichtungen, ganz entspannt – das hatte er selbst gesagt. Es könnte vielleicht sogar richtig gut werden. Aber war es das, was ich wollte?

Was wollte ich denn? Gute Frage. Während ich auf dem

Bett saß und in den von den Großstadtlichtern hell erleuchteten Nachthimmel hinaussah, hörte ich eine innere Stimme sagen: »Du willst einen netten Mann, der verlässlich ist und dem du vertrauen kannst!« Doch mein Herz rief: »Halt mich ganz fest! Liebe mich! Lass mich nie wieder gehen!«

Ich überlegte, was Tom mir geraten hätte. Er hielt Hugh Grant zwar für einen elenden Wichser, trotzdem hätte er wahrscheinlich gesagt: »Entscheide dich richtig. Und verschwende die Zeit nicht damit, unglücklich zu sein.«

Vor dem Schlafengehen wollte ich die Vorhänge zuziehen und schleppte mich mit letzter Kraft zum Fenster. Als ich zufällig hinausblickte, erstarrte ich zur Salzsäule. Dann griff ich hektisch nach meinem Bademantel neben der Kommode, warf ihn über und raste mit einem Affenzahn aus der Zimmertür, den Flur entlang.

Plötzlich wurde die Badezimmertür aufgerissen, und Marcus trat heraus. Ich hätte ihn fast umgerannt.

»Allmächtiger!«, rief ich erschrocken. Und dann schrie ich auf: »Grundgütiger!«

Denn Marcus war nackt. Splitterfasernackt. Ohne Handtuch. Ich wusste nicht, wo ich hinsehen sollte, obwohl ich verschiedene Möglichkeiten gehabt hätte.

»Was ist denn um Himmels willen los? Wo rennst du hin?«, fragte er.

»Was machst du denn?« Ich hielt mir eine Hand vor die Augen. »Warum benutzt du kein Handtuch wie jeder normale Mensch? Man kann es sich auch um die Lenden wickeln.«

»Es ist ein wenig schmutzig geworden.«

Ich hatte keinen Nerv weiterzufragen, sondern versuchte, seine Nacktheit zu ignorieren und seitlich an ihm vorbei die Treppen hinunterzugehen.

»Darrell!«, rief er mir nach. »Wo willst du denn hin?«

»Bin gleich wieder da!«, rief ich nach oben und rannte aus der Tür.

Ohne zu schauen, überquerte ich die Straße und ließ mich vor Big Man auf die Knie fallen, der auf der armseligen kleinen Grünfläche vor dem Wohnungskomplex kauerte. Sein Kopf hing ihm schwer auf dem Brustkorb, seine Beine waren weit gespreizt. Ich schüttelte ihn an den Schultern.

»Du lieber Gott, was ist denn los mit Ihnen?«

Er hob abrupt den Kopf und atmete rasselnd. Ich erschrak.

Seine Lider zuckten, als versuchte er vergeblich, sich zu besinnen und mich einzuordnen.

»Ach, Sie sind das. Was machen Sie hier?«

Erleichtert ließ ich mich neben ihn ins Gras fallen. »Bin ich froh, dass Sie am Leben sind!«

»Wieso das denn? Sehe ich vielleicht aus wie eine Leiche?«

»Ja genau. Von meinem Fenster dort oben aus schon.«

»Dort oben?« Er hob den Kopf und verfiel in Schweigen. Ich folgte seinem Blick zu meinem Schlafzimmerfenster und schwieg auch.

»Weiß er, dass wir ihn sehen können?«, fragte Big Man.

»Ich glaube, das ist ihm egal.«

»Hmm, kann ich verstehen.«

Marcus machte sich am Fenster meines Zimmers zu schaffen, das er nach kurzem Kampf auch aufbekam. Er lehnte sich nach draußen. »Darrell, was zum Teufel geht hier vor?«

»Genau, was geht hier vor?«, leitete ich die Frage an Big Man weiter. »Warum sitzen Sie hier mitten in der Nacht?«

»Ich war einkaufen.« Erst jetzt sah ich die Plastiktüten hinter ihm. »Es war wohl etwas anstrengender, als ich dachte.«

»Warum gehen Sie denn nachts um halb zwei einkaufen? Der durchgehend geöffnete Supermarkt ist doch meilenweit entfernt?«

Er sah mich bockig an. »Ich hasse Menschenmengen.«

»Aber Sie können doch nicht ...!« Ich gab's auf, seufzte leise und wechselte das Thema. »Wann wurden Sie denn entlassen?«

»Heute Morgen.« Und mit einem Schulterzucken fügte er trotzig hinzu: »Ich brauche ja was zu essen.«

»Haben Sie denn niemand, der das für Sie erledigen kann?«

Wieder dieser aufmüpfige Blick. Er öffnete den Mund, und ich erwartete einige weniger freundliche Worte, aber stattdessen hörte ich: »Darrell!«

Es kam von oben. »Geh zurück ins Bett«, rief ich. »Alles in Ordnung hier, ich werde nur noch eben B... ähm, Mr Hogan helfen, die Einkäufe in seine Wohnung zu tragen.«

»Das werden Sie nicht«, erwiderte Big Man mühsam nach Luft ringend, während er versuchte, sich zu erheben. Ich reichte ihm meine Hand, aber er schlug sie aus.

»Hey!«, rief Marcus vom Fenster aus. »Warte, ich komme runter.«

Zweifellos war er geübt darin, sich in Sekundenschnelle anzuziehen, denn nach kaum zwei Minuten stand er neben uns und blickte auf Big Man, der sich vergeblich mühte, auf die Beine zu kommen.

»Sie können gleich wieder verduften«, teilte er Marcus mit. »Und nehmen Sie die gleich mit.«

»Jetzt aber mal langsam.« Marcus hatte die Fassung wiedergewonnen und schien den Vorgängen um ihn herum amüsiert zu folgen. »Ein bisschen mehr Höflichkeit, wenn ich bitten darf, oder Sie verbringen die Nacht hier draußen.«

»Ich komme schon wieder auf die Beine«, knurrte Big Man, versuchte es und versagte. Leise fluchend starrte er uns feindselig an.

Marcus starrte erst schweigend zurück, dann reichte er ihm die Hand. Big Man sah aus, als würde er ihm am liebsten jeden Knochen einzeln brechen. Doch dann ergriff er sie. Mit einem Schwung half Marcus dem Älteren auf die Beine. Als er merkte, wie riesig Big Man war, zuckte er kurz zusammen. Doch der Koloss war gefechtsunfähig und allem Anschein nach nicht einmal in der Lage, alleine zu gehen.

Ich bückte mich nach den Tüten, die erstaunlich schwer waren. Ich schaute nach und sah nur einen Haufen Dosen.

»Okay, wo geht's lang?«, fragte ich.

Big Man schaute erst mich an, dann Marcus, dann die vollen Tüten. »Verdammt«, murmelte er und zeigte vage Richtung geradeaus. »Zweiter Aufgang, dritter Stock.«

Marcus machte einen Schritt auf ihn zu. »Und wenn Sie es wagen, auch nur meinen Arm zu berühren, dann breche ich Ihnen alle Knochen«, warnte ihn Big Man.

»Das trifft sich gut. Denn mir wäre es ein außerordentlich großes mitternächtliches Vergnügen, Sie erneut auf den Hintern fallen zu sehen«, erwiderte Marcus fröhlich. »So viel dazu.«

Der zweite Aufgang war schlecht beleuchtet, und es roch wie in einem Pissoir. Marcus und ich sahen uns an.

»Bitte nach dir«, sagte Marcus. »Ich halte dir den Rücken frei.«

»Ach, du Held«, sagte ich spöttisch.

»Was ist? Wollen Sie hier die ganze Nacht rumstehen?«, knurrte Big Man. Wir gingen hinein.

Marcus hatte schon den Finger ausgestreckt, um den Aufzug zu holen, fragte dann aber sicherheitshalber: »Bringt das was?«

»Ja, er funktioniert. Jedenfalls hat er das, als ich aus dem Haus ging.« Big Man hatte sich gegen die Wand gelehnt. Vielleicht ließ das graue Licht sein Gesicht so fahl wirken, aber auf seiner Haut hatte sich auch ein dicker Schweißfilm gebildet. Der Aufzug rumpelte heran, man hörte das Signal, und die Tür ging mit einem lauten Rattern auf. Marcus ging als Erster hinein und stellte sich in die Tür, damit sie nicht schloss. Ich machte eine Geste, dass er warten sollte.

»Sind Sie so weit, oder möchten Sie noch kurz verschnaufen?«

Big Man schüttelte den Kopf, richtete sich mühsam auf und schleppte sich vorsichtig in den Aufzug. Marcus drückte auf den Knopf, und das Ding setzte sich mit einem Ruck in Bewegung. Ich versuchte, über die scheußlichen Graffiti hinwegzusehen, und mied jeden weiteren Blickkontakt mit dem braunen Haufen in der Ecke.

»Nicht schlecht«, sagte Marcus. »Sharleeze aus Wohnung 454 ist bereit, allen einen zu blasen. Sehr sozial von ihr.«

Der Aufzug hielt, und die Tür öffnete sich mit einem ächzenden Schaben, das mir durch Mark und Bein ging.

Wieder stellte sich Marcus in die Tür, und ich sah Big Man fragend an. »Nach rechts oder links?«

Er zeigte nach rechts. Sein fahles Gesicht war noch fahler, und er schwitzte heftiger. Marcus runzelte besorgt die Stirn. Doch keine zehn Pferde hätten Big Man dazu gebracht, Marcus' Hilfe anzunehmen, daher bot er sie auch nicht mehr an. Im Schneckentempo folgten wir Big Man den Flur entlang bis zur Wohnung Nummer 312.

Big Man suchte seinen Schlüssel, und es dauerte endlos, bis er ihn dann ins Schloss gefummelt hatte. Ich biss mir auf die Unterlippe und wartete geduldig. Als es vollbracht war, sagte Big Man: »Stellen Sie die Tüten da vor die Tür, ich trage sie selbst hinein.«

»Seien Sie nicht albern«, sagte ich. »Sie können sich ja kaum auf den Beinen halten.« Entschlossen erkämpfte ich mir meinen Weg in Big Mans Wohnung.

Etwa eine Minute später sprach Marcus das aus, was ich dachte. »Meine Güte, wie kann man nur so hausen?«

Die Wohnung glich einer Müllkippe. Nein. Denn auf einer Müllkippe herrschte noch ein wenig Ordnung. Es gab Planierraupen, die emsig kleine Müllstapel bildeten, Recyclingcontainer, Männer, die Anweisungen gaben und einen zum richtigen Abladeplatz dirigierten. So gesehen war Big Mans Wohnung wirklich keine Müllkippe. Eher schien es, als hätte man vor Jahren die Decke seiner Wohnung aufgebrochen, um den Müll der ganzen Welt durch das Loch bei ihm hineinzuschütten. Aus dem Abfallmeer ragte nur noch ein Stuhl heraus, die Herdplatte war sichtbar, und wahrscheinlich hätte man im Bad auch noch den Toilettensitz erkennen können. Alles andere war mit Unrat übersät. Alte Zeitungen und Zeitschriften, Pappkartons, aufgerissene Umschläge, Rechnungen, vergilbte Bücher mit Eselsohren, gebrauchtes Wegwerfgeschirr, Plastiklöffel, leere Kaffeebecher aus Pappe, Pizzakartons, Tetrapaks, Coladosen, Konservendosen, Orangenschalen, eine alte Socke, Plastiktüten, abgenagte Äpfel, gebrauchte Servietten, Telefonbücher, eine zerbrochene Brille, Müslischalen mit eingetrockneten Resten, verkrustete Pfannen, ein alter schimmliger Schuh, anderes verschimmeltes Zeug, das ich nicht genau identifizieren konnte – und das war nur mein erster flüchtiger Eindruck! Ich war entsetzt.

Big Man schaffte es zum einzigen Stuhl auf der Halde und ließ sich darauf nieder. Sein Kopf hing ihm schwer zwischen den Schultern, und er versuchte, Luft zu bekommen. Als er so weit war, hob er den Blick und starrte uns hasserfüllt an. »Ich habe Sie nicht hereingebeten. Also hauen Sie jetzt endlich ab.«

Ich überhörte es und sagte: »Hier gibt es ja nicht einmal einen Platz für die Tüten. In dieser Unordnung kann man doch nicht wohnen!«

»Ich habe Sie um nichts gebeten.«

»Sogar Serienmörder leben in geordneteren Verhältnissen! Jeffrey Dahmer hielt seine Wohnung immer tiptop in Schuss – und dabei bewahrte er zerstückelte Leichenteile im Gemüsefach seines Kühlschranks auf.«

»Darrell, lass den Mann in Ruhe«, hörte ich Marcus sagen.

Ich drehte mich zu ihm um. »Wie könnte ich das? Wir dürfen ihn doch nicht einfach hier vor sich hin vegetieren lassen.«

»Es ist seine Wohnung und seine Entscheidung. Er ist alt genug.«

»Aber es gelten doch bestimmt gewisse Regeln und Sauberkeitsstandards für Sozialwohnungen«, rief ich entgeistert.

»Wenn sich nie jemand beschwert, wird sich keiner drum kümmern.«

»Wie kann das denn sein?« Doch dann schaute ich hinüber zu Big Man und hielt meinen Mund. Die Wohnung roch nur nach kaltem Rauch. Den gröbsten Abfall schien er zu entsorgen. Er bezahlte pünktlich seine Miete und machte keinen Ärger. So gesehen war er wahrscheinlich ein vorbildlicher Mieter.

Wütend sah Big Man uns an. So viele Jahre lang konnte er sein Geheimnis hüten, und nun wurde er durch unser Eindringen ungewollt bloßgestellt. Plötzlich verspürte ich heftiges Mitgefühl.

»Wo soll ich das hinstellen?«, fragte ich und hielt die Tüten hoch.

Er zuckte mit den Schultern.

Ich bahnte mir einen Weg zur Küchenzeile, fand aber keinen Abstellplatz. In einem Hängeschrank, den ich zufällig öffnete, sah ich ein leeres Regal. Ich erkannte sofort, dass das der Platz für die Dosen war, von denen er sich ernährte. In den Tüten waren genau vierzehn Stück: Baked Beans, Spaghetti in Tomatensoße, Baked Beans mit Würstchen. Eine mittags, eine abends, für eine Woche. Ich räumte die Dosen ein und schloss den Schrank.

Marcus deutete mit einer Kopfbewegung zur Tür.

Big Man saß zusammengesunken auf seinem Stuhl, hatte aber mittlerweile eine etwas gesündere Gesichtsfarbe, und sein Atem ging wieder regelmäßig. Doch obwohl er für die nächste Woche nun versorgt war, fiel es mir schwer, ihn einfach alleine zu lassen.

Mit der Hand an der Klinke stand Marcus an der Wohnungstür. »Komm, Darrell. Wir müssen gehen.«

»Soll ich Ihnen Morgen früh einen Kaffee vorbeibringen?«, fragte ich zaghaft.

Eine Sekunde lang sah er mich verblüfft an. Dann setzte er wieder seinen zornigen Gesichtsausdruck auf. »Wagen Sie es ja nicht, noch einmal herzukommen. Sonst mach' ich Sie fertig.«

»Reißen Sie sich zusammen, Sie übellauniger alter Sack«, rief Marcus. »Sie wird nicht wiederkommen, keine Sorge. Stimmt's, Darrell?«

Ich mied Marcus' Blick und verließ die Wohnung, ohne noch einmal zurückzuschauen. Als wir durch den dunklen Flur zum Aufzug liefen, spürte ich Marcus' Blick in meinem Rücken.

»Du wirst es bitter bereuen«, sagte Marcus, als wir unten ankamen. »Er will deine Hilfe nicht.«

Ich ignorierte ihn. Schweigend liefen wir zurück zu meinem Haus. Er lachte leise in sich hinein, während wir die Straße überquerten. Als wir vor meiner Tür standen, war ich gezwungen, mit ihm zu reden. »Mist! Ich hab den Schlüssel vergessen!«

Er hielt ihn in der Hand. »Nennen wir es Vorsicht. Oder besser: großes Glück. Ich hab ihn auf der Ablage im Flur liegen sehen. Ich nehme deinen Dank liebend gerne an.«

Die Ruhe und Ordnung in meiner Wohnung taten gut. Trotzdem fingen meine Knie plötzlich an zu zittern. Ich musste mich sofort setzen, ließ mich einfach auf die Treppenstufen sinken. Vor Erschöpfung rieb ich mir das Gesicht, doch meine Hände waren ganz klebrig. Marcus stieß einen kleinen Seufzer aus und setzte sich neben mich. Es war ziemlich eng auf der Stufe. Ich fühlte seinen Körper dicht an meinem und war für die Wärme und den Halt unerwartet dankbar.

»Hat dich der Zustand der Wohnung so mitgenommen? Oder gibt's noch einen anderen Grund?«

Ich konnte ihm die Frage nicht beantworten. Keine Ahnung.

Er zögerte, bevor er fragte: »Hast du etwas dagegen, wenn ich dich kurz in den Arm nehme?«

Die Frage entlockte mir ungewollt ein kleines Lachen. Ich schüttelte matt den Kopf. Er umarmte mich und zog mich näher zu sich heran. Mein Kopf ruhte plötzlich an seiner Schulter, und er drückte seine Wange an mein Haar. Ein leichter Nikotingeruch wehte mir um die Nase, den ich aber nicht unangenehm fand.

»Ich kann ihm wohl nicht helfen, stimmt's?«

»Ich fürchte nicht.«

Ich richtete mich auf und sah ihm in die Augen. »Aber warum tut er sich das an? Wieso lebt er so?«

Marcus schaute nachdenklich. »Es ist allein seine Entscheidung. Keiner zwingt ihn dazu. Warum machst du dir so viele Gedanken um ihn?« Er kniff die Augen zusammen. »Warum ausgerechnet er? Woher kennst du ihn überhaupt?«

»Ich kenne ihn kaum«, sagte ich. »Ich weiß nur, wie er heißt, mehr nicht.«

»Warum nimmt dich das so mit?«

Weil er überlebt hat, schoss es mir plötzlich durch den Kopf. Weil er dem Tod von der Schippe gesprungen war und eine zweite Chance bekommen hat.

»Ich muss dir was sagen«, sagte ich.

»Ich höre.«

»Ich war früher verheiratet. Mein Mann ist gestorben.«

Marcus wurde ganz still, er atmete tief ein und aus. Nach einer langen Pause sagte er: »Ich kann mir nicht vorstellen, wie das ist. Wie man einen solchen Verlust verkraften soll.«

»Es ist die Hölle. Man denkt, der Schmerz geht nie vorüber. Sobald man meint, er würde ein bisschen nachlassen – whammm! –, kommt er mit voller Intensität zurück. Und das Schlimmste daran ist, es geht alles wieder von vorne los: die Wut, die Hilflosigkeit und die Trauer. Wenn es gleichmäßiger verteilt wäre, wäre es vermutlich nur halb so qualvoll.«

»Wann ist das passiert?«

»Vor genau einundzwanzig Monaten und drei Tagen.«

»Oje.«

»Tut mir leid.«

Er starrte mich fassungslos an. »Was tut dir leid?«

»Dass ich uns den Abend verdorben habe.«

Leise lachend schloss er mich noch ein wenig fester in die Arme.

»Glaub mir, mein Engel, ich habe heute Abend so viel Spaß und Spannung erlebt wie schon seit einer halben Ewigkeit nicht mehr. Bier, Fritten, Spaß haben und als Krönung des Abends noch eine mitternächtliche Heilsarmeeaktion. Ich kann mich wirklich nicht beklagen.« Er küsste mich auf die Schläfe. »Danke schön.«

Mein Verlangen nach ihm war plötzlich so groß und unbezähmbar, dass ich seinen Kopf zu mir herunterzog und ihn leidenschaftlich auf den Mund küsste. Eine Millisekunde zögerte er überrascht, doch dann küsste er mich ebenso stürmisch zurück.

Nach einigen Sekunden jedoch …

»Darrell …«, er wich zurück. Ich wollte ihn wieder zu mir ziehen, aber er hielt mich an der Schulter fest, um Abstand zu halten.

»Ich kann es selbst kaum glauben, dass ich das jetzt sage. Aber ich fürchte, das ist keine gute Idee.«

Für den letzten Satz hätte ich ihm fast eine gescheuert vor Enttäuschung. Mein Verlangen war so stark – wie konnte er mir das antun? Bei jeder anderen zierte er sich doch sicher nicht, das war nicht fair! Aber ich würde ihn schon noch herumkriegen. Heute Nacht gehörte er mir.

Als ich erneut die Hand nach ihm ausstreckte, packte mich das kalte Grausen. Was tat ich denn da? War ich aus purer Verzweiflung plötzlich zur gemeingefährlichen Irren mutiert? Sofort legte ich die Hand zurück in den Schoß und versuchte, ruhig zu atmen.

»Tut mir leid«, brachte ich noch heraus. »Noch mal.«

Er seufzte leise. »Wenn es dich tröstet: Das Bedauern ist ganz meinerseits.«

Ich lächelte etwas gequält. »Es gibt auch noch frische Handtücher.«

Auch er verzog nun den Mund zu einem schiefen Grinsen und sah ein wenig jämmerlich drein. »Ach, das tut mir leid! Die Vorstellung, dass du nur zehn Schritte von mir entfernt gerade dabei bist, dich auszuziehen, hat mich völlig geschafft. Ich werde das Handtuch reinigen lassen. Versprochen.«

Seltsamerweise überkam mich nun ein Gefühl der Erleichterung und Verbundenheit. Ich musste mein Urteil über ihn zurücknehmen. Er war kein Mistkerl. Er war wirklich in Ordnung, auch wenn ihm jegliche Bescheidenheit fehlte und er sich sogar in meinem Gästebett einen runtergeholt hatte. Eigentlich war er ziemlich geduldig und liebenswürdig und hatte nicht einmal die Situation schamlos ausgenutzt, als ich übergeschnappte Irre mich ihm an den Hals werfen wollte.

»Schon gut«, sagte ich mit einem matten Lächeln.

Auch er lächelte, dann schaute er auf die Uhr. »Du meine Güte, es ist schon nach drei!« Er atmete geräuschvoll aus. »Lohnt sich ja kaum mehr, ins Bett zu gehen.«

Wieder spürte ich einen Anfall von Sehnsucht und hätte ihn am liebsten erneut an mich gezogen. Mühsam unterdrückte ich den Drang.

Marcus beobachtete mich. »Schon wieder dieser Comicmund?«

»Wirklich? Hab' ich gar nicht gemerkt.«

»Darrell ...« Er zögerte. »Ich muss dir auch was gestehen. Einer der Gründe, warum ich eine Frau neben mir im Bett brauche, ist der, dass ich mich nur dann ein wenig geborgen fühle. Ist vermutlich einer dieser seltsamen Triebe, die Freud mal analysiert hat. Oder die Folge der jahrelangen Tortur, meine Nächte allein in eisenharten Internatsbetten zu verbringen, immer auf der Hut vor den kleinen Scheißern in den Nachbarbetten, die mir bei erstbester Gelegenheit an die Gurgel wollten.«

Er sah meinen erstaunten Blick. »Nun ja, also worauf ich hinauswill ist ... Kann ich bei dir schlafen? Ich meine natürlich nur richtig schlafen«, fügte er rasch hinzu. »Kein Gefummel, nichts Amouröses, Ehrenwort.«

Ich sah ihn erst schweigend an, dann sagte ich: »Klingt verdammt nach senilem Tattergreis, ist dir das klar?«

»Dann sag' eben Nein«, erwiderte er. »War nur eine Frage.«

Nein wäre die richtige Antwort, das wusste ich. Das heißt, mein Verstand wusste es. Bauch und Herz und alles, was sonst noch stimmberechtigt war, jedoch …

»Also gut«, sagte ich. »Aber keinen Handtuchmumpitz oder andere nackte Spielereien. Du kannst ein T-Shirt von mir haben, und du lässt die Unterhose an.«

Er erhob sich und reichte mir die Hand, um mir beim Aufstehen zu helfen.

»Und wenn du es wagst, über mich herzufallen, dann säge ich ihn ab. Mit der Nagelfeile.«

»Jetzt ist Schlafenszeit.« Er führte mich galant nach oben. »Bitte keine finsteren Drohungen mehr bis nach dem Frühstück.«

# 13

»Flynn, er heißt Flynn – Ire, leicht verschrobener Typ.«

»Hier arbeitet ein Doktor Gabriel Flynn.«

»Das ist er.«

»Moment, ich stelle Sie durch ...«

Ich wollte gerade auflegen, weil ewig lang niemand abhob, als eine müde, angeschlagene Stimme »Flynn!« in den Hörer bellte.

Da ich nicht mehr darauf gefasst war, fing ich an zu stammeln. »Ah! – Oh. Also, hören Sie, hier ist ...«

»Miss Kincaid!« Die Stimme klang jetzt erfreut. »Was kann ich für Sie tun?«

»Woher wissen Sie, wer dran ist?«, fragte ich verblüfft.

»Ich kann eins und eins zusammenzählen. Ein reizender neuseeländischer Akzent plus ein Mr Hogan, der sich ohne ärztliches Einverständnis einfach selbst aus dem Krankenhaus entlassen hat, obwohl es mir schleierhaft ist, wie er hier unbemerkt rauskam, so riesig, wie er ist ...«

»Er wurde also nicht offiziell entlassen?« Mir wurde ganz schlecht. »Ich mache mir große Sorgen um ihn. Es geht ihm überhaupt nicht gut, aber er hat niemanden, der sich um ihn kümmert.«

»Miss Kincaid«, seufzte er, »was soll ich denn tun? Das Sozialamt einschalten?«

»Bloß nicht!«

»Hören Sie!« Er wurde lauter. »Ich kann ihm nicht helfen, auch wenn Sie das von mir erwarten. Ich stecke bis zum Hals in Arbeit mit all den hoffnungslosen Fällen, ich brauche wirklich keine Zusatzaufgabe.«

Ich hörte den gereizten Unterton heraus.

»Sie hatten wohl einen sehr anstrengenden Vormittag?«, fragte ich einfühlsam.

Kurze Pause. »Ja, aber die Einzelheiten möchte ich Ihnen ersparen. Es reicht, wenn einer nachts nicht mehr schlafen kann.«

»Das tut mir leid.«

Er stieß einen leisen Seufzer aus. »Aber ich soll Ihnen trotzdem helfen, nicht wahr?«

»Ich lade Sie auf einen Drink ein.«

»Danke, aber ich trinke nicht.«

»Dann auf ein Abendessen?« Ich blieb hartnäckig. »Allerdings reicht es wahrscheinlich nur für Pizza.«

»Pizza? Was für ein Luxus! Seit Wochen ernähre ich mich nur noch von Chips und Fanta. Mir werden bald sämtliche Zähne ausfallen.«

Ich schlug ihm ein Lokal in der Essex Road vor. »Um sieben? Oder ist das zu früh?«

»Ich hab in den letzten drei Nächten insgesamt höchstens zehn Stunden geschlafen. Halb sieben wäre mir noch lieber. Und wundern Sie sich nicht, wenn mein müdes Haupt um Viertel vor sieben bereits in die Quattro Stagioni gesunken ist.«

Was für ein Morgen! Wo soll ich bloß beginnen? Am besten am Anfang …

Als mich der von Marcus gestellte Wecker um halb sieben aus dem Schlaf riss, stellte ich sofort zwei Dinge fest. Erstens: Marcus hatte während der Nacht T-Shirt und Unterhose ausgezogen und lag splitternackt neben mir. Zweitens: Ein Ding mit den gefühlten Ausmaßen einer Boeing 737 presste sich an meine Schenkel.

Ich war stinksauer. Auf ihn, weil er so dermaßen schamlos war. Und auf mich, weil ich mich auf den Schwachsinn eingelassen hatte. Ich hätte im Grunde sofort aufstehen und den Raum verlassen müssen. Stattdessen setzte ich mich im Bett auf und tippte ihn hart an der Schulter an.

»Hmmm? Was'n …?« Er schreckte auf, rieb sich schläfrig die Augen und versuchte, zu sich zu kommen.

»Was fällt dir ein? Und wo sind deine Kleider?«, fragte ich streng.

Er hob den Kopf und schaute sich etwas desorientiert um. »Keine Ahnung, es war mir einfach zu warm heute Nacht.«

»Du drückst dich an mich.«

»Was drücke ich?«

Ich deutete mit dem Kopf auf die verräterische zeltartige Erhebung im Laken. Er sah unter der Decke nach. »Ach so, das. Tut mir leid, das hab ich nicht unter Kontrolle.« Er grinste über beide Backen. Dann richtete er sich auf und setzte sich neben mich. »Sorry. Bitte lass die Nagelfeile stecken!«

Ich konnte wirklich nicht anders. Mein Blick wurde magisch angezogen. »Das steht da immer noch.«

Er zog eine Grimasse. »Tja, ich brauche wohl gleich mal eine eiskalte Dusche, sonst tut das beim Pinkeln höllisch weh.«

Ich wusste nicht, was mit mir los war, denn in mir tobte der Kampf meines *Lebens*. Innerlich war ich völlig gespalten. Die eine Darrell war vernünftig, zurechnungsfähig und schlau, die andere vollkommen verrückt. Mein Körper drohte zu explodieren, das Blut pulsierte wie heiße Lava durch meine Adern, und meine Haut glühte. Von meinem Herzen ganz zu schweigen. Die Herzschläge wären mit herkömmlichen Instrumenten nicht mehr messbar gewesen.

Ich wollte ihn haben. Unbedingt. Sonst würde ich für entflammbare Stoffe im Umkreis von zehn Kilometern nicht mehr garantieren können. Niedrige Beweggründe ließen mich nach diesem erigierten Monstrum gieren, mit dem ich furchtbar schmutzige Dinge tun wollte. Es war schon so lange her, ich konnte mich kaum erinnern, wann ich zum letzten Mal Sex gehabt hatte. Ich wollte ihn. Jetzt sofort!

Ich legte meine Hand auf seinen Schwanz.

Er schnellte hoch. »Wow!« Dann schaute er mich erstaunt an. »Ganz sicher?«

»Nein«, sagte ich, »also frag mich nicht noch einmal.«

Sanft ließ ich meine Finger über seine mächtige Erektion gleiten.

Er schloss die Augen. »Wow, das ist gut.«

Dann riss ich mir den Slip vom Leib und setzte mich rittlings auf ihn. Doch gerade als ich ihn eindringen lassen wollte, ergoss sich über mich ein eiskalter Schauer der Vernunft.

»Ach, leck mich!«

»Aber gerne, wenn du das wünschst!«

»Nein, ich meine ... wir sollten ...«

Er hob fragend eine Braue. »Was? Lieber mit Handschellen? Oder ein flotter Dreier?«

»Verhüten!« Ich rutschte ein Stück weiter nach unten und setzte mich auf seine Schenkel. »Ich habe aber nichts hier.«

»Ganz zufällig ...« Er griff neben sich auf den Nachttisch und wedelte grinsend mit einem in Folie geschweißten Teil.

Dann sah er mein Gesicht, und sein Grinsen erlosch.

»Ich dachte, du hättest vielleicht eins in der Brieftasche oder Jackentasche dort drüben auf dem Stuhl. Nein! Direkt neben dem Bett liegt es griffbereit. Und das schon die ganze Nacht!« Ich war fassungslos.

»Oh Gott! Bitte nicht falsch verstehen! Ich hätte im Traum nicht daran gedacht ... wirklich! Denn meine Grundregel lautet: Ohne Erwartungen gibt es auch keine Enttäuschungen.«

»Und warum liegt der Gummi dann gleich neben meinem Bett?«

»Weil meine zweite Grundregel lautet: Sei immer vorbereitet. Wenn es dann passiert, gibt es auch keine Enttäuschungen.«

Er schaute mich flehend an. »Bitte nicht aufhören! Bitte nicht! Ich bin so hart, ich explodiere gleich. Sonst muss ich noch ein Handtuch holen.«

Sekundenlanges Schweigen.

»Also gut«, sagte ich dann.

Noch nie hatte ich einen Mann so schnell ein Kondom überstreifen sehen. In Windeseile war er startklar. Seine Hände glitten unter mein T-Shirt und streichelten mich sanft, bis sie oben an meinem Busen ankamen. Ich spürte seine Finger auf meiner Haut so intensiv, dass ich dachte, ich würde vor Lust zerspringen. Wie hatte ich das vermisst! Die warmen Hände eines Mannes auf meiner nackten Haut …

»Ich glaube, Captain Awesome brauchen wir im Moment nicht«, hauchte er und zog mir das Shirt über den Kopf. »Schau sich einer diese Prachtexemplare an. Göttlich.«

»Und alles echt«, sagte ich.

»Wunderschön«, flüsterte er. »Komm her …«

Liebe Leser, was soll ich sagen? Es war fantastisch. Es war großartig, weil er einfach wahnsinnig gern Sex hatte. Er tat alles, um sich und mir ein Höchstmaß an Vergnügen zu bereiten. Noch lange nachdem ich gekommen war, gingen rauschhafte Wellen der Lust durch meinen Körper. Nur widerwillig kehrte ich zurück aus dem samtenen, wollüstigen Wunderland, in das er mich geschickt hatte. Er schaute auf mich hinab und lächelte.

»Großartig. Wenn du dann so weit bist, würde ich mich gerne anschließen.«

Ich schlang meine Beine um seine Hüften und presste meine Fersen gegen seinen schönen knackigen Hintern.

»Genau so«, flüsterte er. »Ganz fest. Und los geht's …«

Danach lagen wir noch lange schweißgebadet und eng ineinander verschlungen auf dem Bett. »Das nenne ich einen gelungenen Einstieg in den Tag«, sagte er.

Plötzlich hob er den Kopf und horchte. »Was ist das? Da ist jemand an der Tür.«

»Die Handwerker«, seufzte ich leise.

»Was tun die hier?«

»Einen Anbau zimmern. Die Küche soll größer werden. Danach ist das Badezimmer dran. Alles auf Wunsch meiner schwangeren Vermieterin.«

Marcus rollte sich von mir herunter und griff nach seiner Uhr. »Es ist ja noch nicht einmal sieben!«

»Tja, das Handwerk beginnt eben sehr früh am Tag mit der Arbeit«, sagte ich resigniert.

Er ließ sich in die Kissen zurücksinken. »Und vermasselt uns so eine Zugabe.« Er stieß einen langen Seufzer aus und setzte sich dann aufrecht hin. »Okay, Zeit für eine Dusche.«

Doch bevor er sich aus dem Bett schwingen konnte, hielt ich seinen Arm fest. »Kann ich dich jetzt etwas fragen, bevor es irgendwann zu peinlich wird, diese Frage zu stellen?«

Er grinste. »Leg los!«

»Gut. Zuerst würde ich gern wissen, wie du mit Nachnamen heißt.«

»Reynolds.«

»Wie der Maler?«

»Ja, aber wir sind weder verwandt noch verschwägert.«

»Seid ihr wirklich adlig?«

»Das sind ja schon zwei Fragen! Ja, sind wir. Rein technisch gesehen.« Er zog eine Grimasse. »Hör mal, ich muss jetzt aber dringend aufs Klo.«

Ich ließ seinen Arm los und sah ihm nach, wie er zur Tür ging und dann – hinaus! Völlig nackt! Ungeniert ob der fremden Leute, die im Haus waren. Er war wirklich unmöglich.

Ich verzichtete wegen der Handwerker aufs Duschen, noch einmal wollte ich es nicht riskieren, mit strähnigem nassem Haar und roten Flecken im Gesicht in der Küche zu erscheinen. Unwillig rollte ich mich aus dem Bett, um mich anzuziehen. Auf dem Boden lag das Shirt, das ich

Marcus geliehen hatte. Zwei Schritte weiter lagen Unterhosen. Ich hob sie auf. Armani.

»So.« Er war zurückgekommen und hatte anstandshalber wenigstens die Tür hinter sich geschlossen. »Ich sollte vielleicht etwas anziehen.« Er sah auf seine Unterhose in meiner Hand. »Wirf sie rüber, Engel.«

»Du ziehst die noch mal an?«

»Falls du nicht zufällig eine frische herumliegen hast, ja.«

»Du könntest ohne Unterwäsche gehen.«

»Nicht in diesen Hosen«, sagte er lachend. »Der raue Wollstoff reibt furchtbar an den empfindlichen Stellen.«

Er war längst angezogen, als ich noch meine Bluse zuknöpfte. Wahrscheinlich hatte er die Kunst des blitzschnellen Ankleidens auf der Flucht vor den bereits erwähnten eifersüchtigen Ehemännern gelernt, dachte ich grimmig.

Als hätte er meine Gedanken erraten, kam er auf mich zu und legte mir zärtlich die Hand auf die Schulter. »Ich danke dir, mein Engel. So viel Großzügigkeit habe ich gar nicht verdient.« Dann beugte er sich zu mir hinab und gab mir einen langen Kuss. Er schlang seine Arme um mich, und der Kuss wurde noch leidenschaftlicher, während seine warmen Hände von hinten unter meine Bluse glitten und mir erneut lustvolle Schauer den Rücken hinunterliefen. Ich spürte, wie er wieder hart wurde.

Von unten dröhnte das schrille Kreischen einer Kreissäge herauf und trennte uns.

»Herrgott!« Marcus war zusammengezuckt. »Die Erscheinung meiner toten Großmutter würde mich wahrscheinlich weniger abtörnen als dieser Lärm.«

»Bedaure sehr. Aber dafür lassen sie Punkt fünf den Hammer fallen.«

Ich hatte es eigentlich selbst nicht als Anspielung gemeint, doch er ging auch nicht darauf ein, sondern ließ mich mit meiner halb hochgezogenen Bluse stehen, nahm sein Jackett vom Stuhl und zog eine Schachtel Zigaretten und ein silbernes Feuerzeug heraus. Ich war verdutzt, weil ich mittlerweile schon fast vergessen hatte, dass er rauchte.

Er sah meine überraschte Miene und sagte entschuldigend: »Ich rauche nur noch zwei am Tag. Eine vor dem Frühstück und eine vor dem Lunch.«

Ich strich meine Bluse glatt. »Warum hörst du nicht ganz auf?«

»Weil ich gern rauche. Aber es ist eines der Laster, dem man definitiv nur in Maßen frönen sollte.«

Er sah aus dem Fenster. »Ich gehe raus zum Rauchen.« Mit einem breiten Lächeln verabschiedete er sich. »Bis gleich.«

Fünf Minuten später kam ich nach unten in die Küche. Anselo war im Hof. Als er mich hörte, sah er auf. Ich winkte ihm kurz zu und schaltete den Wasserkocher an. Dann bückte ich mich, um den Toast aus dem Kühlschrank zu holen, und als ich mich wieder erhob, stieß ich fast mit ihm zusammen.

»Die Küche ist wirklich extrem klein«, sagte ich lachend. »Gut, dass wir beide so schlank sind.«

Anselo sagte erst mal nichts. Er schaute nachdenklich drein, als wollte er etwas loswerden.

»Ich …« Er verfiel erneut in Schweigen.

Mein ermunternder Blick führte nur dazu, dass er sich scheinbar noch mehr anspannte.

»Wie wäre es denn …?«

Die Eingangstür wurde zugeworfen, und Schritte näherten sich. Anscheinend war Marcus leiser hinausgegangen als er jetzt hereinkam, denn Anselo wandte sich misstrauisch um, mit dem leicht panischen Blick eines Hirsches, der eben Gefahr gewittert hatte, aber Richtung und Größe des Feindes noch nicht einschätzen konnte.

»Wie wäre denn was?« Ich versuchte, ihn zum Weitersprechen zu bewegen.

Doch da trat Marcus zu uns, lehnte sich lässig in den Türrahmen und taxierte Anselo flüchtig und kühl. Dann sah er demonstrativ in meine Richtung. Es war eine dieser absolut unfeinen männlichen Dominanzgesten, die darauf abzielten, den anderen durch Arroganz zur Weißglut zu bringen. Schnell sah ich hinüber zu Anselo. Er war reglos vor Zorn, versuchte jedoch, die Sache zu übergehen. Er – und ich – wussten, er würde den Kürzeren ziehen. Da Marcus den ersten Zug gemacht hatte, blieb Anselo nichts anderes übrig, als seine Wut zu schlucken und stumm das Feld zu räumen.

Trotzdem musste ich die beiden einander förmlich vorstellen. Es wäre eine weitere Herabwürdigung Anselos gewesen, hätte ich nun auch noch so getan, als wäre er Luft. Obwohl ich nicht wusste, ob es wirklich schlau war, sagte ich: »Anselo, das ist Marcus. Marcus, Anselo.«

Marcus hätte ihm wenigstens die Hand geben können. Doch er nickte ihm nur andeutungsweise zu. Auch das war ziemlich provokant, und Anselo quittierte es zunächst mit einem eisigen Blick. Dann nickte auch er ziemlich knapp, und mit einem vernichtenden Blick zu mir, der unmissverständlich ausdrückte, was er von uns beiden hielt, drehte er sich um und verließ die Küche. Tyso stand draußen über Baupläne gebeugt und hatte von alldem nichts mitbekommen.

Ich sah Anselo nach, wie er mit kaum zu zügelndem Zorn in den Hof zurücklief. Er tat mir leid. Aber warum ließ er das so an sich heran? Marcus konnte ihm doch völlig egal sein.

Marcus lehnte noch immer lässig im Türrahmen, und ein süffisanter Zug spielte um seinen Mund.

»Du bist ein grober und widerlicher Kerl, der immer gewinnen muss«, zischte ich.

Er trat in die Küche und flüsterte mir ins Ohr: »Hunde pinkeln an Bäume, um ihr Revier zu markieren, Männer versuchen, sich mit arrogantem Verhalten zu überbieten. Außerdem war er wirklich leichte Beute, ich konnte einfach nicht widerstehen. Machostolz ist ein echtes Handicap.«

Die Kreissäge setzte erneut ein. Es war zweifellos Anselos Art, »Verpiss dich« zu rufen.

»Komm' schon«, sagte Marcus. »Ich spendiere dir ein Croissant mit Schinken und Käse drüben im Café.«

»Ich gehe nie vor halb neun hin.«

»Na und? Dann bist du heute eben mal früher da.«

Gegen zwanzig nach acht ließ der erste Kundenansturm im Café langsam nach. Die redselige Frau aus der Arztpraxis hatte bereits die kleinen Törtchen für den Doktor geholt, der Mann im schwarzen Polohemd mit der modischen Brille seinen entkoffeinierten Caffè Latte. Marcus war ebenfalls der Meinung, er könnte Architekt sein, allerdings schloss er auch Galerist nicht aus. Wir waren uns jedoch sofort einig, dass bei ihm zu Hause ein original Eames-Sessel stand.

Um acht Uhr dreiundzwanzig betrat Miss Schrullig den Laden. Marcus warf gerade einen Blick in die Tageszeitung und hatte sie deshalb nicht bemerkt. Sie jedoch registrierte ihn sofort. Aus ihren Augen schoss ein Laserstrahl der Verachtung, den sie sogleich auf mich übertrug, und ich zerbröselte fast unter ihrem zornigen Blick. Marcus war für sie nur stinkender Abschaum auf einem Tümpel, und ich ab jetzt ein kleiner toter Lurch, der im Schlamm des Teichgrunds gefälligst verrotten sollte.

Marcus hob den Kopf, und ich befürchtete das Schlimmste. Er war imstande, sie durch irgendwelche Albernheiten erneut zu brüskieren, zum Beispiel durch fröhliches Hinüberwinken. Doch er faltete ganz ruhig die Zeitung zusammen und sagte: »Ich sollte mich wohl entschuldigen bei ihr. Claude würde mir das sonst nie verzeihen.«

Vincente hatte Tresendienst, und nachdem Miss Schrullig bestellt hatte, begab sie sich zu ihrem angestammten Platz. Sie hätte auch einen anderen Tisch wählen können, der den Abstand zu uns vergrößert hätte, aber sie wollte nicht. Sie würde sich doch nicht ihren Tag durch die Anwesenheit von Abschaum und toten Lurchen verderben lassen.

Marcus erhob sich, und zu meinem Erstaunen versuchte er es bei Miss Schrullig nicht mit seinem Offensivcharme. Der Marcus, der nun durch den Raum schritt, war zurückgenommen und ernst, obwohl er auch nicht wirkte wie ein Mann, der nun Abbitte leisten wollte. Es war faszinierend, wie er offenbar sofort den richtigen Hebel fand, denn Miss Schrullig verachtete sicher auch Kriecher. Allerdings verunsicherte es mich auch. Bei mir hatte er bisher nicht versucht, seine Persönlichkeit so anzupassen, dass er mir gefiel. Oder hatte ich es nur nicht mitbekommen?

Miss Schrullig wusste sehr genau, dass er auf sie zusteuerte, ließ ihn jedoch fast eine halbe Minute an ihrem Tisch stehen, bevor sie aufblickte. Dann nahm sie den Kampf auf. Sie schaute ihm direkt ins Gesicht, und ihre Miene ließ keinen Zweifel daran, dass sie ihn am liebsten in Stücke gerissen und den Hyänen zum Fraß vorgeworfen hätte. Doch auch Marcus wich nicht zurück.

»Ich habe mich gestern ziemlich danebenbenommen, dafür bitte ich um Verzeihung. Aber lassen Sie Claude aus dem Spiel, er kann nichts dafür. Er ist nicht mein Aufpasser.« Dann nickte er ihr kurz zu. »Angenehmen Tag noch.«

Zurück an unserem Tisch griff er in seine Jackentasche und holte sein brummendes Telefon heraus. Statt dem Klingelton hatte er den Vibrationsmodus eingestellt. Was im Grunde nicht überraschte …

»Mist, ich muss rangehen. Bin gleich wieder zurück«, sagte er und hatte das Gespräch bereits angenommen. »Ja, hallo …«, hörte ich noch, dann ging er nach draußen in die Raucherzone. Mit einem leisen Stöhnen lehnte ich mich im Stuhl zurück und bemerkte, wie Miss Schrullig mich beobachtete – mit verächtlich verzogener Oberlippe.

»Das ist doch wohl nicht Ihr Ernst!«, sagte sie.

»Was?«, fragte ich erstaunt zurück.

»Das mit dem Vollidioten da draußen. Der würde doch platt gefahrene Tiere von der Straße weg ficken, vorausgesetzt sie sind noch warm.«

Sprachlos öffnete und schloss ich den Mund wie ein stumm nach Luft japsender Karpfen.

»Tun Sie sich einen Gefallen und entsorgen Sie den dort, wo er hingehört. Auf der Müllkippe.«

Meine Wangen glühten vor Zorn. Ich hasste Konfrontationen und musste bisher auch selten welche durchstehen. Aber da musste ich jetzt durch.

»Sie können mich mal kreuzweise!«

Ungerührt blickte sie mir über den Rand ihrer Teetasse in die Augen. Dann stellte sie sie ab und lächelte zynisch. »Na, dann viel Erfolg dabei.«

Sie nahm ihr Buch wieder zur Hand und signalisierte damit, dass das Gespräch für sie beendet war.

Am liebsten hätte ich sie geohrfeigt. Ich *lechzte* danach, sie zu schlagen. Diese eingebildete, unverschämte, besserwisserische Kuh! Wie konnte sie nur so selbstgerecht glauben, dass nur ihre Meinung zählte. Ich hoffte inbrünstig, dass sie *keine* Freunde hatte und bald einsam und alleine sterben würde, allerdings nicht ohne vorher alles bitter zu bereuen.

Natürlich betrat genau in diesem Moment Claude das Café und lief auf mich zu. Als er mein Gesicht sah, wich er höflich einen Schritt zurück.

»Komme ich ungelegen?«

»Nein, überhaupt nicht«, log ich.

Zögerlich nahm er Platz, und sein Blick ruhte auf Miss Schrullig, die wiederum ihren Blick fest auf ihr Buch gerichtet hielt. Ein kleiner Teil von mir bewunderte ihre unerschütterliche Haltung. Doch der größere Rest von mir hätte sie am liebsten wochenlang geschüttelt und gewürgt.

Claude wandte sich mir zu, und wir sahen uns einen Moment schweigend an. Ich hätte ihm gerne einige Fragen gestellt. Doch während ich ihn beobachtete, wie er sein gewohnt wohlerzogenes Lächeln aufsetzte, wusste ich, dass ich es niemals fertigbringen würde.

Vincente kam mit Claudes Kaffee. »Und die Signora, auch noch einen? Und der junge Mann mit Ihnen, für wenn er wieder von Telefon kommt?« Vincente strahlte mich an.

Oje. Claudes scharfer Blick machte mich verlegen. »Nein, vielen Dank«, erwiderte ich und wünschte, Vincente möge schleunigst zurück hinter die Theke verschwinden.

Aber weit gefehlt. »Ah, gefällt mir gut!«, rief er. »Diese Ort wie gemacht für Herzen, die sich treffen. Es gibt auch schon eine Hochzeit!« Er strahlte noch mehr. »Ist vielleicht, weil wir sind italienisch. Alles bei uns hat zu tun mit *amore*. Essen, Trinken, Leben ist viel schöner, wenn gefüllt mit *molto amore!*«

Erst jetzt zog er ab, und ich verfluchte ihn, sein blödes *amore* und seine hellwache Beobachtungsgabe. Claude blieb auffällig ruhig. Ich bereitete mich innerlich darauf vor, ihm endlich in die Augen zu sehen.

»Ich sah Marcus draußen stehen.« Es klang leicht dahingesagt, aber er konnte mich nicht täuschen.

»Es gefällt dir nicht, stimmt's?«, sagte ich.

»Nun, ich würde sagen, es ist vielleicht nicht die allerklügste Entscheidung, Darrell. Aber das zählt vermutlich sowieso nicht.«

Ich hätte ihn gern gefragt, was genau er damit meinte, doch Marcus' Stimme ließ uns beide hochsehen. Er stand am Tresen und plauderte fröhlich mit Vincente, der sich vor Lachen bog. Als ich Claude wieder ansah, hielt ich unwillkürlich die Luft an. Er betrachtete seinen Bruder sehr intensiv, und ich konnte überhaupt nicht einordnen, ob die für Claude ungewöhnliche Eindringlichkeit von Wut oder Trauer herrührte.

Auf einmal änderte sich seine Miene, denn Marcus kam auf unseren Tisch zu. Er setzte sich zwischen Claude und mich und berührte seinen Bruder kurz am Arm, während er sagte: »Und, alles klar?«

»Selbstverständlich«, erwiderte Claude in leicht ärgerlichem Ton, der deutlich machte, wie unnötig er diese Frage fand.

»Wunderbar. Bei mir ist auch alles klar, denn ich kann euch feierlich mitteilen, dass ich gerade dabei bin, ein geiles kleines französisches Buch an Land zu ziehen.«

»Ein Buch?«, platzte ich heraus.

»Ich verhandele um die Rechte.« Marcus wirkte sehr zufrieden. »Und sie werden mir gehören. Mir allein!« Und er erhob seine Kaffeetasse.

»Das heißt, du wirst auf absehbare Zeit hierbleiben?« Claude schien nicht besonders angetan von der Vorstellung.

»Nur keine Panik. Ich werde dauernd zwischen London und Paris hin und her jetten, du wirst mich selten zu Gesicht bekommen.« Marcus zuckte mit den Schultern. »Natürlich kann ich auch ein Hotel nehmen, wenn dir das lieber ist.«

»Es ist mir vollkommen gleichgültig«, sagte Claude. »Mach, was du willst. Wie sonst auch.«

Für eine Sekunde wirkte Marcus geknickt. Wahrscheinlich kränkte ihn die deutliche Ablehnung seines Bruders wirklich tief.

Meine Gedanken waren aber noch bei dem geheimnisvollen französischen Buch. Was es wohl war? Ein Roman des Marquis de Sade? Oder *Die Geschichte der O?* Ich hatte Marcus bisher nichts von meiner Arbeit erzählt, jedenfalls noch nichts Genaues. Vielleicht hatte ich kurz erwähnt, dass ich schreibe, aber womöglich hatte ich den Eindruck erweckt, ich verfasste Handbücher oder Gebrauchsanweisungen, obwohl ich selbstverständlich nichts von Gebrauchsanweisungen gesagt hatte. Keine Ahnung, warum ich ihm gegenüber nicht gleich zugeben wollte, dass ich Liebesromane schrieb, normalerweise hatte ich damit keine Probleme. Aber bei ihm? Wahrscheinlich aus Angst, wieder nicht ernst genommen zu werden, schließlich spielte ich ja nicht in der Bestsellerliga. Und in seiner Liga auch nicht ...

Ich wandte mich wieder dem Gespräch am Tisch zu und hörte noch »... Mutters Gartenfest.«

Marcus verdrehte die Augen. »Du lieber Himmel, muss das sein?«

»Seit wann habt ihr euch nicht mehr gesehen?«

»Was soll die Frage? Du weißt es doch genau.« Marcus war genervt. »Und warum ausgerechnet jetzt? Es ist noch nicht einmal Sommer, die Party wird garantiert ins Wasser fallen. Kann sie nicht bis August warten?«

»Sie würde ihren Garten eben gern in voller Pracht vorführen. Wenn die Magnolien blühen.«

»Würdest du mitkommen?«, fragte mich Marcus unvermittelt.

»Wohin?«

»In die Blumenhölle auf Erden, besser gesagt zu einer von Mutters berüchtigten Gartenpartys.«

»Oh!« Verzwickte Lage. Einerseits fühlte ich mich sehr geschmeichelt, war es doch eine klare Steigerung der Einladung in den Pub von gestern. Auf der anderen Seite würde ich dann in seine Kreise eingeführt werden und müsste viele feine Leute kennenlernen – vor allem seine Mutter. Diese Aussicht fand ich nicht besonders verlockend.

Doch im Grunde waren meine Bedenken bedeutungslos.

Er wollte sich wieder mit mir verabreden, das war das Entscheidende. Ich würde ihn wiedersehen! Das allein zählte.

»Ja, sehr gerne«, sagte ich.

»Schön«, sagte er und strahlte. Dann sah er auf die Uhr. »Mist, ich muss sofort los.« Er erhob sich. »Die Schlüssel sind am üblichen Ort?«

»Wo sollten sie sonst sein?«, erwiderte Claude.

»Bis bald, mein Engel!« Marcus beugte sich zu mir hinunter und küsste mich auf den Mund.

Ich versuchte, möglichst würdevoll und unbeteiligt zu wirken. Doch innerlich war ich vollkommen aufgewühlt und hatte das starke Bedürfnis, sehr viele Fragen loszuwerden. Marcus schien es zu spüren, denn er hielt kurz inne und sagte: »Ich rufe dich an.«

»Ach, das musst du nicht«, behauptete ich und hoffte, es würde völlig entspannt klingen. Das Durcheinander in meinem Kopf machte es jedoch unmöglich, das tatsächlich richtig einzuschätzen.

»Ich will es aber. Und dann mach' ich's auch.« Er beugte sich noch einmal zu mir hinab, um mich zu küssen. Dann warf er mir ein wundervolles Lächeln zu und entschwand, aus der Tür und vermutlich die Straße hinunter.

Um meinen sehnsüchtigen Blick nicht preiszugeben, holte ich umständlich meine Tasche unter dem Tisch hervor. Meine Hände zitterten wie verrückt. Verdammt, so konnte das nicht weitergehen. War mein Verlangen wirklich *so* stark? Es würde mich umbringen.

Ich brauchte dringend Ablenkung. Und so kam mir die Idee, bei Dr. Flynn anzurufen. Das war die Rettungsboje in meinem bedrohlich tosenden Gefühlsmeer.

Als ich aufstand, erhob sich auch Claude. Seine extrem

gute Kinderstube machte es ihm unmöglich, anders zu reagieren. Dennoch sah er leicht bedrückt aus.

»Pass' auf dich auf«, sagte er, und ich wusste, er meinte es aufrichtig.

»Ja, das werde ich.« Ob ich es auch aufrichtig meinte, sei dahingestellt.

Am Eingang meiner Wohnung stieß ich fast mit Anselo zusammen. Er wollte gerade zur Tür hinaus und hielt kurz inne, als er mich sah. Dann versuchte er, sich wortlos an mir vorbeizudrücken.

»Tut mir leid, dass Marcus so unhöflich war«, sagte ich.

Er warf mir einen kühlen Blick zu. Innerlich schien er noch immer sehr aufgebracht. »Kein Problem. Ich muss ja nicht mit ihm ausgehen.«

Dann schob er sich an mir vorbei und ging mit raschen Schritten zu seinem Lieferwagen.

Verdammt. Langsam kam es mir so vor, als wäre Tom wirklich der einzige Mann auf der Welt gewesen, dem ich vertrauen konnte. Weil wir nämlich Ehepartner *und* Freunde zugleich gewesen waren. Und Freunde ließen einen nicht im Stich. Sie waren auch nie böse aufeinander. Freunde gingen offen und ehrlich und liebevoll miteinander um. Hielten zusammen …

Ich ging hinauf ins Schlafzimmer und legte mich mit meinem iPod aufs Bett. Dann wählte ich Kate Bush aus und stellte die Musik ziemlich laut, um meinen inneren Aufruhr zu übertönen. Ziemlich lange lag ich so da, bis mir einfiel, dass ich vielleicht bald mal bei Dr. Flynn anrufen sollte, wenn ich mich noch für diesen Abend mit ihm verabreden wollte.

# 14

»Das kann man doch nicht trinken! Danach schmeckt man garantiert nichts mehr!«

»Ich trinke das immer. Mir schmeckt es.«

»Wie wär's mit Mineralwasser? Das lässt einen wenigstens noch den Unterschied zwischen einer Olive und einer Artischocke erahnen.«

»Und was habe ich von diesem Unterschied? Sie landen doch beide im selben Kanal.«

»Wenn Sie meinen.«

Ich lehnte mich zurück und sah Gabriel Flynn dabei zu, wie er einen tiefen Schluck aus der Fantadose nahm. Auch er ignorierte das dazugestellte Glas, genau wie Marcus. Warum hatten Männer solche Berührungsängste bei Gläsern? Glaubten sie, ihr Gebrauch würde Erektionsstörungen verursachen?

»Aaahhh, das tut gut«, sagte er, eindeutig, um mich zu ärgern.

»Wir waren bei Michael Hogan«, erinnerte ich ihn. »Was können Sie mir über ihn erzählen?«

Er unterdrückte ein Rülpsen. »Ja, also unser Mr Hogan ist ein Mensch voll grimmigem Selbsthass.«

Ich sah ihn zweifelnd an. »Sind es nicht vielmehr die anderen, die er hasst?« Mich zum Beispiel.

»Nein, das ist nur eine Art Nebeneffekt.«

Ich rutschte nach vorn auf meinem Stuhl und dachte nach. »Als Sie bei unserem ersten Treffen sagten, Sie wollten ihn der Welt erhalten, meinten Sie damit, er sei selbstmordgefährdet?«

Er teilte ein Stück Brot mit den Händen und versuchte herauszufinden, welche Hälfte größer war. »Miss Kincaid, haben Sie schon einmal etwas von ärztlicher Schweigepflicht gehört?«

Ich sah ihn streng an. »Bitte sagen Sie jetzt nicht, dass Sie meine Pizzaeinladung angenommen haben, aber nie die Absicht hatten, mir etwas über Mr Hogan zu erzählen!«

»Sie verlangen, dass ich meine Berufsehre aufs Spiel setze«, erwiderte er. »Das kann mich meine Mitgliedschaft im Verband kosten. Die schmeißen mich raus.«

»Ich schmeiße auch gleich etwas.« Ich lehnte mich über den Tisch. »Werden Sie mir nun Auskunft geben oder nicht?«

Dr. Flynn biss in die größere Brothälfte und kaute nachdenklich. »Sagen wir so. Ich könnte ja rein hypothetische Szenarien über eine selbstverständlich frei erfundene Person namens – wie wär's mit Mr Logan? – entwickeln.«

»Prima. Das merkt bestimmt keiner!«

»Gut, dann schießen Sie los. Was wollen Sie wissen?«

Ich schluckte einen Kloß im Hals hinunter. »Ist er – also Mr Logan – ist er selbstmordgefährdet?«

»Nein, so würde ich das nicht sagen.«

»Wie würden Sie es denn sagen? Entweder man ist es, oder man ist es nicht, dachte ich bisher.«

Dr. Flynn machte eine dramaturgische Pause und nahm eine Zuckerwürfelpackung aus dem Tischständer. Er legte sie vor sich hin, und während er weiterredete, stapelte er sorgfältig weitere Packungen darauf, einmal längs, einmal quer. So entstand ein kleines Gebilde, das wie eine kleine Blockhütte aussah.

»Sagen wir so: Unser Mr Logan will zwar sterben, aber er möchte die notwendigen Schritte nicht selbst vollziehen.«

Plötzlich erinnerte ich mich an etwas. »Oh Gott, *das* hat er also gemeint!«

Dr. Flynn unterbrach den Blockhüttenbau und sah mich fragend an.

»Ich erzählte ihm, dass mein Mann gestorben sei. Daraufhin sagte er: ›Der hat es gut!‹«

Was ich natürlich verschwieg, war die Ohrfeige. Ich fürchtete jedoch, dass meine Schamesröte mich nun verriet.

»An was ist Ihr Mann denn gestorben? War es ein Unfall? Eine Krankheit? Mord?«

Sensibilität war wirklich nicht seine Stärke, so viel war klar. Kurz überlegte ich, ob ich ihm einen vernichtenden Blick zuwerfen sollte, jedoch wusste ich instinktiv, dass es absolut sinnlos war.

»Nein, sein Herz hörte einfach auf zu schlagen. Die Ärzte konnten es nicht wiederbeleben.«

»Ah, das geht ...!« Dr. Flynn richtete sich auf und machte eine Handbewegung. »Geben Sie mir den Untersetzer.«

Ich reichte ihm einen, und er setzte ihn auf seine Konstruktion. Dann nahm er ihn wieder weg. »Zu groß.«

Er kramte in seiner Jackentasche. Der Tweedstoff war wirklich eine Beleidigung fürs Auge, orangebraun mit vielen rauen, haarigen Fasern, als hätte man ihn aus den struppigen Bärten alter schottischer Hochlandkrieger gewebt. Darunter trug er einen grobmaschigen grauen Wollpullover, der an vielen Nahtstellen nur mit Sicherheitsnadeln zusammengehalten wurde. Die Klamotten der Sex Pistols wirkten ziemlich brav dagegen.

»Ich hab's!«, rief er und angelte eine Visitenkarte aus den Tiefen seiner Tasche. Er legte sie abschließend auf seinen Stapel. »Passt genau.«

Die Karte war grellrosa mit dem Foto einer blondierten, barbusigen Frau. »Vollbusige Venus – Zungenkuss, alle Positionen und Sexspielzeuge erlaubt« stand daneben, und eine Telefonnummer.

Dr. Flynn folgte meinem Blick, dann folgte eine kleine Pause, bevor er sagte: »Wir sind nur gute Freunde.«

Der Kellner kam und stellte mir meine Pizza hin. Bei Dr. Flynn zögerte er, denn der Platz für den Teller war mit einer Konstruktion verbaut, die dem Kellner nur als kleiner Miniaturpuff erscheinen konnte. Dr. Flynn sah ihn an. Der Ober stand da und wartete.

»Stellen Sie es doch ab, Mann!«

Der Ober stellte den Teller gefährlich nah am Tischrand ab und schritt pikiert davon.

Dr. Flynn schüttelte verständnislos den Kopf. »Irgendein Dorf hat jetzt einen Deppen weniger.«

Dann zerstörte er seinen Zuckerpuff mit einer Armbewegung und wischte die Reste beiseite.

»Das hätten Sie auch schon ein paar Sekunden früher tun können, um den Tisch freizuräumen.«

Er zog seinen Teller heran und sagte: »Ich war einfach noch nicht so weit.«

Irritiert beobachtete ich, wie er ein Stück Pizza auf ein anderes schichtete, und diese beiden wiederum auf ein drittes Stück, den Stapel nahm und ihn dann in den Mund stopfte. Er bemerkte meinen Blick, kaute, schluckte und sagte: »Das ist das Blöde an Chips. Man kann zehn Beutel leeren, und fünf Minuten später ist man trotzdem schon wieder hungrig.«

»Sie sollten heiraten. Oder eine Haushälterin anstellen, die für Sie kocht.«

»Danke, ich bin schon verheiratet.«

Erst war ich geschockt, dann richtig enttäuscht. Ich musste mich erneut innerlich durch mehrere Ohrfeigen zur Räson bringen. Ich wollte doch nichts von Gabriel Flynn! Wahrscheinlich wäre er mir sogar als guter Freund schon zu anstrengend. Was war nur los mit mir? War mein sexueller Notstand nun schon so groß, dass ich mich jedem an den Hals werfen musste?

Der Psychiater, mit dem ich hier am Tisch saß, hätte mir das sicher erklären können, doch eher hätte ich meine Zunge verschluckt, als ihm von meinen emotionalen Turbulenzen zu berichten. Also hob ich nur betont lässig und milde erstaunt eine Braue.

»Und Ihre Frau lässt Sie tatsächlich in diesen Klamotten auf die Straße?«

»Sie arbeitet beim militärischen Nachrichtendienst und hat Wichtigeres zu tun. Im Moment ist sie irgendwo im Nahen Osten.«

Jetzt war ich wirklich platt und mir fielen fast die Augen aus dem Kopf.

Er bearbeitete seinen nächsten Pizzastapel. »Nur für den Fall, dass Sie glauben, ich könnte ohne sie keine Schnürsenkel zubinden: Ich ziehe mich auch so an, wenn sie hier ist. Mir gefällt das nämlich, was ich trage.«

»Wie oft ist sie denn bei Ihnen in London?«

Er sprach mit vollem Mund weiter. »Sie ist seit zwei Monaten weg und kommt auch erst in zwei Monaten wieder.«

»Vermissen Sie sie nicht?« Nachdenklich schaute ich ihn an.

»Natürlich. Aber unser Arrangement funktioniert ausgesprochen gut. Wir haben beide einen sehr anstrengenden Beruf, und ich bin nicht sicher, ob wir den ausüben könnten, wenn wir uns zusätzlich dauernd um uns und unsere Beziehung kümmern müssten.«

»Dann hört man die Frage ›Und, wie war dein Tag, Schatz?‹ bei Ihnen zu Hause wohl eher selten?«

Er lachte schallend. »Ja, bei uns heißt es eher ›Na, Schatz, wie vielen Heckenschützen musstest du heute ausweichen?‹ oder ›Wie viele deiner Irren haben heute ihre Scheiße an die Wand geschmiert, Liebling?‹« Er verzog das Gesicht. »Ist eigentlich nicht so lustig, wenn man es genau bedenkt.« Doch dann zuckte er mit den Schultern. »Nun ja, ist eben so. Essen Sie das noch?«

Er zeigte auf meine Pizza. Während er seine bereits hinuntergeschlungen hatte, war ich kaum über das erste Stück hinausgekommen.

»Sie können gern noch zwei Stück haben, wenn Sie mir sagen, was mit Mr Logan los ist. Wie soll ich das verstehen, er will sterben, aber die notwendigen Schritte nicht selbst vollziehen?«

»Er denkt, er hat es verdient, zu leiden, deshalb macht er sich selbst das Leben schwer. Er wünscht sich keine Hilfe oder Erleichterung, sondern den Tod.«

»Doch den Job soll jemand anderes für ihn erledigen?«

»Ich fürchte schon. Allerdings gehe ich davon aus, dass

es jemand sein müsste, den er nicht kennt, gegen den er also auch keinen Groll hegen kann. Wahrscheinlich käme ihm ein dahergelaufener Verrückter mit einem Teppichmesser gerade recht.«

»Ist ja eklig!«

»Eine Krankheit oder ein Unfall wären ihm aber als Todesursache vermutlich noch viel lieber.«

»Zum Beispiel ein Herzinfarkt.«

»Genau.« Wir sahen uns an. »Unser Mr Logan ist kein großer Freund moderner Technik und medizinischen Fortschritts.«

»Darum hat er sich auch auf eigene Verantwortung früher aus dem Krankenhaus entlassen …«

Ich starrte vor mich hin. Allerdings war ich nicht so abwesend mit meinen Gedanken, um nicht zu merken, wie Gabriel Flynn heimlich noch ein Stück Pizza von meinem Teller klaute. Ich ließ ihn gewähren.

»Warum meint er, er hätte es verdient, zu leiden? Was hat er getan?«

»Ich weiß es nicht genau, aber da meine Schweigepflicht sich nicht auf allgemein zugängliche Informationen bezieht, kann ich Ihnen zumindest mitteilen, dass er jahrelang wegen Mordes im Gefängnis saß.«

»Wie bitte?« Vor Entsetzen fing ich an zu stammeln. »Was haben …? Wer hat …? Wen?« Ich ließ mich schwer gegen die Rückenlehne meines Stuhls sinken. »Ach, du Schande.«

Dr. Flynn nahm die Schweigeminute wahr, um schnell noch eine Fanta und Brot mit Knoblauchbutter zu bestellen. Ich hingegen sammelte mich derweil für die entscheidende Frage. »Wen hat er umgebracht?«

»Niemanden.«

»Aber Sie sagten doch …?«

»Ich sagte, er saß wegen Mordes im Gefängnis. Aber nach zwölf Jahren wurde er freigesprochen.«

»Sie meinen, er saß für einen Mord ein, den er gar nicht begangen hatte? Und es hat zwölf Jahre gedauert, bis das bewiesen werden konnte?«

»So sieht's aus.«

»Und wer war es dann?«

»Ich weiß es nicht. Ich weiß nur, nach zwölf Jahren wurden neue Beweise vorgelegt, die eindeutig ergaben, dass er nicht der Mörder war. Ob sie den wahren Täter geschnappt haben, entzieht sich meiner Kenntnis.«

»Woher haben Sie die Informationen? Hat er es Ihnen erzählt?«

»Ha, was glauben Sie?« Dr. Flynn schüttelte den Kopf. »Ich habe Patienten, die noch im Koma redseliger sind als er im Wachzustand. Nein, ich habe es gegoogelt.«

Der Kellner knallte ihm mit finsterer Miene Fanta und Knoblauchbrot hin. Dr. Flynn strahlte und sagte freundlich: »Junger Mann, Sie bewirten mich königlich. Haben Sie aufrichtigen Dank.«

Der junge Kerl war vollkommen irritiert und wusste nicht, wie ihm geschah. Unschlüssig, ob er sich verschaukelt fühlen sollte, versuchte er es mit einem Lächeln und huschte eilig davon.

»Vor fünf Minuten hielten Sie ihn noch für einen Dorfdeppen«, erinnerte ich ihn.

Dr. Flynn machte große Augen. »Wirklich? Hab' ich das gesagt?«

»Ja. Aber zurück zum Thema: Sie haben die Informationen gegoogelt. Kann man sich auf die Quellen verlassen?«

»Prüfen Sie es doch einfach selbst nach.«

Ich trommelte mit den Fingern auf die Tischplatte, während Dr. Flynn Knoblauchbrot in sich hineinstopfte in einer Geschwindigkeit, für die er spätestens heute Nacht würde büßen müssen. Auf meinem Teller lag noch ein letztes Stück Pizza. Als er das Brot aufgegessen hatte, schob ich ihm meinen Teller zu. Hastig schlang er auch dieses Stück noch hinunter.

»Wie kann ich ihm helfen?«, fragte ich leise.

Dr. Flynn schaute mich prüfend an. »Warum wollen Sie ihm helfen? Sie kennen ihn doch kaum.«

Das hatte ich schon einmal gehört. »Ich weiß«, seufzte ich, »er wehrt sich gegen meine Hilfe. Er droht mir sogar Prügel an, wenn ich mich weiterhin in seine Angelegenheiten einmische.«

»Sie haben sich also schon in seine Höhle gewagt?« Dr. Flynn schien sehr überrascht.

»Ja, und ich kann es Ihnen kaum beschreiben ...«

»Kann ich mir vorstellen. Nein, wirklich! Eine verwahrloste Umgebung, selbstzerstörerisches Handeln – das alles ist eine Form der Selbstkasteiung im Alltag. Er trägt das als eine Art Ersatz-Büßerhemd, wenn Sie so wollen. Wenn der wirkliche Tod ihn schon so grausam im Stich lässt, dann macht er sich eben selbst zu einem lebenden Toten.« Er hielt inne. »Selbstverständlich reden wir hier von Mr Logan!«

Mir war zum Heulen zumute. »Sehen Sie! Aber genau deshalb kann ich ihn auch nicht in seinem Dreck verkommen lassen. Ich muss etwas unternehmen.«

»Sie sind ein guter Mensch, eine richtige Heilige«, sagte Dr. Flynn kichernd.

Ich packte ihn am Handgelenk. »Was soll ich tun? Sagen Sie es mir!«

Er starrte mich schweigend an, dann stieß er hörbar Luft aus und sagte: »Wie wäre es, wenn Sie erst mal genau herausfinden würden, was geschehen ist? Dann können Sie vielleicht eine sinnvolle Entscheidung treffen.«

»Und wie soll ich das machen?«

»Keine Ahnung, Sie sind doch Schriftstellerin! Dann kennen Sie sich sicher mit Recherchearbeit aus!«

Ich fühlte mich ertappt, weil ich das Durchblättern von Hochglanzmagazinen nicht gerade als Recherchearbeit bezeichnen wollte. Doch die Idee, etwas anderes tun zu können, als unablässig nur an Marcus zu denken, gefiel mir außerordentlich gut. Und ich würde etwas Sinnvolles tun und mich nützlich fühlen – beides war mir schon eine ganze Weile nicht mehr gelungen.

»Darf ich Sie anrufen, wenn ich nicht weiterkomme?«

»Würde es etwas nützen, wenn ich Nein sagte?«

»Nein«, sagte ich grinsend.

»Pffhhh ...« Er lehnte sich plötzlich zurück und wendete den Kopf in alle Richtungen. Mit düsterem Blick bellte er: »Was zum Teufel muss ich tun, um in diesem Laden einen ordentlichen Nachtisch bestellen zu können?«

*Drei mögliche Gründe, warum Big Man verurteilt wurde, obwohl er unschuldig war:*

*Die Geschworenen konnten ihn nicht ausstehen:* Ich stellte mir vor, wie er vor Gericht stand und mit seiner riesenhaften Statur nicht nur wirkte wie eine Maschine, die alles zermalmen würde, was ihr in den Weg kam, sondern mit seiner mürrischen Art auch den Unmut aller, inklusive seines Verteidigers, erregte. Wahrscheinlich redete er nur das Allernötigste – wenn überhaupt. Selbst der Richter oder die Richterin verlor irgendwann die Geduld und wünschte sich die Todesstrafe zurück. Die Geschworenen entschieden, dass es nur eine Frage der Zeit war, wann er jemanden umbringen würde, selbst wenn er *diesen* Mord nicht begangen hatte. Big Man hatte nicht die geringste Chance.

*Er wollte jemanden schützen:* Keine Ahnung, wen. Keine Ahnung, warum. Der Ermordete hatte anscheinend Big Mans Frau sexuell genötigt. Schwer vorstellbar, dass er tatsächlich einmal eine Frau gehabt hatte, die ihn liebte. Wo war sie jetzt? Hatte sie ihn verlassen, als er verurteilt wurde? Hatten sie Kinder? Und wo waren die geblieben? Wie alt waren sie? Hatte Big Man die Kinder schützen wollen? Oder war seine Frau eine Mörderin?

*Er fühlte sich schuldig:* Vielleicht glaubte er immer schon, Strafe verdient zu haben? Als Big Man verhaftet wurde, war er neunundzwanzig. Er wurde zu einer lebenslangen Freiheitsstrafe verurteilt, doch sein Verteidiger hatte das Urteil angefochten und sich für ein Berufungsverfahren eingesetzt. Zwölf Jahre hatte es gedauert, bis es dazu kam, womöglich auch deshalb, weil Big Man selbst sich weigerte, für den Beweis seiner Unschuld zu kämpfen. Es ist unklar, welche neuen Beweismittel auftauchten. In den Artikeln, die ich fand, wurde nur erwähnt, es sei erwiesen, dass Michael Hogan an einem völlig anderen Ort war, als die Tat begangen wurde …

Während meiner Nachforschungen war ich auf unzählige Fälle gestoßen, bei denen das Berufungsverfahren erst Jahrzehnte später stattfand. So gesehen waren zwölf Jahre nicht besonders viel. Aber Big Man war ein sehr großer Teil seines Lebens genommen worden.

Vor neun Jahren wurde er freigesprochen und aus der Haft entlassen. Er war jetzt einundfünfzig Jahre alt. Ich war mir nicht sicher, ob er in Freiheit wirklich besser dran war als im Gefängnis.

# 15

**LADY MO:** Unverzeihlich! Du hast versprochen, dich gleich zu melden! Nicht erst ein Jahrhundert später.

**DARRELL:** Tut mir leid. Ich wurde durch unvorhersehbare Wendungen im Leben davon abgehalten.

**LADY MO:** Deine Wendungen sind mir völlig egal. Es zählt nur eins! SEX! Hattest du …?

**DARRELL:** Ja.

**LADY MO:** Katastrophal unzulängliche Antwort. Einzelheiten, meine Liebe! Zum Beispiel: Mit welchem der beiden? Mit dem Älteren oder dem Jüngeren?

**DARRELL:** Mit dem Jüngeren.

**LADY MO:** Ha! Und …?

**DARRELL:** Was, und?

**LADY MO:** DETAILS!

**DARRELL:** Bitte nicht, ist mir peinlich.

**LADY MO:** Warum denn peinlich? Hat er »Für Königin und Vaterland« gerufen, als er kam? Wollte er, dass du ihm den Hintern versohlst, damit er einen hochkriegt? Hat er gejodelt, als er mit dir ins Bett gehüpft ist?

**DARRELL:** Nein!

**LADY MO:** Also dann, raus mit der Sprache. So peinlich kann es nicht sein, du verdienst immerhin dein Geld mit erigierten Penissen.

**DARRELL:** Nein, Penis darf ich doch nicht verwenden, muss stattdessen »seidig pralle Lendenkraft« schreiben.

**LADY MO:** Hör zu, wildes Mädchen. Mir gefällt das Leben, das ich führe, aber leider beschränkt es sich im Augenblick vor allem auf Pipi und Kaka, Wasser in den Beinen, wundgenuckelte Brustwarzen, Apfelbrei und pädagogisch wertvolle Zeichentrickserien. Chad und ich hatten seit dem letzten Zeugungsvorgang keinen Sex mehr, und ich fange schon an, Dr. Phil mit mehr als nur wissenschaftlich interessierten Augen zu betrachten. Ich habe nun die Möglichkeit, ersatzweise über dich sexuelle Ausschweifungen zu erleben. *Comprende?*

**DARRELL:** Seufz. Also gut. Der Jungherzog ist ziemlich gut ausgestattet, wenn du verstehst, was ich meine. Die reinste Freude im Bett. Alles mal dran gewesen, rauf und runter durchgespielt. Manches zweimal.

**LADY MO:** Sogar …?

**DARRELL:** Na klar! Wir haben es morgens gemacht, wegen merkwürdiger Vorkommnisse in der Nacht …

**LADY MO:** Musste er vorher ins Bad zum Zähneputzen?

**DARRELL:** Er ganz bestimmt nicht. Der schert sich keinen Deut um schlechten Atem. Reicht das jetzt, bitte?

**LADY MO:** Ehrlich gesagt ist Dr.-Phil-Gucken erotisch sehr viel ergiebiger als deine kümmerlichen Beschreibungen. Letzte Frage: Gibt's ein Wiedersehen? Oder war das eine einmalige Veranstaltung?

**DARRELL:** Weiß nicht.

**LADY MO:** Echt nicht? Hmm, klingt nicht gut. Auch ein Adelstitel verhindert nicht, sich hinterher benutzt zu fühlen.

**DARRELL:** Er hat mich auf ein Gartenfest eingeladen.

**LADY MO:** In den Buckingham Palast? Vergiss' den Hut nicht!

**DARRELL:** Nein, ins Haus seiner Mutter. Oder Anwesen, oder Schloss, was weiß ich. Ich weiß nur, dass sie eine Landebahn hat.

**LADY MO:** Die Mutter des jungen Herzogs lässt sich brasilianisch wachsen?

**DARRELL:** Nein! Es ist eine echte Landebahn! Für Kleinflugzeuge. Was du immer denkst. Können wir jetzt bitte das Thema wechseln? Wie geht's der kleinen zukünftigen Rose?

**LADY MO:** Rose? Wie kommst du darauf?

**DARRELL:** Meine Vermieterin schickte mir welche. Fand, sie passen gut ins Wohnzimmer. Jetzt kaufe ich vorsichtshalber immer Rosen, falls sie wieder einmal zufällig vorbeikommt. Diese Woche sind es pinkfarbene. Sehen hübsch aus.

**LADY MO:** Hmmm. Rose. Rosie Lawrence. Gefällt mir. Und das alleine zählt, denn Chad hat nichts zu melden.

**DARRELL:** Wie geht es ihm? Und was macht Harry?

**LADY MO:** Beide gedeihen prächtig. Und seit ich erneut zur schwangeren Zuchtkuh wurde, stehe ich in der Gunst der Mutter wieder ganz weit oben.

**DARRELL:** Dachte, Chads Mutter ist absolut gruselig.

**LADY MO:** Sie ist ein wandelnder Horrorfilm. Aber komischerweise ist sie eine wunderbare Großmutter. Unternimmt nettes, altmodisches Zeug mit Harry, geht mit ihm Heidelbeeren pflücken und kocht Marmelade daraus. Was man mit Kindern alles lernen muss … Weißt du eigentlich, wie viele neue Wörter ich durch Harrys Geburt gelernt habe? Pampers, Nuckel, Buggy – es ist unglaublich. Ich werde noch wahnsinnig, aber Chad ist sehr geduldig mit mir.

**DARRELL:** Chad ist eine gute Seele.

**LADY MO:** Er ist der Beste! Bitte frühere Ausfälle gegen ihn aus dem Gedächtnis streichen. Ich bin die glücklichste Frau der verflucht fantastischen Vereinigten Staaten von Amerika.

Als ich am Morgen in die Küche kam, übersah mich Anselo geflissentlich. Vielmehr schaute er mich eine Sekunde lang an, dann setzte er demonstrativ die Ohrenschützer auf und fing an, ein großes Loch in ein Stück Holz zu bohren. Wenn er einen Groll hatte, hielt er vermutlich daran fest bis sein letztes Stündlein geschlagen hatte. Ich fand das unerhört. *Ich* hatte ihn doch nicht beleidigt! Trotzdem zeigte er mir jetzt die eiskalte Schulter.

Unwillkürlich knallte ich vor Zorn mit den Türen in der Küche. Schranktür – bumm, Kühlschranktür – rumms, Wasserkocherdeckel – peng. Erst als Tyso hinter mir auftauchte, wurde es mir bewusst. »Entschuldigung, komme ich ungelegen? Ich hätte gern etwas Wasser.«

Ich fuhr herum, und er machte einen Schritt rückwärts. »Okay, ich komme später wieder.«

»Nein, schon in Ordnung«, blaffte ich ihn an. »Warum so schüchtern, was ist los?«

»Na, ich bin es nicht, der hier gerade die Küche auseinandernimmt. Jedenfalls noch nicht.«

Ich lehnte mich matt gegen die Arbeitsplatte. »Ich bin nur sauer, das ist alles.«

Tyso schlängelte sich an mir vorbei zum Wasserhahn. »Tatsächlich? Hätte ich nicht gemerkt.«

»Auf den Chef«, sagte ich mit einem finsteren Blick in Richtung des besagten Individuums.

Tyso trank direkt aus dem Wasserhahn. »Was haben Männer nur gegen den Gebrauch von Gläsern?«, rief ich. »Was spricht dagegen, eins zu benutzen?«

Er wischte sich mit dem Handrücken über den Mund und zuckte mit den Schultern. »Keine Ahnung, geht einfacher so.«

Na, meinetwegen.

Tyso schaute kurz über die Schulter, ob Anselo uns beobachtete, und flüsterte dann mit einem Grinsen: »Und, was hat er gemacht?«

»Nichts. Rein gar nichts. Das ist es ja. Er ist nämlich eingeschnappt. Schlecht gelaunt.«

»Ja, darin ist er spitze. Dad sagt immer, er könne eigentlich für England antreten und den Titel in miesester Laune holen. Hat olympisches Niveau, sagt Dad.«

Ich lachte laut los. Anselo merkte es, nahm die Ohrenschützer ab und schaute wutentbrannt zu uns hinüber.

»Oje«, murmelte Tyso. »Jetzt sitze ich in der Patsche. Na, ist ja nichts Neues.«

Er trabte zurück in den Hof, nahm ein paar Nägel aus einer Kiste, klemmte sie zwischen die Lippen und holte einen Hammer. Bevor er mir den Rücken zuwendete, zwinkerte er mir noch zu. Ich beneidete ihn. Wie wundervoll musste es sein, wenn man seine Probleme so unbekümmert abschütteln konnte.

Mit einem Becher Tee verzog ich mich nach oben ins Schlafzimmer und ließ meine weitgehend schlaflose Nacht noch einmal an mir vorüberziehen. Marcus hatte sich nicht gemeldet, und weil ich mich darüber keinesfalls aufregen wollte, hatte ich mich gezwungen, über Big Man nachzudenken. Das war zwar nicht die beste Ablenkung und erst recht nicht stimmungshebend, aber immerhin besser, als deprimiert und untätig zu warten. So konnte ich mich wenigstens in eine aktive Rolle hineindenken.

Trotzdem wusste ich nicht, was ich tun sollte. Noch einmal bei Big Man vorbeigehen? Oder doch besser einen Brief schreiben? Vielleicht war auch Gabriel Flynns erster Vorschlag, das Sozialamt einzuschalten, nicht so schlecht.

Keine der Möglichkeiten versprach wirklich Erfolg. In dem unwahrscheinlichen Fall, dass Big Man tatsächlich öffnen würde, wenn ich vor seiner Tür stand, war die Gefahr, dass er sie gleich wieder zuschlagen würde, einfach zu groß. Einen Brief würde er sofort zerreißen, und wenn ich ihm das Sozialamt vorbeischickte, würde er mich wahrscheinlich jagen und in Stücke reißen.

Seufzend schaltete ich den PC an, um meine E-Mails zu checken, doch wieder hatte niemand geschrieben. Auch der Verlag nicht. Es fiel mir mittlerweile immer schwerer, das mit der Neuorganisation von Verantwortlichkeiten zu erklären. Es gab genügend Lektorinnen in meinem Bereich, und irgendjemand sollte nun Zeit gehabt haben, wenigstens einen kurzen Blick auf mein Manuskript (und meinen Vertrag) zu werfen. Leider gab es auch genügend Autorinnen, die mich sofort ersetzen konnten, wenn der neuen Lektorin mein Skript nicht gefiel. Vielleicht hatten sie bereits ein förmliches Ablehnungsschreiben aufgesetzt?

Ich könnte es herausfinden. Ich könnte einfach anrufen und nachfragen. Hätte ich die ganze Zeit schon tun können, aber aus Furcht vor einer Absage brachte ich den Mut nicht auf. Schlechte Nachrichten wollte ich nur über den größtmöglichen Umweg erfahren, keinesfalls direkt am Telefon.

Es war Zeit für meinen morgendlichen Cafébesuch, doch die Aussicht stimmte mich heute nicht froh. Ich wusste nicht, wie es mit Claude und mir nun weitergehen sollte, hatte keine Ahnung, wie er zu mir stand, was er fühlte. Auch meine Haltung ihm gegenüber war zwiespältig. Es war mir peinlich, dass ich seine Nähe gesucht hatte und dass er mich abgewiesen hatte. Auch die Sache mit Marcus war mir peinlich. Mir war alles peinlich. Die ganze Situation war äußerst demütigend.

Vielleicht sollte ich Claude und mir den Gefallen tun und unsere Tischgemeinschaft im Café beenden. Doch schon bei dem Gedanken wurde mir elend. Ich würde es nicht übers Herz bringen. Einen Menschen weniger in meinem neuen Leben zu haben, war unerträglich. Und dem natürlichen Lauf der Dinge traute ich nicht zu, diese Lücke bald wieder zu schließen. Ich sah nur das große Loch, das sich dann auftun und mich an den Rand der Verzweiflung bringen würde.

Verzweiflung oder Demütigung – waren das wirklich die einzigen Alternativen, die mir das Leben zu bieten hatte?

Unten im Flur sah ich kurz auf meinem Handy nach, ob ich einen Anruf verpasst hatte. Nichts. Keine Anrufe, keine Nachrichten. Ich steckte es zurück in die Tasche, nahm meinen Mantel und wollte gerade in den strahlend klaren, kalten Morgen hinaustreten.

»Bye, Darrell!«

Tysos Stimme hallte durch den Flur. Ich drehte mich um.

Er stand in der Küche, und sein Chef konnte ihn vom Hof aus deutlich sehen. Tyso winkte mir fröhlich zu, aber es war klar, dass die Geste vor allem dazu diente, seinen Chef zu ärgern. Ich grinste und winkte zurück. Wenigstens einer, der zu mir hält, dachte ich, wie schön. Auch wenn er fast noch ein Kind war.

Beim Gang über die Straße wappnete ich mich innerlich für meine Begegnung mit Claude. Es stellte sich aber heraus, dass Claude schon in bester Gesellschaft war. Alastair, der Doktor, saß an seinem Tisch. Auch Miss Schrullig war schon da, allerdings nicht an ihrem angestammten Platz, sondern an einem Tisch direkt neben ihnen. Ich war erstaunt, denn ihr üblicher Platz war ebenfalls frei, doch weil ich so erleichtert war über Alastairs Gegenwart, machte ich mir keine weiteren Gedanken. Nun konnte ich wenigstens heute Morgen höfliche Distanz zu Claude wahren.

Als er mich erblickte, lächelte er freundlich und winkte mich zu ihnen an den Tisch. Er erhob sich, während ich auf sie zukam. Dr. Graham blickte ihn mit gequältem Gesichtsausdruck an. Offensichtlich hatte er für solche anachronistischen Höflichkeiten keinen Sinn und sah keine Veranlassung, seinen Sitzplatz zu verlassen.

»Alastair, erinnerst du dich an Darrell?«, sagte Claude, als wir uns gesetzt hatten.

Alastair nickte knapp. »Ja, Sie haben neulich Alarm geschlagen.« Sein Ton ließ keinen Zweifel daran, dass er mich in einen Topf warf mit anderen unliebsamen Zeitgenossen, die ihm seine wertvolle Zeit stahlen. Zum Beispiel die Zeugen Jehovas oder Verkäufer am Telefon.

Doch dann schob er nach: »Ich habe im Krankenhaus angerufen, um mich nach Mr Hogan zu erkundigen. Er wurde entlassen, ich gehe also davon aus, dass er noch unter uns weilt. Jedenfalls im Augenblick. Ich kann mir nicht vorstellen, dass er ein vorbildlicher Herzpatient sein wird.«

»Aber nur, weil das ganze Gesundheitssystem beschissen ist.« Miss Schrullig hatte ihr Buch weggelegt, und ich konnte das Wort »Rohkost« auf dem Buchrücken lesen. Das passte.

Obwohl wir sie nicht dazu ermunterten, fuhr sie einfach fort: »Alle Gesundheitssysteme der Welt haben ein finanzielles Interesse daran, Menschen in Unkenntnis und Abhängigkeit zu halten. Mehr Krankheiten bedeuten mehr Bedarf an Medikamenten und somit pervers hohe Profite für die Hersteller. Absolut kriminell an der Sache ist, dass die als heilsam gepriesenen Medikamente im Grunde die Ursache für die nahezu epidemische Ausbreitung von Krankheiten darstellen. Und natürlich die hoch giftige behandelte Scheiße, die von den korrupten Lebensmittelbehörden als ›unbedenklich‹ für den Verzehr eingestuft wird.«

Sie schwieg demonstrativ, während wir sie ansahen. Als Erster fand der Doktor seine Sprache wieder.

»Mr Hogans Unlust, sich körperlich zu bewegen und mit dem Rauchen aufzuhören, würde ich eher auf individuelle Entscheidungen und weniger auf systemimmanente Missstände zurückführen.«

»Der Zigarettenverkauf hätte bereits vor Jahrzehnten untersagt werden müssen«, erwiderte Miss Schrullig. »Aber Geld regiert die Welt, und alle wollen ihr Stück vom Kuchen abhaben – angefangen von den Händlern des Todes, die das Zeug vertreiben, über die Regierungen, die dafür Steuern kassieren, bis hin zur Pharmaindustrie, die sich an den Kranken und Todgeweihten bereichert.«

»Verstehe.« Der Doktor drehte sich zu ihr hin, um sie besser ins Visier zu nehmen. »Sie möchten also das derzeitige System am liebsten durch ein anderes ersetzen, das uns endlich vorschreibt, was gut für uns ist?«

Miss Schrulligs Augen verengten sich zu Schlitzen. »Es gibt bewährte, anerkannte Alternativen zu fast jeder Behandlungsroutine, und es würde uns allen besser gehen, wenn uns alternatives Wissen nicht laufend vorenthalten würde.«

Der Doktor nickte ironisch. »Und wenn wir die Leute endlich zwingen könnten zu ihrem Glück, dann wäre die Welt ein besserer Ort.«

»Die Menschen können sich nicht für bessere Alternativen entscheiden, weil sie nichts von ihnen wissen.«

»Sie wollen mir doch nicht weismachen, es gäbe in diesem Teil der Welt noch Leute, die nicht wüssten, wie schädlich das Rauchen ist? Trotzdem rauchen immer noch zehn Millionen Briten.« Er zeigte auf seinen leeren Teller. »Ich bin drei Kilo über meinem Idealgewicht, und mein Cholesterinspiegel ist leicht erhöht. Trotzdem entscheide ich mich jeden Tag aufs Neue für zwei Sahnetörtchen. Und wissen Sie was?« Er neigte sich in ihre Richtung. »Ich genieße *jeden* Bissen.« Unvermittelt schob er seinen Stuhl zurück und stand auf. »Kommen Sie doch mal in meiner Praxis vorbei und klären Sie die drogensüchtige Siebzehnjährige mit den nässenden Wunden darüber auf, dass sie sich *gegen* ihren Methamphetamin-Missbrauch entscheiden kann und damit auch die Anfälle verhindert, bei denen sie sich regelmäßig die Arme aufkratzt, bis sie bluten. Oder klären Sie die Mutter des jugendlichen Selbstmörders darüber auf, dass es die bessere Entscheidung wäre, auf Schlafmittel zu verzichten, weil deren Konsum nur die Geldschränke der Pillendreher füllt, obwohl sie zum ersten Mal seit Monaten wieder eine Nacht durchschlafen konnte. Und klären Sie bitte auch gleich noch den dreiundfünfzigjährigen Vater dreier Kinder darüber auf, dass er nie an Leukämie erkrankt wäre, wenn er früher mehr Mungobohnen und Weizengras gegessen hätte. Ich bin fast jeden Tag von acht Uhr früh bis acht Uhr abends in der Praxis. Kommen Sie vorbei, wenn es Ihr voller Terminkalender erlaubt.«

Ohne sich zu verabschieden, drehte er sich um und verließ das Café.

Claude erhob sich, und für einen Moment sah es so aus, als wollte er ihm hinterherlaufen. Doch dann nahm er mit einem leisen Seufzen wieder Platz. »Ich sehe ihn ohnehin später am Tag noch einmal«, sagte er mit schuldbewusstem Blick. »Wahrscheinlich mit einer halbleeren Flasche Single Malt in der Hand.«

»Typisch für die Verteidiger eines völlig maroden Systems. Wen wundert's.«

Miss Schrullig blieb kühl und vollkommen unbeeindruckt. Und wieder bewunderte ein kleiner Teil von mir insgeheim ihre gelassene Haltung. Ich war überzeugt, sie hatte ihren Stammplatz heute nur aufgegeben, um Alastair die Stirn zu bieten, um es ihm heimzuzahlen für sein ruppiges Verhalten neulich.

»Er ist mein Freund«, sagte Claude zu ihr, »und einer der feinsten Menschen, die ich kenne.«

Um Miss Schrulligs Mundwinkel zuckte es spöttisch. »Nun, bei der Art Männer, mit denen Sie sonst Ihre Zeit verbringen, ist das keine besondere Auszeichnung.«

Claude wurde puterrot. »Ich empfinde diese Äußerung als extrem beleidigend.«

»Ein Kaugummi auf der Straße ist für Sie eine Beleidigung«, gab sie zurück. »Und ein Fussel auf der Kleidung. Wahrscheinlich ist Ihr Leben ein Strom nicht abreißen wollender Beleidigungen. Was macht da eine mehr schon aus?«

»Wie können Sie es wagen?« Claude saß stocksteif auf seinem Stuhl.

»Nur die Ruhe«, Miss Schrullig klang gelangweilt. »Sie kriegen sonst noch Hämorrhoiden von der ganzen moralischen Empörung, die Sie da innerlich gerade anstauen.«

Mir platzte der Kragen. »Was zum Teufel ist eigentlich Ihr Problem?«

Miss Schrullig hob erstaunt die Brauen. Ihre Mundwinkel zuckten angriffslustig. Plötzlich verstand ich: Sie liebte solche Auftritte! Und sie würde mir darin auch haushoch überlegen sein. Doch nun war es zu spät …

Sie antwortete nicht gleich, sondern betrachtete mich kühl. »Sie scheinen ja ziemlich aufgebracht«, sagte sie dann.

»Sie glauben also, Sie könnten uns behandeln wie Dreck, und wir nehmen es einfach so hin?«

Sie griff nach ihrem Buch und öffnete es seelenruhig an der Stelle, an der sie aufgehört hatte. »Nehmen Sie's hin oder lassen Sie es. Wie Sie wollen …«

Wohl wissend, dass ich gerade auf der Überholspur nach Nirgendwo auf den Abzweig Demütigungshausen zusteuerte, versuchte ich eine letzte Attacke.

»Sie mögen andere Menschen nicht, stimmt's? Hassen Sie alle, oder sind es nur die Männer?«

Wer nicht genau aufgepasst hätte, hätte es verpasst. Die lodernde Wut war binnen einer Sekunde schon wieder verloschen.

Doch ich hatte aufgepasst, und sie wusste es. Und weil sie einen Moment zu lange zögerte mit der Antwort, wusste Claude es nun auch.

»Das würde ja eine Menge erklären«, murmelte er.

»Spar dir die Herablassung«, zischte sie ihn an. »Du aufgeblasener englischer Flachwichser ohne Rückgrat.«

Die vor wenigen Augenblicken noch so kühle und gelassene Miss Schrullig war plötzlich zur Furie geworden. Und auch diesmal traf es alleine Claude mit aller Wucht. Ich war Luft für sie.

Zu meiner Verblüffung fing dieser plötzlich an, schallend zu lachen.

»Eigentlich hatte ich mir eine ruhmreichere Inschrift für mein Grab erhofft, aber ich denke, die wird es wohl werden.«

Miss Schrullig nahm nun den einzigen Ausweg, der ihr noch offenstand. Sie erhob sich, klemmte ihr Buch unter den Arm und war bereits der zweite Mensch, der uns heute Morgen einfach stehen ließ.

»Oje«, Claude blickte noch lange nach ihrem Weggang auf die Eingangstür, »was sie wohl erlebt haben mag?«

»Ich hoffe, etwas ganz schrecklich Schlimmes«, sagte ich leise grollend.

»Ich weiß nicht«, sagte er und schaute immer noch zur Tür. »Manchmal denke ich, wenn es mehr Menschen wie sie auf der Welt gäbe ...«

Er drehte sich um und sah mir in die Augen. Auf seinem Gesicht zeichnete sich für eine Millisekunde ein Ausdruck von verlegenem Trotz ab, wie mir schien. Doch er verschwand so schnell, wie er gekommen war.

Er neigte sich mit ernstem Gesicht zu mir hinüber. Ich hatte das unbestimmte Gefühl, ich müsste mich auf etwas gefasst machen.

»Ich muss mich bei dir entschuldigen«, sagte Claude. »Ich hätte dich nicht verurteilen dürfen. Du bist eine wirklich vernünftige Frau, und ich sehe, dass du dir keine ernsthaften Hoffnungen wegen Marcus machst, von ihm nichts erwartest und ihn einfach nimmst, wie er ist. Du genießt seine Gesellschaft und bist zufrieden, wenn er sich dir ab und zu anbietet. Das ist gut so.«

Autsch! Ein Schlag in die Magengrube. Ein Dolchstoß von hinten mitten ins Herz.

Und das Schlimmste war – er hatte Recht. Marcus würde sich dann für mich Zeit nehmen, wenn *er* es wollte. Er hatte nie mehr versprochen, und es wäre vollkommen unrealistisch, mehr von ihm zu erwarten. Was mich nicht davon abhielt, mehr zu *wollen.* Aber damit musste ich wohl klarkommen …

Dennoch hätte Claude das nicht *so* brutal aussprechen müssen.

»Du magst deinen Bruder nicht besonders, nicht wahr?«

Mit komplett ausdrucksloser Miene und ohne seine Lippen zu bewegen, sagte er: »Ich möchte darüber nicht sprechen.«

»Nein, das willst du wirklich nicht, das sieht man.«

Die Kontrahenten im akademischen Streit darüber, ob der Mensch durch Natur oder Kultur geprägt ist, hätten ihre wahre Freude an den aktuellen Vorgängen gehabt. Wenn es persönlich wurde, kam Marcus sofort mit allem heraus, ob man wollte oder nicht. Claude jedoch hielt den Deckel fest geschlossen wie ein eingetrocknetes Honigglas. Ihre genetische Disposition war so unterschiedlich, dass auch eine gemeinsame Erziehung sie einander nicht nähergebracht hätte. Ich dachte an meinen Bruder Simon. Obwohl uns neunzehn Jahre und eine halbe DNS-Kette trennten, liebte ich ihn sehr. In einer plötzlichen Gefühlsanwandlung hoffte ich, dass er wirklich bald nach London kam. Ich wollte ihn unbedingt sehen.

Claude blickte mich von der Seite an. Wahrscheinlich hatte er mir meine rührselige Ergriffenheit bemerkt.

»Stört dich das?«, fragte er.

»Stört mich was?« Ich versuchte, den Faden wiederzufinden. »Ach so, nein. Es stört mich nicht«, sagte ich und seufzte. »Ehrlich gesagt, würde ich auch liebend gern über etwas anderes reden.«

Er war sichtlich erleichtert, das konnten auch seine guten Manieren nicht verbergen. »Also schön, dann reden wir über andere Dinge.«

Ich wartete erst ab. »Soll ich anfangen?«, fragte ich dann.

»Warum nicht? Ich werde dann bald einen geeigneten Anknüpfungspunkt finden.«

Ich lachte. »Du kannst ziemlich witzig sein, wenn du willst.«

Er sah mich aufmerksam an. »Vielleicht wäre das ja doch die nettere Inschrift auf meinem Grabstein? Schön, wenn man eine gewisse Auswahl hat.«

Das Wort »Grabstein« war es. Wäre Marcus hier gewesen, hätte er vermutlich wieder auf meinen Comicmund angespielt, den ich immer hatte, wenn mich etwas bedrückte. Und dann hätte er versucht, ihn wegzuküssen.

Claude hob überrascht die Augenbrauen.

Ich stieß Luft aus. »Ich brauche Hilfe. Nein, ich meine, nicht *ich* brauche Hilfe, sondern jemand anderes braucht Hilfe«, fügte ich rasch hinzu, als ich sein erschrockenes Gesicht sah. »Ich brauche nur einen Rat, wie ich am besten helfen kann.«

»Will diese Person überhaupt Hilfe?«

»Eine berechtigte Frage. Nein, will sie tatsächlich nicht.«

»Falscher Stolz? Oder erschwerende Umstände?«

»Beides, fürchte ich.«

Claude zögerte mit einer Erwiderung. »Handelt es sich bei der Person, auf die du indirekt anspielst, vielleicht um unseren Herzpatienten Mr … wie hieß er doch gleich? Hogan?«

»Ja! Woher weißt du das?«

»Als Alastair seinen Namen vorhin erwähnte, hast du irgendwie ertappt dreingeschaut.«

»O nein!« Ich verzog das Gesicht. »Das liegt an den Schuldgefühlen, aber auch daran, dass er mich in Angst und Schrecken versetzt.«

»Wer, Mr Hogan?«

»Der auch.«

Claude lachte. »Ja, mein Freund Alastair kann Dummköpfe nicht ertragen, das ist wahr. Und er ist der Ansicht, dass höchstens ein Prozent der Weltbevölkerung nicht in diese Kategorie fällt. Was zwangsläufig zu Schwierigkeiten führt, wie wir gerade gesehen haben.«

»Aber *deine* Gesellschaft kann er ertragen.«

»Ich biete ihm nicht die Stirn, verlange nichts von ihm. Das ist der Grund.«

»Woher kennt ihr euch?«

»Er hat eine Freundin unserer Familie geheiratet.«

Dann schaute er mich leicht herausfordernd an. »Kommen wir zurück zu Mr Hogan. Erzähl mir einfach, was dir durch den Kopf geht, dann werden wir schon eine Lösung finden.«

»Willst du mir tatsächlich helfen?«, fragte ich vorsichtig.

»In Ermangelung anderer dringlicher Betätigungsfelder und Verpflichtungen kann ich dir getrost meine Hilfe anbieten.«

Ich sah plötzlich vor meinem inneren Auge, wie Big Man Claude die Tür öffnete. Allerdings war ich mir nicht sicher, ob die Szene einfach urkomisch sein würde, oder ob sie, bezogen aufs Universum, nur dasselbe Resultat zeigen würde, wie die Teilung einer Menge durch null.

Claude hatte mir eben sehr viel mehr als nur seine Hilfe angeboten. Er hatte durch seine Hilfsbereitschaft wieder Einzug in mein Leben gehalten, in einem Moment, als ich schon glaubte, er würde sich für immer zurückziehen. Ich war ihm richtig dankbar und wäre am liebsten sofort zu Big Man gerannt, um so lange an seine Tür zu klopfen, bis er keine andere Wahl mehr hatte, als endlich aufzumachen.

Aber warum die Dinge überstürzen?

»Ich hätte da zwei Ideen, was wir machen könnten«, sagte ich. »Bitte sag mir deine ehrliche Meinung: Welche ist weniger schwachsinnig?«

# 16

*Schöne Dinge, die sich diese Woche ereignet haben:*

*Marcus rief an!* Er war in Paris, um die Verfasserin des geilen kleinen französischen Buchs zu treffen. Er erzählte, wie er am ersten Morgen im Hotel mit einem – seine Worte – Riesenständer aufwachte, sich aber leider nicht mehr erinnern konnte, wovon er geträumt hatte. Er gehe aber davon aus, dass ich eine Rolle spielte, denn seit unserem Treffen würde er jedes Mal, wenn er an mich dachte – seine Worte – seinen Schwanz nur mit Mühe zügeln können.

Ich fragte nach, ob sich solche Vorkommnisse auch in der Öffentlichkeit ereigneten, und er bejahte. Er ergänzte jedoch, dass er beide Male an einem Konferenztisch gesessen habe, und das einzig Schlimme gewesen sei, dass er gezwungenermaßen eine merkwürdig schräge Position auf seinem Stuhl einnehmen musste, für die er sich zu Internatszeiten von den Lehrern stets einen schmerzhaften Kniff ins Ohr eingehandelt hatte.

Ich konnte mir nicht verkneifen, nach der Autorin zu fragen. Es stellte sich heraus, dass sie eine neunzehnjährige Göre war, die im zarten Alter von sechzehn den Zuhälter ihrer Mutter gebeten hatte, auch für ihn arbeiten zu dürfen. Von da an war sie im Gewerbe und fühlte sich dort wie ein Fisch im Wasser. Ihre Erfahrungen schrieb sie mit erstaunlichem literarischem Gespür und einer Detailverliebtheit nieder, die selbst Marcus zwang, vor die Tür zu gehen, um frische Luft zu schnappen.

Er meinte, das Buch sei die perfekte Kombination von schriftstellerischem Talent und übelstem Dreck. Verfilmt würde es ein Kassenschlager, alle Rekorde brechen und den Ruhm der kleinen Französin in astronomische Höhen katapultieren.

Ich fragte vorsichtig nach, ob die kleine Französin für astronomische Berühmtheit denn schon reif sei. Marcus erwiderte, ein Mädchen, das reif sei für Aktionen wie in ihrem Kapitel 5, *Der Zirkus geht ab,* beschrieben, sei auf alles vorbereitet.

Dann entstand eine Pause, und ich erwartete die Frage, was ich so treibe. Die wahrheitsgemäße Antwort wäre »nichts Besonderes« gewesen. Aber er fragte nicht. Er sagte nur: »Ach, übrigens, das Gartenfest steht unter dem Motto ›Dreißigerjahre‹, und wir sollen uns in Schale werfen. Das geht doch in Ordnung, oder?«

*Claude bot mir an, mit ihm zur Party zu fahren.* Auf mein Drängen hin weitete er das Angebot widerwillig auf Marcus aus. Es war unklar, ob er eine Begleitung für sich eingeladen hatte.

Ich dachte über Claude und Sex nach. Nicht mit mir, verstehen Sie mich nicht falsch, sondern mit irgendjemand. Hatte er Sex? Hatte er je Sex gehabt? Vielleicht war das erste Mal so abstoßend gewesen, dass er danach für immer darauf verzichten wollte. Dann überlegte ich, welche Art Sex wirklich so abstoßend sein könnte, dass man das nie mehr erleben wollte. Inzest. Sexuelle Belästigung. Vergewaltigung. Wie entsetzlich! Ich hoffte inständig, ihm war nichts dergleichen widerfahren. Möglicherweise behagte ihm nur die Unordnung, das Schmutzige an Sex nicht. Doch Claudes Sexleben war im Augenblick eigentlich mein kleinstes Problem.

Meine Sorge galt dem Ablauf des Gartenfests, denn ich hatte keine Ahnung, was mich erwartete, und Angst, es mir vorzustellen. Die begeisterte Lektüre der Romane von Nancy Mitford hatte vor allem bewirkt, dass ich mir meines faden Mittelklassehintergrunds mit all den Zierdeckchen und Absicherungen nun schmerzlich bewusst war. Ich gehörte einfach nicht in die Welt der Oberschicht mit ihren Extravaganzen und musste gar nicht erst versuchen, mich anzupassen. Ich versuchte, von Claude irgendetwas über die Party in Erfahrung zu bringen, aber er stieß nur tiefe Seufzer aus. Er würde auf jeden Fall dort sein. Wenigstens *ein* Lichtblick.

*Ich brachte den Mut auf, an Big Mans Tür zu klopfen, bin dann aber weggerannt.* Die beiden Ideen, die ich mit Claude besprochen hatte, lauteten (in der Abfolge von armselig zu weniger armselig): Ich könnte Big Man einen Brief schreiben oder mit einem Kaffee in der Hand vor seiner Wohnungstür stehen. Ich entschied mich für die mittelarmselige Variante, einer Mischung aus beidem. Zuerst stellte ich den Pappbecher vor seine Tür, dann schob ich den Zettel unter dem Türspalt hindurch, klopfte und rannte weg.

Auf dem Zettel stand, er solle möglichst schnell aufmachen, damit man ihm den Kaffee nicht klaute, und falls er irgendetwas brauche (Baked Beans, Zigaretten, anderes Dosenfutter), solle er es auch auf einen Zettel schreiben und unter der Tür durchschieben, damit ich es am nächsten Morgen besorgen konnte. (Den Zettel sollte er nur halb durchschieben, damit er nicht geklaut wurde.)

Beim ersten Mal war ich ziemlich nervös. Beim zweiten Mal fürchtete ich, er würde die Tür aufreißen und mich zum Teufel jagen. Beim dritten Mal war ich fest davon überzeugt, dass er mir hinter der Tür mit einer Brechstange auflauerte. Doch die Tür blieb geschlossen, und es gab auch keinen Zettel. Allerdings waren die Kaffeebecher jedes Mal weg, wenn ich am nächsten Tag mit einem neuen erschien. Doch das musste nicht automatisch heißen, dass er ihn genommen hatte. Ohne ein paar starke Männer, die seine Tür eintraten, würde ich nie herausfinden, ob er noch lebte. Ich presste ein Ohr an die Tür und meinte, Fernsehgeräusche zu hören. Das reichte fürs Erste. Solange keine Fliegenschwärme auf andere Umstände hindeuteten, ging ich davon aus, dass er noch am Leben war.

Aber wie lange sollte ich mit meiner jämmerlichen Rettungsaktion noch fortfahren? An welchem Punkt war endgültig klar, wie vergeblich die Mühe war? Big Man hatte ja schon oft unter Beweis gestellt, dass seine Sturheit die eines normalen Menschen weit überstieg. Schlimmstenfalls ging das jahrzehntelang so weiter. Ich beschloss, ihm noch eine Woche zu geben und dann zu entscheiden, ob ich meine Bemühungen fortsetzen wollte.

Und ich startete noch eine zweite Aktion, auf die ich allerdings nicht besonders stolz war. Ich ging zum Rathaus von Islington, um einen Antrag auf Einsicht in seine Heiratsurkunde zu stellen. Da ich nicht wusste, wann er geheiratet hatte, kam ich nur aufgrund der Altersangabe weiter. Die freundliche Frau am Schalter suchte nach seiner Geburtsurkunde und meinte, sie könne als Querverweis auf die Ehebescheinigung dienen. Wir einigten uns auf eine Altersspanne zwischen sechzehn und neunundzwanzig Jahren, in der Big Mans Eheschließung vermutlich stattgefunden hatte. Das war zwar immer noch ein weiter Rahmen, aber besser als nichts.

Ich gab vor, eine Verwandte zu sein, die Big Man (den ich dort selbstverständlich nicht so nannte) helfen wollte, der leider an einem Hirntumor lebensgefährlich erkrankt war und große Teile seines Gedächtnisses verloren hatte. Meine Aufgabe bestand angeblich darin, ihm eine Mappe mit wichtigen Lebensstationen, Dokumenten und Fotografien zusammenzustellen, damit er vor seinem Ableben noch einmal alles Revue passieren lassen konnte.

Die Frau war furchtbar gerührt. Ich fühlte mich furchtbar schlecht. Und das war nur Teil eins meines Plans. Als Nächstes wollte ich herausfinden, ob Big Man Kinder hatte. Im Internet hatte ich darauf keinen Hinweis gefunden, aber sein maßloser Selbsthass schien mir doch darauf hinzuweisen, dass er sich vorwarf, andere tief enttäuscht zu haben …

Zuerst hatte ich vor, Gabriel Flynn in meine Pläne einzuweihen. Ich wollte wissen, ob er mein Vorgehen vernünftig oder absolut unsinnig und selbstmörderisch fand. Doch dann ließ ich es sein. Er hatte mich mit den Recherchearbeiten beauftragt, und bisher bewegte sich alles in genau diesem Rahmen. Nur Big Man durfte davon nie erfahren. Niemand durfte je davon erfahren …

Eigentlich zählt E-Mails-Schreiben nicht als schriftstellerische Arbeit. Doch während ich eine Nachricht nach der anderen verfasste, redete ich mir ein, dass man es durchaus so sehen konnte. Ich schrieb an Simon, Michelle und an Adam.

Simon gegenüber bekräftigte ich nochmals mein Angebot, ihn bei mir aufzunehmen, wenn er in London war. Ich schrieb, wie gern ich ihn sehen würde, was auch wirklich stimmte. Erstaunt stellte ich plötzlich fest, dass er und Marcus – so unterschiedlich sie sonst sein mochten – tatsächlich eine Gemeinsamkeit hatten. Beide liebten es, nackt durch die Wohnung zu laufen. Zwar hatte ich Simon nur einmal in meinem Leben nackt durch die Wohnung laufen sehen, als er einmal an Weihnachten bei Tom und mir war. Aber er sagte damals, er würde das immer machen – bei sich zu Hause, wie er rasch hinzufügte. Er habe nur kurzzeitig vergessen, dass er im Augenblick ja bei *uns* zu Hause war. Bleibenden Eindruck auf mich hatte nicht Simons Ausstattung hinterlassen, sondern der Rest. Bekleidet wirkte er immer leicht krumm und mager, doch an diesem Morgen in unserem Flur stellte ich fast schockiert fest, dass er den muskulösen Körper eines Athleten hatte. Das kam wahrscheinlich vom vielen Klettern. Seine Arme hätten ausgezeichnete Modelle für Leonardo da Vincis anatomische Skizzen abgegeben, so wohl proportioniert und geformt waren sie mit den vielen Sehnen, Adern und den kräftigen Muskeln.

Ein leichtes Grausen überkam mich. Das Bild des Liebhabers und des Bruders gleichzeitig vor Augen zu haben, ist *sehr* eigenartig und nicht zu empfehlen.

Nach dem Absenden der E-Mail überlegte ich, was ich eigentlich über Simons Liebesleben wusste. Er hatte nie geheiratet, aber als er Mitte dreißig und ich noch ein Teenager war, hatte er mehrere Jahre lang eine Freundin gehabt mit einem kurzen, prägnanten Namen wie Jane oder Pam, die ebenfalls Wissenschaftlerin war und seine Leidenschaft fürs Klettern teilte. Doch die Beziehung ging schon vor zehn Jahren auseinander, und ich hatte keine Ahnung, ob die Lücke je gefüllt wurde.

Auf einmal machte mich das wahnsinnig traurig. Allerdings konnte ich nicht sagen, ob es daran lag, wie wenig ich über meinen eigenen Bruder wusste, auch wenn er nur mein Halbbruder war, oder ob ich den Gedanken des Alleinseins nicht ertrug. Auf jeden Fall konnte ich die Vorstellung, alleine zu *bleiben,* nicht aushalten. Ich schwor mir, Simon nach seinem Privatleben zu fragen, sobald er nach London kam – und hoffte dabei im Stillen, er würde bestätigen, dass er nie glücklicher war.

Die E-Mails an Michelle und Adam drehten sich beide um die Dreißigerjahre. Genau genommen um Kleider und Schuhe, Frisuren und Lippenstiftfarben.

Ich habe Unmengen von Agatha-Christie-Verfilmungen auf Video angesehen, schrieb ich, und bin im Bilde. Aber wo kriege ich die Sachen her?

Versuch es doch in Vintage-Läden, die auf Originalmode aus den Dreißigern spezialisiert sind, schlug Michelle vor. Oder schneidere dir selbst etwas in dem Stil. Kannst du nähen?

Kann ich, schrieb ich zurück, aber ich habe keine Nähmaschine. Auch in Neuseeland habe ich immer die von meiner Mutter ausgeliehen.

Adam wollte mir ein figurbetontes weißes Satinteil à la Jean Harlow aus seinen Beständen rüberschicken.

Ich gehe auf ein Gartenfest, nicht in den Kit-Kat-Club, schrieb ich zurück, trotzdem danke.

Oh, da fällt mir eben was ein!, mailte Adam. Ein guter Freund ist Kostümdirektor in einem Theater im West End.

Wie gut seid ihr wirklich befreundet, hakte ich nach, wenn er dir eben erst wieder einfiel?

Guter Freund heißt: Wir haben mal miteinander gevögelt, klärte Adam auf. Freund heißt einfach Freund. War eine einmalige Sache. Wir waren beide sehr betrunken, deshalb temporärer Gedächtnisverlust.

Würde er sich denn an einen gewissen Adam erinnern, oder ist seine Erinnerung auch im Vollrausch untergegangen?

Nein, er wird sich bestimmt erinnern, schrieb Adam. Von ihm habe ich das Jean-Harlow-Teil. Sein Name ist Ambrose.

»Meine Knie sind hässlich.«

»Mmhmm.«

Meine Knie waren Ambrose herzlich egal. Er war in seinem Element. Vor ihm stand ein Kleiderständer. Auch hinter ihm stand einer. Und links und rechts ebenfalls. Man bekam kaum mehr Luft zwischen all den Klamotten, und ich hatte das Gefühl, in den Fängen eines Kleiderfetischisten in der Schnellreinigung gefangen zu sein.

Eben wurde mir ein grünes Gewand zugeworfen und gleich wieder entzogen.

»Nein«, verkündete Ambrose, »Puffärmel! Allerschlimmste Scheußlichkeit. Fließend und geschmeidig ist unser Stichwort.«

Geschmeidig war auch das richtige Wort für Ambrose. Als wir den stickigen, extrem gut geheizten Garderobenraum betraten, hatte er sofort seine Lederjacke ausgezogen. Sein ärmelloses schwarzes T-Shirt entblößte jede Menge gepflegte glatte Haut, einen kräftigen, im Fitnessstudio gestählten Rumpf und muskulöse Arme. Er war so groß wie ich, etwa eins siebzig, und weder schlank noch dick. Mit seinem kahlrasierten Kopf sah er aus wie ein properer, aalglatter Seehund. Ich dachte an Adam, der zwar gut aussah, aber mindestens eins neunzig groß und spindeldürr war, mit schlaksigen Armen und Beinen. Vor meinem geistigen Auge erschien plötzlich das lebhafte Bild eines Weberknechts, der es in seinem Netz mit einer feisten Stubenfliege trieb.

Ambrose dachte fälschlicherweise, mein leises Schaudern bezog sich auf ein Kleid, das er mir gerade zeigte.

»Zu langweilig?«

Es war cremefarben mit schwarzem Blümchenmuster, hatte dreiviertellange Ärmel und wurde in der Taille von einem eingearbeiteten Gürtel zusammengehalten. Hübsch, aber überhaupt nicht sexy.

»Hmmm ...«

»Der Fluch jeglicher Alltagskleidung in den Dreißigern«, seufzte er und hängte es zurück. »Entweder man sieht aus wie Shirley Temple oder wie eine Hausfrau aus der Maggi-Werbung. Kann ich Sie wirklich nicht für das schöne schräg geschnittene lange Satinkleid in Rot begeistern?«

»Doch nicht für ein Gartenfest!«

»Glamour darf einer albernen Etikette niemals zum Opfer fallen«, sagte er naserümpfend.

Er klapperte mit den Kleiderbügeln und suchte weiter. Dann hielt er eine hellblaue Satinbluse mit kurzen Flügelärmeln in die Höhe, eng geschnitten und tief dekolletiert. »Einfach fantastisch, absolut Dreißigerjahre. Die kleine Krawatte wird seitlich am Hals geknotet. Extrem kess, verleiht den Schick von Abenteurerinnen à la Amelia Earhart, mit einem kleinen lesbischen Touch. Ich finde sicher noch eine passende weit geschnittene Hose dazu.«

»Fabelhafte Bluse, wirklich! Aber ich glaube, mir wäre ein Kleid lieber.«

In Wahrheit wollte ich für Marcus sexy und begehrenswert aussehen. Ein lesbischer Touch stand dem definitiv im Wege, auch wenn die Bluse noch so schick war.

»Also gut, dann vielleicht Tennis-Look?«

Ambrose hielt mir ein bezauberndes ärmelloses Kleid mit Faltenrock und einem tief sitzenden grauen Feinstrickgürtel hin. Es war hinreißend, aber wirklich sehr, sehr kurz.

»Die Knie, Ambrose, meine hässlichen Knubbelknie, Sie wissen doch ...«

Er seufzte wieder. »Sie sind mir aber eine ganz Anspruchsvolle!«

»Wissen Sie was, ich glaube, etwas Glamour täte mir doch gut. Nur der Rocksaum darf nicht bis auf die Erde reichen, wegen dem nassen Gras und so ...«

Ambrose schaute mich skeptisch an. »Und *pourquoi* dieser plötzliche Sinneswandel?«

Ich bekam einen roten Kopf. »Es ist ein gesellschaftlicher Anlass in den feinsten Kreisen, und ich kenne fast keinen der Anwesenden. Außerdem sieht mein Begleiter so umwerfend gut aus, egal, was er trägt ...«, versuchte ich mich zu rechtfertigen. »Kurzum, der Glamourfaktor sollte bei mir doch lieber etwas höher ausfallen.«

Ambrose sah mich schweigend an. »Hmmm ...«

Dann wühlte er sich noch einmal durch die vielen Kleiderbügel, und im Nu präsentierte er mir zwei Kleider.

»Wow!« Mir stockte der Atem.

Das eine Kleid war ein Traum aus Satin in Elfenbein

und Gold, ärmellos mit einem eng anliegenden Bustier, das nicht sehr tief ausgeschnitten war und oben am Saum von einem glitzernden Diadem mit einem Art-déco-Stern in der Mitte abschloss. Das Raffinierteste war der Rockteil, der in spitz zulaufenden Fischgrätmustern kaskadenartig von der Hüfte zu den Fesseln fiel.

Das andere Kleid war aus Kreppseide, auch ärmellos, aber hellrosa mit eingenähten Chiffonbahnen. Am Ausschnitt und unter dem Busen war ein breites, perlenbesetztes rosa Satinband eingearbeitet, was die Brust sehr gut zur Geltung brachte.

Ich konnte nicht sagen, welches ich schöner fand.

»Kann natürlich sein, dass beide nicht passen«, sagte Ambrose eilig, um meine Euphorie zu dämpfen. »Aber eigentlich sind Theaterschauspielerinnen immer ein bisschen kräftiger als ihre Filmschwestern.«

Er hielt beide Kleider abwechselnd an mich dran. »Das Rosafarbene macht Sie ein wenig blasser, aber es passt farblich besser zu einer Tagesveranstaltung. Hier ...«, er reichte es mir, »probieren Sie es an.«

Ich sah mich suchend um.

Ambrose zog eine Braue hoch. »Ich habe mehr nackte Menschen gesehen als ein Saunameister, glauben Sie mir. Ihre Anatomie wird mich weder schockieren, geschweige denn interessieren. Los, rein in den Fummel!«

Das rosa Kleid passte wie angegossen. Das goldene Satinkleid ebenfalls.

»Und welches soll ich nun nehmen?«

»Welches entspricht Ihnen mehr?«

Ich schaute ihn an. »Ich weiß es nicht. Wahrscheinlich keines.«

»Hmmm. Was wird denn Ihr atemberaubender Begleiter tragen?«

Auch das wusste ich nicht, was mir fast peinlicher war, als mich vor einem schwulen Muskelpaket auszuziehen, das ich kaum kannte.

»Also«, fing ich an zu improvisieren, »ich vermute, er wird irgendwas cricketmäßiges tragen. Aber unsere Garderobe muss nicht aufeinander abgestimmt sein«, fügte ich rasch hinzu.

Ambrose nickte. »Dann nehmen Sie das Satinkleid«, entscheid er. »Die schlichte Eleganz passt besser zu Ihnen.«

Ich zog mich wieder um. Ambrose packte das Satinkleid in eine große Tüte und übergab sie mir zusammen mit passenden Schuhen aus hellbeigem Leder mit einem niedrigen Absatz und kleinen Riemchen auf Knöchelhöhe.

»Sie sind meine Rettung, ich bin Ihnen wirklich sehr dankbar«, sagte ich.

Er nahm seine Lederjacke, hakte seinen Zeigefinger am Aufhänger ein und warf sie über die Schulter. Dann sah er mich abschätzend an.

»Sagen Sie mir, wie es gelaufen ist. Ich interessiere mich brennend für diese Dinge.«

Als ich später noch einmal über seine Worte nachdachte, merkte ich, dass ich eigentlich nicht wusste, was er gemeint hatte.

Allmächtiger, ich war so erleichtert, weil nun für meine Garderobe gesorgt war – ich schwebte wie auf Wolken. Als ich in meine Straße einbog, war ich bereits tief versunken in meine Dreißigerjahre-Fantasiewelt. Marcus und ich fuhren in einem weißen Bugatti-Cabrio über Land, wie in einem Roman von Margery Allingham oder Georgette

Heyer. Marcus wollte gerade fragen: »Bist du glücklich, Liebling?«, als ich mit etwas ziemlich Hartem zusammenprallte und kurzzeitig keine Luft mehr bekam.

Es war Anselo. Besser gesagt der riesige Stapel Holzlatten, den er schleppte. Er stand, ich fiel – voll auf den Hintern. Da saß ich nun wie eine Holzpuppe mit gespreizten Beinen auf dem Gehweg und hielt die große Tüte in einem Arm, während ich jammernd mit der anderen Hand mein Steißbein rieb.

Anselo schaute ärgerlich auf mich herab und sagte: »Ich trage hier das halbe Haus durch die Gegend, ich war ja wohl nicht zu übersehen!«

Ich wusste nicht, was ich sagen sollte. Dass ich gerade in einem Bugatti durch die Landschaft gebraust war? Ich brachte kaum eine Entschuldigung heraus.

Anselo wuchtete das Holz zurück in den Transporter und kniete sich neben mich. »Alles in Ordnung?«

Ich schüttelte den Kopf. »Ich glaube, ich habe mir mein Hinterteil gebrochen. Man sollte meinen, es wäre gut genug gepolstert, aber das ist ein Irrtum …«

Anselo grinste. Er nahm mir die Tüte ab und reichte mir die andere Hand, um mir hochzuhelfen.

Vorsichtig betastete ich erneut mein Steißbein. »Autsch. Verflixt, aua!«

»Ich würde ja anbieten, den Schmerz wegzupusten, aber …«

Er lächelte zögernd, als wollte er vorsichtig das Terrain sondieren. Mir schien, als wollte er sich auf diese Art für sein bockiges Verhalten in der letzten Woche entschuldigen. Wie ein Schild hielt er meine Tüte vor die Brust gepresst. Er trug ein verschlissenes, staubiges T-Shirt mit dem

Cover eines alten Stranglers-Albums drauf. *The Raven*. Tom hatte die Stranglers geliebt. *No more Heroes anymore …*

Anselo hatte etwas gesagt, und ich schaltete zurück auf Konversationsmodus. »… einen Drink.«

»Tut mir leid, ich war für einen Moment ganz taub vor lauter Schmerzen an meinem Po.«

Ein halbes Lächeln. »Ich sagte, wir könnten zur schnelleren Genesung vielleicht später was Trinken gehen. Ich muss zwar um halb sieben schon wieder weg, aber vielleicht gegen fünf?«

Es war bestimmt keine formvollendete Einladung, aber charmant fand ich es trotzdem. Ich hatte zwar keine Ahnung, was ich mit Anselo über eine Stunde lang reden sollte, doch ablehnen wollte ich das Angebot auch nicht.

»Das ist nett, ja, sehr gerne.« Ich deutete auf sein staubiges Stranglers-T-Shirt. »Und wenn wir in diesen Pub um die Ecke gehen – ich glaube, er heißt Queen's Head –, dann ist Umziehen auch nicht nötig.«

Er reichte mir mein Kleid. »Wenn wir ins Queen's Head gehen, sollten wir aufpassen, dass wir dort nicht versacken.«

Nun erschien Tyso in der Tür, sah die Tüte und grinste. »Na, schön geshoppt?«

Ich schüttelte den Kopf. »Nein, gut geborgt.«

Es war schon das zweite Kleid, das ich ausleihen musste, um mit Marcus auszugehen. Nicht dass ich jetzt mitzählte! Ich hatte ja ohnehin keine andere Wahl.

Anselo zeigte mit dem Daumen hinter sich auf den Holzstapel. »Bring das rein, Tyso.«

»Ich dachte, das machst du?«

Ein Blick des Chefs genügte, um Tysos Einwände im Keim zu ersticken. Murrend nahm er den Stapel und trug ihn mit aufgesetzter Nachlässigkeit ins Haus.

Anselo lehnte am Transporter, Arme verschränkt. Während er Tyso beim Schleppen zusah, spielte ein kleines Lächeln um seine Mundwinkel.

»Warum so streng?«, fragte ich.

»Das braucht er. Er hat drei ältere Schwestern, die ihn nur verwöhnen, seit er auf der Welt ist.«

»Warum hat er sich für einen Handwerksberuf entschieden, wenn körperliche Arbeit nicht sein Ding ist?«

Anselos Blick kehrte zu mir zurück. »Weil es sein Vater bestimmt hat. Er hat entschieden, dass Tyso für mich arbeiten soll.«

»Und Sie? Hatten Sie dabei auch etwas zu sagen?«

Er zuckte mit den Schultern. »Ich konnte einen Lehrling gebrauchen. Hatte mehr Arbeit, als ich allein schaffen konnte. Gute Arbeitskräfte sind rar, vor allem wenn man nicht Polnisch spricht.«

Er trat einen Schritt weg vom Wagen. »Apropos Arbeit …«, sagte er und fügte mit einem kurzen fragenden Blick hinzu: »Treffen wir uns um fünf hier vor der Tür?«

»Fünf Uhr passt.« Ich nickte und verschwand im Haus.

Wie schön, dachte ich, als ich das Satinkleid sorgfältig auf einen Bügel hängte und im Schrank verstaute. Heute muss ich mir wenigstens keine Gedanken über meine Garderobe machen.

# 17

Ich schaute Anselo nach, wie er sich an den Tischen vorbei zur Bar vorarbeitete. Sein Stranglers-Shirt hatte er gegen ein nagelneu aussehendes Polohemd in Hellblau getauscht. Lacoste. Ich war mir nicht sicher, ob es ihm wirklich stand. Vielleicht hatte es seine Freundin für ihn gekauft? Tysos Beschreibung klang, als wäre sie der Lacoste-Typ.

Wir saßen im Queen's Head um die Ecke. Der Pub, so erzählte Anselo, sollte bald geschlossen werden, weil die Lizenzbrauerei den Vertrag mit dem Wirt gekündigt hatte. Dieser versuchte, den Laden so lange wie möglich zu halten, vielleicht hoffte er noch auf ein Wunder beziehungsweise einen neuen Vertragspartner. Es wäre schade um den schönen Pub. Die Atmosphäre war freundlich, die Einrichtung gemütlich mit bequemen Sofabänken entlang der Wände, auf die ich schnurstracks zusteuerte, weil ich hoffte, sie würden mein lädiertes Hinterteil möglichst sanft aufnehmen.

Anselo kehrte überraschend mit zwei Gläsern Wein zurück. Genau genommen staunte ich nicht über das eine Glas, denn das hatte ich ja bestellt. Ich staunte über das zweite, darüber, dass auch er Wein trank.

»Kein Biertyp?«

Er zuckte mit den Schultern. »Je nachdem.«

Ich probierte den Wein. Ich hatte darum gebeten, dass

er weiß, eher trocken und nicht von der *allzu* schlimmen Sorte sein möge. Die bisherigen Erfahrungen mit Wein in englischen Pubs ließen mich nichts Gutes ahnen. Doch ich hatte mich getäuscht.

»Der schmeckt ja vorzüglich!«

»Das will ich hoffen. Aus Ihrem Land kommen schließlich die besten Sauvignon Blancs der Welt.«

Mir blieb der Mund offen stehen, bis ich es merkte und ihn wieder schloss. »Sagen Sie nicht, Sie sind ein Weinkenner?«

»Gut, dann sage ich es nicht.«

Er schwenkte seinen Rotwein, sog den Duft ein, dann probierte auch er – und zog eine Schnute. »Na ja, könnte schlimmer sein.«

»Also ich kann gerade noch den Unterschied zwischen rotem und weißem Wein erkennen.«

Er nickte bedächtig. »Das ist doch schon mal ein Anfang.«

»Gut, dann möchte ich mit diesem tollen Wein aus meiner Heimat anstoßen und schlage vor, wir gehen jetzt endlich zum Du über.«

»Unbedingt.« Anselo sah ein wenig verlegen drein.

»Ich kann übrigens ziemlich fiese Margaritas mixen«, sagte ich und hob mein Glas. Wir stießen an.

»Gute Margaritas müssen fies sein, mit heimtückischer Wirkung«, sagte er dann.

»Du sprichst aus Erfahrung?«

»Ja, nur kann ich mich an die Erfahrung nicht mehr so gut erinnern«, sagte er.

Ich lächelte, und für eine Nanosekunde bekam ich auch von ihm ein kleines strahlendes Lächeln geschenkt.

Dann verfiel er wieder in sein altbekanntes unbehagliches Schweigen und schaute aus dem Fenster. Er hatte sehr feine Gesichtszüge, stellte ich erneut fest, die noch viel besser zur Geltung kämen, würde er nicht immer einen so unzufriedenen Eindruck erwecken.

Ich lehnte mich zurück und nippte an meinem Wein. Kein Problem, wenn er nicht reden wollte. Gedanklich war ich ohnehin auf Panikbetrieb geschaltet wegen des anstehenden Gartenfests. Ich überlegte die ganze Zeit, wie die Mutter von Marcus und Claude wohl war. Zwei Möglichkeiten hatte ich in die engere Wahl gezogen. Entweder sie war eine energische Frau mit einer Leidenschaft fürs Reiten, die dauernd wissen wollte, welche Meinung ich zu diesem oder jenem Thema hatte. Oder sie war eine von denen, die gelangweilt auf einer teuren Couch mit einem Champagnerglas in der Hand und einem Pekinesen auf dem Schoß Gäste empfingen.

Mein Hörsinn funkte an mein Hirn, und ich hörte Anselo noch sagen: »... Familie.«

Zum Glück konnte ich bei ihm sicher sein, nicht furchtbar viel verpasst zu haben. Seine Sätze bestanden meist nur aus wenigen Wörtern.

»Wie bitte?« Ich schob die Unterlippe vor. »Schon wieder nicht aufgepasst.«

*»Das heimliche Leben«,* sagte er plötzlich. »›Das, was du als dein Eigen schützen würdest, wenn Staat und Nation allein die Wahl dir ließe: Wähle eines, denn alles andere ist unser.‹«

Diesmal versuchte ich erst gar nicht, den Mund wieder zuzukriegen.

»Ein Gedicht von Stephen Dunn. Amerikanischer Dichter. Und nein: Ich bin kein Lyrikkenner. Das habe ich nur mal irgendwo gelesen und mir gemerkt. Wenigstens sinngemäß.«

»Verstehe …« Ich schüttelte mich. »Was hast du eben gefragt?«

»Wie viele seid ihr in deiner Familie?«

»Oh …« Ich sah etwas betrübt drein. »Also da sind nur ich, mein Vater und meine Mutter. Und mein Halbbruder Simon, der um einiges älter ist als ich. Er ist Wissenschaftler und erforscht Wellen.«

»Wellen wie ›Protestwellen‹?«

Ich lachte. »Nein, wie ›Flutwellen‹.«

Anselo machte ein nachdenkliches Gesicht. »Wie kann man Wellen zum Stillstand bringen, um sie zu erforschen?«

»Frag ihn! Er kommt mich bald besuchen.«

»Das wird ja dann ziemlich gemütlich im Haus. Vielleicht sollten wir einen Anwesenheitsplan aufstellen?«

»Und du? Wie groß ist deine Familie?«

Er sah mich überrascht an. »Wir sind Roma. Bei uns gibt es keine Kleinfamilien. Ich habe zwei ältere Brüder, zwei jüngere Schwestern und etwa vierhundertfünfzig Millionen Cousins.«

Ich musste lachen. »Und wärst du es lieber nicht?«

»Eigentlich nicht.« Dann schüttelte er energisch den Kopf, als ärgerte er sich über sich selbst. »Dann bin ich wenigstens irgendwas. Ich mag die alten Geschichten …«

»Ich muss gestehen, für mich besteht das Zigeunerleben aus bunt bemalten Wohnwagen und feurigem Gypsy Swing.« Die Sache mit den gebackenen Igeln erwähnte ich lieber nicht.

Anselo verzog den Mund. »Ja klar, und außerdem denkt

alle Welt, dass wir Wilddiebe sind und alle alten Zigeunerinnen schäbige Erikasträußchen verkaufen. Und natürlich dass wir unsere Kinder früh verheiraten.«

»Soweit ich deine Familie bisher kennengelernt habe, entsprechen diese Klischees nicht der Wahrheit.«

Er mied meinen Blick. »Wir sind langsam die soziale Leiter hochgeklettert und versuchen es weiter. Manchen gelingt das besser als anderen.«

»Erzähl mir davon!« Ich sah ihm an, dass er lieber über etwas anderes sprechen würde. Pech für ihn. Ich stürzte mich nur allzu gern auf die Lebensgeschichten anderer.

Er seufzte leise, machte aber keine Anstalten auszuweichen. »Vor meiner Geburt, noch in den Sechzigerjahren, wurden Zigeuner gnadenlos verfolgt. Mein Großvater – der auch Tysos Großvater ist – beschloss, dass es irgendwann genug war. Seine Brüder und er hatten ein gutes Händchen für Pferde, und Großvater überredete sie – na ja, es war wohl eher ein Befehl –, sesshaft zu werden, Häuser zu kaufen, Arbeit in Gestüten und Pferdeställen zu suchen und Geld zu verdienen. Über die Arbeit mit Pferden gelang es meiner Familie, sich sozial und finanziell besser zu stellen.«

»Klingt so, als wäre mit Großvater nicht zu spaßen.«

»Mit meiner ganzen Familie ist nicht zu spaßen«, murmelte Anselo.

»Was ist mit deinem Vater?«

Er zögerte mit der Antwort. »Er starb, als ich zwölf war.«

»Das tut mir leid!«

Er blickte gleichgültig drein, als wäre ihm das nicht besonders nahegegangen. »Tysos Dad hat für uns gesorgt, später dann Patrick.«

Sein merkwürdiger Unterton ließ mich aufhorchen. »Magst du Patrick nicht?«

»Wer könnte Patrick nicht mögen?« Sein Sarkasmus war nicht nur hörbar, er stand ihm ins Gesicht geschrieben.

»Ich finde Patrick großartig.« Das meinte ich aufrichtig, sagte es aber vor allem, um Anselo zu provozieren. Sein Verhalten war seltsam – und irritierend. »Er ist offen, witzig, großzügig ...«

»Ja, das sollte er gefälligst auch sein!«

»Was meinst du damit?« Ich sah ihn von der Seite an. »Willst du andeuten, dass ihm sein Geld nicht zusteht?«

Anselo blickte böse auf den Grund seines Glases. »Vergiss es«, sagte er in schroffem Ton. »Du hast Recht. Patrick hat sich alles redlich verdient. Auch seine Vorzeigefrau.«

»Ach, komm schon! Clare ist doch keine Vorzeigefrau.« Nun ging er in meinen Augen zu weit. »Was hast du denn für ein Problem mit ihm?«

Die Antwort blieb er mir schuldig. Er sah angespannt aus, Ärger und Scham spiegelten sich in seinem Gesicht. Doch plötzlich ließ er locker, seine Schultern entkrampften sich, und er blies gedehnt Luft durch die Lippen.

»Im Grunde habe ich ein Problem ...«, er betrachtete intensiv seine Schuhe, »... mit mir selbst.«

Er blickte wieder auf und sah mir in die Augen. »Und ich weiß nicht, wie ich es lösen könnte.«

»Aber ...«, ich war wirklich perplex, »was hast du denn? Du siehst gut aus, bist dein eigener Chef, du hast eine tolle Freundin ...«

»Woher weißt du das?« Er verdrehte die Augen. »Ach, du Schande. Von Tyso. Der Junge ist ein wandelnder Infokanal.«

Er senkte den Blick. Als er ihn wieder hob, sah er mir in die Augen und lächelte. Ein wenig schief zwar, aber immerhin.

»Ja, du hast Recht. Was ist bloß los mit mir? Läuft doch alles prima.«

Mein Ärger war verflogen. Er tat mir plötzlich leid. Ich wusste genau, wie ungern man manchen Dingen ins Auge sah.

»Vielleicht solltest du nicht so streng mit dir sein.« Für den Bruchteil einer Sekunde schien es, als würde er gleich losheulen.

Unvermittelt erhob er sich. »Ich muss gehen.«

Erstaunt sah ich auf die Uhr. »Aber es ist noch nicht mal …«

Ich schwieg. Gestatte dem armen Kerl einen würdigen Abgang, Darrell!

»Alles klar.« Ich lächelte ihn an. »Also bis morgen dann.«

Er zögerte. »Soll ich dich noch nach Hause begleiten?«

»Nein, danke.« Ich schüttelte den Kopf. »Ich werde in Ruhe mein Glas austrinken.« Ich strich über das Plüschpolster der Bank. »Ich finde es sehr gemütlich hier.«

Er nickte. An der Tür sah er sich noch einmal um. Ich winkte ihm nach. Wieder zögerte er, und für einen Moment schien es, als würde er zurückkommen. Doch dann winkte er mit einer kleinen Handbewegung zurück, und gleich darauf hatte sich die Tür hinter ihm geschlossen.

Ich nahm eine Abkürzung durch den kleinen Park, der direkt an meine Straße grenzte. Vielleicht war das nicht die klügste Entscheidung, denn obwohl die Dämmerung gerade erst einsetzte, war die Gefahr groß, dort auf – wie meine Mutter sagen würde – unerwünschte Zeitgenossen zu stoßen.

Doch ich begegnete niemandem – erst am Parkausgang sah ich einen Mann. Ich erkannte ihn sofort. Es war Big Man, der eben aus seiner Hochhaussiedlung kam. Wo wollte er hin? Für einen Einkauf im Supermarkt stimmte die Richtung nicht.

Ich versteckte mich im Gebüsch und spähte durch die Eisenstäbe des Zauns hindurch. Hilfe! Er hielt direkt vor meiner Wohnung! Ich beobachtete seinen Versuch, durch das Fenster im Erdgeschoss zu erkennen, ob ich da war. Nirgends brannte Licht, es war offenkundig, dass keiner im Haus war. (Ich sollte mehr Sicherheitsbewusstsein entwickeln.)

Nun ging er zur Tür, hob die Klappe des Briefschlitzes und warf zu meiner großen Überraschung etwas hindurch. Mir rutschte das Herz in die Hose. Ich konnte mir schon vorstellen, was mich erwartete. Nun gut, keiner kann sagen, ich hätte es nicht versucht.

Big Man sah sich verstohlen um, machte dann auf dem Absatz kehrt und ging zurück zu seiner Wohnsiedlung. Erst als er schon ein paar Minuten außer Sicht war, kam ich aus meinem Versteck. Auf der Fußmatte in der Wohnung lag ein Umschlag, der durch das reflektierende Straßenlicht eine giftgelbe Farbe ausstrahlte. Erst wollte ich ihn sofort in den Müll werfen, er würde mich nur unnötig deprimieren. Mit einem leisen Fluch auf den Lippen öffnete ich ihn schließlich doch.

Der Umschlag enthielt Geld. Ohne nachzuzählen wusste ich sofort, dass es exakt die Summe für den morgendlichen Kaffee war. Ich seufzte leise. Ein weiterer Beweis dafür, dass er das starrköpfigste Wesen auf diesem Planeten war. Verbissen hielt er an seinem Stolz fest.

Ich wollte den Umschlag schon zerreißen, als mich eine Ahnung doch noch einmal nachsehen ließ. Tatsächlich, da war ein Zettel. Besser gesagt, ein alter Kassenbon vom Zeitschriftenladen. Big Man hatte eine Tageszeitung und zwei Päckchen Zigaretten gekauft. Was ging mich das an? Ach so, die Rückseite …

Dort stand: *Vergessen Sie das nächste Mal den verdammten Zucker nicht!*

Zunächst fühlte ich brennende Scham. Ich spionierte hinter seinem Rücken sein Leben aus, und er hatte keine Ahnung. Die freundliche Frau auf dem Standesamt hatte versprochen, die Archive durchzugehen, um zu klären, ob Michael James Hogan und seine Ehefrau Elizabeth Marie Kinder hatten. Ich durfte Mitte nächster Woche mit dem Ergebnis der Nachforschungen rechnen.

Allerdings war Big Mans offenkundige Arglosigkeit auch sehr beruhigend. Das musste unbedingt so bleiben. Mein reuiges Herz schlug wieder ruhiger. Big Man fing an, mir zu vertrauen. Er öffnete mir zwar nur einen winzigen Spalt zu seiner Welt, doch es war ein Anfang.

Morgen würde ich den verdammten Zucker nicht vergessen.

»Schau, hier!«

Ich hielt Claude den Zettel unter die Nase.

Er las laut vor. »Ranjit – Presse, Tabak und mehr.«

»Nein, die andere Seite!«

»Oh! Ist das eine bestimmte Sorte? So wie Rohrzucker?«

»Witzbold.« Ich musste grinsen. »Aber das sind doch vielversprechende Entwicklungen, oder?«

»Ein sehr kleiner, wenngleich nicht unbedeutender Schritt …«

Claudes Stimme war leiser geworden, als er zur Eingangstür schaute. Miss Schrullig war eben eingetroffen und ging zum Tresen. Heute trug sie die braunrote Strickjacke und einen Häkelrock, der aussah als wäre er früher eine Sofadecke gewesen, die ihre Großmutter trotz massiver Sehbehinderung noch unbedingt aus den alten Wollresten hatte häkeln wollen. Miss Schrullig bemühte sich angestrengt, uns zu ignorieren.

Neugierig beobachtete ich Claude, wie er Miss Schrullig beobachtete. Sein Gesichtsausdruck verriet halb Schicksalsergebenheit, halb Entschlossenheit, als würde er dem unausweichlichen Showdown mit dem Erzfeind nun entgegensehen. High Noon im Café Italiano …

»Entschuldige mich einen Moment.«

Claude stand auf, ging zielstrebig in Richtung Tresen und direkt auf Miss Schrullig zu und – mein Gott, war er wahnsinnig geworden? – berührte sie am Arm! Ich bemerkte, wie sie sofort erstarrte und sich abwandte, um Claude abzuwehren. Er jedoch beugte sich zu ihr hin und flüsterte ihr etwas ins Ohr. Hinter dem Tresen strahlte Mario fröhlich – was für ein Gegensatz zu Claudes entschlossenem Profil und Miss Schrulligs steifer Haltung. Was flüsterte er ihr denn zu? Und warum?

Claude hob den Kopf und sah meinen erstaunten Blick. Er murmelte noch etwas zu Miss Schrullig, dann ließ er sie stehen. Seine Miene verriet nichts, als er wieder zum Tisch zurückkehrte. Ich wurde ganz hibbelig vor Neugier.

»Was hast du ihr denn zugeflüstert?«, zischte ich.
»Ich? Geflüstert?« Claude spielte den Unschuldigen.
»Spann mich nicht so auf die Folter!«
Er lächelte. »Ich habe endlich gesagt, was gesagt werden musste.«
Ich wollte ihn gerade spielerisch in den Arm boxen, doch ein Räuspern ließ mich innehalten. Claudes abruptes Aufstehen lenkte von meinem überraschten Gesicht ab.
»Bitte, nehmen Sie Platz!« Er zog einen Stuhl heran.
Miss Schrullig setzte sich und stellte das kleine Tablett mit den Utensilien für ihre Teezeremonie vor sich ab. Plötzlich wurden mir meine entgleisten Gesichtszüge bewusst, und ich versuchte, meine Nase unter Kontrolle zu bringen, die sich kräuselte, als nähme sie einen unangenehmen Geruch wahr.
»Darrell«, sagte Claude, »das ist Ruth.«
»Harper«, ergänzte sie etwas widerwillig. »Ruth Harper.«
»Darrell Kincaid«, sagte ich.
»Darrell ist Schriftstellerin«, schob Claude nach.
»Ach, wirklich?« Miss Schrullig versuchte, gelangweilt und abschätzig zu klingen.
»Ja, ich schreibe Liebesromane«, erwiderte ich in einem Ton, der meiner Aussage unzweideutig eine weitere Botschaft mitgab: »Rutsch mir den Buckel runter.«
»Ich lese keine Romane«, sagte sie verächtlich, was ich allerhand fand, wenn man bedachte, was für Schrott sie tatsächlich las.
»Ruth studiert am Homöopathischen Zentrum der Stadt London. Wenn ich richtig schlussfolgere …«, fügte er rasch hinzu, als Miss Schrullig ihn mit ihrem harten Blick durchbohrte.

»Woher weißt du das?«, wollte sie wissen.

»Ich gebe zu, es ist eine gewagte Mutmaßung, aber ich sah neulich auf dem Tisch Unterlagen, die mich bestärkten, in diese Richtung zu spekulieren.«

Miss Schrullig schaute ihn einen Augenblick lang schweigend an. »Redest du immer daher wie ein viktorianischer Amtsschimmel?«

»Ja«, antwortete Claude, ohne zu zögern. »Ist das ein Problem?«

Zu meiner Überraschung brach Miss Schrullig in schallendes Gelächter aus.

»Ich werde aus eurem englischen Standesdünkel nicht schlau. Bist du nun einer aus der Oberschicht, oder tust du nur so?«

»Mit anderen Worten: Bin ich nur ein aufgeblasener englischer Flachwichser?«

»Und ›ohne Rückgrat‹, nicht vergessen!«, merkte sie spöttisch an.

»Ja, in der Tat.« Claude nickte. »Ich bin untröstlich, wie konnte ich das vergessen, zumal es der offensichtlich korrekteste Teil der Äußerung war.«

Miss Schrullig lächelte breit. »Und? Was ist jetzt? Echt oder nicht echt?«

»Mein Vater trug den Titel eines Dukes, bis er ihn freiwillig ablegte. Meine Familie hat die Herzogswürden bis heute nicht wiedererlangt. Ich bin also beides: adlig und zugleich doch nicht.«

»Ohne Scheiß? Welcher Duke will denn nicht raushängen lassen, dass er zum Establishment gehört?«

»Einer, der ins Unterhaus gewählt werden will.«

Miss Schrullig betrachtete ihn über den Rand ihrer Teetasse, die einen strengen Geruch verströmte. »Und, hat er es ins Parlament geschafft?«

»Nein, hat er nicht.«

»Ach, herrje.« Miss Schrullig nippte an ihrem Tee. »Warum hat er sich den Titel danach nicht wiedergeholt? Ist ja schade drum.«

»Vermutlich dachte er am Ende, dass dieser Verlust am ehesten zu verschmerzen war«, erwiderte Claude gelassen.

Sie schauten sich lange in die Augen. So lange, dass ich mir schon wie das dritte Rad am Wagen vorkam.

»Ich muss los«, sagte ich und stand auf. »Kaffeedienst.«

Miss Schrulligs finsterer Blick ließ mich schon fürchten, sie hätte meine flapsige Bemerkung als verschlüsselte Parole für ›Robbenbabys totschlagen‹ missverstanden.

Doch dann sagte sie: »Schönen Gruß an Michael Hogan! Ich werde demnächst in seiner Scheißbude aufräumen, komme was da wolle. Auch wenn er mich dafür steinigt. Sag ihm das!«

Ich musste mich festhalten, sonst wäre ich wahrscheinlich umgefallen. »Wie? Woher …? Seit wann …?«

»Ich habe auf eigene Faust nachgeforscht«, antwortete sie. »Wenn selbst der blöde Doktor sich erkundigt, wollte ich auch nachhören, wie es ihm geht. Ich weiß, dass du ihm morgens Kaffee bringst. Er hat es mir erzählt.«

»Er hat es erzählt?«, wiederholte ich mechanisch.

Ich muss sagen, ich war ziemlich ungehalten darüber. Wieso redete Big Man mit ihr, drohte mir jedoch, mich zum Teufel zu jagen?

»Ich …« Miss Schrullig zog nachdenklich eine Schnute. »Ja, nennen wir es ruhig Inspektion, warum nicht? Ich habe neulich inspiziert, wie er lebt.«

Ich fühlte mich ungerecht behandelt. »Und er hat einfach so die Tür aufgemacht …?«

»Natürlich nicht! Ich habe mir die Knöchel wund geklopft, aber er rührte sich nicht. Trotzdem wusste ich, dass er da war, der verdammte Fernseher lief nämlich. Ich habe dann gerufen und geschrien, bis er die Scheißtür endlich aufgemacht hat. Und dann bin ich einfach an ihm vorbei und rein. Herr im Himmel, so kann bloß ein Mann hausen.«

»Ich kann mir nicht vorstellen, dass er von dieser Inspektion sehr angetan war«, wagte ich einzuwenden.

»Klar war er ziemlich angepisst deshalb. Einen Moment lang dachte ich, er geht mir wirklich an den Kragen und schmeißt mich hochkant raus. Doch meine Drohung, ihm in die Eier zu treten, falls er mich anrührt, hat gewirkt, und er ließ mich in Ruhe.«

Ich stieß einen hysterischen Lacher aus. Also auch Big Man gab klein bei, wenn seine Weichteile in Gefahr waren. Das musste ich mir merken, vielleicht war es ja irgendwann einmal wichtig.

»Du gehst jetzt also zu ihm rüber?« Unter Miss Schrulligs musterndem Blick fühlte ich mich unbehaglich.

»Ja, aber er hat sicher berichtet, dass ich den Kaffee vor der Tür abstelle. Ich gehe nicht in seine Wohnung«, sagte ich rasch.

Claude, der unsere Unterhaltung wie ein Zuschauer bei einem Tennismatch verfolgt hatte, sagte nun: »Was genau ist denn so schrecklich an Mr Hogans … Bleibe?«

»Das willst du gar nicht wissen«, sagte Miss Schrullig und schüttelte sich. »Diesen Schock würdest *du* vermutlich nicht überleben.«

Er zog einen Schmollmund, fragte aber nicht weiter. Stattdessen wandte er sich an mich. »Steht unsere Verabredung für morgen? Ich komme also gegen zehn vorbei und hole dich ab?«

Oh Gott, Danke für die Erinnerung.

»Natürlich. Was für ein Auto fährst du? Dann kann ich Ausschau halten.«

»Ein älteres Modell«, erwiderte er lächelnd. »Aber es wird uns sicher hinbringen. Und wieder zurück.«

Als ich Anstalten machte zu gehen, rief Miss Schrullig mir nach. »Und nicht vergessen: Ich meine es ernst. Sag ihm das!«

Ich hatte absolut nicht vor, die Überbringerin der schlechten Nachricht zu spielen, bis ich vor Big Mans Tür stand. Da dachte ich plötzlich: Warum eigentlich nicht?

Der Becher war mit einer Serviette umwickelt, damit ich mir nicht die Finger verbrühte. Ich stellte ihn ab, legte die vielen Zuckerpäckchen daneben, nahm die Serviette und holte einen Stift aus der Tasche.

Ich schrieb, die nächste Lieferung käme erst wieder am Montag, da ich am Samstag verhindert sei. (Dass ich auf ein protziges Gartenfest eingeladen war, schrieb ich nicht. Ich wollte ihm keinen Anlass für Hohn und Spott geben.) Und dann notierte ich Miss Schrulligs Versprechen – vielmehr Drohung – Wort für Wort.

Ich schob die Serviette unter der Tür durch, klopfte einmal und lief dann schnell fort, bemühte mich jedoch, nicht zu rennen.

# 18

Ich schäumte. Schon Viertel nach zehn, doch von Claude und Marcus keine Spur. Seit neun Uhr stand ich bereit. Ich hatte große Befürchtungen, dass das Kleid nicht richtig saß und ich darin wie eine Presswurst aussah. Aber es passte wie angegossen, sah wundervoll aus, und auch die Schuhe drückten nicht. In der Einkaufspassage um die Ecke hatte ich noch eine passende Haarspange im Art-déco-Stil für fünfzig Pence erstanden. Ob ich vor den Augen von Claudes Mutter bestehen konnte, blieb fraglich. Ändern konnte ich jetzt nichts mehr. Auch das Wetter machte mir Sorgen. Während der letzten Wochen war es grau, kühl und trübe gewesen, doch heute früh war der Himmel strahlend blau, und es versprach, später ziemlich heiß zu werden. Der Satinstoff klebte schon jetzt schwer an meiner Haut. Ich war froh, dass es keine Ärmel hatte. Das bezaubernde Tenniskleid von Ambrose wäre vielleicht doch die bessere Entscheidung gewesen – Knubbelknie hin oder her.

Endlich! Es klopfte an der Tür.

Ich öffnete erwartungsfroh – und vor mir stand Claude. Er trug einen Marineblazer, ein weißes Hemd mit offenem Kragen und eine weit geschnittene weiße Hose mit breitem Aufschlag. Ohne den verärgerten Gesichtsausdruck hätte er wirklich blendend ausgesehen.

»Ich bedaure das Zuspätkommen außerordentlich«, sagte er. Dann blinzelte er. »Meine Güte, was für ein wunderschönes Kleid!«

Gern hätte ich mich über das Kompliment gefreut, aber ich war einfach zu verwirrt, weil ich Marcus nirgends sah. Doch dann wehte mir plötzlich Nikotingeruch um die Nase. Nun erschien er in meinem Blickfeld in – wie hatte ich das nur erraten! – einer Cricket-Aufmachung mit weiß-rot gestreiftem Jackett und weißen Hosen. Ich war überglücklich, ihn wiederzusehen, und er sah umwerfend gut aus. Was für ein Unterschied, ob ich mit ihm nur telefonierte oder er leibhaftig vor mir stand! Ich hatte fast vergessen, was für eine unglaubliche Wirkung er auf mich hatte. Sofort bekam ich weiche Knie.

Offensichtlich hatte ich nicht die gleiche Wirkung auf ihn, denn er war noch damit beschäftigt, den letzten Zug seiner Vormittagszigarette zu nehmen, die er dann auf den Gehweg warf und austrat.

»Sorry, meine Liebe!«, strahlte er. »Ich darf in Claudies Wagen nicht rauchen!« Er sah mich mit großen Augen an. »Allmächtiger!«

»Ist der Allmächtige erfreut oder entsetzt? Wenn ich euch beide so ansehe, habe ich plötzlich das Gefühl, mein Aufzug ist ein bisschen übertrieben?«, fragte ich nervös.

Marcus trat auf mich zu, musterte mich von oben bis unten und sah mir tief in die Augen. Ich war gespannt. Seine braunen Augen funkelten zwischen amüsiert und triumphal. Erleichterung. Ihm gefiel, was er hier sah.

»Was für ein atemberaubendes Kleid!«

Er nahm mich in den Arm und mich überlief es heiß. Dann neigte er sich zu mir hinab und küsste mich zart auf den Mund, auf mein Kinn, meine Wangen, mein linkes

Ohr. Er flüsterte: »Ich schwöre, ich werde dich bei erstbester Gelegenheit aus diesem Fummel schälen.«

Claude räusperte sich vielsagend hinter uns. »Marcus, wir sind schon jetzt spät dran, wir wollen es nicht noch schlimmer machen!«

Marcus verdrehte die Augen wie ein Teenager, der gerade von den Eltern gerügt wurde.

»Hast du alles? Geldbörse, Lippenstift, Mitgliedsausweis des Automobilclubs?«

»Der Wagen ist in tadellosem Zustand«, empörte sich Claude. »Und wenn du ihn nicht zu Schrott fährst, wird das auch noch lange so bleiben. Nun kommt endlich.«

Claude hatte ja bereits ein älteres Modell angekündigt – allerdings schienen wir da unterschiedliche Vorstellungen zu haben. Ich hatte einen rostigen Austin oder Opel mit Schrammen erwartet, doch Claudes Wagen war ebenso wenig eine Rostschleuder wie ich die Prinzessin von Wales.

»Ein alter Jaguar!«, rief ich entzückt. »Wie wundervoll!«

»Hilfe, sag jetzt bitte nicht, du bist ein Autonarr!« Marcus schnitt eine Grimasse.

»Mein Vater fuhr jahrelang eines der Vorgängermodelle, für ihn war es der Inbegriff erlesenen englischen Geschmacks. Irgendwann hat ihm jemand gesteckt, dass es in den Sechzigern das Lieblingsfluchtauto von Bankräubern war. Er hat es sofort verkauft. Ich finde das heute noch schade.«

Claude öffnete mir die Beifahrertür. »Dieser Wagen hat auch unserem Vater gehört. Es wäre eine Schande, ihn zu verschrotten …«

Marcus hatte sich im Fond breitgemacht. »Es ist eine

Schande, wie viel Geld du für diese Karre verschwendest. Der Unterhalt kostet ein Vermögen.«

Claude überhörte es, und wir fuhren los. Ich hatte Dads Jaguar geliebt und war begeistert, nach langer Zeit wieder einmal in einem sitzen zu dürfen. Der von Dad war schneeweiß gewesen mit roten Ledersitzen und Armaturen aus Nussbaumholz. Ich fühlte mich darin immer wie in einem exklusiven Londoner Herrenclub (zumindest stellte ich mir so ein Clubzimmer vor). Claudes Jaguar war dunkelgrün mit farblich auf den Lack abgestimmten Ledersitzen und noch sehr viel mehr edlem Nussbaumholz.

»Hat der auch die beiden Klapptischchen im Fond?«, fragte ich.

Claude lachte. »Ja, sogar doppelt furniert.«

»Hach, wie schön!«

Marcus moserte hinten etwas Unverständliches. Ich drehte mich um. Er hatte sein Handy ausgepackt und starrte aufs Display.

»In Hollywood fährt bestimmt jeder so eine Nobelkarosse«, sagte ich.

»Ja, und überall wachsen Palmen in den Gärten. Trotzdem interessiert mich weder das eine noch das andere«, sagte er ohne aufzublicken.

Eine Nachricht ließ ihn vergnügt lächeln. »Gus meldet Verspätung an«, sagte er zu Claude. »Aber wir sollen schon mal ohne sie anfangen, unserem schlechten Ruf alle Ehre zu machen.«

»Ich dachte, sie hätte abgesagt?«

»Mutter hat sie bis zur letzten Sekunde genötigt, doch noch zu kommen. Wahrscheinlich hat sie wieder einmal gedroht, sich sonst die Pulsadern aufzuschneiden …«

»Das glaube ich kaum!« Claude schien verärgert.

»Nur keine Aufregung. War nur ein Scherz. Aber du musst zugeben, dass unsere Mutter eine *Dra-mama* ist.«

Die Vorstellung von ihrer Mutter mit dem Pekinesen schien nun doch mehr der Wirklichkeit zu entsprechen, wobei ich mir nicht sicher war, ob das gut oder schlecht war. Jedenfalls verringerte sich die Gefahr enorm, dass sie mir mit einer Reitgerte ans Leder ging.

Ich bekam langsam eine Halsstarre, weil ich die ganze Zeit nach hinten zu Marcus schaute. Das hätte ich mir sparen können, denn er hatte nur Augen für sein Handy.

Besagtes Teil fing prompt zu klingeln an. Claude schaute tadelnd in den Rückspiegel nach hinten.

»Muss das sein?«

*»Allô?«*

Marcus sprach flüssig und schnell in einer Sprache, von der ich vermutete, dass es Französisch war. Ich hätte es mir denken können, dennoch war ich perplex, wie selbstverständlich er sich in der Fremdsprache ausdrückte. Die Kluft zwischen meinem und seinem Leben war soeben unerfreulicherweise noch eine Spur breiter geworden.

Ich sah Claude von der Seite an. Wahrscheinlich sprach auch er perfekt Französisch. Da er keinerlei Reaktion auf Marcus' Redefluss zeigte, nahm ich an, es war nichts Wichtiges. Nicht dass das irgendeinen Unterschied gemacht hätte. Marcus tat sowieso, was ihm gefiel. Ich konnte es akzeptieren oder nicht. Eine andere Wahl hatte ich nicht.

Marcus beendete das Gespräch und atmete genervt aus. »Warum machen es die Leute immer komplizierter als nötig?«

»Ist es zu viel verlangt, uns in Ruhe und Frieden fahren zu lassen?«, fragte Claude.

»Kein Problem«, blaffte Marcus zurück und verstaute sein Telefon in der Jackentasche. Dann ließ er sich in die Polster fallen und sah schweigend aus dem Fenster.

Wir fuhren die nächsten fünfundvierzig Minuten zwar nicht unbedingt in Frieden, aber immerhin in absoluter Ruhe über die Autobahn. Dann nahm Claude eine Ausfahrt, die uns direkt in die Bilderbuchversion der englischen Provinz katapultierte. An diesem strahlenden Morgen wirkte die Landschaft wie auf den Kunstdrucken des Romantikmalers John Constable, die bei meinen Eltern an den Wänden hingen. Sie hätten sich nie ein Original gekauft, das wäre viel zu riskant gewesen. Bei Nachdrucken konnte man sicher sein, dass Geschmack, Stil und Wichtigkeit des Kunstwerks von Experten bereits im Vorfeld evaluiert und für gut befunden wurden. So ähnlich wie beim *Oxford Dictionary* und den Axminster-Teppichen – man konnte nichts mehr falsch machen.

Wir fuhren durch Dörfer, denen man sofort ansah, dass ihre Bewohner viel Geld hatten, doch sie protzten nicht. Es gab keine griechischen Säulen und Nachbauten der Spanischen Treppe oder Edelkarossen auf der Straße. Aber der Wohlstand der Hausbesitzer war allgegenwärtig. Alles wirkte gepflegt und sauber. Echte Bauernhöfe gab es weit und breit keine, und als ich eine richtige Kuh auf einer Wiese grasen sah, geriet ich fast in Verzückung.

»Willkommen in den Home Counties«, sagte Claude. »Das Beste an diesem Landstrich ist, dass es nicht Cheshire ist.«

»Seid ihr dort aufgewachsen, in Cheshire?«

»Gott bewahre, nein! Unser Familiensitz war in Wiltshire.«

»Und liegt dort immer noch«, meldete sich Marcus von hinten. Er hatte beschlossen, wieder ein Teil von uns zu sein. »Nur ohne die Familie.«

Ich drehte mich zu ihm hin. »Vermisst du Wiltshire?«

Marcus sah seinen Bruder von der Seite an. »Na, Bruderherz, was meist du? Vermissen wir es?«

Doch Claude reagierte nicht. »So, hier wären wir also ...«

Er bog in eine lange gewundene Auffahrt ein, und ich bekam Panik. Die Antwort auf meine Frage war mir spontan gleichgültig geworden.

Sollte das die kleine Version des Familiensitzes in Wiltshire sein, dann spielte diese Familie in einer noch ganz anderen Liga, als ich bisher vermutet hatte. Gemessen an der Fläche von Liechtenstein oder Belgien war das Anwesen vergleichsweise klein. Die Garage allein hatte jedoch die Ausmaße des Hauses meiner Eltern. Jedenfalls diese eine Garage am Ende einer langen Reihe von Garagen – oder waren es Ställe? –, an denen wir gerade vorbeifuhren. Die Romane von Nancy Mitford und die Artikel im *Tatler* hatten mich nicht im Geringsten auf das Original vorbereitet. Für Claude und Marcus schien das alles völlig alltäglich, sie kannten es nicht anders. Ich aber konnte mir ein Leben, in dem das hier normal sein sollte, nicht vorstellen.

Am Ende der Auffahrt parkten bereits unzählige Autos vor dem Eingang.

»Oh Mann, wie viele tausend Gäste hat sie denn wieder eingeladen?«

Claude stellte den Wagen auf dem Rasen ab. »Ich übernehme die Verantwortung«, seufzte er.

Dann stieg er aus, um mir die Beifahrertür zu öffnen. Marcus hatte schon wieder das Telefon in der Hand, um nachzusehen, ob er eine SMS verpasst hatte. Dann erinnerte er sich an mich, lächelte und reichte mir galant den Arm.

»Wenn es eine Frau hier geben sollte, die dir das Wasser reicht, dann fresse ich Claudes Sakko.«

»Das wirst du schön bleiben lassen. Es ist nur geborgt. Und nenne es bitte nicht Sakko. Das ist so gewöhnlich. Es heißt Jackett.«

Mein Herz krampfte sich kurz zusammen. Sakko sagte man nicht? Das hatte ich nicht gewusst. Welche anderen Fauxpas warteten heute noch auf mich, die unweigerlich meinen Mittelklassehintergrund verraten würden?

»Warum hat sie uns eigentlich diesen ganzen Verkleidungshokuspokus verordnet?«, fragte Marcus genervt, während wir zum Portal gingen und der Kies unter unseren Füßen knirschte. »Wieso kann diese Frau nicht einfach eine normale Gartenparty veranstalten, so wie alle anderen auch?«

»Sie sagte, sie habe es satt, ihre Freunde ständig in Kleidern herumlaufen zu sehen, die jeder Secondhandladen ablehnen würde. Sie erhofft sich durch dieses Motto ein wenig vorteilhafteres Auftreten der Gäste – wenn schon nicht in neuen, so doch vielleicht in weniger zerschlissenen Kleidern. Aber unter uns gesagt: Ich glaube, sie macht es nur, weil es ihr Spaß macht.« Er blickte Marcus kurz von der Seite an. »In der Hinsicht seid ihr beiden euch sehr ähnlich.«

Marcus wurde plötzlich aggressiv. »Ich bin mit dieser

Frau nicht verwandt. Wir haben absolut nichts gemeinsam.«

Das Eingangsportal stand offen – zumindest ging ich davon aus, dass es sich um selbiges handelte, groß genug waren die Tore jedenfalls. Im Vestibül war ich überwältigt von den hohen Decken, den Wänden in Gelb, Apricot und Creme, den dunklen Holzdielen und einer eleganten, ausschweifenden Flügeltreppe hinauf in den ersten Stock.

Claude führte uns durch einen langen Korridor vorbei an vielen geräumigen Zimmern, bis wir am Ende einen großen Saal betraten, in dem die Fenstertüren weit offen standen. Sie führten zu einem mit Steinplatten ausgelegten Bereich, den ich in meiner Sprache Terrasse nennen würde, heute aber lieber nicht näher bezeichnen wollte. Die Sicht war atemberaubend. Man sah auf die Windungen eines lieblichen, von vielen Weidenbäumen gesäumten Flusses, zu dem breite Steintreppen hinunterführten, die in einen wundervoll gepflegten, zum Fluss hin sanft abfallenden Rasen eingelassen waren. Links und rechts waren die Gärten angelegt. Die großen Magnolienbäume standen in voller Pracht inmitten von üppigen Blumenbeeten. Ich verstand sofort, warum die Mutter diesen Blütenrausch vorführen wollte. Alles leuchtete und strahlte in Rosa, Weiß und Violett. Links war eine Pergola, die von wuchernden Klematis- und Glyziniensträngen umrankt war. Dahinter meinte ich ein Schwimmbecken zu erkennen, und der Gedanke an das kalte Wasser war sehr verlockend. Ich musste unbedingt einen Vorwand finden, um mich später dort umzusehen.

Vom Panorama überwältigt, hatte ich gar nicht bemerkt, wie viele Menschen überall herumstanden. Und wie gut alle gekleidet waren! Wie vornehm sie sprachen! Um mich herum lachten und schwatzten alle. Ich zerbröselte innerlich.

Marcus' Stimme holte mich zurück in die Wirklichkeit. »Achtung! Claude war so unvorsichtig, die Aufmerksamkeit unserer Mutter zu erregen.«

»Nun, es ist ihr Gartenfest«, sagte ich.

»Trotzdem unverzeihlich …«

»Ihr Lieben!«

Die Frau, die auf uns zukam, war weder der Pferde- noch der Pekinesentyp. Sie wirkte kaum älter als Claude, hatte kupferrotes Haar und einen blendenden, sehr hellen Teint mit leichten Sommersprossen, die funkelten wie über Schlagsahne gestäubte braune Zuckerkörnchen. Sie trug ein grünes Kleid mit Puffärmeln, das Ähnlichkeit hatte mit dem, welches Ambrose so vehement als schlimme Scheußlichkeit verurteilt hatte. Sie sah darin sensationell aus. Ihre Figur war makellos mit straffen Brüsten und langen, wohlgeformten Beinen. Sie hätte wahrscheinlich noch in einem Jutesack irrsinnig gut ausgesehen.

Sie küsste Claude zuerst, der den Kuss erwiderte, dann Marcus, der es nicht tat, und erst danach schaute sie mich mit durchdringendem Blick an.

»Was für ein ungewöhnlich hübsches Kleid!«, sagte sie mit großem Nachdruck.

Mir kam es vor, als schwänge in ihrem Ton ein leichter Tadel mit. Hätte ich lieber etwas weniger Hübsches tragen sollen?

Claude räusperte sich. »Marcus, bitte …«

»Aber natürlich!«, sagte Marcus eilfertig. »Mutter, darf ich vorstellen: Darrell. Darrell, das ist meine Mutter.«

»Anreden kann sie mich wohl kaum so, nicht wahr?«

Sie streckte mir ihre Hand entgegen, die ich zaghaft drückte. Ihr Händedruck war kräftig. »Ich bin Anne.«

Ich schaffte es gerade noch, ein »Nett, Sie kennenzulernen« zu unterdrücken, das mir schon wieder auf der Zunge lag.

Stattdessen sagte ich: »Ihre Magnolienbäume sind eine Pracht.« Innerlich wand ich mich vor Peinlichkeit, aber es war auf jeden Fall besser als »Nett, Sie kennenzulernen«.

Ihr Blick richtete sich kurz auf die Bäume. »Ja, nicht wahr? Felix und Elisabeth sind im Moment wirklich in Höchstform.«

Hatte sie ihren Magnolienbäumen wirklich Namen gegeben? Oder waren das bestimmte Sorten? Ich wagte nicht zu fragen.

»Da ist Gus!« Marcus war hocherfreut.

»Unschwer zu übersehen.« Marcus' Mutter war es offenkundig nicht. »Grundgütiger, was hat sie denn *da* mitgebracht?«

Gerade traten zwei Frauen auf die Terrasse, die eine war groß wie eine Giraffe und gertenschlank, hatte kurze dunkle Haare und ihre herbe, leicht ins Maskuline tendierende Schönheit erinnerte mich an das Topmodel Erin O'Connor. Sie trug eine wirklich sehr knapp sitzende Schuluniform für Jungs mit kurzen grauen Hosen, einem grau-gelb gestreiften Blazer und passender Mütze. Unter dem Blazer trug sie bestimmt nichts.

Die zweite Frau erinnerte mich auch an jemanden, aber mir fiel nicht ein, an wen. Sie war etwas kleiner, hatte eine athletische Statur und trug Knickerbockers im Schottenkaro, die sie erstaunlicherweise extrem sexy und keineswegs lächerlich wirken ließen. Als Oberteil trug sie einen Männerpullunder mit rautenförmigem Argyle-Muster, aber keinen BH. Ihr ebenfalls dunkles Haar war stoppelkurz und am Oberarm hatte sie eine Stacheldraht-Tätowierung. Ihre dunklen Augen wirkten durch den dick aufgetragenen Kajal sehr sinnlich, ebenso ihre vollen, knallrot geschminkten Lippen.

Beide sahen fantastisch aus, verbreiteten natürlichen Glanz und Glamour – und waren mir um Lichtjahre voraus an Eleganz, Kultiviertheit und mondänem Auftreten. Mir wurde ganz flau im Magen, als sie näher kamen. Wie damals in der siebten Klasse, wenn ich versehentlich der Clique der hochnäsigen Zicken in die Arme gelaufen war, die mich roboterhaft mit ihren herablassenden Blicken rasterten und jedes Gramm Fett, jede Perle Angstschweiß und jeden noch so kleinen Mangel an Coolness unerbittlich registrierten. Das reichte schon aus, um bei mir größtmöglichen Schaden anzurichten. Sie mussten mir dann hinterher nicht einmal mehr zum Spaß auch noch den Arm verdrehen, denn ich hatte schon vorher die Illusion, je etwas anderes zu sein, als ein jämmerlicher Bauerntrampel, begraben.

Okay, ich war nicht mehr dreizehn. Doch ich wusste sehr wohl, dass ich maximal ganz hübsch, aber eben nicht mehr war. Nie sein würde. Mir fehlte das gewisse Etwas, Eleganz und Kultiviertheit, die wahre Schönheit und Klasse auszeichneten. Marcus besaß all das, ebenso wie seine Mutter. Claude hatte einen Teil davon, aber ihm fehlte definitiv Sexappeal, der der Schönheit erst Kraft und Vitalität verlieh. Doch auch die Schwester und ihre Freundin waren mit all den richtigen Eigenschaften gesegnet – in rauen Mengen.

Aber ich konnte mich ja nicht für den Rest meines Lebens in eine Höhle verkriechen, also überlegte ich, welche der beiden wohl Gus war. Aufgrund des Kommentars der Mutter nahm ich an, die Tätowierte war es nicht.

Wie man sich doch täuschen konnte.

Als die Tätowierte Marcus entdeckte, fing sie an, über beide Backen zu grinsen, stürmte auf ihn zu und warf sich ihm in die Arme. Sie küssten sich innig und für meinen Geschmack etwas zu lange auf den Mund. Nun, sie waren eben keine leiblichen Geschwister. Nicht dass es die Sache besser machte …

Sie löste sich aus der Umarmung und strahlte Claude an. »Keine Panik, ich weiß, du magst das nicht. Komm her!« Sie hauchte ihm einen zarten Kuss auf die Wange und strahlte in die Runde. »Wie geht es euch, ihr Lieben?«

»Alles bestens«, erwiderte Marcus fröhlich.

Gus sah ihn zärtlich an, doch dann gefror ihr Lächeln. »Hallo Mutter.«

»Ich hatte schon befürchtet, du würdest mich übersehen«, sagte Anne mit sanfter Stimme und neigte ihren Kopf, um Gus' halbherzigen Begrüßungskuss entgegenzunehmen. »Du siehst gut aus. Freimütig und offenherzig in jeder Hinsicht, wie immer.«

Die Giraffe in der Schuluniform stieß nun mit einem Glas Champagner in der Hand zu uns.

»Wo hast du das her?«, rief Gus.

Die Uniformierte blinzelte leicht desorientiert und schaute sich träge um, als hätte vor einer Minute genau hier noch eine Champagnerquelle gesprudelt.

Marcus' Mutter schnalzte leicht genervt mit der Zunge und schnippte mit den Fingern. Wie aus dem Nichts erschien ein Kellner mit einem Tablett. Die Giraffe nahm sich ein zweites Glas mit der freien Hand.

»Darf ich vorstellen: Das ist Jules«, sagte Gus. »Jules, das sind meine beiden wunderbaren Brüder Claude und Marcus. Und das ist – Gott steh' uns bei – meine Mutter.« Gus starrte mich an. »Keine Ahnung, wer das hier ist.«

»Aber Gus, sie kann doch unmöglich Jules heißen!« Marcus spielte großes Entsetzen. »Alle britischen Lesben heißen Jules. So wie alle Spanier José und alle Schotten Jock heißen!«

Claude zog mich am Arm etwas näher ans Geschehen heran, wofür ich ihm unendlich dankbar war. »Das ist Darrell«, sagte er mit fester Stimme. »Darrell, das ist meine Schwester Augusta.«

Sie nahm kaum Notiz von mir. »Hallo.«

»Ich dachte, ihr kommt erst später?«, sagte Marcus.

Gus zog die Nase kraus. »Ich hab's versucht, glaub' mir. Aber Jules bestand darauf, gleich loszufahren, weil sie scharf auf den Champagner war. Ich habe ihr erzählt, wie knauserig Mutter beim Alkohol immer ist.«

Ich fand es ziemlich unverschämt, wie unhöflich sie sich mir gegenüber verhielt. Doch vollends fassungslos war ich über ihren respektlosen, groben Umgang mit ihrer Mutter.

Anne schien das nicht im Geringsten zu stören. Sie verzog keine Miene, sondern sagte: »Ich sollte dann wohl die Runde machen. Bitte verlasst das Haus so, wie ihr es vorgefunden habt. Die Beiträge für meine Hausratversicherung erreichen sonst schwindelnde Höhen.«

Gus schickte ihr den Mittelfinger hinterher, nachdem Anne uns den Rücken gekehrt hatte.

»Warum bist du überhaupt gekommen, Gus?«, fragte Claude mit gedämpfter Stimme.

Immerhin besaß sie noch den Anstand, ein wenig verlegen zu erscheinen. »Du hast ja Recht. Weißt du, aus sicherer Entfernung mit einem halben Kontinent zwischen uns, bin ich meistens ganz relaxt im Umgang mit ihr. Wenn ich dann aber vor ihr stehe, könnte ich sie einfach nur schlagen.«

Endlich bemerkte Marcus, wie ich innerlich schäumte. Er legte seinen Arm um meine Schulter und drückte mich versöhnlich. »Tut mir leid, mein Engel. Unsere Mutter bringt immer die schlechten Seiten in uns zum Vorschein.«

»Verstehe ich nicht«, sagte ich kühl. »Auf mich wirkt sie ganz sympathisch.«

»Sie hat tolle Beine, eure Mutter«, warf die Giraffe unvermittelt in die Runde. »Und tolle Haare.«

»Und du hast keinen Schwanz«, fauchte Gus. »Pech für dich.«

Jules schenkte ihrer finster dreinblickenden Freundin ein müdes Lächeln. »Komm, gib mir eine Schlossführung, bevor man sich in der Hitze gleich nicht mehr rühren kann.«

Es stimmte. Schon kurz nach Mittag war es unglaublich schwül. Die Gäste hatten ihre Jacken ausgezogen und sich unter dem Baldachin versammelt, der große Teile der Terrasse überdeckte und Schatten spendete. Viele hatten bereits rote Gesichter, weil sie zu schnell zu viel Champagner in sich hineingeschüttet hatten, um den hitzebedingten Durst zu stillen. Die Kellner hätten am liebsten die Hemdärmel hochgekrempelt und ein paar Knöpfe am Kragen gelockert – das war ihnen anzusehen. Auch Marcus und Claude hatten sich ihrer Jacketts entledigt. Marcus hatte es achtlos auf den erstbesten Stuhl geworfen, Claude seines ordentlich über eine Stuhllehne gehängt. Was Jules wohl machte, wenn es ihr zu heiß wurde? Ich glaubte die Antwort schon zu kennen.

»Meine Güte, gibt es hier nur Tausendjährige?« Gus machte ein verächtliches Gesicht.

»Es sind Mutters Freunde«, sagte Claude ernst. »Und sie ist eben schon achtundsechzig.«

»Wow.« Jules hob ihre trägen Lider um ein paar Millimeter. »Hat sie mal gearbeitet?«

»Natürlich nicht«, sagte Gus finster. »Ihre Boshaftigkeit hält sie jung.«

Sie trank ihr Glas in einem Zug aus und knallte es dann auf den Tisch. »Komm, wir machen die Grand Tour durchs Anwesen der alten Fregatte.«

Ohne ein weiteres Wort stürmte sie los, die Steintreppen zum Wasser hinab. Jules blinzelte träge und folgte ihr dann ohne Eile mit den zwei Champagnergläsern in den Händen.

Ich hatte den leisen Verdacht, dass ihre gravitätische Ruhe nur aufgesetzt war. Warum auch nicht? Gus mit ihrer gebündelten Wut und all der negativen Energie war anstrengend genug, sie musste dem etwas entgegensetzen.

Marcus schaute den beiden lachend nach. Als er Claudes Blick sah, verschwand sein Lächeln.

»Es würde dich bestimmt nicht umbringen, wenn du ein wenig liebenswürdiger wärst. Mutter hat sich wirklich viel Mühe gegeben mit dem Fest …«, sagte Claude ernst.

»Wann war ich denn unhöflich heute?«, fragte Marcus zurück. »Ich kann mich nicht erinnern.«

»Gus und du …«

»Hör bloß auf!«, blaffte Marcus. »Lass es einfach gut sein.«

Und mit derselben Geste wie seine Schwester eben leerte er sein Glas in einem Zug und knallte es auf den Tisch. Dann schnappte er sich ein neues vom Tablett, welches einer der schwitzenden Kellner gerade herumreichte.

Er hielt es Claude unter die Nase. »Hier, Brüderchen. Trink etwas. Entspann' dich. Ich verspreche, ich werde mich Mutter gegenüber anständig benehmen. Aber du hältst dich raus aus dem, was Gus und ich tun oder sagen. Wie findest du den Vorschlag?«

»In Ordnung«, sagte Claude nach einer kleinen Pause.

Marcus sah ihn zweifelnd an, aber Claude schien es ernst zu meinen. Marcus' Blick schweifte zurück zu seiner Schwester, die bereits unten am Ufer angekommen war. Jules hatte erst die Hälfte der Strecke geschafft und lehnte an einem Baum im Schatten. Sie machte keine Anstalten weiterzugehen. Lässig nippte sie erst an dem einen Glas, dann an dem anderen. Ich fand Jules ziemlich sympathisch.

Doch Marcus hatte nur Augen für seine Schwester, die sich unten am Fluss gerade die Schuhe auszog und dann ins Wasser hineinwatete. Er stellte das Glas ab, und ich wusste, er würde ihr nun folgen. Ich wusste auch, dass er nicht fragen würde, ob ich mitkommen wolle, sondern mich hier stehen ließ. Vor lauter Verzweiflung wurde mir ganz flau im Magen.

»Nun, wie steht's? Wollen wir nicht lieber ins Haus gehen? Die Hitze wird langsam unerträglich.« Claude war bereits an der Türschwelle.

Marcus hörte ihn nicht. Claude sah mich fragend an, doch ich schüttelte lächelnd den Kopf. Er war nicht der

Einzige, der vor der Mittagshitze geflohen war. Außer mir und Marcus war niemand mehr auf der Terrasse. Plötzlich wurde mir klar, dass es an der Zeit war für eine drastische Maßnahme, sonst wären meine Chancen bei Marcus für immer dahin.

Zum zweiten Mal in der kurzen Zeit unserer Bekanntschaft griff ich ihm unvermittelt an den Schwanz.

Er schaute sich hektisch nach möglichen Augenzeugen um. Als er merkte, dass wir allein waren, atmete er erleichtert auf.

»Meine Güte, ich dachte schon, wir geben hier eine öffentliche Vorstellung.«

»Nein, ich besitze durchaus ein gewisses Maß an Diskretion. Es mag dir im Moment nicht so vorkommen, aber ...«

Er schlang einen Arm um mich, und ich verstärkte meinen Griff, um der Sache mehr Nachdruck zu verleihen. Er legte die Hand unter mein Kinn, hob es hoch und küsste mich leidenschaftlich.

»Ich glaube, es ist Zeit für einen Rundgang durchs Haus«, flüsterte er zwischen zwei Küssen.

In meinem erhitzten Zustand war die kühle Luft im Inneren des Hauses wohltuend. Rasch gingen wir den Weg zurück, den wir gekommen waren, vorbei an den vielen Räumen mit den hohen Decken, den blass getönten Tapeten und dem schlichten, aber höchst geschmackvollen Mobiliar. Ich hätte es nie gewagt, die Möbel zu berühren, aber schön anzusehen waren sie allemal.

»Das Haus stammt noch aus der Zeit von Queen Anne. Die früheren Besitzer ließen es restaurieren. Die Renovierungsarbeiten müssen ein Albtraum gewesen sein, jedenfalls ging darüber die Ehe in die Brüche. Mutter hat es den Vorbesitzern mit dem ganzen historischen Inventar abgekauft. Keiner der Ex-Ehepartner wollte je mehr daran erinnert werden.«

»Fühlt sich deine Mutter hier wohl? Es erscheint mir ziemlich groß für eine Frau allein.«

»Wie kommst du darauf, dass sie alleine ist?«

Wir waren am Fuß der breiten Treppe angekommen, und Marcus blieb stehen. Das Eingangsportal stand noch offen, und die Mittagssonne schien erbarmungslos auf die parkenden Autos draußen. Blech und Lack glühten in der Hitze. Marcus machte eine Kopfbewegung zu dem Teil des Hauses, den ich noch nicht betreten hatte.

»Da hinten ist Mutters Bibliothek. Auch die war im Preis inbegriffen. Ich glaube nicht, dass die Frau auch nur ein ordentliches Buch in ihrem Leben gelesen hat.« Er deutete nach oben. »Dort sind die Schlafzimmer.«

Unsere Blicke trafen sich, und ich bebte plötzlich am ganzen Körper vor Lust. Mit einem wissenden Lächeln nahm er meine Hand und führte mich nach oben.

Wir kreuzten mehrere Flure und hielten vor einer angelehnten Tür, durch deren Spalt ich ein blütenweiß bezogenes Doppelbett sehen konnte. Marcus drückte mich mit seinem Körper gegen die Holzvertäfelung im Flur und ließ seine Hände langsam über meine Brüste und hinunter zu meinen Hüften gleiten. Das Blut pochte mir in den Schläfen. Sein Atem ging rascher.

»Du weißt gar nicht, wie scharf ich auf dich bin«, flüsterte er und griff erneut nach meinem Kinn, um mich leidenschaftlich zu küssen. Unsere Zungen berührten sich, und ich stöhnte leise auf. Er presste meine Hüften an seine Lenden. Die Erektion drückte den seidigen Satinstoff gegen meine nackte Haut – ein wahnsinnig erotisches Gefühl! Ich hätte Satinbettwäsche vielleicht doch nicht so vorschnell als billig und geschmacklos abtun sollen.

Mit einem leisen Seufzen ließ er von mir ab. »Lass uns hineingehen, bevor ich diese Hose nicht mehr in die Reinigung geben kann …«

Die Dielen im Schlafzimmer waren, wie im Erdgeschoss, aus dunklem Holz. Der Rest jedoch war in unterschiedlichen Nuancen von Weiß gehalten. Undeutlich nahm ich noch ein Aquarellbild wahr (eindeutig *kein* Nachdruck!) mit einem Mädchen auf einer Blumenwiese, doch dann hatte mich Marcus schon aufs Bett gedrückt und ließ seine Hände unter das Satinkleid gleiten.

Ich wurde leicht panisch, weil ich spürte, wie die Nähte spannten.

»Vorsicht! Das Kleid muss ich wieder zurückgeben!«

Marcus grinste. »Dann sollte ich es dir lieber gleich ausziehen.«

Was er dann mit flinken Fingern auch tat. Danach löste er meinen BH und drückte mich sanft zurück aufs Bett. Seine Hände berührten den Saum meines Slips, dann schoben sie sich tiefer nach unten, und ich bäumte mich vor Erregung auf. Eine halbe Minute später war ich bereits gekommen.

»Hallo!?« Er stützte sich auf den Ellbogen und starrte mich mit offenem Mund an. »Kommst du immer so schnell?«

Ich lächelte selig. »Anscheinend nur bei dir.«

»Okay, dann hole ich jetzt mal …« Er schaute ratlos. »Verdammt.«

»Was ist?«

»Die Dinger sind in dem, was gewöhnliche Menschen Sakko nennen.«

»Oh.«

»Ja, Mist.« Er sah an sich hinab. »In diesem Zustand kann ich schlecht unten erscheinen.«

Ich setzte mich neben ihn auf den Bettrand. Außer den Schuhen hatte er noch nichts abgelegt. Sachte ließ ich meine Hände unter sein Hemd gleiten, spürte seine Haut, küsste ihn auf die Schulter und raunte ihm zu: »Es gibt viele andere Möglichkeiten.«

»Stimmt.«

»Zieh dich aus.«

Er lächelte ironisch. »Dein Wunsch ist mir Befehl.«

Die anderen Möglichkeiten vollzogen sich nun ziemlich wild und ungestüm und ließen unseren verschwitzten Körpern kaum eine Pause. Seine Zunge, seine Hände berührten mich überall, an den unglaublichsten Stellen. Es war wundervoll, doch ich kam nicht gleich wieder zu einem Höhepunkt. Er befahl mir, mich auf Hände und Knie zu stützen, damit er sich von hinten zwischen meinen Schenkeln reiben konnte.

»Drück sie fester zusammen«, sagte er leise. »Ja, genau so, ja …«

Mit einer Hand massierte er meine Klitoris, und ich war kurz davor, erneut zu kommen – ich zersprang fast vor Lust. Doch dann fasste er mich mit beiden Händen plötzlich um die Taille, und ich hörte ihn stöhnen. »Oh Gott! Ich komme …«

Vor Enttäuschung hätte ich schreien können – doch nicht jetzt!

Er griff unter mir durch nach seinem Schwanz, um die Bettlaken zu schützen, und spritzte mit einem unterdrückten Schrei in seine Handfläche ab. Und dann ging ich plötzlich ab wie eine Rakete. Er wollte sich zurückziehen, was in Anbetracht seiner spermaverschmierten Hand verständlich war.

Doch ich hielt ihn davon ab. »Nein, noch nicht!«

Überrascht verharrte er in seiner Position. Und ich gab mich den Wellen meines Orgasmus hin, während ich um mich herum alles vergaß.

Nach ich weiß nicht wie langer Zeit hörte ich ihn sagen: »Hmm, mein Engel? Darf ich jetzt? Meine Knie tun weh, und ich hab hier immer noch diese kalte Soße, die mir langsam zwischen den Fingern durchsuppt.«

»Oje!« Nun erst merkte ich, dass ich mich mit dem ganzen Gewicht meines Körpers rückwärts gegen ihn gelehnt hatte. Auch meine Knie waren weich und zitterten. Natürlich musste er die Chose in seiner Hand loswerden.

»Wie eklig.«

»Stimmt.« Er rutschte vorsichtig zum Bettrand hin und erhob sich mit wackligen Knien. Als er auf seine geschlossene Faust schaute, zog er eine Grimasse. »Ich kann all die Frauen nachträglich gut verstehen, die sich weigerten, das zu schlucken.«

Mit der freien Hand öffnete er eine Tür, und ich sah, dass an das Schlafzimmer ein kleines Bad angeschlossen war. Wahrscheinlich eine Errungenschaft der jüngeren Vergangenheit des Anwesens, aber sehr praktisch. Ich hörte Wasserrauschen, leises Fluchen, noch einmal Wasserrauschen und das Quietschen eines Handtuchhalters. Dann erschien er im Türrahmen, lehnte sich daran und grinste.

»Alles gut?«

Ich hatte mich mittlerweile auf dem Bett ausgestreckt und kostete das Abebben meiner Lust und die angenehme Schwere meiner Glieder aus. Ich lächelte ihn an. »Was meinst du wohl?«

Er ließ sich neben mir nieder. »Ich meine, wir sollten wieder zurück zu den anderen gehen.«

»Och.«

Ich war geknickt. Er wollte nicht aus Pflichtgefühl seiner Mutter gegenüber zurück. Er wollte nur seine blöde Schwester sehen. Das einzige As, das ich im Ärmel hatte, hatte ich ausgespielt, um einen schnellen Stich zu machen. Jetzt hatte ich keine Trümpfe mehr. Ich konnte nur den Augenblick noch ein wenig hinauszögern.

»Dir geht es immer nur um den Moment, nicht wahr?«, sagte ich.

Er hob die Augenbrauen, eher belustigt als überrascht. »Was haben wir denn außer dem Moment?«

»Die Zukunft, zum Beispiel.«

»Es bringt doch nichts, sich über die Zukunft Gedanken zu machen, weil ohnehin geschieht, was geschieht. Und die Vergangenheit können wir auch nicht wieder aufleben lassen, also bleibt nur das Hier und Jetzt.«

»Ich würde das gern auch so sehen«, seufzte ich.

Marcus lachte. »Kopf hoch! Du hast bloß eine kleine postkoitale Depression. Komm mit, wir betrinken uns jetzt sinnlos. Dann ist auch dir alles andere bald egal.«

»Du willst dich jetzt sinnlos betrinken?«, fragte ich verstimmt.

»Hast du einen besseren Vorschlag, wie wir diese grüne Hölle hier überleben sollen?«

»Wir könnten hier oben im Bett bleiben«, schlug ich vor, ohne viel Hoffnung.

»Meinst du, nach dem Fick hätte ich noch Kapazitäten?«

»Na ja, war schon ordentlich was drin in deiner Hand.«

Marcus setzte sich grinsend auf und sagte: »Es lebe die Romantik!«

Dann stand er auf und begann sich anzuziehen. Ich hatte überhaupt keine Lust, ihm zu folgen. Aber wenn ich meinen Hintern nun nicht aus dem Bett bewegte, würde er ohne mich gehen. Seufzend erhob ich mich ebenfalls. Zehn Minuten später standen wir wieder draußen im Garten.

# 19

Draußen herrschte sengende Hitze. Die Terrasse war verwaist, doch aus der Ferne war Planschen und das Gelächter von Frauen zu hören. Gus und Jules hatten wohl vom Flussufer zum Pool gewechselt. Während unserer Abwesenheit war das Lunchbuffet im Haus angerichtet worden, und die Leute mussten sich wie die Geier darauf gestürzt haben, denn viel mehr als Petersilienstängel und eine zerdrückte Maraschinokirsche waren nicht übrig. Ich hasste Maraschinokirschen und fluchte leise. Dennoch schob ich sie mir in den Mund. Es war etwas für den hohlen Zahn.

Marcus schien keinen Hunger zu haben. Auch er vermutete Gus am Pool und wollte gerade die Treppen hinuntergehen.

Ich war nicht sicher, ob er sich meiner Anwesenheit noch bewusst war. Doch dann schaute er über seine Schulter zurück und rief: »Kommst du?«

»Ich muss dringend etwas essen.« Wie gut, dass ich eine plausible Ausrede hatte. »Ich komme gleich nach.«

Nachdenklich blickte ich ihm hinterher. Er hatte die Hände in den Taschen, und sein muskulöser, wohlproportionierter Rücken mit den breiten Schultern zeichnete sich unter dem weichen Stoff seines Hemdes ab. Sein Gang war federnd und leicht, einfach selbstbewusst. Die Intensität, mit der ich noch immer seine Küsse und Hände auf meiner Haut fühlte, machte mir Angst. Während er sich von mir entfernte, hatte ich plötzlich das Gefühl, dass er einen Teil von mir mitnahm. Ich spürte, wie ich langsam anfing, mich aufzulösen. Wie eine Wolke am Himmel, die sich ausdehnt, lichter wird und sich schließlich auflöst.

Vom Pool hörte ich freudige Willkommensrufe. Ich wandte mich ab und ging zurück ins Haus.

An der Schwelle wäre ich fast mit einer blonden jungen Frau zusammengestoßen, die mit energischem Schritt zur Terrasse strebte. Sie trug eine Art Uniform und schien eine Angestellte zu sein. Sie wirkte genervt.

»Sorry, Madam.« Ihr Ton sagte das Gegenteil.

Ich bin keine Madam, wollte ich rufen. Nur ein ganz normaler Gast.

Sie trug die leeren Teller und Platten zusammen, und mit vollen Armen hielt sie kurz inne und holte tief Luft, als müsste sie sich auf eine Tortur gefasst machen. »Verdammter Mist, nicht einmal Sherpas in den Bergen Nepals müssen solche Strecken zurücklegen«, maulte sie leise.

»Warten Sie, ich helfe Ihnen«, sagte ich.

»Oh Gott.« Sie ließ fast ihren Stapel fallen.

»Tut mir leid«, sagte ich und griff nach einer Platte. »Wollen Sie mir nicht ein paar abgeben?«

Sie sah mich mit gerunzelter Stirn an. »Wollen Sie mich verschaukeln?«

»Nein, ich hatte nur gehofft, Sie würden mich dann zur Küche führen, weil ich das Lunchbuffet nämlich verpasst habe.«

»Okay, von mir aus«, sagte sie achselzuckend und ließ mich ein paar Platten nehmen.

Auf dem Weg zur Küche fragte sie: »Kommen Sie aus Australien?«

»Nein, aus Neuseeland.«

»Was machen Sie hier?«

Einen Augenblick lang dachte ich, sie meinte hier, bei Claudes Mutter auf dem Landgut. Doch dann begriff ich.

»Das ist eine lange Geschichte.«

Ihre Augen funkelten. »Wegen eines Typen?«

»Ja, gewissermaßen.«

Zum Glück waren wir nun in der Küche angelangt. Sie hatte Recht mit den Sherpas. Der Weg war wirklich weit, und mir taten bereits die Arme weh vom Schleppen. Erleichtert lud ich meinen Stapel auf einer Arbeitsplatte ab.

»Danke«, sagte sie. »Ich weiß nicht, ob viel übrig ist, aber ich schau mal nach.«

Die Küche war riesig, das konnte sogar ich mit meinem äußerst begrenzten Wissen über Küchen in vornehmen Häusern erkennen. Es gab einen langen Tisch, an dem mindestens zwanzig Leute Platz hatten, einen frei stehenden gusseisernen AGA-Herd zusätzlich zum Einbauherd, und natürlich fehlte auch der Doppeltürkühlschrank aus gebürstetem Edelstahl nicht. Ich nahm am hinteren Ende des Tisches Platz, um den Angestellten nicht im Weg zu sein, die emsig den Abwasch erledigten.

»Bitte schön«, sagte die Blonde und stellte mir einen Teller mit kaltem Braten und Salat hin. Ich bemerkte ihren winzigen Diamantknopf, der wie ein glitzerndes Staubkörnchen ihren Nasenflügel zierte. Sie hatte eine schöne, makellose Haut und sah Zara Phillips, der Tochter von Prinzessin Anne, ein bisschen ähnlich. Trotzdem war sofort klar, dass sie nicht Teil der vornehmen Gesellschaft war. Sie schien aber auch kein Bedürfnis danach zu haben. Als käme sie erst jetzt dazu, sich in Ruhe umzusehen, stellte sie verblüfft fest: »Meine Güte, allein in diesen Raum würde mein ganzes Haus reinpassen.«

Ich musste lachen. »Meines auch.«

»Würden Sie es wollen?« Ihre Augen funkelten mich herausfordernd an. Ich wusste nicht, womit ich das verdient hatte. »Würden Sie gerne hier leben? Auch dazugehören?«

Ich hätte viele Gründe nennen können, warum ich das nicht gleich in den Wind schlagen würde, doch sie plapperte bereits weiter. »Man ist bei denen doch nur ein völlig unbedeutendes Glied in der Kette der ewig gleichen bescheuerten Namen. Was ist das für ein Leben, das nur gelebt wird, um Namen und Besitz an die nächste Generation weiterzugeben? Und man selbst endet höchstens als Ahnentäfelchen in irgendeinem verstaubten Stammbaum. Ich mache vielleicht nicht besonders viel aus meinem Leben, aber immerhin kann ich selbst entscheiden, wie ich es leben will.« Jemand gab ihr ein Zeichen, und sie seufzte. »Ich muss weitermachen. Das Geschirr wartet. Sind Sie fertig?« Sie deutete auf meinen Teller.

Rasch rettete ich noch ein Stück Brot, bevor sie mir den Teller wegzog. »Vielen Dank noch mal.« Doch sie war schon anderweitig beschäftigt.

Ich blieb unschlüssig sitzen und überlegte, was ich tun sollte. Marcus suchen gehen? Ich wäre sehr gern in seiner Nähe gewesen, fürchtete mich aber vor der sehr speziellen Form der Ausgrenzung, der man als Fremde unter Leuten ausgesetzt war, die sich seit Ewigkeiten kannten und miteinander vertraut waren.

Ich könnte Claude suchen. Allerdings wusste ich nicht,

wo er im Augenblick war und ob ich zu der Gesellschaft, in der er sich befand, überhaupt passte. Dass wir alle Luft zum Atmen brauchten, war wahrscheinlich als Grundlage nicht ausreichend. Jedenfalls nicht zwingend.

Es würde wohl trotzdem auf Claude hinauslaufen. Er behandelte mich wenigstens immer freundlich und zuvorkommend. Ich wagte mich zurück ins Getümmel.

Doch ich fand den Weg nicht mehr. Als ich der jungen Frau in die Küche gefolgt war, hatte ich nicht auf den Weg geachtet. Ich meinte zwar, die ungefähre Richtung zu kennen, öffnete aber dauernd die falschen Türen, die immer nur in einen weiteren leeren Raum führten. Wer brauchte denn so viele Zimmer? Marcus hatte angedeutet, dass seine Mutter hier nicht alleine lebte. Mit wem teilte sie das Haus? Mit einem Kirchenchor?

Mein Atem ging plötzlich flach und schnell, wie kurz vor einem Panikanfall. Ich blieb kurz stehen, um mich zu sammeln. Bleib ruhig, dachte ich. Du bist nicht in der Wüste Gobi, und sie werden deine ausgebleichten Knochen nicht erst Monate später finden, mit der skelettierten Hand festgekrallt an einer Türklinke.

»Was machen Sie denn hier?«, sagte eine Stimme in meinem Rücken, die ich sofort als die von Marcus' Mutter erkannte. Es klang nicht vorwurfsvoll, aber eine gereizte Missbilligung war unüberhörbar.

»Ich habe mich verlaufen.« Meine entschuldigende Miene bereute ich sofort.

»Verlaufen?« Jetzt war sie richtig ungehalten. »Warum bleiben Sie nicht bei Marcus?«

»Ich weiß im Augenblick nicht, wo er ist.«

Sie sah mich an und stöhnte leise. »Marcus ist wirklich der Gipfel«, murmelte sie, mehr zu sich selbst. »Also schön, kommen Sie mit!«

Mit einer ausgestreckten Hand machte sie eine herrische Geste, sodass ich mich fühlte wie ein Hund, dem »Bei Fuß!« befohlen wurde.

Sie führte mich in einen Salon, in dem auf unzähligen Sofas und Sesseln verteilt schwatzende Grüppchen beisammensaßen. Zum Glück waren es vornehmlich ältere Menschen, die gaben einem nicht gleich das Gefühl, man wäre bloß ein lästiger Kaugummi, den man möglichst rasch von der Schuhsohle abkratzen musste.

Anne führte mich zu einer kleinen Gruppe am anderen Ende des Raumes, die von einer Frau mit einer sehr lauten Stimme dominiert wurde. Anne wies mir einen Platz auf einem zierlichen, etwas hart gepolsterten Sofa zu, und zu meiner mittelgroßen Bestürzung setzte sie sich dann neben mich.

Unser Kommen hatte die Ausführungen der Frau mit der durchdringenden Stimme nicht im Geringsten gestört. Sie war Ende fünfzig, rothaarig und hatte grobe Züge, Typ Sarah Ferguson oder Penelope Keith. Der selbstbewusste, laute Tonfall und Akzent war ungefähr derselbe, wie ihn betuchte Engländer im Ausland und auf Reisen gern aufsetzten.

Anne stöhnte leise. »Ich werde Sie später miteinander bekanntmachen. Das kann jetzt eine Weile dauern.«

»Und Henrys kesse, kleine Biester!«

»Hä? Was hat sie gesagt? Kesse was …?«

Ein alter Mann lehnte sich vor, um besser zu hören. Er hatte einen grauen, vom Nikotin ins Gelbliche changierenden Schnauzbart und trug weiße Hosen zu einem Marineblazer. In einem Agatha-Christie-Roman wäre er ein Offizier im Ruhestand.

»Kesse Biester, Major!«, rief Anne ziemlich laut.

Aha. Ich schaute Anne verstohlen von der Seite an und meinte, ein flüchtiges Lächeln um ihre Mundwinkel zu erkennen. Aber ganz sicher war ich nicht.

»Und Stubby habe ich zum ersten Mal seit Jahren wieder geritten. Es war so großartig und erhebend wie eh und je. Weiter und weiter und weiter ritten wir. Er ist ein so verlässlicher Partner, ich besteige keinen anderen!«

»Was hat sie gesagt?«

»Sie besteigt keinen anderen, Major.«

»Und der Höhepunkt war, als wir ...«

»Hä? Was?«

»Höhepunkt!«

»... einfach gemeinsam abhoben.«

Es bestand kein Zweifel mehr. Annes Schultern schüttelten sich vor stillem Gelächter.

»Ach, mein wundervoller Stubby, ich liebe ihn!«, beendete die Frau ihre Ausführungen. »Allerdings dachte ich in einem bestimmten Moment, er käme nicht mehr aus dem Busch heraus.«

»Was? Wo heraus?«

»Nein«, sagte Anne leise. »Das schaffe ich jetzt nicht mehr. Es geht wirklich nicht.«

Sie erhob sich und klatschte energisch in die Hände. »Alle mal herhören. Darf ich vorstellen: Darrell.«

»Hä? Habe ich Cheryl gehört?«

»Darrell, Major.«

Ich wurde der lauten Dame vorgestellt, die auf den Namen Sally hörte, dem Major, einer lächelnden, freundlich nickenden alten Dame namens Bitsy, die möglicherweise nicht mehr genau wusste, wer sie selbst war, und schließlich noch einer Frau mit einer blauen Perücke, knallorangefarbenen Leggings und einem pinken Glitzershirt, auf dem »Daddys kleines Mädchen« stand.

»Marjorie hat das heutige Motto anscheinend nicht ganz richtig verstanden«, sagte Anne. »Ich muss hier weg, kommen Sie mit.«

Sie erhob sich. »Darrell und ich gehen hinüber in die Bibliothek, sie möchte gerne die Erstausgaben von Auden anschauen«, sagte sie sehr bestimmt.

»Auf Wiedersehen, Cheryl!«, rief mir der Major noch fröhlich nach. Dann fragte er barsch: »Und wann gibt's endlich was zu essen?«

»Wir haben schon gegessen, Major«, bellte Sally zurück.

In der Bibliothek ließ sich Anne erschöpft auf einen Sessel sinken. »Großer Gott«, seufzte sie. »Es sind wirklich gute Freunde, und ich mag sie sehr. Aber manchmal wünschte ich, sie wären vierzig Jahre jünger.« Sie sah mich an. »Nicht dass die jüngeren Gäste in irgendeiner Weise hier für gute Stimmung sorgen würden ...«

Ich war ziemlich sicher, dass sie mich damit nicht meinte. Trotzdem schwieg ich lieber – man konnte ja nie wissen.

»Setzen Sie sich doch!« Anne gestikulierte ungeduldig in Richtung eines weiteren Sessels.

Nachdem ich mich gesetzt hatte, fragte ich vorsichtig: »Haben Sie hier wirklich Erstausgaben von Auden?«

Sie ließ ihren Blick durch den Raum schweifen. »Weiß der Himmel. Mir ist nichts Besseres eingefallen.« Sie schüttelte den Kopf. »Sie haben ja nun buchstäblich miterlebt, wie das alte Spiel mit der Doppeldeutigkeit funktioniert: Eine allein würde einfach nicht ausreichen. Und die arme Sally hat meistens keine Ahnung, was sie da redet. Sie ist ein wenig schlicht. Kaum zu glauben, dass sie von der renommierten Jagdzeitschrift *Horse and Hound* einst zur Debütantin des Jahres gewählt wurde. Es war mir nie ganz klar, für welche der beiden Tierarten sie die erste Wahl darstellte.«

Ich lachte herzlich, bis ich merkte, dass Annes bohrender Blick auf mir ruhte.

»Bitte sagen Sie nicht, dass Sie meinen Sohn *lieben.*«

Ich bekam einen knallroten Kopf. »Äh, nun ja, ich ...«

»Ich hätte bestimmt nichts gegen Sie, Sie scheinen eine recht sympathische Person zu sein. Aber ich kann es Ihnen reinen Gewissens nicht empfehlen.«

»Nein ...« Ich wusste, sie hatte Recht. Doch schlagartig klaffte vor mir ein riesiges schwarzes Loch auf.

»Ach, du liebe Güte!« Anne hatte mein Gesicht gesehen. »Falls es Sie tröstet: Es hätte noch schlimmer kommen können. Zum Beispiel wenn Sie sich in Claude verliebt hätten. Marcus kann wenigstens Gefühle zeigen. Gut, vielleicht nicht mir gegenüber, aber ...« Sie seufzte. »Wahrscheinlich ist das alles meine Schuld. Ich hätte die Sache schon viel früher klären sollen. Jetzt werden sie mir wohl kaum mehr glauben.«

Ich wusste nicht, was sie meinte. Welche Sache? Ob ich sie wohl danach fragen konnte?

Plötzlich zog sie die Stirn in Falten und musterte mich wieder mit ihren Luchsaugen. »Darrell ist ein ungewöhnlicher Name für eine Frau. Sind Sie zufällig Schriftstellerin?«

Ich musste vor Überraschung blinzeln. »Ja, das bin ich tatsächlich.«

»Wusste ich es doch!« Sie sprang auf – für ihr Alter sehr

behände –, lief zu einem Stapel Bücher auf einem kleinen Tisch und suchte nach etwas.

»Hier ist es!« Triumphierend hielt sie ein Buch in die Höhe, kam zurück und überreichte es mir. Es war mein dritter Roman – *Der Geheimvertrag des Milliardärs*. »Darrell Kincaid. Das sind Sie?«

Ich starrte auf den Einband. Den Gestaltern des Covers gelang es nie, die Helden nach meinen Vorstellungen zu zeichnen.

»Ja«, sagte ich. »Das bin ich.«

Als ich das ausgesprochen hatte, spürte ich erst, wie wahr dieser Satz war. Das war ich. Diese Romane bestimmten und formten mein Leben. So wie Tom es getan hatte. Nur in seiner Gegenwart fühlte ich mich vollständig und ganz bei mir. Als er nicht mehr da war, hatte ich mehr verloren als nur einen Ehemann. Ich hatte mich selbst verloren. Ohne Tom war ich nur ein Bruchteil meiner selbst, ein unvollständiger Mensch. Und nun stand sogar dieser Überrest auf dem Spiel. Was blieb ohne meine Bücher überhaupt noch von mir übrig?

Das gähnende Loch der Leere, das sich vor mir aufgetan hatte, wurde immer größer. Ich durfte nicht hineinblicken, sonst war ich endgültig verloren, das spürte ich.

»Oje!«

Ich vernahm Annes bestürzten Ausruf, doch ich konnte nichts mehr dagegen tun. Meine Finger hatten sich an dem Buch festgekrallt, die Knöchel wurden weiß. Ich war völlig unfähig, zu sprechen oder mich zu bewegen.

Schritte. Da näherten sich Schritte.

»Was um alles in der Welt …?« Claude stand plötzlich neben seiner Mutter. »Was ist mit ihr?«

»Genau weiß ich es nicht«, sagte Anne, »aber mir ist ein solcher Zustand nicht ganz unbekannt.«

»Was ist der Grund?«

»Wahrscheinlich tief vergrabene Trauer und Schmerz.«

»Aber …« Claude klang hilflos. »Was soll ich tun?«

»Was du tun sollst?«, schnappte Anne. »Was du tun sollst? Na, sie trösten, du dummer Idiot.«

»Aber …«

»Ich besorge einen Cognac.«

»Aber …«

Leiser werdende energische Schritte signalisierten Annes Abgang. Claude sank unbeholfen in den freigewordenen Sessel.

»Meine Mutter hat mich gerade einen Idioten genannt.«

Ich rang röchelnd nach Luft, und er schaute mich erschrocken an. Irgendwie tat er mir leid. Nichtsahnend hatte er sich in die Bibliothek zurückgezogen, um seine Ruhe zu haben, und nun wurde er unversehens in den Strudel meiner emotionalen Abgründe hineingesogen.

»Dummer Idiot«, sagte ich.

Er sah mich entgeistert an. »Wie bitte?«

»Sie sagte: dummer Idiot.«

Seine Mundwinkel zuckten. »Ich korrigiere mich. Und fühle mich nichtsdestotrotz beleidigt.«

Er blickte mich nachdenklich an, streckte den Arm aus und legte seine Hand auf meine. Durch seine Berührung konnten meine verkrampften Hände endlich locker lassen. Langsam und nur mit Mühe streckte ich einen Finger nach dem anderen aus und gab das Buch frei.

»Was in aller Welt ist denn bloß geschehen?«

»Ach.« Es war mir alles so peinlich. »Das ist schwer zu erklären.«

»Mutter sagte, es sei Trauer. Stimmt das?«

Ich nickte.

»Darf ich fragen ... um wen es geht?«

»Es geht um meinen verstorbenen Mann.«

Claude machte große Augen. »Verstehe. Ich bin wirklich untröstlich. Geschah das erst in jüngster Zeit?«

»Jüngst ist relativ. Aber ja, es ist noch nicht lange her.«

»Natürlich, ich bitte um Verzeihung.« Claude zog die Mundwinkel nach unten. »Dumme Frage.«

Energische Schritte näherten sich. Anne war zurück.

»Hier, trinken Sie das.« Sie reichte mir ein Glas Cognac. »Claude! Den Sessel«, ermahnte sie ihren Sohn.

»Oh, selbstverständlich!« Er sprang gehorsam auf, rückte ihn höflich zurecht und stellte sich dann hinter sie mit einer Hand auf der Rücklehne.

»Geht's wieder?« Annes Miene wirkte leicht gereizt, deshalb nickte ich eilig. Dann jedoch sagte sie mit überraschend milder Stimme: »Ich vermute, es macht nicht das Geringste besser, aber wenigstens dämpft es den akuten Schmerz.«

Ich war erstaunt. Marcus hatte doch angedeutet, die Ehe seiner Eltern sei alles andere als glücklich gewesen?

Anne war wieder aufgestanden und strich sich das Kleid glatt. »Ich muss wieder zurück. Es bringt nichts, einfach nur tatenlos herumzusitzen.« Sie warf Claude einen Blick zu. »Ich schlage vor, du bringst sie jetzt nach Hause.«

Er blinzelte verständnislos. »Oh! Also gut, in Ordnung.«

Daraufhin schnaubte sie genervt. »Und such dir endlich eine Frau! Dann bekommt der blöde Ring an deinem Finger auch endlich einen Sinn.«

Claude rieb verstohlen besagten Ring, während er seiner Mutter nachschaute, die nun den Raum verließ.

»Gehörte er ihr?«, fragte ich sachte.

»Ja, sie hat ihn mir vermacht, als er starb.«

»Dein Vater?«

»Nein …«

Er ließ ab von dem Ring und sah mich mit einem Lächeln an. »Wollen wir gehen?«

»Was ist mit Marcus?«

Er verzog das Gesicht. »Muss das sein?«

Ich spürte, wie erneut Panik in mir hochstieg. Marcus heute nicht mehr zu sehen, wäre furchtbar. Ich brauchte ihn so dringend, seine Berührungen, sein Lachen, seine Vitalität. Er musste mich vor meinem Absturz in die Bodenlosigkeit bewahren.

»Wie soll er denn sonst nach London zurückkommen? Er muss mit uns fahren.«

»Schon gut, schon gut.« Claude hob kapitulierend die Hände. »Aber das heißt, wir müssen auch Gus und Jules mitnehmen.«

Das war natürlich nicht in meinem Interesse. Doch letztlich war ich bereit, alles hinzunehmen, um gemeinsam mit ihm das Fest verlassen zu können.

»Dann also los«, sagte ich und erhob mich. »Sie sind wahrscheinlich noch unten am Pool.«

Keine Ahnung, welche Ausschweifungen ich erwartet hatte. Aber als wir am Pool ankamen, ging es dort ziemlich gemütlich und ruhig zu. Marcus lümmelte auf einem Gartenstuhl an einem Tisch unter dem großen Sonnenschirm. Er hatte eine weiße Frotteemütze übers Gesicht gezogen, und nur die glimmende Zigarette in der einen Hand verriet, dass er nicht schlief. Gus saß auf einem Stuhl neben ihm, blickte jedoch hinüber zu Jules, die am Beckenrand hockte und gelangweilt mit den Füßen im Wasser planschte. Ich zählte nur drei leere Champagnerflaschen. An Marcus' Tisch quoll ein Aschenbecher mit Kippen über, darunter meinte ich auch die Überreste eines Joints zu sehen. Allerdings wollte ich nicht unbedingt daran riechen, um es zu überprüfen.

Ich lief zu ihm hin und hob sachte die Mütze. Er verzog unwillig das Gesicht und öffnete ein Auge. »Hmmm?«

Dann schreckte er hoch und zog eine missmutige Schnute, wie ein kleines Kind, das aus dem Schlaf gerissen wurde. »Wo warst du denn?«

Ich zog mir einen Stuhl heran. »Ich habe mich mit deiner Mutter unterhalten.«

»Wirklich? Um Himmels willen, du Arme.«

»Und du? Was hast du gemacht?«

Sein Blick richtete sich schuldbewusst auf die Zigarette in seiner Hand. »Ich habe meine Regel gebrochen, wie du siehst.«

Er drückte sie aus. »Mich zu betrinken hat leider nicht funktioniert, ich war irgendwie nicht ganz bei der Sache. Dafür bin ich ein bisschen stoned, der Nachmittag ist also nicht ganz vergeudet.«

»Claude würde jetzt gern zurückfahren.«

»Gott sei Dank!« Der erleichterte Ausruf kam von Gus. Ich war mir überhaupt nicht sicher gewesen, ob sie Claude und mich kommen gehört hatte. Sie rief Jules. »Trockne dir die Füße, Süße! Wir werden im Bauch des grünen Raubtiers chauffiert!«

»Und die Fahrt geht auch gleich los«, sagte Claude. »Ich habe nicht vor, stundenlang auf euch zu warten.«

Gus ließ sich sofort wieder zurück in den Stuhl plumpsen, und Claude machte ein ärgerliches Gesicht. »Marcus, hast du heute Abend schon was vor?«, fragte sie.

Botschaft angekommen, das »du« schloss mich von vornherein aus.

»Sollen wir ein bisschen Party machen?«

»Ich muss Morgen nach dem Mittagessen wieder zurückfliegen«, erwiderte Marcus.

Mir wurde ganz elend. Aber klar, er hatte berufliche Verpflichtungen. Uns blieb zumindest noch der Vormittag …

»Na und? Ich fliege auch Morgen zurück!« Gus drehte sich wieder zu Jules, die immer noch am Pool saß. »Jules, was möchtest du unternehmen heute Abend? Wollen wir ausgehen in London?«

Jules erhob sich und schüttelte ihre nassen Füße. Träge zuckte sie mit den Schultern.

»Komm schon, Marcus.« Gus blieb beharrlich. »Wir sind seit Ewigkeiten nicht mehr zusammen ausgegangen, und der Nachmittag ist dermaßen öde gewesen. Ich brauche noch ein wenig Abwechslung.«

Marcus sah mich fragend an, und bevor er den Mund öffnen konnte, wusste ich, was ich zu antworten hatte.

»Geh ruhig«, sagte ich.

»Ohne dich?« Er runzelte die Stirn.

Ich war enttäuscht, konnte die Dinge jedoch nicht ändern. Ich konnte nur so tun, als würde ich es ganz locker nehmen. Darin wurde ich wirklich immer besser.

»In Clubs herumziehen ist nicht mein Ding«, sagte ich lässig.

Ebenso wie deine Schwester oder die Orte, an denen ihr herumhängen werdet. Das ist nicht meine Welt, ich passe da nicht hin. Aber all das verkniff ich mir.

»Dann komme ich später noch bei dir vorbei«, sagte er. »Ich werde mich nicht allzu lange herumtreiben.«

»Ja?« Mein Herz machte einen kleinen Luftsprung.

»Gus!«, rief Claude ungeduldig. »Marcus! Los jetzt!«

»Jawohl, mein Standartenführer!«, rief Gus, sprang auf die Füße und salutierte. Dann stürmte sie auf ihn zu und drückte ihm einen Kuss auf seine steife Backe. »Fährst du uns auch zum Hotel?«, bettelte sie kindlich.

»Auf keinen Fall! Ihr müsst euch von mir zu Hause selbstverständlich ein Taxi nehmen.«

Gus grinste unbeeindruckt. Dann lief sie zurück zu Marcus und versuchte, ihn aus dem Stuhl zu zerren.

»Aua, du tust mir weh«, nölte er, ließ sich jedoch von ihr auf die Beine helfen.

Lächelnd neigte er seinen Kopf dann zu ihr hinunter, als wollte er sie küssen. Doch schließlich zog er ihr nur die Frotteemütze über beide Ohren. Eine Zeit lang standen sie so dicht beieinander, dass sich ihre Nasenspitzen berührten.

»Wow.«

Jules war plötzlich hinter mir und schwang lässig ihre Schuhe, die sie in der Hand trug. Sie hatte kleine nasse Fußabdrücke auf den Steinplatten hinterlassen. Ihr einsilbiger Kommentar klang wie eine nüchterne Feststellung, jedenfalls wirkte sie nicht besonders irritiert. Unter ihren schläfrigen Lidern warf sie mir einen bedeutungsvollen Blick zu. »Wissen sie es denn wirklich nicht?«

Verwirrt musste ich ein paarmal blinzeln. Was meinte sie denn? Ich wollte Jules fragen, traute mich jedoch nicht gleich, obwohl ich mich von ihr sehr viel weniger eingeschüchtert fühlte als von Gus.

Zu spät. Jules hatte sich abgewandt und schlenderte gemächlich in Richtung Gartentor, das den Poolbereich vom Rest des Gartens abgrenzte. Dort wartete Claude mit den Autoschlüsseln in der Hand und scharrte bereits ungeduldig mit den Füßen.

# 20

Als ich mich gerade bückte, um den Kaffeebecher abzustellen, wurde die Tür aufgerissen. Erschrocken sah ich auf. Aus meiner Perspektive wirkte Big Man noch größer und bedrohlicher als sonst. Ich kam mir vor wie ein Zwerg im Land der Riesen.

»Sagen Sie der blonden Xanthippe, dass ich sie verdammt noch mal erschieße, wenn sie sich noch einmal in die Nähe meiner Wohnung wagt, so wahr ich hier stehe!«

»Womit wollen Sie sie denn erschießen?« Ich hatte mich wieder erhoben und war nun zumindest auf Brusthöhe mit ihm. Eine kleine Verbesserung, die mich mutiger werden ließ.

»Es herrscht hier wirklich kein Mangel an Waffen!«

»Ich bin nicht sicher, ob sie das abschrecken wird.«

Schwer atmend blickte er finster auf den Pappbecher. »Ist das für mich?«

Seufzend bückte ich mich erneut, um ihm den Kaffee zu überreichen. Er nahm ihn mit der einen Hand, mit der anderen wollte er die Türe wieder schließen.

Ich war empört. »Hey, wagen Sie es nicht, mir die Tür vor der Nase zuzuschlagen!«

Er hielt inne. »Pflicht getan, Fall erledigt. Was wollen Sie noch?«

»Sie hören mir jetzt genau zu. Ich habe ein sehr anstrengendes Wochenende hinter mir, mich nervt die Hitze, und ich habe die Schnauze voll von rücksichtslosen Menschen, die mir den Tag vermiesen. Es bringt Sie nicht um, wenigstens für zehn Sekunden ein wenig höflich zu sein.«

Er schaute mir in die Augen. »Doch«, sagte er und schloss die Tür.

Ich war so wütend, dass ich richtig rotsah. Mit aller Macht und beiden Fäusten hämmerte ich gegen die Tür. Mit jedem Faustschlag entlud sich mehr von dem Zorn, den ich angestaut hatte, mehr von der verzweifelten, hilflosen Wut und Enttäuschung. Big Mans Tür bekam alles ab …

Marcus war Samstagnacht nicht mehr gekommen. Am Sonntagnachmittag rief er an.

»Tut mir leid, mein Engel.«

Er klang aufrichtig zerknirscht. Seine Stimme war heiser, als hätte er hundert Zigaretten geraucht und die Nacht kaum geschlafen. Was vermutlich der Fall war.

»Tut mir wirklich leid«, wiederholte er. »Ich wollte gegen eins aufbrechen, ich schwör's. Aber dann ist alles irgendwie außer Kontrolle geraten, keine Ahnung warum. Sorry!«

»Wo bist du jetzt?«

»Am Flughafen. Ich hänge hier in einem Plastikstuhl und schaue angestrengt zur Decke, weil ich Angst habe, dass mir sonst die Augen aus den Höhlen rutschen. Ich weiß nicht, wie ich es zur Maschine schaffen soll. Wahrscheinlich muss ich beim Flughafendienst einen Rollstuhl anfordern.« Er lachte kurz und hielt dann das Handy etwas weg, weil er einen Hustenanfall hatte. »Verdammter

Mist«, krächzte er, »das war das letzte Mal. Ich bin einfach zu alt für solche Eskapaden.«

Dann sagte er noch: »Ich werde es wiedergutmachen, versprochen. Sobald ich meinen Terminkalender vor mir habe, sehe ich nach, wann ich das nächste Mal in London bin, und sage Bescheid.«

Mein Ärger war verflogen. Ich hielt mich am Telefonhörer fest, als könnte ich ihm dadurch näher sein. Ich brauchte ihn so dringend in meiner Nähe, mir wurde ganz schwindlig.

»Gut, so machen wir's.«

Im Hintergrund hörte ich eine Ansage und Aufbruchgeräusche. »Oje, es geht los. Drück mir die Daumen, dass ich es noch durchs Gate schaffe. In der Maschine gibt es dann ja zum Glück Kotztüten.« Ich hörte seinen Atem. »Es tut mir leid, Engel ...«

»Verpass' deinen Flug nicht«, sagte ich.

Dann legte ich rasch auf, weil ich nicht sicher war, was ich sonst noch alles sagen würde.

»Was zum Teufel ...?« Big Man hatte die Tür aufgerissen, und ich hätte ihm fast gegen die Brust getrommelt. »Was ist in Sie gefahren, verdammt?«

Keuchend vor Erschöpfung starrte ich ihn an. Als ich wieder Luft bekam, merkte ich, wie mir die Hände wehtaten. Ich besah sie mir genauer. Sie waren rot und wund. An einem Knöchel blutete ich sogar.

»Was zum Teufel soll das?«, sagte Big Man noch einmal, allerdings ohne den gewohnten Groll. »Hier, nehmen Sie das.«

Er reichte mir die Serviette, die ich zum Tragen immer

um den heißen Becher wickelte. Damit tupfte ich das Blut ab.

»Autsch«, jammerte ich.

Er gab ein resigniertes Schnaufen von sich, als wüsste er, dass er das Folgende bald bereuen würde. »Kommen Sie. Wir beide machen jetzt einen Spaziergang.«

Schweigend liefen wir nebeneinander zum Uferweg am Kanal. Auf einer Bank im Schatten ließ sich Big Man nieder.

»Ist vermutlich der Anfang vom Ende. Verdammte Erderwärmung.«

»Ist es sonst nicht so heiß im Mai?«

»Es ist sonst nicht einmal im Hochsommer so heiß! Wir sind hier in England! Nicht in den Arabischen Emiraten!«

»Alles in Ordnung bei Ihnen? Sie werden mir doch nicht aus den Latschen kippen, oder?«

Der Schatten eines Lächelns huschte über sein Gesicht. »Falls doch, rollen Sie mich einfach die Böschung hinunter ins Wasser. Kratzt sowieso keinen.«

Er lehnte den Rücken gegen die harte Lehne der Bank und schloss die Augen. Ich nahm die Gelegenheit wahr, um ihn mir genauer anzusehen. Er wirkte etwas schlanker um Bauch und Kinn als vorher. Seine Gesichtsfarbe war frischer, aber er hatte eine Rasur bitter nötig. Sein Haar war wie immer stoppelkurz. Ob er es wohl selbst trimmte? Da es so heiß war, hatte er diesmal auf seine grässliche blaue Bomberjacke verzichtet. Er trug nur ein zerschlissenes Nylonhemd mit einem bemerkenswert abstoßenden Muster in verschiedenen Brauntönen. Wenigstens waren seine Baumwollhosen einigermaßen luftig. Allerdings schienen sie jemand anderem zu gehören, denn an den Beinen fehlten mindestens zehn Zentimeter Länge.

Ich betrachtete sein Gesicht. Es war wohlproportioniert, er hatte hohe Backenknochen, eine ausgeprägte Kinnpartie und eine gerade, kräftige Nase. Dachte man sich die überzähligen Pfunde weg, hätte man ihn fast als gutaussehend bezeichnen können. Wahrscheinlich war er früher sogar attraktiv gewesen, bis widrige Umstände – und sein Eigensinn – ihn zu Fall gebracht hatten.

»Hat Ihnen Ihre Mutter nicht beigebracht, dass es unhöflich ist, fremde Leute anzustarren?«

Seine Augen waren noch geschlossen. Er musste meinen Blick gespürt haben.

»Doch, das hat sie«, seufzte ich. »Sie hat auch immer gesagt, ›hey‹ sei nur für Pferde, nicht für Menschen. Ich habe das nie richtig verstanden.«

»Meine Mutter sagte immer: ›Wenn du schlau bist, legst du das sofort wieder weg.‹ Blöd nur, dass ich nicht schlau war. Sie hat es mir auch nie erklärt, sondern mir immer nur auf die Finger gehauen. Hinterher war ich auch nicht schlauer.«

Ich musste lachen. Big Man öffnete ein Auge und blinzelte mich von der Seite an.

»Ich hab das vorhin ernst gemeint mit der Xanthippe. Sagen Sie ihr, sie soll mich in Ruhe lassen.«

»Warum denn?«

Nun riss er wütend beide Augen auf und sah mich fassungslos an. »Warum?!«

»Ja, warum? Wovor haben Sie Angst?«

Offen gesagt, war ich diejenige, die im Moment Angst hatte. Vor *ihm.* Er war plötzlich hochgeschnellt und saß nun stocksteif mit geballten Fäusten und einem wütend stechenden Blitzen in den Augen auf der Bank.

»Wenn ich sage, ich will sie nicht mehr sehen, dann will ich sie einfach nicht mehr sehen. Kapiert?«

Nun wurde ich ungemütlich. Wie kam er dazu, mich so anzufahren?

»Und was passiert, wenn ich es nicht ausrichte? Was dann?«, rief ich empört. »Hauen Sie mir dann eins auf die Nase?«

Entsetzt starrte er auf seine Fäuste, als hätte er sie noch nie zuvor gesehen.

»Nein! Ich würde nie …! Nie …!«

Mit Verwunderung vernahm ich sein Gestammel. Er schien völlig aus der Fassung. Mit einer ungelenken Geste verschränkte er die Arme, um seine geballten Fäuste zu verstecken. Vornübergebeugt starrte er schweigend in das Wasser des Kanals.

Behutsam legte ich ihm die Hand auf die Schulter.

»Ich habe das nicht so gemeint. Ich glaube nicht, dass Sie mir …«

Er schüttelte mich ab. »Was wissen Sie denn schon?«

»Ich weiß, wann mir wirklich Gefahr droht«, sagte ich besänftigend.

»Sie denken also, ich spiele mich hier nur auf?«

Seine Fäuste waren nicht mehr geballt.

Ich beschloss, das Risiko einzugehen. Wenn ich es jetzt nicht sagte, würde ich keine Gelegenheit mehr dazu haben. »Ich weiß, was passiert ist. Dr. Flynn hat es mir erzählt.«

Ganz langsam drehte er den Kopf in meine Richtung. »Und was hat Ihnen der liebe *Doktor* Flynn über mich erzählt?«

»Dass Sie im Gefängnis saßen, obwohl Sie unschuldig waren.«

Die nun einsetzende Stille, während der er mich einfach nur ansah, war das Unangenehmste, was ich je erlebt hatte. Er schaute nicht finster, nicht düster, kniff die Augen nicht zusammen. Er starrte mich bloß an, endlos lang, ohne einmal mit der Wimper zu zucken.

»Sind Sie deshalb hier?«

Ich runzelte perplex die Stirn. »Wie meinen Sie das?«

»Ich habe viele Briefe bekommen. Von Frauen. Im Knast.«

»Oh Gott, nein, so ist das nicht!« Ich bekam ganz heiße Wangen. »Nein! Ich bin keine von denen. Ich möchte nur ...«

»Dass es mir gut geht? Sich um mich kümmern?« Seine Stimme klang beängstigend sanft.

Und plötzlich wusste ich, dass diesem Mann nicht mehr geholfen werden konnte. Ich kam nicht an ihn heran. Alle Hoffnung war vergebens. Alle Mühe umsonst.

»Also gut, Sie haben gewonnen. Ich werde Sie nicht mehr belästigen.« Ich erhob mich. »Der Kaffee geht auf mich. Sie sind mir nichts schuldig.«

Damit ließ ich ihn sitzen.

Zu Hause geriet ich mitten in einen Streit. Schon beim Öffnen der Tür hörte ich Tyso im Hof schreien. »Du hast es aber versprochen, verdammt! Das kannst du ihr nicht antun!«

»Ich habe gar nichts versprochen!« Anselo schrie nicht, aber gelassen klang seine Stimme auch nicht. »Sie ist einfach davon ausgegangen, ohne mich zu fragen. So wie sie und du und der ganze Rest der Sippe es immer tun.«

»Sie hat die ganze Nacht geweint!«

»Sie heult wegen jeder Kleinigkeit. Auch wenn ihr nur ein Fingernagel abbricht.«

»Du blöder Wichser!«

Tyso schien gerade seine Hand gegen ihn zu erheben, denn nun sagte Anselo: »Wag' es ja nicht!« Seine Stimme klang angestrengt, als müsste er sich körperlich gegen Tyso zur Wehr setzen.

»Wichser!« Tysos Stimme bebte, als würde er gleich losheulen.

»Tyso, lass es gut sein.«

Anselo wirkte gefechtsmüde. Ich stellte mir Tyso vor, wie er zusammengesunken irgendwo hockte und Anselo als unfreiwilliger Sieger auf ihn hinabblickte.

»Du hast es ihr versprochen«, rief Tyso kläglich.

»Habe ich nicht. Ich habe nie gesagt, ich komme. Sie ist stillschweigend davon ausgegangen. Ihr alle seid ohne mich zu fragen davon ausgegangen.«

»Es ist doch unsere Familie!«

»Ja, es ist immer die Familie.« Pause. Dann sagte Anselo: »Na, komm' schon.« Ich stellte mir vor, wie er Tyso die Hand reichte und ihm hochhelfen wollte.

»Verpiss dich«, hörte ich Tyso noch knurren.

Dann kam er mir auch schon im Flur entgegengerannt. Erst in letzter Sekunde nahm er mich wahr und hielt erschrocken inne. Sein Gesicht war rot vor Zorn und Kränkung, er wirkte sehr angespannt. Beschämt und verbittert sah er mich an, dann riss er die Tür auf und rannte wortlos nach draußen.

Ich schloss hinter ihm zu. Anselo stand am anderen Ende des Flurs.

»Tut mir leid«, sagte er, als ich an ihm vorbei die Küche betrat.

»Hat er jetzt alles hingeschmissen?«

»Nicht wenn sein Vater ein Wörtchen mitzureden hat.«

Ich füllte den Wasserkocher. Eine Tasse Tee schien mir jetzt genau das Richtige, trotz der sengenden Hitze im Haus und draußen. »Darf ich fragen, um was es ging? Um dich? Oder geht mich das nichts an?«

»Um die Hochzeit seiner Schwester. Sie erwarten, dass ich komme – und Vee mitbringe.«

»Wer ist Vee?«

»Vivienne, meine Freundin.«

Ah, Vivienne hieß die blonde Göttin auch noch. Ich hatte gehofft, sie hätte wenigstens einen etwas gewöhnlicheren Namen. Tracey-Anne oder Jayde.

Ich stellte den Wasserkocher an. »Aber ihr habt andere Pläne?«

Mit verschränkten Armen lehnte er sich gegen die Arbeitsplatte. »Vee hat da irgendeine Dinnerparty, zu der wir hinmüssen.«

Seine Ausdrucksweise war recht aufschlussreich, doch das behielt ich lieber für mich.

»Außerdem habe ich nie versprochen, dass ich komme.« Anselo zeigte nun schon, dass ihn die Sache traf. »Ach zum Henker, diese Familie treibt mich noch in den Wahnsinn. Auf der Hochzeit werden tausend andere Verwandte sein. Sie brauchen mich dazu wirklich nicht.«

»Aber du bist doch ihr Cousin!«

Er machte eine unwirsche Geste mit der Hand. »Alle anderen sind auch Cousins! Wir sind alle über drei Ecken miteinander verwandt.«

»Okay, aber vielleicht hat sie dich einfach gern und möchte dich deshalb dabeihaben?«

»Heiliger Strohsack, komm du mir bloß nicht auch noch so.«

»Sie heiratet nur einmal.«

Er schaute mich spöttisch an. »Hast du sie kennengelernt?«

»Du solltest trotzdem hingehen.« Ich reichte ihm einen Becher Tee.

Er atmete langsam seufzend aus. »Du hast ja Recht.«

**LADY MO:** Was hat das tiefe Schweigen bezüglich der Romanzenschreiberei zu bedeuten?? Seit geraumer Zeit warte ich vergeblich auf irrsinnig originelle Plots und superlustige Namen, die kein Mensch in Wirklichkeit haben kann.

**DARRELL:** Es gibt einen Haken. Meine Lektorin ist nicht mehr da.

**LADY MO:** Die mit dem superlustigen Namen, den keine Frau in Wirklichkeit haben kann?

**DARRELL:** Genau. Sie hat zu einem anderen Verlag gewechselt und mich im Stich gelassen.

**LADY MO:** Dein Ramschbuchverlag ist ein Megakonzern, er wird sich doch sicher mehr als eine Lektorin leisten können?

**DARRELL:** Mir wurde keine neue zugeteilt. Roman hängt in der Schwebe. Kommt vielleicht nie raus.

**LADY MO:** Wie viel von diesen Informationen basiert auf gesichertem Wissen und was auf reinen Befürchtungen?

**DARRELL:** Kannst du jetzt auch noch Gedanken lesen? Woher wusstest du, dass ich Schiss habe, Genaueres herauszufinden?

**LADY MO:** Von Dr. Phil. Er weiß alles. Ruf endlich beim Verlag an, du dumme Nuss!!!

**DARRELL:** Seufz. Also gut, sonst gibst du ja nie Ruhe.

**LADY MO:** Gibt es denn schon knackige Ideen für den Romanplot? Wer ist dieses Mal der Held? Clive? Pierce? Oder – lass mich raten: dein neuer herzöglicher sexy Boyfriend?

**DARRELL:** Er ist nicht mein neuer Freund!

**LADY MO:** Warum treibt ihr es dann ständig miteinander?

**DARRELL:** Sehr komplizierter Fall.

**LADY MO:** Darrell, Süße! Das tut dir nicht gut! Du bist nicht der Typ für unverbindliches Geplänkel. Du brauchst jemanden, der zu dir steht.

**DARRELL:** Ja, vielleicht. Er wird's nicht sein. Bin auch nicht sicher, ob ich ihn wollte. Ich kann seine Schwester nicht ab, die blöde Lesbe.

**LADY MO:** Weil sie eine Lesbe ist?

**DARRELL:** Nein, weil sie blöd ist.

**LADY MO:** Lass mich raten: Sexy Boy findet Schwester großartig und denkt, ihr scheint die Sonne aus dem Hintern. Ist völlig blind für ihre Blödheit.

**DARRELL:** Woher weißt du??? O nein, nicht schon wieder der …

**LADY MO:** Doch. Er weiß einfach alles.

**DARRELL:** Ich arbeite zurzeit an einem anderen Roman. Einem richtigen Roman. Muss aber gestehen, dass ich auch da noch nicht sehr weit gekommen bin.

**LADY MO:** Vielleicht solltest du den Helden wechseln. Wie wär's mit einem Blonden? Wie wär's mit Chad?

**DARRELL:** Nee, igitt.

**LADY MO:** Chad ist nicht igitt. Chad ist der perfekte Mann, das weißt du genau.

**DARRELL:** Natürlich ist Chad nicht igitt. Igitt ist nur, den Mann der besten Freundin als Romanvorlage zu nehmen. Ein Romanheld muss der Fantasie entspringen, er darf nicht real sein.

**LADY MO:** Verstehe. Hast völlig Recht. Es würde unsere Freundschaft auch stark belasten, wenn du meinen Chad mit anderen vögeln lassen würdest. Müsste am Ende anreisen und dir mit meinem Kinderteigroller auf deine schmuddeligen Schreibfinger klopfen. Wer käme noch infrage? Gipsyboy? Handwerker sind doch sehr kräftige, wohlproportionierte Burschen.

**DARRELL:** Handwerker tauchen aber nie in Liebesromanen auf, höchstens in Pornofilmen.

**LADY MO:** Hab in meinem ganzen Leben noch keinen Porno gesehen, was nicht heißt, dass ich mir entsprechende Szenen nicht vorstellen kann. Also ist er stattlich und kräftig, oder hat er einen haarigen Bierbauch? Letzteres würde weniger in eine Pornofantasie passen.

**DARRELL:** Doch, er ist wirklich ein stattlicher Bursche. Allerdings auch mürrisch und immer schlecht gelaunt. Obwohl … in letzter Zeit hat er sich gebessert. Aber er ist nicht blond.

**LADY MO:** Wie steht's mit Mr Perfect? Regt der nicht deine Fantasie an? Du musst ja nicht mit ihm ausgehen.

**DARRELL:** Mr Perfect benimmt sich ziemlich sonderbar.

**LADY MO:** Sonderbar wie ein Typ, der mehrere Frauen gleichzeitig in seinem Folterkeller einsperrt?

**DARRELL:** Nein! Was zum Henker siehst du dir denn an, wenn gerade nicht Dr. Phils Talkshow läuft?

**LADY MO:** Frag nicht! Sag lieber, was du mit sonderbar meinst.

**DARRELL:** Ich glaube, er ist furchtbar unglücklich. Kenne den Grund jedoch nicht. Mache mir aber große Sorgen.

**LADY MO:** Verschenkt er bereits seinen Besitz? Ruft nachts entfernte Verwandte an, um sich zu verabschieden? Manche Selbstmörder machen das. Natürlich vorher, nicht hinterher.

**DARRELL:** Was für ein schrecklicher Gedanke! Wie kannst du nur so hart und gefühllos sein? Das verzeihe ich dir vielleicht nie.

**LADY MO:** Sprich mit ihm. Wenn er wirklich unglücklich ist, will er bestimmt unbedingt mit jemanden darüber reden.

**DARRELL:** Der Mann ist verschlossen wie eine Auster, fast schon paranoid. Aber danke für den Ratschlag. Tolle Idee. Werde ihn Morgen im Café einfach ausfragen, falls er kommt. Heute war er nicht da.

**LADY MO:** Ich sag' kein Wort mehr. Vor allem keins mehr, das mit ›S‹ anfängt.

**DARRELL:** Verdammt großzügig von dir, vielen Dank. Werde heute Nacht kein Auge zumachen können.

**LADY MO:** Sei ein großes Mädchen und jammer nicht rum. Ruf lieber deinen Nicht-Boyfriend an und mach Telefonsex mit ihm. Dann pennst du sowieso gleich weg.

Bisher hatte ich noch nie bei Marcus angerufen. Ich wollte ihm nicht das Gefühl vermitteln, ihn zu brauchen. Auch wenn genau dies natürlich der Fall war.

Ich konnte nicht einschlafen. Es war heiß, und in meinem Kopf hatten sich wieder die fiesen kleinen Gremlins breitgemacht. Ihr Geflüster, Gestänker und ihre unheilvollen Anspielungen gingen mir auf die Nerven. Ich hätte schreien können.

Ich setzte mich im Bett auf und schaltete die Nachttischlampe an. Es war Viertel nach zwölf. Also Viertel nach elf in Paris …

»Hier spricht Marcus Reynolds«, sagte seine Stimme. »Bitte hinterlassen Sie eine Nachricht nach dem Signalton. *Veuillez laisser un message après le bip sonore.*«

Keine Ahnung, was der letzte Teil bedeutete.

Ich hinterließ keine Nachricht, hoffte aber, dass er meine Nummer als unbeantworteten Anruf sehen würde. Bis kurz nach drei hörte ich noch, dass das Telefon nicht klingelte. Dann sank ich in einen unruhigen, dumpfen Schlaf.

# 21

Schon wieder war Claude nicht da. Dafür kam gerade Miss Schrullig ins Café.

Mit den Worten »Verfickte Hitze!« ließ sie sich auf einen Stuhl an meinem Tisch fallen. »Wo ist bloß die ›Zeit der Feuchte und der Früchte‹ geblieben?«

»Ich glaube, John Keats hatte dabei eher den Herbst im Sinn«, sagte ich.

»Echt?«

»Und eigentlich heißt es Fruchtbarkeit im Originalgedicht.«

»Meine Version gefällt mir besser. Keats kann mich mal.«

Ich musterte sie streng – und traute meinen Augen kaum! Sie trug ein luftiges, ärmelloses Sommerkleid! Zugegeben, auch das reichte noch bis zu den Knöcheln, war hoch geschlossen und erinnerte mit seinem weiß-roten Karomuster an die Tischdecken in einer italienischen Pizzeria, doch verglichen mit den Klamotten, die sie sonst spazieren führte, war es eine deutliche Verbesserung.

Dabei fiel mir auf, dass ihre Achseln und – wie ich mit einem kurzen Blick beim Hinsetzen feststellen konnte – ihre Beine nicht rasiert waren. Fröhlich sprießende weißblonde Härchen überall! Ob das dem peniblen, reinlichen Claude gefallen würde? Falls er denn noch käme …

»Wie kann es sein«, fuhr sie fort, »dass in diesem Land

überall elektrische Heizkörper herumstehen, sogar auf den Toiletten, aber offenbar keiner je von Klimaanlagen gehört hat? In meiner Wohnung ist es heiß wie in einem Backofen, ich schwitze mich zu Tode. Eine türkische Gefängniszelle ist der reinste Luxus dagegen.«

Ich musste lachen. »Ich fürchte, die Engländer halten solche Annehmlichkeiten für unbritisch ...«

»Da wir gerade dabei sind ...« Sie sah sich im Café um. »Wo bleibt denn unser kleiner Lord?«

Ich fühlte leises Unbehagen. »Ich weiß es nicht.«

Miss Schrullig schien hingegen unbekümmert. »Er kann wahrscheinlich nicht aus dem Haus, weil ihm der maßgeschneiderte Anzug für diese Affenhitze fehlt.« Sie sah mich mit bohrendem Blick an. »Und, was hat er gesagt?«

Ich brauchte eine Sekunde, um zu verstehen, was sie meinte. »Oh«, nickte ich, »er sagte, wenn du noch mal bei ihm auftauchst, erschießt er dich.«

»Ha, das wird schon nicht passieren, der redet nur Mist. Stapelweise Mist, genau wie in seiner Bude. Aber nicht mehr lange.« Sie presste entschlossen die Lippen zusammen. »O nein. Nicht mehr lange ...«

»Sollten wir ihn nicht lieber in Ruhe lassen?«, wagte ich einzuwenden.

Miss Schrullig sah mich an, als wäre ich ein Schmutzfleck auf ihrer Matratze.

»Warum machst du denn plötzlich einen Rückzieher?«

»Ich denke einfach, Big Man hat das Recht, über sein Leben selbst zu bestimmen.«

Dann bemerkte ich, was ich eben gesagt hatte. Und zuckte innerlich zusammen.

*»Big Man?«* Miss Schrulligs Grinsen wurde immer brei-

ter. Sie nickte amüsiert und bedächtig. »Kein schlechter Name. Und wie nennst du mich insgeheim?«

»Gar nicht anders!« Doch mein kläglicher Tonfall verriet mich.

»Okay.«

»Gut.« Ihr vielsagendes Grinsen wich einem nachdenklichen Blick. »Der Mann braucht dringend Hilfe. Er ist nur zu stolz, um sie anzunehmen. Ich werde sie ihm trotzdem aufdrängen, Stolz hin oder her.«

Ich beneidete sie. Sie ließ sich einfach nicht ins Bockshorn jagen. Vielleicht hatte ich doch zu früh aufgegeben?

»Kennst du irgendeinen Bullen hier in London?«, fragte sie unvermittelt.

Ich schüttelte den Kopf.

»Schade. Ich hätte zu gerne eine von diesen Elektroschockpistolen.«

Als ich die Haustür öffnete, schlugen mir erneut aufgeregte Stimmen entgegen, diesmal allerdings ohne Begleitgebrüll.

Ich ging nach hinten zum Hof, wo zwei Riesen Anselo gegenüberstanden. Sie hatten die Arme in die Hüften gestemmt und wirkten ziemlich bedrohlich. Hätte ich den einen nicht gleich erkannt, ich hätte sofort nach dem Brotmesser gegriffen.

»Hallo Darrell«, sagte Patrick, »wie geht's?« Er zeigte auf Titan Nummer zwei. »Darf ich vorstellen: Jenico Herne, Tysos Dad.«

Die roten Haare hatte Tyso zweifellos von seinem Vater, doch sonst ließen sich kaum Ähnlichkeiten feststellen. Jenico Herne war mindestens so groß wie Patrick, gut über eins neunzig, aber stämmiger, mit einer enorm breiten

Brust und den Armen und Pranken eines Grizzlybärs. Vermutlich hätte er jeden Gegner in einer Faust zerquetschen können. Er war wie ein echter Zigeuner gekleidet, zumindest stellte ich es mir ungefähr so vor: Er trug ein zitronengelbes Hemd mit offenem Kragen und einem gelb-rot gemusterten Halstuch um den Stiernacken, eine weite dunkelbraune Hose aus einem fließenden Stoff und Schmuck, davon allerdings bedeutend weniger, als ich mir vorgestellt hatte. Nur zwei Ohrringe und am kleinen Finger einen Goldring mit einem roten Stein – vermutlich ein Karneol. Seine Gesichtszüge waren grob, und er hatte eine interessante haselnussgrüne Augenfarbe. Er wirkte ziemlich einschüchternd und streng, dennoch bildete ich mir ein, auch noch etwas anderes um seine Mundwinkel herum wahrzunehmen. Ich hoffte sehr, dass es leise Belustigung war.

»Ich bitte um Verzeihung für das Verhalten meines Sohnes.« Seine polternde Stimme erinnerte an einen vorbeiratternden Güterzug. »Selbstverständlich wird auch er sich noch persönlich entschuldigen.«

Darauf könnte ich wetten, dachte ich. Jedenfalls würde ich an Tysos Stelle alles tun, um mir diese Pranken so weit wie möglich vom Leib zu halten.

»Kein Problem«, erwiderte ich. »Ihr Sohn ist normalerweise ganz reizend.«

»Und das wird er in Zukunft auch wieder sein, darauf können Sie sich verlassen.«

Aus seinem Mund klangen diese unverfänglichen Worte irgendwie leicht bedrohlich. Ich schaute zu Anselo hinüber. Seine Miene verriet nichts, doch ich spürte, dass er von dem Besuch nicht eben begeistert war.

»Jenicos älteste Tochter Talaitha wird am Wochenende

heiraten«, sagte Patrick, obwohl er sicherlich wusste, dass ich bereits im Bilde war.

»Herzlichen Glückwunsch.« Jenico Herne sah mich mit einem Sphinxblick an, bei dem mir das Lächeln auf den Lippen gefror.

»Kommen Sie doch auch zur Feier!« Patrick strahlte mich an.

»Ich?«, fragte ich verblüfft.

»Ja klar! Clare weigert sich, auch nur einen Fuß vor die Tür zu setzen, was ich verstehen kann. Sie ist so rund und prall wie eine Tonne. Natürlich sage ich das nur, wenn sie außer Hörweite ist. Begleiten Sie mich an ihrer Stelle!« Er sah hinüber zu seinem hünenhaften Begleiter. »Geht doch in Ordnung, oder?«

»Es wäre mir eine Ehre.«

»Also schön«, sagte Patrick und überging kurzerhand, dass ich eigentlich noch nicht zugesagt hatte. »Früher Samstagabend – ich hole Sie gegen vier Uhr ab.«

Mit einem kurzen Nicken verabschiedete er sich von Anselo, dann zogen die beiden Hünen ihres Wegs. Als die Vordertür hinter ihnen zuschlug, hatte ich augenblicklich das Gefühl, wieder freier atmen zu können.

»Ich gehe zur Hochzeit deiner Cousine!«, sagte ich zu Anselo.

»So ein Zufall!«, erwiderte er lakonisch. »Ich auch.«

Oben in meinem Zimmer nahm ich mein Handy und wählte die Nummer des Verlags. Doch noch bevor die Verbindung hergestellt war, hatte ich wieder aufgelegt. Zur Strafe verordnete ich mir Stubenarrest, um endlich mit dem Schreiben anzufangen. Im Haus war es nicht so unerträglich heiß wie draußen, trotzdem musste ich ein paar Sachen ausziehen, bevor ich mich schließlich in meinem alten Kate-Bush-Top und kurzen Hosen an die Arbeit machen wollte.

Unten hämmerte sich Anselo die Seele aus dem Leib. Keine Ahnung, wie er es schaffte, sich in dieser Hitze so zu verausgaben. Wahrscheinlich ließ er in erster Linie Dampf ab, denn für rein handwerkliche Zwecke hätte auch die halbe Energieleistung genügt. Ich stöpselte die Ohrhörer meines iPods ein und drehte die Musik gerade so laut, um ihn nicht mehr zu hören.

Doch es half nichts. Ich kam einfach nicht weiter. Plötzlich dämmerte mir, dass die Schreibhemmung vielleicht eine andere Ursache haben könnte als die Angst, nicht gut zu sein. Denn an meinem Können konnte es nicht liegen, immerhin waren bereits acht meiner Bücher veröffentlicht worden! Okay, der Pulitzerpreis war mit ihnen nicht zu gewinnen, doch sie waren handwerklich solide gemacht und unterhaltsam zu lesen. Ich war in der Lage, spannende Plots und überzeugende, sympathische Figuren zu entwickeln und hatte ein Gespür für das richtige Tempo. Warum gelang mir auf einmal nichts mehr?

Plötzlich fühlte ich mich fremd und verloren auf diesem eigentlich doch vertrauten Terrain. Im Grunde kannte ich den Weg, hatte die Pfade schon hundertmal beschritten, und doch konnte ich auf einmal nichts wiedererkennen. Unsicher und verwirrt geriet ich dauernd auf Abwege, weil ich nicht mehr wusste, wo die Geschichte anfangen, und vor allem wo sie enden sollte. Die Entwicklung meiner Figuren war immer so absehbar und unvermeidlich gewesen. Doch nun führte sie ins Unbestimmte, ins Nebulöse, denn ich konnte mir auf einmal kein Happy End mehr vorstellen …

Ein lautes Klopfen an der Tür unterbrach meine Gedanken. Anselo schob die Tür einen Spalt auf, und ich nahm die Stöpsel aus den Ohren. Er schaute missmutig drein. Aber wann tat er das je nicht?

»Unten steht jemand, der dich sprechen möchte.«

Für den Bruchteil einer Sekunde klopfte mir das Herz bis zum Hals. Andererseits: Anselo kannte Marcus, er hätte ihn nicht als »jemand« bezeichnet. Wie er ihn tatsächlich genannt hätte, wollte ich mir lieber nicht vorstellen.

»Wer ist es denn?«

Er zuckte mit den Schultern. »Groß. Anzug. Klingt, als hätte er das britische Adelslexikon verschluckt.«

*»Claude?«*

Schnell schob ich meinen Stuhl zurück, lief zur Tür und an Anselo vorbei die Treppen hinab.

»Neuer Freund?«

Sein Ton war bissig, wahrscheinlich hatte Claude nicht den allerbesten ersten Eindruck bei ihm hinterlassen.

»*Ein* Freund.«

»Ja, klar«, hörte ich ihn knurren, während er hinter mir die Treppen runterging.

Claude stand mit dem Rücken zu mir vor dem Bücherregal im Wohnzimmer und blätterte durch eine der vier Schwarten von *Tanz zur Zeitmusik*.

»Sind das Bekannte von dir, die Leute im Roman?« Ich grinste.

»Meine sind es nicht, aber meiner Mutter dürfte der eine oder andere sicher nicht unbekannt sein.«

Er stellte das Buch zurück und ließ seinen Blick in die

Ferne schweifen. Anselo hämmerte mittlerweile im Hof noch lauter und aggressiver als zuvor – falls das überhaupt möglich war.

»Ich hoffe, ich störe nicht …« Claudes entschuldigendes Lächeln war etwas schief.

»Aber nein! Schön, dich zu sehen!« Wie erleichtert ich in erster Linie war, verschwieg ich.

Er fummelte an den Knöpfen seines Jacketts herum. Auf, zu, auf, zu. Es waren nur zwei. »Alles in Ordnung?«, fragte ich besorgt.

»Ja, sicher. Natürlich.« Dann schnaubte er verärgert. »Tut mir leid, ich hätte nicht kommen sollen.« Er schob mich zur Seite und ging wieder in Richtung Tür.

»Claude!« Ich lief hinterher und fasste nach seinem Arm.

Er hielt an, wandte jedoch das Gesicht ab.

»Was ist denn los, Claude? Kann ich dir helfen?«

Er wirkte furchtbar angespannt und machte ein verächtliches Gesicht. Ob es mir oder ihm selbst galt, konnte ich nicht sagen. Dann packte er mich unvermittelt im Nacken, zog mich an sich und drückte mir einen heftigen, aber leidenschaftslosen Kuss auf den Mund.

Einen Augenblick später war alles vorbei. Er ließ mich los, und ich starrte ihn verdutzt an, Augen und Mund drei riesengroße Os. Schwer zu sagen, was mich mehr erschüttert hatte: der Kuss oder die Grobheit, mit der Claude vorgegangen war.

»Was war das denn?«, brachte ich gerade noch heraus.

»Ich kann's nicht erklären«, sagte er tonlos, irgendwie abwesend. »Ich musste es einfach wissen.«

»Was wissen?«

Seine Augen blickten ins Leere hinter mir. »Alles. Alles

Mögliche.« Dann wanderte sein Blick zurück zu mir. »Verzeih mir. Ich sollte jetzt wohl gehen.«

Ich hatte überhaupt keine Zeit, etwas zu erwidern, denn in der nächsten Sekunde war er aus der Tür raus.

Benommen ging ich in die Küche. Anselo kam prompt angelaufen, als hätte er nur auf mich gewartet.

»Geht's dir gut?«

»So weit schon, ja.«

Sein Blick verdüsterte sich. »Hast du dich über ihn geärgert?«

»Nein.« Anselo fing an, mir auf die Nerven zu gehen. Ich nahm den Wasserkocher vom Sockel, um ihn zu füllen, doch ich bekam den Deckel nicht auf. Nach einigem Gezerre gab ich frustriert auf. »Hach, verflixt.«

»Gib her!«

Behutsam nahm er mir das Gerät aus der Hand, und mit einem Handgriff war der Deckel auf. Nachdem er Wasser eingefüllt hatte, stellte er es zurück und schaltete es ein.

»Er hat dich also nicht geärgert.«

Ich lehnte mich gegen die Küchenplatte und rieb mein Gesicht mit beiden Händen. Sie waren feucht und klebrig – und meine Wangen nun auch. Ich sehnte mich nach einer Dusche.

»Keine Ahnung, was er gemacht hat«, sagte ich.

»Aber du hast es zugelassen.«

Der Siedepunkt war gleich erreicht. Heißer Dampf stieg auf. Die Stimmung in der Küche drohte zu kippen. Wieso verlangte es uns in Krisensituationen bloß immer nach einer Tasse Tee?

»Gar nichts habe ich zugelassen«, widersprach ich genervt.

Anselo sah mich herausfordernd, fast ein wenig aggressiv an. Wahrscheinlich war er noch sauer wegen des familiären Schlagabtauschs mit Patrick und Jenico. Und nun kam ich ihm gerade recht, um Dampf abzulassen.

»Warum tust du dir das an?«, fragte er mit Nachdruck. »Warum gibst du dich mit arroganten Arschgeigen ab, die dich schlecht behandeln. Du siehst aus wie durch die Mangel gedreht. Schon seit Tagen. Warum lässt du das zu?«

Ich war fassungslos. »Ich sehe *nicht* aus wie durch die Mangel gedreht …«

»Und ob! Du hast dunkle Ringe unter den Augen und läufst herum wie ein Gespenst.«

»Ich habe einen Haufen Probleme.«

»Du hast einen blasierten Mistkerl am Hals, der meint, er kann mit dir umspringen, wie es ihm passt. Und jetzt kommt auch noch dieser andere Typ …«, mit ausgestrecktem Zeigefinger fuchtelte er in Richtung Haustür, »der mindestens genauso beknackt ist. Sind die beiden etwa verwandt?«

Mein Gesicht sprach Bände.

»Ah, das war ja klar! Die Gebrüder Arschloch.« Er machte eine wegwerfende Handbewegung. »Aber das geht schon alles in Ordnung, nicht wahr?« Voller Sarkasmus äffte er einen versöhnlichen Tonfall nach. »Denn sie kommen ja aus den besten Kreisen. Und die feinen Herrschaften dürfen verdammt noch mal tun, was ihnen gefällt, und müssen auf niemanden Rücksicht nehmen, stimmt's?«

Mir platzte der Kragen. »Du weißt doch überhaupt nichts über sie! Oder über *mich!* Was fällt dir ein?« Ich wedelte mit dem Zeigefinger vor seinem Gesicht herum. »Und nur weil du gerade von *richtigen* Alphamännern eines auf die Mütze bekommen hast, hast du noch lange nicht das Recht, es an mir auszulassen. Lass mich in Ruhe mit deinem blöden verletzten Stolz.«

Er fuhr zurück, als hätte ich ihn geschlagen. Für einen Moment lief er dunkelrot an, dann wich alle Farbe aus seinem Gesicht. Sein Unterkiefer bewegte sich, während er vergeblich um Worte rang. Ich bereute meine Grobheit, war aber noch zu wütend für eine Entschuldigung.

Er strich mit einer Hand über seinen Hinterkopf und sah hinaus auf den Hof. Seine Mundwinkel hoben sich zu einem bitteren Lächeln.

»Okay«, sagte er leise, »jetzt hast du mir endlich gezeigt, wo mein Platz ist.«

Oh Gott. Ich hätte das nicht sagen sollen.

»Es tut mir leid …«, hob ich an.

Sein Blick war frostig und abweisend. »Nein, das tut es nicht.«

»Anselo, bitte!«

Er hob abwehrend eine Hand und ging eilig hinaus in den Hof. Dort griff er nach der Kreissäge und ließ sie, ohne die Ohrenschützer aufzusetzen, aufheulen, bis das gellende Kreischen alles übertönte.

Selbst wenn ich neben ihm gestanden und ihn angeschrien hätte, wäre es sinnlos gewesen.

Ich nahm meinen Tee und ging nach oben. Dort saß ich lange auf meinem Bett und starrte vor mich hin, während der Tee im Becher langsam kalt und ungenießbar wurde.

# 22

Ich hatte es schon fast vergessen, bis mich ein Anruf der netten Frau vom Standesamt wieder daran erinnerte. Nun saß ich auf einer Bank in Islington Green und sah auf den braunen Umschlag in meinem Schoß. Sie hatte ihn mir ohne Kommentar übergeben, aber da ich ihn nun in der Hand hielt, würde ich gleich mehr wissen. Mit dem sicheren Gefühl, schon bald in der Hölle zu schmoren, riss ich das Kuvert auf.

Ihr Name war Lydia Jane, Tochter von Michael James und Elizabeth Marie Hogan, geborene Walsh. Ich rechnete kurz nach. Wenn sie noch lebte – was ich inständig hoffte –, war Lydia Jane heute achtundzwanzig Jahre alt.

Und nun? Ich könnte nachforschen, ob es auch für sie eine Heiratsurkunde auf dem Standesamt gab. Aber mir war die Lust vergangen. Ich hatte genug vom Herumschnüffeln. Wem nützte es denn, mehr über Big Mans Tochter zu erfahren? Ich steckte die Kopie der Geburtsurkunde zurück in den Umschlag und schleppte mich nach Hause.

Wo ich auch nur brütend herumsaß, bis ich es nicht länger aushielt.

»Er hat eine Tochter.«

»Und aus welchem Grund muss ich das wissen?«, fragte Dr. Flynn spitz.

»Ich muss mit jemand reden. Sonst platze ich.«

»Haben Sie schon einmal gesehen, wie jemand geplatzt ist? Ich schon. Ein Patient von mir. Er starb in der Badewanne, ich fand ihn drei Wochen später. Als die Sanitäter kamen und versuchten, ihn hochzuheben ...«

»Hören Sie auf!«

»Sie haben angefangen.«

»Ich hatte ihn offen gestanden schon aufgegeben«, sagte ich. »Doch nun weiß ich nicht mehr weiter. Ich habe den Verdacht, er hat seine Tochter nicht mehr gesehen, seit er aus dem Gefängnis raus ist. Vielleicht schon nicht mehr, seit er reinkam.«

»Vermutlich seine eigene Schuld.«

»Wollen Sie damit sagen, ich soll mich raushalten?«

»Jesus, Maria und Josef! Das hat doch auch keinen Sinn.«

»Aber wie machen wir nun weiter?«, fragte ich mit kläglicher Stimme.

»Oh! Da fällt mir ein, ich wollte Ihnen die ganze Zeit schon etwas erzählen«, sagte er unvermittelt. »Ich kam nicht dazu, anzurufen, aber wenn ich Sie nun schon an der Strippe habe ...«

»Immer raus damit!«

»Neulich war ich als Gutachter in einem Mordprozess bestellt. Also wenn Sie mich als Experten fragen, der Mann war ein total durchgeknallter Irrer ...«

»Was Sie vor Gericht natürlich anders ausgedrückt haben.«

»Nein, natürlich nicht. Unterbrechen Sie mich nicht. Sein Anwalt, der sich meiner Expertise im Grundsatz anschloss, hat dennoch eine bemerkenswert intelligente Verteidigungstaktik gefahren. Nicht intelligent genug, um ihn frei zu bekommen – die neunjährigen Mädchen im Land dürfen wieder aufatmen –, aber doch schlau genug, um mein Interesse zu wecken. Ich habe mich hinterher angeregt mit ihm unterhalten.«

Ich wartete.

»Ja und?«

»Er heißt Desmond Richards und er ist der Anwalt, der sich für Michael Hogans Freispruch eingesetzt hat.«

Desmond Richards wohnte in der feinen Gegend um Holland Park im Penthouse eines beeindruckenden alten Backsteinbaus.

»Meine verstorbene Frau war ziemlich vermögend«, gab er ungefragt Auskunft. »Ich verdiene zwar auch nicht schlecht, aber nicht so gut, um mir das hier leisten zu können.«

Wir hatten beschlossen, die Dachterrasse bei dieser Hitze zu meiden und uns in die kühlere Küche zurückzuziehen. Ich sah ihm zu, wie er frische Limonade zubereitete. Viel älter als Big Man war er nicht, vielleicht fünfundfünfzig, von mittlerer Statur und drahtig. Ein bisschen erinnerte er mich an Tom. Ob er wohl auch ein passionierter Läufer war?

»Ich habe Michael Hogan seit Jahren nicht gesehen.« Er brachte die Limonade und setzte sich zu mir an den Küchentisch. »Im Gefängnis habe ich ihn regelmäßig besucht. Doch nach seiner Entlassung vermittelte er mir den – nennen wir es *nachhaltigen* – Eindruck, dass er keinen weiteren Kontakt mit mir wünscht.«

»Nach allem, was Sie für ihn getan haben? Der ungehobelte Kerl.«

»Ich vermute, es war ihm peinlich. Er dachte, er wäre mir etwas schuldig, und hatte keine Ahnung, wie er diese Schuld begleichen sollte.«

»Trotzdem.«

Desmond Richards warf mir ein leichtes Lächeln zu. »Nun, Sie haben ihn ja erlebt. Sie wissen um seinen übertriebenen Stolz und seinen gottverdammten Eigensinn. Er erinnerte mich immer an diese Geschichte von P.G. Wodehouse, in der Lord Emsworth seinen schottischen Gärtner beschreibt. Der brächte, sagt er, sämtliche Voraussetzungen für einen erstklassigen störrischen Esel mit. Dann kommt der Lord zu dem Schluss, er käme vermutlich wunderbar mit ihm aus, wenn der Gärtner tatsächlich ein Esel wäre. Bei Michael Hogan habe ich oft ähnliche Gedanken gehegt.«

»Sie müssen damals noch blutjung gewesen sein.«

»Vielen Dank für die freundliche Anspielung auf meine anhaltend frische Erscheinung«, sagte er lächelnd. »Ich war wirklich jung, aber es war nicht mein erster Fall. Allerdings war es mein erstes großes Verfahren.«

»War Ihnen von Anfang an klar, dass er unschuldig war?«

»Es gehört zu meinem Beruf, alle so lange für unschuldig zu halten, bis das Gegenteil bewiesen ist. Die Beweise in seinem Fall waren bloße Indizien. Bei ihm wurde die Tatwaffe mit seinen Fingerabdrücken gefunden. Ob er sie jedoch gehalten hat, als der Mord stattfand, war dadurch nicht geklärt. Doch das interessierte damals keinen. Er hatte sich durch seine bärbeißigen Auftritte im Zeugenstand selbst einen Strick gedreht. Die Jury war ihm nicht wohl gesonnen. Ich habe wirklich alles versucht, um die

Aufmerksamkeit zurück auf die Fakten zu lenken, doch es half nichts …«

Mein Verdacht hatte sich also bestätigt. »Ich kann mir vorstellen, dass er nicht besonders sympathisch rüberkam.«

Desmond Richards lachte kurz auf. »Liebe Güte, nein. Das tat er wirklich nicht. Ich glaube, die Nürnberger Richter empfanden mehr Mitgefühl für Hermann Göring als diese Jury für Michael Hogan.«

Er schüttelte den Kopf. »Mir ist sehr oft der Geduldsfaden gerissen. Ich konnte einfach nicht verstehen, warum er es sich so schwermachte. Aber ich rannte bei ihm gegen eine Mauer – eine Gefängnismauer, um genau zu sein. Ich konnte nichts ausrichten.«

Er ließ die Schultern hängen, und ich verstand sehr gut, was in ihm vorging. Big Man schien jedem das Gefühl zu vermitteln, gegen eine Wand zu rennen. Irgendwann gab man auf.

»Wie konnten Sie schließlich seine Unschuld beweisen? Wenn er nie mit Ihnen geredet hat?«

»Ich habe mit seiner Tochter gesprochen.«

Meine Schuldgefühle versetzten mir einen heftigen Stich, doch ich schwieg.

»Sie war damals sieben Jahre alt. Ein sehr aufgewecktes, wortgewandtes kleines Mädchen. Michaels Frau Beth war Lehrerin, davon hat Lydia profitiert.« Er runzelte die Stirn. »Ich meine damit nicht, dass Michael nicht intelligent wäre. Das stimmt nicht. Aber er ist in gewisser Weise ein Produkt seiner Zeit und stark von seinem Milieu geprägt. Er tendiert dazu, Streitigkeiten mit der Faust statt mit Argumenten auszutragen.«

»Halten Sie ihn für gewalttätig? Hat er seine Frau geschlagen?«, platzte ich heraus.

Desmond Richards war entsetzt. »Nein! Niemals! Ich bitte um Verzeihung, das habe ich unbedacht dahingesagt. Michael hat nie die Hand gegen eine Frau erhoben. Allerdings hat seine schiere Größe andere Männer des Öfteren provoziert, sich mit ihm zu messen. Dem Vernehmen nach hat er sich meistens nicht darauf eingelassen. Doch ausgerechnet in der Nacht vor der Tat brach er einen blutigen Streit vom Zaun.«

Man hatte ihm als Motiv Rache für die sexuelle Belästigung seiner Frau unterstellt, schoss es mir plötzlich durch den Kopf.

»Mit dem späteren Opfer?«

»In seinem Stammlokal. Er brach dem Opfer – eine recht zwielichtige Erscheinung, so hörte man allenthalben – brutal Nase und Kiefer, bevor man ihn von ihm wegzerren konnte. Die Geschworenen waren einhellig der Überzeugung, ihm wäre das nicht genug gewesen, weshalb er in der folgenden Nacht das Opfer in dessen Wohnung erneut aufsuchte, um ihn endgültig fertigzumachen.«

»Doch das stimmte nicht, und seine Tochter kannte die Wahrheit.«

»Sie war, wie gesagt, ein äußerst aufgewecktes Kind. Doch leider hat sie erst *nach* der Urteilsverkündung gesagt, was sie wusste.«

Er umklammerte sein Glas, als gäbe ihm die kühle, feuchte Oberfläche neue Kraft.

»Einen Tag nach der Urteilsverkündung kam Beth mit Lydia in mein Büro, um sich bei mir für meinen Einsatz zu bedanken. Es war eine schwere Zeit für sie. Der Prozess hatte die Ehe endgültig zerrüttet, Beth hatte sich von Michael getrennt. Sie machte sich große Vorwürfe wegen der Vorfälle damals und bedauerte alles zutiefst.« Eine Spur Verlegenheit huschte über sein Gesicht. »Beth Hogan war eine kluge, herzensgute Frau. Ich mochte sie wirklich sehr. Sie hatte vor, mit Lydia an einem anderen Ort einen Neuanfang zu machen, und wollte meine Meinung hören. Ich versicherte ihr, es sei sicher auch in Michaels Sinn, der immer nur das Beste für seine Tochter wollte.«

Ich fragte mich, wie Lydia als erwachsene Frau zu dieser Entscheidung stand, ob sie je damit gehadert hat? Vielleicht war sie damals auch froh gewesen über den Abstand zu ihrem inhaftierten Vater.

Desmond Richards fuhr fort: »Als Beth auf die Toilette musste, waren Lydia und ich ein paar Minuten allein in meinem Büro. Auf meinem Tisch lag ein Kinderbuch, ein Geschenk für meine kleine Nichte. Lydia griff danach und sagte: ›Das ist ja das Buch, aus dem Daddy mir vorgelesen hat in der Nacht. Und dann ist er eingenickt, der Dummi, obwohl doch eigentlich *ich* einschlafen sollte.‹ Ich fragte sie, wann das gewesen war – eigentlich noch ohne jeden Verdacht. Wir führten einfach eine kleine, kindliche Unterhaltung. Sie sagte: ›In der Nacht, bevor die Polizei ins Haus gekommen ist.‹ Wie von der Tarantel gestochen, schreckte ich hoch. Auf meine Frage, wann sie denn ins Bett gegangen sei, antwortete sie: ›Gegen halb acht.‹ Dann fragte ich, ob sie noch wisse, wie lange ihr Daddy geschlafen habe. Es war nur ein winziger Strohhalm, aber ich griff mit beiden Händen danach. Sie sagte: ›Er hat mich im Schlaf fast erdrückt, und deshalb bin ich aufgewacht. Ich wollte dann etwas zu trinken holen und hab auf die Uhr geschaut. Es war schon zwölf, also Mitternacht!‹« Kurzes Schweigen. »Sie war so stolz auf ihre Schilderung. Ich traute mich kaum, die nächste Frage zu stellen, so aufgeregt war ich. Hatte ihr Dad denn die ganze Zeit über neben ihr im Bett geschlafen? Die Antwort kam prompt: ›Ja.‹ Weil er nämlich eigentlich gar nicht bei ihr im Bett schlafen durfte. Einmal hatte er es getan, als er sehr betrunken war. Da hatte er mit ihrer Mutter so großen Ärger bekommen, dass er sicher nicht wieder zu ihr ins Bett zurückgekrochen wäre, wenn er zwischendurch aufgewacht wäre. Aus Angst vor Schelte wäre er sofort in sein eigenes Bett gegangen. Er lag bis nach Mitternacht die ganze Zeit schlafend neben ihr, sie war sich absolut sicher.«

»Und der Zeitpunkt der Tat war …?«

»Zwischen dreiundzwanzig und vierundzwanzig Uhr.«

Schweigend saßen wir da und hingen unseren Gedanken nach.

»Vielleicht hat sie sich doch getäuscht? Sie war ein kleines Kind, wie verlässlich war ihre Aussage?«

»Ja, darüber dachte ich auch immer wieder nach. An dem Tag, als Michael seine Gefängnisstrafe antreten musste, nahm ich all meinen Mut zusammen und konfrontierte ihn mit dem Bericht seiner Tochter. Er packte mich mit beiden Händen am Kragen und schleuderte mich gegen die Wand. ›Lassen Sie meine Tochter aus dem Spiel!‹, rief er. ›Wagen Sie es nicht noch mal, sich in ihre Nähe zu begeben oder mit ihr zu sprechen! Haben Sie kapiert?‹ Ich konnte nur beklommen nicken.«

Das hörte sich verdammt nach Big Man an. Feinfühlig. Wohlüberlegt. Besonnen.

Unsere Blicke trafen sich. »Damals beschloss ich, die Beweislage noch einmal prüfen zu lassen«, sagte Richards.

»Obwohl er Sie gegen die Wand geschmettert hatte?«

»Gerade *weil* er mich so brachial gegen die Wand geschmettert hatte. Als Anwalt darf ich mich nicht von bloßen Ahnungen oder Gefühlen leiten lassen, doch ich habe etwas in seinen Augen gesehen …«

»Was haben Sie gesehen?«

»Angst. Angst davor, dass sein Geheimnis gelüftet werden könnte.«

Ich hob beide Hände. »Aber warum nur? Warum wollte er sich freiwillig bestrafen lassen? Wofür?«

»Ich habe es nie herausgefunden. Der Freispruch erfolgte aufgrund einer nachträglich als unsicher bewerteten Beweislage. Die Geschworenen und Richter hatten wichtiges Entlastungsmaterial nicht berücksichtigt. Kriminaltechnische Untersuchungen hatten ergeben, dass außer Michaels Fingerabdrücken auch die von einer anderen Person auf der Tatwaffe zu finden waren – es war ein Golfschläger, das nur nebenbei. Diese Fingerabdrücke stimmten überein mit denen, die in der Wohnung des Opfers gefunden wurden. Dort wurden auch Blutspuren sichergestellt, die weder vom Opfer noch von Michael Hogan stammten. In der Wohnung musste ein Kampf stattgefunden haben. Die Anklage hatte argumentiert, dass es sich um Handgreiflichkeiten zwischen Angehörigen aus dem gewaltbereiten Milieu gehandelt hatte. Möglicherweise stimmte das. Nicht ins Bild passen wollte, dass weder am Körper noch an Michaels Kleidung am nächsten Morgen Blutspuren gefunden wurden. Die Polizei argumentierte, er habe zwischenzeitlich geduscht und sich umgezogen. Allerdings konnte ich nachweisen, dass das nicht der Fall war. Zudem konnte ich belegen, dass es schlechterdings unmöglich war, jemanden mit einem Golfschläger zu töten und keinerlei Spuren davonzutragen.«

»Wurde je geklärt, zu wem die Fingerabdrücke und Blutreste gehörten?«

»Die Anfrage bei den polizeilichen Datenbanken ergab keine Resultate. Die von Beth waren es nicht, falls Sie das eben fragen wollten.«

Plötzlich kam mir ein Gedanke. »Wo war sie eigentlich in der Tatnacht? Warum war sie nicht zu Hause?«

Desmond Richards funkelte mich mit undurchdringlichem Blick an. »Keine Ahnung«, sagte er, »und wissen Sie was: Ich habe auch nie versucht, es herauszufinden.«

Diesmal schlug mir Mick Jaggers Stimme entgegen, als ich die Haustür öffnete. Aus dem Hinterhof dröhnte *Brown Sugar*. Wenn ich da war, drehten die beiden den CD-Spieler nicht so auf, doch anscheinend galten andere Gesetze während meiner Abwesenheit …

Ich ging in die Küche, zum einen, weil ich dringend eine Tasse Tee nötig hatte und zum anderen, weil ich neugierig war, was im Hof vor sich ging.

Tyso grölte gerade lauthals mit, doch als er mich sah, verstummte er abrupt und schaute betreten zu Boden. »Tut mir leid wegen neulich«, nuschelte er.

Ich vermute, seinem Vater hatte eine formvollendete Entschuldigung vorgeschwebt, aber ich wollte den armen Jungen nicht in noch größere Verlegenheit bringen, deshalb sagte ich: »Ist schon gut, kein Problem.«

Mit einer Kopfbewegung in Richtung CD-Spieler fügte ich hinzu: »Manches von dem alten Zeug ist doch ganz brauchbar, oder?«

Tyso machte große Augen. »Ist das wirklich *altes* Zeug?«

Lachend schüttelte ich den Kopf. »Du bist ein hoffnungsloser Fall!«

Anselo erschien auf der Bildfläche. Ich holte tief Luft, dann stellte ich mich ihm in den Weg.

»Hallo«, sagte ich. »Tut mir leid wegen gestern. Ich habe es nicht so gemeint. Ich war einfach wütend.«

Misstrauisch betrachtete er mich.

»Ich hab's *wirklich* nicht so gemeint.«

»Ja, also ... mir tut's auch leid, dass ich dir so auf die Nerven gegangen bin.« Nun wirkte er verlegen.

Erst jetzt sah ich, dass er einen Finger fest mit der anderen Hand umschlossen hielt und offenbar Schmerzen hatte. Zwischen den Fingern quoll Blut heraus.

»Um Himmels willen! Was ist denn geschehen?«

»Bin in die Kreissäge gekommen.« Als er meinen Gesichtsausdruck sah, fügte er schnell hinzu: »Sie war nicht an, aber das Sägeblatt ist auch so messerscharf.«

»Zeig her!«

Die Wunde war oberflächlich und musste wahrscheinlich nicht genäht werden. Doch das Blut strömte heraus, als wäre es jahrelang seiner Bewegungsfreiheit beraubt gewesen.

»Halt den Finger unter kaltes Wasser, ich hole den Verbandskasten.«

Während ich seine Wunde versorgte, fiel mein Blick auf sein blutverschmiertes T-Shirt. »Oh Gott, du hast ja überall Blutspritzer! Bist du sicher, dass die Säge nicht lief?«

»Wow, was geht hier ab? Ein Splatterfilm?« Tyso stand grinsend in der Tür. *»Das Kettensägenmassaker!«*

Anselo sah an sich hinab. »So schlimm ist es doch nicht!«

Ich zog eine Grimasse. »Doch, es ist schlimm. Wirklich. Du siehst aus, als hättest du ein Schwein geschlachtet.«

»Ich habe kein T-Shirt zum Wechseln hier.«

»Aber ich!«

Zwei Minuten später kam ich mit Captain Awesome zurück.

Anselo lächelte. »Das hast du auch an dem ersten Morgen getragen.«

Ich spürte, wie ich rote Ohren bekam. Wenn er sich an das T-Shirt erinnerte, dann erinnerte er sich auch an die hässliche Unterhose und vor allem an meine schrecklichen Knubbelknie!

Anselos Grinsen wurde noch breiter. »Danke«, sagte er und zog sich mit der unversehrten Hand geschickt das blutige T-Shirt über den Kopf und legte es beiseite.

Ich muss zugeben, es war ein Moment der Offenbarung. Denn er entblößte vor mir den vollkommensten Oberkörper, den ich je gesehen hatte. Keine Ahnung, ob er ins Fitnessstudio ging oder ob es das Resultat körperlicher Arbeit war. Jedenfalls war das Ergebnis spektakulär: perfekt geformte Muskeln und feine Sehnen. Nichts wirkte künstlich oder aufgebläht wie bei den Muskelprotzen, die Anabolika schluckten und in der Werbung für Hometrainer auftauchten. Einfach nur feste, kräftige, ganz natürliche maskuline Anatomie und dazu diese schöne olivbraune Haut ...

Ich kam mir vor wie Roger Rabbit, dem die Augen an kleinen Federn lüstern aus den Höhlen sprangen, während gleichzeitig eine Hupe quäkte. Äußerlich gelang es mir (darauf war ich sehr stolz), ihm lässig ins Gesicht zu sehen und dabei ganz entspannt weiterzuatmen, als würden sich mindestens zehnmal am Tag schöne Männer vor mir ausziehen.

Es klopfte.

»Tyso«, Anselo machte eine knappe Kopfbewegung zur Haustür hin.

»Was?«

»Geh mal nachsehen.«

»Ich könnte schwören, er hat gerade ›Bin doch nicht dein Sklave‹ gemurmelt«, sagte ich lachend.

»Da täuscht er sich aber gewaltig.«

Wir hörten Stimmen im Flur, und als Anselo über meine Schulter nach hinten sah, machte er ein langes Gesicht. »Mist.«

Ich drehte mich um und hätte mich fast am Türrahmen gestoßen. »Oh Gott!«

Es war Marcus. Mein Herz fing wild an zu pochen – ob vor Freude oder Anspannung weiß ich nicht mehr. Stand er wirklich hier bei mir im Flur? Würde er länger bleiben?

Marcus' Blick wanderte von mir zum halbnackten Anselo und zurück, blieb schließlich an meiner Hand hängen, die das »Captain Awesome«-Shirt umklammert hielt.

»Schlechter Zeitpunkt?«, fragte er leichthin, aber kurz angebunden.

Anselo nahm mir in Seelenruhe das T-Shirt aus der Hand, bedankte sich mit einem Lächeln und ging zurück an die Arbeit ohne Marcus mit dem Hintern anzusehen.

Marcus' Blick ruhte eine Spur zu lange auf Anselos freiem, muskulösem Rücken. Missmutig zuckte es um seine Mundwinkel. Der Spielstand in ihrem Macho-Match war nun wohl ausgeglichen.

»Nächstes Mal werde ich mich vorher anmelden.«

»Nein! Das musst du nicht!«

Erst jetzt war bei mir wirklich angekommen, dass er leibhaftig vor mir stand.

»Du brauchst keine Anmeldung!« Ich umarmte ihn selig. »Ich freue mich wahnsinnig, dich zu sehen, der Tag ist gerettet!«

»Wie schön«, sagte er grinsend und schien hocherfreut über meine Begeisterung.

Er zog mich an sich und gab mir einen langen, leidenschaftlichen Zungenkuss. Bis mir schlagartig klar wurde, dass er sich besonders ins Zeug legte, weil er wusste, dass Anselo uns von draußen sehen konnte. Das gefiel mir nicht. Ich schob ihn weg.

»Komm mit«, sagte ich und zog ihn ins Wohnzimmer. »Ungestörtheit ist nicht zu unterschätzen.«

»Warum gehen wir nicht nach oben?«, fragte er.

»Weil fremde Leute im Haus sind!« Ich fühlte mich unbehaglich und errötete.

»Na und? Im Haus meiner Mutter waren neulich auch mehr als fünfzig Fremde, und das hat dich, so weit ich mich entsinne, von nichts abgehalten.«

»Das war doch was völlig anderes! In dem riesigen Haus konnte man sich verlaufen, vor allem befanden sich die übrigen Gäste nicht direkt im Raum unter uns.«

Er schnaubte leise. »Darrell, mein Zeitfenster heute ist wirklich ziemlich eng, wenn wir jetzt noch ein Hotel suchen müssen, reicht es gerade noch für einen Abschiedskuss, und das war's.«

Ich hörte Anselos Worte. Warum tust du dir das an? Warum lässt du mit dir umspringen, wie es denen passt?

Aber was sollte ich tun? Mir blieb keine Wahl. Wenn ich nicht nachgab, würde Marcus einfach wieder gehen.

»Also gut. Aber bitte keine demonstrativen Signale in Richtung Hof, wenn wir jetzt nach oben gehen.«

Marcus grinste. »Was du immer von mir denkst ...«

Im Schlafzimmer verlor er keine Sekunde. Ich hätte mir ein bisschen mehr Ouvertüre gewünscht, aber er schien heute tatsächlich an äußerst knappe Zeitvorgaben gebunden zu sein. Nach höchstens drei Minuten zog er sich abrupt von mir zurück, griff sich an den Schwanz und biss sich auf die Lippe.

»Oh nein! Verdammt. Sorry«, murmelte er. Dann glitt er wieder in mich rein und kam sofort. »Mist.« Er rollte von mir runter auf den Rücken. »Das wird mir eine Lehre sein.«

Ich kuschelte mich in Löffelchenstellung an ihn. »Was für eine Lehre?«

»Die Lehre, nicht mehr wie ein Besessener über Sex mit dir zu fantasieren.« Er lächelte mich fast ein wenig entschuldigend an.

»Tust du das?« Ich war erstaunt und fühlte mich gleichzeitig irrsinnig geschmeichelt.

»Eigentlich ist alles deine Schuld«, seufzte er leise. »Wegen deiner aufregenden kleinen Romane bin ich jetzt so durcheinander.«

Ich saß auf einmal kerzengerade im Bett. Fast hätte ich ihm beim Hochschnellen einen Ellbogen ins Auge gerammt.

»Wie bitte? Was meinst du damit?«

Er lachte vergnügt. Es gefiel ihm sichtlich, mich auf die Folter zu spannen.

»Wir haben eine gemeinsame Freundin. Na ja …«, er verzog das Gesicht. »Freundin ist vielleicht zu viel gesagt. Aber eine gemeinsame Bekannte.«

Stumm starrte ich ihn an. Ich hatte keinen Schimmer, auf was das hinauslief.

»Hippolyte McManus«, sagte er schließlich triumphierend. »Na, klingelt da was? Leugnen ist zwecklos. Die gibt es garantiert nur einmal. Zum Glück.«

Ach du Schande! »Woher …?«

»Ich sie kenne? Eigentlich kenne ich sie kaum. Ich habe bisher nur ein paarmal mit ihr telefoniert. Sie arbeitet für den Verlag, der nun offenbar die englischen Rechte an dem Buch meines kleinen französischen Superstars gekauft hat.« Seine Kiefermuskeln bewegten sich angespannt. »Jetzt muss ich mit denen auch noch verhandeln. Die Gauner treiben den Preis hoch, was mir überhaupt nicht gefällt.«

Meine Herzfrequenz erhöhte sich augenblicklich. Ich wurde panisch. »Heißt das, du musst nach New York?« Das war deutlich weiter weg als Paris.

»Nein, sonst glauben die noch, ich wäre wirklich verzweifelt. Im Moment läuft alles übers Telefon. Aber ich schwör' dir …«, seine Miene verdüsterte sich, »wenn sie noch einmal sagt ›Das war ja total echt!‹, steige ich tatsächlich in den nächsten Flieger und ertränke sie eigenhändig im Hudson.«

Ich war völlig baff. »Und wie um alles in der Welt seid ihr überhaupt auf mich zu sprechen gekommen?«

»Ich habe ihr Honig um den Bart geschmiert. Hab' sie glauben lassen, ich fände sie wahnsinnig geistreich und intelligent. Irgendwie kamen wir auf Schriftstellerinnen mit Männernamen. Mir fielen sofort einige ein: George

Eliot, Richmal Compton, Carson McCullers. Harper Lee. Hippolyte nannte dich.«

Er setzte sich neben mir im Bett zurecht. »Warum hast du mir nichts davon erzählt?«, fragte er. »Ich bin fast vom Stuhl gefallen, als ich deinen Namen hörte.«

»Ach, keine Ahnung.«

Er küsste zärtlich meinen Nacken. »War es dir peinlich?«

»Ja, schon möglich.«

»Sollte es dir auch sein. Mein Gott! ›Seidig pralle Lendenkraft‹? ›Knospen zum Anbeißen‹?«

Ich schob ihn von mir weg. »Hast du etwa was von mir *gelesen?«*

Er grinste unverschämt. »Natürlich! Gleich nach dem Telefonat bin ich losgerannt, um mir eins deiner Büchern zu besorgen.«

»Oh nein!« Ich schnappte mir ein Kissen und drückte meine heißen Backen hinein.

»Unterdrücktes Stöhnen kam darin vor«, hörte ich den Mistkerl weitersprechen. »Und Tränen der Begierde. Und ganz wichtig: fiebriges, sich verzehrendes Beben.«

Er löste meine krampfhaft ins Kissen gekrallte rechte Hand und legte sie auf seinen Schwanz. »Wie du siehst, hat das schreckliche Folgen für meine sich stolz erhebende Manneskraft.«

»Ich dachte, du hättest nicht so viel Zeit ...?«, nuschelte ich kraftlos ins Kissen.

Er beugte sich mit dem Oberkörper über mich hinweg und angelte nach seiner Uhr. »Ach du Schande!« Dann sprang er aus dem Bett und kleidete sich in Windeseile an.

Ich blieb im Bett sitzen. Welchen Grund hatte ich auch aufzustehen?

Mit offenem Hemd und der Krawatte in der Hand beugte er sich zu mir hinab und gab mir einen raschen Abschiedskuss.

»Tut mir leid, mein Engel. Das war eine ziemlich kurze Vorstellung. Ich mach es wieder gut, versprochen.« Er warf mir an der Tür noch eine Kusshand zu. »Danke, es war schön bei dir! Ich verdiene deine Großzügigkeit nicht!«

Ich hörte, wie er die Treppen hinunterrannte und die Eingangstür zuschlug. Unter meinem Fenster klackerten seine Schritte auf dem Gehweg. Ich lauschte, bis auch noch der allerletzte verhallt war.

# 23

Was trägt man auf einer Zigeunerhochzeit?

Ich suchte Rat bei Michelle, die mir daraufhin ein Foto der berühmten Burlesque-Tänzerin Gypsy Rose Lee in Strapsen mit einem riesigen Straußenfedernhut schickte.

Ich fragte Adam, und der mailte mir genau das gleiche Bild.

Claude konnte ich nicht um Rat bitten, selbst wenn ich gewollt hätte. Er war seit Tagen nicht mehr im Café erschienen.

Miss Schrullig – nein, *Ruth* – wollte ich nicht fragen. Ich meine, die Frau trug Bettlaken und Tischdecken am Leib! Sie schien mir einfach nicht der geeignete Ansprechpartner.

Anselo glotzte mich an, als hätte ich ihm frisch gepressten Dachshodensaft angeboten. »Na, irgendein Kleid eben …«, war seine einsilbige Antwort.

Dann fiel mir ein, dass Tyso der kleine Bruder von großen Schwestern war.

»Ich hätte da ein rotes Neckholder-Kleid«, erzählte ich ihm. »Mein einziges halbwegs festliches Gewand. Es geht bis zu den Knöcheln, hat aber einen gewagten Ausschnitt. Und es ist, wie gesagt, ziemlich rot.«

»Klingt doch prima! Wir lieben Farben. Je strahlender, desto besser.«

»Keine Gefahr, der Braut die Schau zu stehlen?«

Tyso grinste extrabreit. »Absolut keine. Wirklich nicht.«

Patrick sah ungemein stattlich und großartig aus in seinem dunkelgrauen Anzug mit dem weißen Hemd. Die einzigen Farbtupfer waren eine karmesinrote Seidenkrawatte und eine kleine Rosenknospe am Revers.

Ich wurde unsicher, ob mir Tyso nicht einen Bären aufgebunden hatte. Doch Patrick schaute mich aufmunternd und mit offenkundigem Wohlgefallen an. »Kompliment, es steht Ihnen wunderbar. Wir müssen nur sicherstellen, dass Clare keine Fotos von Ihnen in diesem Kleid in die Finger kriegt.«

Leicht errötend sagte ich: »Danke, aber Sie sehen auch ziemlich erstklassig aus.«

Er schnitt eine Grimasse. »Ich werde in der verdammten Hitze eingehen. Aber wir müssen jetzt los ...«

Er deutete in Richtung seines Autos. Ein Mercedes. Keine Ahnung, welches Modell, aber es war auf jeden Fall ein silberfarbenes Coupé mit zwei Türen und einem Kühlergrill wie ein Haifischmaul, das gierig nach Menschenarmen schnappt ...

Während Patrick mir die Beifahrertür öffnete, raste der schleimige Typ auf dem Rad vorbei und schrie: »Hey Alte, blas mir einen, hähähä!«

Mit erstaunlicher Geschwindigkeit war Patrick bei ihm und hatte ihn am Kragen gepackt. Das Rad fiel auf die Straße, und der Typ hing hilflos in Patricks Klauen.

»So redet man aber nicht mit einer Dame, Freundchen.«

»Lassen Sie mich los!«, krächzte der Typ.

»Zuerst ist eine Entschuldigung bei der Dame fällig.«

»Sie erwürgen mich.«

Patrick neigte den Kopf und lächelte. »Die Entschuldigung«, sagte er in einem fiesen Singsang, der ganz eindeutig als Drohung gemeint war.

»Verdammte Scheiße. 'tschuldigung.«

»Na also. War doch gar nicht schwer.« Patrick setzte ihn ab.

Übel fluchend flitzte der Kerl zu seinem Rad. Aus sicherer Entfernung fing er sofort wieder an, obszönes Zeug zu rufen.

Patrick überhörte es. Als wir im Auto saßen, sagte er nur: »Falls Sie sonst mal Hilfe benötigen …«

Die möglichen Szenarien, die mir in den Sinn kamen, um den Satz zu vollenden, waren mir, offen gesagt, etwas unheimlich. Ich schaute ihn aus dem Augenwinkel an und fragte mich erneut, wie er wohl zu seinem Vermögen gekommen war.

Er lächelte, als könnte er meine Gedanken lesen.

»Als ich ungefähr neunzehn war, war ich zum letzten Mal in eine richtige Prügelei verwickelt. Dann habe ich begriffen, dass mein Hirn im Kopf und nicht in den Fäusten sitzt.«

Mir kamen Desmond Richards Worte über Big Man in den Sinn. Auch er hatte anscheinend versucht, Auseinandersetzungen aus dem Weg zu gehen, und doch war es ihm letztlich nicht gelungen – mit schwerwiegenden Folgen. Wahrscheinlich waren er und Patrick sich gar nicht so unähnlich – in vielerlei Hinsicht.

Der große Unterschied war nur: Patrick saß hier elegant gekleidet in einem aufgemotzten Mercedes, und Big Man lief durch die Straßen in einer abgewetzten, scheußlichen

Bomberjacke. War das Zufall, oder waren es bewusste Entscheidungen?

»Wie kamen Sie denn zu Ihrem sagenhaften Reichtum?«

»Also, eines Tages stieß ich zufällig auf die Hehlerware von Lefty Barnes, einem berüchtigten Ganoven aus dem East End, der seinerseits im Zwist lag mit dem noch berüchtigteren Slasher Briggs, weil er das Geheimversteck der gebunkerten Ware ausfindig gemacht hatte …«

»Haha, sehr witzig.«

»Sie glauben gar nicht, wie viele Leute mir das sofort abkaufen würden«, sagte er mit einem Grinsen.

»Na los, erzählen Sie schon.«

»Es ist überhaupt nicht aufregend, ich warne Sie. Total öde.«

»Bislang fand ich noch keine Lebensgeschichte langweilig.«

Und seine Geschichte war wirklich alles andere als öde. Der junge Patrick war – vor seiner Hirn-versus-Fäuste-Offenbarung – der Albtraum seiner Eltern. Mit vierzehn flog er von der Schule, und danach begann eine beispiellose Jugendknastkarriere, abwechselnd wegen Körperverletzung, Diebstahl und mutwilliger Sachbeschädigung. Am Anfang wurde er oft zu gemeinnütziger Arbeit verdonnert, aber je älter er wurde, desto ungnädiger wurden die Richter. Mit – in seinen Worten – einer eingebildeten Größe von fast drei Metern und einer kugelsicheren Weste schlug er alle Warnungen in den Wind und landete schließlich im Alter von neunzehn für sechs Monate im Zuchthaus. Sehr zu seiner Überraschung.

»Ich war darauf nicht vorbereitet. Es war der reinste Horror. Bis dahin dachte ich immer, ich wäre eine Kämpfernatur. Aber das Geplänkel unter Gleichaltrigen war ein Honigschlecken verglichen mit dem, was mir da täglich mit den richtig schweren Jungs widerfuhr. Ich dachte jeden Tag, mein letztes Stündlein hätte geschlagen. Als ich endlich rauskam, beschloss ich, mein Leben zu ändern.«

Das Problem war, dass einem Neunzehnjährigen mit seinem Vorstrafenregister nur wenige Möglichkeiten offen standen. Keiner wollte ihm Arbeit geben, und die Familie war am Rande der Verzweiflung.

»Onkel Jenico nahm mich damals beiseite und machte mir unmissverständlich klar, dass sie nun die Nase voll hatten von meiner überheblichen Art. Er warf mich ins kalte Wasser und sagte, ich müsste nun allein schwimmen lernen. Ich hab' gewinselt wie ein Schlosshund, aber er ließ sich nicht erweichen.«

Das konnte ich mir vorstellen. Wenn Tysos Dad etwas entschieden hatte, blieb es dabei. Dann konnte ihn auch ein entgegenkommender Güterzug nicht aus der Bahn werfen.

»Lange hing ich einfach nur herum und hatte Mitleid mit mir selbst. Irgendwann war ich es leid, kein Geld zu haben, und ich bemühte mich ernsthaft um einen Job. Zufällig bin ich damals an einen Typen geraten, der eine Reinigungsfirma betrieb. Das war der erste Glücksfall. Ich habe Büros geputzt und kam mit dem Chef gut aus. Der hatte aber kein Händchen für Buchhaltung und Rechnungen, und nach einer gewissen Zeit ließ er mich das machen. Ich hatte zwar keinen Schulabschluss, aber mit Zahlen konnte ich umgehen. Durch mich verzehnfachte sich der Gewinn der Firma, was ihn natürlich sehr freute. Da er keine Familie hatte, vererbte er mir die Firma nach seinem Tod. Ich baute sie weiter aus und verkaufte sie später mit, wie mir damals schien, irrsinnig hohem Gewinn. Den habe ich dann in meine erste Gewerbeimmobilie investiert.« Er betrachtete mich von der Seite. »Und, was hab' ich gesagt? Todlangweilig.«

»Und jetzt werden Sie selbst Vater«, sagte ich lächelnd.

»Ja. Und das jagt mir mehr Angst ein, als all die fiesen Psychoheinis im Knast damals zusammen.«

Die Hochzeit fand in einem denkmalgeschützten Herrenhaus statt, das von einem weitläufigen Rotwildpark umgeben war. Kulisse und Dekoration waren dem Ereignis angemessen, alles war sehr hübsch, geschmackvoll, aber völlig im Rahmen des Normalen. Keine wilden Fiedler, keine Tanzbären und keine bunt bemalten Wohnwagen weit und breit. Abgesehen von ein paar übertriebenen Paillettenkleidern bei den Frauen und auffällig vielen Ohrringen aufseiten der Männer hätte dies ebenso gut die Hochzeit einer wohlhabenden britischen Mittelstandsfamilie sein können.

»Ziemlich edel!«, sagte ich, während ich mit Patrick auf die Grüppchen vor dem Haus zulief. Ich sah Jenico schon von weitem. Aber wahrscheinlich hätte man ihn sogar vom Weltall aus auf dem Rasen stehen sehen.

Patrick sah mich von der Seite an. »Sie meinen, für eine dahergelaufene Bande von Dieben?«

»So wollte ich das nicht sagen. Tut mir leid.«

»Ich bin nicht gekränkt, keine Sorge. Es stimmt ja teilweise. Aber meine Familie versucht seit Langem, das schlechte Image loszuwerden. Wir wollen unser Geld redlich verdienen.«

»Anselo hat mir von eurem Großvater erzählt.«

»Wirklich? Hat er das? Der Junge scheint Sie zu mögen.« Patrick grinste.

»Wie kommen Sie darauf?«

»Na, offenbar hat er mit Ihnen *geredet!«*, erwiderte Patrick. »Das versucht er sonst tunlichst zu vermeiden. Unter allen Umständen.«

Jenico kam strahlend auf uns zu und streckte uns die Arme entgegen. Auch er trug einen dunklen Anzug, allerdings kombiniert mit einer Weste und Krawatte, deren Stoff in der Nachmittagssonne glitzerte, als wäre er aus reinstem Gold. Er umarmte uns beide derb, aber herzlich, und drückte uns zwei schmatzende Küsse auf die Wangen.

»Willkommen!« Er breitete pathetisch die Arme aus, als gehörte ihm nicht nur das Herrenhaus, sondern gleich die ganze Welt. Und in gewisser Weise stimmte das ja.

Er nahm meine Hand in seine Pranken. »Wie schön, dass nun auch Sie ein Teil unserer Familie sind!«

»Keine Angst«, flüsterte Patrick, als wir den nächsten Gästen Platz machten. »Er wird Sie nicht mit einem meiner Cousins verkuppeln. Jedenfalls nicht heute.«

Apropos Cousin ...

Ich sah mich um und entdeckte Tyso umringt von einer Gruppe schnatternder Mädchen. Er grinste herüber und machte eine zustimmende Geste, als er mich in meinem roten Kleid sah. Anselo konnte ich nirgends finden. Vielleicht kam er erst später. Nach der Dinnerparty seiner Freundin ...

Patrick drückte mir ein Sektglas in die Hand und lotste mich zur Mädchengruppe um Tyso.

»Voilà, der Tyso-Fanclub. Darf ich vorstellen: seine Schwestern Nadya und Myfanwy, und das sind seine Cousinen Mirela und …«

Mir schwirrte der Kopf von den vielen exotischen Namen. Die Mädchen waren reizend, und alle redeten auf Tyso ein, der schnurrte wie ein Kater. Kein Wunder, dass er eine Frohnatur war. Er bekam in zehn Minuten mehr Zuwendung und Bestätigung, als Miss Schrullig sich in einem Jahr auch nur anlesen konnte.

»Ihr Kleid ist wirklich sehr schön«, sagte eins der Mädchen.

»Oh danke. Ich hatte schon Angst, es wäre ein bisschen übertrieben für den Anlass«, erwiderte ich.

Alle lachten schallend, als wäre das der beste Witz seit Jahren gewesen. Na gut, ich sah es ein. Die meisten hier waren nach dem Motto »Hauptsache bunt, kurz, eng und glitzernd« angezogen. Im Vergleich dazu wirkte mein Kleid so gewagt wie die Kostüme von Margaret Thatcher.

»Die Leute behaupten immer, wir Roma stehen ganz besonders auf Kitsch. Aber ich möchte mal wissen, welches Mädchen nicht auf Strass und Glitzer und hochhackige Schuhe abfährt!«

Die versammelte Gipsy-Schwesternschaft bekundete lautstark ihre Zustimmung.

»Ja genau! Warum soll ich bei meinen Kleidern Rücksicht auf den Geschmack von anderen nehmen?«, fragte eine andere junge Frau. »Keine von denen, die sich« – sie malte mit den Fingern Anführungszeichen in die Luft – »geschmackvoll kleiden, hat auch nur einen Funken Feuer im Arsch. Wenn ich mich in Schale werfe, dann will ich verdammt noch mal aussehen wie eine Maikönigin.«

Tyso blickte sich besorgt um. »Pass auf, Nady! Wenn Dad hört, wie du rumfluchst …«

»Dann lächle ich ihn lieb an, und er wird's bei einer Verwarnung belassen. Weil ich sein *süüüßes* kleines Mädchen bin.«

»Also, ich würde dich übers Knie legen!«, sagte Patrick.

»Oh-oh!« Die Mädels johlten lüstern.

Nadya sah ihn verführerisch an. »Nichts als leere Versprechungen!«

»Du liebe Güte«, murmelte Patrick, während er mich in Richtung Kapelle weiterzog. »Da wartet aber eine lebenslängliche Strafe auf irgendein armes Würstchen.«

Ich suchte wieder nach Anselo. Er war immer noch nicht da. Die blonde Göttin hatte wohl ein Machtwort gesprochen. In dem Fall war Blut also doch nicht dicker als Wein.

Aber auf einmal sah ich ihn. Er musste den Gästen die Plätze in der Kapelle zuweisen, und seine angespannte Miene deutete darauf hin, dass er seine Aufgabe entweder sehr, sehr ernst nahm. Oder dass er sich weit, weit weg wünschte. Er bemerkte uns erst, als wir direkt vor ihm standen. Sein Anzug war fast identisch mit dem von Patrick, auch seine Krawatte war dunkelrot, allerdings nicht aus Seide, sondern aus einem anderen schicken Stoff. Der Anzug war erstklassig geschnitten und stand ihm ausgezeichnet: etwas breiter an den Schultern, aber schmal in der Hüfte. Ich sah seinen schönen, muskulösen Oberkörper wieder vor mir und wäre Patrick fast auf die Füße getreten.

Anselo sah mich kaum an. »Ihr sitzt hier.« Er wies auf die Mitte einer der vorderen Stuhlreihen. Dann wandte er sich den Leuten hinter uns zu.

»Ein Mann mit einer Mission«, murmelte Patrick, während wir Platz nahmen. »Er sollte wirklich mal lernen, zu entspannen und hin und wieder zu lächeln. Sonst ist der Herzinfarkt vorprogrammiert.«

Die Zeremonie war wundervoll. Tyso hatte Recht behalten. Die Einzigen, die der Braut hätten die Schau stehlen können, waren Elton John in seinen frühen Tagen oder Lady Gaga. Talaithas Kleid hatte Jenico bestimmt ein Vermögen gekostet.

»Du liebe Zeit, meine Netzhaut löst sich gleich ab!«, flüsterte Patrick.

»Es ist grandios.« Ich knuffte ihn in die Rippen. »Schweigen und genießen!«

Als der Bräutigam – ein hübscher Bursche, der die ganze Zeit ziemlich erschrocken dreinschaute – endlich die Braut küssen durfte, fing Patrick leise an zu schniefen. Diesmal war ich es, die *ihm* ein Taschentuch anbieten konnte.

»Danke«, sagte er gerührt.

»Sentimentaler Kerl«, sagte ich grinsend.

»Ertappt.« Er zog eine kleine Grimasse. »Zum Glück ist Clare nicht dabei. Wir würden sonst von ihren Tränenfluten weggespült.«

Der Hochzeitsempfang fand in einem großen, mit weißer Seide dekorierten Pavillon vor dem Haus statt. Es war zwar schon früher Abend, aber die Hitze war nach wie vor eine Strapaze. Alle Männer hatten die Jacken ausgezogen, die Frauen fächelten sich mit den Speisekarten Luft zu. Ich saß an einem Tisch gemeinsam mit Patrick, dessen Mutter Consuela, die in ihrer Jugend zweifellos eine äußerst glanzvolle Erscheinung gewesen sein musste, und mit Anselos gleichfalls sehr attraktiver Mutter Adrienne. Außerdem noch mit fünf weiteren Cousins um die vierzig, deren Namen ich sofort wieder vergaß. Anselo saß an der Stirnseite neben Jenico. Ich lachte im Stillen. Der Arme. Das war die Strafe für seinen Versuch, dem Ganzen zu entkommen.

Während des Essens hing ich meinen eigenen Gedanken nach und ließ die familiären Gespräche der anderen an mir vorbeirauschen. Anselos Mutter brachte mich schlagartig zurück in die Gegenwart.

»Sie kennen also *mi chava,* meinen Jungen?«, sprach sie mich an. »Wie *finden* Sie ihn denn?«

Ich konnte mir gerade noch verkneifen zu antworten: Immer dem Lärm nach.

»Ich mag ihn gern«, sagte ich stattdessen. »Oder was meinten Sie?«

Adriennes Augen starrten mich durchdringend an. Sofort war mir klar, warum manche Leute an die Magie des Bösen Blicks glaubten. »Meine beiden Ältesten sind im Großen und Ganzen mit ihrem Leben zufrieden. Bei meinem mittleren Jungen bin ich mir da nicht so sicher.«

»Ach!« Etwas Besseres fiel mir zunächst nicht ein. »Ich kenne ihn leider nicht so gut, um dazu etwas zu sagen.«

»Hör auf, die Arme auszufragen, *Beebee* Adie«, sagte Patrick. »Anselo war immer schon ein übellauniger Kotzbrocken, verzeih die Ausdrucksweise. Außerdem ist er nun wirklich kein kleiner Junge mehr. Wenn er unzufrieden mit seinem Leben ist, dann hat er sich das ausgesucht. Er hat jederzeit die Wahl, etwas dagegen zu unternehmen.«

»*Si covar ajaw.* Du hast ja Recht, ich weiß. Aber ...« Anselos Mutter drohte Patrick mit dem Finger, »... das wirst du auch bald lernen. Er ist nun einmal mein Kind, *ever-komi!* Sein Platz ist in meinem Herzen!« Sie schlug sich zur Bestärkung mit der flachen Hand auf die Brust.

Patrick verdrehte die Augen und grinste mich an. »Das ist ganz großes Gipsy-Kino! Man muss es einfach lieben.«

»Sprechen Sie denn Romani?«

»Nein, nicht richtig. Ich habe lediglich ein paar Wörter aufgeschnappt, nur die Älteren sprechen es noch. Aber ich bin ohnehin kein richtiger Rom. Mein Vater war ein irischer Landfahrer, ein Traveler. Eigentlich komme ich aus einer Familie von Dieben, *chories,* wie man bei uns sagt. Die Kings waren nie berühmt für ihre Gesetzestreue. Ich vermute, etwas davon lag mir also von Beginn an im Blut.«

»Tyso hat mir schon erklärt, dass ihr bloß stinkende Kesselflicker seid«, sagte ich hinterlistig.

»So, so, hat er das.« Patrick hob eine Braue. »Na, dann werde ich wohl mal ein Wörtchen mit dem jungen Mann reden müssen.«

»Nein, bitte nicht! Es reicht, wenn *ein* Riese hinter ihm her ist und ihm den Marsch bläst.«

Patrick lachte. »So ähnlich wird Jenico tatsächlich genannt. *Rom baro.* Big Man. Der große Häuptling. Das Oberhaupt der *familiya* …«

Seine Ausführungen wurden unterbrochen, weil plötzlich jemand mit einem Löffelstiel gegen ein Glas klimperte. Es folgten einige feierliche Ansprachen, von denen ich das meiste nicht verstand. Es flossen viele Tränen, und ständig fielen sich Menschen – vor allem Männer – in die Arme und küssten sich. Jenico war selig. Die Familie schien ihm über alles zu gehen. Da ich aus einer Familie kam, die ihre Gefühle ungefähr so offen zeigte wie eine tote Spinne, war ich fasziniert von all dem warmherzigen Tumult. Andererseits verstand ich auch Anselo. Zu viel davon fühlte sich vermutlich an wie Tod durch Ertrinken in einer Lavalampe – man erstickte ganz langsam, aber bunt leuchtend.

Verstohlen blickte ich zum oberen Tischende. Während sich die anderen amüsierten, saß Anselo zurückgelehnt auf seinem Stuhl und blickte ins Irgendwo. Wahrscheinlich hätte er sich jetzt am liebsten auf die Dinnerparty seiner blonden Göttin gebeamt.

Gegen neun Uhr gingen die bunten Lichter und die Musik auf der Tanzfläche an, und Braut und Bräutigam eröffneten den Tanz. Danach durften alle auf die Tanzfläche.

»Wie wär's mit einem Tanz?«, fragte Patrick.

»Lieber nicht, ich kann's nicht gut.«

Tom war ein hervorragender Tänzer gewesen, und ich hatte mich immer redlich bemüht, seine Schritte zu imitieren. Doch er besaß viel mehr Leichtigkeit und Schwung, seine Bewegungen waren geschmeidig und graziös. Meine nicht. Trotzdem lachte er mich nie aus.

Patrick war aufgestanden und reichte mir seine Hand. »Dann sind wir ja schon zwei. Clare wollte unbedingt, dass wir einen Tanzkurs machen. Ich sag' bloß: Wenn der DJ heute Abend Chris de Burgh spielt, dann reiß ich ihm den Kopf ab.«

Ich bin wirklich nicht klein, aber in Patricks Armen fühlte ich mich wie die Fee Tinker Bell aus Peter Pans Märchenwelt. Patrick war schon leicht angeschickert, was zur Folge hatte, dass wir uns ständig auf die Füße traten und die anderen Tänzer über uns lachten.

»Vielen Dank für die Einladung«, sagte ich und lächelte zu ihm hinauf. »Es ist herrlich entspannt hier, und ich amüsiere mich prächtig.«

»Ja, für mich wird es der letzte Abend in Freiheit sein für lange Zeit. Nutzen wir die Gelegenheit! Natürlich ganz gesittet«, sagte er und bot mir dann noch das Du an.

»Sehr gerne, Patrick. Ich kann dich später auch gern nach Hause fahren, wenn du mir dein Auto anvertraust«, sagte ich augenzwinkernd.

»Wirklich? Das wäre großartig.« Er schien sich ehrlich über das Angebot zu freuen.

»Wenn du dich allerdings bis zur Ohnmacht betrinkst, muss ich passen. Dann werde ich dich einfach hier liegen lassen. Tragen kann ich dich nämlich nicht.«

»Geht in Ordnung.«

Das Stück war zu Ende, und es erklangen, ganz unverkennbar, die ersten Akkorde von *Lady in Red.*

»Verdammter Mist«, knurrte Patrick. »Okay. Das war's. Ich muss raus, eine rauchen.«

»Ich wusste gar nicht, dass du rauchst!«

»Tu' ich normalerweise auch nicht, aber Chris de Burgh lässt mir keine andere Wahl.«

Patrick führte mich zurück an unseren Tisch. Auf einmal spürte ich, wie jemand sachte meinen Arm berührte. Es war Anselo.

»Ähm, willst du …?«

»Ja, sie will«, sagte Patrick und überließ uns unserem Schicksal.

Merkwürdigerweise fühlte ich mich pudelwohl in Anselos Armen. Seine linke Hand lag in meiner, die rechte hatte er um meine Taille geschlungen. Dennoch versuchte er, Abstand zu halten, und wenn sich versehentlich unsere Blicke trafen, sah er schnell in eine andere Richtung. Er schien vor Verlegenheit in den Boden versinken zu wollen. Steif und ungelenk bewegten wir uns über die Tanzfläche, und trotzdem war es irgendwie ... richtig schön.

»Das ist wirklich ein Scheißlied«, sagte er endlich nach einer kleinen Ewigkeit.

Ich lachte schallend. Nun grinste er wenigstens. »Sollen wir rausgehen? Ich ersticke hier drin. Die Hitze geht mir mächtig auf den Sack.«

Draußen führte ein kleiner Pfad hinunter zu einem künstlich angelegten Teich, an dessen Rand wir uns niederließen. In gebührendem Abstand. Der Teich war nicht beleuchtet, aber durch das Licht aus den Fenstern konnten wir zumindest das Gesicht des anderen erkennen.

Schnell wurde klar, dass ich auch diesmal das Gespräch würde eröffnen müssen. Dann konnte ich ebenso gut in die Vollen gehen.

»Deine Mutter hat versucht, mich über dich auszuquetschen.«

Er sah mich entgeistert an. »Ach du Schande, was wollte sie denn wissen?«

»Sie macht sich Sorgen um dich. Sie hat den Eindruck, du bist unglücklich.«

Er schnaubte leise. »Hat sie ...? Ach, es hätte schlimmer kommen können! Normalerweise nervt sie die Leute mit der Frage, wann ich endlich heirate.«

Das versetzte mir einen kleinen Stich. Warum ging mir das zu Herzen? So abwegig war das schließlich nicht: Er war im richtigen Alter und hatte offenbar eine wunderschöne Freundin. Irgendwo da draußen.

»Wollte Vivienne denn nicht mitkommen?«

Er rutschte ungemütlich hin und her. »Ich hab' sie nicht gefragt.«

»Aber warum denn nicht?«

»Weil ...« Er zögerte. »Weil ich noch nicht weiß, wie und ob ich diese beiden Welten zusammenbringen will«, sagte er dann abwehrend. »Mir ist es lieber, sie bleiben vorläufig getrennt.«

Er beugte sich vor, stützte die Arme auf die Knie und schaute aufs Wasser. »Keine Ahnung, warum. Wahrscheinlich weil ich bei ihr zumindest so *tun* kann, als wäre ich ein *richtiger* Alphamann.«

»Och, komm schon!« Ich boxte ihn versöhnlich in die Schulter. »Das hab ich neulich nicht so gemeint. Ich war nur genervt, weil ich bestimmte Dinge einfach nicht hören wollte.«

Er setzte sich wieder aufrecht hin. »Trotzdem ist da was dran. Herrje ...«, er gestikulierte in Richtung Pavillon, »da drüben sitzen Horden von Männern, die an einem Tag mehr zustande bringen als ich bisher in meinem ganzen Leben.«

»Du meinst Jenico und Patrick?« Ich sah ihn herausfordernd an. »Warum vergleichst du dich mit denen? Das hast du nicht nötig.«

Er sah mich entrüstet an. »Ach, das sagt ja die Richtige.«

Hoppla, der Punkt ging an ihn. Wie kam ausgerechnet ich dazu, ihn wegen seiner Minderwertigkeitsgefühle zu tadeln?

»Neulich im Pub kam es mir so vor, als könntest du Patrick nicht leiden. Ist da zwischen euch mal was vorgefallen?«

Er legte den Kopf auf die Seite und zog mit den Fingern seiner rechten Hand kleine Kreise im Wasser. »Als Kind war Patrick mein großes Vorbild. Mein Held. Alle waren entrüstet und klagten über ihn, wenn er wieder einen seiner Auftritte als junger Wilder hinlegte. Aber ich hab ihn verehrt. So wie er wollte ich gern sein. Auch nachdem er ruhiger wurde und plötzlich viel Geld verdiente, habe ich ihn – aus anderen Gründen – bewundert.« Er schüttelte fasziniert den Kopf. »Wie er es im Handumdrehen vom Lederjackenrowdy zum Porschefahrer im Armanianzug gebracht hat, das war schon unglaublich.«

Er zog die Hand aus dem Wasser und betrachtete schweigend die abgleitenden Wassertropfen.

»Nach der Schule wollte ich unbedingt bei ihm in die Lehre gehen. Ich wollte wissen, wie er das alles schaffte. Er hörte sich meine Bitte an und fragte dann nur: Warum? Warum wollte ich denn bei ihm lernen? Was versprach ich mir davon? Natürlich sagte ich: Geld. Doch das war nur die halbe Wahrheit. Ich wollte in seiner Nähe sein, in der Hoffnung, etwas von ihm würde auf mich abfärben. Ich wollte so sein wie er, aber das konnte ich ihm damals nicht sagen …« Ein bitteres Lächeln huschte über sein Gesicht. »Was dann kam, ist mir noch so deutlich in Erinnerung, als wäre es gestern gewesen. Er sah mich lange schweigend an, dann sagte er: ›Werd erst mal ein richtiger Mann‹, und setzte mich vor die Tür.«

Er tat mir leid. »Das muss sehr wehgetan haben.«

Für einen kurzen Moment begegnete er meinem Blick. »Ja, das hat es. Ich war am Boden zerstört. Aber wenn man jung und dumm ist, gibt man eine Kränkung nicht zu. Stattdessen habe ich meine Wut in mich hineingefressen. Ich fing an, ihn zu hassen. Woher nahm er das Recht, so mit mir zu reden? Immerhin hatte *ich* die Schule abgeschlossen, ich hatte gute Noten, hielt mich fern von kriminellen Banden und zwielichtigen Geschäften und machte der Familie keinen Kummer. Er hatte verdammt noch mal kein Recht, mir zu sagen, dass ich nicht Manns genug war.«

»Aber jetzt bist du drüber hinweg?«, fragte ich. »Immerhin scheint ihr wieder miteinander zu reden.«

»Ja, wir sind zwar nicht die besten Freunde, aber er ist eben ein Teil der Familie.« Seine Hand glitt wieder ins Wasser.

Mir schoss ein Gedanke durch den Kopf. »Und mit einer Frau wie Vivienne wolltest du ihn beeindrucken.«

»Du meinst, ich würde eine Frau wie Vivienne nicht verdienen?!« rief er aufbrausend.

»Nein, um Himmels willen, das meine ich überhaupt nicht! Du bist eindeutig ein toller Typ! Du könntest jede Frau haben. Ich meinte nur …« Ich musste kurz überlegen. »Sie scheint einfach nicht richtig zu dir zu passen …«

Gott, war ich froh über die Dunkelheit um uns herum. Mein Gesicht glühte vor Scham. Wie konnte ich nur so viel Schwachsinn erzählen, was für eine Blamage! Warum hielt ich nicht einfach den Mund?

»Ein toller Typ?« Er lachte. »Du machst mir ja Komplimente.«

»Phhfff …« Ich schlug mir die Hände vors Gesicht.

Er lachte wieder und knuffte mich sanft in die Rippen. »Zu spät, jetzt ist es schon draußen.«

»Oh Mann …« Ich ließ die Hände sinken und schüttelte mich. »Wie peinlich.«

Ich grinste ihn an, doch seine Miene blieb ernst. Wieder rutschte er unbehaglich von einer Pobacke auf die andere. Er wirkte angespannt.

»Darrell, warum hast du dich auf diesen Wichser eingelassen?«

Ich konnte ihm nicht in die Augen sehen. »Es ist nichts Ernstes.«

»Erzähl' doch keinen Unsinn!«

Sofort ging ich in Abwehrhaltung. »Ach, bist du jetzt der Experte, oder was?«

»Ich hab doch dein Gesicht gesehen bei seinem Überraschungsbesuch neulich.«

»Klar, ich war überrascht!«

»Du warst erst erstaunt, als hättest du nie damit gerechnet, und dann bist du in wahre Verzückung geraten. Wie ein Kind, das verzweifelt um Daddys Aufmerksamkeit und Zuneigung buhlt und jedes noch so schäbige Geschenk mit Jubel aufnimmt, solange es nur von *ihm* kommt.«

Autsch! Das saß. Aber richtig. Wahrscheinlich meinte er es auch noch gut. Trotzdem hasste ich ihn für seine Worte.

»Du hast ja keine Ahnung! Du weißt gar nichts!«, rief ich. »Marcus ist kein Wichser, er ist liebenswürdig und nett und behandelt mich sehr gut!«

»Schon klar!« Anselo fuchtelte mit einer Hand in der Luft herum. »Fünf Minuten lang kann sich wirklich jeder zusammenreißen und einen auf nett machen. Und viel länger bleibt er ja in der Regel auch nicht bei dir.«

Plötzlich bekam ich keine Luft mehr, und mir wurde schwarz vor Augen. Ich musste mich vornüberbeugen, sonst wäre ich umgekippt. Mit dem Kopf auf den Knien presste ich meine Hände gegen die Schläfen. Sie waren feucht, und ich zitterte am ganzen Körper.

»Ach, du Scheiße!« Anselo legte mir eine Hand auf die Schulter. »Darrell! Tut mir leid!«

Vorsichtig und ganz sachte rieb er meinen Rücken, strich mir durchs Haar und wartete, bis ich mich wieder gefangen hatte und mich aufrichtete.

»Komm her«, sagte er, nahm mich in den Arm und bettete meinen Kopf an seine Brust. »Menschenskind«, murmelte er betroffen. »Tut mir leid.« Mit den Lippen berührte er sanft meine Haare. »Geht's wieder?«

»Ich weiß nicht, was ich tun soll«, flüsterte ich. »Ich kann einfach nicht loslassen.«

»Ich kenn' das. Aus Angst, man verliert sich dann endgültig. Weil man nicht sicher ist, ob das, was ohne den anderen übrig bleibt, zum eigenen Überleben reicht.«

Ich hob den Kopf und sah ihn erstaunt an. »Woher weißt du das? Ich dachte immer, nur mir geht es so.«

Er zuckte mit den Schultern. »Vielleicht weil ich meinen Vater so früh verloren habe?« Dann schenkte er mir ein schiefes entschuldigendes Lächeln. »Oder weil ich eine so wahnsinnig einnehmende, einfühlsame Art habe?«

In der Ferne war Donnergrollen zu hören. Wind kam auf, und die Luft wurde merklich klarer.

»Es fängt gleich an zu regnen. War auch verdammt überfällig«, sagte Anselo.

Einer plötzlichen Regung folgend, küsste ich ihn auf die Wange. »Du solltest unbedingt ein bisschen glücklicher werden.«

Er wandte den Kopf in meine Richtung und für eine Sekunde schienen sich unsere Lippen zu berühren. Doch dann wich er zurück und schaute mich mit ernstem Blick an.

»Du auch.«

# 24

Montagmorgen. Ich rannte hinüber ins Café. Eine völlig sinnlose Aktion, denn ich war in dem Augenblick schon klatschnass, als ich vor die Haustür trat. Trockenen Fußes würde ich im Café nur ankommen, wenn ich auf der Strecke zufällig das Raum-Zeit-Kontinuum knackte.

Seit der Himmel am Samstagnacht aufgebrochen war, goss es ununterbrochen in Strömen. Als Marcus Sonntagnacht anrief, fragte er: »Meine Güte, was ist das für ein Krach? Herrscht bei dir Belagerungszustand?«

»Es regnet.«

»Ist ja unglaublich. Kennst du jemanden namens Noah? Du könntest ihn jetzt wahrscheinlich gut brauchen.«

Er schwieg einen Moment. Es war die Art betroffenes Schweigen, das häufig einer schlechten Nachricht vorausging. Mir wurde ganz schlecht.

Doch dann fragte er nur, wie mein Wochenende gewesen sei. Eigentlich war das die normalste Frage der Welt, wenn zwei Liebende die Tage getrennt verbrachten. Dann folgten meistens Geplänkel, ein paar zärtliche Worte und liebevolle Versprechen auf zukünftige gemeinsame Zeiten. Aus Marcus' Mund klang die Frage allerdings überraschend, und ich wusste zuerst gar nicht, was ich antworten sollte.

Was schon seltsam war, weil ich ja im Grunde viel erlebt hatte. Ich war bei einer Zigeunerhochzeit gewesen, hatte ein paar Worte Romani gelernt, danach einen selig beschwipsten, schwerreichen Londoner Baulöwen in einer Edelkarosse nach Hause chauffiert und mich dabei gefühlt wie eine Königin. Vor seinem Haus hatte ich ihm widerwillig die Autoschlüssel zurückgegeben.

»Ich begleite dich bis zur Wohnung«, sagte Patrick, während wir auf dem Gehweg standen und er versuchte, sein Gleichgewicht zu halten.

»Ist überhaupt nicht nötig. Du würdest es vermutlich ohnehin nicht mehr schaffen.«

»So schlimm betrunken bin ich gar nicht.« Er verzog das Gesicht. »Obwohl ich doch besser gleich ins Gästezimmer gehen werde. Wenn ich sie aufwecke, gibt es Ärger. Das Baby tritt und strampelt nachts wie verrückt.« Sein Gesichtsausdruck hellte sich auf. »Vielleicht wird es ja ein großer Fußballstar, verdient Millionen, und ich kann dann in den Ruhestand gehen.«

»Patrick?«

Ich war unsicher, ob ich etwas sagen sollte. Andererseits wusste man nie, ob es nicht doch half. Schweigen war zumindest keine Lösung.

»Du weißt schon, dass du früher Anselos großer Held warst, oder?«

Er sah mich verständnislos an. »Ich? Anselos Held?« Sein Blick verfinsterte sich. »So ein Unsinn.«

»Warum sagst du das?«

»Er hat mich nie mit dem Hintern angesehen, sprach keine zehn Worte mit mir. Nur einmal ist er angekommen. Wollte plötzlich einen Job. Und noch nicht einmal das stimmte. Eigentlich wollte er ein Stück von meinem Kuchen abhaben, mit dem alten King das schnelle Geld machen. Wahrscheinlich dachte er, wenn er bei mir mal einen Fuß in der Tür hat, kann er mich ausbooten. Das habe ich gleich gerochen. War so klar wie Kloßbrühe!«

Oh nein!

»Mir hat er etwas anderes erzählt.«

Ich kam mir vor wie eine Verräterin. Doch nun hatte ich schon damit angefangen, jetzt musste ich es auch zu Ende bringen.

»Er erzählte, wie er dich schon als kleiner Junge bewundert hat. Du warst sein großes Vorbild. Deshalb wollte er auch bei dir lernen. Er war nicht hinter dem Geld her. Er wollte nur so werden wie du.«

Patricks Augen funkelten wild. »Mir hat er das nie erzählt. Nie.« Argwöhnisch sah er mich an.

»Ich fürchte«, wagte ich zaghaft einzuwenden, »Anselo kann seine Gefühle einfach nicht ausdrücken. Es liegt ihm nicht.«

Die Möglichkeit, dass er sich all die Jahre in ihm geirrt haben könnte, schien langsam bei Patrick einzusickern. Seine Miene verriet es.

»Scheiße ...« Er nickte bedächtig mit dem Kopf. »Das würde ja eine ganze Menge erklären.« Dann verzog er das Gesicht, als täte ihm etwas weh. »Gott, was für ein Idiot ich doch war ...« Nachdem er mich lange schweigend angesehen hatte, sagte er schließlich: »Danke. Ich bin froh, dass ich es jetzt weiß. Keine Sorge – ich werde ihm nicht sagen, dass du es mir erzählt hast.« Sein Grinsen war wieder zurückgekehrt. »Ich werde ganz behutsam versuchen, es wiedergutzumachen. Sein blöder Machostolz darf selbstverständlich nicht angekratzt werden.«

Ich stellte mich auf die Zehenspitzen und drückte ihm

einen Kuss auf die Wange. »Danke! Was heißt ›Viel Glück‹ noch mal auf Romani? Boscht irgendwas?«

»*Kosko bokht*«, sagte Patrick. »Komm' gut nach Hause, Darrell Kincaid!«

All das hätte ich Marcus erzählen können, aber ich tat es nicht.

Stattdessen sagte ich: »Wie mein Wochenende war? Na, das Wetter wechselte von einem Extrem ins nächste.«

»Dann werde ich am Freitag wohl besser einen Regenschirm einpacken.«

Mein Herz schlug in wilder Vorfreude – wie immer, wenn er ein Treffen in Aussicht stellte. »So schnell kommst du schon wieder? Ich fühle mich geschmeichelt.«

»Na ja, also …«

Seine Verlegenheit war kaum zu überhören. Ich wappnete mich innerlich für das, was nun unweigerlich kommen würde.

»Gus ist auch in London, und sie hat den Vorschlag gemacht, gemeinsam Essen zu gehen – wir drei zusammen«, fügte er noch schnell hinzu.

Gutes altes Telefon, einfach eine geniale Erfindung. Keiner kann das Gesicht des anderen während des Gesprächs sehen.

»Nur wir drei? Ohne Jules?« Ich versuchte, so locker wie möglich zu klingen.

»Gus und Jules trennen sich. Sie reden im Augenblick nicht miteinander.«

Okay. Das wäre mein Einsatz gewesen. Ich hätte auch absagen können …

»Wo soll's denn hingehen? In welches Restaurant?«

»Im West End hat ein neues Edellokal aufgemacht«, sagte er beiläufig. »Ich kümmere mich um die Einzelheiten. Wir müssten uns allerdings gleich dort treffen. Ich habe tagsüber Termine und komme leider nicht früher los, um dich abzuholen. Ist das schlimm?«

Es schien ihm aufrichtig leidzutun. Was sollte ich also anderes sagen als: »Nein, überhaupt nicht! Das macht doch nichts.«

»Ich möchte dich wirklich unbedingt sehen, mein Engel.« Etwas in meiner Stimme schien meine Enttäuschung doch zu verraten, obwohl ich mich bemühte, es zu überspielen. »Ich denke die ganze Zeit an dich. Du bist mein süßer kleiner Anker der Normalität in dieser albernen Groteske, die ich nur mit einem verächtlichen Lachen ›Berufsleben‹ nennen kann.«

Die Sache mit der Hoffnung ist schon bemerkenswert, nicht wahr? Es bedarf nur eines klitzekleinen Schimmers und schon scheint die Welt wieder in Ordnung.

Im Hintergrund hörte ich Stimmen, fröhliches Geplapper. Eine Frau lachte.

»Ich muss jetzt los«, sagte er. »Meine Anwesenheit wird verlangt. Wegen Freitag schicke ich dir noch eine SMS.« Seine Stimme wurde leiser, als hielte er das Telefon weg vom Ohr.

»Marcus?«

»Ja?«

Eigentlich wusste ich nicht, was ich noch sagen sollte. Rasch erfand ich etwas. »Hast du in letzter Zeit mit Claude telefoniert?«

»Mit Claude?« Er schien verwirrt, leicht gereizt. »Nein. Warum?«

»Ach, nichts. Er war nur …« Ich zögerte. »Ach, egal. Mach's gut. Wir sehen uns am Freitag.«

»Bye, mein Engel. Pass gut auf dich auf!«, sagte er zärtlich.

Als ich triefnass das Café betrat, winkte mich Miss Schrullig gleich aufgeregt an ihren Tisch. Wahrscheinlich wollte sie mich über Claude ausquetschen, der auch heute wieder nicht da war. Der Gedanke erfüllte mich mit Schrecken, allerdings war ich mir unsicher, ob es mehr mit Claudes Abwesenheit zu tun hatte oder mit der Aussicht, von Miss Schrullig in die Mangel genommen zu werden. Sicher war ich mir nur, dass ich dringend einen starken, heißen Kaffee brauchte. Ich nickte ihr also kurz zu und signalisierte, dass ich nach der Bestellung zu ihr kommen würde.

Es war erstaunlich viel los, vermutlich suchten alle etwas Wärme und Schutz vor dem Regen. Als die Tür hinter mir erneut aufging, nahm ich daher keine Notiz vom nächsten Kunden.

»Zwei fünfzig, *grazie, Signora«,* sagte Mario gerade, als ich ihm den Schein hinhielt – und wäre fast aus den Latschen gekippt, weil plötzlich eine Stimme hinter mir sagte: »Das übernehme ich.«

Ich sah mich um. Seine Hände waren tief in den Taschen der grässlichen blauen Bomberjacke vergraben. Mit der rechten Hand zog er nun trotzig einen Fünfpfundschein hervor und reichte ihn über den Tresen.

*»Signor!«,* schrie Mario begeistert und breitete wie immer theatralisch beide Arme aus. *»Bentornato!* Sie waren lange weg, wir freuen uns, Sie zu sehen! Wie geht es Ihnen?«

Es war kaum zu übersehen, wie unerträglich Big Man diesen gefühlsduseligen italienischen Überschwang fand. Trotzdem riss er sich zusammen.

»Ganz gut«, brummte er. »Einen doppelten Espresso.«

»*Bene, bene.* Ich bringe sofort.«

Ich sah Big Man an. Sein abweisender Blick signalisierte unmissverständlich, dass ich mir jedes weitere Wort sparen konnte. Und falls ich es wagte, den Mund aufzumachen, würde er auf dem Absatz kehrtmachen und dieses Lokal nie wieder betreten. Daher sagte ich lieber nichts.

Allerdings hieß das auch, dass *er* anfangen musste zu reden ...

»Wo sitzen Sie denn?«, knurrte er.

Mein betretenes Gesicht musste ihn alarmiert haben, denn er drehte sich auf einmal hektisch um. Dann wanderte sein Blick zurück zu mir.

»Das ist doch wohl nicht Ihr Ernst! Sagen Sie, dass das nicht wahr ist.« Seine Augen waren vor Schreck geweitet.

»Hey, Michael«, rief Miss Schrullig und winkte mit einem fiesen Raubtiergrinsen im Gesicht, wohl wissend, dass der Beute nun kein Ausweg mehr blieb. »Hierher!«

»Na kommen Sie schon, ich bin sicher, Sie beide werden sich im Grunde gut verstehen.«

»Sie hat gedroht, mir in die Eier zu treten!«, zischte er.

»Genau das meine ich.«

Mit einer Handbewegung forderte ich ihn auf mitzukommen. Und mit einem leisen Schwall übelster Verwünschungen auf den Lippen folgte er widerwillig.

»Sie werden sich verdammt noch mal von meiner Wohnung fernhalten. Wagen Sie es ja nicht!«, war das Erste, was er sagte, nachdem er sich gesetzt hatte.

»Ja, ja. Das höre ich zum hundertsten Mal, schon gut«, entgegnete Miss Schrullig ungerührt.

Big Man schaute mich fassungslos an. »Und warum grinsen *Sie* so dämlich?«, rief er aufgebracht. »Okay. Das war's dann. Mir reicht's.« Er schob den Stuhl zurück.

»Sitzen bleiben, Tex!«, schnarrte Miss Schrullig gelangweilt. »Sie gehen jetzt nirgendwo hin, ist das klar?«

»Wer ist *Tex?*«

Sie streifte ihn mit einem kühlen Seitenblick. »Das ist der Typ, dem der Colt ziemlich locker sitzt, und der immer erst schießt, bevor er zielt«, sagte sie.

»Espresso für die *Signora* und den *Signor.*« Mario kam gerade richtig. »Kann ich sonst noch was bringen?«

»Ja, ein Gewehr!«, maulte Big Man, blieb aber brav sitzen und rückte wieder an den Tisch heran.

»Also«, sagte Ruth Schrullig an mich gewandt, »was ist jetzt mit unserem kleinen Lord? Wo steckt der Vogel? Aus der Volière ausgebüxt oder nur vorübergehend indisponiert?«

Sie sah mein Gesicht. »Oh-oh, da macht sich jemand wirklich Sorgen! Warum denn? Was ist geschehen?«

»Ich weiß auch nichts. Keine Ahnung, er wird schon seine Gründe haben.«

»Um wen geht's denn?« Big Man runzelte die Stirn. »Um diesen feinen Pinkel etwa, der neulich nachts bei Ihnen war? Mr Gut-bestückt?«

Miss Schrulligs Augenbrauen schossen in die Höhe. »Der kleine Lord hat einen großen Schwanz?«

»Nein!« Mein Kopf glich vermutlich einer überreifen Tomate. »Das heißt ... Ich weiß es nicht! Herrgott.«

»Sie meinen den Typen, der sonst immer hier herumsitzt?« Big Man bohrte nach. »Der mit den Maßanzügen? Der immer so aussieht, als hätte ihm einer eine saure Gurke in den Arsch geblasen?«

Ich nickte nur hilflos zur Bestätigung.

»Wieso machst du dir Gedanken um ihn, Darrell?«, fragte Miss Schrullig.

Ich wollte nicht schon wieder aus dem privaten Nähkästchen anderer Leute plaudern. Anselo hatte mich heute Morgen nur sehr knapp begrüßt, und ich fürchtete schon, er bereute, was er mir erzählt hatte. Big Mans unerwartetes Auftauchen hatte mich jäh an meine heimlichen Schnüffeleien und das Gespräch mit Desmond Richards erinnert. Schuld- und Schamgefühle zwickten mich heftig, und ich wollte nicht erzählen, was Claude neulich bei mir zu Hause getan hatte.

»Ich habe einfach ein ungutes Gefühl.«

Miss Schrullig presste die Lippen zusammen. »Wahrscheinlich hast du Recht. Könnte schon sein, dass bei dem irgendwo eine Schraube locker ist.« Sie nahm ihre Teetasse, stellte sie aber sofort wieder ab. »Ich weiß, was wir machen. Wir gehen jetzt zu ihm nach Hause und sehen nach dem Rechten.«

Mir fuhr der Schreck in alle Glieder. Dann schüttelte ich den Kopf. »Ich weiß nicht, wo er wohnt. Weißt du's?«

»Nee. Und Sie?« Die Frage galt Michael.

»Natürlich nicht, verdammt.«

»Dann fragen wir doch mal weiter.« Sie hob den Kopf und rief hinüber zum Tresen: »Hey, Mario! Wisst ihr, wo Claude, der Anzugsheini, wohnt?«

»*Si, claro!* Habe ihm vor drei Wochen Ware geliefert.«

»Wie lebt er denn?«, fragte Ruth indiskret.

Mario zuckte übertrieben italienisch mit den Schultern. »Ist große Haus. Und sehr, sehr – wie sagt man? – *ordinato*. Sauber alles.«

»Er ist wahrscheinlich ein Zwangsneurotiker mit Putzfimmel«, zischte sie leise. »Okay, gib mir die Adresse«, rief sie laut zu Mario hinüber. »Und Tex kommt auch mit«, entschied sie dann.

Er warf ihr einen finsteren Blick zu. »Und weshalb sollte ich das tun?«

»Weil ich es sage. Wollen Sie Streit mit mir anfangen?«

Big Man war über eins neunzig und bestimmt hundert Kilo schwer. Miss Schrullig hatte höchstens Kleidergröße sechsunddreißig. Er hätte sie jederzeit einfach umpusten können. Doch stattdessen maulte er bloß: »Es regnet doch in Strömen!« Erstaunlich …

Ruth sah aus dem Fenster. »Nein, es hat aufgehört.« Sie grinste ihn an. »Was soll man dazu sagen? Wir haben Glück!«

Claudes Haus war riesig. Es bildete den Abschluss einer Kette von Reihenhäusern, war doppelt so groß wie die übrigen und garantiert ein paar Millionen Pfund wert. Miss Schrullig klopfte. Dann klopfte sie noch einmal, lauter. Niemand öffnete. Wir versuchten durch ein Fenster ins Innere zu spähen, doch die Vorhänge waren zugezogen. Von der Rückseite aus kamen wir nicht ran, weil eine imposante Backsteinmauer die hinteren Bereiche abschirmte.

»Können Sie mir da rüberhelfen?«, fragte Ruth.

»Nee, das kann ich verdammt noch mal nicht«, antwortete Big Man.

Ärgerlich presste sie die Lippen zusammen und schaute

sich hektisch nach möglichen Zeugen um. »Kennst du irgendwelche Ganoven?«

Ich lief knallrot an. Ungewollt wanderte mein Blick zu Big Man.

Der rief entrüstet: »Ich war wegen Mord im Knast, nicht wegen Einbruch, verdammt!«

*»Echt jetzt?«* Miss Schrullig schien fasziniert und sah ihn plötzlich mit glänzenden Augen an. »Wen hast du umgelegt, Tex?«

»Niemand.«

»Ach Quatsch!« Breites Grinsen. »Na, so kommt's manchmal.« Nun kniff sie die Augen zusammen, als könnte sie die Mauer durch schiere Willenskraft zum Einsturz bringen. »Irgendwelche Knastkumpel, die uns hier weiterhelfen könnten?«

*»Nein!«*

Sie zuckte mit den Schultern. »Fragen kostet ja nichts.«

Ich dachte, Big Man würde gleich der Schlag treffen. Doch dann hatte ich einen Einfall. Allerdings wurde mir dabei selbst ein bisschen mulmig.

»Ähm …«, sagte ich zögernd, »könnte sein, dass ich jemanden kenne.«

Ich zog mein Handy aus der Tasche und suchte in der Kontaktliste nach ›P‹.

»Du machst wohl Witze«, rief Patrick entgeistert.

»Du musst es nicht selbst tun, sag uns einfach, wie es geht, dann erledigen wir das.« Vor lauter Schuldgefühl presste ich das Telefon fester ans Ohr.

»Gott steh uns bei …« Es hörte sich sehr gedämpft an, als würde er sich mit einer Hand übers Gesicht reiben. »Gut, ich komme. Aber ich kann dir nichts versprechen.«

Während wir herumstanden und warteten, richtete Miss Schrullig ihren Blick unverwandt auf Big Man, so ausdauernd, dass ich schon fürchtete, er würde sie gleich kopfüber in Claudes Hecke schmeißen.

»So, so«, sagte sie schließlich, »dann haben die also den Falschen eingebuchtet?«

Ich hätte nicht erwartet, dass Big Man darauf antworten würde, doch er sagte ganz gelassen: »Kommt ganz darauf an, wie man die Sache betrachtet.«

Ihre Augenbrauen schnellten in die Höhe. In dem Augenblick bog ein silberner Mercedes um die Ecke und hielt am Straßenrand.

Mit unheilvoller Miene schwang sich Patrick in einem weiten schwarzen Mantel aus dem Wagen, als würde Hades persönlich aus der Unterwelt aufsteigen. Auf langen Beinen stakste er uns mit wehenden Rockschößen entgegen.

»Ich sag's dir gleich«, er fuchtelte mit seinem Zeigefinger vor meiner Nase herum, »das mache ich nur, weil ich dich wirklich gut leiden kann.« Dann sah er finster in die Runde. »Und wer sind Sie?«

»Das sind Ruth Harper und Michael Hogan«, sagte ich.

Es gab einen kleinen surrealen Moment, als sich Patrick und Michael grüßten. Auf den ersten Blick schienen sie außer ihrer Größe nichts gemeinsam zu haben. Aber mir war, als hätte es einen Funken des gegenseitigen Erkennens geben.

»Worum geht's eigentlich?«

»Wir müssen ins Haus rein«, erklärte Miss Schrullig.

»Aber auf den Gedanken, die Polizei zu rufen, weil er da drin wahrscheinlich tot in der Ecke liegt, seid ihr schon gekommen? Würde uns eine Menge Ärger ersparen.«

»Er ist nicht tot«, sagte Miss Schrullig. »Wollen Sie uns nun helfen, oder wie sieht's aus?«

Patrick stieß einen leisen Seufzer aus. Er inspizierte das Schloss. »Okay, aber ich war nie hier. Und was jetzt kommt, ist nie geschehen!«

Dann zog er einen Lederbeutel aus der Manteltasche und holte ein kleines Werkzeug heraus. Es war ein länglicher Metallstab, den er ins Schloss einführte. Er fummelte kurz daran herum, wir hörten ein Klicken, dann noch eins, und Patrick trat zur Seite.

»Kein Wunder, dass die Zahl der Einbrüche nicht zurückgeht. Diese Schlösser sind Schrott.« Wir kamen näher, während er das Instrument wieder verstaute. »Und denkt dran: Ihr habt mich hier nie gesehen!« Dann ging er mit raschen Schritten zurück zum Auto.

Vorsichtig schob Miss Schrullig die Tür auf. Nicht mal das leiseste Quietschen war zu hören. Wahrscheinlich würde das kleinste Geräusch im Haus Claudes Gehör empfindlich stören, und deshalb lief er vermutlich jeden Tag die Türen mit einem Ölkännchen in der Hand ab.

»Hey«, hörte ich Miss Schrullig rufen. »Wo steckst du, kleiner Lord?«

Keine Antwort.

»Vielleicht liegt er doch tot in irgendeiner Ecke? Jedenfalls verströmt die Bude hier den Charme einer verdammten Gruft«, bemerkte Big Man.

Er hatte Recht. Während wir durch die Räume gingen, wurden meine Augen immer größer. Alle Wände waren weiß gestrichen, und es gab kaum Mobiliar. Zuerst dachte ich, Claude wäre ausgezogen. Doch bei genauerem Hinsehen fiel auf, dass alles Nötige vorhanden war. Eine Couch, ein Schreibtisch, ein Stuhl, ein Sessel. Steril, nichts Dekoratives, keine Bilder an den Wänden, nicht einmal Bücher. Alles wirkte so gleichförmig und frostig wie eine Eiswürfelform.

»Herrgott, der Typ muss tatsächlich eine ausgeprägte Zwangsstörung haben«, meinte Miss Schrullig.

»Sieht doch ziemlich aufgeräumt aus hier«, entgegnete Big Man überrascht. »Bin wahrscheinlich der missratene Zwillingsbruder von dem Kerl.«

»Mit dem Typen stimmt was nicht. Bisher dachte ich wirklich an eine Zwangsneurose, aber das hier sieht nach was anderem aus. Als ob er versuchen würde, sich selbst auszulöschen. Zu verschwinden.«

»Gott, ja! Ich glaube, das ist es!«, rief ich.

Die beiden sahen mich erstaunt an.

»So wie *Der Unsichtbare* von H.G. Wells?«, fragte Big Man.

»Ja, so ähnlich.« Miss Schrullig verschränkte die Arme. »Er mag sich selbst nicht. Er möchte nicht der sein, der er ist«, sagte sie nachdenklich.

Big Man warf ihr einen skeptischen Blick zu. »Der Kerl ist stinkreich und kommt garantiert aus den feinsten Kreisen der Gesellschaft. Worüber könnte der sich wohl beklagen?«

»Vielleicht ist er ein Betrüger. Könnte doch möglich sein, dass er uns etwas vormacht. Vielleicht ist der Blödsinn von wegen ›Exherzog‹ und so weiter wirklich nicht mehr als … Blödsinn?«, spekulierte Miss Schrullig.

»Der Kerl ist ein *Herzog?«,* fragte Big Man fassungslos.

»Exherzog, Tex.«

»Wie wird man denn ein Exherzog? Wie zum Henker

soll das gehen? Hat er den Corgi der Königin gefrühstückt?«

»Er ist garantiert kein Hochstapler. Ich habe neulich seine Mutter kennengelernt«, sagte ich.

»Was zum Teufel ist dann los mit ihm?« Miss Schrullig wippte nervös mit einem Fuß. »Worum geht's hier?«

Big Man neigte den Kopf zu Seite und betrachtete sie interessiert. »Was interessiert Sie das eigentlich?« Er grinste plötzlich hinterlistig. »Sind Sie scharf auf den Typen?«

»Tja, wer weiß«, erwiderte sie, »könnte gut möglich sein.«

»Echt?« Ich konnte es kaum fassen. Es schien so … untypisch für sie.

Sie sah mich an. »Ist auch für mich 'ne ziemliche Überraschung, ich kann's mir nicht erklären. Aber so kann's kommen.«

Big Man wirkte genervt. »Gibt es eigentlich mal einen Moment, in dem Sie Ihre Klappe halten und nicht alles heraustrompeten, was Ihnen gerade durch den Kopf geht?«

Miss Schrullig grinste ihn an. »Aber Tex, das wäre doch öde, oder?«

Big Man stieß einen Seufzer aus. »Okay. Halten wir fest: Wenn unser Herzog nicht die Sprache verloren hat oder bis zur Unsichtbarkeit geschrumpft ist, ist er nicht hier, korrekt?« Er ging zur Tür. »Ich habe keine Lust zu warten, bis die Bullen hier auftauchen. Außerdem habe ich mächtig Hunger. Kann mir kaum vorstellen, dass es in diesem keimfreien Loch außer Knäckebrot und Reiswaffeln etwas zu Futtern gibt.« Zu Miss Schrullig gewandt sagte er: »Und Sie sollten hierbleiben. Dann können Sie über *ihn* herfallen, wenn er zurückkehrt.«

Sie schniefte. »Keine schlechte Idee, Tex. Aber ich glaube …« Und zu seinem großen Entsetzen hängte sie sich nun bei ihm ein. Es entbehrte nicht einer unfreiwilligen Komik. »Ich glaube, ich komme doch lieber mit und gehe euch weiter auf die Nerven.«

# 25

»Nein.«

…

»Nein.«

…

»Nein.«

»Was zum Henker ist an dem schon wieder auszusetzen?« Big Man war kurz vorm Explodieren.

Miss Schrullig rümpfte die Nase. »Nur zu, wenn Sie Kolibakterien als Garnitur zum Schinkensandwich mögen.«

»Gott im Himmel«, brummte Big Man, ließ sich aber von ihr weiterziehen. »Dann gehen wir *dort* hinein.« Er zeigte auf ein kleines italienisches Café neben einem Zeitungsladen. »Los. Bestimmt gibt's da …«

»Ich weiß nicht recht.« Miss Schrullig sah durch die Glasscheibe hinein. »Die Kühltruhe gefällt mir nicht. Die Dichtungen scheinen mir ziemlich verkeimt.«

»Sie sind auch verkeimt!«, rief Big Man. »Vollkommen durchgeknallt.«

Er riss sich von ihrem Arm los. »Ich geh da jetzt rein. Ich bin am Verhungern.«

Doch weiter kam er nicht. Die Tür des Cafés wurde eben von innen geöffnet. Und heraus trat … Claude.

Er reagierte sehr gefasst, wenn man bedachte, wie absurd die Situation war. Aufgereiht wie die Orgelpfeifen standen wir nebeneinander und schauten ihn erwartungsvoll an, wie drei Bullen, die gespannt auf das Geständnis des Beschuldigten warteten. Vor meinem geistigen Auge sah ich Big Man bereits die Hand auf Claudes Schulter legen und hörte ihn sagen: ›So, Freundchen, jetzt bist du fällig.‹ Aber eigentlich starrten wir ihn bloß an. Auch Claude stand einfach nur da, völlig reglos.

Es herrschte Schweigen, während Claudes Blick nervös zwischen uns umherirrte. Schließlich fragte er: »Was macht ihr hier?«

»Wir verfolgen dich.« Miss Schrullig hatte natürlich als Erste ihre Sprache wiedergefunden. Sie grinste. »Na, wie gefällt dir das?«

Claude blinzelte verwirrt. »Aber warum? Was wollt ihr von mir?«

»Na, zum Beispiel«, schob sie nach, »dass du uns für den Anfang mal beweist, dass du Eier in der Hose hast.«

Claude reckte empört das Kinn in die Höhe. »Ich weiß überhaupt nicht, worum es hier geht.«

»Sieht so aus, als ob du vor irgendetwas davonrennst. Das ist meistens ein Zeichen für fehlende Eier in der Hose!«

»Ich laufe vor überhaupt nichts davon.« Claude war entrüstet. »Mir war lediglich nach einem Tapetenwechsel.«

»Aha.« Miss Schrullig schaute noch einmal durch die Scheiben ins Café. »Die Tapeten hier sehen genauso aus wie die bei Vincente und Mario, wenn du mich fragst.«

Claude schien furchtbar angespannt. »Das geht euch überhaupt nichts an! Ich verbitte mir diesen unerträglich frechen Eingriff in meine Privatsphäre!«

»Jetzt entspann dich endlich, Kumpel. Du bist schon verklemmt genug«, brummte Miss Schrullig gelangweilt.

Big Man unterdrückte ein Lachen. Claude warf ihm und mir einen bösen Blick zu.

»Ihr amüsiert euch wohl prächtig!«

»Tun wir leider nicht«, gab Big Man zurück. »Denn wegen dieser Irren hier«, er zeigte auf Miss Schrullig, »sterbe ich gleich vor Hunger.«

»Ja, er würde töten für ein Sandwich«, rief Miss Schrullig fröhlich. »Stimmt's, Tex?«

*»Tex?«* Claudes Ton schwankte zwischen Erstaunen und Hohn. »Wieso gibst du ihm einen Kosenamen? Du kennst den Mann doch kaum!«

»Ja, und dich nenne ich vorne herum Kumpel und hintenrum kleiner Lord. Was willst du denn noch mehr?«

Ihre Blicke trafen sich, und Claude errötete heftig. Schnell wandte er den Kopf ab, doch es war zu spät.

Ganz langsam hoben sich Miss Schrulligs Mundwinkel zu einem breiten Grinsen. »Da schau her, wer hätte das gedacht?«, sagte sie leise.

»Was *denken* wir denn?«, bohrte Big Man nach.

»Er steht auf mich«, stellte Miss Schrullig befriedigt fest.

»Na, großartig. Können wir jetzt essen gehen?«, fragte Big Man lakonisch.

Claude lief erneut zartrosa an. »Also, wirklich! Das ist doch die Höhe! So ein absoluter …«, stammelte er.

»Deshalb bist du weggelaufen!«, sagte Miss Schrullig zu ihm. »Du dachtest, das könnte helfen, die lästigen Gefühle und Triebe wieder zurück in die Kiste zu stopfen.« Sie machte eine wegwerfende Handbewegung. »Ist ja verständlich, ich meine: Gott bewahre, wenn diese Millionen von Schutzschichten abblättern würden. Wer weiß, was für ein furchterregend normales menschliches Wesen darunter zum Vorschein käme?!«

»Das ist nicht der Grund, warum ich davongerannt bin«, beteuerte Claude. »Sofern man überhaupt von Wegrennen reden kann – was aber nicht der Fall ist!«

»Ach, nein?« Miss Schrullig hob eine Augenbraue. »Was ist denn dann der Grund für dein Versteckspiel?«

Claude sah mich kurz an und errötete schon wieder.

»Ach!« Jetzt ging mir ein Licht auf.

»Ach ... *was?*« Miss Schrullig schaute uns neugierig an. Ich schaute flehentlich zurück – offensichtlich konnte man mir die Schuldgefühle vom Gesicht ablesen, denn Miss Schrullig erfasste die Lage sofort.

»Du hast es also bei Darrell versucht!« Sie grinste über beide Backen. »Wie nah seid ihr euch denn gekommen?«

Claude drohte, vor Scham im Boden zu versinken. Ich fühlte mich verpflichtet, ihm beizustehen.

»Nur ein Kuss«, sagte ich hastig. »Nur ein ganz winziger.«

Miss Schrulligs Augen ruhten auf Claude. »Das sieht dir ähnlich.« Sie zuckte mit den Schultern. »Was ist los mit dir, kleiner Lord? Am besten sagst du es gleich frei heraus, weil ich dir sonst so lange an den Hacken kleben bleibe, bis ich's weiß. Das ist dir doch hoffentlich klar?«

Claudes Gesichtsausdruck wechselte mehrfach innerhalb weniger Sekunden. Am Ende siegte Resignation.

»Ich war mein Leben lang von schönen Frauen umgeben, das ist nun mal so in meinen Kreisen«, sagte er. »Aber zu keiner fühlte ich mich je hingezogen. Zu keiner einzigen. Nie. Und um es vorwegzunehmen: zu Männern auch nicht.«

Er sah mich an. »Du hast mir vom ersten Augenblick an gefallen, Darrell. Ich fand dich reizend und ausgesprochen hübsch, doch begehrt habe ich dich nicht. Dann habe ich dich mit Marcus zusammen gesehen und wie einfach ihr zueinandergefunden habt. Ab da konnte ich mir nichts mehr vormachen. Ich wusste, dass mit mir etwas nicht stimmt. Deshalb habe ich auch versucht, dich zu küssen. Ich wollte es endlich wissen. Und als ich mir dann sicher war, bin ich – also gut, ich gebe es zu – weggelaufen.«

»Aber *mich* findest du begehrenswert?«, nahm Miss Schrullig den Faden wieder auf.

Claudes halb geschlossene Augen irrlichterten von einer Seite zur anderen. Kein Fluchtweg. Nirgends. »Ähm, nun … wenn du es unbedingt wissen willst. Ja.«

»Das heißt also gleichzeitig, dass du mich weder hübsch noch reizend findest?«, bohrte Miss Schrullig weiter.

»Ach, du dickes Ei«, hörte ich Big Man neben mir murmeln.

»Nein«, erwiderte Claude ohne nachzudenken. Dann riss er entsetzt die Augen auf. »Nein! Das wollte ich nicht sagen! Ich wollte sagen … oh Gott, was …« Er stockte und fuhr sich mit einer Hand über die Stirn, auf der mittlerweile einige dicke Schweißtropfen standen.

Miss Schrullig musterte ihn unverwandt. Big Man legte mir die Hand auf den Arm, in Habachtstellung und bereit, sofort in Deckung zu gehen.

Doch Miss Schrullig verfiel in triumphales Gelächter. Sie reckte eine Faust in die Höhe und rief: »Das ist großartig!«

»Also, ich muss jetzt wirklich los …«, sagte Claude, als

wäre nichts geschehen. Er zeigte alle Anzeichen von Erschöpfung, seine Haut war aschfahl, sein Blick trübe. »Ich werde ... wir können ... vielleicht ein anderes Mal ...«

Dann lief er eiligen Schrittes die Straße hinunter, aber gemessen genug, um seine Würde zu wahren.

»Na, sieh sich das einer an«, sagte Miss Schrullig nach einer kurzen Schrecksekunde. »Läuft weg und lässt die Hälfte einfach stehen!«

Big Man und ich sahen uns an und runzelten die Stirn. »Was denn?«

»Na, mich!«

Und wie eine Rakete schoss sie hinter Claude her in ihrem Karotischdeckenkleid, dessen Rocksaum um ihre unrasierten Waden flatterte, um ihn einzuholen.

Big Man und ich liefen auf dem Rückweg schweigend nebeneinander her. Als wir in unsere Straße abbiegen wollten, wehte uns der verlockende Dunst von heißem Fett, gegrilltem Fleisch und frischen Zwiebeln aus der Dönerbude an der Ecke um die Nase.

»Ich hab immer noch nichts zwischen die Kiemen bekommen«, knurrte er. »Wegen diesen beiden verdammten Irren.«

»Ich weiß nicht einmal mehr, ob ich hungrig bin. Vor lauter Hunger ist mir der Hunger vergangen.«

»Keine Ausreden! Aber vielleicht lieber nicht hier«, sagte Big Man, nachdem er den Imbiss in Augenschein genommen hatte. Mit der Hand wies er hinter sich die Straße entlang. »Gibt vermutlich nettere Lokale da in der Richtung.«

Ich war gerührt. Wahrscheinlich hatte er seit Jahrzehnten nicht mehr in einem Restaurant gegessen, und schon beim Gedanken daran, schienen sich ihm die Nackenhaare zu sträuben. Und trotzdem bot er es mir an …

»Wir könnten uns auch irgendwo eine Pizza mitnehmen und bei mir zu Hause essen«, schlug ich vor.

Er war sichtlich erleichtert. »Spitzenidee«, sagte er. »Mal sehen, ob es die mit Ananas noch gibt.«

Zu Hause erwartete mich eine Nachricht auf dem Anrufbeantworter.

»Hallo Darrell!« Amerikanischer Akzent. »Hier spricht Chris Price von …« Sie nannte meinen Verlag, und mir wurde sofort schlecht.

Oh Gott. Jetzt kommt's. Das Todesurteil.

»Können Sie mich bitte zurückrufen? Ich möchte gern ein paar Sachen mit Ihnen besprechen.« Sie ratterte eine Telefonnummer herunter, die ich mit tauben Fingern mitschrieb. Dann starrte ich dumpf auf den Zettel. Bis Big Man neben mich trat.

»Alles in Ordnung? Sie gucken, als wäre jemand gestorben.« Dann rief er erschrocken: »Heiliger Strohsack! Tut mir leid, das wollte ich nicht …«

Ich löste mich langsam aus meiner Schockstarre. »Meinen Sie Tom? Meinen verstorbenen Mann? Sie erinnern sich also daran!«

»Nun, ich habe mir damals ja eine saftige Ohrfeige eingehandelt, als Sie mir Ihre Geschichte erzählten. Wirkt gut als Erinnerungshilfe. Vergesse ich nie.«

»Tut mir leid«, sagte ich und wurde rot.

»Muss es nicht – ich hatte sie verdient.«

»Sie wollen sich nun bei *mir* entschuldigen?«, sagte ich lächelnd.

Er studierte seine Füße. »Ja, ich übe mich gerade darin.«

»Was meinen Sie damit?«

Zuerst zögerte er, doch dann brach es aus ihm heraus. »Desmond hat mich neulich besucht ...«

»Hat er das!« Ich fühlte Erleichterung.

»Seine Frau ist vor ein paar Jahren gestorben.«

»Ja, er hat es mir erzählt.«

»Ich weiß.«

Er bedachte mich mit einem seiner üblichen abweisend-feindseligen Blicke. Doch da war noch etwas anderes in seinen Augen. Ein kleiner flehentlicher Zug, ihn nicht zu bedrängen. Ihm Zeit zu lassen, bis er wirklich bereit war, mir alles zu erzählen.

»Ich hab noch Bier im Kühlschrank«, sagte ich. Nach Marcus' überraschender Stippvisite hatte ich beschlossen, ab jetzt für Besuche gerüstet zu sein.

»Ich habe seit Ewigkeiten kein Bier mehr getrunken!«

»Gesundheitsvorsorge? Kein Schnaps, keine Zigaretten mehr? Sie haben doch aufgehört zu rauchen, stimmt's?«

Er sah mich nachdenklich an. »Man wird ja nicht jünger. Ich sollte wohl ein bisschen pfleglicher mit mir umgehen.«

Nach meinem zweiten Stück Pizza machte ich schlapp. Ich schob den Teller weg und lehnte mich zurück.

»Was ist los? Hat Sie die Sache heute so mitgenommen?«

Ich starrte an die Decke und seufzte. »Nicht nur die. Ich habe auch andere Probleme.«

»Die Nachricht auf dem Anrufbeantworter?«

Aha. Big Man war also ein aufmerksamer Beobachter. Wahrscheinlich spätestens seitdem er im Gefängnis war. Ich dachte daran, was Patrick erzählt hatte. Er war nur sechs Monate drin gewesen – unvorstellbar, wie man dort zwölf Jahre überleben konnte.

»Wie haben Sie das überstanden? Die lange Zeit im Gefängnis, meine ich. Zumal Sie da doch überhaupt nicht hingehörten!«

»Wer sagt denn, dass ich da nicht hingehörte?«

Er klang gefasst und ruhig, doch sein Blick mahnte: Drängen Sie mich nicht!

Der Gedanke ging mir trotzdem nicht aus dem Kopf. Wie viel Zeit hatten wir im Leben? Jeder einzelne Moment war kostbar, und es war der reinste Wahnsinn, auch nur einen davon zu vergeuden ...

Verdammt noch mal! Ich musste ihn sprechen, seine Stimme, sein Lachen hören. Ich brauchte sein Selbstvertrauen, seine Unbeschwertheit und Lebenslust als Lebenselixier.

»Wen rufen Sie an? Die Amerikanerin vom Anrufbeantworter?«, fragte Big Man.

Ich hielt den Zeigefinger an den Mund, während ich auf das Freizeichen hörte.

*»Allô?«*

Eine Frauenstimme. Nein, keine Frau. Ein junges Ding.

»Kann ich Marcus sprechen?« Ich versuchte, die Fassung zu wahren.

»Marcüs?« Unter anderen Bedingungen hätte ich ihren Akzent sicher bezaubernd gefunden. »*Non.* Ähr iest nischt 'ier. Währ schbrischt bittö?«

»Ist nicht wichtig«, sagte ich matt. »Danke.« Dann legte ich auf.

Big Man beobachtete mich, doch ich konnte ihm nicht in die Augen sehen.

Das Handy klingelte, und ich schreckte hoch.

»Darrell!«, Marcus klang ein wenig atemlos. »Du hast angerufen?«

»Ja.« Ich sammelte mich innerlich. »Deine Sekretärin war dran.«

Er lachte schallend!

»Nein, das war Berenice, meine kleine Autorin.« Ich hörte an seiner vergnügten Stimme, dass sie noch anwesend war. Wo auch immer die beiden waren. »Sie hat die schlechte Angewohnheit, an mein Handy zu gehen, wenn ich nicht kann. Sie findet das lustig, obwohl ich sie dafür auf den Mond schießen könnte. Wenn ich das nächste Mal ins Bad gehe, werde ich das blöde Ding mitnehmen.«

Mein Kopf schwirrte. Wenn er etwas mit ihr hatte, würde er doch nicht so entspannt mit mir reden?

»Was ist los, mein Engel? Alles in Ordnung?«

Und er würde mich auch nicht »Engel« nennen in ihrer Gegenwart. Oder doch? Marcus machte, was er wollte. Immer und überall.

Ich musste das Gespräch beenden. Jetzt sofort.

»Ja, alles in Ordnung«, log ich. »Ich wollte eigentlich nur sagen, dass ich … mein neues Buch jetzt fertiggestellt habe.«

»Wow, das ist klasse!« Er schien sich wirklich zu freuen. »Und jetzt wolltest du mir ein paar Seiten daraus vorlesen, nehme ich an?«

Ich log weiter. »Genau. Aber das verschieben wir vielleicht besser auf ein anderes Mal.«

»Das wird uns den Freitagabend versüßen. Wie aufregend«, sagte er. »Du bist großartig, mein Engel. Ich freu mich schon sehr darauf.«

Ich legte auf – und pfefferte das Telefon gegen das Bücherregal. Die vier Wälzer *Tanz zur Zeitmusik* fielen der Reihe nach um wie fette Dominosteine.

»Würden Sie gerne etwas loswerden?«, fragte Michael nach längerem Schweigen.

»Nein.«

»Möchten Sie Ihre Pizza noch aufessen?«

»Nein.«

»Soll ich gehen?«

Ich antwortete nicht. Er erhob sich vom Tisch, kam zu mir herüber und legte seine Hand auf meine Schulter.

»Kommen Sie. Wir setzen uns auf die Couch. Ich möchte Ihnen eine Geschichte erzählen.«

Big Mans Geschichte. Ich hätte weinen mögen. Ich hätte schreien mögen: »Warum?« Warum glaubte er damals, sich so hart bestrafen zu müssen? Wem hat es letztlich etwas genutzt?

Doch auch schreien und weinen halfen nichts mehr. Er wäre am Boden zerstört gewesen, wenn ich heulend vor ihm gesessen hätte. Also hörte ich einfach zu und sagte kein Wort.

Das ist Big Mans Geschichte: Der attraktive, große Michael Hogan, von Beruf Schweißer, trifft mit zweiundzwanzig die junge, hübsche Lehrerin Beth Walsh, und die beiden verlieben sich Hals über Kopf ineinander. Obwohl sie aus unterschiedlichen Milieus stammen, ist es keine Katastrophe, als Beth schwanger wird, denn Michael hat einen Job und ein regelmäßiges Einkommen. Er kann für ihren Lebensunterhalt sorgen. Sie heiraten, und sechs Monate später kommt Lydia zur Welt. Zehn Monate später sieht die Welt ganz anders aus, die Zahl der Arbeitslosen in

Großbritannien erreicht schwindelerregende Höhen, und Michael Hogan ist einer von ihnen.

Er bemüht sich um Jobs, findet jedoch keine Anstellung mehr. Beth schlägt vor, wieder arbeiten zu gehen, und Michael soll sich um Lydia kümmern. Aber davon will er nichts wissen. Das ist Frauenarbeit, nichts für Männer. Jedenfalls nichts für einen richtigen Kerl wie Michael Hogan einer ist: stolz, eigensinnig, starrköpfig.

Nach langem Warten bekommen sie eine städtische Wohnung zugewiesen. Beth hasst sie vom ersten Moment an, obwohl es, verglichen mit der verlausten Bude, in der sie bisher gehaust hatten, eine deutliche Verbesserung ist. Sie hasst jeden Quadratzentimeter der neuen Umgebung. Geld haben sie nicht. Sie müssen ein kleines Kind durchbringen. Sie streiten sich. Heftig und oft.

Beth besteht darauf, wieder arbeiten zu gehen, und diesmal gibt Michael nach. Sie wird jedoch nur befristet als Vertretungslehrerin eingestellt. Er ist verbittert über seine Situation und zieht sich auch von ihr zurück. Nicht von Lydia, die liebt er abgöttisch – und sie ihn auch. Er gibt es auf, nach Arbeit zu suchen.

Stattdessen geht er immer öfter in den Pub. Fast jeden Abend. Beth bleibt zu Hause. Sie hat viele Durststrecken zwischen zwei Anstellungen. Neben ihnen wohnt ein Mann namens Terry Sheen, ein arbeitsloser Exjunkie, der mühsam versucht, clean zu bleiben. Im Grunde ist er ein ziemlich gebildeter Typ, der vor seinem Absturz ins Drogenmilieu als Schriftsteller sogar von seiner Arbeit leben konnte. Er fängt wieder an zu schreiben. Er möchte wissen, was Beth von seiner Arbeit hält. Sie beginnen eine Affäre. Michael hat keine Ahnung.

In der Nachbarschaft lebt auch ein Kleinkrimineller, Jimmy Dale. Ein abstoßender Typ, schleimig und pervers, der sich gern von hinten an Frauen ranschleicht, sie angrapscht und anzügliches Zeug quatscht. Eines Tages macht er sich im Aufzug an Beth ran. Sie weist ihn harsch zurück. Lydia ist dabei, und Beth gerät außer sich vor Wut. Sie ist erst sieben Jahre alt, Herrgott! Sie macht ihn zur Schnecke und lässt ihn dann im Aufzug stehen. Beth vergisst die Sache rasch. Nicht so Lydia. Die erzählt es ihrem Daddy.

Michael zieht los und trifft Jimmy im Pub an. Auch Terry Sheen ist dort. Ihm erzählt Michael, was geschehen ist. Terry wird Zeuge, wie Jimmy zu einem blutigen Etwas geprügelt wird, bevor man Michael von ihm wegzerren kann. Michael wird rausgeschmissen. Er geht nach Hause. Für ihn ist die Sache erledigt, die Rechnung mit Jimmy Dale ist beglichen. Doch Terry Sheen sieht rot. Einen Tag lang brütet er Rachepläne aus, in der nächsten Nacht holt er einen Schläger aus einer alten, halb vermoderten Golftasche in seinem Schrank.

Beth ist über Nacht zu Besuch bei ihrer kranken Mutter. Sie hatte ein ungutes Gefühl, will Lydia nicht allein mit Michael lassen. Michael ist außer sich, weil sie ihm nicht vertraut, und wünscht sie zum Teufel. Sie fährt also weg. An dem Abend liest Michael seiner Tochter eine Gute-Nacht-Geschichte vor und schläft dann neben ihr im Bett ein. Um drei Uhr morgens wird er durch heftiges Klopfen aus dem Schlaf gerissen. Vor der Tür steht ein blutüberströmter Terry Sheen. Weinend und noch immer unter Schock bricht alles aus ihm heraus. Er beichtet Michael, was er eben getan hat. Und warum er es getan hat.

Michael schickt ihn in seine Wohnung zurück, rät ihm, seine blutverschmierten Kleider schnell irgendwo, möglichst weit weg, zu verbrennen. Dann nimmt er ihm noch den Golfschläger aus der Hand und stellt ihn zunächst in eine Ecke bei sich im Wohnzimmer. Terry zieht ab, nachdem er Michael schwören musste, niemandem je ein Wort über die Sache zu erzählen. Terry schwört es, denn er hat Angst um sein Leben.

Um acht Uhr in der Früh steht die Polizei vor Michaels Tür. Er leistet keinen Widerstand. Als Beth zurückkommt, sitzt er bereits in Untersuchungshaft. Die Anklage lautet auf Mord. Sie rennt zu Terry, erzählt ihm alles. Er ist entsetzt und bestürzt. Doch er schweigt.

Mach dir keine Sorgen, Liebes. Ich kümmere mich um euch, sagt er zu Beth.

»Und sie hat es nie erfahren?«, fragte ich nun doch.

»Sie ist nicht dumm und wird es geahnt haben. Aber sie hat Terry wirklich geliebt. Als er mir von ihrer Affäre erzählte, war mir das sofort klar. Ich hätte es viel früher sehen können, doch ich hatte die Augen verschlossen. Ich vermute, sie wollte es nicht genau wissen.«

»Warum haben Sie die ganze Schuld auf sich genommen? Weil Beth nun jemand anderen liebte?«

»Weil ich sie im Stich gelassen hatte. Ich hatte versagt. Auch Lydia gegenüber. Ich war als Mann, als Ehemann und Dad gescheitert. Schon seit Jahren. Deshalb hatte ich es verdient.«

»Wo leben Beth und Lydia heute?«

»In Sydney.«

»Wissen Sie das genau?«

»Beth schickt mir jedes Jahr zu Weihnachten eine Karte. Mit Fotos von Lydia.«

Ich malte mir aus, wie irgendwo unter den Müllbergen in seiner Wohnung einundzwanzig Weihnachtskarten aus Australien verschüttet lagen.

Ich hatte eine Eingebung. »Die Wohnung – ist das dieselbe, in der ihr früher gelebt habt?«

Er schwieg.

»Desmond forderte eine Entschädigung für die Jahre im Knast. Ich wollte die Wohnung.«

»Du lieber Himmel!«

Big Man – oder vielmehr Michael, denn mittlerweile nannte ich ihn auch in Gedanken so – und ich verbrachten den Rest des Tages gemeinsam, erzählten uns unsere Geschichten und wurden langsam vertrauter. Schließlich bot ich ihm mein Sofa für die Nacht an. Ich hatte das Gefühl, er war mir sehr dankbar. Es spukten zu viele alte Geister in seiner Wohnung herum. Schlaf hätte er bei sich zu Hause sicher nicht gefunden.

Ob er bei mir im Wohnzimmer wirklich Ruhe fand, wusste ich nicht. Am nächsten Morgen war er lange vor mir wach, und die beiden Handwerker wunderten sich bestimmt, warum um sieben in der Früh ein unbekannter Riese in meiner Küche stand und Tee trank.

»Ein armer Pechvogel aus deiner Verwandtschaft?«, fragte Anselo im Vorbeigehen, als ich die Treppe hinunterkam. »Oder ist das hier nun offiziell ein Obdachlosenasyl?«

»Das ist Michael. Komm, ich stelle euch vor.«

Michael kam uns entgegen. »Ich glaube, ich sollte jetzt wirklich nach Hause gehen, Darrell.«

Er hatte Anselo und Tyso freundlich die Hand geschüttelt. Daraufhin flüsterte Tyso seinem Chef aufgeregt ins Ohr und warf uns verstohlene Blicke zu.

»Ich brauche unbedingt eine Dusche und eine Rasur.« Er fuhr sich mit der Hand über seine Stoppeln.

»Du brauchst auch dringend neue Kleidung«, sagte ich. »Wollen wir heute ein paar Hemden für dich besorgen?«

Er sah mich entgeistert an. »Du meinst *einkaufen* gehen?«

»Na, wir könnten sie auch stehlen, wenn du scharf darauf bist, wieder im Knast zu landen.«

Matt und mit herabhängenden Schultern sagte er: »Eins nach dem anderen, Darrell. Ich brauche Zeit. Ist das möglich?« Ich war einen Schritt auf ihn zugetreten, deshalb fügte er noch schnell hinzu: »Und bitte, jetzt bloß keine rührseligen Umarmungen, das kann ich nicht ertragen.«

»Okay, treffen wir uns in einer Stunde drüben im Café? Wir könnten ...«

Sein Gesichtsausdruck ließ mich verstummen.

»Nimm's mir nicht übel. Aber ich kann nicht. Noch nicht«, sagte er.

Ohne zu wissen, weshalb, schossen mir plötzlich Tränen in die Augen. Vermutlich zu wenig Schlaf, zu viele traurige Geschichten und überwältigende Gefühle. Ich fürchtete, die Vertrautheit, die sich eben erst zwischen Michael und mir zu entwickeln begann, würde schon wieder bröckeln. Er entglitt mir ...

Ich versuchte, mir nichts anmerken zu lassen.

»Eins nach dem anderen«, sagte er. »Das verstehst du doch hoffentlich?«

Ich nickte.

»Sei so gut, bitte. Es geht mir zu schnell.«

Er nahm seinen Mantel und war schneller aus der Tür, als ich schauen konnte.

Anselo stand plötzlich neben mir. »Alles klar?«

Ich hatte keine Ahnung, was ich antworten sollte.

»Wer ist der Typ? Sieht aus, als hättest du ihn unter einer Brücke aufgegabelt.«

»Das ist eine lange Geschichte, Anselo.«

»Hauptsache, du steckst nicht in Schwierigkeiten.«

»Nein, nein. Alles in Ordnung.«

Anselo sah nicht überzeugt aus. Mir wurde plötzlich ganz warm ums Herz, weil er so besorgt um mich schien.

»Danke«, sagte ich und legte einen Arm um seine Schulter, die andere Hand auf seine Brust. Nur eine ganz flüchtige Umarmung, kaum eine wirkliche Berührung, und trotzdem wich Anselo zurück und suchte schnell das Weite, als ich ihn wieder freigab.

Wahrscheinlich tat ich uns beiden einen Gefallen, als ich kurz darauf das Haus verließ. Ohne mich zu verabschieden.

Allerdings ging ich nicht gleich ins Café. Um diese Uhrzeit war es dort voll und laut. Ich hatte keinen Nerv auf Gelächter, Geplauder und Hektik.

Andererseits wusste ich nicht, wo ich sonst hätte hingehen können. Zu Hause würde ich auch nur herumsitzen und warten, bis es in New York endlich Morgen wurde, um im Verlag anzurufen und mein Todesurteil in Empfang zu nehmen …

Im Zeitungsladen kaufte ich einen Krimi von Patricia Cornwell und setzte mich schließlich doch ins Café, um zu lesen, bis mich die lärmenden Mütter und Babys zwei Stunden später verjagten.

Aber nicht mal dann ging ich nach Hause. Stattdessen kaufte ich zum ersten Mal eine Tageskarte für den Nahverkehr, setzte mich in eine U-Bahn und fuhr in die Innenstadt. Am Trafalgar Square ging ich in die National Gallery. Ich wanderte durch alle Räume, stand lange vor einzelnen Gemälden herum und verbrachte dort viele Stunden. Trotzdem konnte ich mich später nicht daran erinnern, was ich gesehen hatte. Ich hätte kein einziges Bild beschreiben können.

# 26

**LADY MO:** Warum fragst du ihn nicht direkt, ob er die kleine Pornoqueen bumst?

**DARRELL:** Weil ich befürchte, seine Antwort könnte Ja lauten.

**LADY MO:** Klingt logisch. Aber nur im Sinne einer verqueren Verleugnungstaktik nach dem Motto »Keine Nachrichten sind gute Nachrichten«. Apropos: Hast du dich endlich aufgerafft und beim Verlag nachgefragt?

**DARRELL:** Ja, der Verlag und ich stehen in Kontakt.

**LADY MO:** Ausweichende Antworten verboten! Nachrichten auf dem Anrufbeantworter zählen nicht.

**DARRELL:** Könnten wir das Thema wechseln?

**LADY MO:** Okay, also gleich zurück zu deinem Nicht-Freund und seiner gerade volljährig gewordenen Bums- und Busenfranzösin?

**DARRELL:** …

**LADY MO:** Seufz. Gehe ich recht in der Annahme, dass auch dein neuester Anlauf, einen Roman zu schreiben, im Sande verlaufen ist?

**DARRELL:** Ich komm nicht voran. Der Handlungsverlauf ist noch unklar. Vor allem das Ende bleibt undeutlich und verschwommen.

**LADY MO:** Ende = glücklich bis ans Lebensende. Happy End. Wie immer!

**DARRELL:** Hat seinen Glanz verloren. Ist nicht mehr das ultimative Ziel, auf das man auf geflügelten Sohlen hinschwebt. Füße schwer, Gang schleppend.

**LADY MO:** Ist doch kein Wunder, oder?

**DARRELL:** Was meinst du damit?

**LADY MO:** Deine rosarote Brille ist offenbar schwer beschlagen, weil du dein Herz sinnloserweise an einen unerreichbaren Playboy hängst.

**DARRELL:** Weißt du eigentlich, wie taktlos und unsensibel du manchmal bist?

**LADY MO:** Kann deinen Tonfall nicht vom Monitor ablesen. Liegt ein freundlich-ironisches Lächeln auf deinen Lippen, oder zeigen deine Mundwinkel säuerlich nach unten?

**DARRELL:** Kannst du das Reiben unterlassen?

**LADY MO:** Welches Reiben? Fäuste? Augen? Hände?

**DARRELL:** Das Mir-unter-die-Nase-Reiben, wie verdammt toll dein Leben ist und wie armselig meines.

**LADY MO:** Kann ich was dafür, wie die Würfel gefallen sind?!

**DARRELL:** Nein, aber du könntest etwas *gegen* deine gönnerhafte Selbstgefälligkeit tun.

**LADY MO:** Könnte der Grund für die Misstöne eventuell sein, dass wir uns nicht mehr viel zu sagen haben?

**DARRELL:** Gut möglich. Kann tatsächlich nicht viel beitragen zum endlosen Geschwafel über Töpfchentraining, Apfelmusproduktion und Sexstellungen während der Schwangerschaft. Deinen Fernsehdoktor Phil und dessen Talkshow würde ich ums Verrecken nicht ansehen. Und manchmal frage ich mich, ob dein Chad wirklich so perfekt ist oder ob du nur siehst, was du in ihm sehen *willst* …

**LADY MO:** Ich wünsche dir noch ein schönes Leben, Darrell. Ich habe es schon. Mach's gut, Lady Mo verabschiedet sich hiermit offiziell …

»Haben Sie jetzt einen Job?«

Tyso reichte mir eine Tasse Tee. Sein Chef war nicht in Sicht. Er hatte mir eine Tasse aufgebrüht. Obwohl ich im Grunde gar keinen wollte, nahm ich sie dankend an.

»Wieso Job?«

»Na ja, Sie waren diese Woche ständig weg, wenn wir hier waren. Ich dachte, Sie haben vielleicht eine neue Arbeit.«

Es stimmte. Ich war in letzter Zeit tagsüber fast immer außer Haus. Nicht weil mich jemand dafür bezahlte, sondern weil ich die Museen von London abklapperte. British Museum, Tate Gallery, Tower of London, Victoria & Albert Museum – sogar auf dem alten Kriegsschiff HMS Belfast bei der Tower Bridge hatte ich mir die Zeit vertrieben. Meistens saß ich viel auf Bänken herum und starrte eine Menge Löcher in die Luft.

»Nein, ich habe keinen neuen Job, ich muss recherchieren. Für meinen nächsten Roman.« Ich wechselte das Thema. »Wo ist der Chef heute?«

Tyso schnitt eine Grimasse. »Muss sich psychisch vorbereiten.«

»Worauf denn?«

»Auf heute Abend.«

Im Kaffeesatz zu lesen hätte vermutlich genauere Informationen zutage gefördert.

»Was passiert denn heute Abend?«

Tyso schaute rasch über die Schulter nach draußen, um sicherzugehen, dass sich Anselo nicht in den letzten Sekunden überraschend herangeschlichen hatte.

»Genau weiß ich es nicht. Aber ich habe da was am Telefon mitgehört, als er mit dieser blöden Pute sprach.«

»Seine Freundin? Oder eine neue Pute?«

»Nee, die Freundin.« Tysos Gesicht verdüsterte sich. »Er müsse ihr was Wichtiges sagen, meinte er. Das kann doch bloß eines heißen, oder?«

Kommt ganz darauf an, was gerade »wichtig« war, dachte ich. Mir zum Beispiel wäre im Augenblick die Entschuldigung einer Freundin enorm viel wichtiger gewesen als jeder Liebesschwur eines begehrenswerten Mannes. Aber um mich ging's jetzt nicht. »Was denn?«

Tyso sah mich an, als wäre ich geistig behindert. »Na, er will ihr einen Heiratsantrag machen!«

Das könnte sein. Wahrscheinlich hatte ich ihn sogar dazu ermuntert auf der Hochzeit neulich. Ich hatte ihn ausgehorcht, warum er seine Freundin nicht mitgebracht hatte. Daraufhin hatte er wohl über seine Beziehung nachgedacht und nun endlich einen Beschluss gefasst …

»Wenn's ein Trost ist: Du musst ja nicht mit ihr zusammenarbeiten. Sie scheint nicht der Typ zu sein, der Stiefel mit Stahlkappen trägt.«

Der Tee war bitter und hatte schon einen Film an der Oberfläche gebildet. Ich schüttete ihn in den Abguss.

»Schmeckt er nicht? Ich mache ihn gern stark, tut mir leid«, sagte Tyso.

Er war wirklich ein süßer Kerl und würde später einmal einen tollen Ehemann für irgendeine glückliche junge Frau abgeben.

»Ich muss jetzt gehen«, sagte ich. »Wahrscheinlich bin ich erst zurück, wenn ihr schon weg seid. Also, schönes Wochenende!«

»Okay.«

Tyso runzelte die Stirn. Ich hatte keine Lust, zu warten,

bis auch er mich fragte, ob denn wirklich alles in Ordnung war.

Beim Verlassen des Hauses sah ich erleichtert, dass Anselos Transporter am Straßenrand in der Gegenrichtung parkte, sodass ich nicht daran vorbeimusste. Ich würde ihm schon noch gratulieren. Später. Nicht heute …

Wie versprochen hatte Marcus mir per SMS Name und Adresse des neu eröffneten Restaurants im West End geschickt. Es war ein echtes Edellokal, gastronomisch anscheinend der letzte Schrei – wieder so ein Ort, an dem es wahnsinnig wichtig war, gesehen zu werden. Gus hatte über Kontakte zu Leuten aus der Kunstszene eine Reservierung für uns ergattert. Eigentlich hätte ich mich schon wieder um ein passendes Kleid für diesen Anlass kümmern müssen, aber ich hatte keine Lust. Also musste ich noch einmal das rote Rückenfreie anziehen. Es war nicht mehr ganz taufrisch, weil ich es nach der Hochzeit nicht in die Reinigung gegeben hatte, aber etwas anderes gab mein Kleiderschrank nicht her.

Als mich das Taxi an der angegebenen Adresse absetzen wollte, packte mich das Grauen. Eine riesige Schlange stand vor der Tür, die ganze Londoner Schickeria wartete auf einen freien Tisch. Oder darauf, überhaupt eingelassen zu werden. Ich bat den Fahrer, ein Stück weiter anzuhalten, denn ich hatte nicht vor, all diesen irrsinnig schönen Menschen mein bescheidenes Erscheinen bekannt zu geben. Nun stand ich vor einem geschlossenen Antiquitätenladen und überlegte, was ich tun sollte.

Ich war absichtlich eine Viertelstunde später eingetroffen, wusste allerdings nicht, ob Marcus und Gus schon drin waren. Sollte ich nun in der Schlange warten oder zum Einlass gehen und dem Türsteher erklären, dass ich drinnen erwartet wurde? Auf welchen Namen die Reservierung lautete, wusste ich auch nicht. Und beim Anblick der Schönen, Hippen und Reichen wurde mir ganz elend. Alle waren so schick, so gertenschlank, so selbstbewusst. Ich fühlte mich in meinem roten Kleid hoffnungslos altmodisch. Meine Frisur saß nicht, ich war ein Trampel, dick, klein und unbedeutend ...

Auf einmal waren sie da. Sie stiegen lachend und schäkernd aus einem Taxi und sahen mich nicht.

Ich duckte mich in den unbeleuchteten Eingang des Antiquitätenladens. Gus zog Marcus am Arm, und beide rauschten an der Schlange und dem Türsteher vorbei, zielstrebig auf den Eingang zu. Zwei attraktive, selbstsichere, privilegierte Menschen. Sie waren sich wirklich verdammt ähnlich – ein elitäres, cooles, glamouröses Zwillingspaar.

Ich wollte nicht mehr in dieses angesagte Restaurant hineingehen. Schlagartig wurde mir bewusst, dass ich Marcus eben zum letzten Mal gesehen hatte. Das Gefühl von Verlust schnürte mir die Luft ab.

»Darrell?«

Ich erkannte ihn nicht gleich. Er sah unglaublich gut aus in seinem schnieken Anzug und passte wunderbar zu all den anderen schönen Menschen in der Schlange. Bestimmt würde er kein Problem haben, eingelassen zu werden.

Er berührte meinen Arm. »Alles klar?«

Er war nicht allein. »Darrell, das ist Vivienne«, sagte Anselo und trat einen Schritt zur Seite, um sie vorzustellen.

Tyso hatte vollkommen Recht. Sie sah wirklich aus wie Grace Kelly, mit einer Spur Ingrid Bergmann um den Mund. Ihr schwarzes Designerkleid war extravagant, stylish und sehr kurz, was ihre unerhört langen Beine und die wohlgeformten Knie voll zur Geltung brachte. Auch sie gaben ein wunderschönes Paar ab. Hoffentlich hatte sich Anselo nicht in Schulden gestürzt für einen Verlobungsring.

»Geht es dir nicht gut?«, fragte Vivienne. »Du bist ja ganz bleich!« Sie hatte ein freundliches, im Augenblick etwas besorgt dreinblickendes Gesicht und schien wirklich nett zu sein.

Ich konnte kaum sprechen. »Es ist nur ... Ich glaube, ich hab' eine Migräne.«

»Oje, das sind fiese Schmerzen«, sagte sie mitfühlend. »Wir holen dir ein Taxi, damit du nach Hause fahren kannst. Anselo, machst du das?«

Anselo trat auf die Straße und hielt ein Taxi an. Er half mir beim Einsteigen. »Wird's gehen? Bist du sicher?«

Ich nickte nur matt, denn in die Augen konnte ich ihm nicht sehen.

Der Fahrer hatte schon den Gang eingelegt, doch Anselo stand noch an der geöffneten Tür und sah mich schweigend an. Dann sagte er: »Pass auf dich auf«, und schlug die Tür zu. Das Taxi brauste los.

Ich kann mich nicht daran erinnern, wie ich ausgestiegen bin. Auch nicht, wie ich ins Haus kam. Ich erinnerte mich nur, dass ich nicht mehr die Kraft hatte, nach oben ins Schlafzimmer zu gehen. Ich schaffte es noch bis zur Couch, auf der ich mich in meinem roten Kleid sofort zusammenrollte. Es war nicht kalt, aber ich zitterte am ganzen Leib. Um mich zu wärmen, schlang ich die Arme um mich. Irgendwann fiel ich dann in ein schwarzes Loch, das nur sehr entfernt Ähnlichkeit hatte mit dem Zustand, den man für gewöhnlich Schlaf nennt.

# 27

Gesang. Eine Männerstimme. Bariton. Angenehm.

Grüne Wiesen an einem Ort namens Athenry irgendwo in Irland. Jemand ist sehr einsam.

Die Melodie verklingt langsam.

Ein Gespräch. Wieder dieselbe Stimme? Oder eine andere?

»So kann sie doch nicht liegen bleiben! Wir müssen was unternehmen!«

»Es geht ihr gut.«

»*Gut?* Es geht ihr überhaupt nicht gut, verdammt!«

»Dann legen Sie ihr eben noch eine Decke über, wenn Sie darauf bestehen! Ich jedenfalls mache mir jetzt einen Tee.«

Tee! Wie schön!

Wieder dunkel.

Ein anderes Lied. Eine Friedenshymne über Willie McBride, der, wie sich herausstellte, gestorben war …

Gesprächsfetzen …

»Ich hätte sie nicht allein nach Hause fahren lassen dürfen!«

»Kleiner Tipp, wenn Sie das nächste Mal ein Büßerhemd kaufen wollen: Nehmen Sie doch eine Nummer kleiner, dann geht's mit dem Wundscheuern schneller.«

»Ist der immer so unausstehlich?«

»Herrgott, Sie haben ja keine Ahnung!«

Roch es hier nach Toast?

Worum ging es in dem Lied? Um einen Schleier. Einen schwarzen Schleier. Jemand steht an einem Grab …

»Wie wär's denn zur Abwechslung mit *Danny Boy?*«

»In dem Song wird auch viel gestorben.«

»Da stirbt nur der Sänger.«

»Ich dachte, Danny Boy ist am Ende auch fällig?«

»Wo hast du denn die Marmelade her?«

Jemand klopfte an die Tür. Dauernd gingen Türen auf und zu.

Stimmengewirr. Dann …

»Ach, du liebe Güte, scheint nicht gerade der beste Zeitpunkt, was? Dabei ist bisher alles so gut gelaufen. Keine schreienden Kinder im Flugzeug. Zur Begrüßung ein herzliches ›Willkommen am Heathrow Airport, Sir‹ statt des üblichen ›Würden Sie bitte mitkommen und sich da in der Kabine freimachen‹.«

War das Simon?

Er war es, und er kniete neben mir am Sofa. Ich setzte mich auf und umarmte ihn so fest, dass ich seine Gelenke knacken hörte.

»Ach, Simon!«

Ich fing an zu weinen. Aus meinem tiefsten Inneren brachen die Tränen so heftig aus mir heraus, als wären sie viel zu lange Zeit zurückgehalten worden.

»Oje, meine Kleine!«, murmelte er. »Süße kleine Schwester.«

Ich wollte aufhören zu weinen, aber es ging nicht. Es muss die Hölle für den großen Simon gewesen sein, die gebeugte Haltung, auf den Knien, mich fest im Arm haltend. Doch er ließ mich nicht los.

»Das ist gut«, flüsterte er. »Lass endlich alles heraus.«

Erst nach einer halben Ewigkeit ging mein Weinkrampf über in einen Schluckauf, der langsam das Ende ankündigte. Allmählich begann ich meine Umgebung wieder wahrzunehmen, hielt mich zur Sicherheit aber trotzdem noch ein Weilchen fest an Simons starken Schultern. Schützend schlang er die Arme um mich und presste sein Kinn an meine Schläfe.

Irgendwann konnte ich mich von ihm lösen und ihn durch einen Tränenschleier hindurch ansehen. »Wo hast du deinen wilden Stoppelbart gelassen?« Ich musste mehrmals blinzeln. »Seit wann siehst du denn so unglaublich gut aus?«

Er war zum Glück nicht gekränkt. »Was ein ordentlicher Haarschnitt und eine Rasur alles bewirken können, nicht wahr?«

»Warum erst jetzt? Mit dreiundfünfzig?«

Er zuckte die Schultern. »Es ist nie zu spät für ein neues Image. Wenigstens einmal im Leben sollte man sich noch mal ganz neu erfinden, meinst du nicht?« Er zog ein Taschentuch heraus. »Na, komm her«, sagte er und wischte mir die Tränen aus den Augen. Dann hielt er es mir unter die Nase. »Los, kräftig schnäuzen! Als du klein warst, habe ich das immer so gemacht, wenn du geheult hast.«

Ich schniefte kräftig hinein. Dann wischte ich mir selbst noch einmal die Tränen ab, schniefte noch mal und sah mich um. Fünf Augenpaare starrten mich an.

»Seit wann seid ihr denn alle hier?«

Sie sahen sich feixend an.

»Seit du hier jämmerlich auf dem Sofa vor dich hindämmerst«, sagte Michael.

»Und seit wann ist das?«

»Seit zweieinhalb Tagen.«

»Zweieinhalb *Tage?«*

Ich ließ mich ins Polster zurückfallen, und Simon konnte sich endlich neben mich setzen. Er trug neue Jeans, ein T-Shirt und ein schickes Cordjackett. Auch seine Brille schien neu. Dolce & Gabbana stand auf dem Bügel. Ich hätte nie gedacht, dass Simon überhaupt je von Dolce & Gabbana *gehört* hatte.

»Habt ihr euch schon bekannt gemacht?«, fragte ich.

Er sah mich liebevoll an. »Deine Wachmannschaft hätte mich sonst sicher nicht hereingelassen.«

Ich lehnte mich an seine Schulter. »Ich bin so froh, dass du hier bist.«

Missbilligendes Knurren von Michael. »Das nennt man also Dankbarkeit. Wir halten hier seit Tagen an deiner Seite Krankenwache, und er rauscht in letzter Minute herein und kassiert die Lorbeeren.«

»Du hast gesagt, ich darf dich nicht umarmen.«

»Ja, aber das ist schon eine Weile her«, brummte er.

Ich streckte meinen Arm aus. »Hilf mir erst mal auf.«

Michael verdrehte die Augen. »Wie erbärmlich.«

Trotzdem half er mir auf die Beine und ließ die Umarmung über sich ergehen.

»Ein neues Hemd?«, fragte ich, während ich ihn drückte.

»Kann schon sein.«

Ich hielt ihn fest umschlungen und schaute verlegen in die Runde. Miss Schrullig – ach, ich sollte sie wohl besser endlich Ruth nennen – stand neben Claude, der zwar ein erschöpftes Gesicht machte, aber sonst tadellos aussah, wie üblich im Maßanzug. Ruth schüttelte lachend den

Kopf. Auch Gabriel Flynn lachte. Na ja, eigentlich grinste er süffisant. Nur Anselo lachte nicht.

Ich rechnete nach. Freitagabend plus zweieinhalb Tage. »Oje, tut mir leid, ich habe euch von der Arbeit abgehalten.«

»Schon gut«, sagte Anselo. »Tyso ist sowieso erkältet.« Er senkte den Blick. »Ich muss jetzt gehen.«

»Tut mir leid«, sagte ich noch einmal in die Runde, »dass ich euch so viele Unannehmlichkeiten beschert habe.«

»War gar nicht schlimm«, sagte Ruth.

»Sprechen Sie nicht für die anderen! Ich habe selten so große Opfer gebracht«, protestierte Gabriel Flynn. »Warum gibt's in diesem vermaledeiten Haushalt keinen Kabelanschluss?«, fragte er mich streng.

»Zu teuer, kann ich mir nicht leisten«, erwiderte ich.

»Ich hab die Sendung *Die Nackte Wahrheit: Dralle Schönheiten* verpasst! Eine wirklich gute Freundin von mir – Sie wissen schon – hat da mitgemacht!«

Anselo stand mit dem Autoschlüssel in der Hand an der Tür. »Ich ... ähm ...« Er warf mir einen Blick zu. »Ich bin morgen wieder da.«

Mir fiel ein, dass er mittlerweile womöglich verlobt war. Doch er war schon aus der Tür hinaus, bevor ich ihn fragen oder ihm gar gratulieren konnte.

»Nachdem der furchtlose Ritter in seiner glänzenden Rüstung nun die Szene verlassen hat, will auch ich den Rückzug antreten.« Gabriel Flynn beugte sich zu mir herüber und gab mir einen Kuss auf die Wange! »Es wird Zeit, mal wieder etwas für mein Geld zu tun.«

»Danke«, sagte ich und küsste ihn ebenfalls auf die Wange. »Für alles.«

»War doch selbstverständlich – wie man leider oft sagt, ohne es zu meinen. Aber ich meine es so. Es war mir ein Vergnügen, Sie in Ihrem hübschen, tief dekolletierten Kleid ungeniert zu betrachten. Es hat allerdings während der letzten Tage auf dem Sofa ein wenig gelitten …«

Er zwinkerte mir zu, dann drehte er sich um, nickte den anderen zu und verließ, fröhlich *Whisky in the Jar* pfeifend, den Raum.

Ruth holte tief Luft und sagte: »Ich könnte eine Tasse Kaffee gebrauchen. Wie sieht's mit euch aus?«

»Ich dachte, du trinkst nur Tee?«, rief ich erstaunt.

»Das dachte ich bisher auch. Aber ich brauche jetzt ein stärkeres Aufputschmittel als lumpigen Kräutertee.«

Ruth rekrutierte Michael als Küchenhilfe, und ich ging nach oben, um zu duschen und mich umzuziehen. Als ich wiederkam, war Simon auf dem Sofa eingeschlafen.

»Jetlag«, sagte ich zu Claude, der am Tisch Platz genommen hatte.

»Gut möglich.«

Danach ging uns der Gesprächsstoff aus. Schweigend saßen wir am Tisch, bis Ruth und Michael zurückkehrten.

»Hier, für dich«, sagte Michael und reichte mir eine braune Tüte. Sie enthielt ein warmes, krosses, fettes Schinken-Käse-Croissant. Ich weiß nicht, wann ich mich je mehr über etwas zu essen gefreut hatte.

»Wow!«, murmelte ich. »Vielen Dank!«

Michael sah zur Couch hinüber. »Für ihn habe ich auch eins.«

»Das nehme ich auch.« Ich riss ihm die zweite Tüte aus der Hand.

»Ah, dein Körper will also der Tempel für alle Opfergaben sein, verstehe«, sagte Michael trocken.

»Jawohl. Und zwar«, ergänzte ich, während ich die triefende Butter von den Fingern leckte, »der Tempel des heiligen Judas Thaddäus. Der Schutzpatron der hoffnungslosen Fälle.«

Ruth hatte ihren Kaffee getrunken und schüttelte sich. »Puuhh. Raketenzündstoff.« Sie sah mich an. »Alles in Ordnung mit dir?«

»Ja, ich glaube schon.«

Mit verlegener Miene drehte sich Claude zu mir hin. »Darrell, ich schulde dir eine Entschuldigung. Mein Verhalten neulich war alles andere als korrekt.«

»Genau! Stecke deine Zunge nie in den Hals einer Frau, ohne sie vorher um Erlaubnis zu fragen«, murmelte Ruth gelangweilt. »Ganz schlechter Stil.«

»Musst du dich immer so vulgär ausdrücken?«, fragte Claude.

»Ja, muss ich. Ist nun mal so in meinen Kreisen, um es mit deinen Worten zu sagen.« Und zu Michael und mir gewandt fügte sie im Plauderton hinzu: »Jahrelang angestaute sexuelle Frustration erfordert krasse Maßnahmen! Durch Vulgarität lässt man Dampf ab.« Sie zog an einer imaginären Dampflokpfeife. »Hab Erbarmen!«

Michael verschluckte sich am Kaffee. Er fing an zu husten, sprang auf und stürmte in die Küche.

»Ruth, bitte! Es gibt Grenzen«, rief Claude.

»Krieg dich wieder ein!« Ruth machte eine wegwerfende Handbewegung. »Ich weiß doch, du stehst drauf.«

»Tu' ich nicht.«

»Tust du doch. Und wenn ich erst mal anfange mit...«

»Herrgott!« Michael kam gerade mit einem Glas Wasser wieder aus der Küche zurück. »Verschone den armen Kerl.«

»Danke, das ist sehr freundlich«, sagte Claude etwas steif.

Michaels Augen funkelten gefährlich. »Es bedeutet nicht, dass sie auf mich hört.«

Die Blicke der beiden Männer trafen sich. Und die Unterschiede zwischen ihnen – Schicht, Erziehung und Kontostand – waren plötzlich weggewischt. Ein solidarisches Funkeln in ihren Pupillen besiegelte den Männerbund.

Ruth suchte schmunzelnd *meinen* Blick. »Du kennst also seine Mutter? Wie ist sie denn so?«

Ich war überrumpelt. »Sie ist toll«, sagte ich. »Ein wenig ungehalten, aber nett.«

»Kann ich mir vorstellen«, entgegnete Ruth. »Ich wäre auch ungehalten, wenn ich mir all das hätte bieten lassen müssen.«

»Was meinst du damit?«

»Ruth, bitte ...« Claudes Mahnung war reine Formsache. Er hatte längst keine Hoffnung mehr, irgendetwas verhindern zu können.

»Die Familiensaga geht so: Sie ist die große Schlampe und Ehebrecherin«, erklärte Ruth. »Und tatsächlich hatte sie jahrelang einen Liebhaber. Doch der starb irgendwann – ist anscheinend beim Skifahren in den Alpen gegen einen Baum geknallt. Hört sich nach einem Armleuchter an, wenn du mich fragst. Aber wir, die wir hier versammelt sind, können ja ein Lied davon singen, wie blind die Liebe macht ...« Ruth beugte sich nach vorn. »Die beiden jüngeren Kinder glauben also fest, Mummy sei eine Schlampe.

Dabei hat sie wirklich nur diese eine Affäre gehabt. Und Daddy hat es an die große Glocke gehängt. Dabei war er hinter jeder her, die nicht bei ›drei‹ auf den Bäumen war.«

»Ruth, wenn du schon alles ausposaunen musst – was ich offenbar nicht verhindern kann –, möchte ich trotzdem darum bitten, meiner Familie einen winzigen Rest an Würde zu lassen.«

»Ja, schon gut. Meinetwegen. Also«, fuhr sie fort, »Daddy vögelte alles, was ihm über den Weg lief und war dabei recht unvorsichtig. Jedenfalls gibt es mindestens zwei nachweisliche Unfälle …«

»Ach du Schande! Marcus und Gus.« Mir wurde plötzlich einiges klar. »Sie sind also tatsächlich Geschwister! Jules und ich konnten es *sehen,* aber nur sie hat den richtigen Schluss gezogen.« Ich sah Claude entgeistert an. »Dein Vater hat seine eigenen Kinder adoptiert!«

Ruth nickte. »Und dabei immer den seriösen, aufrichtigen Politiker gemimt, der sich ach so sehr ums Gemeinwohl sorgt. Der elende Hund.«

Ich sah Claude nachdenklich an. »Und was ist mit dir?«

»Sein oder nicht sein.« Es sollte ungezwungen klingen, aber er hatte den Kopf abgewendet und sah aus dem Fenster. »Das ist die Frage.«

»Claude meint, anders als die beiden anderen, sei er tatsächlich das Kind eines fremden Paares und kein leiblicher Sohn.«

»Na und?«, fragte Michael.

»Meine Worte!«, rief Ruth grinsend. »Aber dieses englische Klassenbrimborium sieht vor, dass adliges Blut dicker als die Tinte auf einer Adoptionsurkunde ist. Der arme Claude kommt sich vor wie ein Betrüger.«

»Und Marcus und Gus haben keine Ahnung?«, fragte ich.

»Soweit mir bekannt ist, nicht«, erwiderte Claude. »Aber im Grunde kann ich es nicht einschätzen. Selbst wenn sie es wüssten, würden sie nicht mit mir darüber sprechen. Wir stehen uns einfach nicht nahe genug.«

»Das Wissen um ihre enge Bindung muss hart für dich sein«, sagte ich.

Doch er meinte darauf nur leise: »Dennoch wünschte ich, ich käme besser mit ihnen aus.«

»Lass dir deswegen bloß keine grauen Haare wachsen«, mahnte ihn Ruth. »Ich kann deinen bescheuerten Bruder auch nicht ausstehen, und sicher werden auch Gus und ich nie dicke Freunde werden. Aber was ich so von deiner Mutter höre, gefällt mir. Ich brenne schon darauf, sie kennenzulernen.«

Ich sah, wie Claude kurz zusammenzuckte.

»Jetzt aber langsam!«, meldete sich Michael und hob die Hand. »Nur weil Sie Ihrem Vater nicht ähnlich sehen, glauben Sie, Sie könnten auch nicht sein leiblicher Sohn sein? Was ist denn mit den beiden anderen Jungs?«

»Junge und Mädchen. Gus ist ein Mädchen. Jedenfalls eine Art …«, sagte ich.

»Es schien mir in der Tat die nächstliegende Erklärung«, sagte Claude vorsichtig.

»Ach, du lieber Himmel«, stöhnte Michael und zog seine Brieftasche heraus. Er knallte Claude ein Foto vor die Nase. »Das hier ist meine Tochter. Das daneben meine Exfrau. Wer sieht hier wem ähnlich? Na los, sagen Sie schon!«

Auch Ruth und ich reckten die Hälse, um einen Blick zu

erhaschen. Das Foto war schon älter. Ich schätzte Lydia auf etwa achtzehn Jahre. Sie sah wirklich keinem der beiden Elternteile ähnlich, nicht einmal entfernt. Michael hatte braune Augen und Haare, Beth war der Typ präraffaelitischer Engel mit kupferrotem Haar, graublauen Augen und ebenmäßiger heller Haut ohne Sommersprossen, während Lydia aschblond war und eine ähnliche Augenfarbe wie Jenico Herne hatte, haselnussgrün. Noch unähnlicher konnte sie ihren Eltern nicht sein, selbst wenn sie es gewollt hätte.

»Um es vorwegzunehmen: Sie sieht aus wie die Mutter meiner Mutter in jungen Jahren. Meine Großmutter. So kann's auch kommen.« Michael hielt kurz inne, dann sagte er: »An Ihrer Stelle würde ich jetzt versuchen, die ganze Wahrheit herauszufinden. Dann hört das Gejammer auf, und das Leben kann neu beginnen. Und wenn Sie dann schon mal dabei sind: Streichen Sie doch auch gleich Ihre sterile, unwirtliche Bude in etwas freundlicheren Farben.«

Michael ahnte die spitze Bemerkung, die mir auf der Zunge lag. »Spar dir deine Worte!«, sagte er, und mit erhobenem Zeigefinger zu Ruth: »Und mach' du dir bloß keine Hoffnungen!«

»Zu spät«, grinste sie. »Ich habe die Umleitung der Themse schon veranlasst. Was bei Herkules mit den Augiasställen funktioniert hat, wird für deinen Misthaufen gerade gut genug sein.«

Michael lehnte sich in seinem Stuhl zurück und verschränkte die Arme. Ein gefährliches kleines Lächeln zuckte um seine Mundwinkel. »Gut, dann wollen wir endlich einmal deine Geschichte hören, Ruth Harper.«

»Welche Geschichte?«

Mit einem geringschätzigen Handwedeln zeigte er auf ihren Bettlakenrock und ihre furchtbare Strickjacke. »Warum kleidest du dich so merkwürdig? Haben sie dich befummelt, als du klein warst? Oder ist dein erster Freund mit deiner Mutter durchgebrannt?«

»Was soll *das* denn jetzt?« Ruth verzog ungläubig die Lippen. »Sind wir hier in der Sprechstunde bei Sigmund Freud?«

»Ja, es gefällt dir nicht, wenn man den Spieß plötzlich rumdreht, stimmt's?« Michael feixte triumphierend.

»Steck den Colt zurück in den Halfter, Tex«, knurrte sie gelangweilt. »Es gibt keine Story. Ich hatte einfach nur die Schnauze voll vom ewigen Schönsein.«

Schweigen.

»Wie bitte?« Jemand musste die Frage stellen. Warum also nicht ich?

»Ich hatte keine Lust mehr, immer gut aussehen zu müssen. Ich empfand es als große Bürde, und irgendwann wurde es mir zu viel. Könnt ihr euch eigentlich vorstellen, wie toll es ist, sich nicht mehr ständig am ganzen Körper rasieren zu müssen? Nie wieder Wachsenthaarungen?!« Sie lehnte sich zurück und seufzte zufrieden. »Ich hatte genug von all den Männern, die mir ständig nur auf die Titten und den Arsch schauten. Ich habe einen Abschluss in Wirtschaftswissenschaften von einer der berühmtesten Eliteuniversitäten in den USA! Mit Auszeichnung! Und was machen die Typen? Hängen mit geifernden Mäulern und glasigen Augen an meinem Ausschnitt, während ich versuche, ein Gespräch über Keynes' Wirtschaftstheorie zu führen. Je intelligenter die Jungs, desto schlimmer übrigens! Ich hätte am liebsten mit den Fingern vor ihren Augen geschnippt und gerufen: ›Hallo, ist irgendjemand zu Hause?‹« Sie schüttelte angewidert den Kopf. »Scheißkerle.«

Dann sah sie an sich hinunter, mit einem Blick, der wirklich nur als liebevoll zu beschreiben war, und strich sich über ihren Rock. »In einem dieser beknackten Hippieläden habe ich dann dieses Goldstück hängen sehen und sofort beschlossen: Das war's jetzt. Goodbye, schöne Ruth! Ich mach' ab jetzt auf Wildwuchs und schlampig.«

Ich konnte nicht anders und lachte schallend los.

Ruth grinste zu mir rüber. »Schau dir mal unseren Michael an«, sagte sie mit einer Kopfbewegung in seine Richtung. »Man könnte ihn glatt auf einen Jahrmarkt stellen und Geld dafür nehmen, mit Bällen in seinen offenen Mund zu zielen.«

»Aber bei Haaren und Frisur hört der Spaß auf, da bist du pingelig, oder?«, fragte Michael, als er seinen Mund wieder unter Kontrolle hatte.

Ruth reckte das Kinn vor. »Okay, Tex. Der Punkt geht an dich. Aber ich war schon mehrmals kurz davor, auf Britney Spears zu machen. Allerdings habe ich dann vor der ultimativen Kahlrasur immer gekniffen. Ja, ich gestehe: Ich liebe meine Haare. Verklag mich doch!«

Mein Telefon schrillte, und alle zuckten zusammen. Ich lief zum Bücherregal und hob den Hörer ab.

»Hallo?«

»Bin ich mit Darrell Kincaid verbunden?«

Amerikanischer Akzent. Frauenstimme. Ich befürchtete das Schlimmste.

»Ja.«

»Hallo, Darrell. Hier spricht Chris Price. Haben Sie meine Nachricht neulich erhalten?«

»Ja, habe ich. Tut mir leid, dass ich nicht gleich zurückgerufen habe. Aber ich bin im Moment … furchtbar beschäftigt.«

»Kein Problem, wir sprechen uns ja jetzt. Hören Sie …«

Unser Gespräch dauerte keine fünf Minuten, dann legte ich auf und brach in Tränen aus.

»Heiliger Bimbam«, rief Michael. »Was ist denn nun schon wieder los?«

»Nichts«, sagte ich und machte eine beschwichtigende Geste mit der einen Hand, während ich mir die andere auf die Brust legen musste, um mich zu beruhigen. »Alles ist gut. Ich bin so erleichtert!«

Einer plötzlichen Regung nachgebend, fiel ich Michael um den Hals.

»Ach, du dickes Ei, wozu soll das nun wieder gut sein?«, brummte er.

»Für gar nichts! Für alles! Ach, was weiß ich!«

Simon schnarchte auf der Couch. Ich sah auf die Uhr. »Dort ist es jetzt elf Uhr nachts. Ist das zu spät?«, fragte ich Michael.

»Zu spät wofür?«

»Um bei ihnen anzurufen. In Australien. Du hast doch bestimmt ihre Nummer?«

Michael starrte mich an. »Ich kann dort nicht mehr anrufen. Dafür ist es jetzt wirklich viel zu spät. Nicht nur wegen der Tageszeit.«

»Woher willst du das wissen?«

»Darrell, ich habe seit einundzwanzig Jahren nicht mehr mit ihr gesprochen.«

»Feigling! Hasenfuß!«, rief Ruth.

Er fuhr herum und stocherte mit seinem ausgestreckten

Finger vor ihrem Gesicht in der Luft herum. »Hör sofort damit auf!«

Sobald er sich wieder zu mir umdrehte, hänselte Ruth ihn weiter. »Feigling, Feigling, Feigling.«

Michael ließ resigniert die Schultern hängen. »Ich hasse diese Frau«, sagte er zu mir. »Ich hasse sie von ganzem Herzen.«

»Nur weil ich die Wahrheit sage, Tex. Wenn dir das zu hart ist, bist du zu schwach. Dann musst du stärker werden.«

»Verzeihung«, meldete sich Claude zurück, »darf ich fragen, wem der Anruf gelten soll, der hier diskutiert wird?«

»Keine Ahnung«, erwiderte Ruth. »Aber ich weiß, dass Tex ein Feigling ist.«

»Es geht um seine Tochter«, erklärte ich ihm. »Er hat sie seit Langem weder gesehen noch gesprochen.«

»Einundzwanzig Jahre! Ich habe seit einundzwanzig Jahren kein Wort mit ihr gewechselt!« Es klang fast flehentlich. »Ich kann sie nicht einfach anrufen.« Michaels Stimme war nun kaum mehr zu hören. Schweißperlen bildeten sich auf seiner Stirn. »Jetzt nicht. Noch nicht …«

Ruth sah ihn nachdenklich an. »Weißt du was, Tex? Ich glaube, ich möchte nachsichtig mit dir sein. Das Gefühl muss vom vielen Sex kommen …«

»Ich muss doch sehr …« Claude rieb sich die Nase mit Daumen und Zeigefinger. »Warum versuche ich das eigentlich noch?«, seufzte er resigniert.

»Na schön, Tex. Dann rufst du eben bei ihr an, wenn du so weit bist. Aber du *rufst* an, verstanden?« Ruth war heute tatsächlich extrem nachsichtig.

»Warum zum Henker sollte ich tun, was du mir sagst?«

Michael schien zu seinem alten, streitlustigen Selbst zurückzufinden.

»Weil ich dich sonst bis an dein Lebensende triezen werde. Und glaub' mir: Du hast nicht den leisesten Schimmer, wozu ich imstande bin.«

»Ich hasse dich«, murmelte er.

Ruth grinste entzückt. »Ja, ja. Wiederhol' das nur immer wieder, Tex. Davon wird's aber nicht wahrer.«

# 28

Anselo erschien allein am nächsten Morgen. Nachdem er seine Sachen im Hof abgestellt hatte, kam er zurück und stand nun im Türrahmen zur Küche. Ich wurde das Gefühl nicht los, dass er mir unbedingt etwas sagen wollte. Und ich wusste auch ziemlich sicher, was es war. Ob ich es unbedingt hören wollte, war eine andere Frage. Deshalb kam ich ihm lieber zuvor, als er gerade den Mund öffnen wollte.

»Ist dein Lehrling noch krank?«

Anselo nickte. »Aber nur kein Mitleid. Er hat mehr junge Damen bei der Hand als Tiger Woods, die sich alle aufopfernd um ihn kümmern.«

Ich lachte. Er lachte beinahe. Und das war's. Als Simon die Küche betrat, war ich über seine Anwesenheit noch glücklicher als am Tag zuvor.

»Hallo … Anselo, stimmt's?«

Simon blinzelte durch seine hippe Dolce-&-Gabbana-Brille. Er trug ein neues Hemd und ein schickes Paar Lee-Jeans. Bisher hatte ich noch keine Gelegenheit gehabt, ihn nach dem Grund dieser erstaunlichen Metamorphose zu fragen. Ich vermutete natürlich eine Frau dahinter, aber vielleicht sollte ich nicht immer so voreilig urteilen.

Ich strahlte meinen großen Bruder liebevoll an. »Der Arme ist schon seit Stunden wach, er hat sich um ein Uhr in der Früh Toast gemacht. Zwölf Stunden Zeitunterschied sind eine echte Strapaze.«

Simon sah auf seine Armbanduhr. »In Neuseeland beginnen jetzt die Vorabendserien.«

»Wer möchte Tee?«

»Ich, sehr gerne.«

Ich sah Anselo fragend an, doch er schüttelte den Kopf.

Dann eben nicht. Er und die anderen mussten sich übers Wochenende von Tee ernährt haben, jedenfalls schloss ich das aus dem dramatisch zurückgegangenen Bestand an Teebeuteln in der Packung.

Ich reichte Simon einen Becher. »Wann geht's weiter zu den Färöern?«

»Donnerstag früh. Bist du sicher, dass ich bis dahin bei dir bleiben kann?«

»Aber selbstverständlich!«

»Färöer – das sind aber nicht diese Ägypter, oder?«, fragte Anselo.

»Nein, das sind die Inseln oben im Nordatlantik«, erklärte Simon. »Irgendwo zwischen Island und Schottland. Gehören aber offiziell zu Dänemark.«

»Die werden demnächst von Wellenforschern überschwemmt«, fügte ich hinzu.

Ich verkniff mir die Frage: Und warum stehst du hier immer noch im Türrahmen herum? Das war total untypisch für Anselo. Normalerweise verdrückte er sich immer sofort, vor allem, wenn er viel zu tun hatte. Dass er ohne Tyso nicht richtig loslegen konnte, bezweifelte ich. Vermutlich kam er ohne ihn sogar schneller voran.

Nein, der einzig vorstellbare Grund war, dass er mir endlich von seiner Verlobung erzählen wollte. Ich wusste, ich würde es nicht mehr lange hinauszögern können, obwohl die Hinhaltetaktik auch ihre Vorzüge hatte.

Mit einem Teller Toast in der einen und dem Teebecher in der anderen Hand fragte Simon: »Hast du eine Tageszeitung hier?«

»Nein, ich lese sie meistens drüben im Café. Das ist billiger.«

»Kann ich deinen Computer benutzen? Ich möchte wenigstens kurz die Schlagzeilen lesen.«

»Wenn dich mein ungemachtes Bett nicht stört, klar.«

Anselo wartete, bis Simon oben war. Dann sagte er: »Tut mir leid, dass ich gestern so schnell gehen musste, ich …« Er zog eine Grimasse. »Ach, ist ja egal. Wie geht's dir heute?«

»Überraschend gut«, sagte ich wahrheitsgemäß.

Er legte die Stirn in Falten. »Bleibst du heute zu Hause?«

Darüber hatte ich noch nicht nachgedacht. Allerdings stand mir der Sinn nicht nach Sehenswürdigkeiten oder Museen. Simon würde sicher gern nach Greenwich zur Cutty Sark fahren. Aber das konnte er auch allein.

»Ja, ich bleibe heute hier.«

»Wollen wir später etwas trinken gehen?«

Oh Gott. Der Moment der Wahrheit würde sich also unweigerlich gegen zwanzig nach fünf im Pub an der Ecke ereignen.

»Versteh mich nicht falsch, aber mir wäre es lieb, wenn wir dann … alleine wären.«

Es gab kein Entrinnen mehr. Ich musste mich der Realität stellen.

»Gut.« Ich nickte. »Simon wird um die Zeit sowieso wieder schlafen.«

»Dann brechen wir also hier um fünf auf?«

»Alles klar.«

»Schön.«

Anselo lächelte! Ich wünschte, er hätte es nicht getan, denn er sah dabei so unverschämt gut aus. Aber er hatte ja auch allen Grund, fröhlich zu sein.

Er wies mit der Hand hinter sich in Richtung Hof. »Dann mache ich mich mal wieder an die Arbeit. Muss ja irgendwie meine Brötchen verdienen.«

Im Freudentaumel nach der Nachricht, dass mein Buch in Druck gehen würde, hatte ich der neuen Lektorin versprochen, in vier Monaten einen weiteren Roman abzuliefern. Das fiel mir bei Anselos Bemerkung ein. Na, das würde schon klappen. Ich hätte ihr vor Erleichterung wahrscheinlich versprochen, in vier *Stunden* ein neues Buch zu schreiben …

»Ja, auch ich sollte dringend mal wieder für meinen Lebensunterhalt sorgen«, sagte ich. »Ich hoffe, Simon hat keine Marmelade auf die Tastatur gekleckert.«

Punkt fünf erwartete mich Anselo an der Tür. Er trug dasselbe hellblaue Polohemd wie neulich. Und wieder dachte ich, dass es ihm eigentlich nicht steht. Aber vermutlich scherte er sich nicht um solche Äußerlichkeiten. Für ihn war es eben ein Ersatzhemd, das er für alle Fälle im Auto liegen hatte.

»Gehen wir wieder ins Queen's Head?«, fragte er auf dem Weg.

»Musste das nicht schließen?«

»Der Wirt hat in letzter Sekunde einen reichen Russen aufgetan, der schon immer einen typisch englischen Pub besitzen wollte. Der hat bei der Brauerei seinen Einfluss geltend gemacht und den Vertrag verlängert.«

»Ein dunkler Prinz küsst einen Dornröschen-Pub wieder wach! Hach, wie romantisch.«

»Ja, nicht wahr?« Er hielt mir die Tür auf. »Sei vorsichtig, was du dir wünschst, es könnte in Erfüllung gehen!«

Wieder überließ ich ihm die Auswahl des Weins und wieder schmeckte er vorzüglich. Ich ließ mich ins Polster der roten Plüschbank sinken, Anselo hockte etwas ungemütlich auf der Kante. Unablässig schwenkte er den Wein im Glas, ohne zu trinken.

»Darrell …«

Und schlagartig wusste ich, dass ich es *nicht* hören wollte. Nicht jetzt. Nicht hier. Ich war noch nicht so weit.

»Sag mal«, schnitt ich ihm das Wort ab, »wer hat mich eigentlich auf dem Sofa gefunden? Wer hat all die anderen verständigt?«

Anselo schaute mich erstaunt an. »Ich war das.«

»Du?«

»Ja. Ich war gekommen, um dir, na ja, um …«

Um mir von deinem Glück zu berichten. In meinem Hirn ratterte es, weil ich versuchen wollte, vom Thema abzulenken. Gnädigerweise erzählte er jedoch weiter von Samstag.

»Du lagst einfach da, und ich wusste nicht, was ich tun sollte und ob ich den Notarzt rufen musste. Ich war sogar nahe dran, dein Handy zu suchen wegen der Nummer von der Arschgeige …«

»Das wäre ja sehr interessant geworden«, murmelte ich.

Er betrachtete mich von der Seite. »Doch dann erinnerte ich mich an den Typ von neulich, diesen Michael. War mir irgendwie sympathischer. Ich hatte zwar keine Ahnung, wo ich ihn finden konnte, ging aber davon aus, dass er hier in der Nähe wohnte, weil er neulich morgens zu Fuß wegging. Ich bin ins Café gelaufen, um nach ihm zu fragen, und zufällig saß er dort. Er hat diesen irischen Seelenklempner angerufen. Nach meiner Meinung ist der selbst komplett bekloppt, aber er versteht anscheinend was von seinem Handwerk.«

»Und Ruth und Claude? Wann kamen die ins Spiel? Wer hat sie benachrichtigt?«

»Keine Ahnung, wahrscheinlich die Leute im Café. Ich weiß nur, zuerst war außer mir keiner hier, und dann ging es plötzlich zu wie in einem Taubenschlag.«

»Gab es keinen Streit? Kamen sie alle miteinander aus?«

»Nein, richtigen Streit gab es nicht. Aber das eine oder andere unfreundliche Wort schwirrte schon durch die Luft. Der irische Seelendok fand das besonders lustig. Der hat sie noch angestachelt.«

»Ich erinnere mich an nichts. Nur an Gesänge. Und irgendwas mit Marmelade.«

»Wir haben übers Wochenende deinen Kühlschrank leer gegessen und ziemlich viel Tee getrunken, das stimmt.«

Vor Verlegenheit bekam ich heiße Ohren. »Hast du wirklich zwei Tage lang bei mir im Wohnzimmer gesessen?«

»Wir haben uns abgewechselt, auf dich aufzupassen.«

»Wie ich hier in meinem verknitterten roten Kleid auf dem Sofa vor mich hingedämmert habe …« Ich schob die Unterlippe nach vorn. »Es wird ja immer schlimmer!«

»Das Kleid steht dir ausgezeichnet. Du hast auf der Hochzeit unglaublich schön ausgesehen. Wunderschön.«

Nun lief *er* zartrosa an. Na gut – ich glotzte ihn auch wirklich mit Kuhaugen an.

»Aber nicht schön genug, um *Lady in Red* zu mögen.«

Eigentlich wollte ich damit nur das ungemütliche Schweigen zwischen uns brechen, doch plötzlich kam mir der grässliche Gedanke, dass er glauben könnte, ich wollte nur noch mehr Komplimente hören.

Er aber – und dafür hätte ich ihn küssen können! – sagte nur: »Nicht einmal die Aussicht, Schokolade von Natalie Portmans Luxuskörper lecken zu dürfen, brächte mich dazu, diese Schnulze jemals gut zu finden.«

»Natalie Portman. Wie interessant«, sagte ich schmunzelnd.

»Findest du? Und von wessen Körper würdest du gern Schokoladen ablecken?«

»Hmm. Schwere Entscheidung. Pierce Brosnan und Clive Owen sind heiße Kandidaten. Kann ich beide nehmen? Oder hältst du mich dann für eine Egoistin?«

»Pierce Brosnan ist doch ein bisschen zu alt, oder?«

»Bei Männern macht das nichts.«

»Nein, offenbar nicht. Ihre Ladyschaft Clare ist auch über zehn Jahre jünger als Patrick.«

Er überlegte kurz. »Aber sie scheinen sehr glücklich zu sein. Sie haben anscheinend die richtige Wahl getroffen.«

Oh nein, bloß das jetzt nicht! Lass dir was einfallen!

»Ich will nicht unhöflich sein, aber könnten wir vielleicht das Thema wechseln? Im Moment steht mir der Sinn nicht nach Gesprächen über gute oder schlechte Beziehungen.«

Ich wand mich innerlich, als ich seinen erschrockenen Blick sah. Herrje, war ich wieder mal subtil. Feinfühlig. Vornehm zurückhaltend.

»Ja natürlich, kein Problem.«

Der Ärmste! Nun studierte er betreten seine Knie. Ich hatte ihm seinen großen Moment verpatzt, ihn blamiert. Jetzt tat es mir leid, und ich fühlte mich elend. Ich war nahe dran, das Thema wieder anzuschneiden.

Er sah auf und lächelte mich ergeben an. »Ich krieg' das mit dem richtigen Timing nie auf die Reihe.« Dann, nach einer Pause: »Nuancen und feine Andeutungen sind auch einfach nicht mein Ding.«

»Tut mir leid, Anselo. Ich wollte wirklich nicht ruppig oder abweisend klingen. Es ist nur so ...«

»Ja, ich versteh' schon. Wirklich.«

Dann saßen wir wieder schweigend nebeneinander. Endlich holte Anselo Luft und ...

»Darf ich dich was fragen?« Er wartete meine Antwort nicht ab. »War es wegen deinem Freund?« Nun geriet er doch ins Stocken.

»Was? Mein Zusammenbruch?«

Ein Anflug von Erröten wurde auf seiner dunklen Haut sichtbar. »Ich sag' ja, feinfühlige Gespräche sind nicht meine Stärke.«

»Nein. Ich meine: Nein, er ist nicht der Grund«, sagte ich, ergänzte dann aber wahrheitsgemäß: »Natürlich hat er eine gewisse Rolle gespielt, aber ich glaube, früher oder später musste das so kommen, unabhängig von ihm.«

»Hat der Kerl dich denn überhaupt mal angerufen, nachdem du nicht im Restaurant erschienen bist?« Sein Blick war finster.

»Ja, das hat er.«

Er hatte sogar sehr oft versucht, mich telefonisch zu erreichen. Am Freitagabend hinterließ er zwei Nachrichten auf der Mailbox, bei der ersten klang er noch verwirrt, bei der zweiten bereits äußerst besorgt. Danach hatte er wohl bei Claude angerufen und auch am Samstag und Sonntag mehrere Nachrichten hinterlassen. Am Montag hatte ich mir dann ein Herz gefasst und ihn zurückgerufen, um ihm reinen Wein einzuschenken.

»Weißt du«, hatte er nach einer langen Pause gesagt, »dass mir das ziemlich an die Nieren geht? Die Vorstellung, dich nie wiederzusehen, ist alles andere als erfreulich. Kann ich dich nicht umstimmen?«

Mir war ganz warm ums Herz geworden. Aber ich machte mir nichts mehr vor. »Das kommt dir nur deshalb hart vor, weil *du* normalerweise derjenige bist, der geht.«

»Autsch, das saß. Und ist zudem ganz falsch. Ich bin oft genug selbst auf Knien gerutscht – und würde das jetzt auch bei dir tun, mein Engel. Soll ich?«

»Du wirst bestimmt auch ohne mich glücklich.«

»Auch das ist falsch. Ich werde dich sehr vermissen. Du hast mir gutgetan.«

»Du fliegst bald wieder nach Hause.«

»Du meinst, um Trost unter Kaliforniens Sonne und bei Starletts mit dicken Brüsten zu suchen?«

»Genau«, hatte ich lachend gesagt.

»Ich werde dich trotzdem vermissen.«

»Du kannst mir ab und zu eine Postkarte schreiben. Mit Palmen drauf.«

»Die Wahrscheinlichkeit ist sehr gering, das wissen wir beide.«

»Ja, das wissen wir beide«, hatte ich erwidert. »Mach's gut, Marcus. Pass auf dich auf.«

»Du auch, mein Engel. Du auch!«

Anselo schien nicht erfreut über meinen Bericht. Seine enorme Abneigung gegen Marcus ließ ihn sofort in düsteres Schweigen verfallen, wenn nur sein Name fiel.

»Aber«, seufzte ich, »das ist noch nicht alles. Etwas anderes macht mir noch viel größeren Kummer.«

Anselo sah mich erschrocken an. Ich erzählte ihm von dem Streit mit Michelle.

»... und dann habe ich ihr eine Mail geschickt und mich entschuldigt. Sie hat bis heute nicht geantwortet. Und jetzt auch noch dieses Wochenende ...«

»Warum rufst du nicht bei ihr an?«

Daran hatte ich auch schon gedacht. Aber ... »Ich traue mich nicht.«

»Warum nicht? Das Schlimmste, was passieren kann, ist doch nur, dass sie gleich wieder auflegt.«

»Genau! Das wäre wirklich das Schlimmste!«

Anselo sah mich eindringlich an. »Oder befürchtest du, sie könnte Recht haben? Dass ihr euch plötzlich nichts mehr zu sagen habt?«

»Na ja ...«, hob ich an, zögerte dann aber. »Sie ist immerhin verheiratet, was ich nun nicht mehr bin. Sie führt das Leben einer Hausfrau und Mutter, was ich nicht tue und vermutlich in absehbarer Zeit auch nicht tun werde. Sie findet es toll, nicht mehr zu arbeiten, während ich mir das für mich überhaupt nicht vorstellen könnte.« Ich suchte Anselos Blick. »Ergibt das als Antwort nun ein dickes Ja?«

»Kommt darauf an, was dir wichtiger ist. Worüber ihr redet oder dass eure Freundschaft überdauert?«

So hatte ich das noch nie gesehen. Wollte ich unsere Freundschaft nur deshalb aufrechterhalten, weil mich der

Gedanke loszulassen, in Angst und Schrecken versetzte? Wie bei der Geschichte mit Marcus?

»Ich mag Michelle sehr, sie ist wunderbar. Sie hat unglaublich viel Humor, ist absolut loyal und war mir in all den Jahren eine wirklich gute Freundin. Ich konnte mich immer auf sie verlassen. Sogar die ständige Prahlerei mit ihrem tollen Leben finde ich irgendwie – tröstlich. Die Welt kommt mir schöner vor, weil Michelle das große Los gezogen hat. Ich möchte nicht mit ihr tauschen, aber ihre Freundschaft auch nicht missen. Eigentlich kann ich mir ein Leben ohne sie gar nicht vorstellen …«

Ich konnte nicht weitersprechen, weil mir die Tränen kamen. Sturzbäche. Schon wieder! Seit die Dämme gestern gebrochen waren, gab es offenbar kein Halten mehr.

Anselo stellte sein Glas ab, rutschte näher und nahm mich in den Arm. Ich drückte meine Wange an seine Brust. Er roch gut, und vor allem fühlte er sich wunderbar an. Ich schlang einen Arm um ihn. Meine Hand lag auf seiner Hüfte. Ich fühlte mich aufgehoben und sicher, es fühlte sich *richtig* an.

Abrupt löste ich mich wieder aus der Umarmung, und er zuckte erschrocken zusammen.

»Entschuldige, ich will dein Shirt nicht nass machen.«

Er sah an sich hinunter. »Ich mag das Shirt eigentlich nicht besonders. Aber es war ein Geschenk.«

Ich bemühte mich, nicht mehr zu schniefen. Er reichte mir ein Taschentuch und schenkte mir ein kleines Lächeln.

»Wenn du mich fragst, ist Freundschaft eine wunderbare Sache. Wahrscheinlich besser als alles andere.«

Botschaft angekommen. Auf reizende, indirekte Weise hatte er nun doch zwischen den Zeilen gesagt, was er nicht offen aussprechen konnte, weil ich ihn dauernd daran hinderte: Er hatte sich verlobt, wollte aber trotzdem, dass wir Freunde blieben.

Das war schon in Ordnung. Mit Anselo befreundet zu bleiben, war wunderbar. Vollkommen ausreichend.

Vollkommen.

Ich merkte, wie er mich mit einem seltsamen Blick von der Seite ansah. »Willst du noch ein Glas Wein? Oder möchtest du lieber nach Hause?«

Ah, noch eine kleine Andeutung. Wieder nett verpackt und sehr diskret.

»Ich glaube, ich möchte nach Hause. Ich sollte dringend jemand anrufen …«

# 29

Am nächsten Morgen erschien Anselo nicht in seiner Arbeitskluft. Ich war überrascht. Er trug ein indigoblaues Hemd, das ihm ausgezeichnet stand und seine dunkle Haut betonte.

»Schönes Hemd«, rief ich. »Auch ein Geschenk?«

Er lief rot an. »Danke«, murmelte er. »Selbst gekauft.«

Aus irgendeinem Grund war ich richtig froh, dass es kein Geschenk seiner Freundin war. Dann fiel mir ein, dass sie mittlerweile seine Verlobte war – und war nicht mehr froh. Aber an den Gedanken musste ich mich wohl gewöhnen. Von nun an war es eben so.

»Schon wieder ohne Tyso?«, fragte ich lächelnd. »Der Arme, es muss ihn ja schwer erwischt haben.«

»Hab' ihm heute freigegeben«, erwiderte Anselo knapp. »Hör mal, Darrell, könnten wir ...«

Wir hörten Gepolter auf der Treppe, und Simon bog um die Ecke. Anselo trat einen Schritt zurück und rieb sich mit einer frustrierten Geste übers Gesicht. Ich sah ihn verwundert an, doch er schüttelte nur kurz den Kopf und verzog den Mund zu einem schiefen Lächeln.

»Hallo, Anselo!«, rief Simon. »Ich habe den Computer wieder runtergefahren«, sagte er zu mir. »Neuseeland wird anscheinend von Mückenschwärmen geplagt, es ist zu feucht für die Jahreszeit.«

»Ach du Schreck!« Ich verzog das Gesicht. »Unsere Mutter wird nicht begeistert sein.«

»Sie wird wie immer jede unnötige Gefühlsregung vermeiden und sich stattdessen mit dem wirksamsten Insektenspray, das sie finden kann, bewaffnen. Eine Dose in jeder Hand. Dein Vater sollte lieber keine falsche Bewegung riskieren, sonst endet er in einer dicken Sprühwolke.«

Ich merkte, wie Anselo unruhig wurde, als wäre er kurz davor, sich zu verabschieden. Weil ich ihn nicht einfach so gehen lassen wollte, legte ich rasch eine Hand auf seinen Arm.

»Komm doch mit uns rüber ins Café! Michael ist bestimmt auch dort. Und Ruth. Das bedeutet, auch Claude wird da sein.« Ich verzog das Gesicht, denn wahrscheinlich hörte sich das nicht sehr verlockend für ihn an. »Es wäre schön, wenn du auch dabei wärst.«

Anselos Miene verriet, dass er eigentlich lieber nackt durch den Atlantik zu den Färöern schwimmen würde, um sich den Wellenforschern anzuschließen. Doch zu meiner Überraschung seufzte er nur kurz und sagte dann: »Also gut.«

Dass er den Sprung in den eiskalten Atlantik wirklich vorgezogen hätte, konnte ich an seinem Gesicht ablesen, als wir bei unserer Ankunft die ganze Truppe vor dem Café sitzen sahen. Denn außer Michael, Ruth und Claude waren überraschenderweise auch Patrick und Clare da.

Ich musste mich sehr zusammenreißen, um nicht zu glotzen wie ein Kalb. Clares Bauchumfang hatte *unvorstellbare* Ausmaße erreicht.

»Ja, nur zu!«, murmelte sie verbittert. »Stell sie doch,

die naheliegende Frage! ›Wird das ein Baby oder ein Mittelklassewagen?‹«

»Wir glauben, dass die ersten Wehen langsam einsetzen«, sagte Patrick. »Darum lasse ich sie nicht mehr aus den Augen.«

»Was soll das blödsinnige ›wir‹, Gipsyboy?«, fragte seine Frau unwirsch. »Nicht *wir* bekommen Wehen, *ich* kriege sie!« Sie zog eine Grimasse. »Die fiesen Rückenschmerzen bringen mich jetzt schon fast um den Verstand!«

»Kaliumcarbonat hilft«, dozierte Ruth. »Vielleicht hat sich das Baby nicht gedreht und liegt mit dem Hinterteil zum Muttermund?«

Clare sah sie entgeistert an. »Dann wären meine Schmerzen buchstäblich für'n Arsch?«

»Genau«, erwiderte Ruth lachend. »Ich kann es bei mir zu Hause holen, wenn du möchtest?«

»Nein, danke, das geht schon«, antwortete Patrick rasch.

Ruth schüttelte ungläubig den Kopf. »Männer! Was wisst ihr denn schon? Ihr müsst ja schließlich keine Wassermelone zwischen euren Schenkeln hervorpressen!«

»Ich denke, du solltest ihnen die Entscheidung überlassen, Ruth«, wandte Claude ein. »Du plädierst doch immer für die freie Entscheidung des Individuums.«

»Aber nur für eine von *Sachkenntnis* geprägte freie Entscheidung!« Sie pochte mit dem Zeigefinger auf die Tischplatte. »Das Gesundheitssystem …«

Ich sprang auf. »Wer will noch einen Kaffee? Die Runde geht auf mich!«

»Ich komme mit zur Theke«, sagte Anselo.

Wir waren die Dritten in der Reihe. Dann die Zweiten.

Dann sagte Anselo plötzlich: »Darrell, ich muss dir unbedingt etwas sagen.«

Verdutzt schaute ich ihn an, da rief Mario gerade: »Und die *Signora,* was möchten Sie gern?«

Anselo hielt die Hand in die Luft. »Bitte, warten Sie einen Moment.«

Er sah sich hektisch im Café um. Neben der Eistruhe war ein Tisch frei.

»Gib die Bestellung auf und setz dich dann mit mir an diesen Tisch da drüben. Ich muss mit dir reden, bevor ich wahnsinnig werde. Oder platze.«

»Oh! Na gut.« Und ich tat, wie mir befohlen.

Angespannt saß er auf der Stuhlkante und faltete die Hände auf dem Tisch. Die Daumen tippten gegeneinander.

»Was ist ...?«

»Nein, bitte! Hör jetzt einfach nur zu. Ich muss es loswerden, sonst ersticke ich.«

Er sah auf seine gefalteten Hände und holte tief Luft.

»Darrell, ich liebe dich. Ich bin mir wirklich ziemlich sicher.«

Sollte er ernsthaft befürchtet haben, ich könnte ihn unterbrechen? Die Gefahr bestand absolut nicht. Mir hatte es soeben die Sprache verschlagen.

»Schon als ich dich das erste Mal gesehen habe, hat es mich umgehauen. Du hast die Tür aufgemacht, und ich war wie vom Donner gerührt. Eine leise Stimme in mir sagte: Das ist die Frau deines Lebens. Ich brachte damals kein Wort heraus. Was du wohl von mir gedacht hast, in dem Augenblick?« Er lächelte trocken. »Ich weiß genau, was du dachtest. Aber wie hätte ich dir das erklären können? Ich wusste nicht, was ich tun sollte. Ich war mit Vee zusammen, der ich nicht wehtun wollte. Außerdem wusste ich natürlich nicht, ob du, wenn ich sie verlassen würde, überhaupt …« Er fuhr sich mit der Hand übers Gesicht. »Aber Vee gegenüber war es auch nicht fair, und deshalb musste ich eine Entscheidung treffen.«

Er schwieg, ein wenig atemlos, sprach dann aber weiter. Es war vermutlich die längste Rede seines Lebens.

»Ich hatte mich schon fast zu einer Entscheidung durchgerungen, doch dann kam …«, er presste die Lippen aufeinander, »… dieses Arschloch daher. Ich war stinkwütend. Zuerst dachte ich, ich wäre sauer auf dich, weil du dich mit ihm eingelassen hast. Aber eigentlich war ich vor allem sauer auf mich, weil ich meine Chance verpasst hatte. Vielleicht meine einzige.«

Er holte erneut tief Luft. Mein Herz pochte bis zum Anschlag, mir rauschte das Blut in den Ohren.

»Doch ich konnte es nicht einfach dabei belassen«, fuhr er fort. »Ich musste etwas tun, ein für alle Mal Klarheit schaffen, um nicht verrückt zu werden. Das hab' ich dann getan. Deshalb kam ich am Samstagmorgen bei dir vorbei. Ich wollte dir sagen, was ich für dich empfinde.«

»Aber …«, begann ich zaghaft. Ich bezweifelte, dass er mich hörte.

»Ich weiß nicht, was du für mich fühlst, Darrell. Ich weiß es wirklich nicht. Und es ist vielleicht nicht fair, dich damit so zu überfallen. Du hast gestern Abend gesagt, dass es noch zu früh für dich ist. Aber …«

Er rang mit sich. Hin- und hergerissen zwischen Zurückhaltung und schierer Verzweiflung. Der Zustand war mir nur allzu vertraut.

»Aber bitte …« Die Verzweiflung hatte gesiegt. Er sah

mich flehend an. »Mach meinem Elend ein Ende. Sag' mir wenigstens, ob es Hoffnung gibt. Oder habe ich nun alles vermasselt?«

»Aber …«

»Aber was?«

»Ich dachte, du bist verlobt!«

»Was?! Wer um alles in der Welt erzählt so einen Unsinn?«

»War es nicht das, was du mir die ganze Zeit schon sagen oder andeuten wolltest?«

Er schüttelte heftig den Kopf. »Nein! Ich habe mit Vee Schluss gemacht. Am Freitag, als wir uns vor diesem Restaurant gesehen haben.« Er runzelte die Stirn. »Und deshalb musste ich vorgestern auch so schnell weg, nachdem du wieder zu dir gekommen warst. Vee ist am Boden zerstört und will unbedingt, dass wir es noch einmal probieren. Aber ich sehe keine Möglichkeit mehr. Es geht nicht.« Er schaute betreten auf seine Hände. »Ich fühle mich schlecht, weil ich weiß, dass ich ihr das schon sehr viel früher hätte klarmachen müssen. Aber ich war vollkommen durcheinander und wusste nicht, was ich tun sollte.«

»Oh.« Mehr fiel mir wirklich nicht ein. Ich wusste kaum, wo mir der Kopf stand.

Er ließ sich in seinen Stuhl zurückfallen. »Jetzt habe ich es vermasselt, stimmt's?«

»Anselo, ich …«

Vor dem Café brach plötzlich ein Riesentumult los. Schreie, Klappern, Klirren, Flüche. Wir schreckten hoch, da flog schon die Tür auf, und Patrick stürmte mit finster entschlossenem Blick herein.

»Wo ist der nächste Arzt? Wir brauchen unverzüglich einen Arzt! Sofort!«, bellte er Mario an.

»Wird schon erledigt«, rief Ruth von der Eingangstür her. »Claude holt einen.«

Wortlos rauschte Patrick an ihr vorbei zurück ins Getümmel vor dem Café.

»Was ist denn da los?«

Anselo und ich liefen zur Tür. Von draußen waren furchtbare Schreie zu hören.

»Sie bekommt das Baby!«, rief Ruth. »Jetzt! Hier! Man kann den Kopf schon sehen!«

»Aber das kann doch nicht so schnell gehen!«, rief Anselo fassungslos.

»Sag das mal dem Baby!«

»Was können wir jetzt tun?«, fragte ich.

»Am besten, wir stehen nicht im Weg herum«, sagte Ruth und schien zum ersten Mal, seit ich sie kannte, ratlos. »Ich weiß es auch nicht.«

Draußen kniete Clare auf dem Boden und klammerte sich an einem Stuhl fest. Sie schrie sich die Seele aus dem Leib – und fluchte.

Michael und Simon standen, beide kreidebleich, mit dem Rücken zur Wand an der Hofmauer, die ans Nachbargrundstück angrenzte.

Patrick marschierte angespannt mit in die Hüften gestemmten Händen vor dem Café hin und her. Einmal beugte er sich mit besorgtem Gesicht hinunter zu Clare und berührte sie leicht an der Schulter.

»Rühr mich nicht an!«, bellte sie.

»Okay, okay!« Er hob beide Hände in die Höhe. Dann schrie er: »Wo bleibt denn der verdammte Arzt?«

»Da kommt er schon«, sagte Ruth.

Alastair kam die Straße entlanggerannt, Claude trabte hinterher.

»Wir haben schon einen Krankenwagen angefordert«, sagte Alastair atemlos.

Er kniete nieder, betrachtete Clare und sagte: »Ich würde Sie gerne ins Café hineinbringen.«

»Ich werde nirgendwo hingebracht!«, schrie sie ihn an.

»In Ordnung, ist schon gut.«

Plötzlich krümmte sie sich und heulte noch lauter auf als zuvor. *»Scheiße!«*, presste sie durch die zusammengebissenen Zähne hindurch. »Es kommt …«

Und was soll ich sagen? Es war tatsächlich auf einmal da! Alastair hatte kaum noch Zeit, die Ärmel hochzukrempeln, als Baby King, begleitet von einem langen ohrenbetäubenden Schrei seiner Mutter, in die Welt schoss und wohlbehalten in den starken Armen des Arztes landete.

Es war unglaublich groß und voller Blut und Gebärschleim. Claudes Knie knickten auf der Stelle ein, und er sank zu Boden wie eine leblose Marionette. Er war ohnmächtig geworden.

»Ach du Scheiße!« Geistesgegenwärtig hatte Ruth noch seinen Kopf abgestützt, sonst wäre er wie ein fallen gelassener Kürbis auf dem harten Betonboden aufgeschlagen. Doch sie war nicht stark genug, um seinen reglosen Körper von der Stelle zu bewegen.

»Tex!«, rief sie. »Hilf mir!«

Auch Simon kam herbeigerannt, und zusammen mit Michael gelang es ihm, Claude beiseitezuschaffen, damit wenigstens niemand über ihn stolperte.

Alastair kniete noch immer mit dem Baby in den Armen auf dem Boden und schien leicht überfordert. Sanft massierte er den Brustkorb des Kleinen. »Na, komm schon«, brummte er. Und dann endlich hörten wir ihn – den ersten Schrei des Neugeborenen.

Clare lag mittlerweile halb auf der Sitzfläche des Stuhls und schnappte nach Luft. »Scheiße, ich kann mich nicht bewegen«, keuchte sie.

Ganz sachte und zärtlich half Patrick seiner Frau in die Hocke und brachte sie vorsichtig auf dem Boden zum Sitzen. Dann ließ er sich neben sie fallen, umarmte sie und vergrub sein Gesicht an ihrem Hals.

»Du bist eine Heldin«, flüsterte er und küsste ihre verschwitzte Wange. »Du verdammter Megastar meines Lebens.«

Alastair sah Mario und Vincente an der Türschwelle stehen. »Los, bringen Sie saubere Geschirrtücher, schnell!«

Im Nu waren sie wieder zurück. Alastair trocknete das Baby ab und wickelte es etwas unbeholfen in ein frisches Tuch. Dann legte er das Bündel in den Schoß der erschöpften Mutter.

»Es ist ein Junge«, sagte er lächelnd. »Herzlichen Glückwunsch.«

»Oh Gott«, sagte Clare mit matter Stimme und sah gebannt in das kleine Gesicht. »Wo kommst du denn auf einmal her?« Dann verzog sie das Gesicht. »Verdammt! Warum tut das denn immer noch weh?«, wollte sie von Alastair wissen.

»Die Plazenta ist noch nicht draußen und, wenn Sie gestatten, muss ich auch die Nabelschnur noch durchtrennen.«

Clare beugte sich hinunter zu ihrem Kind. »Wie gut, dass du kleiner Knirps die ganze Plackerei wert bist!«

Alastair rannte zurück zur Praxis und kam dann mit einer sterilen Klammer und einem kleinen Skalpell zurück. »Wollen Sie die Nabelschnur durchtrennen?«, fragte er den Vater.

Patricks Gesicht sprach Bände. »Du bist ein Waschlappen«, sagte seine Frau.

»So ist es«, erwiderte Patrick. »Mir ist der Heldenmut beim bloßen Zusehen bereits vergangen.«

Alastair schnitt die Nabelschnur durch und überreichte das Baby dem Vater. »Hier bitte, er gehört ganz Ihnen ...«

Patrick nahm sein Kind und wiegte es vorsichtig in den Armen, als wäre es ein rohes Ei.

Clare sah die Tränen in seinen Augen. »Du sentimentaler Kerl«, sagte sie zärtlich und grinste schon wieder. »Wie wollen wir ihn nennen? Wie wär's mit Tom?«

Wie von der Tarantel gestochen, fuhr ich hoch. Doch nach dem ersten Schreck spürte ich ... nichts. Keine Kummergranate! Im Geiste tastete ich mich vorsichtig an allen Stellen ab, um eventuell verdeckten Wunden und Narben nachzuspüren. Keine. Nirgends. Zum ersten Mal seit langer Zeit fühlte ich mich intakt und unversehrt.

»Tom King«, sagte Patrick. »Klingt gut. Schöner Name.«

»Um Himmels willen!«, rief seine Frau. Sie hatte in der Zwischenzeit das winzige Büschel Haare ihres Kindes trocken gerieben. »Es ist ja ein kleiner Rotschopf!«

Patrick sah genauer hin und grinste. »Tatsächlich.«

»Du bist schuld!«, warf sie ihm vor.

»Wieso ich? Ich habe dunkle Haare«, sagte er verwirrt.

»Verdeckt vererbtes Rot! Es grassiert doch überall in

deiner Familie!« Dann verzog sie das Gesicht. »Au, Scheiße! Wie lange dauert diese Hölle denn noch an?«

Die Sirene eines Krankenwagens kam näher. Gleich darauf hielt er mit quietschenden Reifen vor dem Café.

»Phhffff«, machte Michael hinter mir. »Ich glaube, ich habe gerade ein Déjà-vu.«

Ich umarmte ihn. Der letzte Rettungswagen vor dem Café hatte ihn mit einem Herzinfarkt ins Krankenhaus gefahren. Wie froh ich war, dass er nun neben mir stand, konnte ich kaum sagen.

Die Sanitäter verfrachteten die widerspenstige, fluchende Clare auf eine Krankentrage. Claude lag noch immer am Boden, den Kopf in Ruths Schoß. Er schien es mit dem Aufstehen nicht sehr eilig zu haben.

»Er wird schon wieder«, sagte Ruth zu einem der Sanitäter, der sich um ihn kümmern wollte. Zärtlich strich sie Claude durch die Haare und lächelte zu ihm hinab. »Ich kümmere mich um dich, keine Sorge.«

Er sah zu ihr auf. »Du bist wunderbar«, sagte er leise.

»Findest du?«, antwortete sie lachend. »Oh Mann, du weißt gar nicht, was ich noch alles mit dir anstellen werde.«

Mit dem Baby auf dem Arm wollte Patrick gerade in den Krankenwagen steigen.

»Komm schnell«, sagte ich und nahm Anselos Hand. »Wir müssen es wenigstens noch rasch begrüßen.«

Patrick grinste wie ein Honigkuchenpferd. Er konnte nicht mehr aufhören. »Schaut euch das an!«, rief er, als wir auf ihn zukamen und er kurz stehen blieb. »Schaut euch das verdammt noch mal gut an! Es ist so unglaublich!«

Anselo und ich betrachteten neugierig das kleine, verschrumpelte rote Gesicht. Sanft drückte ich Anselos Hand. »Wow!«

»Ja, stimmt. Wow!«, pflichtete er mir bei.

»Übrigens«, sagte Patrick beim Einsteigen noch beiläufig, »wir möchten, dass du Patenonkel wirst.«

Anselos Gesicht war ein einziges Fragezeichen. »Wie bitte?«

»Patenonkel. Soll ich es buchstabieren?«, erwiderte Patrick, dann wurde die Wagentür hinter ihm zugeworfen.

Anselo blinzelte ratlos, während er ihnen nachblickte. »Wow.«

Ich schwor mir, Patrick später dafür zu küssen. Das war eine großartige Idee von ihm.

Offenbar überrascht sah Anselo dann auf unsere Hände, die sich immer noch festhielten. Mit leicht irrem Blick sah er mich an.

»Darrell ...«

Doch ich brauchte keine Extraeinladung mehr. Wir fielen uns in die Arme und küssten uns und hörten nicht mehr auf, bis ich alles um mich herum vergessen hatte. Es war himmlisch. Wundervoll. Stürmisch. Und es fühlte sich so gut an. Ich konnte es kaum aushalten vor Glück.

»Du lachst«, murmelte er zwischen zwei Küssen. »Weißt du eigentlich, wie lange ich auf diesen Moment gewartet habe?«

»Tut mir leid«, sagte ich. »Ich weiß auch nicht, wie ich es so lange nicht merken konnte. Dabei war es so offensichtlich, ich hätte die ganze Zeit schon sehen müssen, dass du es bist! Was war ich nur für ein Idiot!«

Wir küssten uns wieder. Diesmal noch stürmischer, noch

seliger als beim ersten Mal. Es war erstaunlich, wie alle anderen Küsse dagegen verblassten.

»Wow«, sagte ich viele Minuten später.

»Ja, wow«, pflichtete mir Anselo bei.

»Du gestattest doch?«, fragte ich grinsend und schob eine Hand unter sein Hemd.

»Himmel, ja«, flüsterte er, »nur zu! Aber du bist für die Folgen selbst verantwortlich.«

»Ich werde Simon vorschlagen, heute noch einmal einen Ausflug nach Greenwich zu machen …«

Anselo küsste mich wieder. »Ich liebe dich wirklich«, sagte er, »und ich warne dich gleich vor. Ich will dich wahrscheinlich heiraten und jede Menge Kinder mit dir haben …«

»Darüber sprechen wir noch«, sagte ich und verzog das Gesicht. »Die Ereignisse heute Morgen haben mich ziemlich abgeschreckt.«

»Das legt sich wieder«, sagte er lächelnd. »Denk einfach daran, wie süß der Kleine aussah. Und das, obwohl Patrick eigentlich ein ziemlich hässlicher Typ ist. Wie schön werden erst *unsere* Kinder sein!«

»Könnten wir uns fürs Erste einen Hund zulegen?«

Er zuckte mit den Schultern. »Klar, warum nicht? Ein schwarzer Labrador wäre schön.«

Ein schwarzer Labrador? Von meinem Golden Retriever war das nicht weit entfernt.

»Hey, ihr beiden!«

Ruth winkte uns von der Eingangstür zu. »Mario lässt eine Flasche Prosecco springen! Falls ihr einen Moment aufhören könnt, euch gegenseitig abzulecken, kommt rein und feiert mit!«

»Auf den *Bambino!«*, rief Mario theatralisch und hob sein Glas.

»Auf uns!«, hielt Ruth dagegen und erhob das ihre.

»Auf alle, die auf unserem kleinen Narrenschiff mitsegeln!«, ergänzte Michael.

»Auf Michael«, sagte ich und brachte ihn in Verlegenheit. »Und auf seine großartige Tochter, die ihm neulich am Telefon erklärte, es sei nun verdammt noch mal an der Zeit gewesen, dass er endlich anruft.«

»Ja, melde es doch gleich noch an alle Nachrichtenagenturen! Nur zu, auf mich brauchst du keine Rücksicht zu nehmen, Darrell!«, maulte Big Man.

»Entspann' dich, Tex«, sagte Ruth. »Wir hätten früher oder später sowieso erfahren, dass du dich endlich aufgerafft hast. Eher früher, denn mit mir gibt es kein Später. Klingt vernünftig, deine Tochter. Sympathisch. Ich freu mich drauf, sie endlich kennenzulernen.«

»Auf Darrells nächstes Buch!«, rief Claude schnell, als er sah, wie Michael gefährlich dunkelrot anlief. »Meine Mutter freut sich schon.«

»Auf Darrell«, sagte Simon, »möge sie für immer die Schulsprecherin bleiben.«

»Was meinst du denn damit?«, fragte ich erstaunt.

Er zwinkerte mir zu. »Darrell war doch die Schulsprecherin, oder verwechsle ich sie jetzt mit Angela Brazil?«

Fragend sah ich Anselo an. Der zuckte nur ratlos mit den Schultern.

»Simon«, sagte ich nachdrücklich, »das musst du uns erklären.«

»Also gut. Das waren die Lieblingsbücher deiner Mutter. Es ging um eine Mädchenschule ... wie hieß die noch gleich?« Er schnippte mit den Fingern. »*Malory Towers!* Von Enid Blyton. Die Schulsprecherin hieß Darrell.«

»Mutter hat mich nach einer Figur aus einem Enid-Blyton-Buch benannt?«

»Ja!« Er sah mein enttäuschtes Gesicht. »Darrell war eine Lichtgestalt! Eigensinnig, willensstark, klug, mutig – eine beherzte kleine britische Göre eben.«

»Ach, du liebe Güte …«

»Ihre Schwester hieß Felicity, soweit ich mich erinnere.«

»Oh Gott!« Mich schüttelte es. »Bin ich froh, dass Mutter mir das erspart hat.«

Anselo schmunzelte vergnügt. Der gemeine Hund.

»Warum hast du Mutter nie gefragt, wie du zu deinem Namen kamst?«

»Keine Ahnung. Ich hab mich nicht getraut«, sagte ich. »Du weißt doch am besten, wie das ist«, fügte ich stichelnd hinzu.

Er nahm mich fröhlich in den Arm und küsste mich auf die Stirn. »Ich liebe dich, kleine Schulsprecherin.«

»Und ich«, sagte ich zu niemand Bestimmtem, »dachte schon, ich würde nie wieder glücklich werden!«

# EPILOG

»Weißt du was?«, sagte ich und küsste Anselo aufs Haar. »So oft Sex hatte ich noch nie.«

»Mhmm.«

»Ich meine, das ist schon okay zu dieser Uhrzeit. Aber ich fürchte, du kannst Tyso tagsüber nicht mehr dauernd in der Gegend herumschicken, um ihn irgendwelche dringenden Aufträge erledigen zu lassen.«

Anselo hob das Gesicht, das bis dahin zwischen meinen Brüsten vergraben war. »Morgen ist die Arbeitsplatte in der Küche fällig, sie kommt endgültig raus. Wir müssen auf den Herd umsteigen.«

Ich überlegte. »Nein, zu unbequem. Die Gasbrenner pieksen bestimmt furchtbar in den Hintern.« Ich zupfte ihn am Ohr. »Du wirst mir übrigens langsam zu schwer.«

Widerwillig rollte er von mir herunter und legte sich neben mich auf den Rücken. Er verschränkte die Arme hinter dem Kopf und sah zur Decke.

Ich kuschelte mich an ihn und schlang einen Arm um seinen vollkommenen Körper. »Versteh mich nicht falsch«, flüsterte ich, »ich will mich überhaupt nicht beschweren.«

Keine Antwort. Ich stützte mich auf den Ellbogen und sah ihn nachdenklich an. »Was ist los?«

Er sah kurz zu mir, dann wieder zur Decke, und zog eine Schnute.

»Was ist los?«, fragte ich noch einmal sachte, denn Geständnisse waren Anselo nur nach langem, gutem Zureden und mit Engelsgeduld zu entlocken.

Er seufzte. »Ach, zum Teufel. Ich hatte mir vorgenommen, diese Frage nie zu stellen. Aber ich kann sie einfach nicht *nicht* stellen. Ich bin zu unsicher und zu paranoid.«

»Möchtest du wissen, ob du besser im Bett bist als Du-weißt-schon-wer?«

»Nein!« Sein Kopf schoss hoch, und er schien richtig fassungslos. »Nein, verdammt. Das will ich gar nicht wissen. Überhaupt nicht.«

»Sorry«, sagte ich versöhnlich, »da lag ich wohl falsch.«

Gekränkt und mit finsterem Blick ließ er sich aufs Kissen zurückfallen. »Und, bin ich's?«, murmelte er dann doch neugierig.

Ich musste lachen. »*Viel* besser. Das sage ich nicht nur, weil ich dich liebe. Mit dir ist es einfach – wie fliegen.«

»Wow, klingt als wäre ich ein Hubschrauber … oder ein Flugzeug«, nuschelte er.

Doch meine Küsse ließ er über sich ergehen.

»Was wolltest du denn fragen?«, flüsterte ich, als ich mit dem Küssen fertig war.

»Ich würde gern wissen …« Er schwieg. Dann atmete er einmal kurz durch, um sich für die Frage zu rüsten. »Wäre er einverstanden? Ich meine Tom. Mit mir. Dein Mann?«

Oh Gott, was für eine Frage. Kein Wunder, dass er etwas länger brauchte, um sie herauszulassen …

»Das wäre er, ganz bestimmt. Er hätte dir vielleicht gesagt, du solltest öfter lächeln. Entspannter sein. Mehr an dich selbst glauben und nicht alles so verdammt schwer nehmen. Er war unkompliziert und im Grunde seines Wesens ein sehr glücklicher Mensch.«

Ich rollte auf den Rücken. Durch einen Spalt im Vorhang schien ein letzter Rest Abendsonne herein und warf einen schmalen hellen Streifen an die Zimmerdecke.

»Mir war nie klar, wie abhängig ich in der Hinsicht von ihm war. Ich habe mich von seiner positiven Lebenseinstellung mitreißen lassen, bin einfach in seinem Windschatten gesegelt. Als er dann nicht mehr war ...«

»Ich fürchte, ich kann dir das nicht bieten«, sagte Anselo ganz ernst und ruhig.

»Du lieber Himmel, das ist auch nicht nötig!« Ich drehte mich wieder zu ihm hin, um in seine Augen zu schauen. »Ich will diese Abhängigkeit nicht mehr. Ich will, dass wir beide glücklich werden. Du und ich. Und zwar jeder für sich und zusammen. Schaffen wir das?«

»Ja«, sagte er und neigte den Kopf, um mich erneut zu küssen. »Ja, das schaffen wir.«

Dann rollte er sich auch mit dem Körper zu mir.

Ich grinste. »Noch mehr wilden Sex heute Abend?«

»Tja, ich bin wahrscheinlich ein Langstreckenflieger, ziemlich ausdauernd.«

Plötzlich hörten wir ein merkwürdiges Geräusch. Ein Keuchen, als würde jemand in der Ferne nach Luft schnappen.

Anselo blinzelte und sah sich verwirrt um. »Was war denn das?«

Dann hörten wir ein dünnes Stimmchen »Hallo?« in den Raum hineinfragen.

Anselo sah zum Tisch, der gleich neben dem Bett stand.

»Da ist eine ganz kleine Frau auf deinem Monitor! Ich glaube, sie ist live zugeschaltet. Sieh mal, da in der Ecke.«

»Oh Gott!« Ich schlug mir die Hand vor den Mund. »Das ist ja Michelle! Über Skype!«

»Hallo?«, fragte das Stimmchen noch einmal. »Ich kann da hinten etwas erkennen! Bist du das, Darrell?«

»Kann sie uns sehen?«, zischte Anselo.

Ich nickte. »Schnell«, flüsterte ich, »roll dich unbemerkt runter vom Bett. Und halte den Kopf gesenkt.«

Hastig duckte ich mich selbst und griff nach Anselos T-Shirt auf dem Boden. Ich streifte es über, setzte mich dann aufrecht und gesittet auf die Bettkante und blickte auf den Bildschirm.

»Hi«, rief ich gut gelaunt.

»Wo kommst du denn plötzlich her? Störe ich?«, fragte Michelle. »Machst du gerade Yogaübungen oder so was Ähnliches?«

»Ja, so was Ähnliches.«

Eine Bewegung in meinem Rücken schien Michelles ganze Aufmerksamkeit zu fesseln. Ihre Augen weiteten sich. »Whoa! Da ist ein vollkommen nackter Mann hinter dir! Ein recht lecker aussehender nackter Mann noch dazu!«

Ich blickte mich kurz um, um den Wahrheitsgehalt dieser Äußerung zu überprüfen. »Stimmt ja gar nicht. Er hat eine Hose an.«

»Aber kein Hemd! Sein Oberkörper ist nackt!« Ihre Augen verengten sich zu Schlitzen. »Habt ihr etwa gerade …?« Sie sah auf ihre Armbanduhr. »Bei euch ist es doch höchstens … was? Acht Uhr abends! Du bist noch vor den Nachrichten mit einem nackten Mann zugange? Gibt's denn kein Fernsehen, da wo du bist?« Sie wedelte aufgeregt mit der Hand. »Da, er kommt zurück. Kopf weg, ich kann nichts sehen! Los, schnell … Oh!« Sie ließ die Schultern hängen. »Jetzt hat er ja ein Shirt an.« Sie zog eine Schnute. »Kann er das bitte noch mal ausziehen? Nur kurz!«

»Nein! Ich werde doch den armen Kerl nicht zwingen, für dich zu strippen! Ihr wurdet euch noch nicht einmal vorgestellt!«

Anselo setzte sich neben mich auf die Bettkante. Dann lehnte er sein Kinn an meine Schulter und küsste meinen Hals.

»Anselo, darf ich vorstellen: Das ist Michelle. Meine beste Freundin.«

»Hallo«, sagte er zur Mini-Michelle in der Ecke meines Monitors.

Ich lachte. »Michelle hat längst die große Liebe gefunden und führt das perfekte Leben nach dem Happy End, stimmt's?«

»Stimmt!« Michelle war außer sich vor Freude. »Ist das nicht wunderbar?«